大明龙州土司

李木一 ◎ 著

哈尔滨出版社

图书在版编目（CIP）数据

大明龙州土司 / 李木一著. -- 哈尔滨：哈尔滨出版社，2024.8
ISBN 978-7-5484-7781-5

Ⅰ.①大… Ⅱ.①李… Ⅲ.①长篇历史小说 – 中国 – 当代 Ⅳ.①I247.5

中国国家版本馆CIP数据核字（2024）第062757号

书　　名：大明龙州土司
　　　　　DAMING LONGZHOU TUSI

作　　者：李木一　著
责任编辑：李金秋
装帧设计：和衷文化

出版发行：哈尔滨出版社（Harbin Publishing House）
社　　址：哈尔滨市香坊区泰山路82-9号　　邮编：150090
经　　销：全国新华书店
印　　刷：北京建宏印刷有限公司
网　　址：http://www.hrbcbs.com
E – mail：hrbcbs@yeah.net
编辑版权热线：（0451）87900271　87900272
销售热线：（0451）87900202　87900203

开　　本：710mm×1000mm　1/16　印张：25.25　字数：415千字
版　　次：2024年8月第1版
印　　次：2024年8月第1次印刷
书　　号：ISBN 978-7-5484-7781-5
定　　价：88.00元

凡购本社图书发现印装错误，请与本社印制部联系调换。
服务热线：（0451）87900279

目 录

第 一 章	龙州三土司朝贡归 聚头接官亭暗潮涌	1
第 二 章	张太后赏赐起风波 薛李王喜忧各不同	6
第 三 章	无妄法师登土司府 真龙天子说惊众人	12
第 四 章	无妄法师显露天意 衔烛之龙乍现人间	18
第 五 章	梦中梦惊醒梦中人 采白蘸半路生枝节	24
第 六 章	章郎中查明毒物源 辛夷救兄寻不死鸟	30
第 七 章	辛夷青溪城求解药 智斗李土司父子俩	36
第 八 章	李未岚暗中助辛夷 丧子痛王禧意难平	43
第 九 章	王禧邀徐公建龙宫 王樾黄龙寺揭谜题	50
第 十 章	王樾密谋争夺世子 辛夷采药遇神秘人	56

第十一章	薛照虔水晶堡夺宝 无妄法师龙宫点睛	62
第十二章	宁武司广征金丝楠 徐公赴京师访故人	69
第十三章	王键假文书招巧匠 辛夷成都府献寿礼	74
第十四章	走马灯寿宴放异彩 父女俩化险回龙州	80
第十五章	辛夷初遇青衣少年 真假图纸计留卢瑀	86
第十六章	万事皆备龙宫开工 辛夷赏画离奇入境	92
第十七章	木槿携女娘家省亲 深夜劝说王键续弦	98
第十八章	小桂圆落水险丧命 卢有心救人反中毒	105
第十九章	王键被疑家法受刑 木槿怒斩姐弟情义	111
第二十章	辛夷药丛山挖草药 起山火巧遇黑衣人	117
第二十一章	薛照虔辛夷再相逢 李未岚作画思佳人	122
第二十二章	大夫人柴房探王键 察秋毫徐公辨是非	129
第二十三章	卢有心初愈方渐醒 薛照虔决意娶辛夷	136
第二十四章	王键写血书求续弦 卢有心暗地藏玄机	142

第二十五章	许媒婆牵线卖柴女 辛夷接连吃闭门羹	......	148
第二十六章	王键巧莲喜结连理 王樾巧莲暗生情愫	......	153
第二十七章	辛夷八角亭表心意 卢有心秘密被揭穿	......	159
第二十八章	辛夷卢有心诉衷肠 王樾赵巧莲共云雨	......	165
第二十九章	辛夷卢有心私定情 王樾二夫人施毒计	......	171
第 三 十 章	王禧亲赴厄哩山寨 老百姓喜迎王土司	......	177
第三十一章	辛夷绣荷包作信物 王樾计不成遭痛打	......	181
第三十二章	王键怒火烧写休书 王禧下决心立世子	......	187
第三十三章	王键义佛山会巧莲 计中计反夺世子位	......	192
第三十四章	历七载龙宫终建成 卢有心失踪饯行宴	......	197
第三十五章	卢有心命悬鬼门关 醉卢瑀惨死箭楼山	......	204
第三十六章	卢有心泣血忆亡父 遭误解辛夷伤透心	......	209
第三十七章	绝恩情辛夷欲断魂 卢有心逃奔渔溪司	......	216
第三十八章	患难遇侠客孙竟起 饮痛誓不忘杀父仇	......	221

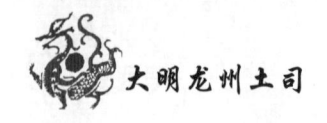

第三十九章	孙竟起思痛揭身世 卢有心上京告御状	227
第 四 十 章	正统帝大怒查龙宫 王樾黄龙寺求妙计	232
第四十一章	薛氏土司阴谋败露 无妄法师心魔难除	237
第四十二章	钦差袁正赴宁武司 深山龙宫变报恩寺	242
第四十三章	黑脸袁正查报恩寺 双冠佛祖险露马脚	248
第四十四章	丢韦驮王禧急生智 打官腔袁正显真容	255
第四十五章	正统帝纠结下圣旨 宁武司敕修报恩寺	262
第四十六章	薛崇育怒骂薛照虔 高坪堡屯兵欲引战	268
第四十七章	王禧谋划联李抗薛 辛夷甘作联姻筹码	274
第四十八章	保中立李番不结盟 拒联姻他处辟蹊径	278
第四十九章	李未岚另娶胡宛童 土木堡之变换了天	285
第 五 十 章	王禧临终前吐遗言 五色华严经藏宝藏	292
第五十一章	李未岚如愿迎辛夷 薛照虔怒冲纳妾礼	298
第五十二章	照虔血洗李土司府 辛夷心死削发为尼	306

第五十三章	薛照虔气死薛崇育 景泰帝下旨缉恶徒	…………	312
第五十四章	薛照虔决心抗朝廷 蟠龙坝上门访王键	…………	319
第五十五章	代月刀激战洗云剑 薛照虔王济生死决	…………	325
第五十六章	土司府遭遇大屠杀 辛夷忽现身受重伤	…………	331
第五十七章	章郎中施针救辛夷 孙竟起寻主宁武司	…………	339
第五十八章	薛照虔排兵巧布阵 灭门恨王键誓报仇	…………	345
第五十九章	反间计明军破平驿 薛照虔退守江油关	…………	350
第 六十 章	土司军死守江油关 孙竟起对战魏长余	…………	355
第六十一章	薛照虔逃往朵甘思 碓窝梁泪别陈丽娘	…………	360
第六十二章	薛照虔王键狭路逢 代月刀长埋尘土中	…………	366
第六十三章	景泰帝朝堂颁新政 中和殿于谦揣圣意	…………	373
第六十四章	旧龙州嬗变龙安府 武清侯争功搞政变	…………	378
第六十五章	南宫复辟天顺登基 改土归流初见成效	…………	384
第六十六章	渡尽劫波笑泯恩仇 报恩精神千古流传	…………	392

第一章　　龙州三土司朝贡归
　　　　　聚头接官亭暗潮涌

明正统五年（1440年）三月，夜沐月华，星辰无声。沉寂许久的夜，给这一片苍穹拉下最深沉的帷幕。

已过三更，辛夷不见睡意，在龙州王氏土司府邸的庭院里独自漫步。庭院杳无人影，但见一缕月光渗入，凄清地映照在铺满鹅卵石的小径上。陪伴辛夷的是如歌的虫鸣和未熄灭的油灯。

龙州王氏土司府邸坐落在龙州蟠龙坝，龙州位于四川西北部，涪江上游，龙门山脉深处，幅员辽阔。东邻广元，南连绵州，西接松潘，北倚文州。龙州资源丰富，地处交通要塞，战略地位极为重要，有鉴于此，自南宋开始，各中央王朝均在龙州设立了土司。明宣德九年始，龙州由渔溪、马盘、宁武三个安抚司组成，分别由薛、李、王三家土司统领，世有其地、世管其民、世统其兵、世袭其职、世治其所、世入其流、世受其封，执掌封地内的一切生杀大权，隶四川承宣布政使司。

明宣德九年（1434年），龙州薛氏土司薛崇育、李氏土司李振樊、王氏土司王禧三家土司的势力得到空前膨胀，在这片广袤富饶的龙州大地三足鼎立，分庭抗礼。

月色四合，恰似一层轻柔的薄纱，万物湮没在朦胧里，于凉爽的晚风中轻轻摇曳。雾纱包裹着一切，不留一丝罅隙。残雾在青草凝冻的一抹绿上，如银光般闪动。王土司府在龙州所辖范围之内的府邸里，称得上数一数二。整个府邸清新雅致，别具一格，良木葱茏，奇花烂漫，大抵是沾染了贵族习气，庭院里的草木生长得茂密而旺盛。假山的间隙之间，一股清流从百花深处泻

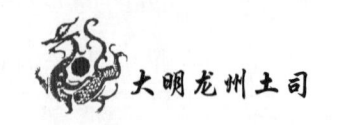

于石缝之中，水榭楼阁，亭台回廊，无一不设计精巧，精雕细琢。清风、流水、雾霭、月光，添了几分情致。正值蚕月时节，庭院中一树辛夷花开得正好，高雅盈润，姿态繁荣，盛美华丽。

趁着深夜的一丝清辉，辛夷凝望着北方的星河，心里有些小期待："不知道父亲此次去京师朝贡，会给我带回些什么新奇有趣的玩意儿呢？"

辛夷是第十代世袭龙州王氏土司王禧的小女儿，姓王名辛夷。王禧，字廷璋，一共有三房夫人。大夫人是明媒正娶的蔡秋娘，育有两女一子，长女王木槿、次女王木棉均已远嫁外地，长子王键。二夫人曹鸾娘，育有二子王樾、三子王济。三夫人田文娘，育有四子王焕、五子王坦、幺女王辛夷。王禧向来很疼爱辛夷这个幺女，眼看辛夷就快要到及笄之年了，却一直没给她物色到合适的婚配对象。王禧和辛夷的生母三夫人田文娘虽然着急，但总觉得辛夷这个丫头灿如春华、皎若秋月，应当许配一户门当户对的好人家。

说到门当户对，龙州除了薛家、李家，再也没有其他氏族能有他们三家这般的权势。康家虽也是土司，但由于是在薛氏土司薛崇育的保举下康进忠才得以升为土官知事，而且非世袭，因而康家自然唯薛家马首是瞻，依附在薛家的势力之下。薛、李、王三家表面上客客气气，暗地里却相互牵制、争权夺势。正因如此，苦于没有合适的人选，一来二去辛夷的婚配对象便迟迟未能敲定。

辛夷没有觉察到苍穹之上的斗转星移，一切安谧静好。

有人轻轻地从背后为辛夷披上一件桑蚕丝披肩，正在望着星河发呆的辛夷吓了一大跳，转过头一看："原来是母亲，您可吓坏辛夷了呢！"

三夫人给辛夷系好披肩，问道："辛夷，怎么还不睡？这么晚出来，可别着凉了。"

"睡不着就出来透透气，父亲什么时候回来呀？都走了好几个月了。"辛夷嘟囔着。

三夫人笑了笑："今天听大夫人说，你父亲的车马已过了广元，快了。"

"太好了，看来很快就可以见到父亲了！"辛夷顿时笑逐颜开。"那你快去睡吧。"说罢，三夫人吩咐婢女安兰送辛夷回房。

辛夷点点头，跟三夫人互道晚安，伴着点点星光，回到闺房睡下了。七日后的清晨，雾霭还未彻底驱散，庭院中的剑兰叶子上沾染着微凉的晨露，几只喜鹊停在那棵辛夷树上，唱着轻快的曲儿，迎接这座庭院的主人回家。

第一章　龙州三土司朝贡归　聚头接官亭暗潮涌

辛夷早早起床，想和龙州土司衙门的衙役们一起去接官亭接父亲回家，却被三夫人挡在门口："辛夷，你要往哪儿去？"

"母亲，我想去接官亭接父亲回家，键哥哥他们可都去了呢。"辛夷嘟了嘟樱桃小口，左手食指捻着丝带，期许着三夫人的同意。

"今日人多，你一个大家闺秀，老老实实待在府里，别整天出去抛头露面！"三夫人不吃辛夷这一套。

那些红飞翠舞的热闹场面，辛夷特别想去凑一凑。辛夷有些不高兴，噘起了嘴。

"前几日还说想父亲呢，其实就是想去看热闹吧。"三夫人忍不住揭穿辛夷，"扑哧"一声捂嘴笑了。

辛夷被三夫人猜中了心思，小脸一红："哪有，确实是想父亲了，顺便去看看热闹嘛。"

"好了，好了，待会儿老爷回来了，你去见他，让他给你讲讲京师的热闹，京师可比咱们蟠龙坝热闹多了。"三夫人边说边笑，将有些小情绪的辛夷送回闺房。

阳光轻轻扬扬洒在辛夷如瀑的黑发上，远处的青山在湛蓝的苍穹下更加葱郁。辛夷呆坐在闺房的铜镜前生着闷气，无聊地摆弄首饰盒里的发簪。

与此同时，龙州宁武司蟠龙坝接官亭人声鼎沸，万人空巷，密密麻麻的人流堵得接官亭一带水泄不通。"肃静""回避"的仪仗牌被高高举起，衙役们分别手持官衔牌、乌鞘鞭、金瓜、尾枪、乌扇、黄伞等随行仪仗，把锣鼓敲得震耳欲聋。尽管鸣锣开道，但听到锣响的人潮还是继续往前挤，都想凑个热闹。一位身着蓝粗布衫的老妇人抱着小孙女，小孙女的新布鞋被挤掉了一只，面对摩肩接踵的人群，掉落的那一只新布鞋不知道被踩到哪儿去了，老妇人悻悻作罢，自叹倒霉。人潮如洪水猛兽般包围了接官亭，只留出一条可通过轿子的便道来。

待领头的一匹高头大马长鸣一声，缓缓停下，紧跟其后的四辆四抬大轿和十余辆驮运行李的马匹陆续停下。

第二辆轿子上，走下龙州薛氏土司薛崇育。薛氏土司掌管渔溪安抚司，治所在江油关，渔溪司下辖江油关、平驿堡、石门山等地，辖区人口众多，兵多将广，权势鼎盛。其治所蜀北名关江油关，天险自成，地势险要，历来为兵家必争之地。只见他身材高大魁梧，生得面方耳大，鼻直口方，一对立

眉如刀似剑，斜插入宽阔的前额。虽几近花甲，但他斑白的头发下目光仍旧锐利深邃，给人以压迫感，流露出威严霸气之态。

从第三辆轿子上走下来的是龙州李氏土司李振樊。李氏土司掌管马盘安抚司，治所在青溪城，下辖青川守御千户所、磨刀河流域、唐家河流域一带，毗邻广元，地跨川、陕、甘，是阴平道上的重要关口。马盘司盛产水稻、煤炭、花岗岩，商贾云集，民生富庶。李振樊下颌方正，目光浑浊，面色暗沉，还未到知天命的年纪，脸上写满沧桑疲惫之感。眼泡微肿，微垂的眼睫下有淡淡的黑影，颧骨高耸突兀，衬得整张面庞瘦骨嶙峋。过于清瘦的李振樊没什么精气神，显露出一副病容。

第四辆轿子上走下来的，则是龙州王氏土司王禧。王禧身材颀长，皮肤白净，眼如丹凤，眉似柳月，额阔顶平地阁圆，双耳垂肩异于常。王氏土司掌管宁武安抚司，治所在蟠龙坝，辖涪江上游铁龙堡、水晶堡、龙溪堡等地，蟠龙坝、古城驿、清漪江流域一带。宁武司地广人稀，物产丰富，尤其盛产砂金、楠木、药材、茶叶。王禧还未到不惑之年，累立军功，名声大噪，作为川西北土司当中年轻的佼佼者，眉目间透着一丝沉稳和老练。

第一辆轿子上，由侍从搀扶着走下一位身着青袍、上绣鸂鶒的钦差。这位年轻的钦差像是才进士及第不久，神采奕奕，丝毫没有一路舟车劳顿的倦意。站在轿子最前面的官差高喊一声："圣旨到！众人下跪听旨！"

待众人诚惶诚恐地俯首跪好，钦差小心翼翼地打开圣旨，当众宣读道："奉天承运，皇帝诏曰：龙州三位土司平定松潘卫叛乱有功，赏渔溪安抚司土司薛崇育白银一万两，赏马盘安抚司土司李振樊白银一万两，赏宁武安抚司土司王禧白银四万两。钦此。"

"臣领旨，谢主隆恩！吾皇万岁万岁万万岁！"薛崇育、李振樊、王禧异口同声地叩首谢恩。

"恭喜三位土司大人！快快请起！"领完旨后，钦差将薛、李、王三人迎起，三人缓缓站起来接过圣旨。

四周顿时炸开了锅，各种声音挤满空气的罅隙。龙州宁武司当地的百姓们对这一道圣旨议论纷纷。

"同为土司，为何皇帝偏偏要让钦差在咱们王土司大人主政的宁武司宣读圣旨呢？"

"就是嘛，为什么王土司大人的赏银比其他两位土司都多呀？"

"你们说，会不会是朝廷想要扶植王土司大人？"

……

嘈杂的议论声浪在整个接官亭此起彼伏，似乎还会在龙州百姓接下来很长一段时间的茶余饭后蔓延开来。

"肃静！肃静！"衙役头子高声呵斥道。

待全场安静下来，薛崇育、李振樊、王禧三位土司毕恭毕敬地捧着精美的托盘，里面分别盛有熊胆、鹿茸、麝香、虫草、天麻、茶叶、蜂蜜、核桃、梅饯、套枣等土产，面向皇帝所在的东方磕头敬献，虔诚膜拜。

敬拜结束后，歌舞班子与周围的人群一起，在嘹亮的歌声中和声而舞，庆祝皇帝对龙州薛崇育、李振樊、王禧三位土司的恩泽。接官亭霎时间变成了欢乐的海洋，前来看热闹的百姓们兴高采烈地加入其中，欢歌共舞，接官亭一带笼罩在一片愉悦的气氛中。

没有人看见背后的暗潮涌动。

第二章　　张太后赏赐起风波
　　　　　　薛李王喜忧各不同

　　回到位于渔溪司江油关的薛氏土司府邸，薛崇育憋了多天的怒气彻底爆发出来，一巴掌拍在雕花金丝楠木八仙桌上。

　　"父亲，怎么了？"薛崇育素来最喜爱的第三子薛照虔忙问道。

　　"从京师回来的路上，王禧一副耀武扬威的样子，真是气煞我也！"薛崇育越说越来气，一对立眉如同两把锋利的羊刀，刀刀想要刺进王禧的心脏。

　　见薛崇育正在气头上，薛照虔赶紧吩咐下人泡了一杯龙州青丝，让薛崇育喝喝茶，消消气。

　　待薛崇育喝上几口热茶，心情平复些许，薛照虔方才继续问道："父亲，恕儿愚钝，为何皇帝要让钦差在他宁武司宣读圣旨？为何朝廷给了王土司四万两赏银？莫非父亲此去京师有何不顺？"

　　薛崇育把手里的龙泉青瓷茶杯重重搁在桌上，发出沉闷的声响："这位王土司太会来事儿了！他给小皇帝朱祁镇进贡的白熊（注：在大熊猫被正式命名前，山区的百姓称之为白熊），逗得小皇帝高兴得很，又给张太后进贡了很多砂金首饰。王禧在张太后面前大唱苦情戏，说什么'平松之乱'一爆发，他是第一个冲到前线的土司，亲自带兵平乱还受了伤。好，我承认他当时是最早冲到战场上，可那还不是为了漳腊金矿的巨额财富，不然他哪可能去那么早？他拿下漳腊金矿后，把成千上万漳腊金矿出产浇筑的金条当作战利品洗劫一空，全部运回了他宁武司蟠龙坝的金库里。还好意思在小皇帝、张太后的面前邀功！"

　　薛照虔撇了撇嘴："这王土司若不是占尽天时地利，仗着离漳腊金矿最近，而我们隔松潘卫又太远，哪里能让他白捡这个大便宜！那此次朝贡王土司岂不是深得皇帝、张太后欢心？父亲，那您就没向皇帝、张太后说点什么吗？"

"说来蹊跷，漳腊金矿的黄金全被王禧独吞了，王禧没有向朝廷上缴一两金子，我向张太后奏明此事，张太后居然只是笑了笑，没有做任何表态！感觉像是我在故意搬弄是非，污蔑构陷她心目中的良将忠臣一样！"薛崇育长长地叹了口气，"既然张太后都没有表态，我还能再说些什么？唉，朝廷怕是认为我已经老了，不中用了……王禧比我年轻太多，现在深得张太后的信任，跟他耗，我耗不起啊！"

"那李土司呢，他好像也没得到赏银吧？"薛照虔皱了皱英朗的眉毛。

"李振樊成天病恹恹的，不知道还活得了几年。他这辈子也就那样了，整日只顾看病吃药，不足为惧。"薛崇育胸中的怒气如同熊熊火焰，烧得正旺，"倒是王禧，其野心和手段不得不小心提防！"

薛照虔捏紧拳头，手上的青筋跟着跳动起来："难道就没有什么办法可以收拾收拾王土司吗？"

薛崇育拍了拍薛照虔的肩，凝视着薛照虔年轻而清澈的瞳仁，语重心长地对他说："照虔，你才到弱冠之年，怎么可能斗得过老奸巨猾的王禧。君子报仇，十年不晚，这个道理你得懂。想我薛崇育一生戎马，金戈铁骑，倾覆龙州，可惜你的两个哥哥不争气，只知道滥服五石散，整天纵情声色犬马，而你弟弟照芝又还那么小……照虔，你是为父唯一的希望了。你是为父指定的薛氏土司世子，但官场上的手腕你知之甚少，还得好好跟为父多学学。照虔，你可要好好争气啊，千万别像你那两个不争气的哥哥一样，要不然等我哪一天溘然长往，王禧迟早要把我薛家子孙赶出龙州！"

薛崇育曾经满头的青丝，早已变为斑驳的白发，脸上的皱纹也越发明显。看着年迈的父亲，薛照虔忽然之间感到有一种需要一夜长大的压力骤然落在他的肩头，那种看不见的责任感和使命感在逼着他成长。

李振樊一回到位于马盘司治所青溪城的李氏土司府邸，其独丁李未岚赶紧端着姜茶过来嘘寒问暖，担心李振樊此去京师路途颠簸，累坏了本就虚弱的身子。

李未岚刚到束发之年，是龙州出了名的美男子和大孝子。龙州的老百姓都说李土司一天病兮兮的，却生了个标致俊俏的大孝子，真是祖坟上冒青烟了。

李未岚顾长高挑，穿着一身月牙色的雅致长袍，上面绣着精美华丽的流

云图案，与他头上的羊脂白玉发簪交相辉映。俊朗轩昂的下巴如精心雕琢过一般，一双桃花眼，风韵天成，蕴藏着天河的万千璀璨。面若皓月，色如桃花，目若秋波。如画的笑靥不带一丝风流少年的佻达，满是缱绻的安谧静好。

"父亲，您这次进京朝贡，有没有顺便去看看京师的名医？京师的名医怎么说？"李未岚关心地问道。

"你再三叮嘱过的事，为父怎么会忘呢？自然是去了。大夫说我气血双亏，乃脾肾不足所致，开了方子了。"李振樊苍白无华的脸上浮起温馨的笑意，从衣服里拿出一张折好的药方，递给李未岚。

"黄芪六钱，人参六钱，党参六钱，白术二钱，云苓二钱，黄精二钱，甘草一钱，当归一钱，谷麦芽各三钱，仙灵脾二钱。文武火反复熬煎，一日三服。"李未岚打开药方读了起来，"父亲，您一路奔波，想必也乏了吧？您先休息休息，孩儿这就去抓药。"

说罢，李未岚就朝着李土司府上的药房疾步而去。看着李未岚远去的背影，李振樊心头涌上一股暖流，久久不散。

回到位于宁武司治所蟠龙坝王氏土司府邸的王禧，则是一脸春风得意。还未到不惑之年的王禧人当壮年，膝下儿女成群，宁武司风调雨顺、民康物阜，加之如今又得到皇帝和张太后的赏识，平步青云指日可待，人生得意不过如此。

王禧惬意地坐在精雕细琢的金丝楠木官帽椅上，上面铺着一张完整的黑熊皮，虎虎生风。只见他目光似寒星，剑眉如刀脊。气宇轩昂，吐纳壮志凌云之豪气。英姿勃发，胸怀广达高远之大志。

"父亲，请喝茶。"二子王樾双手奉茶给王禧。

王禧点点头，接过青花瓷茶杯，美滋滋地喝了一口："还是樾儿有心，记得我就爱喝这明前炒青。"

王樾似笑非笑，鼻子山根两侧凹陷的眼窝如同看不见底的深海，读不出里面究竟氤氲着哪一种色彩："此次进奉的明前炒青，都是清明前雨露时节采摘炒制的高山老茶树嫩芽，自然是最好的。"

"父亲为宁武司发展交通，开辟了东南堡栈道，极大方便了宁武司与周边地区的往来。又凿建王氏井给百姓供水，劝山民开垦，边地自始丰饶。还大力兴学，开启民智，聘硕儒鲁卓吾先生，涵育人才。只要是咱们宁武司的百姓，哪个不对父亲拍手称赞？"五子王坦圆乎乎的脸上浮起憨厚可掬的笑容，在一旁附和。

"为父只是做了一个土司该做的事，不求虚名，但求心安。你们几个啊，是不是太久没看到为父了，今日怎么一个两个地争先恐后给我戴高帽子？小小年纪就学着溜须拍马，不知道都是跟谁学的，这样不好！"王禧又好气又好笑，本想要严厉指责一番，转念一想又作罢了，只是口头上小小警示几句。

辛夷一听到王禧回府了，急忙跑到前厅，噘起小嘴，抱怨道："本来今日我也想跟着几个哥哥一起到接官亭接父亲您回府的，母亲偏偏不让，辛夷可想父亲了呢！"

王禧笑盈盈地看着辛夷，摸了摸辛夷的脑袋："此去京师山高路远，一路上为父也想你们啊，每一个都想。"

"父亲，您从京师给我带了什么好吃的、好玩儿的回来呀？"辛夷眨着一双秋水无尘的杏眼，娇俏可人。

"原来是惦记着吃的和玩的，总是长不大，以后怎么嫁人啊？"王禧和蔼地笑着，用手指轻轻刮了刮辛夷的鼻子。

"哼，我才不嫁人呢！"辛夷粉扑扑的小嘴一嘟。

"你一天这么好吃贪玩，谁敢娶你呀？注定嫁不出去。"四子王焕冷不防地来了一句，引得大家哄堂而笑。

在一大家人的欢笑声中，王禧命人拿出六个包装精美的木盒。每个木盒长一尺，宽八寸，上面雕刻着栩栩如生的牡丹花，雍容华贵，雕工细腻得仿佛可以闻到淡淡花香。

"父亲，这是什么呀？"辛夷十分好奇。

王禧故意卖关子："打开看看，这可是好东西。"

辛夷打开其中一个盒子，里面摆放着一个个色泽鲜亮的小东西，呈半透明状，散发着浓郁甜香。

辛夷拿起一个放在眼前，端详起来："这到底是什么呀，有点儿像我们龙州的贡品套枣呢。"

王禧眼角上扬，瞳仁里盈满慈爱的光芒："这可是张太后御赐的宫廷果脯！为父一颗也舍不得吃，全给你们带回来了，让你们都尝尝。"

"谢过父亲！"在场的儿女们异口同声地谢道。

"恭喜父亲，贺喜父亲！"王樾向王禧作揖致贺。

辛夷听得云里雾里的："樾哥哥，喜从何来啊？"

王樾脸带笑意："小妹有所不知啊，这果脯虽小，其背后的意义却是极大的。"

"还是樾儿有见地！"王禧笑着点点头，"此次进京朝贡，收获颇丰。薛崇育绷老资格，倚仗着渔溪司江油关的特殊位置和地形优势，借'平松之乱'有功，向朝廷上奏，希望朝廷对他加倍重用，这让张太后和杨士奇、杨荣、杨溥十分不满。更何况薛崇育年事已高，他的两个儿子沉迷五石散，最小的儿子少不经事，唯一一个有点儿本事的儿子刚到弱冠之年，薛土司府上下青黄不接。李振樊又是病秧子一个，说不准什么时候就与世长辞了。张太后对薛崇育不放心，认为他居功自傲，野心勃勃，之前保举康进忠为土知事好培养他的势力，现在又想要更高的位子，不可小觑。相比薛崇育，张太后对我更加信任。要不然我怎么可能独得张太后赏赐的六盒宫廷果脯和四万两白银，而薛崇育、李振樊却只得了一万两呢？"

"哈哈哈……意思是薛崇育无功而返？那他岂不是气得发指眦裂？"王焕忍俊不禁。

"像宫廷秘制果脯这种皇上爱吃的点心，可不是一般人能有机会被赏赐的。"王禧眉眼带笑，言语中有几分骄傲自豪的味道，"薛崇育城府很深，这一路上都没有发作，估计这会儿才回到他的薛土司府开始骂娘。"

王樾忽然想起了什么，忙问道："父亲，您拿下漳腊金矿后缴获大量金条的事，朝廷不知道吧？千万别让朝廷收走了，要不然我们的努力可就白费了，您当时平乱所受的伤便白受了，流的血也白流了！"

王樾的话反倒提醒了王禧，王禧表情严肃地说："漳腊金矿的事朝廷不知道，我也不能让朝廷知道。不是为父贪恋金银珠宝、富贵荣华，而是如果我将漳腊金矿一事报告朝廷，朝廷便会大肆开采，将附近的百姓都征集去充当苦役，提高这一带金户岁贡'麸金'的征收标准，增加百姓的负担。他们本就生活不易，我怎么忍心再加重他们的负担呢？"

辛夷恍然大悟："原来如此。"

"父亲所言极是，您是想拿下漳腊金矿的黄金后，为咱们宁武司的百姓做点什么吗？"王键问道。

王禧认真地点点头，接着说："是的，这座漳腊金矿的黄金，还是能让我为龙州宁武司做好一个土司该做的事。我不仅要为我们宁武司修车道、兴农耕、建水利、办学堂、开医馆、创商铺，还要为所有龙州宁武司百姓救济解困、修桥补路、广开粮仓、创建书院。我想让龙州宁武司家家户户都过上安康美满的好日子！"

王樾皱起眉毛，有些不情愿的样子："父亲，咱们好不容易得到漳腊金矿的财富，您就忍心这样白白地为他人作嫁衣？"

王禧表情严肃，对王樾呵斥道："樾儿，为父不是为他人作嫁衣，而是要感恩我龙州宁武司的百姓啊！水能载舟，亦能覆舟，若不是他们对我们世代王氏土司的支持拥戴，我们王家能过上现在如此安逸的日子吗？加之我们王家世世代代都要在龙州居住生活，和乡邻百姓搞好关系万分重要，多行善积德，多造福百姓，有百利无一害。你以为为父当时得知情况后马上奔赴战事前线，还在战场上挨了一刀，就是为了漳腊金矿的财富？不，我是不能让薛崇育和李振樊两个老贼把漳腊金矿的黄金给夺了去！特别是薛崇育，他本来就野心勃勃，想在龙州一家独大，若是他得到了漳腊金矿的财富，必定招兵买马，大肆对外扩张他的势力。到时候莫说是我们整个王氏一族不保，我宁武司的子民也会跟着遭殃！"

王禧的一番话引得大家频频点头，整个王氏土司府邸沉浸在一片温馨祥和的氛围里，如一湾平静的暖流。谁也没有料想到将会有一位不速之客，打破这份平静。

第三章　　无妄法师登土司府
　　　　　　真龙天子说惊众人

　　清风徐徐，薄雾冥冥，三两声清脆的鸟鸣吵醒睡了一夜的人们。王氏土司府邸的下人们开始了一天的忙碌，有的在清扫庭院，有的在准备早餐，还有的在给老爷、夫人、少爷、小姐备水，以供洗漱梳妆。

　　王土司府侧门外，一只清瘦却有力的手，轻轻叩响了府邸侧门上的黄铜门环。

　　少不经事的婢女冬盈闻声而去，轻轻打开侧门，只见门外站着一位身形单薄的僧侣，着一袭黄褐色海青，脖子上挂着一串小叶桢楠水波纹佛珠。虽是普通僧人的打扮，但其衣袂飘飘的身影似与天地相融，眸子里的凛冽在苍茫中刻下冷傲的寒光，流向神秘深远的净土。

　　见是陌生人，冬盈赶紧问：“这位师父，请问您有什么事吗？”

　　"阿弥陀佛！"僧人双手合十，"小僧法号无妄，来自松潘黄龙寺。小僧是受贵府二公子王樾之托而来，有劳女施主代为转告。"

　　"无妄法师您稍等片刻，容小婢先去通报。"冬盈赶紧跑去报告王樾。

　　"二公子，您约的黄龙寺无妄法师就在侧门外，现在请他进来吗？"冬盈轻声问道。

　　刚洗漱完的王樾正在系衣服上的带子，听到冬盈的话一脸疑惑，心想他什么时候约过黄龙寺的无妄法师啊？正要让冬盈去回绝，转念一想，无事不登三宝殿，无妄法师不辞辛劳地从松潘黄龙寺远道而来，大清早的，还走的侧门，必定是有秘事相商。

　　王樾告诉冬盈：“快快将无妄法师请到我房间，从回廊后面走，别让其他

人看到，也不要告诉任何人无妄法师来找过我。"

"遵命！"冬盈急急忙忙地跑开。

不一会儿，冬盈领着无妄法师来到王樾的房间。

"阿弥陀佛！小僧无妄见过二公子。"无妄法师简单地行过佛礼，走进王樾的房间。

无妄法师不忘嘱咐冬盈："小僧此次前来，还望女施主保密，天机不可泄露！"

冬盈一脸迷惑地看看无妄法师，又看看王樾。

王樾严肃地告诫冬盈："不该说的别乱说，就当你没见过这位法师，知道吗？"

"遵命，二公子！"冬盈战战兢兢地离开了。

王樾没见过无妄法师，但早已耳闻过无妄法师的名号。无妄法师是川西名寺黄龙寺的住持。黄龙寺地处松潘境内，相传大禹治水至茂州，黄龙为其负舟导江，后人因而立庙祭祀。治水成功后，黄龙舍弃龙宫，甘居此地美化人间，幻化为"人间瑶池"，黄龙真人曾养道于此，故称黄龙寺。无妄法师才到不惑之年，却极具慧根，佛法修为极高。早前的峨眉山拈花讲佛大会上，无妄法师舌战群雄，一举夺魁，名满天下。

王樾亲自泡好一杯明前炒青，恭敬地递给无妄法师："久仰无妄法师大名，真是百闻不如一见，果真负气含灵，不同于凡人。"

无妄法师双手接过茶杯："二公子，您谬赞了。这个时候来打扰二公子，实属冒昧。但小僧乃奉天命行事，不得不来。"

"此话怎讲？还请无妄法师明示。"王樾被无妄法师的话勾起了好奇心。

"王氏将兴，必有祯祥。"无妄法师侧着身子，低声说道，"近来小僧夜观天象，龙州蟠龙坝王氏土司府邸上有紫云，紫微星西渐，乃以为帝王之符，当在西方。东来紫气培麟趾，山吐奇香起凤毛。"

无妄法师的一席话，电光石般火撞击在王樾眼眸前。

还未等王樾回过神来，无妄法师不紧不慢地小声说："二公子您有帝王之相，德才兼备，各方面能力均在大公子之上。可惜自古立嫡不立庶、立长不立贤，如果您不顺从天意搏上一搏，以后继任龙州王氏土司都与您无关。唐太宗李世民如何当上皇帝的故事，您是知道的。如果不是他年轻的时候鼓动唐高祖李渊兴兵起义，助李渊打下江山，而后发动玄武门兵变，杀兄弑弟，逼父退位，一步一步从太原留守登上皇位，哪里有后来的贞观之治。而他就只是一个普普通通的太原留守次子罢了，绝不会成为后面的秦王，更不会成为名垂青史的千古一帝。成王败寇，古往今来史书都是由胜者书写的。"

王樾怔了一下，短促而痉挛地倒吸一口气，生根似的愣在原地。

"二公子，要不您考虑一下？待会儿小僧准备拜访令尊王土司大人，遵天命而行，告知祥瑞。二公子，走唐太宗李世民的上位之路是您唯一的选择，否则您永远与土司之位无缘，一辈子只能屈居于大公子之下，您的子孙后代就更加没有机会了。二公子，您想想令堂，想想您自己，想想您的后人。如果您想通了，就请您相信小僧，相信天命，相信上天的旨意。至于之后的事，就有劳您旁敲侧击，鼓动令尊兴兵起义。只要王土司大人与您父子齐心，必成大事。"无妄法师放下茶杯，准备起身离开，"二公子，那小僧先行告辞，您放心，小僧不会让任何人知道小僧来找过您，这是小僧和您的君子之约。"

见无妄法师要走，王樾这才回过神来："无妄法师，且慢！在下有一事不明，还望您指点迷津。"

"二公子，请讲，但说无妨。"无妄法师捋了捋胸前的佛珠。

王樾棱角分明的轮廓，霎时肃然若寒星，一对剑眉在思索状态下更加英挺："无妄法师，我们就明人不说暗话吧。正所谓无利不起早，您告诉我这些，究竟有何目的？"

无妄法师粲然一笑，露出一排明眸皓齿："小僧就喜欢和二公子这样的爽快之人打交道。不瞒二公子，小僧此次前来不仅是为芸芸众生，也是为我黄龙寺。朱家气数已尽，王代朱兴乃是天命难违。大公子王键资质平平，毫无帝王之相，难当大任。二公子您天庭饱满、地阁方圆、额有伏犀骨，是典型的帝王之相。论文韬武略，您远胜其他王氏后人，只有您才有本事助令尊打下江山，日后功成继承大统，登上金銮宝座。况且二公子您的生母二夫人曹氏一心向佛，她曾到过我黄龙寺为王氏一族祈福，黄龙寺也算与二公子有缘。小僧此行并无他求，只求他日二公子登基称帝后，能将我黄龙寺立为天下佛法正宗。"

"哈哈哈……"听了无妄法师的话，王樾意味深长地大笑起来。一方面，王樾面对无妄法师突如其来的天子之说并不相信，这世上没有什么东西是无缘无故的；另一方面，王樾的确素来不满王键，王键虽是嫡长子，但自从发妻朱檀儿病逝后，既无子嗣还坚持不续弦的王键陷入悲痛难以自拔，无心协

第三章　无妄法师登土司府　真龙天子说惊众人

助王禧处理土司衙门的政务,很多政事都改由王樾协助。而王樾纵使宏才伟略,可毕竟是庶次子的身份,将来难以成为世子继承王氏土司之位,这是不争的事实。

一阵令人捉摸不透的笑声过后,王樾瘦削的脸颊露出狡黠的笑靥:"无妄法师,承您吉言,若真能成就大业,在下定当立黄龙寺为天下佛法正宗,封您为护国禅师。但要成就一番霸业,恐怕还得倚仗无妄法师您鼎力相助啊。"

"谢过二公子,小僧自当竭力相助,义不容辞。小僧先行告辞,待会儿再从正门进来拜访令尊。"说罢,无妄法师从王樾的房间悄然离开。

望着无妄法师离去的背影,王樾心头涌上千思万绪,脑海里仿佛有千军万马在奔腾。他静静地思考着,周围的一切不复存在,默默置身于他的世界中。王樾皱着眉头,任思绪在脸上写写画画,凹陷的双眼如一汪深幽的潭水,无妄法师所说的每一个字都缩小印在里头,像璀璨的星星溶于夜色之中。

许久之后,王樾双眼一亮,似乎有了答案,紧皱的眉头舒展开来,释放出一抹别有深意的笑。

吃过早饭,王禧和三位夫人在庭院里散步赏花。拱廊上盘根错节的紫藤刚生出蓓蕾。这一架紫藤可谓是王禧的得意之作,柔条披挂的枝叶上,缀满圆润的花骨朵儿,含苞欲放,已有姿态。三五朵聚成一簇,沉甸甸地在枝头热闹着。本来毫不起眼的拱廊,因这一架紫藤,有了一丝瑰丽庄重的气息。

王禧正在摆弄紫藤枝条的形态,家丁吉瑞跑来禀报:"老爷,大门外来了一个大和尚!"

"和尚?"王禧感到有些奇怪。

吉瑞抠了抠脑袋:"那个大和尚自称是黄龙寺的无妄法师。"

听到无妄法师的名号,王禧立刻放下手中的修花剪:"既是无妄法师,还不快快请进府来!"

过了一会儿,吉瑞领着无妄法师来到富丽堂皇的正堂。

无妄法师一见王禧等人,先行了一个佛礼:"阿弥陀佛!小僧无妄见过王土司大人,见过各位夫人、公子、小姐。"

"见过无妄法师。"王禧的夫人、子女纷纷回礼。

"无妄法师快快请坐。"王禧搀扶无妄法师坐下,嘱咐下人泡好茶水,端上各式水果、糕点。

待下人端上热茶,王禧热情地递给无妄法师:"无妄法师,请喝茶。这是

今年的贡品新茶，龙州青丝。"

"谢过王土司大人。"无妄法师双手接过茶，呷了一口，"果然是好茶！芽叶匀齐，叶色青，形如丝，成茶色泽嫩绿微黄，香郁味醇，回味甘甜，啜饮一口，齿颊留香。"

"行家啊！"王禧巧逢知己，感慨起来，"看来无妄法师也是爱茶之人啊。"

"王土司大人您谬赞了。小僧只是把茶冷眼看红尘，借茶静心度春秋罢了。"无妄法师淡然一笑。

简单寒暄几句后，王禧直奔主题："不知无妄法师此次前来我宁武司蟠龙坝有何贵干？"

无妄法师四下打量周围的环境后，对王禧小声说："此事事关重大，还请王土司大人屏退左右。"

"噢？"王禧感到疑惑，究竟是什么要事搞得如此神秘，"那拙荆和犬子、息女呢，要不要叫他们也先行回房？"

无妄法师摆摆手："此事事关王氏一族兴旺，夫人、公子、小姐都得留下。"

王禧吩咐下人们都退下，整个正堂只剩下王禧和三房夫人、子女。但见无妄法师忽然双膝跪地，向王禧叩头，行跪拜大礼。

这一跪把王禧吓了一大跳，连声叫道："无妄法师，您这是做什么呀？快快请起，在下可是万万受不起啊！"

无妄法师没有想要起身的意思，继续完成跪拜礼："小僧无妄拜见真龙天子！"

王禧吓得不轻，整个身子微微颤抖："无妄法师，您可不能乱说啊，这可是要杀头的呀！"

不等无妄法师自行起身，王禧生拉硬拽地把无妄法师拉起来："无妄法师，您这是闹得哪出啊？"

看着急得满头大汗的王禧，无妄法师一脸严肃，镇静自若地说："小僧此次远道而来，乃奉天命行事。近来小僧夜观天象，龙州蟠龙坝王氏土司府邸上有紫云，紫微星西渐，皆以为帝王之符，当在西方。东来紫气培麟趾，山吐奇香起凤毛。天降祥瑞，王代朱兴。"

听到这些，王禧的脸瞬间被吓得改了样子，惊恐万分地咽了咽唾沫，木桩般杵在原地，像被吸走了魂魄。过了好一会儿，王禧才回过神来："无妄法师，我王家世代忠良，对朝廷忠心耿耿，您可切莫胡乱说笑啊！"

"出家人不打诳语。"无妄法师一板一眼地说，"天意如此，小僧只是奉天

行事。王土司大人若不信，可打一盆清水过来，即可看到上天的旨意。"

看着一脸疑惑的王键，二夫人曹鸢娘催促王樾："樾儿，赶紧去打一盆清水来。"

王樾赶忙端来一盆清水："无妄法师，这水可以吗？"

无妄法师指着他面前的地砖："有劳二公子，就放在这儿吧。"

王禧全家屏住呼吸，眼睛直直地盯着无妄法师，想看看所谓上天的旨意究竟是何意。无妄法师双手合十，紧闭双眼，站在那盆清水前面念起经文。

"焕哥哥，无妄法师念的是什么呀，怎么我一句都听不懂？"辛夷问身旁的王焕。

王焕目不转睛地看着无妄法师，回答辛夷："他念的应该是梵语。最初的佛经都是梵语写成的，想不到无妄法师还精通梵语，果真佛法高深啊。"

念了一会儿经文，无妄法师将双手十指交叉，浸入水中，宛如一朵绽放在水中的莲花。忽然间，这一盆纯净见底的清水竟慢慢变成紫红色，仿若搅碎了一池紫红色的睡莲，和王土司府里的紫藤遥相呼应。无妄法师从布袋里拿出一张黄纸，给王禧一家示意黄纸上空空如也。他把这张黄纸慢慢浸入紫红色的水中，待纸片完全浸染，从水中取出，平铺在桌上。

无妄法师行了一个佛礼，对众人说："请各位稍等片刻，上天的旨意自会显现。"

众人的眼睛盯着那张已染成紫红色的纸片，谁也不敢多眨一下眼睛，生怕错过了最重要的时刻。等到纸片快要干透，无妄法师这才拿起那张纸片双手递给王禧看。

只见紫红色的纸片中间，赫然显现出一个黄色的"王"字！

在场的人无不瞠目结舌，不敢相信自己的眼睛，脸上的神情仿佛被千年寒冰所冰封，在这一刻凝固了。

还未等众人回过神来，无妄法师对王禧说："王土司大人，您耳厚垂肩，日月角起，颊丰鼻直口正，神韵内收，神清貌古，神足气旺，面丰耳正，额间三纹为伏犀，命门到双颧高耸而朝，神色专精鼻如狮鹫，下庭方正，须直而密，是为龙颜，嘴阔有力，有气吞山河之气魄，此乃真龙之相。天命不可违，逆天而行必遭天谴。既然上天选中了您，您何不顺天而为？"

王禧愣在原地，翩浮的思绪恍若细长的触角，肆无忌惮地钻入他的毛孔，藤蔓一样伸展，入心入肺般缠绕，令他窒息。

第四章　　无妄法师显露天意
　　　　　　衔烛之龙乍现人间

　　"王土司大人？"无妄法师叫醒王禧。

　　"啊？如果说我是真龙天子，不就是谋反吗？我王家满门忠烈，世代忠良，我怎可毁了我王家的百年清誉！不，我只是一个小小的龙州王氏土司，绝非什么真龙天子！一定是我的眼睛看错了！"眼前所见像是汹涌澎湃的海浪，猛烈地拍打在王禧心上。王禧多么希望是他看错了，使劲揉了揉眼睛。

　　纸片上那个黄色的"王"字，依然清晰可见。

　　王禧睁着空洞无神的眼睛，脑子里杂乱无章，布满遍地丛生的荒草。

　　一旁的王键心中充满疑惑，他的性子向来直来直往，冲口而出："无妄法师，恕在下直言，天下熙熙皆为利来，天下攘攘皆为利往，您何故要专程来蟠龙坝告知父亲此事？"

　　"键儿，休得无礼！"王键的生母大夫人蔡秋娘瞪了王键一眼。

　　"哈哈哈……"无妄法师大笑起来，"不瞒王土司大人、大公子，小僧此次前来是想做个交易。"

　　"什么交易？还望无妄法师明示。"王键忙问道。

　　"阿弥陀佛！"无妄法师双手合十，"小僧此行并无他求，只求他日王土司大人您登基称帝后，能将我黄龙寺立为天下佛法正宗。"

　　"原来如此！"王键耸了耸鼻子，哼了一声，"白马寺、灵隐寺、少林寺、隆兴寺这些历朝历代的佛法正宗，哪一个寺庙一年的香油钱，不得抵一个番邦小国一年的赋税？想做天下佛法正宗，统领天下佛寺，看来无妄法师野心不小啊。"

第四章　无妄法师显露天意　衔烛之龙乍现人间

"大哥，你怎么能这么说呢！要是无妄法师真能助父亲登基称帝，你就是太子了，这点交易又算得了什么呢？"看到王键对无妄法师有些偏见，王樾赶忙出来打圆场。

回过神来的王禧对王键呵斥道："键儿，休得对无妄法师无礼，还不快快给无妄法师致歉！"

还未等王键开口，无妄法师笑呵呵地说："大公子生性爽直洒脱，王土司大人不必拘礼。"

"在下只是小小的龙州王氏土司，仅仅掌握着龙州宁武司这弹丸之地，怎么可与偌大的大明相抗衡？真龙天子一说，只能当作是黄粱一梦罢了。况且我王家世代忠良，我王禧绝不可能做谋反这等十恶不赦之事！"王禧态度坚决地摆了摆手，"有劳无妄法师专程前来告知，可惜在下无福消受，让无妄法师您白跑一趟了。"

"王土司大人何出此言？"无妄法师拨弄了一下手中的佛珠，"渔溪司的江油关您去过吧？那里有座牛心山，一代女皇武则天称帝时，曾命其兄武元庆去将牛心山主脉挖断。"

"这个我知道，牛心山是李唐的龙脉所在。"王禧附和道。

"那您知道为何后来安史之乱爆发，最后江山还是回到了李唐家吗？"无妄法师向王禧发问。

"这个嘛……"王禧摸着胡子，"莫非其中有何玄机？"

无妄法师一板一眼地说："只因当时逃到汉中的唐玄宗得知李唐失天下是因其龙脉牛心山被挖断，命人赶紧将雕龙的传国玉玺连同龙袍御衣埋在牛心山里，重新连通李唐龙脉，唐军才会反败为胜，最终夺回李唐江山。"

"无妄法师，您的意思是……"王禧有点儿摸不透无妄法师的言外之意。

"王土司大人您的先祖王行俭在龙州发迹，福泽后世，龙脉盘踞于龙州蟠龙坝。自古真龙天子都是万里挑一，真龙天子只有一个，应在龙州蟠龙坝而非京师。为正本清源，您只需在蟠龙坝修建一座形制与紫禁城一致且有九千九百九十九条龙的'龙宫'，加上您刚好一万条龙。待'龙宫'建成，朝夕供奉，心诚则龙脉兴旺，便能马到功成。"无妄法师盘着手中的佛珠，用真诚的眼神看着王禧。

"父亲，私建皇宫可是十恶不赦的谋反大罪！若是宫殿还未建好，薛土司和李土司就参您一本，那该如何是好？谋反之罪可是要诛九族的！"王键并不认同无妄法师的说法。

无妄法师赶忙给王键宽心："大公子不必担心，现有王氏土司衙门已历数年，早已老旧风化，多有破损。王土司大人刚刚获得朝廷重赏，大兴土木可对外宣称修建新的王氏土司衙门。薛土司和李土司向来都各自驻守在其封地，与王土司大人平日来往不多，他们基本不会来蟠龙坝。只要修建'龙宫'的匠人不去京师告密，谁又能知道其中奥秘？"

眉头紧锁的王禧原本过得岁月静好，并无谋反之心，面对无妄法师的步步紧逼，只好先用缓兵之计请走无妄法师："无妄法师，此事事关我王氏一族的兴亡，还得从长计议，万不可贸然行事。可否等我考虑周全后，择日再议？"

无妄法师点点头："待王土司大人三思后，再做决定也不迟。奈何黄龙寺事务缠身，小僧先行告辞。"

王禧礼节性地挽留无妄法师："无妄法师何必来去如此匆忙，留下来用过午膳再走也不迟啊。"

"谢过王土司大人一番好意，出家人多有不便，小僧就不在贵府用膳了。"说罢，无妄法师从布袋里拿出一串龙胆纹金丝楠木佛珠手串，双手递给二夫人曹鸢娘，"二夫人，小僧与您也算有佛缘，这串佛珠已由小僧亲自加持，可保家人平安。"

"谢过无妄法师！"二夫人接过佛珠，感激不尽。

"阿弥陀佛！那小僧告辞，小僧在黄龙寺静候王土司大人佳音。"无妄法师行了一个佛礼，准备踱步离开。

二夫人见状，催促王樾："樾儿，你去送送无妄法师吧。"

"孩儿遵命。"说罢，王樾将无妄法师礼貌地送出王氏土司府邸。

入夜，一阵凉风驱散了白天的热闹，鸟叫虫鸣吵醒了大地的静谧。整个王土司府塞满夜的嫁衣，细腻的黑色充斥在庭院的每个角落，填满墙壁上斑驳的缝隙。晚风夹带着辛夷花的淡淡幽香，飘进二夫人房中。

王禧倚靠在龙凤床的床沿上，看着铜镜前正在拆卸发饰的二夫人，问道："鸢娘，你上次去黄龙寺上香是什么时候？"

二夫人取下头上的一根累丝仙鹤衔枝金发簪，想了想答道："回老爷，是今年的二月十九，观音大士诞辰。"

"那你早就见过无妄法师了。你对无妄法师印象如何？"王禧接着问。

"观音会那日，天亮之前烧香许愿之人便络绎不绝，黄龙寺殿堂庙廊里的

第四章　无妄法师显露天意　衔烛之龙乍现人间

善男信女摩肩接踵，鞭炮之声此起彼伏，不绝于耳。无妄法师一早就带领僧众沐浴更衣，从清晨起开始诵唱佛经，引导香客将鞭炮香烛投向大殿前的铁炉焚烧，向观音大士三拜九叩以表诚心，祈求许愿，与其他寺庙的主持并无异样。"二夫人忽而又想起什么，"倒是无妄法师在四面八方远道而来的香客中口碑极好。他们说无妄法师心地善良、佛法高深、无私奉献，经常施粥给穷人。法力高强的无妄法师还驱走了黄龙寺附近伤人的野猪群。靠着高深的佛法造诣，无妄法师在峨眉山拈花讲佛大会上也是拔得头筹。"

"金杯银杯，不如百姓的口碑，看来无妄法师的确名不虚传。但他今日所说之事，着实令人惶惶不安啊。"王禧喃喃说道。

二夫人转过头看着王禧："老爷，若无妄法师今日所言祥瑞非虚，那老爷您准备……"

心事重重的王禧像是被打了一棒槌在头上，脑袋灌满铅，打断了二夫人的话："为方便古城驿叶家坝的百姓渡河，我前段时间拨了库银修建的同心渡口快开工了，我明日还得去土司衙门看看修建图纸。鸢娘，赶紧就寝吧，我今日头昏脑涨，有什么事明日再议吧。"

说罢，王禧往床上一躺，不一会儿便昏昏沉沉睡着了。

"呼——呼——呼——"疾风号叫，大树在狂风中摇晃，树枝像狂舞的皮鞭在空中不断抽打着。疾风不断卷起地上的尘土，猝不及防地扫荡，如凶猛的野兽突袭这座王氏土司府邸。大树被风刮得痛苦地摇着头，呜呜哀鸣。大开着的绮窗，被劲风吹得吱呀作响，像是午夜的歌声，幽怨绵长。狂风顺着打开的窗户，横冲直撞跑到屋内，在屋里四处肆虐，将庭院的残花树叶吹到屋内，到处乱飞，一片狼藉。

王禧被这狂风无情地吵醒了，本想责备二夫人忘关窗户，又不忍叫醒她。王禧打着哈欠，起身去关窗户。

只听见"哐啷——"一声，有什么东西摔碎在地。王禧循声摸过去，地上湿漉漉的，原来是他不小心将桌上的白釉茶杯碰翻摔碎了。

霎时间倾盆大雨直泻下来，把天空与地面交织成一个连绵不断的雨网。

忽然间，天门开处，黑云的缝中闪出一道金光，寒人肝胆，摄人魂魄，如同猛士挥舞宝剑，以灿烂的剑光向大地示威，又好似巨人举起几股金红色的钢叉，刀光在长空飞舞，"哗啦——"一下刺进深山老林。然而，这并非又一道闪电，而是一条腾在云雾波涛之中的巨龙！

此龙口中衔烛，体态矫健，红甲生辉，筋骨突出，龙爪雄劲，威风凛凛，杀气腾腾，角似鹿、头似驼、眼似兔、项似蛇、腹似蜃、鳞似鲤、爪似鹰、掌似虎、耳似牛。时而仰天长啸，呼风唤雨；时而张牙舞爪，气吞山河；时而引颈怒号，气势逼人；时而龇牙咧嘴，奋臂长空；时而蜿蜒盘亘，腾飞九天。

　　巨龙像一条浑身带火的赤练长蛇，越过天空，照亮了混沌汹涌的云丛，不时冲撞天空，击打山峰，涤荡河水。黑色的天幕被巨龙划破，它在穹顶之上盘旋疾驰，将天地照得比白昼还要耀眼。巨龙散发出辉煌雪亮的光，照亮了王禧隐没在黑暗里被吓得惨白如纸的脸。

　　王禧使劲儿揪了揪他的脸，以为是在做梦，完全不敢相信眼前的景象！凡人哪里见过这等场面，王禧被吓得双腿一软，汗毛直立，瘫倒在地上。

　　恐惧之余王禧感到十分奇怪，他强迫自己镇定下来，心里暗暗想到《山海经》里有云："钟山之神，名曰烛阴，视为昼，瞑为夜，吹为冬，呼为夏，不饮，不食，不息，息为风，身长千里。在无启之东。其为物，人面，蛇身，赤色，居钟山下。"这不是居于西北无日之处、照明于幽阴的衔烛之龙吗，怎么会跑到龙州宁武司蟠龙坝来呢？

　　天空中的巨龙伸了伸粗壮的前爪，挥舞着强劲有力的尾巴，仿佛听到了王禧的心声。巨龙细细的胡须在风中飘动，紧蹙眉头瞪大眼睛，声如洪钟响彻天地，俯视着王禧，厉声问道："堂下之人，可是龙州王禧？"

　　半晌，王禧才回过神来，拖住吓得瘫软如泥的身体，连滚带爬，双膝跪地，向衔烛之龙磕头，用颤抖的声音答道："回……回神龙大人……鄙……鄙人……正是龙州王禧……"

　　衔烛之龙翻搅起四海云水，似一柄弯刀，把天空和涪江河面劈做两部，接着说道："龙州建于龙门山脉之上，龙州蟠龙坝乃我龙族血脉所在。当今紫禁城奉天殿龙椅上所坐之人非我族类，你作为我正宗龙族子孙，必当尽心竭力驱除外族，兴旺我族繁荣昌盛，千秋万代。"

　　王禧转过头去，看了一眼仍在酣睡的二夫人，将信将疑地问："那……神……神龙先祖，晚……晚辈应当何以作为？"

　　衔烛之龙翻腾着巨大的身躯，如有光的带子在山顶上盘亘，声音低沉得像从远古传来："你须修建一座形制与紫禁城一致且有九千九百九十九条龙的'龙宫'，以正视听，用来世代供奉和祭祀我龙族，方可保我龙族血脉长续，执掌天下。否则不但我龙族血脉将断，尔等也会家破人亡。"

第四章　无妄法师显露天意　衔烛之龙乍现人间

还未等王禧回答,天空又响起滚滚雷霆,从东到西,响彻四方,如高山倾颓,如巨树摧折。衔烛之龙舞动着耀眼的金光急骤驰过,在乌黑的云端进出火花,光焰摇曳在王禧的瞳仁里。

衔烛之龙仰天长啸一声,电光闪动着它锐利的牙齿,天地似乎欲随之坍塌。而后,衔烛之龙在层层云海和袅袅水雾之中,消失得无影无踪,仿佛从未出现过。

第五章　　　梦中梦惊醒梦中人
　　　　　　采白蔗半路生枝节

　　一声夜莺的啼叫撕裂了没有星星的夜空，跌落在王禧内心的旷野。无限漫长的恐惧，在看不到尽头的目的地，从每个毛孔暗自滋长。

　　"还好，这一切都只是一场梦！"满头冷汗的王禧从梦中惊醒。他那从头到脚全身发冰的惧怕渗透到骨子里，即使醒过来身体还是冰得让人不能动弹。那种感觉是冰，不是冷，冰和冷是不同的。

　　屋外"呼——呼——呼——"的狂风乱作，大开着的绮窗被吹得"吱呀"作响。庭院中的残花败叶，随风飞进屋内，散落在房间各处。

　　还没来得及多想，漆黑的夜空划出一道闪电，一个震耳欲聋的响雷，在箭楼山和正南山之间回响。王禧心头正埋怨二夫人忘记关好窗户，一定是这电闪雷鸣让他做了噩梦。在闪电的短暂光亮之下，熟睡中的二夫人斜卧在锦织龙凤床上，一头乌发如云铺散，红润如海棠的唇，洁白如牛乳的肌肤，睫毛似蝴蝶微憩，抹不掉眉眼间云雾般的忧愁。王禧怜香惜玉，不忍叫醒二夫人，睡眼惺忪地摸索到床下的鞋子，打着哈欠起身去关窗户。

　　懒得点灯，王禧在闪电的忽明忽暗中向大开的窗户径直走去。突然"哐啷——"一声，王禧不小心碰翻了桌上的白釉茶杯，碎了一地。这一声响惊醒了梦中的二夫人，二夫人轻声呢喃几句，翻个身又睡着了。

　　王禧心中一惊，这一幕竟是如此熟悉，这不正是刚才梦里的情景吗？

　　一刹那，豆大的雨点倾倒下来，涪江河水怒涛翻滚。天门开处，黑云的缝中闪出一道白昼般的金光，"哗啦——"一下子钻进触不可及的深山老林里。这并非又一道闪电，而是一条体态矫健，龙爪雄劲，腾在云雾波涛之中的巨龙！

第五章　梦中梦惊醒梦中人　采白蕉半路生枝节

此龙口中衔烛，龙面蛇身，通体赤色，身长千里，睁眼为昼，闭眼为夜，吹口气就北风呼啸，呼出气则赤日炎热，一呼吸就长风万里，双眼发出的光芒，仿佛能照耀极寒之地的阴暗。

黑夜被这条庞大的巨龙所割裂，穹顶之上留下它蜿蜒疾驰的身影。巨龙浑身上下所散发出的耀眼光芒，将黑暗中王禧惨白的脸映照得清清楚楚。

如同跌入轮回，这一切那么熟悉，梦中的画面竟活生生地出现在现实中！王禧战战兢兢，如履薄冰，全身筋骨摇动，唇齿发出激烈的撞击声。

和刚才梦里一模一样，巨龙驰骋在天空中，挥舞着强健的前爪，甩了甩苍劲的尾巴，瞪着大眼盯着王禧，声音震耳欲聋："堂下之人，可是龙州王禧？"

王禧吓得魂飞魄散，哆哆嗦嗦不敢动弹，话在嘴边却挤不出来。

巨龙在空中不断上下翻腾，如同一把利刃，无情地把天幕和涪江河面切割成两半，厉声对王禧说："龙州建于龙门山脉之上，龙州蟠龙坝乃我龙族血脉所在。当今紫禁城奉天殿龙椅上所坐之人非我族类，你作为我正宗龙族子孙，必当尽心竭力驱除外族，兴旺我族繁荣昌盛，千秋万代。"

王禧转过头看了一眼二夫人，她竟未惊醒，仍在酣睡。王禧感到无助，畏畏缩缩问道："神……神龙先祖，晚……晚辈应……应当做些什么呢？"

衔烛之龙巨大的身躯在空中自由穿梭着，声音忽远忽近："你须修建一座形制与紫禁城一致且有九千九百九十九条龙的'龙宫'，以正视听，用来世代供奉和祭祀我龙族，方可保我龙族血脉长续，执掌天下。否则不但我龙族血脉将断，尔等也会家破人亡。"

王禧还来不及回答，苍穹顿时滚滚雷霆，忽而霹雳一声，衔烛之龙舞动着庞大的身体，伴着耀眼的金光疾驰而过，咔嚓的雷声轰鸣起来，惊天动地，地动山摇。只听得衔烛之龙一声长啸，在烟云袅袅之中，消失得了无踪迹。

密集的恐惧紧紧缠绕着王禧，使他动弹不得，呼吸越来越急促，他似乎快要窒息。那些恐惧绵延在王禧身体上，藤蔓般舒展一片片柔软的叶子，吐露一个个娇嫩的蓓蕾，绽开一朵朵鲜艳的妖花，不时散发出些许腐烂的气息，华丽诡异。

一声知更鸟的畅鸣，驱走了这个骇人的夜晚。清晨的一缕阳光穿过窗棂，晃亮王禧的眼，它告诉王禧那个恐怖的夜只是噩梦一场，醒来之后阳光依旧灿烂。

王禧拭去额头细密的汗珠，感叹道："原来这是一个梦中梦！"

二夫人睡眼惺忪地问:"老爷,您这么早就醒了?"

"做了一个可怕的梦中梦,吓醒了。"王禧仍心有余悸。

二夫人关切地问王禧:"老爷,是什么梦中梦啊?瞧把您给吓得这一头汗,说出来噩梦就破了。"

王禧将这个可怕的梦中梦一五一十地讲给二夫人,听得二夫人一愣一愣的,半天才回过神来。

"此事千万不可外传,不能告诉任何人,否则大不敬之罪加身,要诛九族的!"王禧认真叮嘱二夫人,穿好衣服下床,"我去倒杯水喝。"

王禧走到桌边,看到眼前的场景,噤若寒蝉,哑然失声。脸像窗户纸似的煞白,额头冰凉,手上的青筋胀裂开来。

只见一只破碎的白釉茶杯横躺在地上,泡开的茶叶撒得到处都是,和梦中一模一样,打翻在地的茶杯碎成好几块,撒落一地。

翌月,正值春末夏初,晴空骄阳,海棠花早已凋零谢去,满城纷飞的柳絮如同泪水流干殆尽。清晨的王氏土司府邸万籁俱寂,庭院里星罗棋布的肝风草,如翡翠,似碧玉,随着习习微风起舞,齐刷刷地向王禧问安。

王禧独自在庭院中漫步,步履沉重,不知不觉走到府邸后花园的水榭旁。绿树葱郁,树荫清凉,白昼越来越长。阳光下,池水晶莹透彻,与映在塘中的楼台倒影交相辉映。一阵微风吹来,水光潋滟,碧波粼粼。

夏日的微风总是不易觉察,看到细密的水波,王禧才后知后觉起风了。王氏一族世代信佛,从小对佛教文化耳濡目染的王禧,忽而想起《六祖坛经》中有云:时有风吹幡动。一僧曰风动,一僧曰幡动,议论不已。惠能进曰:非风动,非幡动,仁者心动。

想到佛经,王禧脑海里浮现起无妄法师之前告知的祥瑞,以及那个可怕的梦中梦。在这夏日暖阳下,王禧竟打了个寒战。

"父亲,找了您半天,原来您到水榭来了。"不远处,辛夷的声音打断王禧的思绪,她快步来到王禧面前。

今日的辛夷着花青马面裙,与素白交领袄相得益彰,精美的祥云刺绣落满双袖,腰间系着藕荷丝绦,三千青丝绾成云髻雾鬟,系上雪青描金发带,斜插着一只精巧的云脚珍珠卷须簪,珍珠穿成的流苏随意垂下,在风中漾起涟漪。好一个风姿绰约的少女,身姿娉婷。辛夷眉宇间的灵稚之气,如仙童婉婉而至,降落凡尘,带着纯净与美好,仿佛有着荡涤尘埃的力量。

第五章　梦中梦惊醒梦中人　采白蔍半路生枝节

看到辛夷，王禧原本紧锁的眉头舒展开来，露出和蔼的笑容："辛夷，怎么今日打扮得这般好看？"

辛夷明澈的大眼睛如一对黑曜石，华光流转，琼鼻微翘，樱唇圆润，翕张间玉齿毫不羞涩地外露，笑起来一对梨涡娇俏可爱，对着王禧撒起娇来："辛夷整日都待在府里，太闷了！这段时间白蔍熟了，辛夷想和安兰、落梅一起去山上摘白蔍呢。父亲，辛夷保证早去早回！"

白蔍，又称莓儿、白泡儿，是龙州的特色高山野果，形似草莓。白蔍在春末夏初之际成熟，只生长于海拔较高的山坡草地或沟边林下。白蔍成熟后香味浓郁，爽口过瘾。每年一到白蔍成熟的季节，漫山遍野成熟的白蔍甚为壮观，龙州的百姓都被这大自然馈赠的美味所吸引，自发到山上采摘白蔍，蔚然成风。

辛夷想出门摘白蔍，早早起床梳妆打扮，特来请示父亲。

王禧笑了笑："你就带两个婢女去，我可不放心啊！都是女孩子，万一遇到猖狂之徒，你们三个女子手无缚鸡之力，如何是好？你可是为父最宝贝的掌上明珠呀。"

辛夷撇了撇小嘴，拉扯着父亲的衣袖，带着几分祈求的味道："孩儿就是想去嘛！再不去，白蔍可都被别人采摘光了！父亲，您就让孩儿去吧……"

辛夷的甜言软语若清泉碧溪流淌，听在耳间是叮咚清新，敲在心弦则让人怜爱。除开木槿、木棉两个已出嫁的女儿，辛夷是唯一留在王禧身边的女儿，又是年纪最小的孩子，王禧自是疼爱有加。

王禧只好依着辛夷："好吧，好吧，依了你了，不然你又要说为父偏心。可惜府里的几个家丁，我今日安排他们都去两岔河了，让他们帮钟老伯的房子翻瓦去了。钟老伯的腿是当年为修蟠龙坝到江油关的官道摔瘸的，他为咱们宁武司做了贡献，生活中又行动不便，应当尽量多关照他。家丁们都不在，你实在要去，就去看看你哪位兄长有空陪你同去吧，如此为父方才放心。"

"太好了，辛夷谢过父亲！"辛夷两只圆亮的眼睛似两盏放光的小灯笼，欢喜地找兄长们去了。

"该找谁陪我去呢？"辛夷思索着，"键哥哥、樾哥哥肯定在忙宁武司的政务，济哥哥估计到正南山上练剑去了，焕哥哥说不定在徐公那里请教书法。看来只有去找坦哥哥了，他也喜欢吃白蔍，一定愿意陪我去。"

辛夷一想到王坦拖着臃肿的膏人之体，费力地弓着身子采摘白蔍的滑稽

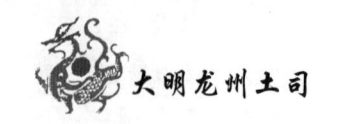

模样，捂嘴一笑，很快来到王坦的房间外。

"坦哥哥，你起床了吗？"辛夷敲了敲门，见屋内没有应答，朝着屋内连声问道。

屋内还是没有回应，辛夷只得继续敲门。婢女杏雨迎面走来，手里端着一盆水。杏雨向辛夷问安："辛夷小姐，恭请福安！"

辛夷正好问问她："杏雨，坦哥哥是还没起床，还是已经出门了呢？"

"回辛夷小姐的话，五公子还未吩咐打水梳洗，应是还未起床吧。"杏雨回话道。

"那你这水是打给谁的呀？"辛夷有点儿好奇。

杏雨眉头紧蹙："不知怎么回事，昨夜三更四公子突发不适，胸闷心悸、痉挛口渴、恶心呕吐、腹痛腹泻，今早二公子也开始腹痛腹泻。我和敛秋忙活一早上了，晴雪去请章郎中了，还没见回来。"

"啊？"辛夷瞪大眼睛，轻咬朱唇，"樾哥哥和焕哥哥怎么啦？莫非是吃坏了什么东西？我去看看他们！"

辛夷和杏雨快步向王焕的房间走去，本来想去采摘白蘼的辛夷顿时兴致全无，一心只担忧两位兄长的病情。

在去王焕房间的路上，辛夷碰到了徐昌田。进士出身的徐昌田，字章远，是龙州王氏土司衙门的师爷，也是王禧几个孩子的私塾先生，与王家素来交好，王家人都尊称他为"徐公"。见今日约好教王焕书法的时辰已过，王焕迟迟未到，徐昌田猜测是王焕偷懒，便主动到王土司府找他。

一走进王焕的房间，就看见雕花架子床上，穿着中衣的王焕一只手牢牢攥着被子，另一只手紧紧捂着肚子，脸上迸沁着冷汗，整个身体不住地抽搐，原本红扑扑的脸如一张雪白的纸，毫无光彩。王焕捂住肚子在床上拼命翻滚，被褥乱成一团，好似经过一场恶斗。他脸上扭曲的筋肉麻花般拧作一团，额上因疼痛挤出的皱纹，山丘似的凸起，像是干燥的土地露出狰狞的裂痕。

看着王焕痛苦难耐，徐昌田赶紧劝他好好休养："四公子，你好生将息，待病好后，老夫再教你书法。"

辛夷本想问问王焕到底怎么了，或是说几句安慰的话，千言万语挂在嘴边竟一时凝噎，只能轻唤一声："焕哥哥……"

王焕疼得说不出话，听到徐昌田和辛夷的声音，痛苦地点了下头。

"告诉父亲了吗？章郎中什么时候到啊？"辛夷催问身旁的杏雨。

第五章　梦中梦惊醒梦中人　采白蘸半路生枝节

"回辛夷小姐，素竹已经去找老爷了。"杏雨答道。

"我们再去看看樾哥哥吧。"辛夷对杏雨吩咐道。

辛夷、徐昌田、杏雨三步并作两步，走向王樾的房间。在王樾的房间门口，三人与匆匆赶来的王禧、素竹撞了个正着。

卧房里的王樾穿着墨色曳撒，露出银色镂空祥云纹饰镶边，如意镏金束发冠下的发丝凌乱不堪，双手捂着肚子，在床上翻来覆去。

"樾哥哥，你和焕哥哥到底怎么了？"辛夷心急如焚。

王禧心疼地问："樾儿，你和焕儿是吃了什么东西，吃坏了肚子吗？"

"四弟也是腹痛难忍？"王樾来不及向王禧问安，忍着绞痛袭击，右手死死抵在小腹上，加重力道揉着，"莫非是我们昨夜都吃过御赐的宫廷果脯所致？"

"就是为父从京师带回的那几盒张太后御赐的宫廷果脯？"王禧倒抽一口冷气。

辛夷呆住了，瞪大眼睛嘟囔道："父亲赠予辛夷的宫廷果脯，辛夷一直都舍不得吃，还说什么时候和母亲一起吃呢！"

徐昌田皱了皱眉，表情凝重，意味深长地说："这件事似乎不简单啊……"

第六章　　章郎中查明毒物源
　　　　　　辛夷救兄寻不死鸟

这时,晴雪带着蟠龙坝鼎鼎有名的章郎中,刚赶到王樾的房门外。

"草民章士居,拜见王土司大人。"见着王禧,章郎中赶紧行礼。

"章郎中快快免礼,赶紧给我两个孩儿看看病吧!"为方便章郎中诊断,王禧命晴雪、素竹二人速将王焕搀扶到王樾的床榻上。

王樾的病情看起来比王焕略微缓和一些。章郎中一番观气色、听声息、嗅气味、询问症状,摸了王焕的脉象,捋着泛白的山羊胡子,叹了一口气,对王禧说:"王土司大人,两位公子的症状大同小异,一路上晴雪姑娘已详细告诉草民了。依草民判断,两位公子怕是中了毒。"

"什么!"章郎中的话像霹雳闪电,众人听了无不震惊。王禧打了个寒战,两只脚像钉住了似的。

王樾强忍腹痛,说起话来有气无力:"昨日晚饭后……大哥让我把三个弟弟……都叫到偏厅商议边地巡防之事……事情说完,我们几个闲话家常,我忽然想到之前父亲给了我们每人一盒御赐的宫廷果脯……我看这天气越来越热了,生怕放坏了可惜,毕竟如此珍贵的东西,就提醒大家尽快吃了……莫不是四弟也和我一样,昨晚吃了这宫廷果脯?"

王焕原本紧闭嘴巴,突然"哇——"的一声吐了一地。章郎中赶紧低下头去,闻了闻王焕的呕吐物,没有什么特殊的酸腐气味。

"王土司大人,贵府还有这种宫廷果脯吗?"章郎中从随身背着的药箱里拿出一根银针,对王禧说,"中毒分很多种,草民只有知道具体是中了哪种毒,才能对症下药。"

第六章 章郎中查明毒物源 辛夷救兄寻不死鸟

王樾抬起软弱无力的手臂，指了指窗子旁的柜子："昨晚我吃得不多，还剩了些，就在柜子里那个牡丹盒子中……"

章郎中打开精美的牡丹盒子，用银针刺入一颗果脯肉里，银针针头并没有发黑。他将盒子里的果脯用银针挨着试了个遍，银针针头依然没有变黑。他用手捋着下巴上的山羊胡子，聚精会神地思考着。睁大的眼眶里，因老迈而有点儿浑浊的眸子缓慢游动着。

忽然眼前一亮，章郎中请示王禧："王土司大人，能否准备一碗清水、一张白纸、一头活的山羊？"

"清水和白纸好办，可这山羊？"这让王禧犯了难。

晴雪提醒王禧："老爷，您还记得前段时间厄哩山寨送来的那头山羊吗？大夫人说这个时节吃羊肉上火，现在还养在马厩里呢。"

"对、对、对，我也是急昏头了。"王禧吩咐下人，"照着章郎中的要求，清水、白纸速速拿来，山羊速速牵来！"

"章郎中这是要做什么呢？"敛秋、素竹一脸茫然，心里犯起嘀咕。

王禧徘徊不定的脚步湮没在他难以平静的情绪里，胀满腾腾的气流，快要涌出来。

辛夷双手合十，紧闭双眼，默默祈求上苍，唯愿她的两位兄长平安无事。

少顷，敛秋、素竹拿来一碗清水、几张白纸，晴雪让庖丁将山羊从马厩牵到王樾房间外。

在众人疑惑的眼光中，章郎中从牡丹盒子里抓出一大把果脯，撒在地上。山羊见了，闻着味低下头张嘴就吃。长长的羊嘴巴一歪一歪的，津津有味地咀嚼着。章郎中单独取出一颗果脯，浸泡在清水里。他在药箱里取出一个小瓶子，从里面倒出少许灰色的粉末，均匀地撒在白纸上。过了一会儿，他用药勺从浸泡果脯的水里舀出一勺，滴在撒有灰色粉末的白纸上。

须臾间，白纸上的液体变黄了，继而变成橙黄色，直至在白纸上留下了一抹棕黄色痕迹。那只山羊突然反刍废绝，步态左右摇摆，双眼发绀，眼底溢血，全身痉挛，发出几声哀嚎，最后竟口吐白沫，四条腿伸直，死了！

眼前的这一幕吓坏了众人，王禧脸色蜡黄。

"唉……"章郎中长叹一口气，向王禧禀报，"启禀王土司大人，两位公子中的乃是莲华踯躅之毒。"

"莲华踯躅乃是何物？章郎中，还请你不惜一切代价，务必要救犬子性命啊。"王禧急得如热锅上的蚂蚁。

"四公子的呕吐物无特殊酸腐气味，果脯颜色与正常无异，毒物必是无色无味。草民以银针刺探，并无发黑，说明毒物并非鹤顶红。草民再拿出草木灰试探，白纸变黄，加之山羊服食后暴毙，更加证实草民的判断，此毒物乃毒花莲华踯躅无疑。"章郎中捋着胡须，给王禧解释，"《神农本草经》曾有记载，羊踯躅花，黄羊食之则死。莲华踯躅，其花明艳，与杜鹃花相似，似羊踯躅，毒性更甚。"

章郎中的话吓得王禧脸色煞白，不自觉地往后退了一步。

"章郎中，您可有法子救我两位哥哥的性命？"辛夷心急火燎地问。

"辛夷小姐莫慌，现在赶紧用三钱紫阳花煎水，给二位公子服下，先让他们把尚未消化吸收的毒物催吐出来。草民这就开个方子，连续服药七日之后，体内莲华踯躅之毒自可祛除七八。只是……"章郎中的话说到一半咽了下去。

"只是什么？章郎中你不妨直说，救人要紧啊！"王禧急得眉毛快烧着了。

章郎中愁眉锁眼，喃喃地说："只是这方子中最重要的一味药材不死鸟，怕是要王土司大人您亲自跑一趟马盘司了。不死鸟乃滇药之瑰宝，其根叶均可入药，实乃解毒祛恶、拔毒止痛、活血化瘀之神药，因其卓越的解毒修复能力，而被命名为不死鸟。不死鸟药材名贵，生长环境特殊，四川并未出产。早些年，草民去滇缅一带游医采药，有幸挖到一株，后来草民将这株不死鸟带回龙州，一次机缘巧合下卖给了李土司。若是李土司尚未服食且愿意拿出来，二位公子的病情还有转机。倘若……"

听到章郎中的话，王禧心烦意乱，如坐针毡。龙州的百姓谁不知道薛、李、王三家土司早已各自为政多年，虽还未到剑拔弩张的地步，但早就因各种利益纠葛矛盾重重。现在要王禧去求李振樊，他真拉不下这个脸。可王樾、王焕都是王禧的亲生骨肉，这该如何是好？

王禧抱着最后一丝希望，打断了章郎中的话："章郎中，难道就没有其他能解莲华踯躅之毒的药材吗？"

章郎中坚定地答道："根据草民毕生所学药典医书的记载，以及行医多年的经验，当下只有不死鸟能克莲华踯躅之毒。"

王禧叹了口气，捏紧拳头，对晴雪吩咐道："你快去抓紫阳花煎水，给二公子、四公子服下，要快！"

晴雪点点头，急忙地跑去抓药。

第六章　章郎中查明毒物源　辛夷救兄寻不死鸟

百感交集的王禧踌躇不定，来回踱步。一方面，他不想低三下四去求李振樊，就算在李振樊面前装孙子，李振樊也不一定愿意拿出不死鸟。抑或是那株不死鸟，李振樊早已服食；另一方面，他急于要救他的骨肉至亲，毕竟是亲生儿子，不是外人。王禧心里两只大红公鸡激烈争斗着，互不相让。

正当王禧左右为难之时，落梅气喘吁吁跑来，泪眼婆娑地向王禧报告："老爷，不好了！五公子，五公子他……他没了……"

"什么？"王禧跌入万丈冰窟，极寒霎时围过来，冰霜将他包裹得严严实实。在场的每一个人都无法接受，宁愿是自己听错了。

王禧等人冲进王坦房间，只见体态臃肿的王坦身着中衣，趴在桌子上，皮肤灰暗，嘴唇、指甲发灰发黑，口吐白沫，躯体已经僵硬变冷。桌上灯里的松油已燃尽，王坦右手边放着打开的牡丹雕花木盒，里面只剩下三颗果脯，地上散落着一本《三国志》。

听到噩耗的三夫人田文娘匆匆赶来，看到眼前的景象，两眼一黑昏了过去。辛夷见状也差点儿昏厥。闻讯而来的王键和王济几乎快要站不稳。

章郎中忙问道："大公子、三公子，你们昨晚吃过这宫廷果脯吗？"

王键摇了摇头："昨晚本来说要吃的，但还要整理宁武司户籍，忙起来就忘了吃了。"

王济接着答道："我从来不吃甜食。况且昨日白天在正南山练了一天剑，甚为乏累，昨晚又和几位兄弟商讨边地巡防事宜，回房我就直接躺下歇息了。"

"两位公子没吃过那就最好。"章郎中暗暗感叹，算是不幸中的万幸。

章郎中试了试王坦的脉搏和鼻息，掀开王坦的眼皮，其瞳孔散大无光，眼下溢血。章郎中摇了摇头，无可奈何地对王禧说："请王土司大人节哀顺变。"

章郎中的话让王禧犹如五雷轰顶，似夜游出行，若鬼魅附身，如魂魄出窍，面色苍白像纸，神情迷茫。

"不可能的！坦哥哥还要带我去摘白蘼呢……"辛夷无法相信天天和她打闹说笑的王坦再也醒不过来了，扯着章郎中的衣袖，泪流满面，"章郎中，您是不是看错了……"

章郎中默不作声。

辛夷松开手，眼泪止不住地流着，任泪珠在脸上胡乱湿花红妆。

"王土司大人，从身体僵硬程度来看，五公子恐是昨夜二更时分就已毒发身亡。从毒发症状看，五公子中的也是莲华踯躅之毒。与二公子、四公子有所

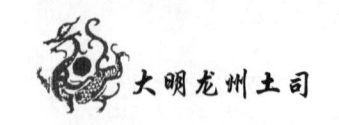

不同的是，五公子一次食用含有莲华踯躅之毒的果脯过多，进而暴毙。"章郎中劝慰王禧，"王土司大人，人去不能复生，您赶紧拿个主意吧，拖久了二公子和四公子体内的莲华踯躅之毒会渗透进五脏六腑，到时候恐亦命悬一线啊！"

王禧仔细回想起来，当日朝贡之后，他去面见张太后，张太后说他忠君爱国，当即赏赐了他六盒宫廷果脯。他将这六盒宫廷果脯视若珍宝，在回龙州的路上，他小心翼翼地将六盒宫廷果脯藏在轿子里，就连轿夫都不知道，更何况薛崇育、李振樊二人。薛、李二人绝无下毒的机会，只能说明从一开始这六盒宫廷果脯就是有毒的！

王禧朝着廊柱挥起就是一拳，打在坚硬的木头上，手指关节鲜血直流。王禧的牙咬得咯咯作响，眼里闪动着一股无法遏制的怒火，好似一头被激怒的猛虎。他的脸因愤怒扭曲成暴走的猛兽，素日里温文尔雅的面庞，燃起火来如同温柔的猫咪突然露出尖锐的獠牙。

愤怒到极点的王禧嘶吼道："皇帝小儿、张太后，我王禧世守斯土，与国同休，以例朝贡京师，以表丹诚，你们却要戕害忠良，赐我含有莲华踯躅之毒的果脯，要杀我全家！"

一声长啸后，王禧心灰意冷，如一潭死水，他的天空蓦地黑了下来，四周寂静如雪，只听得见几声乌鸦的哀鸣。

徐昌田的面色像一块生铁，阴沉严肃。作为王禧的心腹，徐昌田深感此事尤为重大，背后的始作俑者必是有备而来。

"王土司大人，五公子已无力回天了，现在抓紧时间去马盘司青溪城求李土司，拿到不死鸟救二公子和四公子的性命，才是当下最迫切之事！"徐公向王禧谏言，"王土司大人您不方便去，就让属下前去。若是李土司不肯，属下一大把年纪去求他，他应该不会太为难属下。"

王禧的脸涂了一层厚厚的凝霜："那有劳徐公快马加鞭跑一趟了。带上五十两银子买这不死鸟，应该够了吧？"

章郎中听到五十两白银的数目，瞪大了眼："够了，够了！当年草民卖给李土司的时候才八两银子呢。"

王禧命人拿出五十两白银，让马夫牵出一匹高头大马，拿出一块通行令牌交与徐昌田，紧握着徐昌田的手："辛苦徐公了，若是能带回不死鸟，我王家必定感恩戴德，重金酬谢！"

徐昌田一脸严肃地摆摆手，眼里满是真诚："王土司大人，您言重了！当

第六章　章郎中查明毒物源　辛夷救兄寻不死鸟

年属下因触怒朝中权贵被免职，流落龙州，若不是您好心收留，属下早已是一具饿殍。王土司大人，您的恩情属下没齿难忘，属下报答您都来不及，哪里还能要您的酬金！"

王禧还来不及回徐昌田的话，就看见辛夷牵着一匹小白马走了过来，她对徐昌田说："徐公，您这么大年纪了，还是让辛夷去吧，我争取快些回来，好救两位哥哥的性命！"

说罢，辛夷一把夺过徐昌田手中装着银锭的包裹和通行令牌，跳上马背，挥起鞭子，提起缰绳，夹紧马肚，轻呼一声"驾——"，马儿带着辛夷开始小跑起来。

"辛夷，你一个女孩子跑去做什么？山高路远，太不安全了！"王禧不放心地朝辛夷喊道。

辛夷顾不得这些，对王禧说："父亲，辛夷虽是女儿身，但自幼跟随父亲学习骑马，跟着济哥哥也学过一点儿武艺防身，不碍事的。现在最重要的是尽快拿到不死鸟，才能避免悲剧再次发生。"

"不行，我不能让你一个人去！徐公骑马可能会慢一点儿，那我让济儿跟着你一起去。"王禧仍旧不放心。

徐昌田坚决反对："三公子性情急躁，去了若是惹怒李土司，反倒不好。还是让属下去吧！"

徐昌田话音未落，辛夷早就一溜烟骑马跑远了。

无奈之下，王禧只得吩咐婢女冬盈："赶快去两岔河把家丁们全都叫回来，就说府里有急事！等他们回来后，再让吉瑞骑马一路尾随辛夷到马盘司青溪城暗中保护她。"

"是，老爷。"冬盈点点头，往两岔河的方向跑去。

远处，烈日的光晕正与箭楼山缠绵，慢慢发散。周围的热浪把青翠的枝丫描绘得精巧细致。那匹奔腾的小白马，四蹄翻腾，长鬃飞扬，一路驰骋。辛夷骑在马背上，尽量把身子压低，马速很快，系在青丝上的雪青描金发带随风飘逸，衬托着绵延环抱的青山和碧绿悠长的涪江。想到与王坦、王樾、王焕三位哥哥昔日嬉戏打闹的种种场景，苦涩的泪水奔涌出辛夷的眼眶，滑落到鼻尖。

远山近水被辛夷的泪水笼罩着，分离阻隔了人与人之间的亲近。湿气缭绕，紧紧裹住辛夷和她的马。四野寂静，天地之间万籁无声，只有辛夷单薄的身躯，坚毅地朝着马盘司青溪城疾驰而去。

第七章　　辛夷青溪城求解药
　　　　　　智斗李土司父子俩

　　蔚蓝的天空悬着火球似的太阳，云彩被太阳烧化了，消失得无影无踪。才孟夏过半，太阳不断炙烤大地，阴平道上浓荫的柳树得了病似的，叶子挂着层灰土在枝上打着卷，无精打采。草木垂头丧气，偶有鸟儿停在枝头，发出破碎的高叫，像是破锣碎鼓在替烈日呐喊助威。

　　辛夷顶着炎阳，骑着小白马在阴平道上飞驰，不知倦怠地朝着马盘司青溪城奔去。这样的大太阳，常人连续暴晒几个时辰都受不了，更不必说平日娇生惯养的大小姐。辛夷脸上的胭脂早已被汗水洗去，额前的发丝也被汗水打湿，贴在额头上，狼狈不堪。

　　马背偷走了辛夷一上午的时光。到了晌午，太阳高悬在正空，烈日当头，愈加炎热难耐。

　　一路上，闻着隐隐约约的槐花香，那些儿时的记忆排山倒海般涌来，如滔天巨浪打在辛夷的心尖上。小时候的辛夷弄鬼掉猴，调皮捣蛋。虽说是个女孩子，却常常和家中的几个哥哥嬉戏打闹，胆子大得出奇。一次玩耍中，辛夷非要赖着王坦上树掏鸟窝，兄妹二人爬上庭院中一棵高大的槐树。王坦从小就胖，行动不太灵活，一不小心从树上摔了下来，摔得鼻青脸肿。王坦非但没有责怪辛夷，反倒是三夫人田文娘质问到底是怎么回事时，为了不让辛夷挨骂，王坦主动把责任都揽在自己身上，说是他贪玩硬要拉上小妹辛夷，这才摔伤了。王坦对辛夷的疼爱，让幼小的辛夷心生愧疚。随着年岁的逐渐增长，辛夷渐渐懂事起来。可是如今，还未成年的王坦突然暴毙而亡，没有一丝预兆，甚至还来不及交代一句遗言，就这样匆匆离开人世间，叫辛夷如

第七章　辛夷青溪城求解药　智斗李土司父子俩

何不黯然心伤？

想着想着，辛夷的泪模糊了视线。烈日下，额头上不断滴落的汗水，滑入她莹润的眼中，汗水中的盐分浸得辛夷眼睛生疼，溶为眼泪从眼眶流出。此时的辛夷已经分不清这到底是汗水，还是泪水。

辛夷越发感到体力不支，眼神模糊，头昏想吐。为救王樾和王焕的性命，辛夷咬紧牙关说什么都要坚持住。

经过一路马不停蹄地颠簸，辛夷远远看到前方有一座城池，一座木质高大鼓楼横顺相对，高约四丈五，两楼一底，三层飞檐，琉璃筒瓦，雕梁画栋，四方悬匾。西悬"阴平道"，北为"北方锁钥"，东书"紫微高照"，南挂"南山聚秀"。

"太好了，终于到青溪城了！"辛夷擦了擦脸上如雨如瀑的汗水，沿着唐家河，朝着愈来愈近的青溪城而去。

穿过那些青砖砌成的城墙，一路向青溪城里的老百姓打听，辛夷终于抵达龙州李氏土司府邸。

李土司府的正红朱漆大门附近，辛夷踩着马镫翻身下马，把马拴在近旁的一棵垂柳之下。双脚着地的一刹那，辛夷蓦地感到天旋地转，眼冒金星，仿佛所见到的一切都围着她打转。辛夷用手扶住额头，把全身的力气放在这只手上，努力撑起这个濒临崩溃的身体。好不容易站稳了，辛夷一步一步走向李土司府的大门，咬牙用力叩响了门上的铜环。

听到有人敲门，李土司府的家丁喜来打开门，见敲门的是一名约莫及笄之年的狼狈少女，感到十分奇怪："这位小姐，请问有何贵干？"

辛夷用苍白起壳的嘴唇，有气无力地说："我……我要找……李……李……"

话音未落，辛夷倏地眼前一黑，虚弱的身体伴着炎阳轰然倒下，黑瀑般的凌乱发丝，挣脱了雪青描金发带，飘散开来铺展在地，如同一朵绽开的巨大墨菊。

看着昏迷倒地的辛夷，喜来吓得手足无措，连忙喊来李土司府的曾管家。

"看穿着打扮，这姑娘应该来自大户人家。不过看她这番狼狈模样，会不会是从哪里逃跑出来的啊？"曾管家看着躺在地上的辛夷，百思不得其解，再三询问喜来，"你当真没听清楚她到底要找谁？"

喜来拼命摇摇头："曾管家，这姑娘刚说完一个'李'字就昏过去了，天

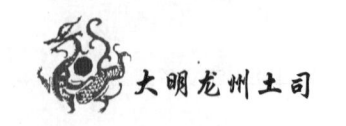

晓得她是要找李土司大人还是李少爷啊？"

曾管家皱着眉毛，心里暗暗思索："该不会又是哪家大户人家的小姐看上咱们少爷了，专程来一解相思之苦吧？还是先请少爷过来看看，再做决定。万一是少爷惹的风流债，让老爷知道了，少爷怪罪下来我也为难。"

曾管家吩咐喜来，速去请少爷李未岚过来。

李未岚急匆匆赶来，眼前这位昏迷中的陌生少女披头散发，面色苍白，嘴唇干涸，脸颊的胭脂已经花了，却丝毫不影响少女原本清丽的容颜，只见她肤若凝脂、气若幽兰、睫若羽扇，自有一股空灵之气。陷入昏迷的辛夷让人怜惜，如同凄静为黑夜渲染出一弯残月。

李未岚赶紧吩咐下人："我不认识这位姑娘，看样子她应该是中了暑热，弄不好会有性命危险。救人要紧，快把她带到府里，给她服下紫苏半夏饮！"

曾管家一脸坏笑地盯着李未岚："少爷，您当真不认识这位姑娘？"

曾管家的话让李未岚一脸疑惑："我当真不认识她。等等……我为什么一定认识这位姑娘？"

"没什么，没什么。"曾管家嘿嘿一笑，吩咐喜来去准备紫苏半夏饮。

从礼教上来讲，男女授受不亲，但现在人命关天，救人要紧。李未岚顾不了这么多，一把抱起昏迷中的辛夷，三步并作两步，往用来接待客人的西厢房疾步而去。

李未岚将辛夷平稳地放在床榻上，叫来他的贴身侍女悦风、悦雨好生照料，催促喜来赶紧端来熬好的紫苏半夏饮。

看着这位不知道哪里冒出来的姑娘，悦风、悦雨感到奇怪，但既然是李家唯一的少爷李未岚吩咐的，她们不敢有丝毫怠慢。悦风双手扶住辛夷，让她半坐在床榻上，好方便悦雨一勺一勺地喂药。李未岚则在一旁着急地来回踱步，心里暗自猜想这位姑娘的来历和目的。

人到一定灼热的境界，就会觉得浑身发冷，如同行走在冰川雪原之中。辛夷像是做了一个长长的梦，在梦境里她反反复复走不出这场茫茫大雪，浑身冒冷汗，口干舌燥，想要喝水。她甚至已经不觉得热或冷，仿佛进入四季如春的极乐世界。

大约过了两炷香的时间，在梦境里历经千难万险的辛夷，在一束刺眼的阳光里醒了过来。

辛夷眨巴眨巴明亮的双眸，环顾四周，入眼皆是陌生的环境和陌生的面孔，

第七章　辛夷青溪城求解药　智斗李土司父子俩

嘤然问道:"请问……这是李土司府吗?"

看到苏醒过来的辛夷,悦雨欣喜地对李未岚喊道:"少爷,少爷,这位小姐醒了!"

李未岚赶忙来到床榻旁,看着醒来的姑娘,只见她蛾眉淡蹙,隐约透出一丝忧虑,使她楚楚动人的容颜更添一分我见犹怜。眼前这位姑娘双瞳剪水,顾盼流萤,犹似一泓清水,自有一番高贵灵动,带着一分傲骨,颇有不同于凡人之姿,如普天壤其无俪,旷千载而特生。

李未岚看得忘神,一时语塞,他很快发现有些失礼,便轻声问道:"这位小姐,请问你来到鄙府,所为何事啊?"

辛夷张口就直奔主题:"请问李土司大人现在可在府上?"

李未岚两道浓眉像极了夜空中皎洁的上弦月,玉肤玉骨衬托着桃花色的薄唇,对辛夷浅浅一笑:"原来这位小姐是要找父亲,那等你休养好了,我再带你去。"

"谢过公子好意,但我还有要紧的事,要马上面见李土司大人。"辛夷起身向李未岚行了一个礼,"烦请公子带路,给公子添麻烦了。"

望着虚弱的辛夷,李未岚本想劝她再休息一会儿,可她执意要见李振樊,也就不便再挽留。李未岚带着辛夷走向书房去找李振樊。一路上,李未岚好几次想要主动开口说话,但看着目光里装满心事的辛夷,只好欲言又止。

李振樊手里拿着一本《金匮要略》,看到儿子李未岚领着一名年龄相仿的少女走进来,便放下手中的书,问道:"岚儿,这位小姐是谁啊?"

李未岚也不知道这个连他也不知道姓甚名谁的姑娘该怎么给父亲介绍,辛夷主动给李振樊行礼,自我介绍道:"小女子潼川州吴凌霄,见过李土司大人。"

李振樊将辛夷上下打量了一番:"不知吴家小姐远道而来龙州马盘司青溪城,所为何事?"

辛夷从随身包袱里拿出五十两白银,双手奉上:"家母不幸身中莲华踯躅之毒,潼川州有名的付郎中看过后,说只有解毒神药不死鸟方能克制莲华踯躅之毒。付郎中还说不死鸟世间难寻,他的同行龙州宁武司的章郎中,曾在滇缅一带寻获过不死鸟,且早已卖给了李土司您。只有您手里的不死鸟,才能救家母性命。小女子这才斗胆跋山涉水前来,愿以五十两银子恳求李土司大人将不死鸟卖给小女,以解家母之毒,救家母一命。"

看着那包亮闪闪的银子，加上辛夷身着的华服，李振樊和李未岚不禁心中生疑，眼前的这位姑娘究竟是何方神圣。李振樊在脑海里不断回想，这姑娘看起来家世不俗，想必不是权贵就是富商，潼川州好像没有什么七品以上的吴姓官吏，莫非这姑娘出自商贾之家？

"哈哈哈……"李振樊笑了起来，笑声让人捉摸不透，"小姐好生说笑，这些都是郎中们以讹传讹罢了。不死鸟乃是百草中的解毒之王，鄙府何来如此贵重的药材？"

"可是……"李未岚正要说话，被李振樊冷冽的眼神打断，不好再说下去。

辛夷自然明白李未岚的意思，知道李振樊并未服食不死鸟，不死鸟现在还在李府上，便再三请求："请李土司大人务必救家母一命，倘若五十两银子不够，小女子愿再追加银两。"

李振樊仍不为所动，捋了捋山羊胡子："这位小姐，不是我李某人不想帮你，实在是爱莫能助，鄙府从来就没有什么不死鸟啊！"

眼见李振樊坚持不愿卖出不死鸟，想到家中命悬一线的两位哥哥，辛夷急得眼泪簌簌往下掉。

李未岚见辛夷着急掉泪的模样，泛起一丝怜惜，想为辛夷说几句好话。可李振樊狠狠瞪了李未岚一眼，李未岚只好把挂在嘴边的话咽了回去。

怎么办？辛夷心急如焚，拿到不死鸟是辛夷此行的目的，辛夷早已下定决心，不达目的绝不回去。不知不觉，辛夷的右手缓缓滑动，摸向藏在腰间那把小巧的梅花匕首。说时迟，那时快，辛夷倏地摸出梅花匕首，如疾风似闪电地冲到李振樊面前，一把抓住李振樊的手臂，将梅花匕首架在李振樊的脖子上！

辛夷的动作太快了，李振樊和李未岚父子措手不及，谁也没有料想到眼前这样一个文弱少女，居然会有如此骇人的举动。

李振樊正准备高声叫人，辛夷把刀刃挨得更紧了："李土司大人，对不住了！小女子本无意冒犯，只求您能将不死鸟卖与小女，好救娘亲性命，并无他意。"

见此情景，李未岚慌了神，脸上先是青白，随后胀得绯红，忙对辛夷喊话："这位小姐，你先别激动，切莫伤我父亲，一切都好商量！"

兴许是见惯了大风大浪，抑或是强装镇定以笑来掩盖内心的恐慌，李振樊大笑起来："哈哈哈……没想到小姐乃至情至孝之人，为了救令堂一命，竟

第七章　辛夷青溪城求解药　智斗李土司父子俩

能以性命相搏，鄙人深感敬佩。"

辛夷紧握住手中的梅花匕首，如一尊饱经风霜却屹立不倒的塑像："李土司大人，若不是走投无路，小女绝不会出此下策。还望您行行好，就当作是做善事，将不死鸟卖给小女！"

李未岚动也不敢动地杵在那儿，只觉得后背不断冒出一股股冷汗。为了李振樊的安全，也为了场面不再这么失控，李未岚憋了很久的话，终于鼓起勇气说了出来："父亲，不死鸟固然珍贵无比，但如果没有发挥出它的作用，又和一根枯草有什么区别呢？这位小姐一心救母，这么炎热的天气，一位弱质女子只身从潼川州匆匆赶来，还中了暑热昏倒在门口，求您将不死鸟卖给她不成，才出此下策。您不是常教诲孩儿，要像目连救母、卧冰求鲤一样，去报答父母的养育之恩吗？不如您就将不死鸟拿出来，卖给这位小姐吧！救人一命胜造七级浮屠，她们一家人也会感恩您的善行的。况且五十两银子换一根不死鸟，也不亏了。"

李未岚的话，似乎触动了李振樊心底那一根最柔软的弦，李振樊陷入了沉思之中。其实李振樊比谁都清楚，五十两银子换一根不死鸟一点儿都不亏，当初他只花了八两银子便从章郎中的手中买下。李振樊担心的是倘若把不死鸟卖给他人，要是以后李家谁有个三长两短，需要用到不死鸟的时候却没有了，这可如何是好？

正当李振樊犹豫不决之时，李未岚继续说道："己所不欲，勿施于人。父亲，将心比心，倘若是您或母亲病了，孩儿也这般去求医问药，对方却不愿相助，那又该如何？父亲，您还记得几年前孩儿去马鬃关为您挖葛根时所遇到的一件奇事吗？"

李未岚眼睛里有一条源远流长的河，望着李振樊接着说："那时正值挖葛根的时节，去马鬃关挖葛根的百姓络绎不绝，一位老伯挖到了一根足有六十来斤重的巨型葛根，孩儿想花重金买下，但这位老伯坚决不肯收钱，非要送给我。孩儿好生奇怪，这位老伯明明衣衫褴褛，一看就是贫苦人家，却分文不收地要将这根壮硕的葛根赠予孩儿。直到老伯说明缘由，孩儿方才恍然大悟。原来那老伯也是龙州马盘司人士，早就听闻我们李家历来奉行二十四孝，以孝为训，以孝治家，以孝行事，广受龙州马盘司百姓的爱戴。老伯说，若他问我要钱，那他的街坊邻居都会在背后戳他脊梁骨，会说他对一个懂得报答父母养育恩情的孝子不敬，敛这种财是会折寿的。父亲，难道我们堂堂李氏

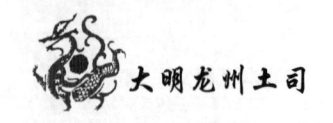

土司，竟连一个普通百姓都不如吗？"

　　李未岚话毕，李振樊脸上的筋肉不由得颤动了一下，有什么东西钻入了他的皮肤，钻进了他的心里。

第八章　　李未岚暗中助辛夷
　　　　　　丧子痛王禧意难平

　　李未岚回忆的这件事，如来势汹汹的洪峰过境，冲垮了李振樊最后的那堵心墙。

　　李振樊的表情忽而变得柔和起来："岚儿，你说得对！我堂堂一个龙州李氏土司，居然还不如一个老叟的见地，真是惭愧啊……"

　　见风向变了，辛夷再次求情："李土司大人，小女子素闻您的为人高山仰止、景行行止，今日小女子若非走投无路，绝不会出此下策，多有冒犯之处，只是救家母性命心切，还望李土司大人见谅！"

　　"也罢，事到如今，我不如做个好人，遂了小姐所愿。"李振樊对李未岚吩咐道，"岚儿，快去药房，在屏风后的柜子里有一个雕花木头盒子，不死鸟就放在里面。你将不死鸟拿出来赠予这位小姐，分文不取。"

　　听到李振樊的安排，李未岚急忙跑去拿不死鸟。待李未岚将不死鸟拿来，辛夷让李未岚把木盒打开，确认无误后，这才放心地将匕首从李振樊脖子上放下。

　　拿到不死鸟的辛夷，激动地向李振樊、李未岚谢礼："李土司大人、李公子，贵府的大恩大德，小女子没齿难忘！今日多有得罪，实属走投无路，还望李土司大人、李公子海涵。不死鸟无比珍贵，小女万不能白白拿走，这五十两银子，还请李土司大人您务必收下，算是买下不死鸟的费用，也当是小女今日冒犯之举的赔罪。"

　　行过谢礼之后，辛夷放下五十两白银，背起包袱匆匆而去。

　　快步走出李府，小白马还在垂柳树下悠闲地摇着马尾扇蚊虫。辛夷跳上

马背,挺起身子,一手甩鞭,一手挽缰,架势熟练自如,气势从容洒脱。骑马奔驰,马飞如箭。

待辛夷离开李土司府,李振樊对李未岚怒吼道:"你这个傻小子,还愣在这里干吗?快去把那个丫头给我拦下,把不死鸟追回来!"

"可是父亲,您刚才不是说……"李未岚张大了嘴巴。

"为父刚才那样说还不是权宜之计,你这个傻小子居然看不出来?"李振樊的怒火正旺,"你还在发什么神?还不快去追!"

李未岚不得违抗,只好从马厩牵出一匹枣红色的高头大马,顺着阴平古道追出去。

李未岚的银鞍骏马驰如劲风,势如闪电,但还是追不上身轻如叶的辛夷。辛夷马似流星人似箭,早已走得远远的。李未岚策马扬鞭,夹紧马肚子,加快了追赶的速度。

一路追寻,快到白草堡的时候,李未岚远远看到一个熟悉的身影,正是策马飞驰而全然不知身后有人追踪的辛夷。令李未岚费解的是,这位自称潼川州吴家的吴凌霄姑娘,并没有往涪江下游潼川州的方向而去,而是径直去往了涪江上游龙州宁武司的方向!

李未岚沐雨海棠般的眸子里忽然黯淡了下来,一种被欺骗的感觉如一条虫子钻进心里,让他最柔软的脏器被肆意啃噬叮咬,尖锐地疼了一下。

李未岚没有继续再追踪辛夷,而是调转马头往李土司府而去。骑在马上的李未岚心不在焉,无精打采。每一步马蹄印都是一块滚烫的烙铁,烙在他的心上,烫得生疼。他想不明白,这样一个柔弱中带着刚强的少女,究竟是什么来头?隐藏着什么秘密?为什么要撒谎欺骗他和李振樊?

不知不觉,李未岚回到了李土司府大门前。李未岚思忖片刻,走了进去。把枣红马交给马夫拴好,李未岚来到堂屋,向正在等消息的李振樊报告情况。

"禀告父亲,孩儿无能!孩儿未能追上那位姑娘,还请父亲责罚。"李未岚主动向李振樊请罪。

李振樊把玩着辛夷留下的五十两白银,叹了口气:"唉,这个丫头就随她去吧,他日若有机会去到潼川州,我定要打听打听这吴家到底什么来头。罢了,五十两银子换一根不死鸟不亏,只是不知道以后还能不能有幸再遇上一根了。"

李未岚点点头,并没有告诉李振樊,他已经发现这位神秘的姑娘或许并不是来自潼川州。兴许她的名字、她的身世、她的故事,都是假的。

第八章　李未岚暗中助辛夷　丧子痛王禧意难平

如同清晨叶片上的露水，一转眼就不复存在了。对于李未岚而言，这个谜一样的姑娘，散发着阵阵迷香，独特而又奇异，让他反复捉摸不透，如同一个深刻的剪影，印在了李未岚的脑海中。

远去的身影已遥不可及，留下的谜团却寸步不离。

王坦的突然离世，王樾、王焕生死未卜，天空中原本艳阳高照，照在王禧一家人身上却格外冰凉。身后那些华丽的亭台楼阁，被研磨成可怖的洪水猛兽，绝望地撕扯着天幕里仅剩的几朵云彩。

虽没有下雨，但王禧胸口的疼痛却泛滥成灾，叫嚣着去解脱。王禧握紧拳头，抬头注视天空，蔚蓝一直延伸到天的尽头，就像胸腔里跳动的心脏，旋律一直往远方而去，不断呼喊着王坦的名字。

沉浸在丧子之痛中的三夫人田文娘，流着豆大的眼泪，为过世的儿子王坦擦洗沐浴，梳好头发，换上新衣新鞋。三夫人与王禧一道，亲手将王坦的遗体放置在灵床上，安放几筵香案，在巨大的"奠"字前面点上一盏长明灯。王家上下为王坦焚烧纸钱，点燃香烛。在一阵哽咽的悲泣声中，娇艳欲滴的花朵衬托着死去的王坦，大家多么希望王坦只是暂时睡着了，他会醒过来的。

宁武司蟠龙坝晴空万里，然而王土司府上空似有一片墨色的浓云挤压着天空，掩去王家人的满眼猩红，沉沉的仿佛要坠下来，压抑得王家人快要喘不过气来。原本和煦的微风，变得淡漠凌厉，无情地拍打着王禧，让他去体味白发人送黑发人的辛酸。

二夫人曹鸢娘虽不是王坦的生母，毕竟看着王坦长大，况且她的亲生儿子王樾此时也生死未卜，不知道会不会和王坦奏响同样的悲歌。想到这里，二夫人哭得更加伤心。忽而，二夫人想起一件极其重要的事，疾步走到正在为王坦烧纸钱的王禧身边，低声说道："老爷，您还记得那个关于衔烛之龙的梦中梦吗？"

经二夫人一提醒，王禧顷刻间回到了那个可怕的梦中梦，打了一个冷战。梦里那条衔烛之龙的话，王禧仍言犹在耳。

梦中衔烛之龙说过的话，以及当日无妄法师的天象天意之说，那种绝望的预言仿佛已经开启，将王禧紧紧包围，由不得他挣脱，只能被宿命无情编排。

熊熊的怒火在王禧心头燃烧着，他仰天咆哮："本来君要臣死，臣不得不死，但我王家一门忠烈，世代效忠大明，为朝廷出生入死，从未有过任何僭越之举，何以使出如此阴狠毒辣的手段来杀我全家？昏君啊昏君！朱家皇室这是在逼

我王家自卫啊！原来无妄法师所说的'上天的旨意'，竟然是这个意思！这并非什么梦中梦，而是我龙族祖先真真切切的先知预言！看来无妄法师和龙族祖先所言非虚！"

一阵撕心裂肺的痛斥之后，王禧很快落寞下来，表情呆滞，自言自语道："可惜我没有按照无妄法师和梦中龙族祖先的教导，没有遵照天意，龙族血脉未得到供奉，因而引发龙族祖先的不满，这才导致坦儿的殇逝，应验了先知预言。而朝廷大概是通过钦天监夜观天象，早已得知我龙州王土司府上有紫云，紫微星西渐，为帝王之符。张太后害怕王代朱兴，故意设下毒计，痛下杀手，想要毒害我全家……"

看到王禧不同平常的沉稳，一反常态变得神神叨叨，不明情况的徐昌田紧锁着眉头，心里暗自揣测这件事的端倪。徐昌田警觉地暗中观察在场每一个人的细微表情，他隐约感到这件事另有蹊跷，稀奇怪诞，似乎有什么地方不对劲，可他并不清楚究竟是哪里不对劲。

"王土司大人，您为何……"徐昌田的话还没说完，就被王禧打断了。

王禧的三千青丝仿佛因丧子之痛瞬间滋生出无数白发："徐公，待坦儿的丧事办完，我有要事与你商议。"

徐昌田点点头，心情沉重，他担心王禧一家正被卷入一个无形的漩涡之中。徐公心想，王土司大人在"平松之乱"中立下赫赫战功，被朝廷赏银四万两，赏赐明显高于薛崇育、李振樊两位土司，按理说这是朝廷看重王土司大人才是啊，怎么又会下毒谋害王土司大人一家呢？若是朝廷真心想对王土司大人下手，为何不直接在京师动手？莫非是经历"平松之乱"后，王土司大人收缴了漳腊金矿大量金条对朝廷隐瞒不报，未向朝廷及时上缴黄金，遭歹人告密？如果真的被人告密，朝廷定会严查，将王土司大人扣留在京师羁押审查，绝不会放王土司大人回到龙州宁武司。难道是朝廷忌惮年富力强的王土司大人势力越发强大，而薛崇育老迈、李振樊患病不足为惧，害怕王土司大人将来自立为王，割据一方，威胁朝廷统治？王土司大人向来对大明忠心耿耿，苦于没有抓到王土司大人的把柄，朝廷才会想出在御赐的宫廷果脯里下毒这一阴招？若王土司大人真的全家枉死在离京师山高路远的龙州，皇帝倒也脱得了干系，免得招来枉杀忠臣的昏庸暴君骂名，还可以借此瓦解龙州地方势力，并将漳腊金矿的财富全部收归国库，真可谓一石数鸟。

一片权力斗争的花海，所有的花在用尽全力争奇斗艳。有的花含苞欲放，

第八章　李未岚暗中助辛夷　丧子痛王禧意难平

有的花已开到荼蘼。花开到最浓烈的样子，也就到了濒临死亡的时候。

夕阳拉下夜幕，王土司府的黄昏让人分外落寞。黑夜的脚步声渐渐靠近，撕碎绮丽和绚烂，徒留一地空荡的惆怅。孟夏傍晚的龙州蟠龙坝，太阳一落山，天气就开始退凉，徐徐的晚风驱赶走了炙热，气温恰到好处，不会让人汗流浃背，也不会让人感到闷热窒息，只留下舒适惬意的凉爽。

白发人送黑发人的痛，痛彻心扉，痛入骨髓。王坦的生母三夫人田文娘始终不愿相信王坦已离世的事实，跪坐在王坦的灵床旁，一遍又一遍呼喊着王坦的名字。那个曾经温暖如斯的少年，此时紧闭着乌紫的嘴唇，再也不能开口回应娘亲的呼唤。

"哒哒"的马蹄声由远而近，马儿苍凉悲怆的嘶鸣伴着王土司府里的悲伤。

安兰急匆匆跑去看了一眼，向众人报告："是小姐！辛夷小姐回来了！"

只听见"吁——"的一声，辛夷从马背上跳下来，找到章郎中，把不死鸟交到他手上。

章郎中激动地拿着不死鸟，让已经抓好其他几味药材的落梅速去东厨熬药，确保最快时间能把解药熬制出来，让中毒的王樾和王焕喝上。

见辛夷带着不死鸟回来，王禧又惊又喜："辛夷，辛苦你了！你是怎么办到的？这下樾儿和焕儿可算有救了！"

若是以前，辛夷必定会嘲讽一番李振樊父子如何愚钝。可眼前的灵堂中，躺着的不是别人，而是与她一同朝夕长大的王坦。辛夷哪里还有心情说笑，淡淡地说："父亲，以后再说吧。辛夷去给坦哥哥上一炷香。"

那个曾经活蹦乱跳的王坦，此时成了一具冰冷僵硬的尸体，硬生生地躺在不属于他这个年纪的灵床上。想到往日和王坦嬉戏打闹，想到王坦生前待她的各种好，辛夷忍不住又掉了泪。辛夷心里默默想着，坦哥哥虽说平日贪吃了些，但他心宽体胖，待人真诚，孝敬父母，对几个兄弟姐妹更是谦让有加。多么好的一个人，还未到弱冠之年，就被无情地夺走了生命。

从王禧口中，辛夷得知这些都是皇帝和张太后的阴谋，为什么可怜的王坦无辜地被牵连其中，这些政治斗争本应与他无关。从未与人结怨的王坦，只恨出生在土司之家，才招来如此劫难，成了朝廷与地方之间政治斗争的牺牲品。

饱受丧子之痛的王禧，一天之间苍老了许多，愤慨地对众多儿女说："我们王家世代效忠朝廷，绝无二心，哪怕无妄法师那日一再相劝，我王禧也从

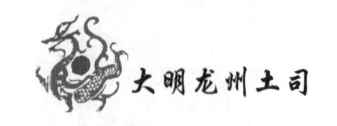

未想过要造反当皇帝！但昏君不仁不义，朝廷阴险毒辣，这一次既然已对我们王家下此毒手，日后必定还会有更狠毒的阴招，我们不得不有所防范！我并不是想造反当皇帝，我只是想保我的家人平安！要我王禧死没什么，可是你们还小，你们都是我的骨肉至亲，我再也不能眼睁睁地看着你们像坦儿一样，年纪轻轻就成为昏君的刀下冤魂！"

见王土司府里人多嘴杂，作为嫡长子的王键虽也万分悲痛，但还是尽力强打起精神，来到王禧身边，向王禧谏言："父亲，五弟不幸殇亡，您伤心过度说出过激的话来大家都能理解。但土司府里人多口杂，要是传到薛土司、李土司耳朵里，他们上奏皇帝弹劾您大不敬就不好了。为避免引起麻烦，请您还是给在场的人敲敲警钟。"

一旁站着的三子王济不服气，冲口而出："大哥，你太谨小慎微了，本来就是他们姓朱的欺人太甚！父亲，咱们大可不必怕他们，与其坐以待毙，不如主动出击。孩儿的洗云剑也不是白练的，待父亲自立为王，揭竿起义，孩儿愿主动挂帅出征，亲手砍下狗皇帝和张太后的脑袋，为五弟报仇雪恨，以慰他在天之灵！"

王禧摆了摆手，思忖片刻后，神色凝重地对王济说："济儿，就算朝廷如此阴险毒辣，为父也绝无造反之心！我们只需做好自保的准备，以防朝廷一计不成，再生二计，到时候派来千军万马，布下天罗地网，势必要将我们王家一网打尽。为父知道你一心想为坦儿报仇，但行事千万不可鲁莽，否则一步踏错，我王家将会坠入万劫不复的深渊。"

听到王禧的话，王济有些羞愧地低下头："父亲所言极是，是孩儿太鲁莽了，孩儿悉听父亲吩咐。"

"在场的各位，少安毋躁，我有话要对大家吩咐！"王禧高声对众人厉声宣布，"今日我王土司府里所发生之事，任何人不管看到了什么，听到了什么，都不得向外人透露半句，否则休怪我王禧手下无情！今日府里发生了太多事，明日再给王氏族亲报丧吧。至于我儿王坦的殇，对外统一口径，张贴讣告时就说他是得了阴暑不治身亡，听清楚了吗？"

王禧发话，众人皆跪下点头。

黄昏收起缠满忧伤的长线，黑夜墨粉登场。龙州蟠龙坝的人家，有的歌舞升平，有的欢喜团聚，王禧一家则躲在灯火阑珊处悲伤凝噎。

空气中隐约听到心被碾成碎片的声音，尖锐而嘶哑。如佛前点燃的一炷

香，心静时苦苦惆怅，将一个个梦境，生死别离的心痛，阒然燃放。感伤在阳光无法触摸的地方被无限延伸，拉长。逝去的黄昏触摸到内心深处的伤口，这伤痛终究只能隐藏于漆黑的天地之中。

第九章　　　王禧邀徐公建龙宫
　　　　　　　王樾黄龙寺揭谜题

　　两世相隔，几多幽怨，几多离愁别绪，千言万语如今只能化作无语。都说相逢会有期，只是从此一个人间，一个幽冥。

　　十日之后，王坦的丧事已彻底办完。连服七日章郎中开的药方，王樾和王焕体内的莲华踯躅之毒，也已基本祛除了。然而这些远远不能抚平王禧一家的悲伤，留给王家人的是一支带着仇恨的哀歌。

　　素日王土司府里，是王禧几位夫人和子女同在偏厅吃饭。不同于往日，今日这顿晚膳，王禧特意邀请徐昌田前来赴宴。

　　各式丰盛精美的菜肴摆满了一大桌子，不乏干拌盘羊肉、红烧野猪肉、天麻炖娃娃鱼、干肉锦鸡、清炒松茸、竹荪菜心等名贵菜式，可谓龙肝凤髓，玉盘珍馐。

　　看着这一桌子极具龙州特色的饕餮盛宴，徐昌田不禁问道："王土司大人，您还宴请了其他宾客吗？"

　　王禧摇了摇头："没有啊，就只邀请了徐公你一人啊。"

　　徐昌田大惑不解："如果只有属下，王土司大人您何必这般破费呢？您太客气了，随便准备点粗茶淡饭足矣。"

　　"大家都先吃菜吧。"王禧右手作开席状，让大家都动筷子，亲自为在座的男子——斟上色如宝石的五味子酒。

　　这顿饭吃得特别安静，大家都各怀心事，互不说话。四周静得令人害怕，仿佛能听见竹筷子夹菜时碰撞的声音。气氛诡异而尴尬，徐昌田感觉他身处一个暗调繁美之境，凝重不乏伤感，如梵音般模糊不清，在耳边游动。他隐

第九章 王禧邀徐公建龙宫 王樾黄龙寺揭谜题

约觉得不能自持地低陷下去，却又不知该如何开口。

响久，王禧端起酒杯，主动向徐昌田敬酒："徐公，你来我龙州王氏土司衙门已有些年月了吧。在你看来，我王禧为人如何？"

徐昌田愣了一下，不知王禧何故要问这样的问题，双手将酒杯举过头顶，毕恭毕敬地答道："王土司大人您貌异而才优，行高而智广，崇儒奉释，夙植善根，且乐善不倦，好谋而成。"

王禧将手中酒杯的酒一饮而尽，抿嘴一笑："徐公，你就会给我戴高帽子。"

徐昌田将杯中的酒喝得干干净净，一双因老迈而不再清澈的眸子，散发着忠厚真挚的光芒："老朽真不是给您戴高帽子，王土司大人您对属下有救命之恩、知遇之恩，对属下而言无异于救苦救难的观世音大士。更何况在王土司大人您的治理下，龙州宁武司的百姓安居乐业，丰衣足食，龙州宁武司有王土司大人您这样的父母官，实乃百姓之福。"

"哈哈哈……"王禧大笑起来，笑中并不是喜悦，而是满满的苦楚和愁怨，"我王氏一族从先祖王行俭开始，至今已世袭十代土司之职，恪守本分，忠心耿耿，鞠躬尽瘁，尽心竭虑为朝廷效忠，为龙州宁武司百姓谋福祉，却落得个就要家破人亡的下场，试问苍天可曾开眼，他朱家人可曾有良心？"

"唉……"徐昌田叹了口气，"王土司大人您是说张太后御赐宫廷果脯，意图谋害王土司大人您全家之事吧。会不会是皇帝和张太后听信奸臣谗言，冤枉了您这样的忠良？这里面会不会有什么误会啊？"

眼里冒火的王禧越说越来气："不烛其奸，枉杀忠良，如此昏庸无能的暴君，人人得以诛之！"

"唉，昏君猛于虎啊……"徐昌田叹了口气，唉声附和道。

王禧给徐昌田的酒杯里斟满酒，不紧不慢地说道："我王禧从来都不想造反当什么皇帝，但朝廷想要取我家人性命，我绝不允准！我王禧就算散尽家财，拼上我这条命，也要誓死保卫我全家人平安。今日我请徐公来赴家宴，是想问上徐公一句，你敢不敢同我一起冒天下之大不韪？如若徐公不愿惹火烧身，我王禧也绝无半句怨言，更不会为难你半分，今日的酒就当作是离别之酒，喝过酒后我会再拿些银两给你，好让你能买上几亩良田，安身立命。"

听到王禧的话，徐昌田直瞪瞪地看着王禧的脸，震惊不已。片刻之后，目光里流露出无比坚定的瞳光："回禀王土司大人，别说是冒天下之大不韪，哪怕是上刀山下火海，只要王土司大人您发话，属下也绝不会畏缩半分！想

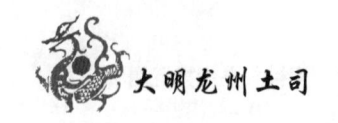

当年，属下在朝中任通政使司左通政时，因上奏宣宗皇帝请求减少地方苛捐杂税，得罪了户部十二清吏司那帮既得利益者，他们合伙诬蔑构陷属下收受地方官员贿赂，属下被免职流放，妻离子散，流落到龙州，差点饿死在蟠龙坝。要不是王土司大人您心善，赏了属下一碗饭吃，属下早就饿死街头了。后来您听说属下曾中进士，还曾在朝为官，可怜属下无依无靠，便收留属下做龙州王氏土司衙门的师爷，让属下能够体面地活于世上。王土司大人您的大恩大德，属下自然没齿难忘，知恩报恩！属下虽已是知天命的年纪，但只要王土司大人您一句话，属下必当竭尽所能，全力辅佐您！"

　　徐昌田的话让王禧感到十分宽心，王禧这才将从当日朝贡之后，他去面见张太后，张太后赏赐了他六盒宫廷果脯开始，到黄龙寺无妄法师夜观天象说他是真命天子，让他修一座形制与紫禁城一致且有九千九百九十九条龙的"龙宫"，并给众人显示上天的旨意，他做了一个关于衔烛之龙的梦中梦，梦里衔烛之龙也说要他修建"龙宫"等这一系列的事情，细细讲与徐昌田听。

　　王禧握紧拳头，对听得瞠目结舌的徐昌田说道："现在宿命已经把我推上了不能选择的风口浪尖，我和我的家人就像是笼中困兽，要么在笼子里等待着被朝廷蹂躏残杀，要么冲出牢笼与朝廷搏杀赢取一线生机！"

　　"王土司大人，您的意思属下大概明白了。五公子之殇，正是外因和内因双重作用所致。朝廷的钦天监通过夜观天象，得知龙州王氏土司府邸上有紫云，紫微星西渐，皆以为帝王之符当在西方。为阻止王代朱兴的天命，张太后故意设计毒害王土司大人您全家，这是外因。而内因则是按照无妄法师和梦中龙族祖先的指点，王土司大人您须得修建一座'龙宫'，由于您迟迟没有下定决心，没有遵照天意，龙族血脉未得到供奉，因而引发了龙族祖先的不满，这才导致了五公子的悲剧，应验了'否则不但我龙族血脉将断，尔等也会家破人亡'这句先知预言。为了不让五公子的悲剧延伸，为了保护您全家人平安，您只有背水一战地进行自保。"徐昌田若有所思地点点头，向王禧请示道，"王土司大人，您接下来准备怎么自保呢？需要属下为您做些什么吗？"

　　"根据龙族祖先和无妄法师明示，我准备修建一座和紫禁城形制一致且有九千九百九十九条龙的'龙宫'，以供奉我龙族龙脉。否则龙族祖先就会继续不满，'家破人亡'的先知预言便会继续应验！对外则统一口径，宣称现有王氏土司衙门已历数年，早已老旧风化，多有破损，需修建新的王氏土司衙门。同时为防止朝廷再对我王家下毒手，我们须得善结良缘，广交各路英豪，待

第九章　王禧邀徐公建龙宫　王樾黄龙寺揭谜题

王家有难时，还得倚仗这些英豪保我全家人性命。"王禧心里早已有谋划，对一桌子的人安排部署道，"徐公，你昔日在京师为官，对京师较为熟悉，这次还得依靠你的人脉。就请你明日带着键儿，一起去京师诚请大名鼎鼎的木匠卢瑀来我龙州蟠龙坝，再招募一些技艺高超的木匠、石匠、泥塑匠、画师。以修建土司衙门为由，请他们来蟠龙坝修建这座'龙宫'。千万不可招募修筑过紫禁城的匠人，他们定会看出破绽。幸得我曾多次朝贡，对紫禁城的规制也有一定了解，否则就修不成龙族祖先要求的和紫禁城规制一样的'龙宫'了。鸢娘，你去过黄龙寺，熟悉路怎么走，你明日去一趟黄龙寺，亲自去请无安法师过来，请他看看蟠龙坝哪里才是龙脉所在，哪里最适宜修建'龙宫'。济儿，结交各路英豪之事，你就多替为父走动走动，多结识一些武艺高强的能人异士。"

听到木匠卢瑀这个名字，徐昌田的脸上浮起一抹意味深长的笑。毕竟这个名字对他而言，再熟悉不过。

"遵命！"众人异口同声答道，没有被安排到任务的王樾、王焕、辛夷不乐意了。

王樾主动提出来："父亲，不如让孩儿明日与母亲同去黄龙寺吧。"

"你和焕儿身体尚未完全康健，就待在府里好生休息。"王禧摇了摇头。

"父亲，孩儿这次从鬼门关走了一遭，不仅要感谢辛夷买来不死鸟、章郎中妙手回生，还要感谢菩萨的保佑啊！那日孩儿危在旦夕，母亲曾向菩萨许愿，明日孩儿陪母亲去黄龙寺，也可一道前去还愿。"王樾说完了看二夫人。

二夫人为王樾求情："老爷，就让樾儿去吧，不去还愿可是要遭天谴的。"

王禧想了想，觉得有理，欣然同意："那樾儿你就和鸢娘坐滑竿去吧，路上慢点。此去松潘卫路途颠簸，可别落下病根了。至于焕儿，等你再休养一段时间，待身子彻底养好后给济儿打打下手，跟他一起去结识江湖人士，多帮衬着济儿。"

辛夷见王禧对她只字不提，噘起小嘴："那辛夷呢？父亲您把辛夷给忘了……"

看着辛夷噘嘴的模样，王禧笑了笑："这个嘴巴噘起，都可以挂三个油葫芦了。你上次戏耍李振樊父子，虽是无奈之举，但太过冒险，万一他们一气之下把你给杀了怎么办？还好你平安回来了。要是让他们知道你是我的女儿，虽说不敢把你怎么样，准气得吹胡子瞪眼睛。你还是就在府里好好待着吧。"

辛夷一向不喜欢闷在家里，想多争取点出门走动的机会："那辛夷能不能去山上挖点药材呀？父亲，若是以后谁要有个病痛，到时候辛夷可不敢再去找李土司强行索买那些市面上买不到的药材了。"

"好吧，好吧，你的歪歪道理，还是有几分在理。那你平日闲来无事，就带几个家丁去附近的山上挖挖药材吧。反正你也是闲不住的，一点儿都不像个大家闺秀。"王禧依了辛夷这个宝贝女儿。

"谢过父亲！"辛夷开心地笑起来，好似全然绽开的花骨朵。

此时，王氏土司府邸之上的天幕，繁茂而不杂芜的星星如同一袋打倒的珍珠，铺成绣珠绸缎般的银河。月亮是一盏指路的明灯，透过云层，散发出皎洁的柔光。大地已经沉沉睡着，微风轻轻吟唱着催眠的曲调。梦是眼睛，从里面看见了灵魂最原始的牵引。

在滑竿上颠簸了四天，走过小河营，渡过二道海子，绕过扎嘎瀑布，穿过原始森林，王樾和二夫人曹鸢娘远远看到一条从山顶逶迤而来的黄色钙华堆积体。上面彩池层层叠叠，宛若一条五彩斑斓的巨龙，自皑皑的雪峰、莽莽丛林腾空而起。

二夫人兴奋地指着远处如人间瑶池般的景色，一座单檐歇山式造型的佛教寺庙映入眼帘："樾儿，你看，那就是黄龙寺！"

庄重雄伟的黄龙寺藏身于雪宝顶山麓，丹云峡之间，彩池层叠，云遮雾绕，仙气袅袅。

第一次来到这里的王樾不禁感叹道："这里真可谓是人间仙境啊，怪不得当年黄龙真人要在此修行！"

来到黄龙寺外，刚走下滑竿，无妄法师就毕恭毕敬地前来相迎。

穿过黄龙寺正殿，殿内塑有身披玄色道袍、神态安详的黄龙真人坐像，无妄法师将二夫人和王樾迎到主持禅房。

请王樾母子坐下，打发走端来茶水的小和尚后，无妄法师警惕地关紧门窗，这才轻声问道："二夫人、二公子，事情进展得如何啊？"

二夫人捋了捋衣袖，将事情的经过一一告知："无妄法师，那日您走后，我把您给我的那串浸泡过颠茄汁液的佛珠手串，放在老爷的枕头下，又把您给我的死藤水倒进老爷的茶水中。诚如您白天所说所做，配合颠茄和死藤的双重迷幻作用，加上日有所思夜有所梦，当天晚上老爷果真做了一个梦，还是个梦中梦。老爷梦到衔烛之龙告诉他，他是龙族后人，必须得修一座'龙宫'，以兴旺龙族血脉，执掌天下，否则就会家破人亡。老爷吩咐我这个梦谁都不要说，我悄悄告诉了樾儿，好让樾儿安排下一步行动。"

　　王樾叹了一口气，对无妄法师说："只可惜该死的没死，不该死的却死了。""噢？此话怎讲？"无妄法师瞪大了眼睛。

　　王樾呷了一口茶，一副漠视一切的样子："之后不久的一个晚上，王键让我把三个弟弟叫到偏厅，共同商议边地巡防的事。我见机会来了，拿出无妄法师您上次交与我的莲华踯躅花汁，在给我自己的宫廷果脯里下好毒后，把剩下的莲华踯躅花汁给了母亲。趁我们兄弟五人在偏厅商议巡防事宜之时，母亲偷偷去到他们每个人的卧房，除了我同父同母的亲弟弟王济之外，在其他三人的宫廷果脯里下好毒。巡防事宜说完，我故意与他们拉家常，有意提起父亲赏给我们每人一盒宫廷果脯，如此珍贵的御赐之物，现在天气越来越热，容易放坏，提醒大家尽快吃了。哪知王键竟然没吃，反倒是王坦那个贪吃的傻子吃多了，居然还给吃死了，要是死的是王键就好了。"

　　"王土司大人没有起疑心吧？"无妄法师凝重地问道。

　　王樾神色平淡，眸光清冷疏离，淡淡说道："这倒没有。说起来，还是托无妄法师您的福呢！幸好辛夷看这御赐的宫廷果脯珍贵无比，还未来得及与她的生母田文娘一起吃。我很清楚王济从小就不喜欢吃甜食，自然不会去吃这甜腻得掉牙的宫廷果脯。不然六盒宫廷果脯中，只有王键、王焕、王坦和我的四盒有毒，就会说明这莲华踯躅之毒并不是一开始就有，而是后来有人故意有选择地下毒，那就不能把下毒之事推给朝廷了。"

　　"二公子果然聪慧过人。"无妄法师夸赞起王樾。

　　王樾继续道来："父亲现在一口咬定是皇帝和张太后下毒，加上之前您观测到的星象和显示的天意，以及梦中梦里衔烛之龙说不修'龙宫'就会家破人亡，正逢王坦死了，我和王焕相继中毒，刚好印证了这个梦。父亲现在对他是真龙天子之说半信半疑，但他对只有修建'龙宫'才能保全家平安一事深信不疑，他认定皇帝和张太后想要谋害我们王家，只有自保才是唯一活路。父亲已下定决心，要修一座供奉龙脉的'龙宫'。我这才会和母亲奉父亲之命专程来一趟黄龙寺，请无妄法师您移驾龙州宁武司蟠龙坝，替我们看看哪里才是龙脉所在，以便选址修建这座'龙宫'。"

　　听到王樾的话，无妄法师惊住了："二公子，您也中毒了？这莲华踯躅之毒毒性猛烈，您如此尊贵之躯，怎能以身试毒？您没事吧？"

第十章　　王樾密谋争夺世子
　　　　　　辛夷采药遇神秘人

　　王樾嘴角挂着一抹若有若无的笑，看上去如若云巅上覆着白雪的山峰，让人难以接近："我怎么会那么蠢呢？为了不让别人怀疑到我头上，我只能假装中毒啊，谁也不会料到中毒之人就是下毒之人！莲华踯躅可是要毒死人的，我怎么可能蠢到枉送自己性命？我在医书上查到，莲华踯躅少量中毒后，会出现胸闷心悸、痉挛口渴、恶心呕吐、腹痛腹泻等症状，而服用大量番泻叶水也会腹痛腹泻，只要再演得像一点儿，就和中了莲华踯躅之毒的症状看起来一模一样。我计算好时间，泡了一大壶番泻叶，一口气灌下，换好衣裳，梳洗好，造成我吃过有毒的宫廷果脯不多因而中毒不深的假象。当时王焕毒发难耐，现场极度混乱，章郎中只摸了王焕的脉象，还未来得及摸我的脉象，我故意把大家引导到我和王焕都吃过果脯上。如此一来，大家便误以为我和王焕都中了莲华踯躅之毒。"

　　"二公子果然才智过人，不愧有帝王之相！"无妄法师狡黠一笑，满是对王樾的赞许。

　　王樾眸光湛亮，睥睨一切，臻首微昂，散发着强烈的气场，张扬而霸道："要成就一番霸业当真不易，杀敌三千，自损八百。那日喝了一壶番泻叶水，腹痛腹泻难耐，豆大的汗珠一直往外冒，跑了好多趟茅厕，真是辛苦。好在辛苦没有白费，父亲已经对朝廷有所忌惮，并决意自保。他日'龙宫'建好，我和母亲自会力劝父亲打出旗号，兴兵起义，自立为王，割据一方。到时我便可以一展身手，助父亲成就大业。待我功成名就，就能像唐太宗李世民那样，成为父亲的首要功臣，以后便可接管宁武司，接管龙州，甚至接管天下。

第十章　王樾密谋争夺世子　辛夷采药遇神秘人

可惜这次没能成功借皇帝和张太后的名义除去王键，以后还得再想点法子，早日除去王键这个心头大患才是！"

二夫人曹鸢娘心疼地看着王樾，眼里盈满怜爱："真是苦了我的樾儿！都怪为娘不争气，只是一个姬妾，没法让我聪慧的樾儿以后名正言顺地世袭你父亲王氏土司之职。唉，可怜我的樾儿，只能趁你父亲确立世子之前，依靠你的聪明才智，凭本事去争取世子之位。娘亲也帮不了你什么，只能帮你打打下手……"

王樾的眼眸忽而飘起风雪，夹着一股暖流，塞满禅房的每一个角落："母亲，您对孩儿的养育之恩，孩儿无以为报，又怎会怪罪娘亲呢？大夫人蔡秋娘不过比您早几天进门罢了，生下的王键虽是长子却资质平平，其原配夫人朱氏过世后也不续弦，至今膝下无子，难成大器。他日我助父亲打下江山，功成继承大统，坐上金銮宝座，一定让娘亲当上正宫太后，再也不受她蔡秋娘欺压！"

二夫人感到一阵温暖，抿嘴一笑。

无妄法师双手合十："阿弥陀佛！二夫人与二公子母慈子孝，着实令人感动。请二夫人、二公子不要着急，来日方长，未来可期。小僧会一如既往地站在二公子这边，尽小僧所能，助二公子早成大业！"

"承蒙无妄法师相助，今后还要劳烦无妄法师您多费心。"王樾幽暗深邃的眸子闪出一丝诡诈。

"哪里、哪里，二公子您说笑了，帮您等于是帮小僧自己，互惠互利嘛！"无妄法师会心一笑，起身去安排中午的斋饭，"二夫人、二公子，那就委屈二位中午在鄙寺屈就一下了。小僧速去收拾行装，午饭后便与两位前往龙州蟠龙坝，以免耽误时辰。"

黄龙寺外晴空万里，飘着几朵可怜的白云。阳光洒下强烈的光束，峰顶的积雪更加豁亮，反射出耀眼的白光，刺得人睁不开眼，令人晕眩，如同王樾眼中的寒光，似一把锐利长刀，刀刀致命。

撕开黑夜的脸，晨曦露出娇羞的面庞。夏日带着热浪，撒野般涌来，在弥散泥腥味的涪江边嬉戏，在葱郁苍翠的山野间奔跑。

暴露在烈日下的花草被晒弯了腰，油绿的苔藓惬意地躲在阴暗处乘凉，一位身轻如燕的少女闯入大山的视野。这位少女正是辛夷，身着天青色软烟罗交领长裙，裙裾上绣着花叶纹饰，系一根白色织锦腰带，背着一个竹制小

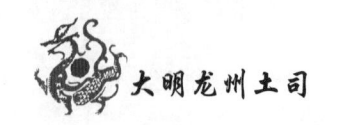

背篓。乌黑的秀发绾成桃心髻，插上一支金丝发晶珠帘流苏梅花簪。辛夷衣着简洁，薄施粉黛，清新淡雅，倒也方便在蟠龙坝附近的龙池坪采药。

龙池坪植被茂盛，绿树成荫，毕竟是仲夏时节，又一直走山路，辛夷不停用绣着淡粉色辛夷花的手绢擦汗。

看着辛夷满头大汗，家丁吉福心疼地说："辛夷小姐，您这又是何苦呢？堂堂王土司府的小姐，不好好待在府里纳凉，偏偏跑到山上来受这个罪。"

辛夷一脸认真地对吉福说："与其困在家里享清福，不如在外面多走走，免得闷得慌。几个哥哥都在助父亲一臂之力，我总不可能置之不闻吧？虽说我是女儿身，也得尽一份绵薄之力啊，挖点药材带回去，以后总有用得上的地方。"

"辛夷小姐真是深明大义！吉福还是给您扇扇风吧。"吉福随手摘下几片宽大的树叶，当作扇子给辛夷扇风。

芳草萋萋，野花遍地，走在山路上，辛夷哼着小曲儿，用花铲挖各种药材。不知不觉，小背篓装满各式野生药材，有大黄、附子、当归、党参、鸡矢藤等。

"辛夷小姐，您看，那里的花好漂亮啊！"吉福指着前面山坡上的野花惊叹道。

"我去看看！"辛夷顺着吉福手指的方向，提着裙摆，踏着野草和泥土，走过去。

郁郁葱葱的野枝蔓上冒出一串串花蕾，从蔓条的中部到顶尖依次绽放。花呈乳白色，透着一抹紫韵。花色不大，花冠分四瓣，花蕊朝下，上面一瓣最为怪异，花蕊相扣，背部细而带钩，如一只展翅欲飞的天鹅，下面一瓣生出两脚，像极了小巧的天鹅腿。

"辛夷小姐，这是什么花啊？吉福活这么大，从未见过如此古怪的花呢！"吉福有些惊讶。

"你有空多读点书呢。我在书上看到过，这是两色乌头。夏天开花，形似北方一种名叫天鹅的飞禽，也叫作'天鹅花'。两色乌头有一点独特之处，那就是成双成对，相伴而生。"辛夷蹲下来拿出花铲挖起来，想移植到自家的庭院中，同时耐心地给吉福讲两色乌头的故事，"相传很久以前，有一对准备去南方过冬的天鹅，被牙山的秀丽风景吸引后定居下来。一只乌龟精为了一己私欲，把雌天鹅偷偷杀掉后献给龙王。不吃不喝的雄天鹅，日夜呼唤爱妻，思念成疾。被感动的山神将天鹅夫妇点化成并开的花朵，让他们能够生生世

第十章　王樾密谋争夺世子　辛夷采药遇神秘人

世永不分离。"

"唉，好在最后他们永远在一起了……"听到这动人凄美的爱情传说，吉福心里十分感慨。

辛夷继续挖两色乌头，生怕挖断根须便养不活了。

辛夷和吉福各自收获了满满一背篓药材，慢慢地从龙池坪往下走。走到龙池坪山下的宁武司官道时，已近傍晚。

一阵急促的马蹄声疾驰而来，如疾风，似骤雨。领头的黑骏马奔驰在宁武司官道上，通体如黑缎子，油光放亮，四蹄翻腾，长鬃飞扬。这匹黑骏马壮美的姿态，宛若历尽艰辛穿洋过海的信鸽，又似暴风雨中勃然奋起的飞燕。黑骏马仰天长啸，悲壮的嘶鸣响彻天幕，涌出六匹马组成的马队，海潮般势不可当地涌了过来，呼啸奔腾。

马队来势汹汹，全然不顾周围有无过往行人，正顾着说笑的辛夷和吉福来不及闪避，被疾驰的马队撞倒在地，背篓里的药材撒了一地，被马蹄践踏一番，都被踩坏了。辛夷右手手腕擦伤，渗出细密的血珠，有些生疼，软烟罗裙也磨破了。

长长的马鬃马尾飘动起来，一个重叠着一个，凝成一体，飞快向前推进。马队丝毫没有停下来的意思，吉福见辛夷受伤，气得破口大骂："这些龟儿子，撞了人还敢跑！你们是赶着去投胎吗！"

领头的黑骏马上坐着一位黑衣少年，似乎听到了吉福的叫骂，扬起马头，"吁——"的一声停了下来，紧跟着的几匹马随之停下。

只见那黑衣少年潇洒地从马背上跳下，身着华丽的黑色对襟绣金线罩甲，束金镶南红玛瑙腰带，在晚霞的映衬下折射出夺目的光辉。高绾冠发，配以金镶翡翠飞鸟松涛束髻冠，长若流水的发丝服帖地顺在背后，身上一股淡淡的麝香香气，高贵雅致。黑衣少年脸上棱角分明，气势凌人，颇有孤瘦雪霜之姿。他的瞳仁灵动，如清澈的茶色水晶珠子。

黑衣少年身后站着五个随从，其中一个指着吉福骂道："臭小子，你知道我们家少爷是谁吗？还敢在此骂骂咧咧，小心要你狗命！"

辛夷只是受了点皮外伤，但这群人态度恶劣，辛夷忍不住瞪着他们，怒斥起来："光天化日之下，你们撞了人，还如此蛮横无理，真是令人不齿！"

黑衣少年见状拉下脸来，瞪了那个随从一眼："本来也是我们不对，撞倒了人在先，你少说两句！"

"这位小姐和这位小哥，在下急于赶路，误将二位撞倒，还请宽恕则个！"黑衣少年主动伸出手来，想把辛夷从地上拉起来。

看着被马蹄践踏后满地狼藉的药材，那几株小心翼翼挖出来的两色乌头也被踩踏得稀烂，辛夷怒火中烧，无视黑衣少年伸出的手，拍了拍身上的泥灰，在吉福的搀扶下站了起来。

辛夷盯着黑衣少年，用手指着他的鼻子，义正词严地说："我们辛辛苦苦挖了一天的药材，还有这难得一遇的两色乌头，就这么被你弄死了。你自己说，该怎么办吧！"

"啊？小姐你受伤出血了！"黑衣少年见辛夷指着他骂的那只手在流血，赶紧吩咐随从，"快把血叶兰拿来！"

辛夷在气头上，不稀罕黑衣少年的药，要强地往后退了一步："不要你管！"

黑衣少年不顾辛夷的情绪，一只手抓住辛夷的手臂，一只手接过随从递来的药瓶，用嘴咬开瓶塞，在辛夷手腕流血的地方，轻轻撒上研磨好的血叶兰粉末，紧接着又从怀里取出一方绣着苍松的蚕丝手帕，为辛夷一圈一圈包扎，生怕弄疼了辛夷。包扎完，黑衣少年将药瓶双手递与辛夷："在下着急赶路，误伤小姐，实在心中有愧。这瓶血叶兰有止血生肌之效，还请小姐务必收下！"

辛夷接过血叶兰粉，想到那位随从的嚣张气焰，感觉这位黑衣少年应该来头不小。他究竟是何方神圣？来龙州宁武司做什么？难道是皇帝和张太后一计不成又生二计，专程派来刺杀王家人的？

想到这些，辛夷不寒而栗。她觉得有必要弄清楚黑衣少年的身份，此次来宁武司究竟意欲何为。辛夷灵机一动，心生一计，对黑衣少年说道："你别以为一瓶药粉，就可以赔偿我的全部损失，这些药材远不止这么点钱。这些药材是我们宁武的王土司大人点名要的，我们平头百姓可吃罪不起！要是你不赔，我就告到王土司大人那里去，让你们吃不了兜着走！"

"你……好你个丫头，你这是敲诈勒索！你以为……"一位随从正要呵斥辛夷，被黑衣少年强行打断了。

"汪五，快拿出五两银子给这位小姐！"黑衣少年吩咐道。

"我不要银子，我就要你那块玉佩，我损失的药材就值这个价！"辛夷突然指向黑衣少年腰间佩戴的于阗玉玉佩。

黑衣少年俨然一副贵公子的模样，玉佩上必定刻有显示身份的文字图样。辛夷这才想拿到黑衣少年的随身玉佩，好从上面找到破解其身份的线索。看得出这块玉佩是黑衣少年心爱之物,他犯起难来,"这……"

见黑衣少年犹豫不决,辛夷快步走到他的黑骏马旁,张开双臂,挡在马前,大声说道:"倘若今日你不拿你的玉佩赔偿我的损失,就别想走,跟我到王土司大人的土司衙门去说清楚,要不然你就让你的马队从我身上踏过去吧!"

一位随从气得准备抽出刀:"少爷,别跟这个不知天高地厚的丫头废话,免得耽误咱们赶路的时辰!"

黑衣少年一脸严肃,按住随从,眉头紧蹙,小声对他说:"别轻举妄动!这是王土司的地盘,别暴露了我们的身份和行踪。多一事不如少一事,我们赶路要紧,莫生事端,免得惹火烧身!这位小姐一看就是个贪财市侩的市井小民,我把玉佩给她也无妨。这件事若是耽误了,可是十块于阗玉都赔不起的!"

"小姐,请笑纳!在下还要赶路,先行告辞。"黑衣少年将玉佩解下来递给辛夷,急匆匆地跳上马背。

辛夷接过玉佩,不好再要求什么,只好侧身让出路来,喃喃说道:"走吧,走吧,算我今日倒霉!"

辛夷仔细观察玉佩,上面并未写有官职或名字,有些气恼。黑衣少年早已扬鞭朝涪江上游远去,只留下一路扬尘。

谦谦君子,温润如玉。辛夷对着夕阳金色的余晖,仔细观摩手中握着的这块于阗玉,玉呈羊脂白,如凝脂状,油脂光泽,柔和润美。这块玉佩的形状很是奇特,不像喜上眉梢、连中三元、福寿如意等传统玉佩图案,而是别出心裁地雕成风铃状,风铃的铃舌则是一枚玉雕的铜钱。

这图案究竟是何寓意?辛夷对着这块玉佩琢磨来琢磨去,也没琢磨出个门道来。而身后晚云渐收,徒留淡天一片琉璃。

第十一章　　薛照虔水晶堡夺宝
　　　　　　无妄法师龙宫点睛

晚霞消退之后，天地成了银灰色，暮霭给大地罩上一层薄薄的宣纸。成团的小蠓虫在王土司府荷花池附近嗡嗡飞旋，久久不散，不知是不舍满池盈绿的荷叶，还是留恋亭立娇柔的荷花。

辛夷一回到王土司府，来不及换下磨烂的软烟罗裙，也没时间梳好凌乱的头发，就急匆匆地跑去找王禧。在询问杏雨王禧的去向后，辛夷径直去到书房。书房里，王禧正点着油灯在仔细研究龙州的地图。

看到辛夷衣裙破烂、头发乱飞，手腕上还缠着被血染红的手帕，王禧又着急又心疼，忙问道："辛夷，你怎么了？怎么搞成这个样子了？"

辛夷将事情的经过一五一十地告诉王禧，并递上黑衣少年的玉佩。

"没什么大碍就好！辛夷，女儿家出门千万要当心啊。要不然我还是叫人把章郎中请过来，给你仔细看看，万一有什么内伤呢。"王禧把辛夷拉到身边，关切备至。

辛夷一副大大咧咧的样子："父亲，辛夷知道了！请章郎中就不必了，只是一点儿皮外小伤，上了血叶兰药粉了，不碍事的！您还是先看看这块玉佩吧，看看能不能通过这块玉佩，得知玉佩主人的身份？"

接过玉佩的王禧左看右看，没看出个所以然来，感叹道："我王禧阅人无数，从未见过如此稀奇的玉佩图案！"

辛夷皱起眉头："这个玉佩的主人看起来约莫弱冠之年，比辛夷大不了几岁。"

"弱冠之年？"王禧细细观察着玉佩，"辛夷，有一种'福在眼前'的玉

第十一章　薛照虔水晶堡夺宝　无妄法师龙宫点睛

佩图案，就是一个铜钱的钱眼处有一只或两只蝙蝠。蝙蝠意'遍福'。铜钱中间都有钱眼，'钱'与'前'同音，'有眼的钱'意为'眼前'，加上蝙蝠，表示福运即将到来。会不会这块图案特别的玉佩，也是取谐音之意呢？"

王禧将这块于阗玉玉佩放在油灯下最光亮的地方仔细察看。玉雕的铜钱上刻着"永乐通宝"四个字，玉雕风铃与吊绳的接口处有一颗单珠，上面用极细的刻刀雕刻着"永乐十八年"五个特别小的字，不仔细看真看不出来。

"这究竟是什么意思啊？"辛夷咬着下唇，眨巴眼睛思考，"一只风铃下面罩着一枚铜钱，这图案究竟是什么寓意呢？"

"辛夷，你刚说什么？"辛夷的话给了王禧提示，王禧灵光一闪，如一颗流星从天而降，划过脑海。

辛夷茫然地看着王禧："怎么了，父亲？辛夷刚刚说的是'一只风铃下面罩着一枚铜钱，这图案究竟是什么寓意呢'，这句话有什么不对的地方吗？"

王禧瞪大了眼睛，一字一句地说："一只风铃下面罩着一枚铜钱……罩钱……照虔……薛照虔！你今日见到的那个黑衣少年应该是薛照虔！"

"薛照虔？难道他是薛崇育的……"辛夷大惊失色。

王禧点了点头："对，薛照虔正是薛崇育的第三子，也是薛氏土司世子！前段时间去京师朝贡时，薛崇育说他三子薛照虔今年刚过弱冠之年，还假意打趣说以后想与我结成亲家。按照时间推算，薛照虔今年二十岁，也就是说薛照虔生于永乐十八年，这块玉佩的图案正是按照薛照虔的生辰名字做的！"

辛夷感到奇怪："这薛照虔不在他们渔溪司好好守着，偷偷跑到我们宁武司来做什么？而且他一副着急赶路的样子，难道薛家有什么阴谋不成？"

"正所谓无事不登三宝殿，此番薛照虔神神秘秘来我宁武司，必然是受其父薛崇育指派，定有不可告人的秘密。"王禧皱着眉问辛夷，"你确定他们只有六个人？"

辛夷肯定地点点头："六匹马，六个人，除了背上的包袱，没带其他行李。"

"薛崇育这厮老奸巨猾，不可不防！薛照虔只带了几个随从，不能贸然去围追堵截。到时候薛照虔说他只是借道宁武司，并无他意，薛崇育告到布政使吴苍介大人那里，那就麻烦了。"王禧陷入思索，心里有无数个辘轳在旋转，溘然转出来一道灵光，"等等，薛照虔此次来我宁武司，难道是……"

"父亲，怎么了？"辛夷忙问道。

"下个月初八是布政使吴苍介的六十大寿，难道薛崇育是派薛照虔去准备

贺礼？"王禧忽而大惊失色，"辛夷，薛照虔往什么方向去了？"

辛夷回想道："他从江油关方向而来，沿着宁武司官道一路北上，往涪江上游方向去了！"

"涪江上游方向？完了！完了……"王禧感觉脑瓜嗡嗡直响，"前段时间水晶堡传来消息，说有农户无意间挖到一块两百来斤重的巨型紫晶晶簇。我本打算亲自去看看，如果品相不错就当即买下，预备当作贺礼献给吴大人祝寿。可前段时间府里突发不幸，殇逝的殇逝，中毒的中毒，忙着给坦儿治丧，给樾儿、焕儿治病，便没来得及顾及此事。莫非薛崇育听到了风声，也看中了这块巨型紫晶晶簇，想要买下在吴大人的寿宴上献宝？"

"水晶堡历来盛产天然水晶，因此得名，出产的水晶中又以紫晶最为名贵。父亲，那您还不派人去追？倘若真被薛照虔捷足先登，那下个月吴大人的寿宴上，您又能拿出什么宝贝献寿呢？"辛夷隐隐感到有些不安，催促王禧快下决断。

王禧气愤不已，一把拍在书桌上，震得桌上的镇尺跳起来："好你个老贼薛崇育！本是我宁武司出产的宝物，你铁定料到我要将这块紫晶作为贺礼给吴苍介献寿，便想来先下手买走！既想偷偷买走紫晶巴结吴苍介，又想让我原本计划买来献寿的贺礼突然没了，使我仓促间来不及准备更好的宝物，在寿宴上当众出丑。如此一来，便可使得吴苍介误以为我没把他打上眼，对他不敬，好让向来睚眦必报的吴苍介以后给我穿小鞋。诡计多端的薛崇育，好一个一箭双雕之计！"

说罢，王禧赶紧让下人叫来王济，命王济快马加鞭，速速赶去水晶堡，带上足够的银两，一定要赶在薛照虔之前买下那块巨型紫晶，不能让薛家的阴谋得逞。

王济简单收拾好银两，带上八名衙役，跳上马背正欲策马起行时，王禧再三交代道："济儿，如果碰上薛照虔，千万不可鲁莽行事，更不能与他动手！小心驶得万年船，务必要谨慎行事！他若出三十两，你就出四十两，百姓自会权衡，谁给的钱多他就卖给谁，量他薛照虔也不敢明抢。济儿，辛苦你了，替为父跑一趟！"

"父亲的叮嘱，孩儿记下了。为父亲效犬马之劳，是孩儿的福分，孩儿快去快回！"王济一手拿起火把，一手挥舞马鞭，骑着壮硕的骏马，带领着一队人马，向水晶堡的方向疾驰而去。

夜披上了一层望不到头的黑色帘幕，一直伸向远方。王济想要借一抹月

光照亮去往水晶堡的路，穿透暗夜，尽快赶到。没有明月相伴，没有繁星追随，只有那孤零零的黑被任意涂抹，在王济的心底画出一道弯弯曲曲的线条。

王济的背影渐渐消融在这一片无尽的黑暗之中。

翌日清晨，窗外是一层层堆叠的夏绿，或浓或淡，或深或浅。

王禧丝毫没有兴致欣赏，只盼王济能抢在薛照虔前面带着紫晶回来。受尽时间的煎熬，就是等待王济归来的那一刻。从日出等到晌午，王济拖着疲惫不堪的身体终于回来了！

令王禧失望的是，王济并没有带回紫晶。

花厅里，王济"扑通——"一声主动跪在王禧面前，一副负荆请罪的样子："父亲，孩儿有愧！待孩儿赶到时，紫晶已被薛照虔买走了。那位挖到紫晶的农夫说，他们为了方便托运这两百来斤重的紫晶簇，就地在他家买了一辆木板车安在马后，遮上一块厚重的黑布匆匆离去。孩儿去追，一路快马加鞭从水晶堡、筏子头、全光堡、梅子坪、两河堡追到蟠龙坝，但一路追踪也没见薛照虔的马队。都是孩儿愚钝，没能追上，还请父亲责罚！"

"唉……"王禧叹了口气，伸出双手将王济迎起身来，"济儿，你不必自责，这怨不得你。薛崇育这个人本就奸诈狡猾，有其父必有其子，薛照虔想必也是诡计多端。不是你追不上薛照虔，他定是为了不让你追上他，不走寻常之路，宁愿绕一大圈路，也不想有任何闪失。"

"绕路？"王济不解地看着王禧。

王禧摸了摸王济坚毅而稚嫩的面庞："他们回去的途中，必然经过蟠龙坝，哪怕是盖着黑布，一样容易引人注意。薛崇育既然是想让我措手不及，必定不会让我察觉到他已把紫晶买走，他铁定走的是水晶堡、土城子、旧堡子、徐塘堡，经豆叩、平驿堡、猪儿咀这条路，最后绕回到江油关。"

"啊？怎么会这样？孩儿真是蠢笨如牛！"王济自责地敲打脑袋，心里十分愧疚。

王禧一把抓住王济的手："济儿，你这又是何苦？为父不会怪你，你也不要再自责了。他们在暗，我们在明，吃亏的自然是我们。就算你追上薛照虔了，他会把紫晶拱手让给你吗？"

王济抿着嘴唇，双手揉搓着衣角："父亲，没有了紫晶，那吴大人的寿宴可怎么办啊？"

王禧头上愁云密布，感叹道："十年才有这么一个难得的机会，这可是各

路官吏谄谀巴结四川承宣布政使的大好机会。我王某人向来不屑攀附高官，但也不能拿不出一件像样的贺礼让吴苍介误会我对他不敬，以后故意刁难我。唉，该死的老贼薛崇育，真是可恶……"

就在这时，辛夷走进花厅，看着愁眉不展的王禧和王济，滴溜溜地转着璀璨的眼睛，一副七窍玲珑的样子："父亲，切莫着急，辛夷倒是有一个好主意……"

六日后。

太阳被云层藏起来了，终日淅沥。天空换上一副灰暗的愁容，为人间的苦难落了泪。窗外飘着迷蒙小雨，辛夷端坐在屋里听雨。雨雾缠绵，那些被打落的花瓣，似乎并不想化作泥土，而是向往着孤独的自由，随风走了。

"辛夷小姐，二公子他们回来了，还有无妄法师也一并来了！"素竹的话如同一把锋利的剪刀，剪断了辛夷飘到远方的思绪。辛夷简单收拾了一下妆发，淡抹几笔，去往正厅。

正厅里，王樾、二夫人曹鸢娘被雨水打湿了衣裳鞋袜，刚更衣出来。无妄法师换上了包袱里备好的纳衣。王禧叫下人给无妄法师奉上了茶水与稔子糖、核桃蘸。

无妄法师双手接过茶水，有些抱歉地对王禧说："王土司大人，不好意思，这几天下雨，路上泥泞，走得慢，多耽误了两日。小僧来晚了，还请您降罪。"

王禧赶紧摇了摇手："无妄法师，您乃神通广大的黄龙真人转世，我又怎敢怪罪于您呢？该被降罪的是我，之前您特地来告知天意，可我却……唉，早知我就应该听您好言相劝，顺从天意，我王家也不会遭此劫难……"

"王土司大人，怎么了？"明明早就知晓一切的无妄法师，此时故意张大嘴巴，装作一副完全不知情的样子。

王禧早已认定无妄法师是能洞悉天意的先知高僧，不必再遮掩什么，便将那日无妄法师前来告知祥瑞后，王土司府里发生的一切全都一一讲与无妄法师。

"阿弥陀佛！天意不可违啊。"听了王禧的一番讲述，无妄法师脸上露出哀怜的神色，双手合十，行了一个佛礼，"王土司大人，五公子不幸遭此劫难，实在令人扼腕。小僧唯有念上《地藏菩萨本愿经》为五公子超度，助他消除业障，唯愿他早登极乐。阿弥陀佛！"

王禧感激道："有劳无妄法师。"

超度法事结束，王禧向无妄法师问询蟠龙坝哪里才是龙脉所在，哪里最

第十一章　薛照虔水晶堡夺宝　无妄法师龙宫点睛

适合修建"龙宫"。

无妄法师捋着手中的小叶桢楠水波纹佛珠，细细道来："乘风则散，界水则止。山有来脉，水有来源，犹人身之有经络，树木之有根于世，水以地载，山以水分，考山犹当考水，知水之所中，后能知山之发脉也。山岂为风水之止故？盖山之为气，风则散，水则止耳。"

王禧皱着眉头，脑海里不断搜寻蟠龙坝哪里符合无妄法师所说的"乘风则散，界水则止"。

无妄法师接着说："风水之龙脉者，与四灵兽同。若论高低与阳宅同，至于配殿廊房与衙署同。左青龙，右白虎，前朱雀，后玄武，是故处于堂上之阴而知日月之次序，见瓶中之冰而知天下之寒暑。东方青色为木，西方白色为金，南方赤色为火，北方黑色为水，中央黄色为土。五龙之一的黄龙位居中央。王土司大人您乃衔烛之龙一脉，衔烛之龙千万年来一直守护着西北大荒不周山，按照三垣、四象、六爻、十二时辰制推算，西北对东南，龙居中央，王氏龙脉应在蟠龙坝中线正中点，涪江之滨、箭楼山之麓、龙池坪东南，坐西朝东，环若列历，林水青碧，殿幽而势阻，地廊而形藏。"

王禧恍然大悟，心里大概有个谱："谢过无妄法师，有无妄法师您的指点，我龙族血脉必定兴旺，我王家也能永葆平安，从此康泰顺遂。"

"王土司大人，您要想兴旺龙族血脉，还需要一样东西才行。"无妄法师一本正经地说道。

王禧忙问："还需要什么啊？请无妄法师明示。"

"金丝楠木。"无妄法师不紧不慢地说，"楠木，是一种极其高档的木材，不腐不蛀有幽香，历朝历代宫廷都曾大量伐用。楠木之至美者，非金丝楠木莫属，向阳处或结成山水之纹，木质坚硬耐腐，自古有'水不能浸，蚁不能穴'之说。龙州宁武司出产的金丝楠木，其木质结晶体明显多于普通楠木，在阳光下金光闪闪，金丝浮现，淡雅幽香。其色浅橙黄略灰，木性温润柔和，细腻通达，纹理淡雅文静，显山水纹或虎斑纹，灿若云锦，高贵华美。最重要的是金丝楠木熠熠金光如龙鳞，缕缕金丝纹路似龙筋，能为龙脉注入更多灵气，龙脉方能更加兴旺，您全家才能永葆平安。"

在王禧看来，无妄法师的话句句在理，但龙州的金丝楠木多生长于清漪江流域一带，豆叩就有一个村庄因盛产楠木而取名为"楠木园"。清漪江是涪江的支流，在蟠龙坝的下游渔溪司河西处汇入涪江，要想把下游的木材通过

涪江航运至上游的蟠龙坝，根本不可能。如果非要运送，就只能走山路，一路上山高路远，楠木巨大笨重，不知道要耗费多少民力财力。

王禧虽想修好这座"龙宫"兴旺家族龙脉，以保家人平安，但他又不愿从清漪江一带大费周折运送楠木，以免搞得宁武司的百姓苦不堪言、怨声载道。王禧在矛盾的旋涡里打转，左右为难。

王禧皱了皱眉："本身修筑'龙宫'已是大兴土木，要动用那么多人力物力，所需金丝楠木还得从清漪江那边走山路运送。如此劳民伤财，实不可为啊！"

无妄法师看出王禧的心思，捋着佛珠说："阿弥陀佛！王土司大人乃慈悲之人，系龙州宁武司百姓前世修为之福。一将功成万骨枯，历朝历代任何一个君王将帅的成功，都是靠牺牲成千上万人的生命和利益换来的。王土司大人，您可以慈悲为怀，但不可妇人之仁。西楚霸王项羽正是因其妇人之仁，看重兄弟义气而看不清形势，在政治上，不敢下狠手，一代天之骄子最后竟落得个四面楚歌、乌江自刎的悲惨结局。此事关乎王土司大人您王氏一族的龙脉兴旺，也关系着您全家人的性命之忧。作为龙州宁武司的百姓，能为真龙天子效犬马之劳是无上的荣幸。待'龙宫'建成，他日王土司大人您挥军北上，登上金銮宝座，再重重赏赐龙州宁武司的子民，岂不是一举两得？"

"无妄法师，我从来没有造反当皇帝的想法，我只求我的家人平安顺遂，不要再让我白发人送黑发人了！"经历之前一系列风波后，王禧对无妄法师极其尊崇，认为无妄法师乃是通天之人，若再违其感知的天意，将会如他预言一样家破人亡。然而同时在王禧心中，永不造反的信念从来未动摇过。

一想到要从清漪江流域调运楠木到蟠龙坝，工程巨大，劳民伤财，王禧左右踱步，内心极度挣扎。他眉头紧皱，眉宇间形成了海子般的沟壑。为了全家人的安危，王禧只能狠下心来，从一个丈夫和父亲的角度出发，为了保护全家人的平安，强迫自己铁下心肠，去扮演一个自私的普通人。

良久之后，王禧对王樾吩咐道："樾儿，这段时间徐公和键儿去京师了，没有两三个月的时日也回不来。明日你就随为父去趟土司衙门，起草一份土司令，命宁武司的百姓，特别是清漪江流域一带的百姓，楠木乃官木，庶民一律不得私藏，必须上缴，否则以谋逆之罪论处。凡是有楠木的村寨，当地寨主要带领村民砍伐，一个月之内必须运送到蟠龙坝来，否则以违令论罪。

筹集调运楠木一事，就由你全权负责督办。"

"孩儿遵命。"王樾重重地点了点头。

第十二章　　宁武司广征金丝楠
　　　　　　徐公赴京师访故人

土司令一发，龙州王氏土司衙门的衙役们，骑着马到宁武司各村各寨张贴。宁武司的老百姓们看到土司令，交头接耳，议论起来。

"王土司大人这是要做啥啊？"

"做啥？准是皇帝又要修什么宫殿，要各地方进贡楠木呗。""唉，这上头一张嘴，下面跑断腿啊！"

"就是，谁敢被扣上一个谋逆的帽子啊？这可是要杀头的！"

"可不是嘛，还好我家里没有种楠木树，要不然一个月之内运到蟠龙坝去，要累脱一层皮啊。"

"完了，完了！我一个表亲家里好像有楠木树，我得赶紧回去告诉他，一个月之内送不到蟠龙坝，这可是要大祸临头啊！"

……

王土司下令要求宁武司各地运送楠木到蟠龙坝的消息很快传开了。在宁武司百姓看来，凡是有楠木的村寨都遭了殃。以普通老百姓的能力，要把粗重的楠木送到蟠龙坝，谈何容易！对于"山高刺破天，道路巴掌宽"的龙州来说，想在马匹后面加个有轱辘的板车，以此拖运巨大笨重的楠木根本不可能。只能靠几十个精壮劳力徒步运送，一步一步将楠木滚运到蟠龙坝。炎炎夏日流火，山路崎岖难走，楠木又粗又重，百姓们在运送楠木的过程中常常出事。前前后后，有两人被楠木活活压死，一人滚到悬崖下摔死，因中暑热而患病之人更甚。遇难者的亲人，哭得呼天号地，撕心裂肺的哭喊声回荡在崇山峻岭间，久久不散。

王禧心中万分悲痛，也万分愧疚。他下令厚葬这些遇难者，并给他们的家属每户发放十两银子作为抚恤金，以弥补他的罪过。

　　而全权负责督办筹集调运楠木的王樾，为责令老百姓上缴楠木，抽调多名衙役担任官木役，督促老百姓运送楠木，对拒不上缴、拒不运送的，一律严惩。

　　有少数老百姓，害怕运送楠木不及时，抱着多一事不如少一事的态度，干脆直接把楠木树砍倒，就近推进深山老林里，用树叶掩埋起来。但更多的老百姓害怕抗命不从罪加一等，硬着头皮，咬紧牙关，费了九牛二虎之力把楠木运送到蟠龙坝。

　　运送到蟠龙坝的楠木越来越多，那根根楠木中泛着缕缕暗红，仿佛是用百姓的血汗浸染而成的。

　　一个月后，看着原料场堆积如山的楠木，王樾欣慰地对官木役们说："你们办事果然不负所望，全部有赏！"

　　官木役们高兴不已，纷纷谢恩："小人为王土司大人办事必当尽心竭力，多谢王土司大人恩典，多谢二公子赏赐！"

　　王樾向前来察看楠木调运情况的王禧请示："父亲，这楠木陆陆续续运来了，现在宁武司的甲里、杂泛和均徭加起来有将近一百人，等徐公和大哥带着匠人们回来，再请无妄法师做一场祈福祝祷的法事，是不是就可以准备开工了？"

　　王禧点了点头："应该差不多了。樾儿，明日我要和辛夷出发去成都府，要不然就赶不上下个月初八布政使吴苍介大人的寿宴了。我外出的这段时间，土司衙门和土司府里的一切事宜就交给你了，为父相信你的能力。"

　　王樾大吃一惊："为什么要带上辛夷啊？她一个女孩子，出门多有不便。况且吴大人寿宴上必定高朋满座，她一个黄花闺女跑去不太适宜吧？"

　　"没办法啊！键儿去了京师寻访能工巧匠，济儿去了广元结识武艺高强的江湖人士，焕儿身体尚未恢复只能在家休养，你又要操心土司衙门和土司府里的事。我原本打算让你陪为父去成都府给吴大人祝寿，但你们几个兄弟姊妹中，唯有你办事最为得体，为父最为放心，如果把处理土司衙门日常政务这个重担交给其他人，我实在是放心不下。"王禧缓缓说道，"不带辛夷不行啊，紫晶被薛照虔抢先一步买走后，我又重新准备的这个贺礼是辛夷命人一手打造的，其中的机关奥秘只有她懂。这次寿宴要想不让吴苍介记恨我，就得全看辛夷的本事了。我只能让辛夷这一路上女扮男装，但愿不要被人看出来，

第十二章　宁武司广征金丝楠　徐公赴京师访故人

奚落笑话我们王家才是。"

听了王禧的话，王樾"扑哧"一声笑了："那就叫辛夷把眉毛画粗点，脸上再抹点锅烟墨，最好再剪点马尾毛粘个假胡子，免得别人误会我们王家怎么会有这么娘娘腔的男儿。"

王禧哈哈大笑起来："恐怕只有这么办了。谁叫她设计了这么一个特别的贺礼，搞得这么复杂，我研究了半天也不会弄，只能带她去了。其实吧，我都怀疑辛夷这丫头肯定是想跟着我去成都府玩，才故意把贺礼设计得这么繁复神秘，好让我不得不带上她。"

京师不愧是京师，热闹繁杂的大街人来人往，车如流水马如龙。早晨绚烂的阳光在绿瓦红墙间跳跃，洒在琳琅满目的商铺招牌旗帜上。粗粗一看，人头攒动，杂乱无章；细细一瞧，市井繁华，有条不紊。街市两侧有许多摊贩和行人。货摊上摆有饼子、白馍等食品，还有油纸伞、锅碗瓢盆等杂货。茶坊、酒肆、药铺、裁缝铺、米店、胭脂铺、肉铺、当铺、庙宇、公廨等一应俱全，各行各业，应有尽有。有看相算命的道士，有沿街叫卖的小贩，有骑马飞驰的衙役，有乘轿出行的员外，士农工商，三教九流，无所不备。

穿过熙熙攘攘的人流，在徐昌田的引导下，绕过高大的城阙，路过喧嚣的街道，王键跟着他走进一条僻静的小巷。小巷两边是平民院落和院墙，布满青苔，朴素发旧。有的院墙上铺陈着密密麻麻的爬山虎藤蔓，绿油油的，在狭长的阴影下，将夏日京师的闷热扫荡走了一些，有了些许清凉的感觉。

徐昌田、王键走到一间精巧的民居门前，只见匾额上题写着"闲云居"三个龙飞凤舞的大字。

王键抬头看了一眼问："徐公，就是这儿吗？"

徐昌田点了点头，说："是的，这位鼎鼎有名的木匠卢瑀是我的旧相识，说起来我好多年没来过他的闲云居，与他一起饮酒叙旧了。"

卢瑀，字映康，河北保定府人，其父卢纯风曾是工部营缮清吏司员外郎，在明太宗时期主管修建奉天殿。卢瑀十二岁时就随父学艺，他心灵手巧，一看就懂，一说就会，颇有天资。卢纯风很喜欢卢瑀这个颇有木工天赋的儿子，不仅将他的手艺全部传授给他，还让参与修建奉天殿的资深木匠，将技艺倾囊授予卢瑀。卢瑀年纪轻轻就习得一身木工好手艺，在京师有着"小鲁班"的美誉。

后来，由于当年一同修建奉天殿的一位叫周季海的木匠，受邀为锦衣卫

指挥使纪纲设计修建府邸，周季海参照了奉天殿的部分图纸，永乐皇帝朱棣认为纪纲私建皇宫，有谋反之心，以谋大逆的罪名将纪纲凌迟处死。纪纲被处决后，他的家属不论老幼全被流放戍边，其爪牙庄敬等人大多也被处死。过了很长一段时间，都察院才整理出纪纲的罪状公告天下。除私建皇宫、假传圣旨、滥杀无辜、贪污索贿等罪行之外，还特别强调了"其家蓄养亡命之徒，私造铁甲弓弩数以万计"，以暗示纪纲有起兵造反的阴谋。纪纲被杀后，周季海被流放至滇西，卢纯风受到牵连，因监管不力之罪被革职，降为庶民。

从平步青云到跌落谷底，卢纯风、卢瑀一家人倒也落得无官一身轻。日子虽过得紧了些，但父子俩给京师附近的百姓修民房、盖瓦舍、建庙宇，颇受百姓欢迎。卢纯风过世后，卢瑀因先后参与修建巴潼栈道上的巴潼寺、保宁府剑州七曲山大庙，在巴渝地区声名鹊起，自然也传入了王禧的耳中。

哪知道踏破铁鞋无觅处，得来全不费工夫。卢瑀的父亲卢纯风曾与徐昌田同朝为官，徐昌田的年纪虽比卢纯风小了两轮，但二人却是忘年之交。一次徐昌田去卢府拜访，结识了与他年纪相仿的卢瑀，一来二去，两人交情匪浅。当年纪纲案风波震惊朝野，永乐皇帝朱棣龙颜震怒，怪罪下来，斥责卢纯风监管不力，纵容手底下的木匠周季海参与纪纲私建皇宫谋反，本打算要流放卢纯风一家戍边。正是徐昌田上书奏明朱棣："木匠周季海参与纪纲私建皇宫谋反一案，乃私相授受行为，并未请示工部营缮清吏司，营缮清吏司员外郎卢纯风完全被蒙在鼓里，毫不知情。卢纯风一家历来忠心耿耿，且年事已高，命近黄泉，若将这样一位古稀老人流放滇西，恐有好事者会口诛笔伐，诬蔑圣上是和夏桀、商纣一样的暴君。与其流放他，倒不如将他革职查办，贬为庶人。一来以证大明法纪严明，二来显得圣上宽容仁爱。还望圣上酌情考虑。"朱棣思来想去，觉得有几分道理，最终采纳了徐昌田的谏言，将卢纯风革职，贬为庶人，并未流放。

得知徐昌田竟是木匠卢瑀一家的救命恩人，王禧欣喜若狂地请徐昌田带上虫草、天麻、木耳、茶叶等土产，还亲手写了一帧请帖，由徐昌田出面，诚挚邀请卢瑀到龙州蟠龙坝王土司府一叙。

王键"笃笃笃——"地一阵敲门，一位青衣少年前来开门。

从门外朝里望去，不大的闲云居院内开着几株桔梗花，如同少年的梨涡浅笑，絮絮低语。一抹幽蓝跳动在绿叶之间，五角星的花瓣，精致纯美，像是神仙遗落在凡间的星星。花叶疏离，君子之风，花色紫中带蓝，蓝中见紫，

第十二章　宁武司广征金丝楠　徐公赴京师访故人

清心爽目，润而含蓄。淡而柔和的日光，笼罩着花束，花蕊散发着若有若无的清香，令人愉悦舒心。

看到两位陌生来客，青衣少年不知道他们是谁，礼貌地问道："请问二位是……"

徐昌田上下打量起眼前的少年，觉得他模子里刻着几分卢纯风、卢瑀的影子，开口便问："你是卢家公子？令尊可是映康兄卢瑀？"

青衣少年愣了一下，点点头："嗯……二位找家父有何贵干呢？家父就在堂屋。"

徐昌田哈哈一笑，轻轻拍了拍青衣少年的肩膀，感慨万千："你是有心吧，有心都这么大了，已经长成翩翩美少年了！这日子真是过得快啊，一晃这么多年了。我离开京师的时候，你还是个黄口小儿呢！"

"那您是……"青衣少年继续追问，毕竟当时年纪小，很多人和事都随时光的流逝淹没在记忆的洪荒之中了。

这时一个熟悉的声音在徐昌田耳畔响起："章远兄，好久不见，别来无恙啊！"

徐昌田转过头去，目光穿过天井，从堂屋走出来一个五十来岁的中年男人，穿着一身洗得发白的衣裳，身板高大，肩臂有力。一张黝黑瘦条的脸上栽着不算稠密的胡须，看起来像是个粗人。

他乡遇故知，恰如久旱逢甘霖。徐昌田激动地握住那中年男人粗糙的手，这份重逢的喜悦蕴藏了许多年，在这一刻终于爆发出来："映康兄，当日京师一别，这都多少年过去了，我还以为再也见不到你了！"

两个饱经风霜洗礼和岁月摧残的中年男人，将手紧紧握在一起，没有滴落的眼泪，眼睛里只有说不尽道不完的话语，话说这些年的颠沛流离，辗转飘零。

闲云居里那几株桔梗花，默默凝望着这两个久别重逢的故交。无望，勿忘，皆是哀伤。

第十三章　　王键假文书招巧匠
　　　　　　　辛夷成都府献寿礼

　　久别重逢非少年,执杯相劝莫相拦。岁月眷恋着重逢,让友情更有情。行到水穷处,坐看云起时,才发觉人生粗茶淡饭、三五故交足矣。

　　卢瑀将徐昌田、王键二人迎到堂屋坐。堂屋虽不是富丽堂皇,但还算得上清新雅致。

　　"有心,快去烧点水,给你徐伯伯他们泡茶。"卢瑀吩咐青衣少年后,赶忙给徐昌田致歉,"章远兄,犬子有心愚钝,竟未认出你来,还请多多见谅啊。"

　　徐昌田并不在意:"我离开京师时,有心还是个未醒世的总角孩童。这都过去多少年了,我也老了,有心哪里还能记得我的模样?映康兄,你不必这么见外。"

　　徐昌田与卢瑀相视一笑,卢瑀打量着王键,向徐昌田问道:"章远兄,这位公子是……"

　　徐昌田方才想起一时竟忘了向卢瑀介绍王键:"这位是龙州王氏土司王禧王土司大人的长子王键公子。"

　　"龙州?章远兄,你怎么去了龙州?我前几年在剑州修七曲山大庙,离龙州并不远,早知道你在龙州的话,我应去见见你啊!"卢瑀有些吃惊。

　　"唉,人生如浮萍,世事难预料……"徐昌田长长地叹了一口气,打开记忆的锁子,将点滴往事倒成一杯绵长的烈酒,细说当初被贬黜后的辛酸与苦楚,如何跌跌撞撞地来到龙州,以及如何遇到恩人王禧,后来又怎么在龙州王氏土司衙门当了师爷的一番曲折经历。

　　卢瑀听后十分动容:"随其缘对,善有善报,恶有恶报。章远兄,你是善人,自然遇到了善人王土司大人。"

"映康兄，你这些年来一切都还安好吗？夫人不在家吗？说起来，我好多年没见过她了。"徐昌田举目望了望，没看到卢夫人的身影，问了起来。

卢瑀皱了皱眉，黯然神伤："拙荆前些年得了疠症，我和有心又常常在外给人修房子，无人照料她，唉……说起来是我这个做丈夫的没有尽到责任啊，她就这样去了……"

"唉……"徐昌田感叹道，"想不到昔日一别，竟天人永隔了。"

王键将礼物和请帖双手递给卢瑀，恭敬地说："卢师傅，这伴手礼是家父让我特意带给您的，还请您务必收下。"

看着如此丰厚的礼物，卢瑀大吃一惊，看完请帖后连连摆手，不愿收下："王土司大人邀请草民到龙州蟠龙坝王土司府一叙，不知有何要事？这哪里是什么伴手礼，这么贵重的礼物，草民可万万受不起！"

徐昌田把礼物硬塞到卢瑀手上："映康兄，你快收下吧，你若是不收下，我回去也没法给王土司大人交差啊！你总不能让我千里迢迢带着礼物来到京师，又原封不动地拿回去吧。"

卢瑀没办法，为了不让徐昌田为难，只好勉强收下。卢瑀始终觉得徐昌田远道而来必然有事，再次问道："章远兄，话说你一路舟车劳顿来到京师，究竟所谓何事啊？"

徐昌田爽朗一笑："映康兄，说来惭愧啊。按理说我早就该来京师拜访你了，可龙州地处川西北边陲，距离京师十万八千里，我要来一趟可不容易啊。这不是有事前来相求嘛。"

"我就是一介草民，有什么能帮上忙的啊？"卢瑀疑惑不解。

徐昌田面带笑靥："映康兄，实不相瞒，今年又到了每三年一次的朝贡，今年三月初，皇上和张太后念及王土司平定'平松之乱'有功，赏赐了四万两白银。现有王氏土司衙门已历数年，早已老旧风化，多有破损，需修建新的王氏土司衙门。说到修房子，我肯定第一个就想到'小鲁班'你了。"

"原来如此！那恭喜令尊了！"卢瑀向王键行礼道喜，又向徐昌田致谢，"承蒙章远兄举荐，草民定当全力以赴为王土司大人修建好这座新的土司衙门！"

"多谢卢师傅！"见卢瑀答应了，王键谢过卢瑀。

"可是……"卢瑀皱了皱眉，欲言又止。

王键一下子紧张起来："怎么了，卢师傅？您有什么条件，请尽管提出来。

您放心，家父一定不会亏待您的。"

卢瑀瘪了瘪嘴，思来想去还是道出了心声："王公子，工价方面我卢某人从来都是按照市价来，绝不会坐地起价。只是吧，能否让我看一眼四川承宣布政使司和工部关于修建龙州王氏土司衙门的批文，我心里好有个底，我可不能重蹈家父的覆辙。"

"哈哈哈……映康兄，你还怕我骗你不成？修建龙州王氏土司衙门这么大的事，怎么可能没有批文呢？没有批文就私自修建，那可是重罪呢。"徐昌田从随身的包袱里拿出一道文书，交与卢瑀看。

卢瑀接过文书细细看过后，一颗悬着的心放了下来。卢瑀对徐昌田和王键说："王公子、章远兄，要修建一座气势恢宏的龙州王氏土司衙门，绝非我卢瑀一人蝼蚁之力可为，不知王土司大人还招募有其他匠人否？徭役可有多少？"

"王土司大人治下的龙州宁武司尚有徭役一百，木匠方面，恐怕还得靠映康兄帮衬着招募点，你是内行，到时候一并把工钱结给你。"徐昌田微笑着说，"映康兄，你在招募其他木匠的时候可以跟他们说，到时候吃住方面、工价方面王土司大人一定不会亏待大家的。王土司大人说，龙州山高路远，工价上可每月高于市价二钱银子。"

"王土司大人宅心仁厚，体恤匠人，招募之事就包在我卢瑀身上了。犬子有心在京师做画师多年，他认识不少技艺高超的画师。如果有需要的话，我让有心去问问。"卢瑀笑了笑，"要远去龙州修王氏土司衙门，绝非一朝一夕之事，这一去就得好几年。我明日去跟木匠郭鼎他们说说，看看他们愿不愿意同去。"

"有劳映康兄了，若能招募到木匠、石匠、泥塑匠、画师各五名，自是最好。"徐昌田笑意盈盈。

卢瑀对卢有心吩咐道："有心，你赶快去悦来居订一桌好酒好菜。"

卢有心点了点头，简单道别后先行出门。

卢瑀拍了拍徐昌田的肩膀，说道："章远兄，好多年没和你喝过酒了，今日可要不醉不归啊！"

"有一次，你说要把我喝趴下，结果你先把自己喝得酩酊大醉，还是我背你回家的呢！令尊和令堂把你骂了个狗血喷头。"徐昌田忍不住笑出了声。

卢瑀瞥了徐昌田一眼："你还好意思说呢，那次还不是因为你的谏言被几个内阁大臣驳回了,心情不佳,我才陪你喝酒的!"

两个头发花白的中年男人,早已不再是昔日朝气蓬勃的少年,穿过岁月的长河,他们之间的情谊依然年轻美好。

生命有时候如枯井般了无生趣,假如有一位记忆中的故友,生命便会多一分色彩。在某个时间的犄角,你会偶然惦念起那位故友,也许就会绕过几个弯、翻过几座山、跨过几片海,只为见上一面。

看着眼前这对久别重逢的故友,王键偷偷冷笑了一下,那笑如同一抹天边的浮云,稍纵即逝。王键很清楚,那道有四川承宣布政使司和工部批文的文书是伪造的!与此同时,王键分不清楚徐昌田对昔日故交卢瑀的笑,究竟是出自真心还是假意。

经过一路奔波,在轿子上颠簸了半个多月,王禧和辛夷总算来到了成都府。

这是辛夷生平第一次出远门,她早就想来繁华热闹的成都府看一看。辛夷听说成都府好吃的、好玩的特别多,心想要是能再采买一些光亮疏朗的蜀绣、蜀锦,拿回家做成衣裙肯定特别漂亮。

寿宴当天,王禧带上辛夷顺着蜀王府的萧墙,不知不觉到了气势恢宏的四川承宣布政使司府。作为从二品四川承宣布政使的府邸,布局规整,工艺精良,楼阁交错,颇有辉煌富贵的风范,散发着大气磅礴的风韵。

锣鼓喧天,鞭炮齐鸣,布政使府邸迎来送往,高朋满座。寿宴进行得热闹喜庆,丝竹之声不绝于耳,言语欢畅,其乐融融。然而明眼人都看得出来,人人都无聊得紧,彼此之间不过是寒暄敷衍罢了。歌舞升平不假,却都是屡见不鲜的东西,只是碍于布政使吴苍介的高位,谁也不敢有半句微词。

辛夷今日的打扮,果真如同一位翩翩公子,黄衫折扇,头发高高束起,头戴嵌绿幽灵水晶的银发冠,素净的一张脸上描着粗眉,英气十足。一改往日的轻盈碎步,今日的辛夷刻意步履豪迈。这明明是一个风流倜傥的贵公子,哪里还是往日那个娇俏可人的小辛夷?

辛夷紧跟在王禧身后走进了寿堂,手里提着一个长、宽、高各为一尺的锦盒。

寿堂设在四川承宣布政使司府的正堂,是行拜寿礼的地方。堂上挂有横联,主题为寿星吴苍介的姓名和寿龄六十,中间高悬一个斗大的"寿"字,左右两边及下方为一百个形体各异的"福"字,表示百福奉寿,福寿双全。正厅当中摆设有长条几、八仙桌、太师椅,两旁排列大座椅,披红色椅披,置红

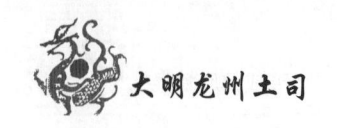

色椅垫，桌上摆放银器，上面供奉寿酒、寿面、寿果，还点着长寿烛、长寿灯。

前来贺寿的人不乏亲朋好友，更多的则是吴苍介的官场同僚。北直隶、南直隶、湖广、福建、贵州、云南等两京十三布政司的主官们，因不能擅离职守，专程派了代表前来祝寿。当然更多的还是四川承宣布政使司下辖各路、各府、各州的大小官吏，为了趁机大献殷勤，大拍吴苍介的马屁，纷纷亲自携寿礼前来，人山人海，场面蔚为壮观。寿宴桌从正堂一直摆到庭院，有五六十桌之多。桌上的各色菜式琳琅满目，以川菜为主，个个精美，不乏各种山珍海味，尽显豪奢。

只见今日的寿星吴苍介，披红戴彩，肩上披"花红"，朝南坐于寿堂之上，接受亲友的祝贺和晚辈的叩拜。一切就位后，吴苍介下令"穿堂"，儿孙们按照顺序依次走过寿堂，司仪逐一报咏。拜寿开始，鸣炮奏乐，吴苍介的长子点燃寿灯。接着吴苍介的儿子与儿媳上前先行叩拜，再由女儿与女婿叩拜。拜寿中，吴苍介给儿女们派发了精巧的小礼品，当作"回礼"。叩拜结束时，吴苍介的小孙儿用稚嫩的童声，为笑得合不拢嘴的吴苍介献唱了一首祝寿曲。

司仪请各位来宾都入座后，对众人说："六十花甲子，七十古来稀。相信在座各位今日来到这里，盼望生命之树常青，寿禄之神常临，祈愿吴大人健康长寿，颐养天年。现在开始'献寿'环节，请各位一一将寿礼献上，并接受吴大人的致谢。"

说罢，司仪按照之前上报的礼单进行献寿，高声朗读着贺礼和贺词。"都察院左都御史陈康年大人献翡翠福瓜一枚，祝吴大人福寿延年！""福建承宣布政使汪裕大人献牛血红珊瑚一对，祝吴大人鸿运当头！"

"太常寺少卿白笙连大人献《溪山行旅图》一卷，祝吴大人福如东海长流水，寿比南山不老松！"

……

看到呈上的各色奇珍贺礼，吴苍介满意地点点头，向献礼贺寿的亲朋好友、官场同僚一一致谢。

当司仪读到"四川承宣布政使司龙州薛氏土司薛崇育大人献紫晶晶簇一屏，祝吴大人紫气东来"时，看着吴苍介满意地点头，辛夷心里很不是滋味。"这紫晶明明是我们的，被他们使计捷足先登了！"辛夷忍不住嘟囔几句。

王禧示意辛夷不要再说下去，毕竟这里人多口杂。

司仪继续念道："四川承宣布政使司龙州李氏土司李振樊大人献熊胆、鹿

第十三章　王键假文书招巧匠　辛夷成都府献寿礼

茸、乌天麻、冬虫夏草、铁皮石斛、羌活鱼干各两盒，祝吴大人万寿无疆！"

在场有人认识李振樊，小声打趣道："李振樊自从得了恶疾后，潜心钻研药理、药材，当个土司真是屈才了，应该去太医院当个院使才是。"

吴苍介微微一笑，谢过李振樊："这几味药材甚是名贵，李土司有心了！"

李振樊笑脸盈盈："吴大人您身体康健，精神抖擞，这几味药材您再过个二三十年用，都还嫌早呢！"

吴苍介哈哈大笑起来，满面春光："李土司，你太会说话了。"

司仪继续往下念："四川承宣布政使司龙州王氏土司王禧大人献……献……"

"怎么了？"见司仪半天不说下文，吴苍介忍不住开口问。

司仪把礼单交与吴苍介看，在吴苍介耳边悄声说："吴大人，您看这个礼单上面写的。"

吴苍介接过一看，上面赫然写道："因寿礼繁复，需本人当面呈送。"

吴苍介一脸疑惑地问："王土司，这是……"

王禧赶紧带着辛夷，提着装有贺礼的锦盒，快步走到吴苍介面前。王禧向吴苍介行礼："吴大人，此寿礼由小吏犬子精心制作，设计繁杂，还请您莫怪。"

"哪里，哪里，辛苦王土司和令郎了。"吴苍介面露微笑回应道。

辛夷给吴苍介行礼后，向吴苍介请示："吴大人，可否请您命人关上门窗，拉上帘子遮住漏光口，小生才好拿出献寿之礼。"

祝寿现场的李振樊、李未岚、薛照虔本来就看辛夷有些面熟，加上辛夷说话的声音，他们三人彻底认出了辛夷。辛夷刻意降低了音调，故意变得像男子一样低沉，然而那清丽婉转的音色是无论如何都改变不了的。

居然是她！

看着这个姑娘，再看看旁边的王禧，两人颇有几分挂像。李振樊、李未岚父子俩瞬间明白了，那日前来李土司府强买不死鸟的丫头，竟是王禧的女儿！

薛照虔瞪大了眼，下巴惊得快掉了下去，那个强行讹走他玉佩的姑娘，居然是王禧的女儿！

一旁的薛崇育看到薛照虔吃惊的样子，不禁问道："照虔，怎么了，你认识王禧的这个儿子？"

薛照虔思忖了片刻，故意摇了摇头："不认识。孩儿只是好奇，没了紫晶的王土司，会拿出什么样的宝贝献寿？"

第十四章　　走马灯寿宴放异彩
　　　　　　　父女俩化险回龙州

　　吴苍介不知道眼前这位俊俏的小公子究竟意欲何为，十分好奇，吩咐下人赶紧关上门窗，拉上帘子，遮住漏光口。

　　当布政使司府的下人们忙碌地执行吴苍介的吩咐时，辛夷不慌不忙地从随身提着的锦盒里，拿出一个纯金打造的六棱形走马灯，金光闪闪，光彩耀眼。每个延伸出来的棱角上，雕刻着精美的祥云图案。担心灯纸在来的路上不小心划破了，辛夷只得小心翼翼地在现场安装最外面的灯罩。

　　传统的走马灯外形多为宫灯状，内以剪纸粘一轮，将绘好的图案粘贴其上。燃灯以后，热气上熏，纸轮辐转，灯屏上即出现人马追逐、物换景移的影像。宋朝时已有走马灯，时称"马骑灯"。因多在灯的各个面上绘制古代武将骑马的图画，灯转动时，看起来就像一群人马你追我赶一样，故名"走马灯"。

　　然而眼前的这盏走马灯并不是这样的。辛夷带来的走马灯虽外形为宫灯状，但灯罩内插一金丝作立轴，轴上方装一叶轮，其轴中央装六根交叉细金丝，错落有致，高低不同。在金丝每一端上，各镶嵌一颗打磨成108个切面的透明白水晶珠子，每个珠子上挂着大小不一的星云、骏马等金箔剪纸。

　　在场的人们既稀奇又担心，这样的走马灯太不符合常规原理了，能转动起来吗？

　　门窗关好，帘子遮住了所有光线，原本亮堂的正堂顿时被黑暗吞没。辛夷轻轻点燃灯笼内的香烛，热气上升，形成气流，从而推动叶轮旋转，金箔剪纸随轮轴缓缓转动，金箔剪纸的影子投射到灯笼纸罩上，映照在整个正堂里。

　　霎时间，烛光透过12颗水晶珠子的每一个切面，被折射成五彩斑斓的光

第十四章　走马灯寿宴放异彩　父女俩化险回龙州

斑,成为夜空里神秘璀璨的星河。暗夜顿时如繁星闪烁,流光溢彩,搅碎的星光洒满整个正堂。那一匹匹骏马仿佛被注入灵气,活了过来,马蹄踏在银河之上,在星云之间驰骋穿梭,潇洒快意。此情此景,宛若仙界的天马在天河奔腾,在星辉斑斓里肆意奔跑。星云折射出的星光,随着热空气自动旋转,星辉流转,摇曳多姿,观者恰似步入迷幻的梦境。星驰马骤、团团不休之景况,令众人惊叹不已。

随着香烛的燃烧,清新淡雅的香气四溢,环绕飘散。这香气不浓不重,不烈不妖,如迎面而来的清风,浸润着在场每一个人的心脾。

对调香尚有一些心得的李未岚深吸一口气,大抵嗅出了这香烛的成分是将广藿香、茴香、姜、茉莉、橙花、花梨木、丁香、月季、百里香等香料作为基香,辅以佛手柑、杜松、薄荷等香料提香,再混合少许乳香、没药。

李未岚不由得向辛夷细望几眼。在走马灯发出的流光映照之下,眼前这位叫不出名字的王家姑娘,虽身着男装,却如那日初见一样,明珠美玉般不可方物,俊美无俦。特别是那日她竟然敢在李土司府邸拿起匕首胁迫李振樊,此等勇气和胆量,非一般女子能够企及,怕是寻常男子也难以做到。想着想着,李未岚的心中不禁激起一阵微妙的暖流。

此时此刻,薛照虔也盯着辛夷,看得忘了神。薛照虔心里泛起波澜,这位姑娘大概是不小心坠落凡间的仙女,眉宇之间透着与凡尘女子不同的灵气。想到她当日讹走他的玉佩,薛照虔想去要回,也可借此机会认识她。但薛照虔怕薛崇育责罚,并未报告玉佩被讹走一事,而这位姑娘今天女扮男装必定有她的苦衷,薛照虔不忍心打扰她原本平静的生活。况且这位姑娘是王土司王禧的女儿,薛崇育和王禧之间积怨已久,若是他主动去结识王家姑娘,想必薛崇育会十分不满。薛照虔心里升腾起雾霭般浓烈的愁绪。

"四川承宣布政使司龙州王氏土司王禧大人献黄金水晶走马灯一盏,祝吴大人一马当先,马到功成!"辛夷高声宣读贺词,吐语如珠,柔和清脆。

"好!好!好!"吴苍介一连说了三个好字,王禧忐忑不安的心终于放了下来。

去紫禁城多次觐见过皇帝的吴苍介,在紫禁城里见过不少奇珍异宝,这样新奇特别且原理不同于常的走马灯,他还是头一次见。吴苍介心里暗自盘算着,若是把这盏黄金水晶走马灯敬献给皇帝朱祁镇,以皇帝年幼贪玩好耍的心性,准会喜欢!张太后虽说被尊为太皇太后,归根结底还是个喜好浪漫的妇人，肯定也会喜欢。如此一来，只要龙颜大悦，他在告老还乡之前，由从二品晋升为正二品还是大有希望的。

　　按捺不住内心的满意，吴苍介面露悦色地对王禧说："王土司，这份贺礼老夫很喜欢，你有心了！"

　　得到吴苍介的赞许，王禧心花怒放，赶忙说道："在吴大人您的寿宴上给您添麻烦，还让您辛苦府上的家丁布置现场，以便能展示这盏黄金水晶走马灯，小吏实在过意不去。小吏知道吴大人您属马，再加上令郎不久前喜结良缘，实在是双喜临门。小吏斗胆将吴大人您比作王荆公王安石，因此制作了这样一盏黄金水晶走马灯。"

　　吴苍介哈哈大笑起来，心里甜滋滋的，嘴上却谦逊地说："走马灯，灯走马，灯熄马停步。飞虎旗，旗飞虎，旗卷虎藏身。王土司说笑了，我哪里比得上王荆公啊！"

　　薛崇育万万没想到，王禧居然能在这么短的时间内，做出这样一盏新颖奇特的黄金水晶走马灯。相比起来，那块巨型紫晶晶簇显得普普通通，毫无新意。

　　看着王禧和吴苍介有说有笑，薛崇育气不打一处来，鼻子里哼了一声，对身旁的李振樊说："溜须拍马之徒，专好谄奉，厚颜无耻！"

　　"王土司还年轻，不像你我都是半截身子在黄土里了。他现在可是铆足了劲要往上爬，自然不会放过任何一个机会。"李振樊皮笑肉不笑地说道。

　　黄金水晶走马灯还在流转着星光，香烛继续飘散着淡淡香氛，整个正堂几家欢乐几家愁。四周荡漾着紧张的气氛，薛崇育脸上的笑容已烟消云散，紧蹙的眉头被哪家遗失的锁锁住了。那些流光描绘着求而不得的宿命，让前路迅速土崩瓦解。眼前的一切细细溃动，模糊的金色光点重叠着巨大的影子，绝望地撕破黑暗。

　　寿宴结束后，回龙州宁武司的路上，放眼望去，旷野四周屡见柳树。田埂边、小河旁、房前屋后，或整齐排列，或错落有致，枝条茂盛，低垂似娇羞的少女，被风吹动了飘逸的长发。

　　王禧坐在轿子里，丝毫没有杨柳依依的离愁别绪，满载神采飞扬之感："辛夷，这次要不是你心细如春风，妙手似剪刀，别出心裁地设计了这盏黄金水晶走马灯，我们怎么能在吴苍介的寿宴上，对薛崇育来个有力回击呢？薛崇育这次真是偷鸡不成倒蚀把米！"

第十四章　走马灯寿宴放异彩　父女俩化险回龙州

　　王禧对辛夷赞赏有加："吴苍介年事已高，最想要的就是在离任之前，由从二品晋升为正二品，好在辞官告老还乡时能享受正二品待遇。以四川承宣布政使司现在的情况来看，吴苍介想要通过做出政绩再往上升一级很难，只有看他能不能讨到小皇帝和张太后的欢心，以忠君体国的名义，在他临休之前恩赐他一个正二品待遇了。四川距离京师路途遥远，吴苍介不能常伴小皇帝和张太后左右，要怎么样才能让小皇帝和张太后时常念及他的好呢？紫禁城里各种奇珍异品，只有最新颖、最奇特的东西才能让人印象深刻。特别是皇帝年龄尚小，自然是贪玩又喜好新鲜事物的。比起其他寿礼，他对我们所献的黄金水晶走马灯格外满意。这场漂亮的翻身仗，打得真是痛快酣畅，哈哈哈……"

　　辛夷会心一笑："幸得父亲揣摩准了吴大人的心思，又告知辛夷吴大人属马，其子不久前才娶妻婚配，辛夷从王荆公捡联获妻的典故中得到灵感，这才有了做黄金水晶走马灯的想法。辛夷想，这盏黄金水晶走马灯必须得和寻常的走马灯不一样，得有新意，吴大人才会喜欢。至于改变传统的走马灯原理式样，是从《梦溪笔谈》里得来的灵感。"

　　王禧用手指刮了刮辛夷娇俏的鼻子："要不怎么都说女儿是父亲的小棉袄啊，有辛夷在就是暖心，这次化险为夷都是托我宝贝闺女的福啊。想不到焕儿一天到晚爱看《梦溪笔谈》，捣鼓些新鲜玩意儿，竟也影响到你了呢。"

　　辛夷明月一般的眼眸闪烁着："《梦溪笔谈》那么复杂，辛夷怎么可能看得懂呀，其实这些都是焕哥哥的功劳呢！要不是他亲手做灯柱、立轴、叶轮、轴线，找金器匠打制星云、骏马图案的金箔片，让雕刻师傅精细地雕削 12 颗 108 个切面的白水晶珠子，运用《梦溪笔谈》里的方法制作，这盏黄金水晶走马灯怎么可能在那么多珍奇的寿礼中脱颖而出，深得吴大人喜爱呢！"

　　听了辛夷的话，王禧忽而变得忧伤起来，眼里盈满一个父亲的温情："兄妹同心，其利断金。我王禧这辈子最幸福的就是有三位善解人意的夫人，有五个英勇能干的儿子、三个懂事聪慧的女儿，可惜坦儿不幸殇逝……虽然你大姐木槿嫁给了工部尚书桂广成作填房，二姐木棉嫁给了夔州府富商严奇，她们回娘家的时候少之甚少，但每逢佳节都会遣人带来挂念，送来佳礼。我王禧这一辈子不求荣华富贵，只求阖家平安幸福。这次看到你和焕儿精诚协作，帮助我们王土司府上下渡过难关，为父甚感欣慰。此番为父在吴大人寿宴上看到那么多青年才俊，为父既盼望为你觅得贤婿，择偶佳成，又怕你他日嫁

与他人，今后我就再难见到我的心头肉了，为父这样的心情实在是矛盾啊！思来想去，以后还是招个上门女婿好了，这样就能天天看到我的小辛夷了。"

辛夷嘟起樱桃小嘴，少女的羞涩如桃花花瓣飞到两颊："父亲，您在说些什么呢。辛夷还小，辛夷想要常伴父亲和母亲身边。辛夷才不想嫁人呢！"

辛夷忽然想起了什么，转了转乌溜溜的眼珠子，对王禧说："父亲，您说今日薛土司、李土司见了孩儿，特别是李土司父子、薛照虔都与孩儿直接打过照面，他们会不会记恨咱们王家啊？话说孩儿上次骗买走了李土司的不死鸟，李土司若是认出孩儿，想必十分气恼。那个薛照虔的玉佩，现在还在孩儿房中……"

面对辛夷的焦虑，王禧笑了起来："今天我听到李振樊也来了，就特意观察了一下他和他儿子李未岚，他们看到你和我一起去献寿的时候，眼珠子都快掉下来了。那模样，甚是可笑！"

"父亲，你说李土司以后会不会处处与你作对啊？"辛夷有些担心，甚至是自责，"都怪孩儿当日行事太过鲁莽，只顾求得不死鸟，没有考虑这么多，这下闯出祸来，埋下了祸根，都是辛夷的错……"

王禧摸了摸辛夷的头，目光里透出一股暖意，对辛夷说："傻孩子，为父怎么会怪你呢。你为救兄弟手足性命，不辞辛劳，差点儿中暑热而亡，不怕危险与李振樊父子斗智斗勇。为父为有你这样重情重义、有勇有谋的女儿而感到骄傲，哪里还会怪罪于你？"

辛夷重重地点了点头，感激父亲王禧对她的包容。

"你还别说，我今日见到李振樊的儿子李未岚，确实名不虚传，长得眉清目秀，一表人才。李振樊自从罹患恶疾，李未岚一直恪尽孝道，侍奉左右，为人称赞。"这温情的气氛忽然被王禧的一番玩笑话打断，"我看这李未岚与你年纪相仿，不如以后就将你许配给他。我若是和李振樊做了亲家，李振樊父子自然不会记恨我们王家，更不会怪你这个准儿媳当初把不死鸟给骗买走了。"

"父亲，您再拿辛夷说笑，辛夷可要生气了！"辛夷噘起嘴，嘟囔起来，自带一份娇怜。

欢声笑语随着徐徐的风儿，飘洒到轿子外。一路上的颠簸化作摇篮的晃悠，在王禧慈爱的手中轻轻摇呀摇，摇过平原，摇过丘陵，摇过高山，一直摇晃到龙州宁武司去。

第十四章　走马灯寿宴放异彩　父女俩化险回龙州

另外，徐昌田和王键还在京师为修筑"龙宫"寻访招募匠人。在卢瑀父子的帮助下，他们陆续招募到了郭鼎、程望山等 20 名技法精湛的木匠、石匠、泥塑匠、画师。谈好工钱，签好契约，徐昌田和王键带着匠人们从京师动身，一路南下，往川西北方向的龙州宁武司开拔。

临走的时候，卢有心站在家中的天井里，有些不舍。天井里种植的那一株株桔梗，目送他忧忧向南。面对即将启程的远行，离别的淡淡哀伤消融在这个仲夏，等风把最后一抹桔梗花香带走。

第十五章　　辛夷初遇青衣少年
　　　　　　　真假图纸计留卢瑀

　　两个月后，龙州宁武司蟠龙坝王氏土司府邸。
　　夜深了，木桥、流水、落花，在月影下捉迷藏。没有一丝风拂过，孤零零的秋千自顾自地轻轻摇晃。一前一后，一后一前，好像有谁坐在上面似的。
　　一股渗入骨髓的寒意涌了上来，辛夷本就害怕怪力乱神，下意识回头望了一眼。
　　谁知这一回头，竟是惊鸿一瞥。身后那一串串紫藤花已全然绽开，脸盘小小，重叠的瓣，紫中透红，红里泛白，微微调粉，说不好这是什么颜色，或许这就是紫藤色。一个陌生的青衣少年，在辛夷身后不远的紫藤花下，静静伫立。遥见那青衣少年面如冠玉，神韵独超，天姿特秀，给人一种高冷华清的疏离感。他的瞳仁很浅，闪着琥珀的光芒，仿佛有一种勾魂夺魄的魔力，时而眼神孤傲，睥睨一切，时而眸带氤氲水色，面露一丝彷徨。紫藤花开了，如同少年的微笑和低语，带着月光清冷的气息。
　　辛夷全然忘了刚才的恐惧，目光流转于那少年，心中暗自思忖，他究竟是何方神圣，怎会这时出现在王土司府里呢？
　　没有人能解开辛夷的疑惑，无人的秋千没有停下的意思，仍旧自顾自地晃动，牵引秋千的麻绳咿咿呀呀地叫着，似乎想对辛夷诉说些什么。
　　辛夷站在那里，不敢向少年挪步，哪怕是小小的一步。辛夷就这么站着，望着站在如瀑的紫藤花下的青衣少年，目似朗星，飘逸出尘，潇洒绝伦，气质美如兰，风度馥比仙，令人见之忘俗。
　　单说五官容貌，这青衣少年自是比不得龙州第一美男子李未岚。但这青

第十五章　辛夷初遇青衣少年　真假图纸计留卢瑀

衣少年身上，自有一番出尘于凡世的霞姿月韵，宛若云遮雾绕的翩翩仙人下凡。辛夷看得如痴如醉，心里暗暗滋生出一些难以名状的情愫。

青衣少年没有发现隐匿在暗处的辛夷，他环顾四周，小心翼翼地走到庭院东南角，爬上一棵高耸粗壮的槐树，翻过围墙。夜色朦胧，青衣少年在辛夷的视野里走远了，消失得无影无踪。

辛夷双眼里残留着青衣少年的剪影，她的目光仿佛从咫尺的相距，追随到天涯的远隔。待他的背影彻底湮没于黑暗之中，辛夷不舍地回到闺房休息。辛夷辗转反侧，脑海里全是青衣少年的影子。

辛夷心里嘀咕着："他是谁呢？他的样子看起来也不像个飞贼啊。难道他是来修'龙宫'的工匠？可键哥哥今日回府后不是说过，那些匠人全都住在蟠龙坝涪源客栈，父亲安排他们明早统一到土司衙门觐见。那他究竟是谁呢……"

辛夷没有告诉任何人，家里闯进过一位不速之客，不知所为何事又逃走了。辛夷望着窗外深沉的苍穹，让她飘荡的遐思缀成多姿的繁星，叩访那神秘青衣少年安详的梦。

辛夷梦见她的魂魄出窍，穿过垣墙，翻过箭楼山，踏过涪江，用尽力气追逐那个青衣少年的背影。好不容易追上，正欲和他说几句话，少年却被辛夷的魂魄吓得落荒而逃。这个诡异而荒诞的梦境碎片，像是一双无形的手，一边对辛夷温柔地爱抚，一边扼住了辛夷的咽喉。

辛夷不知道这个梦到底是好梦，还是噩梦，就像很多人分不清究竟是好人，还是坏人。在这个纷扰的尘世，人们戴上看不到表情的面具，来掩饰真实的嘴脸。也许当繁华落尽，在梦里才能看见自己最真实的五官。

翌日清晨，黎明如一把巨斧，劈开静默的夜幕，迎来初升的点点光芒。天麻麻亮，太阳缓缓伸出温暖的大手，摩挲得人惴惴不安。

两个人影从蟠龙坝涪源客栈的马厩里偷偷牵出两匹马，把随身的包袱往身后一扔，匆忙上马，箭一样射出去。二人顺着涪江而下，一路狂奔。那马骑得可以说是惊心动魄，官道上除了"哒哒"的马蹄声，就只有二人怦怦的心跳声。

两人动作虽说很轻，但还是惊动了客栈的店小二。店小二赶紧报告店掌柜，说是两个从京城来的匠人骑马跑了。掌柜急忙报告给王济和徐昌田，徐昌田让王济先不要声张，以免惊扰其他匠人误了大事。两人分头行事，徐昌田先回王土司府向王禧禀报，王济则秘密地带人去追那两个逃跑的匠人。

在一阵你追我赶中，骑马潜逃的二人最终在宁武司古城驿老蛇湾被王济拿下。

王济命人将二人绑起来，劝解道："卢木匠、卢画师，您二位这是何苦呢？人都走到蟠龙坝了，还没去给我父亲打个招呼，就这么急匆匆地不告而别，怕是不太合适吧？"

一路骑马狂奔，卢瑀的头发被吹得零散，看起来蓬头垢面的。他往地上啐了一口唾沫，怒骂道："乱臣贼子，人人得而诛之！老夫要不是上了徐昌田这个老贼的当，哪里会不远万里跑来龙州修什么王氏土司衙门！结果哪里是修土司衙门，分明是给王禧这个奸贼私建皇宫！怪只怪我卢某人眼睛瞎、念旧情，没有一早看出来，你们是一帮有谋逆叛乱之心的豺狼虎豹！"

王济冷笑了一声："卢木匠，您这就说笑了，私建皇宫、谋逆叛乱这等莫须有的罪名，您可不能随便往我们王家头上扣啊！您这是赤裸裸地诽谤朝廷命官啊！"

卢有心一头乌黑长发被风吹乱，顺着一身青衣，一泻而下。他昂起高傲的头颅，愤懑地说："是不是莫须有的罪名，你们自己心里最清楚！昨夜我偷偷潜入王土司府，分明听到王禧和王键在房中商议私建皇宫之事，你们的所作所为就是谋逆叛乱，哪里来的诽谤？要我爹和我与你们同流合污，我们父子俩恕难从命！与其这样，不如现在一刀把我们杀了，还落得个痛快！"

"哈哈哈……"王济大笑起来，笑声让人毛骨悚然，"怎么？信不过我们王家了，还偷偷潜到我们王土司府里去窃听？卢画师，您这私闯民宅的行为也不怎么光明正大，要是传出去，恐怕非梁上君子所为吧？有什么误会还是请二位到王土司府去，当面和我父亲说清楚吧！本来我是想风风光光地请您二位前去的，可您二位却要私自逃跑，恕我王济无礼，只能暂时这样将二位带过去了。"

说罢，王济命人将骂骂咧咧的卢瑀、卢有心五花大绑，羁押上马，朝着蟠龙坝王土司府的方向策马扬鞭。

王土司府，一大早听说卢瑀父子秘密潜逃后，王禧、徐昌田等人早已部署好一切，在花厅等候多时。

卢瑀父子被五花大绑，囚首丧面，王禧命人赶紧给他们松绑，请他们坐下，又叫下人为他们各泡上一杯龙州青丝。

第十五章　辛夷初遇青衣少年　真假图纸计留卢瑀

王禧当着卢瑀父子的面，严厉地斥责王济："济儿，你这是干什么？为父是怎么交代你的，你全忘了？为父下的命令是要你速去将卢木匠、卢画师请来，你怎么把我的贵客给五花大绑带过来了？真是成事不足，败事有余！"

"孩儿知错！"王济赶紧认错，试图做点解释，"父亲，实在是事出有因，孩儿如果不这样做，他们二位又要逃跑啊！卢木匠、卢画师，小生在此给二位赔罪了，还请您二位，大人不计小人过……"

王济的话还没说完，就被一旁愤怒的卢瑀打断，卢瑀白了一眼在场的徐昌田："你们少在这里惺惺作态了！一群密谋造反的乱臣贼子！徐昌田，你这个老骗子，枉我把你当作多年的挚友，你却设下陷阱将我诱骗至此，要我和你狼狈为奸，一起做王家的走狗！那道有四川承宣布政使司和工部批文的文书也是假的吧？你们为了引诱我来这儿，真是煞费苦心啊！"

辛夷听到花厅的喧哗声，闻声而来，却见昨夜那位青衣少年赫然在此！

辛夷一惊，抿了抿雨后樱桃般的唇，疑惑地看着眼前的一切，恍若梦一场。辛夷远望着这个清瘦却挺拔的青衣少年，暗暗猜想，难道他就是昨晚键哥哥口中卢木匠的儿子卢画师？

徐昌田早知会有今日这一幕，不想多做辩白，其实他心里是一千个、一万个不愿欺骗卢瑀的，毕竟是这么多年的挚友，不是亲兄弟胜似亲兄弟。但王土司大人对他的恩情比天高、比海深，现在正是王土司大人用人之际，也是他报恩之时，他若是知恩不报，枉为人一场。卢瑀虽在京师生活，其父卢纯风被革职降为庶民后，卢氏一家处处受到排挤，在京师的日子并不好过。按照王土司大人之前许诺过的，如果卢瑀能来龙州蟠龙坝修建"龙宫"，事成之后，王土司大人自会大大有赏，保证卢瑀一家在龙州过得比京师好。徐昌田多方考虑，在为卢瑀一家铺好路后，这才答应王禧去京师请卢瑀来龙州蟠龙坝修建"龙宫"。

面对卢瑀的痛斥，徐昌田没有多说一句话，只是默默拿出一卷装裱精美的图册，放在卢瑀面前。

看到图册的一瞬间，卢瑀直愣愣地瘫在官帽椅上。

那卷图册不是别的，正是从卢瑀之父卢纯风手中传下来的奉天殿营造图纸！

卢瑀不停吞咽着口水，冷汗止不住往外冒，喉结一上一下，像是在缓解那种无力的紧张和恐惧。卢有心从小就听说过，爷爷卢纯风曾是工部营缮清吏司员外郎，在明太宗时期主管修建奉天殿，却不曾知道他家竟私藏有奉天殿营造图纸！卢有心看着卢瑀害怕的神情，那卷泛黄却保存得十分完好的图册犹如晴天霹雳，惊得二人说不出一句话来。

徐昌田于心不忍，但事已至此，他决定坏人当到底。徐昌田对卢瑀厉声说道："卢瑀，你私藏奉天殿营造图纸，乃'谋大逆'！按照《大明律》规定，凡谋大逆，其共谋者，不分首从，皆凌迟处死，你可知罪？"

卢瑀辩白起来："徐昌田，你口口声声说我私藏奉天殿营造图纸，这根本就不是我卢家的东西！自纪纲案一出，家父被革职贬为庶人后，这卷图册早已归还工部。不知道你是从哪里搞来这样一卷赝品，用来栽赃陷害我卢某一家？"

"栽赃？"王键瞅了一眼卢瑀，提醒卢瑀，"卢师傅，您还记得那日在京师悦来居一起饮酒用餐吗？酒过三巡，您与徐公喝得正是痛快，卢画师早已不胜酒力，酣然睡去。我谎称腹痛要出恭，借机折返到您家去，东翻西找，在中堂的天地君亲师牌位后面找到了这卷图册。我把图册藏于中衣内，将你家中一切归置原位，这才回到悦来居。"

卢瑀浑身的血液，凝结住了，说话结巴起来："你……你胡说！这……这是赝品！你是在构陷我！"

徐昌田摇了摇头，给卢瑀讲道理："映康兄，这是从你家搜出来的东西，若你说这是赝品，那么就是当初你父亲卢纯风将奉天殿营造图纸上交工部时，偷偷临摹了一卷赝品私藏，这是谋大逆之罪。若这是真品，那么就是当初你父亲卢纯风临摹了一卷赝品，把赝品上交，私自把真的奉天殿营造图纸偷偷留在家中收藏，这是欺君罔上之罪。反正东西是从你家里搜出来的，要是我放出消息，自有人禀报朝廷。到时候你看朝廷是判你谋大逆之罪好，还是欺君罔上之罪好，反正都是不分首从，皆凌迟处死，你自己看着办吧！"

"你……好你个徐昌田！你是铁了心要把我拉上你们的贼船吧？你们想要私建皇宫、犯上作乱，还要费尽心机把我拉进来，实在可恨！"面对铁证如山，卢瑀不再狡辩，"徐昌田，你是怎么知道我家有奉天殿营造图纸的？"

徐昌田淡淡地说："映康兄，你还记得有一次我没有事前告知，便突然到你家造访做客，当时令尊与你正在翻看奉天殿营造图纸吗？那时纪纲案未发，有心还是个两岁孩提，你抱着有心与令尊正在讨论一处斗拱的形态。我突如其来的敲门声吓了有心一跳，有心小手一抖，不小心把沾着口水的酥糖

第十五章　辛夷初遇青衣少年　真假图纸计留卢瑀

掉在图纸上，糖水也就糊在了图纸上。当时令尊吓坏了，这可是工部的重要资料，弄上污渍说大了也算渎职，是要追责的。但后来我有一次去工部借阅资料，意外翻到了这卷奉天殿营造图纸，奇怪的是里面竟没有一丝糖水污渍。我当时就知道，一定是当日你与令尊害怕工部怪罪下来，便动了手脚，私自临摹了一卷奉天殿营造图纸，将赝品上交工部。奉天殿营造图纸真迹珍贵无比，你与令尊定是不忍心毁掉的，必定会把真卷留在家中好好珍藏。我这才会设计让大公子去你家取奉天殿营造图纸真卷。"

"你……"卢瑀无话可说。

一旁的卢有心茫然无措，如一只无力挣扎的蜉蝣，就连拍打残翅的力气也没有了。

第十六章　　万事皆备龙宫开工
　　　　　　辛夷赏画离奇入境

　　见卢瑀不再辩白，徐昌田走到卢瑀身边，给他分析利害关系："映康兄，不管你说我硬拉你上贼船也好，还是我居心叵测也罢。现在无论如何，我们都是殊途同归，如果不能联手修建'龙宫'，到头来只有等死，等着家破人亡，等着被碎尸万段！映康兄，令尊对朱家是何等忠心不贰，当年纪纲案一出，永乐皇帝不分青红皂白，就打算流放无辜的卢大人一家，要不是我上书奏请，恐怕映康兄你现在还在滇西流亡。"

　　不等卢瑀回答，徐昌田的话狂风暴雨般袭来："虽说永乐皇帝思来想去，最终采纳了我的谏言，只是将卢大人革职，贬为庶人，并未流放。但你也看到了，朱家有念及你们卢家忠义，体恤过你们一分一厘吗？京城那些卢大人的旧部，由于忌惮朱家的皇威，是怎么对待你们一家的？夫人自患病开始，有人关心过夫人，来看望过夫人吗？夫人最后是怎么含恨离世的，你难道全都忘了吗？映康兄，想必这些都是你为人子、为人夫、为人父，永远都无法忘记的吧……"

　　"够了！"卢瑀的眼中泛起猩红的血丝，"这些我卢瑀一辈子都不会忘记！当年，拙荆不幸身染疠症，我四处为她求医问药，为了给拙荆治病，花光了家中积蓄。我不得不到全国各地修房子、建寺庙，就是为了挣钱给拙荆医病。后来我无意中得知紫禁城太医院邱院判治疗疠症很有一手，便提着丰厚的礼物到邱院判家去，但他却始终不肯见我一面。那是个下着大雨的日子，我和有心在他家门口淋着大雨跪了大半天，只希望他能救拙荆一命。可邱院判以我是罪臣之子为由，怕惹来麻烦影响仕途，始终不肯开门，更不愿搭救拙荆的性命！"

第十六章　万事皆备龙宫开工　辛夷赏画离奇入境

怒火把卢瑀的眸子烧得火红，拳头捏得咯咯作响："可笑啊，真是可笑，大夫的天职是救死扶伤，但邱院判忌惮朱家的皇威，见死不救！罪臣之子？纪纲一案，乃木匠周季海受邀为锦衣卫指挥使纪纲设计修建府邸，家父毫不知情，却落得个监管不力被革职降为庶民。拙荆也因此受到牵连，枉送性命！天道何在？天理何在……"

"爹……"卢有心的眼里下起了绵长的雨，提到娘亲，他冷峻的面容绷不住了，眼泪如纷飞的雨珠，落在他俊美的面颊上。

辛夷躲在一旁暗中观察，听到这样的故事，心里像被一块尖锐的小石头划过，仿佛是在替卢有心难过。

"映康兄，实不相瞒，让你卷进这件事来，不是害你，而是要你弃暗投明，逆天改命啊！"徐昌田的劝说有几分成效，卢瑀不再那样反感激动。

"逆天改命？此话怎讲？"卢瑀的思想开始动摇。

徐昌田将整件事情的起因、经过，从王禧到京城朝贡回来后，黄龙寺无妄法师专程来到王土司府告知王禧乃真龙天子的祥瑞开始说起，衔烛之龙托梦现身，王坦被毒死，王禧为自保而修筑"龙宫"等来龙去脉，说得仔仔细细，听得卢瑀和卢有心一愣一愣的。

卢瑀有些将信将疑，但他明白，事情已经到了这个份上，如果顺从王禧私修和紫禁城规制一样的"龙宫"，皇帝知道绝对饶不过他。如果不修，王禧这一关必然过不了，他和卢有心都休想活命。

卢瑀感到左右为难，恍惚之中竟在朦胧中想起其父卢纯风在弥留之际说过的一句话："人生短短几十载，死了何用？只有把我们卢家的手艺留给后世，才不辜负为父对你的苦心栽培……"

卢瑀反复思索这句话，心里豁然开朗。朝廷与他有不共戴天之仇，他不如转投王禧，若是对朝廷同样有着血海深仇的王禧他日起了造反之心，一旦挥师北上，取得皇帝首级，等于是为亡妻报仇雪恨了。若是为王禧修好"龙宫"，纵然被皇帝处死，后世自会有人欣赏称道这座"龙宫"的建筑之美，也算是把卢家的手艺留在人世间了，比现在就死了强。

卢瑀拉着卢有心，对着王禧跪下，虽心有不甘，但也没有更好的选择："拜见真龙天子！草民有眼不识真龙天子就在眼前，还请天子饶命。草民与犬子定当鞠躬尽瘁，为天子修建'龙宫'，助天子龙脉兴旺，早登大宝！"

王禧赶紧摆摆手："卢木匠，此言差矣！我王禧并不想造反当皇帝，我只

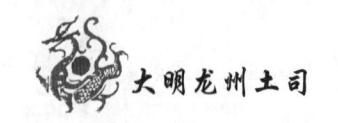

想保我全家人平安。昏君不仁不义，朝廷阴险毒辣，对你卢家如此，对我王家亦是如此。我现在只是顺从天意，修建'龙宫'祭祀龙族先祖，以求自保罢了。"

话毕，王禧试着将跪在地上的卢瑀和卢有心扶起来："有卢木匠父子的相助，加上这奉天殿营造图纸，一定能将'龙宫'精修精建。'龙宫'建好后，想必届时一定群龙聚会，大兴我龙族血脉，保我王氏一族平安顺遂！卢木匠，为了感谢你们千里而来助我修'龙宫'，我这就将涪江边的东皋阁腾出来，那里离'龙宫'施工地点和王土司府都不远，以方便诸位匠人日常起居。卢木匠，令郎仪表堂堂，器宇不凡，看起来与小女辛夷的岁数也相配。待'龙宫'修好，我自会将辛夷许配给令郎。到时候你我结成亲家，令郎就是我的贤婿，你卢家自然荣华富贵，前途无量。"

卢瑀没料到王禧竟如此器重他，忽然明白了徐昌田的良苦用心，硬拉着卢有心不愿起身，一个劲儿地磕头："草民叩谢隆恩！"

躲在一旁的辛夷听到王禧的话，呆住了。

王禧莫名其妙给辛夷安排的这段姻缘从天而降，辛夷难免惶惑，两肘缩在腰旁，脚尖紧靠裙下。如一个受伤的人，有人接近她的伤口时，便会本能地颤抖。一种复杂微妙的感觉围困住辛夷，有增无减，慢慢扩散。

开工当日，王禧先请无妄法师做了一场法事，以保整个工程修建过程平安无事。法事之后，等到卯时吉时一到，一百徭役与木匠、石匠、泥塑匠、画师等二十名匠人齐聚一堂，在王禧与其众子的带领下，宰杀雄鸡滴鸡血以驱邪，摆上猪头、牛头、羊头作为祭祀"三牲"，齐行"报土"祭拜之礼。所谓"报土"，即向土地公报告动工时间。因大兴土木挖地基，恐打扰土地公，故要先向土地公打招呼，以求吉利。"报土"之后，众匠人用"三牲"、香纸、红烛虔诚恭祭各自祖师，木匠拜"鲁班先师"，泥塑匠拜"荷叶仙师"，以求开工后一切顺利。王禧带着其子王键、王樾、王济、王焕，身着喜庆吉利的红衣，放燃炮，持铁铲，铲挖三下土表示"破土"。最后是"奠基"，"奠基"又叫"下基石"。俗话说"地打牢，万年兴"，开基时，王禧等王家男丁与匠人、徭役代表一起掘地数尺，填上泥石。为防触犯土地公，还供上祭祀的香、烛、果，以此向在此地埋葬的无主坟或一切生灵祭奠，告知他们将于此地破土动工，请他们知悉并谅解或迁徙他方。这是一种尊重和告慰之礼，也是阴阳和合的和谐之道。

第十六章　万事皆备龙宫开工　辛夷赏画离奇入境

毕竟是私建宫殿，没有向四川承宣布政使司和工部报批，行事不宜高调，整个开工典礼没有过分宣扬，一切从简。王禧对外宣称修建新的龙州王氏土司衙门。蟠龙坝的老百姓们偶有微词，但这是个等级森严的世道，王禧得到朝廷重赏，要重新修建土司衙门，无可厚非。何况谁又能料想到，他们历来尊敬爱戴的王土司大人王禧向来安分守己、忠君体国，这一次竟然如此胆大包天，在没有报批四川承宣布政使司和工部的情况下，敢如此大兴土木，修建的还是一座形制与紫禁城一致的"龙宫"！

因刚开始动土挖地基，王禧让卢有心等画师画些屏风、挂卷等摆件，用于以后装饰。卢有心整日在蟠龙坝附近东走西看，闲情逸致，找寻灵感。

一天，王禧带回几幅画，叫辛夷一起赏画。

辛夷正要打开其中一幅绫裱精致的卷轴，身体被一阵莫名的阴风穿过，像是刚从千年不化的寒冰里取出来，那份寒意镌刻在辛夷的骨骼上。

王禧觉察到辛夷的脸色不对，忙问辛夷："怎么了？"

辛夷捋捋额前的青丝，面色苍白："没什么，父亲您不用担心。"

清风舞动着白色薄帘帐，无法抵御的鬼魅气息悄然潜入，贴着墙角小心爬行。辛夷感到冥冥中被某种神秘的力量控制着，压抑得喘不过气。

对未知的东西，总是有着魔般的窥视欲，这大概是世人的通病。辛夷也不例外。

辛夷握紧了拳头，强装镇定，打开画轴，一股强劲的气流恍如暴雨梨花袭来。

只见画卷里如神来之笔的山水之景，让人叹为观止。意境深远，笔墨潇洒，浓淡相宜，纵横自如，清新秀润，没有剑拔弩张，也没有刻意流露出的棱角。从山麓到山巅，重岗复岭叠叠相依，松木葱郁枝枝相偎，崖岩峭壁层层相叠。

中留空隙，显出山势的高远。中段的吊桥，是两对山之间往返的唯一道路。自天而挂的瀑布，犹如落九天的银河，气势如虹。整幅画实乃上乘佳作。

辛夷蓦地有一种身临其境之感。不，是真的置身画中了！辛夷分明看见她正站在摇晃的吊桥上，两脚发软，一不小心就会跌下万丈深渊，粉身碎骨。辛夷强忍住惊恐，紧紧抓住桥绳，四目远望了一下周围的景物，和画中一模一样！挂在山间的瀑布，如巨幕白绫，在辛夷身后不远。瀑布撞击岩石，溅起层层水花，几滴不安分的小水珠，飞溅到辛夷头顶的蝴蝶金钗上。

"辛夷，辛夷……"王禧摇了摇辛夷，辛夷如梦初醒，望着满脸疑惑的父亲。

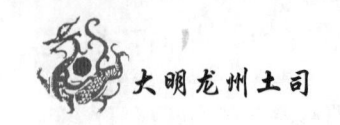

王禧看了看画，又看了看辛夷："怎么了，看入迷了？你觉得这个画师的技艺怎么样？"

"这位画师的功力想必十分深厚吧，画得那么传神，我都好像身临其境了。这可是卢木匠之子卢画师所画？辛夷早就听键哥哥提起过他，说他画技了得，在京师的年轻画师里颇有名望。"辛夷说完忽然想到什么，下意识地摸了摸头上的蝴蝶金钗，竟然是湿的！

王禧满意地点点头："正是卢画师所画。想不到他年纪轻轻，技法竟如此老练。"

"难道我真的进入画境了？不可能，不可能这么荒谬！"辛夷在心里暗自嘀咕着，一遍又一遍地安慰自己，这一切都不是真的。

可是，那支蝴蝶金钗分明那样湿润！在水珠的陪衬下雍容华贵，光彩熠熠。

"辛夷，想些什么呢？告诉你一个好消息！"王禧忽然眼睛一亮，拿出一封邮驿送来的信，笑眯眯地交给辛夷。

辛夷迫不及待地打开那封信，竟然是大姐王木槿写来的。

辛夷激动地读完了信。原来是王禧的长女王木槿，要从其夫工部尚书桂广成的老家潼川州遂宁县，带着女儿小桂圆回娘家龙州宁武司蟠龙坝省亲！

辛夷开心极了，自打大姐木槿、二姐木棉分别嫁人后，兄弟姊妹里就她一个女孩子，其他都是哥哥，想要说点女孩子的悄悄话都没个合适的人。而两位姐姐都远嫁到外地，要好几年才回一次娘家。说起来，距离上次木槿回家，都过去快三年了。

辛夷笑起来睫毛弯弯，眸子清澈透明："太好了，上次木槿姐姐回娘家时小桂圆才一岁多，逗她玩可有意思了！"

王禧喜笑颜开，对辛夷说道："我这外孙女小桂圆，不像她娘亲木槿那般温柔娴静，倒是颇像你这个小姨，一天闹腾腾的，调皮打滚得很呢！"

"辛夷这么乖，哪里调皮了？"辛夷嘟起了嘴，不愿承认，"对了，父亲，木槿姐姐信上说姐夫在京师政务繁忙回不来，那我就让素竹她们把木槿姐姐的房间收拾出来，方便她和小桂圆住。"

王禧对他的大女儿木槿和外孙女小桂圆疼爱有加，吩咐下人："安排小河营从明日起开始狩猎，争取多狩点野物，给木槿和小桂圆接风。"

"那我得赶快去把这个好消息告诉几个哥哥！"辛夷一蹦一跳地走了。王禧会心一笑："我也去告诉秋娘、鸢娘、文娘吧！特别是秋娘，亲生女儿回家看她，怕是要激动得睡不着觉了。"

卢瑀带着卢有心入住东皋阁后，卢有心特地挑选了一个清净偏僻的大房间，以便住宿和作画。归置好各种行李，卢有心颇为满意地住下了。卢有心话不多，一副不近人情的傲气，不爱言辞，与人生疏。对于想去找他串门的其他匠人，卢有心总是关门以闭之，还一再告诫那些匠人，平日里不要到他的房间去，更不可擅自翻看他画箱里的东西。

知道卢有心住进东皋阁里，想到那天亦真亦幻地进入画境，辛夷对卢有心的好奇更加浓烈。卢有心并未直接和辛夷打过照面，但那天晚上在庭院里紫藤下的惊鸿一瞥，辛夷一直念念不忘。

没有一丝征兆，没有一丝预感，画里的人走出了画卷，梦境中的人走出了黑暗，走进了辛夷情窦初开的心里。大概怦然心动，说的就是这种感觉吧？

对于那天入画之事，辛夷对谁也没提起过。辛夷心想就算告诉别人，别人也不会相信。你的惶惑在别人眼里，也许只是一个笑话，还不如隐匿在心中更为妥当。世界虚虚实实的东西太多，辛夷告诉自己，不要想得太多，以免乱了心神。但越是强迫自己不去想，反而会想得越多，这是一种恶性循环。

第十七章　　木槿携女娘家省亲
　　　　　　　深夜劝说王键续弦

　　半个月后，王禧的长女木槿带着四岁的女儿小桂圆，以及四名侍从、两名婢女和八名轿夫，经过长途跋涉，满带着糖霜、观音素麻花、观音竹编、小磨麻油等各种遂宁特产，风风光光地回娘家龙州蟠龙坝王土司府省亲。

　　得知大小姐木槿今日下午抵达蟠龙坝，王土司府上下一早便忙碌起来，准备了各式精美的糕点，各种时令新鲜水果，以及最重要的丰盛晚宴，欢迎这位正二品诰命夫人喜回娘家。木槿的生母大夫人蔡秋娘，提早亲手为木槿和小桂圆熬制好驱蚊的艾草膏，今日更是难得地亲自下厨，为女儿准备最爱吃的干拌青羊肉。

　　天色向晚，远方的天际渐渐吐露出红霞，宛如朵朵绽开的红莲，不知映红了谁的脸。

　　大夫人在花厅等得有些焦灼，问王禧："老爷，您说木槿她们怎么还没到啊，要不派人再打探一下？"

　　王禧拍了拍大夫人的肩膀："秋娘，再等等吧。一炷香后，如果她们还没到，我就差人再去打探。"

　　大夫人无奈地点点头："好吧，老爷。"

　　有个期盼，时间就被套上了枷锁，走得特别沉重，特别缓慢，仿佛每一个时辰被活生生地拉扯得很长，让人心里毛焦火辣的。

　　过了一会儿，家丁吉顺冲进花厅来报："老爷，大小姐她们到了！"

　　大夫人腾地一下从官帽椅上弹起，三步并作两步，去大门口迎接木槿和小桂圆。

第十七章　木槿携女娘家省亲　深夜劝说王键续弦

"木槿！小桂圆！"在王土司府正大门前，大夫人看见正从轿子里走出的木槿和小桂圆，老远就激动地打起招呼。

木槿虽已为人母，但依旧如少女般明眸璀璨，容颜秀丽如霞光，笑靥温柔似暖阳。折纤腰以微步，呈皓腕于轻纱，头上倭堕髻斜插着华美的碧玉孔雀钗。一颦一笑之间，举止优雅，仪态万千。

"母亲，孩儿回来看您了！"木槿循声望去，激动地回应，轻声对手里拉着的小桂圆说，"快叫外婆！"

小桂圆身着蜀锦鹅黄比甲，站在轿子外，桃腮带笑，美目盼兮，犹似一泓清水，眉眼之间透着一股机灵劲儿，隐然一身书卷的清气。

小桂圆跑到大夫人身边，一把抱住大夫人的衣裙，甜甜地叫了一声"外婆"，叫得大夫人心里美滋滋的，比喝了龙州的老槽蜂蜜还要甜。

来到花厅，见着好久不见的父亲和几位兄弟姐妹，木槿高兴至极，打完招呼后就直接坐下，和大家亲切地闲话家常。小桂圆礼貌地一一问好："外公好，几位舅舅好，小姨好！"说完一头栽进王禧的怀里，和王禧玩笑打闹。

"毕竟是血浓于水啊，这么久不见还是跟外公亲！"王禧笑眯眯地看着天真无邪的小桂圆，这是他最宝贝的外孙女，自然格外心疼。

"木槿，你和小桂圆赶了这么多天的路，辛苦了。快来吃饭吧，为娘给你准备了你最喜欢吃的干拌青羊肉！"大夫人招呼大家用晚膳。

一上桌子，王禧主动拿起小桂圆的碗，给她盛上一碗汤："小桂圆，这是外公专门派人为你猎来的狗獾子，炖了整整一下午，可香了。"

看着满桌子丰盛的佳肴，反倒弄得木槿不好意思了："父亲、母亲，你们准备如此丰盛的菜品，倒是把孩儿当成客人了呢。随便吃点家常菜就好。"

"哎呀，这有什么嘛，你难得回娘家一趟。对了，你们上次回来小桂圆被咬得一身包，这次我专门给你和小桂圆熬了艾草膏。这个季节蚊虫多，用得着。"大夫人给木槿夹菜，让晴雪将艾草膏拿给木槿。

辛夷笑着说："木槿姐姐，你不在家的时候，辛夷可无趣了呢，女儿家的心事都不知道说给谁听呢。"

木槿看着眼前已渐渐长成大人模样的辛夷，打趣地说："话说辛夷现在是王家有女初长成呢，辛夷可有心上人呀？"

"没……没有。"辛夷在否认的那一刻，脑海中飞闪即逝过一个身影。

说到婚嫁之事，大夫人脸上顿时布满愁云："辛夷还小，我现在就是担心

键儿啊！朱氏病故之后，也没留下个一儿半女。我苦口婆心地劝说他好多次，都无济于事，他死活都不愿再娶填房。木槿，正好你回来了，找个时间好好劝劝你键弟弟……"

大夫人话还没说完，一旁的王键把筷子"啪嗒——"一声放下。竹筷子碰撞青花瓷碗的声音本身并不大，却惊得本来热热闹闹的饭局顿时鸦雀无声，整桌人都把注意力集中到王键身上。

看着气氛有些尴尬，王樾赶紧转移话题："大姐，怎么又没把姐夫一起带回来啊？"

说到丈夫桂广成，木槿皱了皱眉头："你姐夫年纪上去了，整日公务缠身，忙得不可开交。这段时间，我带小桂圆回你姐夫老家遂宁办点事，我不在京师照顾他，还真担心他哪一天突然病倒了。"

小桂圆用奶声奶气的稚嫩童声说："父亲可忙了！在京师的时候，每日早上小桂圆还没醒，父亲就出门了，晚上小桂圆睡着了，父亲才回来。"

王禧心疼地看着小桂圆，捏捏小桂圆粉扑扑的脸蛋："那就在外公家多住一段时间，外公天天陪着你玩，好不好？"

听到这话，小桂圆高兴地抱着王禧的脑袋亲了一口："外公真好，外公真好！"

用过晚饭，王禧一家人各自回到房中休息。夜色四合，一轮明月挂于天幕，皎洁的月光轻轻洒下来，给大地铺上一层薄薄的糖霜。扇着翅膀的小虫飞来飞去，嗡嗡声打破了夜的寂静。

王键回到房中，正专心致志地翻看修建"龙宫"所需建材的采购名册，忽然有人"笃笃笃"地敲门。

"谁？"王键警觉地问道。

门外传来木槿温婉的声音："是我，木槿。"

一听到是木槿，王键赶紧把采购名册藏了起来。毕竟木槿的丈夫桂广成是工部尚书，王禧私建"龙宫"并没有向四川承宣布政使司和工部报批。在木槿回娘家之前，王禧再三交代此事一定要瞒着木槿，怕木槿万一不小心透露给桂广成，惹来麻烦，到时候恐怕会是一场灭顶之灾。

王键把采购名册藏在被褥下，这才给木槿开门。王键有些不好意思："大姐，刚才我正准备宽衣，开门迟了点，莫要见怪。"

木槿淡淡一笑："这有什么嘛，倒是我，这么晚了还来打扰你。"

第十七章　木槿携女娘家省亲　深夜劝说王键续弦

"哪里的话，都是自家兄弟姐妹。"王键请木槿坐下后，问道，"不知大姐此时前来，所为何事？"

木槿抿嘴一笑，窗外圆月碧空，银辉万里，月华弥散，秋意正浓。

木槿的笑如绽放在月下的秋菊，纯美淡然。但就是这样的笑靥，让王键不寒而栗。

木槿并没有直抒胸臆，而是先和王键拉起家常："小桂圆这个磨人的小丫头终于睡着了，我让婢女从旁伺候着，这才得闲来找你说说话。"

王键笑呵呵地说："哪里的话，小桂圆那么活泼可爱，我们喜欢都来不及，又怎么会觉得磨人呢。"

木槿眼眸里荡起别样的意蕴："既然键弟弟这么喜欢小桂圆，不如自己也生一个吧。"

木槿看似轻描淡写的一句话，惹得王键一脸不悦。王键说话直接，一点儿也不拐弯抹角："若大姐今夜造访，是要与我谈论续弦之事，请恕我无礼，我要更衣休息了。"

看着王键唰的一下泛黑的脸色，木槿气不打一处来："键弟弟，你我是同父同母的手足相亲，作为你的亲姐姐，你现在这个样子我真是看不下去！那个朱氏就这么让你念念不忘？难道你想为她做一辈子的鳏夫吗？"

"够了！大姐，你请回吧，我真的要更衣歇息了！"王键站起来，做出送客的姿势，要赶木槿走。

木槿不愿走，一种恨铁不成钢的怨气在心头激荡："不孝有三，无后为大！你读了这么多年书，这么浅显的道理都不懂吗？母亲只有你这么一个亲儿子，你又是嫡长子，注定要成为下一任王氏土司，而你都在干什么？你不为你自己想想，也要为母亲想想啊！二夫人曹鸾娘野心勃勃，一直想母凭子贵，从小就着力培养王樾，大有想要王樾取而代之之势。我听母亲说，王樾现在深得父亲欢心，很多重要的政务父亲都让王樾协助。他是庶次子，这不是越俎代庖吗？你为什么要给王樾这样的机会？你哪怕不为你自己，你能不能为了母亲重新振作起来？"

"我……"王键陷入缄默，良久才回过神来，黯然哀伤，缓缓说道，"曾经沧海难为水，除却巫山不是云……檀儿在我生命里昙花一现，偏偏留下了如她名字一般的檀木香气，挥散不去。什么权力、地位，于我而言又有何用！都抵不上檀儿红颜一笑……"

木槿看着这个固执深情得让人心疼的亲弟弟,感叹道:"唉……天长地久有时尽,此情绵绵无绝期。键弟弟,这是一个很长的梦。可是现在梦醒了,你该睁开眼了,难道你的眼里就再也装不下其他人了吗!"

王键指着他的双眸,坚定地告诉木槿:"我的眼眸里只装得下两滴冰冻的泪水,一滴早就化作斗酒,徒添了一分自醉。而另一滴,也早已沉落于岁月的潮水,滚滚而去。叫我如何再装得下其他人?"

木槿长长地叹了口气:"你那两滴冰冻的眼泪,就不能化作决心和勇气,拒绝过去的伤悲吗?"

王键还是不为所动:"大姐莫要再劝,我自己的事,我自有分寸。"

木槿越说越气,指着王键鼻子严厉呵斥道:"你的分寸就是一脸败相吗?你最好早点给我清醒过来,我和木棉不在家,你就是母亲唯一的依靠。王键,我王木槿恳请你像个男人一样站起来,去好好保护我们的母亲,别让她再受到伤害,好吗?她才是普天之下最爱你的女人!"

木槿的这些话,让王键心里也不好受,那些苦难的洗礼历历在目。自打结发爱妻朱檀儿去世后,王键性情大变,一个人的时候经常莫名其妙地烦躁,抑或是默默看着那些朱檀儿曾经触碰过的物件,黯然神伤。

王键快步走到门边,猛地一下拉开门,赶木槿走:"你们能不能不要逼我?大姐,我真的要更衣休息了,请走吧,不送!"

"无药可救!"木槿愤懑地拂袖而去。

门外白茫茫的一片,像是谁把盐撒了一地,分不清楚这到底是月光,还是王键心底的寒霜。

飒飒秋风摇动着庭院里的草木,徒添一丝寒凉的气息。玄月一到,也就有了秋意,飞上山脊钻进树林,染红几片树梢的叶子,掠过王土司府荷花池里凋零枯萎的荷叶,不舍离去。

午眠后,大夫人蔡秋娘瞧见天气不错,秋阳温和,便邀木槿和她一起在王土司府里的后花园走走。

木槿轻轻挽着母亲,顺着后花园里铺满鹅卵石的小径慢慢散步。

见小桂圆不在木槿身边,大夫人问道:"小桂圆呢?"

木槿眼里充盈着期望:"我让键弟弟帮我带着小桂圆,他们一起到水榭那边去玩了。希望借此机会,能让键弟弟在与小桂圆的嬉戏中心生怜爱,燃起父爱之情,继而改变心意,愿意续弦要个孩子……"

第十七章　木槿携女娘家省亲　深夜劝说王键续弦

"木槿有心了。"看到花园里飞舞的蚊虫,大夫人问木槿,"对了,水榭那边蚊虫多,我昨日给你的艾草膏,你给小桂圆涂了没有?"

木槿甜甜一笑:"母亲亲手调制的艾草膏,艾草味很浓,好用极了。我已经给小桂圆周身都涂上了,这才敢让她去水榭玩。要不然像上次回家一样,被咬得一身包,回头父亲看到又要心疼了。"

"那就好。"大夫人担心完小桂圆,又开始担心王键,"木槿,昨晚我让你去找你弟弟键儿,你们谈得还好吗?"

"唉,他还是跟三年前一样,那副臭石头脾气,冥顽不灵,食古不化!"一提到王键,木槿一肚子是气。

大夫人唉声叹气地说:"也不知道这朱氏给键儿下了什么蛊,键儿跟着了魔似的,始终不愿意续弦。"

木槿颇感无奈:"但愿有朝一日他能尽早站起来,不再沉溺于往昔,有一个嫡长子该有的样子。"

大夫人点点头:"但愿早日如此。"

水榭附近,王键带着侄女小桂圆玩起捉迷藏,在乔木之间穿梭,在假山之间躲藏。

亭台楼阁,荷花池水榭,在青松翠柏中交相辉映。假山假石,藤萝翠竹,花坛盆景,考究地点缀其间。假山下的荷花池曲径,荷花早已凋零,只有枯萎发黄的荷叶子子挺立。秀丽的假山钟乳石,沐浴着金色的斜阳,如雨后春笋。小桥流水的声响,夹杂在王键与小桂圆的欢声笑语中,交织成秋日私语。

轮到王键藏起来,由小桂圆来找王键了。小桂圆趴在一块大石头上,捂住眼睛数数,一边数一边念叨:"键舅舅,你可要藏好点,别让小桂圆一下子就找着了,不然就不好玩了!"

王键心想,既不能藏得太容易被发现,免得小桂圆觉得无趣,又不能藏得太隐秘,不然小桂圆半天找不着。思来想去,王键找到了一个自认为比较适宜的藏身之处。

王键身着灰白程子衣,藏在钟乳石裂缝间,晃眼一看很难分辨。缝隙空间狭小,王键憋屈得难受。小桂圆许久都没找过来,王键只好多忍耐一会儿。

忽然,王键隐约听到有人大喊"救命"。王键赶紧探出头来,仔细辨别,大吃一惊!

这不是小桂圆的声音吗?

王键快步往声音的来方狂奔,在曲径旁的荷花池里,一袭黄衣的小桂圆正在池水中挣扎。小桂圆不通水性,在水里扑腾,无助的小手向四周狂抓,试图抓住什么。水晕一圈一圈荡开,眼看小桂圆就要被吞没!

"睡吧……睡吧……"那个让小桂圆无法回避的声音,残忍地透支着她模糊的意志。

终于,小桂圆不再挣扎,随着水波,缓缓下沉……

第十八章　　小桂圆落水险丧命
　　　　　　　卢有心救人反中毒

　　说时迟，那时快，只见一个身着天青色直裰的少年"扑通"一声跳进水池。此人正是卢有心！

　　还未入冬，但山区海拔高，龙州的秋天比平原、丘陵地区来得更加寒凉。池水冷得刺骨，仿若一根根尖锐的冰凌，毫不留情地刺入每一个毛孔。

　　池水如深渊般紧紧围绕着小桂圆，漫过小桂圆天真烂漫的脸，眼看着就要将她彻底吞噬。不通水性的王键，除了大声呼救，毫无办法，急得在岸边直打转。不知什么时候冒出来的辛夷，用尽全身力气呼喊，希望叫更多的人来营救小桂圆。

　　闻声而来的大夫人蔡秋娘和木槿，看到水中已经失去力气挣扎的小桂圆，双双腿软，几乎快要昏厥过去。

　　木槿哭得跟个泪人似的，声嘶力竭地呼喊着小桂圆的名字："小桂圆！小桂圆……"

　　幸得卢有心熟悉水性，在池水中托住小桂圆腋下，让小桂圆的头露出水面。池水很深，连高个子的卢有心也踩不到底。卢有心只得右手抱住小桂圆，左手划水，在水里一上一下，看得岸上的人心惊胆战。

　　好在王樾闻讯赶来，扛着一根长长的竹竿，将竹竿伸到卢有心身旁。有了竹竿作为支点，卢有心使出吃奶的劲加快划动，一手抓住竹竿，一手托住小桂圆，被王樾、王键二人合力拉到岸边，艰难上岸。

　　"小桂圆！小桂圆……"木槿一遍遍呼唤小桂圆，想要把昏迷的小桂圆叫醒。

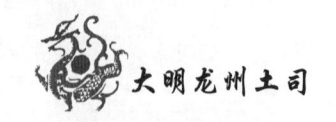

然而浑身湿漉漉的小桂圆紧闭嘴眼，不为所动。

王樾赶紧把昏迷不醒的小桂圆放平，让她平躺在地上，清除其口鼻异物，把小桂圆的双臂平放于躯干两侧。王樾用双手握住小桂圆的两前臂肘关节处，把她的双臂向上拉，好让小桂圆的胸廓扩张，引气入肺，后将小桂圆的两臂收回，使之屈肘放于胸廓的前外侧，及时进行胸外按压，挤气出肺，使其开放气道，如此反复。

王樾一面救人，一面命敛秋速速去请章郎中。王键搀扶着快吓晕过去的大夫人蔡秋娘。辛夷帮着卢有心整理打湿的衣发，慌乱中没有发现卢有心的嘴唇越发乌紫……

见小桂圆还未醒过来，木槿哭得猩红的双眼盯着王键，她愤恨地两步冲到王键面前，眼里喷着要杀人般的怒火："王键，你还是不是小桂圆的亲舅舅？小桂圆不是和你在一起玩耍吗？你是怎么看护小桂圆的？若是今日小桂圆有个三长两短，我王木槿要和你拼命！"

"对……对不起……我真的没有想到小桂圆会掉到水里……我……是我的错，我太大意了……"看着小桂圆摇摇欲坠的生命，加之木槿的责备，王键仿佛被扎了一千根针，每一针扎得入心入肺，说话结结巴巴起来。

爱女心切的木槿怎么听得进王键的话，不顾正二品诰命夫人的仪态，紧揪着王键的衣领不放，把火气都撒在了王键身上。

闻讯而来的王禧，见此情景对下人怒斥道："你们都是干什么吃的！章郎中怎么还没请过来？"

王樾反复给小桂圆挤气出肺，约莫二十来次后，小桂圆"扑哧——"一声吐出一口水，浓密而细长的睫毛开始有了一上一下的起伏。

小桂圆缓缓张开双眼，视线回落到温柔的秋阳之中。那些可怖的景象飞散开去，与噩梦一起消失。

"太好了，小桂圆醒了！"辛夷松了一口大气，全然没有发觉她身旁的卢有心，脸色越来越苍白……

小桂圆苏醒过来，在场的人心里悬着的大石头落了地。特别是王键，那份沉甸甸的负罪感，顿时减轻不少。

木槿松开揪住王键衣领的手，跑过去一把抱住小桂圆声泪俱下："感谢上苍把你还给为娘，感谢这位救起小桂圆的公子，感谢樾弟弟，感谢大家！"

卢有心捋着湿淋淋的头发，脸上浮起一抹欣慰的笑："救人一命，胜造七

第十八章　小桂圆落水险丧命　卢有心救人反中毒

级浮屠,这些都是草民应该做的……"

话音未落,卢有心感觉眼皮越来越重,模糊了视线。一股锥心的痛游走于卢有心周身,仿佛全身的经脉都已寸断。

这个身着天青色直裰的挺拔少年,竟突然昏倒在地!

"卢画师!卢画师……"辛夷吓坏了,拼命地呼唤着卢有心,可昏迷的卢有心无法回应她。

众人瞪大了眼,完全不明白这究竟是怎么一回事。卢有心是救人之人,而且他熟悉水性,也并没有溺水,怎么会昏迷呢?

王禧不解地问:"辛夷,卢画师今日怎么会突然来到府中水榭呢?他不是应该在东皋阁画屏风吗?"

辛夷流着眼泪,充满悔恨:"都怪我不好,是我自作主张,从东皋阁把卢画师请过来的。我怕木槿姐姐和小桂圆省完亲回去后,父亲思念成疾,特意请来卢画师,想让他为木槿姐姐和小桂圆画像。回到府里后,听说木槿姐姐和小桂圆在水榭这边,我们就赶了过来。没想到一来刚好看见小桂圆落水,卢画师见状二话没说,跳到荷花池里去救小桂圆……要不是我擅作主张,卢画师就不会是现在这个样子了……"

正在大家忧心忡忡之际,章郎中赶到了。

看着昏迷倒地的卢有心,又看看木槿怀里才苏醒的小桂圆,刚赶来的章郎中不禁泛起糊涂:"不是说木槿小姐的爱女溺水昏迷吗,怎么又变成了这位公子昏迷?"

章郎中一边听辛夷解释此事的来龙去脉,一边仔细察看卢有心的病情。只见卢有心嘴唇紧闭,呈乌紫色,略微外翻发肿,肤色惨白,四肢冰凉僵硬,脉息不算微弱,但脉象很乱。

"等等,这是什么?"章郎中抓起卢有心左手手肘,上面有一处小小的红印。细细端详,这红印呈月牙形对称状,锯齿边缘。

章郎中请木槿检查小桂圆的身体,皮肤上并没有出现同样的红印。

章郎中思忖片刻,从随身携带的药箱中拿出一个赭色小瓷瓶,倒出一些白色透明的液体,涂抹在卢有心左手手肘的红印处,用手使劲挤了挤红印,顿时从里面渗出一股乌血。章郎中凑上前去,嗅了嗅,竟闻到一股腐臭气息。

章郎中大叫一声:"不好,这位公子怕是中了龙鳞水蜈蚣之毒了!"

"什么?"辛夷一听急坏了,"章郎中,可有什么解救的法子吗?"

章郎中叹了口气："这龙鳞水蜈蚣乃大毒，产自湖广一带，虽不会要人性命，但却能麻痹人的心脉，让人长期昏迷不醒。若是没有系统地彻底解毒，毒素残留在体内，久而久之中毒者毒性入脑，就会变得痴呆瘫痪。要救这位公子的性命，只有一个法子，那就是以毒攻毒。"

辛夷不解地问："以毒攻毒？"

章郎中点点头："用雪上一枝蒿以毒攻毒。"

辛夷诧异地看着章郎中："雪上一枝蒿不是有剧毒吗？用量多于六钱就足以致人死亡。章郎中，您确定要用雪上一枝蒿？"

章郎中一脸严肃："雪上一枝蒿味苦、麻，性温，大毒。对于毒虫蛇咬伤所致的瘀血疼痛、筋骨麻痹有奇效。一定要内服加外用至少三个疗程，才可将这位公子体内的龙鳞水蜈蚣之毒彻底逼出来，否则后患无穷。待龙鳞水蜈蚣之毒被全部逼出来，使毒邪不能内陷心包，损害心脉，这位公子自然就能苏醒了。"

"可是我家并没有雪上一枝蒿，这可怎么办啊？"辛夷无奈地看着王禧，王禧摇摇头，表示确实没有。

"辛夷小姐，这个您不必担心。草民医馆里倒是还有些常备的雪上一枝蒿，炮制好的可先给这位公子服下，以免毒性入脑入心。但至少要三个疗程，用量较大，还需要贵府派人去采撷一些。雪上一枝蒿生于高山草地、山坡及疏林下，这个时节药丛山上就有。"章郎中此言一出，众人安心了几分。

一听到药丛山就有，辛夷燃起希望之光："章郎中，雪上一枝蒿长什么样子？您且告诉我，我这就和家丁去多多采撷！"

章郎中生怕辛夷搞错了，耽误卢有心的病情："辛夷小姐，要不这样，我们先把这位公子送到草民的医馆，草民好先行为他服下炮制好的雪上一枝蒿，再为他进行沐浴，蒸开毛孔，用针灸把毒血放一放，免得龙鳞水蜈蚣之毒攻入心脉。然后您再看看草民医馆里的雪上一枝蒿长什么样子，到时候您好派人依样画葫芦到药丛山采药。"

辛夷觉得章郎中说得有理，吩咐两名家丁和章郎中先把卢有心抬到章郎中的医馆。辛夷不放心，对一旁的婢女安兰、落梅吩咐道："安兰、落梅，你们也跟去，好生照顾卢画师，绝不能有半点儿怠慢！卢画师是为了救我王家子孙才中毒的，千万不能让卢画师白白送了性命，或者留下什么后遗之症，要不然我们王家怎么对得住卢画师！"

第十八章　小桂圆落水险丧命　卢有心救人反中毒

"唉，这卢画师为救小桂圆的性命要是有什么不测，我于心何忍啊……"木槿看着昏迷中的卢有心，心里十分愧疚。

王禧心里隐隐惭愧："是啊，卢画师可千万不能有什么闪失啊。我都不知道这件事该怎么告知卢木匠了……"

章郎中和辛夷等人抬着卢有心去了医馆，王土司府上下所有人闻讯赶来水榭。徐昌田也来了，在向旁人了解清楚具体情况后，抛出了一个令人细思极恐的问题："这龙鳞水蜈蚣产自湖广一带，龙州附近从未见过其踪迹，怎么会大老远跑到龙州，专门跑到王土司府的荷花池呢？"

徐昌田的话让王禧心中大骇，心里默默思索着，难道是皇帝和张太后一计不成又生二计，派出锦衣卫秘密毒害王氏一族吗？若是锦衣卫要下毒手，也不该将龙鳞水蜈蚣放到荷花池中啊，谁会没事跳进荷花池呢？若不是锦衣卫，那又会是谁干的呢？

让徐昌田感到奇怪的是，同样都落了水，为何龙鳞水蜈蚣只咬了卢有心，却没有咬小桂圆？

徐昌田径直来到小桂圆身边，轻轻抬起小桂圆柔软的手臂，凑上前闻了闻，一股浓浓的艾草味直冲鼻腔。

木槿见状，恍然大悟："今日小桂圆来水榭前，为了防止蚊虫叮咬，我特意在她周身都涂上了驱蚊避虫的艾草膏。莫不是因为这个，小桂圆才没有被龙鳞水蜈蚣咬伤中毒？"

刚刚苏醒的小桂圆看见眼前的景象，眨着一双纯真的大眼睛问木槿："母亲，您不要怪小桂圆调皮，那会儿要不是有人推小桂圆，小桂圆才不会掉进池子里……"

"什么？小桂圆，你再说一遍！"小桂圆的话犹如一道霹雳，劈头盖脸地打在木槿头上。

不仅是木槿，在场的所有人都吓得不轻。原来并不是小桂圆意外失足落水，而是一场蓄意谋杀！

王禧暴怒至极，一掌拍在旁边的垂柳树干上，无辜的垂柳害怕得颤抖起来："是哪个歹人要害我亲外孙女的性命？连一个年幼的孩子都不放过，我一定要将他严惩不贷！"

小桂圆憋着嘴，她还从未见王禧发过如此之大的火气。她又害怕又委屈地说："外公，小桂圆也不知道是谁……小桂圆被推下去的时候，无意中扯到了那个人的玉佩，绳子扯断了，然后小桂圆就掉到水里了……是不是小桂圆惹那个人生气了，那个人才会捉弄小桂圆，非要把小桂圆推到水里去……"

徐昌田反复琢磨小桂圆的话，试图弄清孩子的语言，还原当时的情景："小桂圆，你告诉徐爷爷，当时是不是你站在荷花池边，正面对着荷花池，那个人从你背后推你，你顺势想找个支撑的东西，习惯性地反手抓住了那个人的玉佩，但是玉佩的绳子扯断了，你就掉进水里去了，是吗？"

小桂圆点点头，嘴里嘟囔着："当时键舅舅藏好了，该小桂圆去找他了。找着找着，荷花池里突然咕噜一声响，不知道是谁往水里扔了一个石子，还是鱼儿冒出来吐泡泡，小桂圆就想走到荷花池边上看看，然后也不知道是谁就把小桂圆推下去了……"

徐昌田思虑了片刻，向王禧谏言："启禀王土司大人，此事非同小可，属下认为这必定是一场阴谋，其目的直指王氏子孙！既然此人身戴玉佩，说明此人一定非普通下人身份。小桂圆当时抓住了那个人的玉佩，将挂玉佩的串绳扯断了，从小桂圆落水到现在不到一炷香的时间，行凶之人不可能有时间把玉佩的断口串绳换下，再重新取线编织好新的。即使将断绳接上，也会留下接口。光天化日，朗朗乾坤，王土司府戒备森严，绝不是外人可以来去自由的。自小桂圆落水，除了去叫人的几个下人，整个水榭都只进不出，行凶之人一定还留在这里。那么我们现在可以看看在场的人，是谁丢了玉佩，或者是谁的玉佩串绳有接口，那么此人必定是行凶之人。"

对于徐昌田的分析，王禧认为十分有道理，向众人吩咐道："大家相互看看，看看谁的玉佩不见了，或是谁的玉佩串绳有接口！"

在场的人你看看我，我看看你。忽然，所有人的目光都惊诧地落在同一个人身上。

第十九章　　王键被疑家法受刑
　　　　　　　木槿怒斩姐弟情义

　　三夫人田文娘瞪大了眼睛，感到不可思议："键儿，键儿……你……"
　　在场的人无不瞠目结舌，张着空洞的嘴。
　　王禧质问王键："键儿，你的玉佩呢？"
　　王键这才回过神来，低下头看了看他的灰白程子衣，上面竟空空如也！王键吓坏了，摸索着衣服，着急地自言自语："我的玉佩呢？玉佩，玉佩……不对！午眠后出门时太着急，我忘记戴玉佩了！"
　　王键的自说自话无法让众人信服。在场的人议论纷纷，向王键投去质疑的目光。这目光如火星子般在王键身上炙烤着，火烧火辣地疼。
　　木槿拼命摇头，她不愿相信她的亲弟弟王键会对她的女儿小桂圆做出这种事来。
　　王禧也不愿意相信，侧身低声问徐昌田："徐公，真是键儿做的？"
　　徐昌田答道："王土司大人，属下自有法子让事情的真相浮出水面。"
　　得到王禧的首肯后，徐昌田安排几个婢女去王键的房间找玉佩，和颜悦色地向小桂圆问道："小桂圆，你能不能告诉徐爷爷，你那会儿是在哪里听到荷花池里咕噜一声响的呢？"
　　小桂圆眨着圆润清透的大眼睛，用粉嫩的小手指着荷花池亭台边的一棵辛夷树，对徐昌田说："徐爷爷，就是在那棵树下呢。"
　　大家顺着小桂圆的手指方向看过去，那棵辛夷树正是当年辛夷出生时王禧亲手栽种的，如今已亭亭如盖。
　　徐昌田吩咐所有家丁在以这棵辛夷树为中心周围半径六丈的范围内

展开地毯式搜索,找寻玉佩。徐昌田特意吩咐家丁们,要在荷花池里重点打捞。在找寻玉佩的过程中,大家全都眉头紧蹙,大气不敢出,气氛诡异而尴尬。

王键感觉他仿佛卷入了一场阴谋的寒潭。潭水深不见底,漩涡正在一步步将他拉进绝望的深渊,让他毫无还手之力,不知道要把他引向何等的阿鼻地狱。而他全然不知这场阴谋背后始作俑者的面容。

一炷香的时间过去了,素竹带着几个婢女从王键的房间赶到水榭,向王禧报告:"启禀老爷,奴婢几个已将大公子的房间里里外外仔细找遍了,并未找到大公子的随身玉佩。"

王键不相信,急忙大声辩白:"怎么可能!今日午眠后,我还未穿戴完毕大姐就说小桂圆闹脾气,要我早点去陪小桂圆玩耍,我急匆匆出了门,玉佩应该是放在桌案上的,怎么会不在我房里?"

王键的话音刚落,只见家丁吉福从长竹竿渔网里取出一块羊油般的东西,举过头顶,明晃晃的。吉福向王禧禀报:"启禀老爷,小的从荷花池里找到一块玉佩,您看看是不是大公子的那块!"

王禧拿过玉佩,定睛一看,确是王键的随身玉佩。这玉佩是一块上好的羊脂白玉,晶莹洁白,细腻温润,白如截肪。龙州不产羊脂白玉,当年为了王键的加冠礼,王禧特意托人从和田采买回来,命人精雕细琢,雕琢成一轮圆月下一朵祥云承托的"日月可鉴"图案,以寓意王键将来可与日月同辉。而现在,这块玉佩却成了王键谋害小桂圆的铮铮铁证。

一股怒血直冲王禧的脑门,冲着王键大发雷霆:"君子无故,玉不去身。王键,你好大的胆子!现在铁证如山,你还有何话可说?你怎可对你亲侄女下得如此狠手?你还有没有一点儿人性?你谋害小桂圆究竟意欲何为?还不从实招来!"

木槿气得咬牙切齿,冲上去飞快扬起手,只见风驰电掣间,耳光此起彼落,左右开弓,如流星赶月。王键脸上赫然浮起一道道红痕,掌痕深陷,整个身躯东摇西晃。木槿的几巴掌,把她和王键的亲姐弟之情打断了。

木槿对王键声嘶力竭地吼道:"王键,你为什么要这么对我女儿?为什么?难道是因为我昨晚来劝你续弦,你就对我心有不满,把气撒到小桂圆身上?王键,我真是一片好心喂了狗!要不是念在你是我亲弟弟的份上,这才好心好意劝你续弦。你听不进去也就罢了,还要谋害小桂圆的性命!你如此狠心

第十九章　王键被疑家法受刑　木槿怒斩姐弟情义

狗肺，差点儿要了小桂圆的命，你有本事冲着我来啊！王键，从今日起，你我恩断义绝，你再也不是我弟弟，我也不再是你姐姐！"

说罢，木槿从家丁吉瑞身上要过一把小刀，将她身着的褙子前襟割断，以示她要与王键恩断义绝，从此老死不相往来。

王键被打得蒙圈，翕动着鼻翼，煞白的脸衬得挨过耳光的地方更红了，睫毛像在水里浸泡过一样，紧咬的嘴唇渗出一缕血痕。王键是个男人，他不能哭。王键杵在原地，看着木槿满是怒气的脸，不知该如何辩解这不白之冤，只是一遍遍重申："不是我！真的不是我！我是被冤枉的！不是我做的……"

可那块玉佩如同一块烙铁，在王键身上狠狠烙印上恶人的标记。王键没有实质证据以证清白，无法为自己洗脱罪名。明明什么都没做，黑锅却从天而降，怎么会这样？

"王键，为父对你从小充满期望，严加管教，教你仁爱善良，教你团结兄弟姊妹，教你和兄弟姊妹相亲相爱，希望你能在我百年之后继任王氏土司。而你今日的所作所为，太令为父失望了！来人，给我把王键绑了，家法伺候！"

王樾忙为王键求情："父亲，您先消消气，这里面会不会有什么误会啊？大哥一定不是这样的人！"

素日里与王键交好的徐昌田，一反常态，严肃地向王禧谏言："王土司大人，天子犯法尚与庶民同罪，还请王土司大人秉公执法，对大公子予以严惩！"

此时的水榭笼罩着一层令人窒息的阴影，刀割不开，针刺不透。没有风声，没有虫鸣，极度幽静中暗藏着的吊诡氛围蔓延开来。

大夫人蔡秋娘见王禧要对王键家法伺候，赶紧向王禧求情："老爷，这种作孽的事肯定不是键儿做的！键儿从小本性纯良、性情敦厚，绝不会做出这种事来。这必定是有人蓄意栽赃嫁祸，还望老爷明鉴啊！"

正在气头上的王禧哪里听得进去。君无戏言，一方土司亦是如此。其身正，不令而行；其身不正，虽令不从。如果不对王键家法伺候，以后在宁武司还怎么整肃纲纪，还怎么树立威严，还怎么秉公执法？尽管心有不忍，王禧只能对大夫人的求情置若罔闻。

"铁证如山，不容狡辩！"王禧不为大夫人的求情所动，厉声对下人吩咐道，"来人，先把王键调遣各营各旗士兵的令牌收了，再把王键绑了，剥去外衣，给我重重打十棘！打完后关入柴房，让他好生闭门思过！如果到时还无悔改

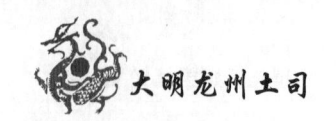

之意，那就褫夺其王氏土司嫡长子身份，贬为庶人，死后不得入我王氏祖坟！"

王禧的话音未落，王键和大夫人吓得如一摊烂泥，瘫坐在地。

"冤枉啊！父亲，孩儿冤枉啊！"王键喊着冤，他的申冤在王禧看来毫无意义，甚至让人反感。

大夫人一路跪到王禧面前，拉住王禧的团领袍衫衣角，泪水漫过布满细纹的脸颊，向王禧求情："老爷，键儿他冤枉啊！您看小桂圆她不是没事吗？既然没事，为何还要对键儿家法伺候啊？键儿，快当着你父亲的面，向上大起誓，发誓说这事绝对不是你做的！"

大夫人此话一出，惹恼了木槿。木槿对大夫人怒目而视："母亲，您这重男轻女未必也太过了吧？王键是您亲儿子，我王木槿难道不是您亲闺女，小桂圆难道不是您亲外孙女？

"木槿，你切莫听你母亲胡言乱语！在为父眼里，儿子和女儿手心手背都是肉，从来不分伯仲。你母亲现在护子心切，已经不知所云了！"王禧自是不愿意和女儿木槿搞得仇深蘖大，毕竟木槿和小桂圆是王禧的心头肉。

王禧理解大夫人的爱子情深，但他需要在众人面前树立秉公执法、不徇私情的权威形象。王禧怒视大夫人，对她严厉地斥责道："秋娘，你乃妇人之仁，实在糊涂！国有国法，家有家规，不以规矩，不成方圆！不管是谁，今日我王禧都决不姑息！来人，立刻行棘刑！"

王禧的话让木槿宽心不少，木槿决意要走的心暂时放缓了脚步。但木槿仍对王键和大夫人颇为不满，恶狠狠地瞪着他们。

见王禧心意已决，王键不再喊冤，瘫坐在地上，丢失了魂魄似的。大夫人也不再出声，只是泪流满面，一脸绝望。

家丁们搬来一张宽大的木头条凳，剥去王键的外衣，只留中衣露在外面，把王键的四肢牢牢捆绑在条凳的四条腿上，怕待会儿王键疼起来拼命挣脱。吉瑞抱来十根棘条，王禧命他交与自己，他要亲自行刑。

吉瑞特意在大夫人耳边小声叮咛："大夫人，您放心吧，小的选的都是最容易打断的棘条。"

哭成泪人的大夫人感激地点点头。

所谓棘刑，是指用棘条不停鞭打受罚者的后背、臀部等部位，打得鲜血淋漓，血肉模糊，每打断一根棘条视为"一棘"。比起无刺的黄荆条，浑身长满刺的棘条狠狠地抽打在皮肉上，那是一种无法形容的钻心之痛。那些密密

第十九章　王键被疑家法受刑　木槿怒斩姐弟情义

麻麻的尖刺，会随着施刑者不断挥舞着棘条，刺入皮囊，刺入骨髓，刺入心扉。受罚者在受罚后如果不仔细清理伤口，有些小刺会一直逗留在被鞭笞开来的伤口里，溃烂化脓，久而不愈，反复折磨，日夜难寝。

王禧重重地挥舞着棘条，严厉地训诫王键："好你个不肖之子！你今日所犯之罪，穷恶尽逆，绝弃人伦，乃'恶逆'，属十恶不赦之罪。要是我把你扭送到咱们王氏土司衙门审理，依照《大明律》论处，已行者，杖一百，流二千里；已伤者，绞；已杀者，皆斩。为父念在小桂圆并未受伤，只是受了惊吓，这才暂且不扭送你到土司衙门。现在卢画师命悬一线，若是卢画师为救小桂圆有什么三长两短，我便即刻把你送到土司衙门，到时候是绞是斩，我一定秉公执法，绝不徇私！"

"啪——"的一声，又是一鞭重重的棘条沉沉地打在王键身上。瞬间王键白色的素绫中衣上，乍现出一道外翻着皮肉的猩红伤口，宛如开出一朵血肉之花，疼得王键每一根汗毛瑟瑟发抖，每一个毛孔渗出细密的汗珠。王键疼得两眼冒金星，捏紧拳头，由于捏得太过用力，指甲已然深嵌入皮肉，挖出一道道月牙形的血印子。

王键不想认错，他觉得他压根儿没做过这样的恶事，没有犯错又何来认错之理？

"老爷，秋娘求求您，请您放过键儿吧！键儿身子骨弱，再打下去，会出人命的啊！老爷，千错万错都是秋娘的错，是秋娘养而不教。您要是有气，就全都出在秋娘身上吧，要打要罚，秋娘悉听尊便！"大夫人看着亲生儿子被打得遍体鳞伤，心如绞痛，向王禧苦苦求情。

王禧硬生生打断了两根棘条，疼得王键昏死过去。王禧命人用凉水将王键泼醒，继续鞭笞。

大夫人用沙哑的声音劝王禧住手："老爷，虎毒不食子啊！键儿可是您的亲生儿子，难道您真的要把他活活打死不成？再打下去，键儿会没命的啊！"

看着浑身血污的王键，王樾皱起眉头，向王禧求情："父亲，大哥定是不想谁劝他续弦才会一时糊涂。他本无恶意，也许只是想给大姐一个下马威，让大姐以后别再劝他续弦了。您就饶过大哥吧，再打下去，要是大哥以后落下什么病根儿，那可如何是好呀！"

王禧何尝不心痛，何尝不想放王键一马，现在只能打碎牙齿往肚子里吞。

王键一直以来都是王禧看好的下一任王氏土司，偏偏做出这种罪大恶极

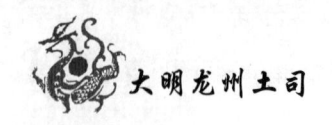

之事来，王禧失望至极。

　　一旁的徐昌田默不作声，暗中观察每一个人的神情，仿佛在场的每一个人都戴着不同的人皮面具，徐昌田多想亲手一一撕破，去窥视那些面具背后最鲜血淋漓的嘴脸。

第二十章　　辛夷药丛山挖草药
　　　　　　起山火巧遇黑衣人

　　辛夷安顿好卢有心，再三叮嘱安兰、落梅好好照顾卢有心，并留下些银两给章郎中作为诊金和药费。一切准备就绪，辛夷跳上她的小白马，后面跟着家丁吉顺，风驰电掣地赶往药丛山。

　　辛夷和吉顺来到药丛山半山腰时，已是夕阳向晚。远处的地平线上，晚霞如打翻的油彩，遍地枯荣，被镀上一层厚金。晚风徐来，芦苇摇响一曲黄昏唱晚，各色野花点缀其间，似绫罗上细腻的刺绣。

　　"辛夷小姐，我们得赶紧挖雪上一枝蒿，要不待会儿天黑了就不方便了。"吉顺担心天黑后不安全，先行提醒辛夷。

　　辛夷俯下身子找寻雪上一枝蒿的踪迹："我们还是尽量多挖点吧。要是待会儿天黑了，就把行囊里的火把棍拿出来，打火石和桐油都在里面。"

　　"可是……"辛夷的话让吉顺无话可说，硬生生挤出一个理由，"小的矮小没用，要是万一遇到强盗野兽什么的，小的怕打不过，保护不了辛夷小姐您啊！"

　　辛夷白了吉顺一眼："废话少说，救卢画师性命要紧。快找雪上一枝蒿，其他的我心里有数！"

　　吉顺不敢再说什么，趁太阳还没完全落山，在荒芜繁杂的野草丛里找寻着能救卢有心性命的雪上一枝蒿。

　　时光悄悄溜走，晚风缠绵地送别白昼。山与天的边缘，夕阳任性地在山脊上留念，舍不得离去。整个天地失去原色，饱饮了拐枣酒似的，醉醺醺地洋溢出光的韵味。

"辛夷小姐,你看!"吉顺挖出一棵植物的全株,双手捧给辛夷。

辛夷定睛一看,把欢喜写在脸上:"这不是雪上一枝蒿吗?吉顺,你真行,回去重重有赏!"

吉顺被辛夷表扬后,眼睛笑眯成一条缝:"那小的加把劲儿再多挖点!"

太阳不再逗留,头也不回地跳进山里。暮色四合,阳光背后的阴影逐渐笼罩下来,黑暗顺势冷漠登场,吞噬了整个大地。

天黑后,在辛夷的命令下,吉顺只得拿出火把棍蘸上一圈桐油,取出打火石,使劲儿碰撞出火花,昏暗的火把打破无边无际的黑夜。这两盏孤零零的火把在苍茫的药丛山上,分外伶仃。

"辛夷小姐,我们还是回去吧!这荒郊野岭,黑灯瞎火的,怪瘆人的,明天再找不成吗?卢画师一时半会儿也不会有什么危险的。"吉顺忍不住嘟囔几句。

辛夷认真地对吉顺说:"滴水之恩,当涌泉相报,更何况卢画师是豁出性命救小桂圆,才落得现在的处境。说来说去,卢画师也是为了救我们王家子孙,他是我们王家的救命恩人。你作为王家的家丁,怎么能知恩不报?"

辛夷的话使得吉顺不敢多言,两人各自打着火把继续找寻。正是采撷雪上一枝蒿的好时节,雪上一枝蒿的根部成熟肥硕。辛夷的小背篓里已铺满厚厚一层的雪上一枝蒿,但她仍觉得多多益善,生怕药材不够延误卢有心的治疗。

夜,漆黑如上好的松烟墨,不掺和杂色。星星躲起来不现身,月华掩藏于乌云身后,不留出一小角淡淡的光。呼啸的秋风划过,伴着密丛的枝叶沙沙作响,辛夷和吉顺手中的火把被凛冽的秋风刮得一闪一闪,挣扎着最后一丝残破的光亮。

随着"扑哧——"一声,秋风无情地吹灭了吉顺手中的火把,周围顿时一片惨暗,笼罩在无边的黑暗中。唯一的打火石放在远处马背上的背囊里。离吉顺二十丈之外的辛夷,手中的火把还在风中颤抖,光华微微,朦朦胧胧,映着黑夜,突显诡异。

"吉顺?"辛夷看不见吉顺,四周黑漆漆的,不免害怕,"吉顺,你的火把被风刮灭了吗?你快趁着我的火把还没熄,到我这里来,和我站在一起!"

吉顺应了一声,望着辛夷手中忽明忽暗的火把,忐忑地朝着辛夷走去。

药丛山一片死寂,了无人烟,乌鸦猝不及防地发出令人战栗的叫声,时断时续,在山中一遍一遍回响。凉风呼啸而过,枯黄的蒿草哗哗直响。漫无

第二十章　辛夷药丛山挖草药　起山火巧遇黑衣人

边际的洪荒中，辛夷站在中央，天地在这一刻彻底寂静，只剩下恐惧在山坡上来回奔跑。

空气的罅隙间，辛夷隐约感到有什么东西正向她逼近。然而声音并不全是吉顺踏着枯草发出的响动，明显是从两个不同的方向传来的！这山坡荒无人烟，只有她和吉顺两个人，那另一个声音又是什么呢？难道是鬼怪作祟？

想到这里，辛夷额头上爬上一丝阴霾，止不住浑身颤抖，牙齿打架，以至于想向吉顺呼喊也叫不出声来。

辛夷紧握火把的双手开始发抖，时间被凝固住似的，漫长的像根本没有流动过一样。二十丈之外的吉顺，竟还没走到辛夷身边，恐惧包裹着辛夷。辛夷畏惧地左右挥舞火把，警惕地左顾右盼，总感觉余光里有什么东西正朝她走来。这个方向与她右手边的吉顺背道而驰！

隐约之间，辛夷看到她的左手方向飘来一团红色的鬼火。定睛一看，那团鬼火下有一个人形轮廓，身穿一袭黑色长衫，走路时踮着脚，低着头，没有下巴一样。一头如瀑的黑发直披下来，蓬松地盖在脸上。一张煞白的脸，看不清上面究竟有没有五官。辛夷从这张令人惊慌的脸上，看到了无尽的黑暗与邪恶。

此时此刻，那张瘆人的脸同时也盯着辛夷，四目相对之际，那张脸上悄然浮起一抹诡异的笑容！

一时间，寒意四起。辛夷发丝竖起，额头冰凉，心脏跳动得极快，快要裂成两半，如同拉满了弦的弓。惊恐已无以复加，辛夷"啊——"地一声尖叫出来，叫声划破长空，脸色陡然变成灰黄，像蒙上了一层染灰的窗户纸。平日里天不怕地不怕的辛夷，唯独害怕鬼怪这些虚无缥缈的东西。

"辛夷小姐！你怎么了？"远处的吉顺着急大喊。

辛夷两腿微曲，不敢绷直，整个身体像个泄了气的皮球，没有力气来应答吉顺的喊话。辛夷感觉鬼火下那张恐怖瘆人的脸，此时正在空中飞来飞去，随时可能砸到她头上。

陷在恐惧深渊的辛夷，哪里察觉出她身后火把掉落的地方，枯草被烧得"噼啪"作响。天干物燥秋意浓，枯草遇火星，干柴遇烈火，火苗在满山坡枯草中像野孩子撒丫子一样不停翻滚，滚雪球似的越滚越大，黑烟腾腾升起，伴着"噼里啪啦"的爆裂声，肆虐的火光仿佛一只刚解开封印的饕餮，要一口吞掉周围的一切。

"辛夷小姐！辛夷小姐……"吉顺眼看火焰就要吞没辛夷，急忙跑向辛夷，可迅猛的火舌已将辛夷紧紧围绕。吉顺尝试想进去救出辛夷，但火势越来越大，根本进不去火海。辛夷的呼救声明明近在咫尺，却被噬人的火墙阻隔在天边。

火苗跳着张牙舞爪的舞步，愈演愈烈。熊熊的火焰肆无忌惮地伸长手臂，企图把万物掌握在它的手腕之下。烈焰所到之地，只剩下一片焦土，伴着一层灰烬蒸腾而上。

哭声、喊声、枯草燃烧的噼啪声，各种嘈杂的声响在这场大火里扭曲。黑暗中燃起的红光，如同死神的召唤信号。

"辛夷小姐，辛夷小姐！快来人啊！失火了，救命啊！谁来救救我们家辛夷小姐啊……"吉顺嗓子都快喊哑了，他不知道荒郊野岭中他的呼救会不会被人听到，会不会有天降神兵来解救危在旦夕的辛夷。

就在千钧一发之际，忽然从不远处狂奔而来一位黑衣少年，黑发如瀑，身着光亮华丽的黑色柔缎披风，在火把的映衬下，折射出淡淡光辉。长若流水的发丝凌乱地披在背后，随他的奔跑四散开来，身上一股高贵的麝香香气。

黑衣少年面对穷凶极恶的烈焰，没有丝毫犹豫，一把扯下披风，取下腰上的羊皮水囊，将披风打湿后披在身上，裹住头身，捂住口鼻，二话不说冲进火海，在浓烟中努力睁大眼睛，找寻辛夷的身影。

黑衣少年一只手捂住口鼻，另一只手不停驱赶眼前的浓烟。火焰像旋风一样，噼啪作响，想要阻止黑衣少年进入火海救人。凶猛的火舌燃烧着一切，不断发出"呲呲——"的怪叫，火光和烟雾困住了这里。

万幸的是，黑衣少年慢慢摸索找寻时，蓦地感觉踢到了什么，蹲下来定睛一看，竟是一名昏迷在地的妙龄少女，正是辛夷。黑衣少年一把横抱住辛夷，把原本包裹在他身上的湿披风盖在辛夷身上，紧闭口鼻，冒着生命危险冲出火海。

"辛夷小姐！辛夷小姐……"看见辛夷被救出，吉顺激动得热泪盈眶，一个劲儿地给黑衣少年磕头，"多谢公子救命之恩！多谢公子，多谢公子……"

黑衣少年不顾手上被烈火灼伤的疼痛，将辛夷交付给吉顺："快把你家小姐背到我身后三十丈开外的空旷之地，用手绢给她清理下口鼻里的灰尘，让她保持吐纳顺畅，过一会儿她自然就会醒过来。"

说罢，黑衣少年从背上抽出一把兵器，是一把锋利的长刀，挥舞着不断砍掉面前的树木草丛。

第二十章 辛夷药丛山挖草药 起山火巧遇黑衣人

吉顺背着辛夷往黑衣少年身后跑,边跑边回过头来向黑衣少年大喊道:"公子,别管了,您也快逃吧!"

黑衣少年头也不回,用手中的长刀砍掉面前的草木,对吉顺喊话:"你先带你家小姐过去,待我把这些容易燃烧的草木清除掉,砍开一条隔离带,阻断山火的燃烧进展,就过来找你们!"

看起来黑衣少年一副颇有经验的样子,吉顺放下心来,背着辛夷找到一个空旷安全的地方,轻轻给她清理口鼻里的灰尘,擦干净脸上的黑灰。

那些被砍倒的荒草枯枝,在黑衣少年的刀刃下翻飞。他手背上被烈火灼伤的地方,大抵是好不了了,好了也会留下永久的伤疤,如同一个烙印,在他的身体上刻下了此刻的无畏。

大火如同来自阿鼻地狱的妖魔,顺风而来,似乎要将天地万物吞噬到血盆大口中。眼看越烧越旺的大火,在黑衣少年面前不远处忽然停下脚步,像是打了败仗的军队,渐渐偃旗息鼓,声势越来越小。仿佛这个英气逼人的黑衣少年有着高深莫测的法术,能呼风唤雨、撒豆成兵,让熊熊山火说熄灭就熄灭一样。

辛夷鼻腔里感受到新鲜的空气,渐渐睁开沉重的眼皮,但一睁眼就被眼前的景象吓呆了。那会儿还是茫茫的坡上草地,现在成了一片毫无生机的焦土。有些被烧得燅黑的枯草,还在苟延残喘,冒着刺眼的火星儿,忽明忽暗。四处弥漫的浓烟,印证着这里方才遭遇了一场生灵涂炭的劫难。

看到辛夷醒了过来,吉顺长舒一口气,双手合十,感激涕零地对黑衣少年说:"多谢菩萨保佑,多谢这位公子相救,要不然小的就闯了大祸了!这位公子真是神仙下凡,是专门救辛夷小姐于水火之中的活神仙啊!"

黑衣少年听后回眸一笑,笑容清澈干净,夹杂着一丝抱歉:"说起来还是我不小心惊吓到了这位小姐呢!小姐恐怕是以为见着鬼了,才会不小心点燃山火,都是我的错,小生有罪……其实这算不得什么本事,只是生活经验罢了,在大火蔓延路线前开辟一条隔离带,清除掉容易燃烧的东西,大火自然而然就烧不起来了。这没什么大不了的,你们都没事就好。剩下的火星子,我去砍一大枝丫鲜活的柏树枝,把它们全部打熄。"

看见黑衣少年转身的那一瞬间,辛夷呆住了。

第二十一章　　薛照虔辛夷再相逢
　　　　　　　李未岚作画思佳人

怎么会是他？

黑衣少年对辛夷微微一笑，眼里诉说着无尽的温柔："辛夷小姐，你好，我们又见面了。"

吉顺惊诧地看着辛夷："辛夷小姐，原来你和这位公子早就认识啊？"

"是啊……好久不见，薛公子。你是怎么知道我叫'辛夷'的呢？"辛夷想到当日，她为了知晓薛照虔的身份故意讹走薛照虔的玉佩，而后在四川布政司使吴苍介的寿宴上抢了薛崇育的风头，薛照虔必定对她怀恨在心。现在冤家相逢，颇为尴尬。

"那会儿你吸入太多浓烟昏了过去，这位小哥一直这么叫你的啊！话说之前第一次在蟠龙坝见到你，我并不知道你姓甚名谁。上次在吴大人的寿宴上见到你，我才知道原来你是王土司大人的女儿。今日一见，这才从这位小哥口中得知，你叫辛夷。辛夷，多好听的名字，是辛夷花的那个辛夷吗？"薛照虔说说笑笑，令辛夷感到惶惑不安，她猜不透薛照虔的意图。

"对，就是辛夷花的那个辛夷。家父希望我像辛夷花那样，有报恩、高洁、真挚的品性，便取了这个名字予我。"辛夷说完，俯下身子向薛照虔行礼，"小女子王辛夷，今日多谢薛公子救命之恩！"

"哪里，哪里，辛夷小姐快快请起！"薛照虔有些不好意思，赶忙扶辛夷起来，"今日我赶去松潘卫交办公事，恰巧路过此地，在远处看见两个人影手持火把，鬼鬼祟祟不知在做什么。我虽是男儿身，但荒郊野外，孤身一人，心头难免有点儿发怵。我便取下发冠，披头散发，装神弄鬼地前来一探究竟，

第二十一章　薛照虔辛夷再相逢　李未岚作画思佳人

想看看这两人到底在做什么勾当。哪里知道竟惊吓到辛夷小姐,吓得辛夷小姐手中的火把掉落在容易惹燃的枯草丛里,而后引发了山火。说起来,千错万错都是我的错,如果不是受到我的惊吓,辛夷小姐也不至于如此狼狈,险些丢了性命。说来惭愧,哪里还谈得上什么救命之恩啊!"

得知原来是这么一回事的辛夷,又好气又好笑:"原来如此!那会儿可真是吓死我了!我远远瞧见一团鬼火下面,一张披头散发的脸,惨白瘆人,我还以为是飞头蛮呢,太可怕了!"

"真是对不住辛夷小姐,每次见你不是让你受伤,就是让你受惊吓,其实这也不是我的本意……话说,我们第一次见面时,我不小心弄得你手上的伤都好了吗?还疼吗?"薛照虔面露尴尬之色,赶紧把披散的头发冠起。

冠好头发,不管辛夷愿不愿意,薛照虔抓起辛夷之前受伤的手就看。

"真的不用看了,都好了……"辛夷想把手收回来,却被薛照虔抓得紧紧的,丝毫没有抽回来的余地。

看到辛夷细嫩的皮肤上残留着尚未褪去的疤痕,薛照虔有些心疼,过意不去:"都这么久了,还没有痊愈啊……那瓶血叶兰粉是不是用完了?什么时候我差人再给你送点来,你一定要记着每日擦药……都怪我之前行事太莽撞了……"

"没什么的,薛公子你不必放在心上,一点儿小伤不碍事的。"趁薛照虔不注意,辛夷赶紧把手收了回来。

一旁的吉顺通过辛夷与薛照虔的对话,猜到了薛照虔的身份:"这位薛公子,莫不是薛土司大人府上的世子、龙州代月刀主人吧?"

"小生正是。小哥曾听闻过代月刀的名号?"薛照虔抱拳,向吉顺行见面礼。

"这可使不得!"吉顺一时手足无措,"小的只是王土司大人府上的一名家丁,三公子王济公子经常提到薛公子,说您武艺高强,凭借一把代月刀威震四方,还说什么时候要是有机会能与您比试一番,便此生无憾了。"

薛照虔憨笑起来,爽朗清澈:"王济公子谬赞了,整个龙州谁人不知王济公子英雄侠义,武功了得,剑法出神入化,都说武状元之位非王济公子莫属呢!"

一向对武功兵器不甚了解的辛夷,有些好奇:"代月刀?"

薛照虔双手将手中的代月刀呈与辛夷,只见代月刀刀长三尺,表里二地筋,身幅较宽。刃肉饱满充分,寒光乍现,锋利无比。刀身稍微内反,配表是云

形文的金象嵌，佩里则是七星文，配上金具的刀装，尊贵无比。

吉顺不由得惊叹道："原来这就是传说中的代月刀！三公子说过，代月刀意在代替月刃，杀人于无形。今日一见，果然名不虚传！"

"好厉害的宝刀！"辛夷端倪着代月刀，心里暗暗琢磨，怪不得王、李两家土司都忌惮薛家，薛家不仅位高权重，兵多将广，还有如此厉害的宝刀，叫人不得不有所顾忌。

待辛夷看过代月刀，薛照虔接过刀身，放入刀鞘："这把代月刀乃是先祖薛严传下来的，说起来这代月刀还是大宋皇帝钦赐的。那时候，蒙古入侵，河山不保，局面危急，宋理宗从维护朝廷利益的角度出发，采取了一系列应急措施，抗击蒙古军的进攻。当时的参知政事李鸣复上疏，力主在蒙古军占领的沦陷地区'密回搜访''择其土人之可任一郡者，俾守一郡，官得自辟，财得自用。如能捍御外寇，显立隽功，当议特许世袭，如古方镇之法'。为了救亡图存，宋理宗采纳了这一封疆裂土的权宜之计，危机得以逐步化解。咸淳元年，宋度宗赐授先祖薛严为龙州世龙土知州，并御赐代月刀抗击蒙古军。先祖履职后，不负使命，坚持抗元，迟至元世祖十三年时才归附元朝。元朝朝廷因地制宜，仍准先祖继续世袭土司一职。先祖坚持抗元，捍卫疆土，这把代月刀也是我们薛氏一族气节的传承与化身。"

"名门之后，果然不同凡响！"吉顺看出薛照虔有意在辛夷面前标榜自己，便顺水推舟地夸了薛照虔一句。

"彼此彼此，都是名门之后。宝庆三年，宋理宗设立龙州三寨长官司，授予辛夷小姐的先祖龙州判官王行俭为世袭长官司之职，龙州土司由此正式产生。"薛照虔嘿嘿一笑，忽然想起一件重要的事，"对了，辛夷小姐，那会儿我就想问，这么晚了你们在药丛山上做什么呢？"

辛夷给吉顺使了个眼色，示意吉顺且听她行事："回薛公子，小女子的母亲不幸染上风寒湿痹，导致筋骨关节疼痛，我特来挖一些祛风除湿的雪上一枝蒿，给母亲治病。哪里知道白天来的路上有事耽搁了，到了药丛山已是黄昏时分。我想着打起火把尽早采完回去，母亲能早点用上药，也好早一时减轻疼痛，不知不觉挨到这个时候了。"

"原来是这样，辛夷小姐的一片孝心，真是日月可鉴，天地可表啊！愿令堂早日康复，也不负辛夷小姐一片赤诚。"薛照虔想为辛夷做点什么，主动提出，"这雪上一枝蒿长什么样子啊？要不我和你们一起挖，三个人挖总比你们两个

-124-

人来得快,我也好早点送你们回蟠龙坝,免得令尊担心。"

辛夷不想薛照虔参与王家的家事,急忙推辞:"不劳薛公子费心了……"

辛夷的话还没说完,薛照虔一把抢过吉顺的背篓,取出一株雪上一枝蒿,仔细看了看:"原来这个就是雪上一枝蒿啊,我们一起挖吧!"

说罢,薛照虔举着火把,弯着腰,低着头搜索雪上一枝蒿的踪迹,顺手将山火燃尽后剩下的火星子一一用鲜活的松柏枝打灭。

辛夷与吉顺用眼神交换了意见,面对薛照虔的积极主动,只能如此。三人打着火把找寻雪上一枝蒿,忙碌起来。

与此同时,远在龙州马盘司青溪城的李土司府,李未岚正在房中秉烛夜画。纸张与指尖的温度融在一起,李未岚手中的羊毫笔在橘色暖光中嬉戏。只见李未岚抿着嘴,眉眼里尽是柔情。这一刻,他将自己融进画里,在宣纸上肆意畅游,由浅入深,细腻勾画,妙笔丹青,挥洒自如,仿佛他的灵魂置身在一场盛大的烟火之中。

李未岚的画作虽算不得上乘之作,但每一画都是潜心之笔。画幅上一株多枝辛夷,树形婀娜,枝繁花茂,明丽怡人,高洁淡雅。花开得正好,外形极像莲花,花瓣展向四方,娇嫩片片,粉光耀眼,隔着画纸都能闻到淡淡芬芳。

在画的右上方还题有一首诗,字迹清丽隽永:

辛夷花发五云高,支支木笔入灵霄。

君自迎春余悲秋,寒露孑孓望南召。

昏黄的灯光洒在纸上,落在李未岚身上,照在房间的每一个角落,像是一双温柔的手,流光在他的心里流转。

就在这时,房间的木门咯吱一声响了,李振樊走进来:"岚儿,怎么这么晚了还没睡?"

慌忙中的李未岚正要将桌上未干的画收起来,被李振樊厉声喝止。李振樊见李未岚有什么故意瞒着他,心生不悦,瞪了李未岚一眼,一把夺过那张画,端详起来。

看着画上那一株花开繁茂的辛夷花和那首诗,李振樊枯槁的手青筋暴起,语气冰冷:"你画的可是王土司府上的千金王辛夷?"

见李振樊不悦,李未岚试图敷衍过去:"回父亲,孩儿画的只是普通的辛夷花罢了。"

"这寒露时节,你不画菊,不画蜀葵,不画秋海棠,偏偏画这迎春而开的辛夷花,你当为父是傻子吗?"李振樊呵斥李未岚。

许久未见父亲如此动怒,李未岚赶紧跪地:"请父亲息怒,孩儿绝无此意!"

李振樊正在气头上,字字凛冽:"那日这丫头以假身份使计,架刀在我脖子上,以性命要挟骗买走不死鸟,我让你去追回来,你说没追上,怕是你有意放她走的吧!我李振樊怎么就生了你这么个胳膊肘往外拐的不肖之子呢?"

被李振樊说中的李未岚想要辩解几句,却显得苍白无力:"父亲,孩儿资质平庸,技不如人,论骑马的技术,真不是那位姑娘的对手。孩儿绝不是故意要放她走的,是真的追不上,她的马跑得太快了……"

"一派胡言!"李振樊重重地一掌拍在桌案上,"当日那丫头谎称她是潼川州吴家姑娘,你即便再追不上,也应该知道潼川州和龙州宁武司是两个截然相反的方向,怎么不见你回来禀报我她是去了宁武司方向呢?要不是在吴苍介大人的寿宴上,她女扮男装随王禧前去献寿,我还一直被蒙在鼓里呢!这件事我一直耿耿于怀,你现在居然还有闲心对那丫头念念不忘!你这'好'儿子,究竟姓李还是姓王?"

"父亲,请您息怒!"看着李振樊气得涨红了脸,跪在地上的李未岚心里五味杂陈,一对棱角有致的剑眉扭在一块:"孩儿不孝,惹得父亲这般生气,还请父亲责罚,孩儿心甘情愿受罚。孩儿当日见那位姑娘着实可怜,一个姑娘单枪匹马飞奔至青溪城,到了咱们府上就因暑热晕了过去。为了拿到不死鸟,不得不冒险挟持父亲。若是王家真心想要谋害父亲,势必派来一个武功高强之人,而绝不会是这么一个弱质女子。加之她并不是巧取豪夺,而是诚心拿了五十两银子高价来买。孩儿认为,这位姑娘必是有难言之隐,要不是走投无路,绝不会出此下策,救人一命胜造七级浮屠,孩儿就擅自做主放了她一马。孩儿真心不是故意想要欺瞒父亲,只是怕徒生事端,搅扰您不能安心养病,还请父亲明鉴!"

自打李振樊患上恶疾,日渐消瘦,李未岚便专心研习各种医书典籍,一心想治好李振樊的病,李土司府渐渐成了药材宝库。马盘司的老百姓都说,要不是李振樊有李未岚这么一个孝顺儿子一直悉心照料着,恐怕早就熬不下来,老早就撒手人寰了。

"唉……"想到事情既然已经发生,无法再改变,不死鸟注定拿不回来了,李振樊的怒气渐渐低了下来,嘴上也不再不依不饶,"王禧可真够狡诈的!知

第二十一章　薛照虔辛夷再相逢　李未岚作画思佳人

道明面上来买不死鸟，我绝不可能卖给他，便想出这么一个苦肉计骗买不死鸟。岚儿，你这个人最大的毛病就是太心软善良，王禧正是看准这点，他的阴谋才能够得逞。为父这个身体你是知道的，不知道什么时候一旦溘然长逝，整个马盘司就交给你了，你可千万不要让我们李家世代管辖的马盘司被王禧收入囊中啊！"

听到李振樊这么说，向来孝顺有加的李未岚有些难受，他凝望着李振樊："父亲，您千万别这样说，您的病一定会好起来的！孩儿无能，惹您生气了，孩儿今后一定会努力成长起来，不会再让您如此神伤。"

已是深秋寒露时节，入夜后气温骤降，更添几分寒凉。李振樊伸出双手，将跪在地上的李未岚拉起来："岚儿，快起来吧！天冷了，久跪着容易着凉。"

"谢过父亲。这段时间秋燥，明日孩儿让东厨炖点莲子素肚汤，父亲您看可否？"李未岚接过李振樊的手，顺势站了起来。

"你安排便是，岚儿有心了。"李振樊再次捧起那幅画，笑着问李未岚："岚儿，你当真对王家这位辛夷姑娘有意？"

李未岚冷峻的面颊上霎时泛起一团红晕，一副喝得微醺的样子，像涂了一层胭脂："山有木兮木有枝，心悦君兮君不知。"

看着李未岚羞涩的模样，李振樊打趣道："意思是这位辛夷姑娘尚不知晓你的心意？"

李未岚点了点头，百感交集，仿佛有千斤重量压得人难受。

李振樊仔细打量眼前的李未岚，好一个为情所困的翩翩美少年，忽然之间他感觉李未岚长大了，不禁感叹道："真是岁月不饶人啊，我的岚儿一转眼也长成大人了，开始有心上人了。而我也老了，真是不得不服老啊……薛崇育早就对我们马盘司的富饶垂涎三尺了，怕是等我百年后，他就要拿下整个龙州了。洪武四年，颍川侯傅友德率军伐蜀，我们李家先祖陕西千户李仁广追随明军南下进入龙州，被太祖皇帝朱元璋敕封世袭，自此有了龙州境内代代相传的李氏土司。岚儿，要是你当真对这位辛夷姑娘有意，我若是能与王禧结为亲家，到时候联王抗薛也不失为一种策略。"

李振樊的话让李未岚的心里咯噔一下。曾几何时，在李未岚看来，感情是一件纯粹的事，喜欢一个人就是在寒冬里听见了一朵花开的声音，在黑夜中看见了一束最耀眼的光，哪里还需要考虑什么家族利益、什么前途命运，考虑这些和感情没有丝毫关联的东西？

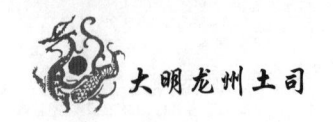

这是个让人自愿去冷静思考的寒露夜。此时此刻，也许有许许多多的人和李未岚一样，被红尘世事困惑着。唯独那张画上的辛夷花，可以让他抛去一切杂念，静下心来，好好品尝这个秋夜的寒凉。

第二十二章　　大夫人柴房探王键
　　　　　　察秋毫徐公辨是非

　　十棘打完，王键早已丢了半条命，被家丁拖入阴暗潮湿的柴房，用一把厚重的铜锁，将柴门紧紧锁上。

　　血顺着王键的身躯放肆地淌，血肉之花染红了鹅卵石小径，给两旁的乔木镶上一层暗红，滴在黑色的土壤里，蔓延开来，渗到树根深处。秘醇的血腥味弥散在空气中，血色红莲在王键的素绫中衣上凄静着绽放着。透过柴房满是灰尘的木格子窗户，渲染出一片虚无的夜。

　　待四下无人，王键的泪这才肆无忌惮地落下。毕竟总不能流血就喊痛，人是要成长的，最漆黑的那段路，终究得靠自己走完。小时候，流血比流泪疼；长大后，流泪比流血疼。黑漆漆的柴房伸手不见五指，只有些许暗淡的月光从木格窗户透进来。还有多少磨难和挫折、伤害和误解、流血和流泪，在等待毫无防范的自己？王键绝望地想着，不知不觉，泪已湿透浸染着血迹的衣衫。

　　痛，来自身体上那些密密麻麻的伤口，更来自那颗被伤过的心。到底是谁想要构陷谋害我？为什么父亲不能相信我？难道在父亲眼里，我当真是如此心狠手辣之徒吗？身心俱痛的王键一时没有头绪，但有一点他是确定的，冥冥之中有个脸上挂着奸笑的阴谋家，此刻就站在窗外不远处，用手指蘸取他流下的血，享受着血液的腥甜，似乎在品尝世间难得的美味。

　　正当王键胡思乱想之际，有人从外面轻轻叩响了上锁的柴门。

　　"谁？"王键拖着虚弱无力的声音，警惕地问道。

　　"键儿，是娘……"门外传来一个嘶哑的声音，那样熟悉。王键知道，这是母亲的声音。

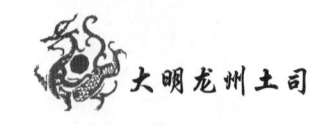

王键使出全身力气，拖着皮开肉绽的身体，艰难地爬过去。爬到门边，卧在地上，透过那一道细窄的门缝，望着门外憔悴的大夫人，问道："母亲……您……您怎么来了？"

门外的大夫人蹲在地上，透过门缝，看着浑身是血的王键，心疼极了，哭得红肿如桃的双眼止不住地落泪，她从怀里掏出一小包薄薄的东西，从门缝里塞进去，哽咽着："键儿，娘来看看你……唉，打在儿身，痛在娘心啊！你父亲下手也太狠了……这包是我去章郎中那里买来的三七重楼粉，你撒在伤口上，可以活血定痛、敛创生肌，让你的身子早日复原……你父亲当着众人的面，说你闭门思过期间不准任何人探望你，更不准任何人照顾你。我是等大家都睡了，这才偷偷过来的。键儿，你一定要记着上药啊，好好照顾自己，千万别落下什么病根儿啊……"

王键从门缝里接过三七重楼粉，鼻子一酸，眼泪簌簌掉落，带着浓浓的哭腔："嗯……孩儿知道……谢过母亲，孩儿会照顾好自己的……"

大夫人想伸手拭干王键脸上的泪，奈何门缝实在太窄，根本伸不过去一根手指，只得眼睁睁看着一滴滴的泪，从亲生儿子王键的脸颊不断滑过，却无能为力。

虽然脸上挂着泪珠，但大夫人心里清楚，生存不相信眼泪，她和王键都必须擦干眼泪，从头到尾分析此事，找到构陷王键的幕后黑手，才能还王键清白。女子本弱，为母则刚。既为人母，大夫人不得不放下弱女子的身段，坚强起来，现在只有她能帮助她的亲生骨肉王键了。

大夫人确定周围无人，这才小心问道："键儿，为娘相信你是做不出如此大逆不道之事的，必定是有人栽赃陷害你。只有找出背后的始作俑者，才能还你清白。你有没有什么头绪，平日里你可有得罪过谁？"

王键陷入思索，他平日待人算得上谦和，唯独在续弦之事上和家人有过争执，但不至于因此事就遭到构陷吧？说起来，小桂圆被人推入荷花池、他的随身玉佩被偷走并不是巧合，整个事件从一开始就是朝着他来的。始作俑者并不想取小桂圆的性命，而是想借刀杀人，借小桂圆落水一事引起父亲和大姐对他的误解和厌恶。这样做对始作俑者有什么好处呢？

想到这里，王键不由得眼前一亮，脑海里浮现出一个人的名字。兴许是母子俩心有灵犀，王键和大夫人异口同声叫出了那个人的名字："王樾！"

大夫人问道："键儿，你也认为是王樾干的？"

第二十二章　大夫人柴房探王键　察秋毫徐公辨是非

王键点点头，眼睛里折射出来的光，如一把凛冽的刀子："虽然我只是揣测，没有证据，但整件事情从头到尾，所有的好处都指向王樾，这不是太奇怪了吗？第一，若不是府里的人，不可能拿到我的随身玉佩。第二，如果不是府里的人，绝不可能知道我不懂水性。第三，我被父亲剥夺了治兵之权，帮衬父亲监兵的就会是王樾，王樾本就在替父亲分担土司衙门的政务，现在又多了兵权在手，更是为他将来与我争夺世子之位铺路。第四，如果我坐实了是谋害亲侄女小桂圆的歹人，纵使我是嫡长子，父亲将来还会立我为世子，把土司之位传于我吗？必然不会。除了我，顺位的就是庶次子王樾。第五，大姐现在认定我是谋害小桂圆的罪人，已与我割袍断义，哪怕将来我坐上土司之位，大姐也会让夫君工部尚书桂广成上书皇帝，弹劾我曾犯恶逆之罪。按照《大明律》，十恶之徒没有资格承袭土司之位，土司之位必然是王樾的。分析来分析去，王樾从这件事中获利最大，我实在是想不出还会有什么人这样憎恶我，想要置我于死地了。"

大夫人听着王键的分析，觉得有理："我也是这么想的，我怀疑是曹鸢娘、王樾他们母子俩联手，想要搞垮我们母子俩。键儿你有所不知，曹鸢娘有多恨我！"

"噢？此话怎讲？平时看起来二夫人和母亲关系还算融洽啊。"

大夫人叹了口气："当时你父亲还是世子，尚未继任王氏土司。你王考要为你父亲娶亲，我和曹鸢娘都是你祖妣中意的人选。你王考念在我们蔡家世代书香，便让你父亲娶我为发妻，纳曹鸢娘为姬妾。几年后，你父亲又纳了田文娘为小妾。田文娘出身贫寒，没什么野心，为人谦虚低调。倒是曹鸢娘，商贾世家出身，精于算计，没当上正房，便想扶植她的亲生儿子登上土司之位。之前我分别怀木槿和木棉的时候，当时尚无子嗣的她百般刁难，生怕我生个儿子出来，见我连生两个女儿，加之我买通产婆，让产婆假意告诉曹鸢娘，我这身子生不出儿子。这才让她放松了警惕，我才能顺利生下键儿你。也算是老天开眼，她一心想生个长子，还是被我抢先一步，生下你这个嫡长子，她也更加记恨我。虽然她明面上不说，背地里不知道给你父亲进了多少谗言，否则你父亲又怎么会如此重用王樾？"

王键感到震惊，倒吸一口寒气，大夫人接着说："不过话又说回来，要不是朱氏早逝，键儿你忧思至今，无心政务，哪里会轮得上王樾这庶次子越俎代庖帮你父亲处理土司衙门的政务？键儿，你可要振作起来啊，你要是再不

从朱氏的回忆里走出来,为娘和你迟早要命丧曹鸢娘、王樾母子的手腕下!虽说朱氏是病故,但去得也太年轻了,说不定朱氏过早谢世就和他们母子脱不了干系!"

大夫人的话像一把锋利的刀,刀刀砍向王键心底最柔软的地方,提到王键的亡妻朱氏,王键心如刀割,良久才从苦痛中挣扎出来:"他日我走出柴房,要是查出檀儿仙逝与曹鸢娘、王樾脱不了干系,我一定手刃他们母子俩,以慰檀儿在天之灵!"

大夫人噙着泪水:"键儿,你一定要早日养好伤,振作起来,不能让今日的血都白流了!"

王键重重地点头:"母亲,您且放心,过去的键儿在今日已经死了。键儿绝不会让今日的血白流,更不会让母亲的泪白流!"

这是一场看不见硝烟的战争,哪怕遍体鳞伤,那些受过伤的地方一定会留下坚硬的痂,愈合成强壮的血肉。

此时此刻,王禧正在书房烦躁地翻看桌案上的书卷,焦急地等待一个人的到来。

黑夜降临,华灯初上,一切归于平静。这份波涛汹涌下的平静让人害怕,谁也不知道在黑暗深处潜伏着多少不可避免的杀气和危机。

王禧等了许久,终于等来了他等的人。

匆匆而来的徐昌田,有些惭愧:"王土司大人,真是不好意思,让您久等了!"

王禧请徐昌田坐下,紧闭门窗:"卢画师现在怎么样了?卢木匠见了卢画师怎么说?唉,若是救不醒卢画师,我今后可怎么面对他们父子俩啊……"

"王土司大人,请您切莫担心。卢画师现在情况稳定,章郎中用炮制好的雪上一枝蒿把毒性压制住了,毒性暂时不会入脑入心,但要卢画师苏醒,恐怕还有些时日。章郎中说,等辛夷小姐挖到足够的雪上一枝蒿,用药三个疗程后,卢画师自会醒来。王土司大人,您毋须过多担忧。"徐昌田坐下后,继续说,"卢画师是卢木匠唯一的子嗣,卢木匠膝下再无其他儿女,自然是百般心疼,见到卢画师的样子哭得老泪纵横。属下没说是大公子下的毒,只说是小桂圆意外失足跌入荷花池中,卢画师偶然撞上,主动跳入荷花池中救人,这才不幸被龙鳞水蜈蚣咬伤,中了毒。卢木匠知道儿子是自愿跳进荷花池救人的,并未怪罪他人。卢木匠现在一心只求王土司大人您务必要救他儿子一命,

第二十二章 大夫人柴房探王键 察秋毫徐公辨是非

那会儿他都跪下了,说什么要是王土司大人能救得他儿子的性命,他一定感恩戴德,尽心竭力地修好'龙宫',以报王土司大人的大恩大德。"

"卢画师暂时没什么大碍,那就好。"王禧松了一口气,看着窗外稀疏的月光,话里有话,"这有月亮的天,怎么还是这么黑啊?"

徐昌田紧锁眉头,问道:"王土司大人,您真觉得是大公子做的?"

王禧的语气充满无奈和唏嘘:"我当然不愿相信是键儿做的!可现在所有证据都指向键儿,我也是没办法啊。徐公,你不也说天子犯法与庶民同罪吗,我难道还能包庇键儿不成?"

徐昌田眼里装着怀疑,提出他的看法:"王土司大人,您不觉得此事过于蹊跷吗?"

徐昌田的话提醒了王禧,王禧说:"我是觉得有些说不通。对于一个四岁的孩童,真的需要这么赶尽杀绝吗?"

徐昌田的眉毛向上挑了一下:"王土司大人,您有没有想过,荷花池中的龙鳞水蜈蚣兴许不是冲着小桂圆来的,而是用来谋害大公子的?"

"噢?此话怎讲?还请徐公明示!"王禧感到不可思议。

徐昌田反问王禧:"今日大小姐说过,为了防止蚊虫叮咬,她特意为小桂圆周身都涂上了驱除蚊虫的艾草膏,小桂圆这才侥幸未被龙鳞水蜈蚣咬伤。王土司大人,小桂圆平时有涂抹艾草膏的习惯吗?"

王禧回忆道:"上次木槿带着小桂圆回家省亲,小桂圆年纪小,皮肤娇嫩,被蚊虫咬得一身是包,我和秋娘颇为心疼。木槿和小桂圆这一次回来,秋娘提早亲自熬制了可驱蚊避虫的艾草膏,在接风家宴上秋娘就拿给了木槿,要木槿记得给小桂圆涂抹。"

"那就完全说得通了!"徐昌田为王禧分析道,"王土司大人,接风家宴大公子必定参加了的,自然也就知道大夫人把艾草膏给了大小姐。如果大公子真的想要谋害小桂圆,自知龙鳞水蜈蚣害怕艾草膏的气味,不会接近涂抹过艾草膏的小桂圆,那大公子怎么会一面将小桂圆推入荷花池中,一面画蛇添足地提早在荷花池里放入龙鳞水蜈蚣呢?这般多此一举,岂不是引人怀疑吗?凶手并不想要索取小桂圆的性命,小桂圆落水只是一个幌子,凶手真正的目标是大公子!"

王禧大吃一惊,急忙问道:"那究竟是何人想要谋害键儿啊?"

徐昌田细细道来:"凶手知道大公子不通水性,才会设下这样一个圈套。

大公子和小桂圆一起游戏，小桂圆落水，大公子肯定要下水相救。如果大公子下水相救，不通水性的大公子极有可能溺亡。为防止下水后的大公子被他人所救，凶手提早在荷花池中放入龙鳞水蜈蚣。

王禧愣了一下，追问徐昌田："徐公，那你觉得是何人所为？"

徐昌田没有正面回答王禧的问题，而是引述了《韩非子·内储说上》里的一段话："齐国好厚葬，布帛尽于衣裘，材木尽于棺椁。桓公患之，以告管仲，曰：'布帛尽则无以为蔽，材木尽则无以为守备，而人厚葬之不休，禁之奈何？'管仲对曰：'夫凡人之有为也，非名之则利之也。'于是乃下令曰：'棺椁过度者戮其尸，罪夫当丧者。'夫戮死无名，罪当丧者无利，人何故为之也？未几，厚葬之风休矣。"

王禧若有所思，希望徐昌田把话说得明白一点儿："徐公，你且言而无忌，我不会怪罪于你。"

徐昌田的话里藏着几分小心："夫凡人之有为也，非名之，则利之也。王土司大人，您大可分析分析，大公子若坐实是谋害亲侄女的恶逆之徒，则会被褫夺其王氏土司嫡长子身份，贬为庶人，那么谁最得利？在这世上，没有谁会去做对自己没有利益的事情。当然，属下现在也没有证据，只是臆断罢了。孰是孰非，还得细细查证。"

王禧点点头，发出感慨："徐公此言，莫非这歹人真是我府中之人？甚至是我的亲生骨肉？真是作孽啊……无凭无据之前，我不想家里搞得四分五裂，让旁人有机可乘。我心里实在是堵得慌啊，好端端的一个家，为何非要搞得残破不堪？明明应该手足情深，为何非要手足相残？这些个不肖子孙真是作孽啊！"

看着王禧痛心疾首，徐昌田只能给一些不痛不痒的安慰："属下也不希望作恶之人是王氏子孙。但不得不说，生在王侯将相家或许本身就是一种苦难。您是高高在上的世袭土司，掌管着宁武司千千万万百姓，又有漳腊金矿的财富在手，更是真龙天子。待'龙宫'建好，若您自立为王，招兵买马，等兵强马壮，粮草充实，即可挥军北上，将昏庸的朱氏从金銮殿上撵下来，届时您就是一国之君，试问又有谁不想做太子呢？封建帝王家，后宫争斗历来残酷不尽人道，汉高祖妻妾成群，史书上有记载的儿子有八个，地位显赫，二皇六王，最后善终的仅有两人，其余六人不是早夭就是横死，其中四人之死皆为吕后幕后操刀。"

第二十二章　大夫人柴房探王键　察秋毫徐公辨是非

王禧目光呆滞，喃喃地说："一个人的命数就那么长，我哪里想要什么天子宝座、江山社稷？纵使朝廷不仁，我也不能不义！我王禧从未有过半分半厘谋反之心，若不是昏君残暴毒辣，想置我王氏一族于死地，我哪里会为了自保而修建僭越的'龙宫'呢？我这辈子只想待在龙州宁武司，保护我全家人平安顺遂，做一个对得起百姓的好土司，在有生之年能为王氏子孙福泽延绵罢了。哪里知道不肖子孙在我还未百年时，就开始兴风作浪了。要是我作古而去，不知道会捅什么篓子，让薛崇育和李振樊有机可乘！我想我还是要早做准备，免得他日我驾鹤西去，这些不肖子孙斗个你死我活，让我们王氏一族祖上十代人辛苦经营的心血，付诸东流了……"

"王土司大人，您说什么呢？您正当壮年，身后事等个几十年再说也不迟啊。倒是王氏子孙手足相残之事，属下今日力主您对大公子秉公执法，家法伺候，也是不想打草惊蛇。待属下收集到证据，查清是何人所为，王土司大人到时自可以肃清府中戾气，整饬府中恶疾。让大公子去柴房闭门思过，也是对大公子的一种保护，免得他再卷入是非。对于大公子，属下还是比较了解的，虽说平日里活得有些出尘，却没有半点儿争权夺利之心。其发妻仙逝后，更是人淡如菊心似水。"徐昌田的谏言正合王禧心意，王禧频频点头。

不可否认，王禧向来看重王键这位嫡长子，他叮嘱徐昌田："键儿的心性我还是摸得透，我一直想等到适当的时机立他为世子。待我过身后，再把土司之位传于他。那就有劳徐公多费心，早日找到证据，还键儿一个清白，洗脱他的冤屈。"

徐昌田年迈的脸上少了些笑意，多了些哀愁。他沉重地点点头，如同这寒夜的风，带着三分凄然，三分愁楚，三分难过，还有一分茫然，胡乱地吹着。

第二十三章　　卢有心初愈方渐醒
　　　　　　　薛照虔决意娶辛夷

　　忙碌了一个通宵，薛照虔和辛夷、吉顺采撷了满满两背篓的雪上一枝蒿。薛照虔本想让疲惫的辛夷休息一下再赶路，但着急的辛夷硬是不肯。

　　薛照虔只得将辛夷、吉顺二人从药丛山一路护送到蟠龙坝。三人骑马跑到蟠龙坝的时候，天已是蒙蒙亮。涪江上蒸腾起迷蒙的雾霭，远处的山峦被虚化得朦朦胧胧。

　　辛夷一再劝说薛照虔别再送了，可薛照虔非要把辛夷送到章郎中的医馆门口。吉顺听从辛夷的吩咐，赶紧把救命的雪上一枝蒿送进去。

　　天还未亮透，又是寒秋时节，鲜有人起得这样早，整条街上除了薛照虔和辛夷，再无他人。

　　薛照虔看出了异样，疑惑地问辛夷："辛夷小姐，令堂病了，怎么不把郎中叫去府上伺候，而是把令堂送到医馆来？医馆的条件怎么比得了府上呢？"

　　辛夷生怕穿了帮,忙解释道："家母的病需得在医馆熏蒸。府里没有熏蒸室，只能在医馆医治。"

　　"噢，原来是这样。愿令堂早日康复，以后有什么帮得上忙的地方，辛夷小姐尽管开口，照虔定当竭力相助。"薛照虔双手抱拳，眼里有一股流动的暖意。

　　"今日真是多谢薛公子。辛夷就此别过，先行告辞，后会有期。"辛夷向薛照虔行告别礼后，正要走进医馆，却被薛照虔一把拉住了。

　　"薛公子，还有什么事吗？"辛夷并不惊慌。

　　薛照虔一贯英武的眉宇间，此刻却散发出挥之不去的哀伤，如流岚般浓

第二十三章　卢有心初愈方渐醒　薛照虔决意娶辛夷

得散不开:"辛夷小姐,自此一别,不知何时才能再见?"

辛夷淡淡一笑:"有缘自会再见。"

薛照虔拉住辛夷的手臂舍不得放开,有些话哽在喉头说不出来:"可是……"

辛夷的笑装饰着淡漠,分明是一道难以逾越的沟壑:"送君千里,终须一别。薛公子,你就送到这儿吧,我进去了。"

辛夷甩开薛照虔的手,头也不回地走进医馆。只剩下大门外的薛照虔,望着辛夷远去的背影发呆,迟迟不愿离去。

那段酝酿许久却来不及说出的告白,薛照虔只能封印在心底:"我曾想血染疆场,一生戎马;我曾想白衣卿相,江山谋划;我曾想金戈铁骑,倾覆天下。而现在,我只想与你一人一马,浪迹天涯……"

可是辛夷已经走远了,听不见了。

天籁轻响,一切都是静默的。破晓的晨光,唤醒了沉睡的生灵。穹顶的光洒下来,没有温度。这个时节应有的萧条和枯萎悉数登场,如同薛照虔心中的苦味,无限惆怅好个秋。

七日后,卢有心从一片混沌的黑暗世界走了出来。

苍白写在卢有心脸上,眸子看起来不似往日清澈。看见床榻边累到睡着的辛夷,卢有心有些歉疚,两片干涩的嘴唇上下翻动,发出虚弱的声音:"辛夷……辛夷小姐……"

辛夷腾地一下从梦中惊醒,看到卢有心醒了,喜极而泣:"卢画师……你终于醒过来了……"

一旁的安兰激动地吆喝起来:"章郎中,卢画师醒了,卢画师醒了!"

见卢有心嘴唇干涸,辛夷递上一碗水,用小勺舀了些,用她的嘴唇试试水温,方才喂给床榻上的卢有心:"卢画师,喝点水吧。你昏迷了这么些天,饿了吧?要不我吩咐落梅给你熬点粥?"

平生除了已过世的娘亲,还没有哪个女子这样照顾过卢有心。卢有心内心激起一层温暖的浪花,想强撑身体给辛夷谢礼,可浑身上下一点儿力气也没有,用尽力气勉强硬撑,还是徒劳无功。

"卢画师,你这是做什么?快躺下!你才醒过来,需得好好躺着静养呢。"辛夷小心扶着卢有心躺下,给他盖好被子,吩咐安兰,"快去把这个好消息告诉卢木匠和父亲。"

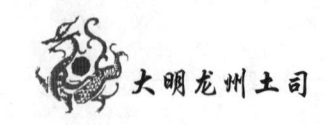

安兰刚走，章郎中就来了。章郎中欣慰地说："草民刚才在后院铡药，听到安兰姑娘说卢画师醒了。好在这么多天，有辛夷小姐一直帮着照顾卢画师，草民的徒弟去厄哩山寨收购药材了，草民一个人在医馆实在是忙不过来。"

卢有心无法起身行礼，目光里充盈着感激："在下谢过章郎中，谢过辛夷小姐救命之恩。你们的大恩大德，在下没齿难忘。"

"说起来，耍谢谢大恩大德的是我们王家呢。要不是卢画师你奋不顾身跳进荷花池救起小桂圆，后果不堪设想。"辛夷的眼里满是谢意。

提到小桂圆，卢有心担心起来："小桂圆她没事吧？"

辛夷笑着说："小桂圆被你救起后，幸得樾哥哥及时施救，早就没事了，她和木槿姐姐已经回京师了。木槿姐姐为感谢卢画师你的救命之恩，赏了一锭金元宝给你，已交给卢木匠了。小桂圆特意把她的香囊送给你，说是保佑你早日康复。你看，挂在床头的这个就是。"

"只要小桂圆没事就好。"看着那个金线刺绣方胜形香囊，卢有心感受到了小桂圆的心意，"说起来真是惭愧，我入个水竟一病这么久，还劳烦诸位悉心照料，给大家添麻烦了！"

"医者救死扶伤本是天职，卢画师无须再谢。要谢就谢辛夷小姐吧，多亏辛夷小姐从药丛山采撷来大量的雪上一枝蒿，内服加上外搽，把卢画师体内的龙鳞水蜈蚣之毒全都给逼出来了，使毒邪不能内陷心包，损害心脉，卢画师自然得以苏醒。卢画师你现在虽然是醒了，但还得多多静养，吃些祛毒温肝的食疗益品，好好调养一段时间。"章郎中嘱咐道。

听了章郎中的话，卢有心丈二和尚摸不着头脑："我这是中毒了？"

家中上下都说是王键下的毒手，辛夷始终不肯相信王键会如此歹毒。王禧多次叮嘱辛夷，此事绝不可外传，包括卢有心父子，辛夷只能大事化小，小事化了："卢画师，那日你跳进荷花池中救起小桂圆，不幸被龙鳞水蜈蚣咬伤，中了龙鳞水蜈蚣之毒。不知为何我家荷花池竟有此种毒物，幸得章郎中医术神通，将你从鬼门关拉了回来。都怪我那日心血来潮，非要让你到府里给木槿姐姐和小桂圆画像，不然你也不会有此一劫了……"

看到辛夷眼里噙着自责的泪，卢有心赶紧劝慰辛夷："辛夷小姐，生死有命，富贵在天。你不必自责，不是都说生劫易渡情劫难吗？如今我平安度过这个生死劫，说不定大难不死，必有后福呢！"

第二十三章　卢有心初愈方渐醒　薛照虔决意娶辛夷

辛夷破涕为笑，轻咬嘴唇，含羞带柔。

"我浅尝过涪江潺潺的水，拨弄过箭楼山薄薄的雾，遥望过正月的雪覆满药丛山山头，远眺过正南山上霞光如玉，巨树似剑。它们都是我在龙州见过的至美之景，但这些和你比起来都不值一提。"辛夷在心底悄悄地说给卢有心听，她始终没有勇气说出口。

可卢有心仿佛听见了辛夷的心声，会心一笑。笑着的时候，他的眼睛宛如一池春水。风一吹，里面盛满温柔。

有些话，不必说出口。懂的人，始终会懂。

薛照虔在松潘卫办完公事后，回到龙州渔溪司江油关薛氏土司府，薛崇育已等候他多时。

还未让薛照虔休息片刻，薛崇育劈头盖脸地呵斥起来："照虔，你这些天都跑去哪儿了？"

薛照虔一脸疑惑："父亲，孩儿去松潘卫办您交代的军务事宜呀，您是知道的啊！"

薛崇育眼神中杀出一丝锐气："为父教导你从小要做个诚实守时之人，你比计划晚回来了一天，去趟松潘卫需要这么多天？"

薛照虔皱了皱眉："松潘卫山高路远，自是费些时日。"

薛崇育鼻子里哼了一声，哼得人胆战心惊："为父安插在宁武司的探子，分明看到你出现在蟠龙坝街上！"

薛照虔被当场戳穿谎言，愣了一下，自知瞒不下去，便不再狡辩，只得将药丛山巧遇辛夷一事统统交代。

薛崇育听完，怒火中烧，一掌拍在茶案上："你好大的胆子！竟然瞒着为父偷偷与王氏土司一族往来，谁稀罕你去救王禧的女儿！你还护送她回蟠龙坝，成何体统？"

薛照虔感到寒风扑面而来，吹到他的眼睛里，寒气四溢。薛照虔知道薛崇育和王禧历来不和，没想到薛崇育对王禧的女儿王辛夷也如此仇视。薛照虔只好找了一个听起来合乎情理的理由："父亲，请您息怒！孩儿见那辛夷小姐遭遇山火，于情于理都不能见死不救啊！"

薛崇育哪里听得进薛照虔的理由，越说越气："这王氏之女自惹山火，分明是咎由自取，死不足惜！你以为你是观世音大士，要你去普度众生？救她性命不说，还送她回蟠龙坝，你莫不是看上这个妖女了吧？"

事到如今，薛照虔不想再欺瞒薛崇育，趁势跪下来，向薛崇育行了一个大礼，重重地磕了一个响头，郑重其事地对薛崇育说："父亲，孩儿知道您素来与王土司不和。祸不及妻儿，王土司的女儿王辛夷并不是王土司那样的欺诈狡猾之徒，她只是一个单纯的姑娘。孩儿的确对辛夷小姐有意，孩儿恳请父亲允准孩儿向王家提亲！"

薛崇育看出眼含热泪的薛照虔满是真诚，可薛照虔是薛氏土司世子，是成为下一任薛氏土司的不二人选。薛崇育绝对不可能让最心爱的儿子迎娶宿敌的女儿。

薛崇育的脸气得煞白，眉毛乱跳，厉声驳斥："不孝子，你今日是不是非要活活气死为父，才肯善罢甘休？普天之下的女子千千万万，哪怕贵为大明的公主，只要你看上，为父也会想尽千方百计帮你打点牵线。但唯独就是王禧的女儿不可以，你休想娶这妖女为妻！"

薛照虔的泪珠子啪嗒一声打在地上，连他自己都吓了一跳。薛照虔目光坚定，心意笃定："父亲，纵使天底下各色女子千般好，只有辛夷小姐是孩儿心中的万中无一。孩儿此生非辛夷小姐不娶！"

"这王禧真是歹毒，竟派了一个妖女来勾引你，你这么容易就被勾了魂了？"薛崇育脸上露出愁容，言辞不再那么愤怒，反而无比惆怅，"照虔，你要知道，你的婚事不是你一个人的事，而是关乎我们整个薛氏一族。你怎么可以这么自私，抛开所有薛氏族人于不顾呢？王禧仗着比我年轻，独吞了漳腊金矿的巨额财富，在皇帝、张太后以及四川承宣布政使吴苍介等皇室、权贵面前阿谀奉承，处处与我作对。他觊觎我的位子，妄想他日取而代之。若是你娶了他的女儿，将来我一旦猝然长逝，他的铁腕必定会伸到我们渔溪司来，把你当作他手中的傀儡布偶，暗地里掌控一切，成为渔溪司的新主人。你万万不能让他的奸计得逞！这么多年来，为父一心培养你，早早立你为世子，你将来注定要接替为父龙州薛氏土司的位子，接管渔溪司。你断不可为了一个妖女枉送前程，断送了整个薛氏一族的将来！"

薛崇育的话撼动不了薛照虔的心意，他跪在地上，坚持己见："父亲，您无须多言，这些道理孩儿都懂。若是不能娶辛夷小姐为妻，孩儿愿意终身不娶！"

薛崇育长叹一声："唉！这是作了什么孽啊，你怎么就这么犟啊？若是你娶了这个妖女，就是自取灭亡，整个薛氏一族、整个渔溪司会跟着你一起

第二十三章　卢有心初愈方渐醒　薛照虔决意娶辛夷

陪葬!"

　　薛照虔想,如果不能和自己喜欢的人在一起,活着跟一具行尸走肉有什么区别?纵有江山一隅,美人百位,府邸千栋,良田万亩,也不及辛夷回眸一笑。

　　久居龙州这样的内陆地区,薛照虔从未见过大海是什么模样。薛照虔深信不疑,辛夷的浅浅一笑,便是他永生不会再遇的海。

第二十四章　　王键写血书求续弦
　　　　　　　卢有心暗地藏玄机

　　时间的强大令人叹为观止，它可以将伤口慢慢抚平，让你曾经坚持的东西面容模糊，把你历练成为生存抗争的勇士，霸道地为改写命运拼死战斗，直到伤口结痂，撕掉后是崭新的皮肉。

　　之后一段日子里，大夫人蔡秋娘趁无人之际，偷偷看望过王键几次，给他送来三七重楼粉。随着时间的推移，被关在柴房闭门思过的王键，身上的伤口渐渐愈合了，但那一道道伤疤在王键心里留下了永生不灭的烙印。

　　王键不想就此对命运跪地求饶。

　　不知不觉已是初冬，清晨透过柴房的木头格子窗户，眼前的一切笼罩在缥缈的轻纱里。初升的太阳变得模糊，在迷蒙中透出淡淡的光。今年的雪，似乎比往年来得更早了一些，山尖已然白了头。

　　在柴房里向来安静的王键，不知怎么了，忽然紧紧抓住木格窗户，朝外大喊大叫："来人啊，快来人啊！我要见父亲！我要见父亲……"

　　柴房在王土司府里较为偏僻的角落，王键声嘶力竭地喊得嗓子都快哑了，终于有人闻声赶来。

　　家丁吉喜透过木格窗子的空隙看着王键，忙问道："大公子，您有什么吩咐？"

　　王键见吉喜来了，想到他平日里待吉喜不薄，心安了几分，对吉喜说："吉喜，我素日里待你如何？"

　　吉喜不明白王键为何突然问他这个问题，毫不迟疑地答道："大公子您待小的向来是极好的，小的一直记在心上，不敢忘记。虽说大公子您现在被关

第二十四章　王键写血书求续弦　卢有心暗地藏玄机

在这儿，但小的相信大公子不是谋害大小姐之女的凶人，这里面肯定有误会。"

吉喜的态度，令王键感觉到世态炎凉之外的一丝温情，让王键放心地对吉喜委以重任。王键对吉喜认真嘱咐："吉喜，我有一件事想拜托你，请你务必帮我办好。你现在去土司衙门请父亲过来，就说我想通了，知错了，要在他面前忏悔，决定痛改前非，重新做人。"

"嗯，大公子您吩咐的，小的马上照办。"吉喜怕他办不好这件事，耽误王键的安排，"大公子，小的人微言轻，要是老爷还在气头上，不肯前来怎么办？要不要小的现在去禀告大夫人，由大夫人代为请老爷过来？"

王键虚着眼睛，给吉喜分析其中的利害关系："万万不可！若是让母亲请父亲，父亲必定更加反感我，认为我和母亲合谋要逼他放我出去，对母亲也会更加生分。若你去说，他则会觉得外人都认为我是清白之躯，都想让我出去，他若是不放我出去便难以服众。"

听完王键一番分析，吉喜恍然大悟："大公子高见，小的一定按照大公子的吩咐，将此事办好！"

"吉喜，有劳你了。待我出去后，自会好好打赏你。"王键对吉喜说。

吉喜一路快步，前往土司衙门去找王禧，不敢耽误片刻。

龙州王氏土司衙门，王禧正在翻阅"龙宫"金水桥及地下沟渠的施工设计图纸。

见家丁吉喜来了，王禧感到奇怪，主动问道："吉喜，你怎么来了，府里出了什么事吗？"

吉喜给王禧行过礼后，恭敬地说："回禀老爷，大公子在柴房一直叫喊，说他想通了，知错了，想要在您面前忏悔。"

"这个逆子！"王禧的怒气吓得公文案卷发抖，"早知今日,他又何必当初！如今吃够了苦头，方才知道错了？晚了！"

吉喜小心向王禧进言，生怕惹得王禧更加不快："老爷，要不您还是去看看吧！小的见大公子是诚心悔过呢。"

"不去！等我气消了再去。"王禧的回答斩钉截铁。

本在一旁替王禧撰写宁武司政务布告的徐昌田放下手中的湖笔，对王禧谏言："王土司大人，浪子回头金不换，大公子既然知错了，知错能改，善莫大焉。您不妨去看看吧！况且谋害小桂圆一事多处存疑，若是他日真相水落石出，当真误会了大公子，这可大大有损您与大公子父子之间的感情啊。"

"就是啊,我们下人都觉得大公子是被陷害的!大公子素日里对待我们下人向来温和宽容,怎么可能是谋害大小姐之女的歹人呢?"吉喜赶紧掺和一句。

王禧若不是怕别人说他包庇王键,无法树立一方土司的权威,当初也不会对王键施以严刑,将王键关入柴房命他闭门思过。其实自从卢有心平安无恙地醒过来,王禧心里的结便悄然解开了。之所以还没有把王键从柴房放出来,是因为还差一个台阶。

在徐昌田和吉喜纷纷给了台阶下后,王禧终于可以去柴房看一看王键,但嘴上仍不依不饶:"既然如此,那我姑且去看一看,看看这个逆子是否真的诚心忏悔,决心痛改前非。"

王禧和徐昌田、吉喜直奔柴房。开门的一瞬间,看到眼前的景象,王禧、徐昌田、吉喜三人都愣住了。

只见柴房里密密麻麻写着一地血书,未干的血迹仿若一条条蜿蜒盘旋的红蛇,顺着地面缓缓爬行。王键的指尖残存着温热的血,贪婪地吮吸着这个身躯里的不死精魂。

"键儿!你这是做什么?"见此情景的王禧不由得担心起王键来。

王键苍白的脸上浮起一抹强撑的笑容,咬破的手指不断往外冒血,扑通一声跪在地上,带着哭腔说:"一地血书,印证孩儿改过意志;十里血路,铺就孩儿忏悔心路。父亲,孩儿知错了,孩儿不该一时糊涂,不满大姐劝我续弦而将无辜的小桂圆推入荷花池,本想捉弄小桂圆一番,给大姐一个教训,让她以后不要再提续弦之事,怎知竟差点儿要了小桂圆和卢画师的性命……孩儿那日真是被妖魔附了身了,生而为人真是不该。今日孩儿在此立下血书,吞刀刮肠,痛改前非,重新做人。还请父亲给孩儿一个改过自新的机会!"

说罢,王键向王禧"砰砰砰"地磕头,一次比一次磕得重,额头鲜血直流。血顺着王键坚挺的眉骨流进眼里,与眼中的泪混合成血泪,一道道滑过脸颊。

徐昌田感到奇怪,王键之前不是不承认谋害小桂圆是他所为吗?按照推断,谋害小桂圆的真凶应该另有其人,王键不过是无辜的替罪羔羊。但今日王键主动认错,还立下血书,痛改前非。莫非王键另有打算?

毕竟是亲生骨肉,王禧心疼地扶起王键,再多的气愤都抵不过无法消除的父子情。王禧对王键怜惜地说:"键儿,你知错就好!为父相信,你今后不会再那般糊涂了。你流了这么多血,赶紧回卧房躺着,我这就让章郎中来为你包扎伤口,开一些益气补血的方子和食补!"

第二十四章　王键写血书求续弦　卢有心暗地藏玄机

"谢过父亲！"王键眼含热泪，哽咽起来，"孩儿尚有一事，还请父亲允准。"王禧问道："还有何事？"

王键低下头，自责地说："父亲，孩儿不孝！之前孩儿鬼迷心窍，固执己见，不顾父亲与母亲多次苦心相劝，始终不愿续弦。这段时日，孩儿在柴房闭门思过，才领悟到之前的所作所为真是大错特错！不孝有三，无后为大，有金有银离不得有人。孩儿作为嫡长子，理所应当生儿育女，为兴旺王家血脉担起重任，万不可因儿女私情而置整个王氏家族于不顾。今日孩儿恳求父亲，允准孩儿迎娶填房夫人，并请母亲代为请媒牵线，还望父亲成全！"

对于王键续弦一事，王禧和大夫人蔡秋娘早就劝得不能再劝了。夫妇俩劝说不成，又拉来木槿相劝，都无果而终。这下王键想通了，主动提出要续弦，总算是祛除了王禧的一块心病。

王禧一脸欣喜地拍了拍王键的肩膀："键儿，你今日能有这般觉悟，为父甚是欣慰。这几年你母亲为你不愿续弦之事时常愁容满面，苍老憔悴了许多。为父这就将此事告知你母亲，并让她全权负责媒妁之事，你母亲定万分欣喜！"

"孩儿谢过父亲，谢过母亲！"王键向王禧再次行礼。

大夫人得知后喜极而泣，急忙吩咐下人，找来蟠龙坝最好的金牌冰人许媒婆，让许媒婆牵线搭桥，好生张罗。

一听是给王土司的大公子王键续弦，许媒婆笑逐颜开，当即表示她定当动用一切人脉资源，为大公子找一个贤良淑德、秀外慧中，能够配得上王键的填房夫人。

面对行事神秘的卢有心，辛夷心中的不安和疑惑，一天天地有增无减。

一个万籁俱静的月夜，带着思念的顽疾，辛夷独自来到东皋阁卢有心的房间外。只见房内一个人影晃动，一会儿伏案在案几上描绘着什么，一会儿又起身凝视着什么。

此人正是画师卢有心。

辛夷藏在一棵枝干很大的银杏树后，向前探了探身子，不料惊动了脚下的野草。野草沙沙作响，在这个凄清寂静的月夜，格外刺耳。

"谁？"卢有心迅疾打开房门，向四周通看了一遍，看见面带娇羞的辛夷躲在屋外的银杏树后，像个窃贼被逮了个正着，窘迫地看着他。

眼前这个高出她整整一个头的卢有心，清瘦却挺拔如竹，自带高洁隽逸的神韵。辛夷羞涩地看着卢有心，缓缓向他走去，步子忐忑，不见从容。

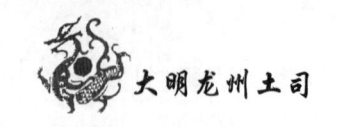

直至走到卢有心面前，辛夷才支支吾吾地开口："卢……卢画师，你还没睡啊？"

"还没呢……"卢有心的声音低迷，不像是故作冰山拒人于千里之外，反而像是身体虚弱，他的面容有些苍白，没什么精神，"辛夷小姐，这么晚前来东皋阁，有什么事吗？如果没什么事的话，我先休息了。"

辛夷心里琢磨着，为何今晚卢有心看上去如此病弱？他的身体不是应该早就调养得差不多了吗？

辛夷抿了抿樱桃般的唇："卢画师，也没有别的事。之前看过你进献给父亲的画，我很喜欢，有种身临其境的感觉。今日突然心血来潮，想要向你讨教几招作画的技法，以便闲时画着玩。"

"原来是这样。"卢有心嘴角微微上扬，"辛夷小姐，你看过我的画了？"

辛夷点点头："是的，很美呢。"

"可惜这世间所有的美，都是要付出代价的。"卢有心苍白的笑颜透出一丝邪气，嘱咐辛夷，"这么晚了，辛夷小姐你也该回王土司府休息了。恕在下不便相送，我叫程望山送你回去吧，他也是从京城来的画师。"

辛夷心里咯噔一下，感觉卢有心故意要赶她走。自感没什么地方让卢有心生厌的辛夷，只好礼貌地向卢有心道别，在画师程望山的陪伴下，踏上返回王土司府的路途。

屋外那棵银杏树上一串串银杏果，挂得正好。浓郁的腐臭气息像一张张血盆大口，快要把辛夷湮没。橙红的银杏果起了一层白霜，如同在奶汁中浸染过一样，点缀在黄蝶般的银杏叶中。美到窒息，臭到眩晕，仿佛世间所有气息都被银杏的臭味霸占了。就算夜再深，那股浓烈的腐臭气味也经久不散。

一路上，辛夷脑海里满是疑惑，暗自揣测。卢有心怎么会突然变成这样？是我什么地方做得不好，还是卢有心遇到了令他心仪的女子？难道在卢有心心里，我对于他只是一阵风，他对我只是一场梦？与卢有心自相识以来的种种都只是梦境吗？为什么梦境和现实如此接近？到底哪一个是梦境，哪一个是现实呢？

当梦境遭遇现实，很多人往往分不清楚。错把梦境当成现实，或者把现实当作梦境，这正是很多人犯错的根源。

辛夷旁敲侧击地问程望山："程画师，你们最近都在忙些什么啊？"

程望山答道："掌墨师那边说有几间殿宇准备上梁了，我们这边正在备制

第二十四章　王键写血书求续弦　卢有心暗地藏玄机

大量矿石颜料和松烟墨汁，毕竟之后要画那么多的梁、椽、墙，这不最近都在忙这些呢。"

"噢，原来是这样，辛苦了。"辛夷告诫自己不要多想，卢有心只是太忙了，兴许是累坏了，才会这般冷漠。

辛夷不知道，自欺欺人是世人最伟大的表演。

"为王土司大人做事，尔等自当尽心竭虑。"程望山笑着说。

辛夷回以微笑，不再说什么。

把辛夷送到王土司府大门前，程望山便回去了。辛夷进了大门往她的闺房走去，有风轻盈地穿过每一道长廊、每一条小径、每一株草木、每一片花瓣。路过嶙峋的假山时，辛夷蓦地想起那日在月影之下与卢有心的初相遇。同样的月夜，不同的心情。凉风习习，月光融融，辛夷莫名感觉到一阵寒凉。

卢有心没有送辛夷回王土司府，他躲在房里暗自庆幸，这样一来辛夷就不会发现他的秘密。

第二十五章　　许媒婆牵线卖柴女
　　　　　　　辛夷接连吃闭门羹

　　龙州地区秋冬的冷暖，全仰赖着出不出太阳。特别是秋冬午后的阳光，被阳光照耀的地方，暖和得令人微微出汗，龙州的老百姓也把日头叫作"热头"。

　　一个秋日午后，阳光正好，王禧和大夫人蔡秋娘在后花园边晒太阳边喝茶，好不惬意。

　　大夫人看着身后开得正是浓烈的墨菊，大加赞赏："老爷今年的墨菊养得真好，比往年更胜一筹呢。花径如掌，花瓣如丝，花色如墨。红中带紫，紫中透黑，凝重不失活泼，华丽不失娇媚。"

　　"秋娘过奖了！世上无难事，只怕有心人，养花也是这个道理。"王禧抿了口茶，忽然想起了什么，向大夫人问道，"键儿续弦一事，安排得怎么样了？"

　　大夫人放下青瓷玉竹茶杯，答道："回老爷，妾身找了金牌冰人许媒婆，她已经忙着张罗了。要不，妾身今日再派人去催催？"

　　正在这时，家丁吉福匆匆来报："老爷、大夫人，冰人许媒婆求见！"

　　"哈哈哈……"王禧大笑起来，"真是说曹操曹操到，还不快快有请！"

　　不一会儿，许媒婆踱步而来。许媒婆年轻的时候学过识字，读过一些书，跟其他粗鄙的媒婆相比，自然大相径庭。不同于一般奇丑无比的媒婆形象，穿着绣花紫红短袄的许媒婆干练十足，脸上的皱纹也无法掩盖她年轻时的清丽容颜。

　　许媒婆主动向王禧和大夫人行礼："老身见过王土司大人，见过大夫人！"

　　"许红娘，无须多礼，快快请坐！纳采和问名，都需要你多费心呢。"

　　王禧笑脸相迎，吩咐下人为许媒婆泡茶赐座。

第二十五章　许媒婆牵线卖柴女　辛夷接连吃闭门羹

许媒婆说起话来嘴巴像抹了龙州的老槽蜂蜜似的："王土司大人，您这样说就是折煞老身了。为王土司大人办事，老身荣幸之至，自当腿脚勤快，嘴巴更加勤快！"

礼貌地寒暄几句后，大夫人问道："许红娘，键儿的事你寻着哪家姑娘合适啊？"

许媒婆笑起来眼睛眯成一条缝："在老身看来，蟠龙坝义佛山卖柴赵老汉的女儿赵巧莲就挺合适的。"

"荒唐！堂堂龙州王氏土司的嫡长子，怎能娶这种贫贱之女！许红娘，你怕是在说笑吧？"听到许媒婆要把一个卖柴老汉的女儿介绍给王键，大夫人气不打一处来。

王禧感到惊奇，忙问许媒婆："许红娘，你这是何意？这赵家姑娘与我键儿身份悬殊，你为何要乱点鸳鸯谱？"

许媒婆的嘴角，浮起一抹令人捉摸不透的笑意。她笑吟吟地对王禧和大夫人道来："请王土司大人、大夫人切莫着急，待老身为二位分析一番，二位便知老身为何要介绍赵家姑娘给大公子了。大公子出身高贵，仪表堂堂，毕竟不是头婚，而是续弦。若是要找与大公子门当户对的千金小姐续弦，在咱们龙州只有薛土司的女儿和李土司的女儿。您说，他们二位土司会愿意将自己的女儿嫁过来做大公子的填房夫人吗？"

王禧明白许媒婆说得有理，但还是有些不情愿："不找门当户对的人家，也得找个书香门第吧，怎可找个山野匹夫之女？"

大夫人一万个不同意："这种小农小户之女，必定常年从事农活儿，肤黑体壮，举止行为粗鄙，哪里配得上键儿？"

不同于一般的冰人，肚子里有点儿墨水的许媒婆，解释道："这赵家姑娘的确皮肤黑了点，毕竟不施粉黛又常干农活儿，太阳自然晒得多了些。不过话说回来，再丑能丑过齐宣王的王后钟无艳？《列女传》里有一位旷世丑女钟无艳，极丑无双，臼头深目，长壮大节，印鼻结喉，肥项少发，折腰出胸，皮肤若漆。但就是这样一位丑女，却志向远大，饱读诗书，有治国的抱负。当时齐国的政治腐败，齐宣王纵情声色，搞得朝堂上下乌烟瘴气，百姓人心惶惶，怨声载道。钟无艳怀着治世救人的志向，主动拜见齐宣王，提出齐国所面临的问题，陈述自己的看法，对国家施政方针提出建议。钟无艳的一番话打动了齐宣王，齐宣王决定振作起来，在钟无艳的帮助下，斥退奸佞，摒

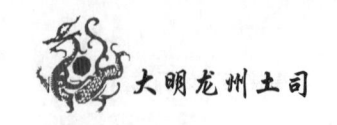

弃浮华，励精图治，终于使齐国欣欣向荣。钟无艳凭借才华和勇气，获得了齐宣王的青睐，最终成为齐宣王的王后。"

听了许媒婆的话，王禧皱了皱眉，摆出一副怀疑的姿态："许红娘的意思是，这位赵家姑娘竟有钟无艳的能耐？"

"哈哈哈……"许媒婆咧嘴大笑，"赵家姑娘有无治国理政的本事，老身可不敢说。这赵家姑娘生得五官清秀，还是个黄花大闺女。身材纤瘦却并不羸弱，干农活儿是一把好手，做饭洗衣勤快得很。赵老汉的发妻早就过世了，膝下只有这么一个女儿。这几年赵老汉风湿病痛无法劳作，全是赵家姑娘一手撑起这个家，又要干农活儿卖柴卖山货，又要照料赵老汉。娶妻娶贤，找媳找孝，这赵家姑娘左看右看都挺合适的。"

王禧心存芥蒂，大夫人说话倒是直截了当："若是键儿真娶了这个赵家姑娘做填房夫人，传出去岂不是遭人笑话？"

许媒婆认真地说："王土司大人您在宁武司已经只手遮天了，倘若您的嫡长子续弦娶了一个平头百姓之女，传出去不仅不会遭人笑话，反而会让宁武司的百姓觉得您与平民百姓之间没有阶层间隙，百姓会更加爱戴您、尊敬您。更重要的是，这段佳话要是传出去了，各级朝廷大员，甚至皇帝都会觉得您是爱民如子的典范，以身作则地与平民百姓打成一片，会对您更加欣赏呢！"

许媒婆这番话算是说到王禧的心坎儿上了。王禧不想造反称王，但他已下定决心要修好"龙宫"保全家人平安。若是朝廷再生毒计，派重兵来剿灭王氏一族，届时要保卫整个王氏一族，能否得到宁武司百姓的响应帮助尤为重要，只有一呼百应才能保存王家的血脉。水能载舟，亦能覆舟。王氏土司世代在宁武为官，要是没有宁武司百姓的拥戴支持，一切都是空谈。

王禧抿嘴一笑："许红娘所言极是。那就麻烦许红娘尽快去赵家说媒，早点把这段姻缘定了。许红娘，你且放心，事成之后我一定重重有赏。"

"好嘞，那老身先谢过王土司大人和大夫人！老身这就去忙，先行告退。"许媒婆喜笑颜开，行过礼后高高兴兴地走了。

许媒婆走后，大夫人纠结万分地问王禧："老爷，当真要键儿娶一个粗人？"

王禧瞪了大夫人一眼："你懂什么，妇人之见！"

自打辛夷上次主动去东皋阁后，卢有心与辛夷再也没见过面，辛夷多少有些失落。

兴许是卢有心孤标傲世，特立独行，他总是形只影单。最近卢有心基本

第二十五章　许媒婆牵线卖柴女　辛夷接连吃闭门羹

上都待在东皋阁的房间里，哪儿也不去。卢有心留给辛夷的是一个谜，辛夷迫切地想知道谜底。

辛夷打开了最近卢有心送来王土司府的一幅新作，画的依旧是山水。这幅画描绘的是一番高山峻岭郁茂的景象。但见飞瀑百丈，落纸有声。笔墨浓淡相宜，笔法有粗有细。全景式构图，上方重峦叠嶂，奇峰突兀。中部云岚浮动，林木葱郁，数株大树，树干用笔苍劲，树叶点染结合，一派葱郁的景致。下部飞瀑倾泻，瀑布对面的山坡之上，用笔细劲。整幅画作巨嶂大轴，气势雄伟，笔致墨韵，浑然天成。夏山飞瀑的气势和壮美，跃然纸上。

同样的感受，辛夷站在画中间，如画中人一般，在郁郁葱葱的树林里惘然地徘徊。那些繁茂的树叶在和阳光捉迷藏，投下铜钱状的光斑照射在辛夷脸上。日光倾城，山间的雾霭仍旧没有散去，在山腰来来回回。流水留不住落花，在飞瀑的推波助澜下，那些残缺不全的花朵随清流直下，在水中流转，漂向触不到的远方。

画卷左上方题着几行隽秀清丽的字，留下一枚刻有"卢有心印"四字的小篆印玺。朱红红得刺眼，带着一丝若即若离的哀怨。

辛夷的直觉告诉她，卢有心不是一个寻常的画师。卢有心那副俊秀的容颜，究竟是神仙的面孔，还是鬼怪的嘴脸？

越神秘越想触碰，这是世人的天性。正是因其执着于这份天性，所以卢有心的一点一滴全都融进了辛夷的心里。辛夷越是觉得卢有心神秘，就越是爱慕，也就越想要揭开卢有心神秘的面纱。辛夷像是跌入了一个无底洞，难以自拔。

卢有心很少离开房间，他告诫别人没事不要去打扰他，他不喜欢作画的时候受到干扰，否则无法外师造化，中得心源。其他画师都知道，卢有心曾救过王土司大人外孙女的性命，王土司大人还曾说过等这座土司衙门修好，要将女儿辛夷许配给卢有心。对于孤傲的卢有心，大家只得敬畏三分，对卢有心的吩咐言听计从。

这样一来，卢有心所住的房间更加清幽，只有屋外那棵高大的银杏树，偶尔随风沙沙地为卢有心唱几支歌来。

又是一个冷清的月夜，王土司府上下早已沉沉入眠。唯独辛夷一个人闲庭信步，如同着了魔似的，不知不觉走出王土司府的侧门，不由自主地走到东皋阁，来到卢有心的房间前。

辛夷心底有一条铺着淡淡月光的林间小路，弯弯曲曲，时隐时现。它是那样缠绵执着，一直通向卢有心的心房。

房间里，昏黄的烛光装满整个房间，卢有心背对着辛夷，颀长的身体站在案几前，右手一圈一圈地转着，似乎是在磨墨。整个房间空灵静谧，只有松烟墨在端砚上垂直发出轻重有节的声音，一遍一遍重复回响。突如其来的几声嘀嗒声，打破了这份安详。好像有什么东西滴落进水里，清脆如银铃，声音不大，躲在屋外的辛夷却听得一清二楚。

辛夷小心翼翼地贴着墙，想要看清屋内发生了什么，不料被突然打开窗棂的卢有心撞个正着。

"你怎么又来了？"卢有心面色如霜，目露凶光，一副被打扰到的不悦。

四目相对，满腹的话，辛夷张口却只能结舌。辛夷只能随便编个理由，说话吞吞吐吐："卢画师……你……你若有空，可否为母亲画一幅画像，劳烦了……"

"知道了！"卢有心不耐烦地打断了辛夷的话，"我说过，若是没有别的事，请不要来打扰我，特别是我正在作画的时候，好吗？"

"对不起……"说完，辛夷低着头狼狈地往王土司府一路小跑。

曾经的那些柔情，为何现在化作冰霜般的冷漠和拒人于千里之外的寒凉？辛夷越想越难过，不争气的眼泪流下来。

屋外银杏树上的银杏果结得更欢了，如一个个午夜的妖孽，在枝头扭动着身躯，用尽全力释放出浓重的气息。世间万物一旦过了头，往往会物极必反。就像银杏散发出自以为是的甜腻香气，在别人闻来却腐臭浓烈得叫人窒息。

物是人非事事休，卢有心的冷漠让辛夷仓皇害怕，茫然不知所措。辛夷的泪融化为涓涓细流，对这个夜晚重复吟唱着哀伤的音律。

回到闺房，辛夷难解心中惆怅，拿出笔墨纸砚，想要写点什么，一抒心中的委屈与苦闷。泪流满面的辛夷写下两行清秀的字迹：

月落双扉门，独照未眠人。

早知身是客，何必染红尘。

第二十六章　　王键巧莲喜结连理
　　　　　　　王樾巧莲暗生情愫

　　经过纳采、问名、纳吉、纳徵、请期、亲迎六道礼节，王键和赵家姑娘赵巧莲的婚礼在半个月后如期举行。

　　婚礼当日，新娘赵巧莲一大早就沐浴盛服，命妇装束，戴凤冠，披霞帔，穿大红圆领袍，着真红对襟大袖衫，盖锦袱，簪花披红，束素光金线丝带，华贵典雅。新郎王键着乌纱圆领束带公服，缀补子，戴红花。主婚王禧和主妇大夫人蔡秋娘盛服出席。平日里穷酸惯了的赵老汉今日打扮得像模像样的，活像个富贵的员外。八抬大轿，十二名锣鼓手，锣鼓喧天，欢天喜地地迎娶赵巧莲到王土司府，好不热闹。在去往义佛山迎亲的路上，蟠龙坝的老百姓议论纷纷。

　　"这赵老汉屋头，真是祖坟上冒青烟了啊！"

　　"百善孝为先，孝儿孝女都是有好报的。这赵家姑娘孝顺，懂得报答赵老汉的生养之恩，才能命好嫁进王土司府呢！"

　　"我还以为这王键公子会迎娶哪家大家闺秀呢，没想到竟然迎娶的是我们贫苦老百姓的女儿。"

　　"说明我们王土司大人不分贵贱，是真正的爱民如子啊！"

　　"就是！要是换了别人，才不会让王键公子娶个我们穷人家的女儿呢！"

　　……

　　婚喜现场的辛夷，看着王键和赵巧莲一脸幸福的样子，眼眶里泛起泪光，分不清到底是为大哥王键的婚事喜悦落泪，还是想到卢有心的冷漠难过流泪。

　　同样在婚礼现场的二夫人曹鸢娘，偷偷与一旁的王樾窃窃私语。

二夫人用手半捂着嘴，故意把声音压得很低，生怕别人听了去："樾儿，你这位哥哥可不能小觑啊！"

王樾不屑地说："母亲，您是说王键接受了父亲安排的续弦？您不必大惊小怪，王键大不了就是想早点从柴房出来，这才选择妥协顺从。对于王键，我还是了解的，他就算从柴房出来也成不了什么大气候。"

二夫人摇了摇头："樾儿，你可千万不要小瞧王键。我听下人说，这次续弦可是王键他自己主动提出来的！"

王樾咬了咬嘴唇，半虚着眼睛，盯着远处的王键："都已经输得一败涂地了，还想跟我斗？那我就好好陪他耍耍，让他输得心服口服，永远翻不了身！"

赵巧莲进王土司府的第二天，王键着盛服去见岳父赵老汉。王键来到义佛山赵老汉家重新刷了漆的房门外，站着等候。赞礼进去通报，赵老汉到门外高兴地迎接王键，王键恭敬地作揖进门，随从带着红包跟在后面。赵老汉从西边台阶上，王键从东边台阶上。赞礼带着王键从屋子里出来后，去见赵巧莲的亲戚们。亲戚们在赵家设酒宴款待王键，以宾客之礼招待，赵老汉的亲朋好友和村里的乡亲们个个喜笑颜开，纷纷盛赞王禧和王键。

一传十，十传百，百传千，千传万，王禧因安排嫡长子王键迎娶贫贱的卖柴翁赵老汉之女，广收民意，尽收人心。一时间，宁武司的百姓们对王禧、王键父子更加敬佩，无不竖起拇指拍手称赞。

热闹的婚礼之后，一切趋于平静，已是寒冬光景。

王禧派人告知卢有心，要为辛夷画一幅画像。卢有心愣了一下，本想借故推辞，想了想，最后还是答应了。

王土司府里，辛夷正经端坐地等待被画，卢有心磕磕碰碰地蹦出一句话："辛……辛夷小姐，前段时日多有得罪，可是……"

不等卢有心把话说完，辛夷强忍着内心的波澜，淡然一笑："没什么可是的，不碍事。"

卢有心尴尬地笑了笑，笑容有些拘谨："对不起，是我太冒昧了，诸多地方得罪了辛夷小姐，还请小姐多多包涵。"

"没什么，你开始画吧。"辛夷假装云淡风轻地答道。

有些人表面上无欲无求，实则是一种求而不得的无奈。辛夷自知也许从一开始，她便芳心错许，会错了意，兴许卢有心和她的故事从来就没开始过。没有开始，又何来结束？辛夷不再奢求什么，能见到卢有心，就算是一种收

第二十六章　王键巧莲喜结连理　王樾巧莲暗生情愫

获了。

卢有心收拾好笔墨纸砚和色料，叮嘱辛夷表情放自然点，动作放轻松点，用细致的笔法描绘辛夷的一颦一眸。卢有心时而聚精会神地盯着辛夷看，看得辛夷有些羞涩；时而用来之前就调好的墨汁，一笔一画地在宣纸上描摹辛夷的明眸皓齿，神情很是专注。

卢有心的人物工笔画，线条优美流畅，一丝不苟，如行云似流水，妙手写徽真，水翦双眸点绛唇。不一会儿就把辛夷的容颜印刻在纸上。

一旁看着的婢女们，一个个赞叹不已。

辛夷满心欢喜地接过画一看，却吓得打了一个寒战，不小心把画掉在了地上。

"怎么了，画得不好吗？要不要再改动改动？"卢有心见辛夷一脸惊恐，忙问道。

辛夷用发抖的双手拾起地上的画，装作什么都没发生："没……没什么，画得真的很好，不用改了。谢谢你，卢画师。"

王禧从辛夷手中拿过画，仔细看了看，对吉喜吩咐道："这幅画把我家辛夷画得很传神，惟妙惟肖，卢画师果然画功了得！吉喜，把这幅画拿去装裱起来。记住，要最精致的绫裱。"

令辛夷惊恐而困惑的是，她分明看见这幅画像上她的眼角和嘴角滴着血，那血比朱砂还要红，为什么别人却看不见？似乎有一种千年不散的怨念，游弋在画中。画中的辛夷表情狰狞，肉体被束缚着，灵魂被捆绑着。辛夷看不到这幅画里她的美，唯一刺目的是眼角和嘴角上那几滴猩红的血。

这个房间里飘溢着淡淡墨香，辛夷感受到了一丝异样。辛夷强行给自己各种解释，每一种解释看似合理，实则牵强。没有人真的喜欢自欺欺人，只是不敢去面对那个血淋淋的真相罢了。

这一刻，辛夷比谁都清楚，和普通的墨汁有所不同，卢有心的画里透着一股与众不同的奇异墨香。

赵巧莲嫁进王土司府后，府上的下人们干活儿聚在一起时，私下议论起来。

"新来的大少奶奶真是命好啊！同样是穷人家的女儿，别人成了府里的大少奶奶，而我只能做婢女，唉！"

"大少奶奶总是有什么过人之处吧，要不然大公子怎么会娶她呢？"

"那可不，那天迎亲我负责给大少奶奶梳妆。这大少奶奶别看以前是做农活儿的,五官却生得标致得很呢。抹粉施脂后,美得像画里的人一样!""是啊,我那天负责给大少奶奶更衣,若我是个男子,我也心动啊。"

"但愿这位大少奶奶能让大公子早点忘了之前那位病故的大少奶奶,也好让大夫人早点抱上孙子。"

"是啊,二公子膝下都一儿一女了,大公子却还没有子嗣。"

……

下人们七嘴八舌的闲谈,传入了王樾和二夫人曹鸢娘的耳中。

一日吃过晚饭,天已黑了,屋外的寒风乍起。王樾和二夫人在王樾的房中闲谈,王樾主动说起这件事。

二夫人皱着眉头,有些担心:"看来这一次,蔡秋娘和王键还真是母子同心呢。樾儿,你可要小心了,绝不能让王键重新得到你父亲的欢心,千万不能给王键任何可以翻身的机会,否则我们之前的努力就都白费了!"

王樾鼻子里轻蔑地哼了一声:"蔡秋娘以为她给王键找了个填房夫人,就能生娃?只要我不让王键生娃,王键就等着绝后吧,一个绝后之人怎么可能当上世子?我要让他一辈子翻不了身!"

二夫人感到不可思议,瞪大眼睛,问道:"你还有不让别人生娃这个本事?"

王樾嘴角浮起一抹诡异的微笑,贴在二夫人耳朵边细说着他的计谋。

二夫人听完,嘴角挂起一丝笑意,仿佛这个冬日里涪江涤荡不绝的水波,绵绵不断,一直流荡到很远的地方。

转眼间,又到了每年十月初一的寒衣节。

寒衣节与清明节、中元节,是历朝历代传统的三大祭祖节。在寒衣节这一天祭扫,纪念仙逝亲人,谓之"送寒衣",寒衣节因此得名。这一天也标志着严冬的到来,是为亲友等所关心之人送御寒衣物的日子。

寒衣节当天,王土司府上下忙活起来,为亡人送寒衣过冬,进行一些象征过冬的传统活动。

王禧的三位夫人带着几位少奶奶,在这一天将提早做好的棉衣拿出来,让丈夫和儿女换季,顺带图个吉利。王禧和他几个儿子带领府里的家丁,在这一天整理火炉、火盆、烟筒,整理完毕后试着生火,以保证天寒时能够顺利取暖,讨个红红火火的喜头。

忙完手里的活儿,大少奶奶赵巧莲亲自去到东厨,为全家人做手擀荞面。整理好火盆的王樾见状,悄悄去了东厨。

第二十六章　王键巧莲喜结连理　王樾巧莲暗生情愫

"二公子，您怎么到这儿来了？"膳夫见王樾到东厨来，感到惊奇，毕竟东厨不是少爷们该来的地方。

王樾爽朗一笑，眼睛看向赵巧莲的方向："大少奶奶都来得，我为何来不得？"

赵巧莲朝着王樾莞尔一笑："二公子你说笑了，东厨本来就是我们妇人该来的地方啊。今日是寒衣节，我再怎么也得应应节，给大家做一顿荞面吃吧？"

王樾大笑起来："真是有劳嫂嫂了，我正好趁此机会尝尝嫂嫂的手艺呢。"

"要是做出来不好吃，二公子可别见笑啊。我是乡下人，做出来的怕是不能合大家的胃口呢。"赵巧莲一边认真和面，一边回应王樾的话。

王樾见赵巧莲如此谦卑，忙给赵巧莲打气："嫂嫂你这是说哪里的话啊，都进了我们王家的门，哪里还是什么乡下人？说起来我挺羡慕大哥的，能娶到你这么一位秀外慧中的好夫人，要是……唉，不说也罢！"

"二公子，怎么了？"见王樾欲言又止，赵巧莲忍不住问起来。

王樾打发走了东厨的膳夫，待四下无人，这才缓缓开口，神情惆怅："唉，说起来我都不好意思开口……拙荆你是见过的吧，那个恶婆娘我真是忍无可忍，恨不得立刻休了她！"

赵巧莲停下手中正在揉的面团，不解地问道："晚星妹妹怎么了？我看她平日里挺温柔的啊。"

"那都是假象！她一直都是人前一套，人后一套。"王樾越说越气，"她在你们面前装得温柔贤惠，一关上房门就对我恶语相向。我白天在土司衙门帮父亲处理各种政事，又忙又累，晚上回去早就筋疲力尽了，哪里还有闲心伺候她？她不但不体谅，还各种猜忌，说什么我肯定是在外面有人了，整天扭着我又吵又闹，还抓得我身上到处是指甲印，我真是不堪其扰，不胜其烦！这恶婆娘真是好肉剜疮，没事找事，弄得我现在每天晚上根本不想回房休息，懒得和她吵架。唉，要是那恶婆娘有嫂嫂你一半善解人意就好了……"

"唉，家家都有本难念的经，可怜人不只是二公子你一个呢……"赵巧莲缓缓说道，眼睛里盈满哀愁。

"嫂嫂何出此言？"这下轮到王樾问赵巧莲。

"二公子，你是我夫君的弟弟，你应该知道我夫君对他发妻朱氏的感情有多深。洞房花烛夜按理说是个大好日子，我夫君却告诉我，他心中只有过世的朱氏。要不是为了早日从柴房出来，老爷和大夫人非要他娶我做填房夫

人，他打死都不会娶我这样一个乡下人。是，我是出身低微，也不懂什么琴棋书画，配不上他一个土司嫡长子，但我绝对不是为了荣华富贵才嫁给他的！天底下哪个女子不想嫁给一个爱她的男子？我也一样啊。如果当初不是许媒婆说他喜欢我孝顺，我又怎么会嫁给他？我情愿嫁给一个比我家条件还差的男子，也不愿嫁给一个不爱我的贵公子！他凭什么要白白践踏我的真心？二公子，我知道我不该给你说这些，我夫君知道后肯定会更加厌恶我。但我想到我们都是可怜人，如果在你面前都不能说说我的苦处，那我只能打落牙齿往肚里吞了……"赵巧莲说得梨花带雨，全然不顾手上还有面粉，一边哭诉，一边用沾着面粉的手指在脸上抹泪，留下了荞麦色的面粉印。

"唉……嫂嫂，你我同是天涯沦落人，相逢何必曾相识啊！"看着哭得这般伤心的赵巧莲，王樾泛起一丝怜爱，见赵巧莲脸上沾着面粉，忍不住伸出手想帮她擦去，又觉得这样做不妥，手伸出去一半便忙着收回来，只好用言语提醒她，"嫂嫂，你脸上沾上面粉了……"

赵巧莲这才反应过来，赶忙胡乱地用手抹脸，忘记了她手上沾有面粉，脸上的面粉印越抹越多。

看着赵巧莲笨拙的模样，王樾非但没有觉得赵巧莲蠢笨如牛，反而觉得眼前的赵巧莲山眉水眼、温婉动人，更添了一分慌乱中的可爱。

王樾从怀里掏出一条刺绣手帕，上面绣着精巧的慈竹图案。王樾双手递给赵巧莲，语气极尽温柔："嫂嫂，用这个擦擦吧，用手擦会越擦越脏呢。"

赵巧莲尴尬地接过手帕，脸唰地一下红了，像是龙州的落落晚霞，那一抹红很美很诱惑："谢过二公子。"

王樾见时辰不早了，在东厨和赵巧莲这么待着不太合适，必定惹来闲话非议，借故向赵巧莲告辞："嫂嫂，我还有点儿事，须先走一步，那我就不打扰你做荞面了。你不要太操劳了，有什么事多吩咐下人去做，你看你这么劳累，还是要多保重身体啊。"

"那好，二公子你慢走，多谢二公子关心。多做点不碍事的，我以前在乡下都是做惯了的，叫我整天闲着反倒不习惯了呢。"赵巧莲破涕为笑，目送王樾离去。

小心翼翼地叠好王樾给的慈竹手帕，赵巧莲将手帕放入怀里，放在离心脏最近的地方。赵巧莲脸上的红晕荡漾开来，久久不退。淡淡心曲，缓缓流淌。左顾右盼，低吟浅唱。怕负了春风，恐湿了衣妆。

第二十七章　　辛夷八角亭表心意
　　　　　　卢有心秘密被揭穿

　　自从在王土司府里的紫藤树下初见画师卢有心,一系列灵异吊诡的事就莫名其妙地发生在辛夷身上。

　　一个斜阳半挂的黄昏,辛夷准备去东皋阁找卢有心,问清楚这一切到底是怎么回事。辛夷觉得如果再这样下去,她终究会被卢有心的神秘彻底吞噬。

　　去的路上,辛夷和踉踉跄跄的卢有心撞了个正着。

　　"辛……辛夷小姐,请问有什么事吗?"卢有心的身体状况似乎不是很好,走路一偏一倒,手里提着一包药。

　　见卢有心这个样子,辛夷黛眉紧蹙,赶紧问道:"卢画师,你……你怎么了?"

　　虚弱的卢有心答道:"没事……这几天可能偶感风寒,身子虚弱……我已经抓了药回来,喝了就不碍事了……"

　　辛夷有些心疼,执意扶卢有心到附近的一处亭子稍作休息。

　　八角亭里,辛夷和卢有心相对而坐,两人四目。亭子旁的假山之间,泉水在夕阳的影映之下更加澄澈,拥抱着几许花瓣的碎片,打着漩涡,不舍地随流水漂走。

　　"你……"

　　"你……"

　　辛夷和卢有心不约而同地打破沉默,忽地觉得这种默契来得尴尬,同时低下了头。沉默萦绕在两个人之间。

　　"辛夷小姐,不是说了没什么事,就不要来叨扰我吗?"休息片刻后,有所好转的卢有心冷漠起来。

辛夷早就预感到卢有心会是这样的态度，准备好一套说辞，好有个来见卢有心的理由："卢画师，是这样的，正殿基本框架已经成型，木匠那边开始雕花了，父亲说你们画师这边可以准备画梁、廊、椽、斗拱了。"

"噢，知道了。王土司大人的吩咐我一定照办，保证画出来不会让他失望。"一说到画画，卢有心的眼中闪烁着自信的光芒，如星光般璀璨。

辛夷凝视着卢有心，咬了咬嘴唇："卢画师，你把药拿给我吧，我吩咐下人来东皋阁把药煎好。"

卢有心摆摆衣袖："辛夷小姐，谢谢你的好意，不必了，这点小事我自己能够解决，就不劳你费心了。"

"可是你……"辛夷想了想，把想说的话咽了下去，话锋一转，"你以后直接叫我辛夷吧，不必那么拘谨。"

"不，不，不……你我尊卑有别，我还是叫你辛夷小姐吧。"卢有心面无血色的脸上，一双迷离的眼睛盯着辛夷，"辛夷小姐，你三番几次来找我究竟所为何事？"

辛夷神情笃定，决定打破砂锅问到底："卢画师，我一直有一个困惑，不知可否找你解答？"

卢有心微微整理了下衣袖："有什么困惑，辛夷小姐你问便是了。"

辛夷咬咬牙，决定一口气把多日来心中的困惑讲给卢有心。卢有心认真地听着辛夷口中种种不可思议的际遇，始终一言不发。

夕阳的余晖已经洒尽，天色被夜笼罩起来。八角亭里凉风习习，不时有花香迎风扑面而来，轻轻拍打在两个人的脸上。夕阳收敛起张扬耀眼的光，一道残月爬上来，洒下一片似水的清辉。只是这夜太黑，辛夷没有看到卢有心的眼角不经意流露出的一丝隐忧。

辛夷讲完后，望着卢有心，带着哀怨的口吻："卢画师，你知道吗？这世上最残忍的事，莫过于两个原本并不相识的陌生人，机缘巧合之下走到一起，渐渐熟悉，慢慢了解，推心置腹，相互取暖，其中一个人认真了，另一个人却逐渐淡漠。那个冷漠的人想要推开那个认真的人，那个认真的人想要假装这一切从来都没有发生过，就当自己从来没有与那个冷漠的人相识过，可是那个认真的人费了好大的力气，始终做不到忘掉那个冷漠的人……"

"辛夷小姐，你把我都绕糊涂了。"卢有心挠了挠脑袋，平淡地反问辛夷，

第二十七章 辛夷八角亭表心意 卢有心秘密被揭穿

"你觉得你真的了解我吗?"

"难道我所看到的你是假的?"辛夷情绪有些激动,和淡然的卢有心截然不同。

卢有心慢慢走到辛夷身边,紧挨着辛夷坐下,眼睛里透出一丝特别的光:"你看到的我,只是我的躯壳,并不是我的灵魂……辛夷,你知道吗,我祖上从大食迁徙而来,从小我的瞳仁颜色就和别人不太一样。我的瞳仁天生是琥珀色的,琥珀色的眼睛在狼中最常见,别人都认为我生了一双狼眼,视为不详。我从小一直生活在别人异样的眼光里。从小到大,我不会主动去和任何人多接触,哪怕心里再想也不会主动。这是高傲吗?不,这是自卑。怕高估了自己在别人心目中的位置,怕别人没那么喜欢我,害怕受伤,害怕出丑,害怕被拒绝。我努力把自己伪装成一个高傲的人。高傲的自卑之人,大抵都是如此。只有在我钟爱的绘画面前,我才不会那么卑微。我沉溺在画卷里,在那个世界我是自己孤傲的王,我可以自由地跌跌撞撞,去坚守内心那一片净土。"

辛夷怔住了,她完全没有想到眼前这个看似高傲的卢有心,实际上内心这般自卑。

卢有心脸上盈满了美丽的哀愁,继续说道:"我曾经很自私地想过,想以后与你同行,不再孑然一人。可后来我仔细想过了,你该去拥有你自己的幸福,而不是在我这种人身上浪费时间。我只是一个钟爱绘画的三教九流之辈,我走的这条路注定一路荆棘,被世人看不起。我想把我的全部生命都献给我最爱的绘画,不枉此生。"

辛夷不太明白卢有心到底想表达什么,只知道他在努力把自己推得很远:"卢画师,你在说什么啊?我没有不让你画画啊!我一直都很欣赏你的画作啊,不是吗?"

卢有心苦笑一下:"你就是对我太好了,好到无可挑剔,我不希望你受到一丁点儿伤害,所以不想让你卷进来。"

卢有心的话,让听得似是而非的辛夷激荡起一层涟漪,久久不能散去。辛夷心中忽而开满绚丽的花朵,源源不断地散发出致命的甜蜜气息。

正当辛夷心里琢磨时,卢有心声称身体不舒服,要先走一步。看着羸弱的卢有心,辛夷想扶他回房间,却被卢有心谢绝了。辛夷不好再多说什么,只能在八角亭里注视着卢有心消瘦的身影消融在月色中。

八角亭中惜别已尽,亭外寒风呼啸,没有下雨,可辛夷心里却落起雨滴。

辛夷不知相逢会否无日，是不是只能念卢有心在不眠的梦里。直到卢有心的身影彻底被夜色吞没，辛夷这才往王土司府的方向走去。一路上，辛夷脑海里不断浮现起卢有心的那句话，仿佛仅凭这一句话便可以温暖自己的一生。

走了没多久，想到卢有心病得面无血色，脚步不稳，辛夷始终放心不下。思前想后，辛夷决定去卢有心那里看看，她担心卢有心的病不像他自己说得那么简单。

经过那片散发着浓烈气味的银杏树，辛夷轻声走到卢有心的窗外。兴许是卢有心病了的缘故，他居然没有察觉到辛夷就站在窗外。辛夷被眼前的一幕吓得不敢敲门。透过那扇窗棂的缝隙，辛夷眼睁睁地看着眼前的一切，瞳孔放大，不寒而栗。

屋内，卢有心昏倒在案几上，左手臂的袖子被高高挽起，上面密密麻麻地布满各种伤口，新旧不一。右手紧紧握着一把尖锐的匕首。卢有心瘦弱的左手臂上，一缕缕还未来得及凝固的鲜血，顺着他纤细的左手臂缓缓流下，如一行行眼泪滴入端砚，滑进微发紫光的矿物颜料汁，渐渐合二为一，融为一体。案几的旁边还有一个小炉子，火烧得正旺，煎煮着一服药，药汁已经溢了出来，扑鼻而来的是一股浓烈的药味，将屋子里的血腥味掩饰得一干二净。

"卢画师！卢画师……"辛夷像做了一场噩梦，方才如梦初醒，不顾一切地呼喊着卢有心的名字，使劲推门，想要叫醒卢有心。

辛夷心急如焚，慌乱中匆忙叫来住在东皋阁的其他画师。大家齐心协力推开门，焦急如焚的辛夷噙着泪光吩咐章郎中，无论如何都要救醒卢有心。

凝望着昏迷的卢有心，辛夷眼里的泪如断了线的珠子，滑过脸颊，痛在心头。

几炷香的时间过去了，卢有心的眼帘微微颤动了一下。

辛夷抓住卢有心的双肩，想要摇醒他："卢画师，卢画师！你醒醒啊，你醒醒啊……你为什么要这么做呢？你为什么要这样伤害自己？"

卢有心缓缓睁开眼睛，望着脸上满是泪痕的辛夷，微微一笑，温柔得如同四月的暖阳。

"卢画师，你终于醒了……你为什么要用自己的血来作画？你为什么要对自己这么残忍？"辛夷百感交集，心脏之上好似生出许多藤蔓紧紧缠绕。

"辛夷小姐……我……我可以单独跟你说几句话吗？"卢有心有气无力，声音微弱，似乎他的生命之灯随时会被吹灭。

第二十七章 辛夷八角亭表心意 卢有心秘密被揭穿

辛夷赶紧吩咐下人和章郎中都退下,整个房间只剩辛夷和卢有心两个人。卢有心凝望着辛夷,仿佛那对眸子里饱含了千言万语。

"卢画师,你说吧……"辛夷极力克制她哽咽的声音,却始终掩饰不住。

卢有心轻轻抓住辛夷的手,声音飘忽不定:"辛夷……你知道吗,倭奴国有一位画师,惯用自己的血入画,画出来的东西就像被注入灵气一样,邪魅而狂狷。为了让我的画更为精进,我也开始用我的血作画,并渐渐疯狂痴迷起来。我发现用加了血的墨汁所画出的画,有一种自带邪气的美,更能吸引世人的目光……当然,我也想以此找到那个能与我灵血相通的人,那个人能真正懂我的画。我的画别人看不出什么异样,只有与我灵血相通的人才会融进我的画中,体会到我画里的意境。辛夷,上次你说你看我的画时,有一种入画的感觉,这说明你就是那个与我灵血相通之人。你善良美丽、纯洁高贵,而我只是一个三教九流的画师,你我贵贱有别,注定有缘无分。尽管我心里极不情愿,但我还是得狠下心来把你推得远远的……辛夷,谢谢你让我找到了那个真正懂我画的人。人生得此知己,便已足够……"

辛夷听完卢有心的话,默不作声,泪早已湿透了衣衫。房间里的空气像凝固了一般,沉默横亘在两个人之间,不见退却。仿佛过了好几百年,才被辛夷的一句话所打破。

"卢画师,从此以后我身体里流淌的便是你的血液,你就用我的血来作画吧!不要再用你匮乏的血液来作画了,不然你会因为失血过多而丧命的!"辛夷说这句话时很笃定,绝不是一时冲动而已。

卢有心的嘴角微微抽动,溢出一丝无奈的笑意:"谢谢你的好意,我想我不需要别人的同情和怜悯,我是在用我的生命作画,我追求着我自以为是的美,与他人无关。辛夷,你能够看懂我的画,我就已经足够感激上苍,能恩赐你这个知己了。"

"这不是同情,也不是怜悯!是因为……因为……"辛夷没有说完想说的话。

忽然之间,话音未落的辛夷激动地站起来,一把抓起桌子上那把尖锐的匕首,狠狠地往自己手腕上一割。凝白如玉脂的手腕霎时划出一道殷红的伤口,汩汩溢出的血液滴进卢有心的端砚里,清脆的声音中带着丝丝绝望。

辛夷泪眼婆娑地望着卢有心,内心无比坚定:"为了热爱,为了完美,你是疯狂的,可我比你更加疯狂。你是在用你的命作画,可你不知道的是,为了你,我可以连命都不要……"

卢有心怔住了。这份惊诧比起当初辛夷在月夜紫藤树下初见卢有心，毫不逊色。

自打上次在东厨推心置腹地谈了一次心，王樾和赵巧莲之间的关系渐渐变得微妙起来。

每个人都会独自经历伤口从滴血到结痂，再到撕掉伤疤，露出崭新的皮肉。这个过程是漫长而痛苦的，像是一个人孤零零地在海上漂泊。这时如果有个人能体味你的辛酸，心疼你的遭遇，和你受过一样的苦楚，流过同样甚至更多的眼泪，两个人能在一起互相诉苦，共同取暖，总是难能可贵，令人感动的。

大抵王樾和赵巧莲正是如此，两颗受了伤的心才会慢慢靠近。如同那块绣着慈竹图案的手帕，赵巧莲一直把它放在怀里，离心脏最近的地方。

另一边，王禧忙于监工修建"龙宫"。他的心思全部扑在"龙宫"上，丝毫没有觉察到几个儿女的异样。

"龙宫"的工程建设，目前基本一切顺利。除了修筑正殿时，一个徭役在正殿顶上安装榫头时一不小心从屋脊跌了下来，摔断了腿。王禧得知此事后，亲自前往探视，并请来章郎中为其诊治，还给了这名徭役四两银子作为慰问，以贴补家用。受伤的徭役为此颇为感动，其他匠人和徭役知道后，纷纷称赞王土司是个大善人。

与此同时，在"龙宫"的修建过程中，每逢初一和十五，王禧都会给匠人和徭役们打牙祭，让大家大碗喝酒，大口吃肉。遇到逢年过节，不但酒肉管够，还会给大家发放一些小礼物，这让匠人和徭役们相当暖心。匠人和徭役们的干劲儿更足了，"龙宫"的工程进度自然加快了。

第二十八章　　辛夷卢有心诉衷肠
　　　　　　　王樾赵巧莲共云雨

　　辛夷义无反顾地用她的血液帮助卢有心制作血墨，她当然知道这样做的代价。随着卢有心的画作越来越多，人们赞许卢有心的画作惊世骇俗时，面无血色的苍白渐渐爬上辛夷原本细腻红润的脸颊。

　　辛夷并不后悔。卢有心的信仰是他的画，辛夷的信仰是卢有心。

　　看着日渐消瘦的辛夷，同样因大量失血身体虚弱的卢有心很心疼。辛夷全然不顾卢有心的反对，仍旧每天为卢有心提供鲜血。在辛夷看来，她就是卢有心的颜料和墨汁。每当看到卢有心对他的画作很满意，辛夷便能够忍住伤口的钻心之痛。只要能看到卢有心的笑，辛夷也就心满意足了。

　　一腔孤勇背后，也许只是一场镜花雪月。

　　王禧最心爱的宝贝女儿辛夷竟然因失血过多晕倒了。经过一番查证，王禧得知卢有心是一个用血作画的巫画师，甚至差点儿搭上辛夷的性命。王禧愤怒不已，恨不得即刻处决卢有心。念在卢有心曾是小桂圆的救命恩人，卢瑀又是修建"龙宫"的重要人物，加之辛夷的苦苦哀求和以死相逼，王禧只得暂时饶恕卢有心。卢有心被王禧勒令不能再用血做颜料作画，无限悲凉惆怅。卢瑀自感教子无方，羞愧难当。

　　自此之后，王禧对于之前在卢瑀和卢有心面前表过的态，说等"龙宫"建好后就将辛夷许配给卢有心一事，只字不提。对于王禧的态度，辛夷不敢多说什么。

　　辛夷知道极其偏执的卢有心肯定万分苦闷。辛夷多么想轻轻捧起卢有心的脸，告诉他一个隐匿的真相："有心，其实不管你用不用鲜血作画，真正深

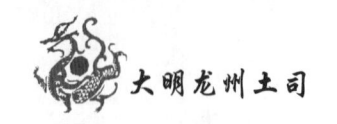

爱着你的人，始终是懂你的，是与你灵血相通的，只有真正懂你与你灵血相通的人，才会深爱着你。你所追求的极致的完美，是一个深不见底的洞窟，充满魔力般地吸附人的精魂，让追求者走火入魔，越陷越深，再也爬不上来。完美是没有边界的，再苦苦追寻，也不过是为了美而折磨灵与肉。放下吧，来不及的，回不去的，忘不了的，都已化作一怀愁绪，不必再追问孰对孰错。"

夜已沉沉睡去，辛夷扶着墙，悄然来到卢有心在东皋阁的厢房前，满眼尽是清冷的芳华。仿佛从此只能彼此遥念，让不尽的离愁别绪凝结成晶莹的泪珠，挂在心上。好在卢有心的微笑早已镌刻在星辰之上，每个夜里准时出现在辛夷的梦里，轻声呼唤着她的名字。

辛夷轻叩房门，卢有心打开门看到的是辛夷，有些惊讶感动，他原本以为再也见不到辛夷了。

这些日子里，卢有心想了很多，辛夷的身影在他脑海中缱绻流转。尽管梦想不得不就此中断，但卢有心并不是一条冰冷的蛇，他是有知觉、有感情的。他不愿再自欺欺人，较之那触不可及的梦想，这近在咫尺的辛夷，原来早就融入了他的生命，无论再怎么涤荡都挥散不去。这是宿命红线的牵引，也是上天注定的羁绊，令他不得不直面。辛夷对他的欣赏，辛夷对他的照顾，辛夷为他可以不惜一切代价，哪怕是用自己的鲜血为他创造条件，也愿意帮助他去实现梦想和追求。辛夷为他所做的一切，早已深深烙印在他心里。可他却因执念，差点儿永远失去辛夷。对于辛夷为他流的血和泪，他深感愧疚，追悔莫及。经过无数个夜晚的辗转反侧，他终于想通了，他不想再这么固执下去，更不愿让辛夷的身心再受到伤害。若是一切可以重新开始，他一定会用往后余生好好弥补辛夷。

辛夷眼里快要流出泪水，对卢有心轻声低语："有心，对不起……如果不是我突然昏倒露了馅，就不会……"

"不，辛夷，是我对不起你……曾经的我太过自私，为了我所谓的梦想，而对你的安危全然不顾，让你为我提供血液研制血墨，害得你差点儿丢了性命，我真是不配为人！辛夷，你的纯真，你的善良，你的真心，我卢有心怎可再辜负？从今以后，我不能再为我自己而活，我要为我们而活！"经历这一切的卢有心，痛定思痛之后幡然悔悟，冲辛夷温柔一笑，"辛夷，谢谢你……曾经我一心想要追寻远方，现在我才真正明白，满目山河空念远，落花风雨更伤春，不如怜取眼前人。"

第二十八章　辛夷卢有心诉衷肠　王樾赵巧莲共云雨

辛夷破涕为笑，和卢有心紧紧拥抱在一起。这一切像是一杯苦尽甘来的美酒，辛夷终于可以捧起这杯酒，邀卢有心共饮。

空气几乎全被屋外银杏树的臭味霸占，刺鼻的气味似乎要渗入每一个毛孔。辛夷恍然大悟，怪不得当初卢有心会选择这间厢房，那浓烈的银杏树臭味足以掩盖弥漫着血腥味的矿物颜料和墨汁。如今明白一切又如何，都已经过去了。

银杏树上挂着密密麻麻的水珠，是卢有心曾经未完成的梦凝结成的遗憾泪滴。再柔肠百结，如今已是空梦一场。不过，卢有心自此有了一个崭新的梦，那个梦正是辛夷。

很快到了十月初五。

王禧收到厄哩山寨寨主牛珠的邀请，诚请他携家眷到厄哩山寨参加祭祀庆祝活动。王禧带上大夫人蔡秋娘和嫡长子王键，在土司衙门六名衙役的护送下，乘轿前往厄哩山寨。

送走王禧、大夫人、王键后，二夫人曹鸢娘说身子不适先回房休息了。三夫人田文娘去了集市采买布匹，说是想给辛夷亲手做一件长袄过冬。王土司府里，只剩下王家几个兄弟姊妹以及各自的家眷，在花厅一起吃午膳。

辛夷知道自血墨事件后，家里人不喜欢她和卢有心来往，一直暗自盘算着怎么才能让家里人接受卢有心，因而没什么胃口。

见辛夷手中的筷子没动几下，王樾的夫人唐晚星主动给辛夷夹了一大块粉蒸牛肉，关切地说："辛夷，多吃点，你看你最近都瘦了许多呢。"

"谢谢晚星嫂嫂。"辛夷挤出一个勉强的微笑。

看着辛夷无精打采的样子，脾气火暴的王济气不打一处来："辛夷，你老实说，是不是那个卢有心又欺负你了？我还不信我收拾不了他！"

"啊？济哥哥，你误会了，有心没有欺负我啊！"辛夷急忙为卢有心辩解。

王樾也为辛夷抱不平："辛夷，说实在的，你明明可以找一个更好的男子，为什么非要对卢有心这样一个画画的三教九流如此上心？就他那样的家世，完全不值得啊！父亲曾给我说过，李土司的独丁李未岚和你年龄相仿，长得一表人才，还是出了名的大孝子，将来李未岚必然会世袭李氏土司之位。要是你嫁给李未岚，父亲便自然与李振樊结为亲家，量他薛崇育再横行霸道，也不得不忌惮三分！"

"那照二哥这么说，还不如让辛夷直接嫁给薛氏土司世子薛照虔，这样不

就彻底化干戈为玉帛了？"尽管王焕也不喜欢卢有心，但他觉得王樾的想法太过功利，简直是把辛夷的终身大事变成一桩政治婚姻。

"依我一个妇人的愚见，不管以后嫁给谁，都不能嫁给那个卢画师。虽然我和那位卢画师没什么接触，但他做的那些邪魔外道的事我也都听说了。辛夷，你这么好一个姑娘，这样一个自私自利、不顾你安危的无耻混账，他真的是没有哪一点能配得上你！辛夷，我们都不是外人，作为亲人我们都希望你能嫁给一个真心疼你的好男儿。"王键的填房夫人赵巧莲作为过来人，看着辛夷这个小姑子心存怜悯，衷心希望辛夷以后能过得幸福。

王樾的夫人唐晚星附和道："是啊，这女子不同于男子，嫁人等于是第二次投胎。若是嫁错了人，这一辈子都会活在痛苦之中，人生也就了无生趣了。"

唐晚星这话是对辛夷说的，但赵巧莲觉得唐晚星话里有话，含沙射影，像是故意在说给王樾听。赵巧莲用余光瞟了一眼王樾，发现王樾正望向她。这种心有灵犀的对视，让赵巧莲吓了一跳，生怕被王樾邻座的唐晚星看见。

听到各位兄嫂的一番劝解，辛夷心里清楚大家都是为她好，忙挤出笑脸让大家安心："辛夷谢过各位哥哥、嫂嫂的关心，辛夷真的没事。那些所谓的旁门左道之术，有心在父亲面前许诺过不会再用了，请大家对他不要再有成见了。其实他对我挺好的，大家都放心吧。"

辛夷不傻，感情就像是含笑饮鸩酒，明明知道对方是一杯毒酒，可这毒让人上瘾，戒不掉。辛夷愿意等，等到春暖花开，等到春华秋实，等到她和卢有心的感情能得到家人的祝福，有一个最好的归宿。

吃过午膳，唐晚星要回四竹垭的娘家，简单收拾一下行李，临走前在王土司府大门口不忘叮嘱王樾："我要回娘家几天，你可千万不要趁我不在又在外面鬼混！"

王樾白了唐晚星一眼，没好气地说："父亲去了厄哩山寨，土司衙门的事务暂时全都让我处理。我一天政事都忙不过来，哪里还有什么闲心去鬼混？"

不远处的赵巧莲躲在柱子后面听见，眼珠子滴溜溜地转了转。

寒冬随着一丝萧瑟的风，悄悄潜入静夜。王土司府里，许多房间的灯光早已熄灭，人们在被窝里安然进入梦乡。空旷的夜空中，孤零零地挂着一轮明月。万籁俱寂，只有一枝含苞待放的梅花，在冷清的天地中傲然挺立。

黑暗中，但见一个黑影轻轻叩响了王樾的房门。

睡梦中的王樾被敲门声惊醒了，警惕地问道："谁？"

第二十八章　辛夷卢有心诉衷肠　王樾赵巧莲共云雨

从门外传来一声娇滴滴的回应："二公子，是我！你开门吧，我有事找你。"

一听是大嫂赵巧莲的声音，王樾轻轻开门，让她进来："嫂嫂先进门再说吧，外面冷，别冻着了。"

只见赵巧莲如瀑的黑发长长地铺在香肩上，欹斜着一支素净的鸳鸯玉钗。一对柳叶眉衬着一双如丝媚眼，宛若两朵盛开的桃花。轻盈的身姿踏入门槛时，披着的桃红绣花夹层斗篷悄然滑落，露出丝韵罗裙碾绢纱，腰间挂着一个飘着幽兰香气的香囊，皓齿雪颈，衣衫灼灼。

王樾赶紧关上房门，生怕被人看见。王樾将赵巧莲掉落在地的斗篷捡起来，递给赵巧莲，轻声问道："嫂嫂，天凉了，快穿上吧，别着凉了。这么晚了，嫂嫂来找我所为何事啊？"

赵巧莲低下头，轻轻从玉峰的沟壑间取出一方带着体香的手帕。打开一看，正是那方绣着慈竹图案的刺绣手帕。

赵巧莲脸上浮起一丝红晕，双手递给王樾："二公子，谢谢你那天对我说的话，让我知道在王土司府里不只有我一个可怜人。可能是菩萨显灵吧，能让我遇到你，我心里也好受些了。"

王樾会心一笑，用满是柔情的口吻自嘲道："傲骨偏痴于爱，淡心而困于情。或许你我都是情深义重之人，才会情深不寿吧。"

此时此刻，风乍起，云寒月冷，冬夜渐长。庭院里，翻飞的银杏叶舞着生命最后的狂欢。门前不远的池塘里，鱼儿隐匿不见。枯败的残荷，稀稀落落，倍添冷寂与萧瑟。

夜愈加深了，气温跟着骤降，见赵巧莲打了个喷嚏，王樾赶紧脱下他内里挂黑熊皮毛的氅衣，温柔地为赵巧莲披上。

王樾提议道："嫂嫂，夜深了，越来越冷了，不如我们喝点酒御寒吧。"

"嗯，行吧。"赵巧莲轻声答应，对王樾含情脉脉地说，"二公子，要是我夫君能有你一半的温柔体贴就好了……"

天上明月如昼，玉宇无尘，人间正是多愁善感之时。王樾和赵巧莲就这样，你一杯我一杯地喝起酒来。

酒过三巡，赵巧莲脸上泛起一圈红红的酒晕，如倒洒的胭脂。赵巧莲低鬟不语，颦眉蹙颜，曳着长长的罗裙从八仙桌边王樾的正对面，挪步到王樾身旁。她举起手，轻轻为王樾整理额前凌乱的发丝，一双星眸凝视着王樾，瞳仁里落花成阵，埋葬了王樾和她的前世今生。

远方如点染淡墨的山峰，层层云遮雾绕。王樾和赵巧莲在昏黄的灯影下，醉人的酒气里，撩人的暧昧中，只隔着盈盈一水间的蠢蠢欲动，想要抚平那股隐匿在心中奇痒难忍的悸动……

　　春宵一刻值千金，空气中的罅隙凝固了一切繁华和虚空。王樾的枕上，清清淡淡地飘散着赵巧莲身上的那一瓣兰香。

　　梦断酒醒，如梦如烟亦如雾，半尘风雨半尘烟。飘落的灯花早已结成双。

第二十九章　　辛夷卢有心私定情
　　　　　　　王樾二夫人施毒计

　　云销雨霁，云雨花容如醉，新晴似梦初回。

　　经过一番楚云湘雨，赵巧莲神情开涤，面若桃花，濯濯似春柳早莺，柔媚如姣娃俏妇。

　　雪月风花终有时，尽兴之后的王樾这才担心起来，酒全然醒了，愁眉苦脸地对赵巧莲说："唉，这下我们闯下弥天大祸了！"

　　现在后悔也来不及了，赵巧莲掩面侧身而泣："那你说现在该怎么办啊？我就说不喝那么多酒了，你非要再喝几杯……这件事要是让别人知道了，我们俩可是要浸猪笼的呀！"

　　王樾眉头紧锁，眉眼之间的沟壑深不见底，思索片刻后说："韩寿偷香只要神不知鬼不觉，倒是不容易落人口实，授人以柄。但若是珠胎暗结，一旦你怀上我的骨肉，你我真的就难逃一死了。"

　　赵巧莲吓得目光呆滞："我夫君自从新婚之夜洞房后，就再也没有碰过我了。洞房那夜也是因为第二天大夫人会来查看被单上见红没有，不然他肯定是不会碰我的。唉，要是我有了孕迹，我夫君肯定立刻就会怀疑我的……"

　　"巧莲，别怕，有我在呢。在天愿作比翼鸟，在地愿为连理枝，你我心意相通，要生一起生，要死一起死。若是去了阴间我们也要做一对鬼鸳鸯！"王樾一把抱住赵巧莲，认真的模样像是正在经历一场生离死别。

　　赵巧莲的眼泪簌簌地往下落，滴落在王樾结实的胸膛上："我不想你死，我也不想死，我想和你好好的！要不然我坚持喝麝香柿钱汤吧，免得让人抓住把柄，非逼死我们不可！"

王樾用他削薄的嘴唇吻干赵巧莲脸上的泪痕，把赵巧莲抱得更紧了，心疼地说："麝香柿钱汤喝多了会宫寒，你以后会不易有喜的，还是别了吧！"

赵巧莲坚定地摇了摇头，眼眶里闪着晶莹的泪花，"不，必须喝！只要能和你在一起，哪怕是上刀山下火海，我也绝对不会吭一声。我什么都不怕，只怕你不要我了……"

王樾感动不已，轻轻抚摸着赵巧莲的脸庞："我怎么会不要你呢，你可是这世上最善解人意的女子了。"

说罢，王樾、赵巧莲二人又紧紧缠绕在一起……

云娇雨霖怎相宜？晓日最添新恨，东风惯惹离思。趁着夜未央，天色还未拂晓，赵巧莲赶紧穿好衣裳，依依不舍地悄声离开王樾的房间。

吃过早膳，辛夷提着用秦糖炒制的稔子糖到"龙宫"的修筑现场去找卢有心。

"龙宫"的修建完全按照《营造法式》严格施工，处处体现宋元时期与大明建筑的上下承袭关系。那一间间大气磅礴的殿宇木质框架，已然拔地而起，正殿的主体工程基本完成。整个工地一派忙碌有序的景象，有的徭役拉着线在砌八字墙，有的徭役正在给金水桥铺设御窑金砖。石匠们雕琢着一对雄奇生动的狻猊。画师们高高地站在用绳子吊着的木板上，给斗拱和天花藻井描摹各式美轮美奂的图案。

辛夷举头凝望着眼前精美的藻井，设计巧妙，构造复杂。有的藻井各层之间使用斗拱，雕刻精致，雍容华美，具有很强的装饰性。有的藻井则不用斗拱，而以木板层层叠落，既美观又简洁大方，不失尊贵之感。

辛夷细细品鉴着这些神来之笔，一想到许多是卢有心画的，嘴角忍不住浮上一抹蜜糖似的笑。

"辛夷小姐，您来了啊！又是来找卢画师的吗？"画师程望山放下手中的羊毫笔，对辛夷说，"前天王土司大人派人来传话，说二夫人素来信佛，想在'龙宫'里建一个佛堂，要画点佛像壁画什么的。这不，卢画师这几天就在东皋阁画佛像壁画的底稿呢，说是要将画好的底稿送给二夫人看过满意后，才会回来这边继续画天花藻井。"

"原来是这样，谢过程画师。"辛夷提着卢有心最爱吃的稔子糖，去东皋阁找卢有心。

辛夷来到卢有心在东皋阁的房间时，房门大开，卢有心正专心致志地描

第二十九章　辛夷卢有心私定情　王樾二夫人施毒计

绘着佛像壁画底稿。葱白细长的手指舞动着羊毫笔，在净皮熟宣纸上妙笔生花。画面上的观音形象活灵活现，勇猛庄严，清净慈祥。

卢有心作画的时候异常用心，全然没有察觉辛夷已经走到他身后。

"咦，好奇怪啊，为什么你画的观音菩萨有胡子啊？"辛夷感到奇怪，不禁问出了声。

"辛夷，你来了啊！"被吓了一跳的卢有心这才反应过来，耐心地给辛夷解释，"我祖上是初唐时期从大食迁徙来的，初唐时期的观音大士画像是有胡子的男相形象，而盛唐时期武则天为称帝造势，开始出现没有胡子的女相观音，我们卢家画的观音大士传承保留了初唐时期观音大士有胡子的形象。"

"原来是这样。"辛夷甜美一笑，将稔子糖交到卢有心手上，"有心，快尝尝我给你打的糖，昨天让素竹教我做的。"

"辛夷，你还会打糖，厉害啊！以后这种事还是交给下人做吧，别把你累着了，你身子都还没完全复原吧，得多养养啊。"卢有心取出一块四四方方的稔子糖送进嘴里，香脆可口不粘牙，忍不住对辛夷赞誉几句，"辛夷，可以啊，手艺真不错！你做的稔子糖色香味俱全，真乃人间美味啊！"

"你快别给我戴高帽子了，只要你不嫌难吃，以后我常做给你。"冬日暖阳映着辛夷的笑脸，微微翘起的嘴角，挂着满心喜悦。

"明明这么好吃，哪里难吃了？你看我都要停不下嘴了！"卢有心开心地吃着稔子糖，忽然想起了什么，"辛夷，你都亲手给我打糖了，我也送你点什么吧。送你什么好呢？要不我送你一朵桔梗花吧。"

"桔梗花的花期已经过了吧，现在哪里还有桔梗花呢？"辛夷瘪了瘪嘴，娇俏可人。

卢有心默默不语，换了一支狼毫笔，重新铺开一张熟宣纸，让画笔在纸上龙飞凤舞。不一会儿，几株幽蓝的桔梗花跃然纸上。透过这薄薄的一层纸，若有若无的桔梗花清香扑鼻而来。

"好美的桔梗花啊！"辛夷兴奋地说。

卢有心将自然风干的画纸沿着两个角提起来，交予辛夷。陷入回忆的卢有心眼里泛起一丝氤氲，温柔地说："我家院内就种着好多桔梗，那是我娘生前最爱的花。桔梗花代表永恒不变的爱，这么多年我爹悉心照料着这些桔梗花，桔梗花就像我娘的化身一样，替代我娘一直默默陪着我爹……这次来龙州做事，临走前我爹特意拜托邻居郑婆婆帮忙照料桔梗花，这才安下心来到龙州。

辛夷，以后我带你去看看我家院子里种的桔梗花。开花的时候真的好美，紫中带蓝，蓝中见紫，清幽淡雅，可谓是不慕繁华的花中处士。"

听到卢有心说要带自己去他京城的家里，辛夷有一种喜极而泣的冲动，像是渴望已久的心愿终得遂般欣慰，脑海里蹦出一个想法："有心，我想照着你画的桔梗花，绣成两个荷包，一个给你，一个给我，好不好？"

卢有心听后，扑哧一声笑了："岂不是成了定情信物了？"

"你如果觉得不成，那就算了吧，当我什么都没说过。"辛夷噘起樱桃小嘴。

卢有心突然猛地紧抓住辛夷的手，辛夷没有躲闪。卢有心的琥珀色瞳仁泛着柔光，声音格外温暖："辛夷，我是认真的，就让桔梗花荷包成为我们俩的定情信物吧。从此你我二人相怜相念倍相亲，一生一代一双人。"

辛夷重重地点了点头，她知道这是一个一生一世的承诺。

王土司府中，王樾经过赵巧莲的窗外，往里一探，刚好看见赵巧莲正皱着眉头，将一碗深褐色的汤药一饮而尽。王樾本想和赵巧莲说几句话，但府上的家丁和婢女都在，王樾担心人多口杂。为避免惹来麻烦，王樾只是远远看了赵巧莲几眼，没有停留片刻就走开了。

王樾径直来到二夫人曹鸢娘的房间，一进门王樾给二夫人使了个眼色。二夫人赶紧关好门窗。

王樾脸上浮起一丝狡黠的笑容："母亲，事情办得差不多了，这次可真是辛苦晚星了呢。"

二夫人感叹道："是啊，晚星这么一个性子温和的贤妻良母，一边要假装悍妇演出与你夫妻不睦的假象，一边还得任由你和其他女子卿卿我我，怎么不辛苦啊？幸得晚星这孩子深明大义，知道这是你彻底扳倒王键成为世子的最佳时机，才会这么忍辱负重地帮你。若是换了旁人，早就一哭二闹三上吊了。樾儿，你可千万不能负了晚星啊！那赵巧莲虽是个狐媚子，但你可要牢记，你是要做下一任土司的人，万不可被勾了魂去，搞成假戏真情了！"

王樾笃定地说："母亲，您多虑了！晚星的付出，孩儿铭记于心，必不负她。退一万步来说，若是我真负了她，她定会告到父亲那里，我岂不是落得个抛妻勾嫂的罪名？按照《大明律》规定，内乱等十恶之徒不得继任土司，那我们这么多年的辛苦努力，可就全部付之流水了。我怎么可能会蠢到只要美人，不要江山？"

"那自然最好。樾儿，你要记得，成大事者，不拘于儿女私情，切莫被

第二十九章　辛夷卢有心私定情　王樾二夫人施毒计

这些虚无的东西绊了前程。"二夫人忽然想起了一件极其重要的事，忙问道，"樾儿，你把我给你的那张麝香浣花凉药单方给赵巧莲了吧？"

王樾摇了摇头："这个倒没有。"

二夫人一下子着急起来："最重要的东西你不给她，难道你已经被迷惑得忘了我们的目的了吗？"

王樾笑了笑，目光如凛冽的冰凌："孩儿自不敢忘，只是若由我拿给她，她肯定有所起疑，会怀疑当初孩儿主动撩拨她的目的。孩儿要的是她心甘情愿地长期坚持喝避胎药。这不，今早我路过她房间时，她已经喝上了。"

二夫人顿时眉开眼笑："还是我的樾儿想得周到啊。樾儿，你是怎么做到的？"

王樾笑嘻嘻地将昨夜发生的事情，细细说与二夫人听。

说完，王樾的嘴角挂起一抹邪魅的笑："母亲，您放心吧，只要我与赵巧莲多往来些时日，每次事毕她都服下麝香柿钱汤，不出半年，她必然再也无法遇喜。只要赵巧莲怀不上孩子，加之王键的发妻朱檀儿，王键连娶两房夫人都无子嗣，到时候您再旁敲侧击地给父亲吹吹枕边风，父亲肯定会认为王键注定没有生育能力。一个无后之人怎么能成为世子，继承下一任土司呢？上次推小桂圆落水后，要不是半路冒出个卢有心跳水救人，王键早就被龙鳞水蜈蚣毒得痴呆瘫痪了，现在也不至于这么麻烦。只有来个釜底抽薪，让王键彻底翻不了身，才不白费母亲您和我这么多年的心血！"

二夫人面色一惊："说到朱檀儿，不知道为什么，我最近老是梦见她七窍流血地来找我索命，说她已得知当年她命丧王土司府，正是我在她的胭脂水粉里偷偷加了白㲄，她长年累月地使用，导致脏器受损而香消玉殒。樾儿，你是知道的啊，当年我在她的胭脂水粉里加白㲄，并不是想要她的命，只是想要她怀不上王键的骨肉，不让蔡秋娘母子那么受老爷宠爱。我哪里知道朱檀儿身子骨这么弱，一点点白㲄就要了她的命，为此我也在菩萨面前诚心忏悔过多年了……"

不等二夫人说完，王樾打断二夫人的话："好了，好了，我知道了。母亲，您切莫担忧，孩儿这就差人去黄龙寺请无妄法师来为您做场法事，驱魔化煞。若是到时父亲问起来，孩儿就说是母亲您请无妄法师来商议在'龙宫'里修筑佛堂的事宜吧。"

二夫人稍稍安下心："还是樾儿知道心疼娘啊。要是你弟弟济儿能有你一

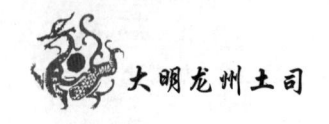

半醒世就好了，整天就只知道舞刀弄枪。"

"我和三弟一文一武，文韬武略，各司其职，不挺好的嘛。"王樾笑了笑，见时候不早了，和二夫人告别后离开了。

屋外一缕阳光直射进二夫人的房间里，如一束亮闪闪的金线，温暖了整个房间，但二夫人始终觉得房间里阴气沉沉。

第三十章　　王禧亲赴厄哩山寨
　　　　　　老百姓喜迎王土司

　　十月初五这一天，王禧携大夫人蔡秋娘和嫡长子王键，在土司衙门六名衙役的护送下，前往厄哩山寨，参加祭祀庆祝活动。

　　在当地老百姓的习俗里，这个时节是庄稼脱粒储藏完毕，一年农事告终而进入农闲时期的大喜日子。每年的十月初五，是整个厄哩山寨举行祭祀庆祝活动的喜庆节日，所有的山民不论男女老幼都载歌载舞，开怀畅饮，以庆贺喜迎丰收、团结祥和。

　　王禧作为世袭龙州王氏土司，世代掌管宁武司，为百姓修车道、兴农耕、建水利、办学堂、开医馆、创商铺，大大改善了山民的生存环境，让山民们个个心怀感激，更让厄哩山寨的寨主牛珠敬佩不已。今年的十月初五，牛珠特意邀请王禧携家眷前往厄哩山寨，共享丰收的喜悦。

　　王禧等人乘轿一大早出发，一路上穿过群山连绵，越过沟谷纵横。远望一座座雄伟的雪山，雪峰冷峻挺拔，气势不凡。云雾缭绕的高山林海，五彩斑斓，层林尽染，如一条条律动的彩带。沿着森林小路，穿梭于光影，针叶林里溪流、冰挂、积雪，水的三种状态竟奇妙地同框。溪水叮咚，冰瀑高挂，冰雪交融，漫步于如斯美景，如同行走在神话世界。

　　宝石明镜般的海子、苍翠的大草坪、洁白的雪山、简朴的木屋，眼前呈现出一片不食人间烟火的厄哩山寨。在这片幽静清新的神秘天地里，有着最原始的自然风光。林壑深幽、彩林斑斓、松涛阵阵、冰瀑雪地，似乎眼前这如诗的情调和如画的美景是神仙嬉戏变出的幻象，美得像是闯入一个不愿醒来的梦境。冷杉、云杉群落成片，远远看见寻食的金丝猴在树丛间上蹿下跳。

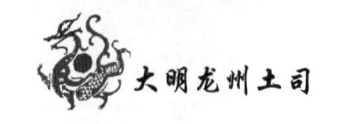

山美、林美、寨子美，最是那七沟八岔的清泉从树根间浸出来，晶莹的雪水从山顶流下来，汇成一条清悠悠的夺博河，在脚下缓缓流过，厄哩山寨就在这如梦似幻之境悄然浮现。

厄哩山寨的十八个寨子散布于夺博河两岸，其中最大的寨子是厄哩寨。王禧等人来到厄哩山寨门口时，已是酉时，天已经麻麻黑了。寨门两边站着密密麻麻的山民，不论男女老少，每个人都不惧凛冽寒风洗礼似的，脸上洋溢着喜悦和激动，看见王禧等人的轿子兴高采烈地挥手高呼。

寨门里走出一位白发矍铄的精瘦老者，约莫花甲之年，微微下陷的眼窝，明亮的眸子幽深似谷。身着黑色长衫，长衫底部和袖口、领口处嵌着精美的花边，腰间系着一条暗红色的毛织腰带，毛织腰带外还镶嵌着方块状黄金镂花雕饰的窄幅牛皮腰带。手里拄着一根霸气的雄鸡雕头阴沉木拐杖，象征着他在整个厄哩山寨中独一无二的权势和地位。

老者看见王禧的轿子，当即四肢伏地，虔诚地跪在地上，兴奋地高喊："厄哩山寨寨主牛珠，恭迎王土司大人！"

其他山民见状，有样学样地纷纷跪地，异口同声地高呼："恭迎土司老爷！"

王禧听到后，赶紧让轿夫停轿，从轿子中走出来，将跪地的牛珠一把扶起来，有些惭愧地对众人说："牛珠，快请起！大家都快快请起！这天寒地冻的，大家在寨门口候着，叫我真是过意不去啊。"

在王禧的带领下，大夫人和王键带着六名衙役，将下跪的其他山民扶起来。

被王禧扶起来的牛珠，欢喜地说："知道土司老爷您要来，厄哩山寨十八个寨子的老老少少一大早就都赶来了。大伙儿都想见见您这位土司老爷呢！"

王禧对山民的厚爱十分感动，忙招呼大家："承蒙各位父老乡亲的垂爱，不胜感激。大家快进去烤火吧，别着凉了！"

说罢，众人在牛珠的带领下，走进厄哩山寨。

天色渐晚，大片的黑肆意蔓延天空，整个厄哩山寨被黑夜笼罩。不知是不是王禧的到来，原本苍穹中的乌云渐渐消散，整个厄哩山寨沉浸在清澈纯净的星空之下。厄哩山寨海拔较高，天河里密密麻麻的繁星看起来离地面很近，仿佛一伸手就可以摘到天上的星星。有满天星河陪着雪山，雪山不再孤寂。

众人走到寨子中间的坝子，一堆熊熊的篝火升起，粗大的树干作为柴火燃烧起来呼呼作响。有了这堆篝火，不仅坝子亮堂，连天都被映得通红。青壮年们一边敲锣打鼓，一边杀羊祭祀，以示草木落叶、庄稼收获，一年生产

第三十章　王禧亲赴厄哩山寨　老百姓喜迎王土司

告终。

在这一天，热情淳朴的山民用最明快耀眼的衣服打扮自己，用最欢畅喜悦的乐曲和舞步迎接王禧，庆祝丰收。厄哩山寨的男女老少手拉着手，围着篝火转着圈儿，激情澎湃地跳舞唱歌，随着歌舞旋转跳跃。王禧等人坐在长条桌旁，随着旋律拍手鼓掌，为尽情歌舞的山民助兴。

长条桌上摆满腊排骨、坨坨肉、血馍馍、白条子、火烧馍、糍粑等各式各样的美食。热情好客的山民，端出呷酒、蜂蜜酒、青稞酒等自己酿制的美酒，请王禧一行人品尝。

牛珠喜上眉梢，笑盈盈地双手高举土巴碗，向王禧敬酒："土司老爷，我代表我们山民给您敬酒了。要不是您，我们现在还在刀耕火种呢。您指派专人来教我们建水车、做农具，教我们怎么精耕细作，现在大伙儿每天都能吃饱了！"

"牛珠，你不必客气，这些都是我应该做的。如果你们吃不饱，我又怎么能安心呢？"王禧双手接过土巴碗，对牛珠说，"说起来，我还得多感谢厄哩山寨对我这个土司的理解支持呢。特别是你牛珠，把厄哩山寨管理得井然有序，还经常为了宁武司的上令下达，忙于催派款税、维护厄哩山寨治安、抗御匪患侵扰、解决山民纠纷等事务，我实在是过意不去。我决定待我回到土司衙门后，即刻下一道土司令，正式任命你为厄哩山寨的世袭番官，由你管辖厄哩山寨十八个寨子，负责厄哩山寨辖区内的一切行政事务。"

"什么？"牛珠大喜过望，赶忙给王禧磕头，"感谢土司老爷，感谢土司老爷！"

"不用谢我，这都是你应得的。你为厄哩山寨奔波效力、劳心费神这么多年，这才有了厄哩山寨如今的长治久安，欣欣向荣。你是厄哩山寨的功臣，也是宁武司的功臣，我王禧绝不能让功臣吃亏！"王禧语重心长地将牛珠扶起来。

牛珠一双老眼饱含热泪，感动得说话有些颤抖，端起土巴碗一饮而尽："土司老爷，牛珠今后一定会努力做得更好，以报答土司老爷的大恩大德！牛珠先干为敬了！"

王禧满意地笑了笑，随之一饮而尽。

莺歌燕舞的山谷欢声笑语不断，像是摆脱了冬的严寒，荡漾出愉快和欢畅。

大家尽情吃肉，尽情喝酒，尽情唱歌，尽情跳舞。

厄哩山寨洋溢着一片热情的狂欢景象。直至深夜，乐曲声、欢笑声不绝

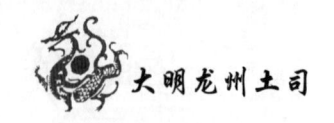

于耳，仿佛这是一片不眠之境，谁也舍不得离开。每个人都笑逐颜开，众人的脸颊被篝火映得通红，欢快的舞步踏醉了这个夜晚。

可有一个人和其他人不同。这个人年逾古稀，一脸被时光雕琢过的模样，向上生长的眉形，衬托出一分迟暮的英气，薄唇紧抿，眉头紧皱，不怒自威，若有所思地望着杯觥交错中的王禧。

老者远远凝视着王禧，默默为他祈福禳灾，意味深长地自言自语道："可怜这位心善的土司老爷，却是多灾多难啊……"

第三十一章　　辛夷绣荷包作信物
　　　　　　　王樾计不成遭痛打

　　辛夷在房间的窗棂下，低头看着手中的女红针线，想起卢有心飘袂的衣襟，嘴角浮上一丝蜜意。冬日的暖阳好似卢有心温柔的手，轻轻爱抚着她的长发，伴着和煦的清风，将岁月的尘埃荡涤得一干二净。

　　辛夷手指上戴着顶针，尖尖的手指活像正南山中的嫩竹笋。她把线放在嘴里抿了抿，对准针眼，屏住呼吸，一下穿过去。取出一块方形的黛蓝色上等绸缎，在绣花绷上绷好，用一块画粉照着卢有心画的那幅桔梗花，临摹成圆形玉佩大小，一针一线地细细缝着。刺绣起来飞针走线，如上下翻飞的蝴蝶。

　　大概是一边绣着桔梗花，一边想着卢有心，一心二用的辛夷不小心手一拐，绣花针扎到她白净的手指，血珠顿时冒出来。辛夷疼得皱起眉头，有点儿想放下针线改日再做。可一想到卢有心说要让桔梗花荷包成为他们的定情信物，辛夷就充满干劲儿，如同卢有心在为她鼓劲儿。辛夷用嘴吮净手指上的血珠，免得绸缎和丝线沾染上血污，忍着疼痛继续绣。

　　刺绣，捻指，穿线挑针，一针一线，绣成款款荷包；执笔，铺纸，调色挥墨，一笔一画，绘出长长图卷。两个人之间的感情就像绣花，建立的时候一针一线，小心而漫长。可拆除的时候，只需要轻轻一拉，就能完全抹杀。感情不是承诺过就能长长久久，而是知冷知暖，默默为对方去做琐碎得不足为外人道的小事，日日年年。当你爱上一个人，就等于赋予他无限伤害你的权利。

　　只要有卢有心肯定的回应，辛夷什么都不怕，做什么都值得。

　　辛夷认真地做着针线活儿，把爱意缠绕成丝线，刺一首诗在心田，绣一朵花做荷包，不管这羁绊是缘深还是缘浅。

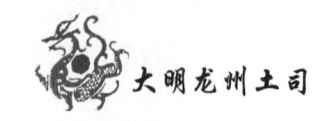

自从赵巧莲与王樾那晚金风玉露一相逢后，两个人的往来密切起来。与有妇之夫偷情，对方还是她的小叔子，赵巧莲这个情偷得鬼祟而刺激。加之王键平日里对赵巧莲冷淡至极，压抑太久的赵巧莲遇见王樾就如干柴遇烈火，赵巧莲一逮着机会便找到王樾，使出浑身解数让王樾与她春宵一刻，事后赵巧莲都会回到房间熬一碗麝香柿钱汤服下。这让王樾十分安心，笃定赵巧莲已深深爱上他。

　　一个多月后的一天，天色阴霾得让人感到压抑。

　　得知王樾和赵巧莲偷情偷得不亦乐乎，心里有怨气的唐晚星忍不住质问王樾："你怕是假戏真做，对那个山野村姑动了真情吧？"

　　王樾目光瞬间凌厉："我王樾是什么样的人，你难道还不清楚吗？我与她偷情只是为了让她长期坚持服用麝香柿钱汤，不出半年，她必然再也无法遇喜。只要王键没有子嗣，他就翻不了身，到时候世子之位自然就是我的。等我成为下一任王氏土司，你就是土司夫人。他朝'龙宫'建成，我再力劝父亲自立旗号，割据称王，那么我就是太子，而你就是太子妃。他日我继承皇位，你便是中宫皇后！"

　　"我不像你把权位看得那么重！"唐晚星白了王樾一眼，愁云满面，眼睛里氤氲着水汽，"我什么都不想要，我只希望你能恪守承诺。等到事成之后，你能与那个山野村姑断了往来，安心回归这个家，我和桥儿、株儿一直在家里等着你回来……"

　　唐晚星的话还未说完，王樾一把抓住唐晚星的手，目光似水，对她说道："晚星，任何人都可以不相信我，但是你不能不相信我啊！"

　　唐晚星泪眼婆娑地问王樾："夫君，我还能相信你吗？"

　　当天晚膳后，王键去了徐公家讨教书法，大夫人蔡秋娘早早回房睡下。唐晚星见状，知道今夜赵巧莲又会来找王樾偷情。这是让赵巧莲服下避胎药的大好机会，尽管心如针扎，但唐晚星只能隐忍，她借故去给辛夷指点刺绣技法，离开她和王樾的房间，把欢愉留给王樾和赵巧莲。

　　曼眼腕中娇，相看无足厌。欢情不耐眠，从郎索花烛。

　　正当王樾和赵巧莲在王樾的房中缠绵悱恻之际，门外突然传来"砰砰砰"的敲门声！

　　这可吓坏了王樾和赵巧莲，二人面面相觑，屏住呼吸，不敢动弹。

　　家丁吉喜的声音从门外传来："二公子，您在屋里吗？二夫人让我给您送

第三十一章　辛夷绣荷包作信物　王樾计不成遭痛打

来一碗贝母山药羹。"

王樾忽然想起他忘了告知母亲，今晚又与赵巧莲有约了，一听到是吉喜来送宵夜，顿时心安，随口应和："原来是吉喜啊！替我谢过母亲的好意，我已经睡下了，就不吃了。你替我拿去东厨放着吧，明日再吃。"

可就在这时，门外紧接着传来另一个声音："二弟，原来你在屋里啊！"

如同一个炸在眼前的惊雷，吓得王樾和赵巧莲两人手心淌汗，头皮发麻，出了一身虚汗，跟见了鬼似的。

这个声音不是别人，正是王键的声音！

王樾心里咯噔一声，心快跳到嗓子眼儿，深呼吸强作镇定："原来是大哥啊！不知大哥深夜造访所为何事？我已经睡下了，不如明日再谈吧。"

王键态度强硬："此事事关重大，若不是事发突然，我也不会深夜贸然来访，还请二弟马上打开房门！"

"可我都更衣睡下了啊……"王樾苦苦挣扎，不想也不能开门。

"我可没那么好的耐心，你若是不开门，那我只有请父亲亲自敲门了，或者我和吉喜现在就破门而入！"王键的声音冷冽得如一根冰针，字字刺入王樾的头颅，王樾头都要炸了。

王樾和赵巧莲只觉得天就快塌了，马上要砸下来，将他们压得粉身碎骨。

见王键就要进门，自知凶多吉少的赵巧莲慌乱中匆匆穿上衣裳，想躲藏起来。但王樾的房间竟没有任何藏身之处。无奈之下，赵巧莲只能躲在她同王樾一起共赴巫山云雨的龙凤床下。

王樾赶紧用被单将床下的赵巧莲藏好，强装笑脸地对王键说："大哥，你说的什么话呀，待我穿好鞋，这就来给你开门。"

等一切简单布置就绪，王樾穿上靴子给王键开门。打开房门的那一瞬，王樾呆住了，门外不仅站着王键和身后的吉喜、吉顺、吉瑞三名家丁，还有王禧和大夫人蔡秋娘！

"给我搜！"王键的眼里射出一股杀气，对三名家丁吩咐道。

在收到王禧的点头首肯后，三名家丁仔细搜查起来，珠帘后，衣柜里，八仙桌下，就差龙凤床下了。王樾站在龙凤床前，见吉喜等人朝这边走过来，马上就要把藏在龙凤床下的赵巧莲给搜出来了，浑身每一个毛孔都在发抖，他努力让自己镇静下来。躲在床下的赵巧莲吓得面如土色，心如鹿撞，与其说像激荡的流水般不平静，倒不如说更像沸腾的开水一样翻滚起伏。

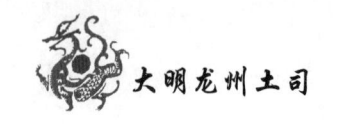

王樾心急如焚，方寸已乱，急得满脸通红，说话结巴起来："你们……你们这是要做什么？"

王键冷笑了一声，令人生畏，皮笑肉不笑地说道："我的好弟弟，我来看看你干的好事呀……"

话音刚落，三名家丁不顾王樾的阻挠，一把掀开床沿边用来遮住床底的被单，床底下横躺的赵巧莲衣衫凌乱，原本潮红的面色被吓得煞白，双眼紧闭，双手紧紧拽着衣角，不敢面对众人。赵巧莲双腿打着摆子，颤巍巍地从床底下爬出来，极其羞愧地低下头站在王键面前，完全不敢直视王键的眼睛。

王键的双眉拧成疙瘩，手上的青筋暴起，恨得牙根发麻，手指骨节发痒，"啪——"的一记耳光，重重扇在赵巧莲脸上。王键对着赵巧莲破口大骂："淫妇！如今人赃俱获，你还有何话可说？"

赵巧莲摸了摸刚刚被王键扇耳光的地方，红肿火辣的疼，呆呆地望着王键。她抿了一下嘴，再也控制不住自己，任凭泪水奔涌，捂起脸痛哭起来，欲对众人细数这么久以来所受过的苦楚。

赵巧莲声泪俱下地哭诉道："我是不守妇道，这都是王键你逼我的！自从我嫁入王土司府，成为你的填房，你有把我当成过你的夫人吗？我知道你看不上我，嫌弃我是乡下人。我知道你忘不了那个朱氏，我使劲儿变着花样对你好，只是希望你不要整天愁着个脸。可是你对我呢？你就像是一把冷冰冰的刀子，扎进我的心窝子，扎得我鲜血长淌。王键，是你自己亲手把我对你的一片真心给毁了！你不肯珍惜我，自然有其他人愿意珍惜我。王键，这一方绿头巾，是你亲手给你自己戴上的！"

王键暴怒的双眼盯着赵巧莲，眼神俨然成了一团烈火。他恨这里发生的一切，反手又是一个响亮的大耳光扇在赵巧莲脸上。王键的牙齿咬得咯咯作响，怒不可遏："这就是你红杏出墙的理由？"

不等赵巧莲回答，王键一个箭步冲到王樾面前，迎面对着王樾的鼻子就是重重一拳，打得王樾鼻血直流。王键一边暴打王樾，一边怒吼道："王樾，你真是我前世修来的'好弟弟'啊！好一对卖俏行奸的奸夫淫妇！王樾，我王键究竟哪里对不起你？你为什么要这样对我！"

愤怒的火焰在王禧心里熊熊燃烧，脸上的筋肉微微颤抖，气得浑身直打战，顶到嗓子眼儿的火跟着蹿上脑瓜门，怒气回荡在整个房间里，王禧指着王樾厉声喝道："家门不幸，家门不幸啊！我怎么会生了你这么个逆子？你怎么会

第三十一章　辛夷绣荷包作信物　王樾计不成遭痛打

被这狐媚子迷了心智，变成如此淫邪之人？我本唯你重用，把治兵、监政之权都交给你，希望你能够成为我的左膀右臂，等于是把整个王氏一族的兴衰荣辱交到了你的手上，把整个龙州宁武司千千万万百姓的福祉恩泽交到了你的手上，而你却犯下这等十恶不赦的内乱之罪来，真是辜负了我的一片苦心！我这是造的什么孽啊……"

大夫人哭得跟泪人似的，嘴唇打战，不断重复着一句单调的话："造孽啊……造孽啊……"

懊悔不断敲击着王樾的心，王樾悔不当初，真不该为了不让王键有后，反而把自己弄到如今这个地步，现在后悔也晚了。王樾感到十分奇怪，王键是怎么知道今晚赵巧莲在他这儿的？又是怎么知道他和赵巧莲之间的关系的？究竟是谁告的密呢？

王樾试着向王禧和王键辩解："父亲，大哥，不是这样的，不是这样的！是赵巧莲勾引我的，是她主动勾引我的！"

王樾的辩解，在王禧和王键听来是那样苍白无力。

赵巧莲听后对着王樾冷冷地长笑一声："王樾，你之前亲口对我说的那些话，怎么现在倒是忘得干干净净了？我一直敬你为小叔子，是你在寒衣节那日主动来东厨找我，将你的贴身手帕赠给我，是你自己说的'要生一起生，要死一起死，若是去了阴间，我们也要做一对鬼鸳鸯'，怎么你现在不认账了？王樾，你这个负心汉，你还好意思觍着脸说是我勾引你，我看是你勾引我才对！"

说罢，赵巧莲从腰间挂着的荷包里取出一方绣着慈竹图案的手帕，扔到王樾脸上。王禧自然认得这方手帕，它是之前进奉的刺绣珍品，王禧赐给了王樾，王樾一直随身携带着。

面对这如山的铁证，王樾目瞪口呆之余，心中懊悔万分。王樾真心后悔那夜赵巧莲来还手帕，当时只顾着红袖添香，全然忘了将手帕收捡好，这才留下了证据。可现在后悔已经来不及了，这世上从来都没有后悔药卖。

王樾盯着赵巧莲看了又看，如梦初醒般发现这个赵巧莲并不简单。他原以为赵巧莲只是个单纯而又缺少关爱的怨妇，早已彻底沦陷在他的温柔乡之中，万万没想到赵巧莲竟然不在他的掌控之内，还留了这么一手。但凡陷入爱河还能给自己留后路的人，都不是全心全意的。王樾不敢相信，向来长于算计的他，居然被这样一个山野村姑利用了，反而成了她用来报复王键的工具！

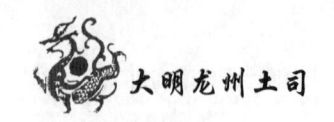

还未等王樾细想，王禧早已怒火中烧，气得血脉上涌，满脸通红，一直红到发根，嘶吼的声音里夹杂着无法平息的怒火："来人，把这对奸夫淫妇给我绑了，丢到涪江河里浸猪笼！就当我王禧从来没生过这么一个儿子！"

毕竟是血浓于水的父子，说这话的时候王禧的眼眶湿润了。尽管王禧于心不忍，但王樾和赵巧莲私通，已犯下十恶不赦的内乱大罪，证据确凿。王禧若是不按照国法家规处置，有何颜面面对王氏一族的列祖列宗？有何颜面面对千千万万龙州宁武司的百姓？王禧只能大义灭亲，白发人挥泪斩黑发人。

"父亲，孩儿知错了，孩儿知错了！求父亲您开恩啊，孩儿再也不敢了，孩儿一定洗心革面重新做人，绝不再作奸犯科！"王樾不敢相信王禧要把他浸猪笼，当真要取他的性命，蓦地感觉脖子凉丝丝的，似乎生命的脖颈被掐住了，绝望的双眼无力地睁着。

赵巧莲一副生无可恋的样子，目光呆滞，不言一语。

闻讯而来的二夫人曹鸢娘听到王禧要将王樾浸猪笼，心如刀割，差点儿急火攻心晕过去。她强打精神，跪在王禧脚下，一如那日大夫人蔡秋娘为王键求情。

二夫人以泪洗面，望着王禧，苦苦哀求："老爷，虎毒不食子啊，樾儿已经知错了，您就饶他一命吧！您尽可用荆条狠狠地抽他打他，千万不要杀了他啊！樾儿向来聪明懂事，自古英雄难过美人关，一个巴掌拍不响。樾儿在这件事上确实犯了糊涂，还请您给他一个洗心革面的机会啊！您不要因为樾儿一时糊涂就要了他的命，这些年来樾儿为土司衙门做了多少事，为我们王土司府做了多少事，功过是非您心里自有定数。还请老爷您高抬贵手，放樾儿一条生路，让樾儿以后更加发愤图强地为您排忧解难，以弥补他今日的罪过。求求您给樾儿一个机会，好不好？老爷，您是知道的，当年我生樾儿的时候差点儿血崩，樾儿就是我的半条命，也是您的骨肉血脉啊！要说十恶不赦，之前键儿犯下恶逆之罪，您不也只用了棘刑，让键儿在柴房闭门思过吗？樾儿和键儿都是您的儿子，还请老爷您一碗水端平啊……"

刚刚赶来的唐晚星和辛夷，见此情景各怀心事。辛夷瞠目结舌，不敢相信，甚至怀疑她在做梦，她无法相信王樾和赵巧莲会做出这等人神共愤之事。唐晚星早就料想到会有这样东窗事发的一天，愤慨而痛心，转过身去捂着脸，将头靠在墙上，抽动着肩膀呜咽地哭了起来。那些藏在心里的话如同骨鲠在喉，不吐不快，但却是永远无法说出口的秘密。

第三十二章　　王键怒火烧写休书
　　　　　　　王禧下决心立世子

　　屋内的气氛诡异而紧张，诱发出一种不安的惆怅和忐忑的恐慌。

　　唐晚星用哭红的眼睛死死盯着王樾，盯得王樾浑身上下毛骨悚然。王樾知道唐晚星心里有恨，担心唐晚星此刻告诉王禧和王键他勾引赵巧莲的真相。要是在这种情况下火上浇一把油，王樾就真的只有死路一条了。

　　唐晚星用辛夷递的手绢擦了擦眼泪，毕恭毕敬地跪在王禧面前，哀求道："父亲，请您网开一面，饶恕我夫君一命吧！夫君犯下今日的弥天大错，都是我的过错。怪只怪我平日待他刻薄、强势凶悍、蛮横不讲理，这才一步一步把他推入别人的怀抱，埋下今日的祸根。父亲您若执意要罚，就罚我一个人吧，我愿意代替夫君受到任何处罚！晚星不敢有什么怨言，只有一个请求，希望父亲您能够放我夫君一条生路，我实在是不忍心让我的两个孩儿这么小就没了爹，桥儿和株儿还等着夫君抚养他们长大成人……"

　　王禧垂着眼眸，心疼得如刀绞一般，老泪纵横在脸上，划出一道道伤痕。

　　辛夷见状，急忙跪下，重重地给王禧磕了一个响头，含着泪对王禧说："父亲，辛夷求求您饶樾哥哥和巧莲嫂嫂一命吧！他们的确一时糊涂，犯下了这等令我们王氏族人蒙羞之事。但家丑不可外扬，若是父亲您真的处决了他们，闹得满城风雨，尽人皆知，岂不是让我们整个王氏一族无颜面对龙州宁武司百姓吗？我们今后又有何面目示人啊！我们本来是兄妹六人，坦哥哥已经去了，如今只剩下我们兄妹五人，若父亲您还要将樾哥哥和巧莲嫂嫂浸猪笼，那今后王家的人丁会更加凋零，辛夷再也无法承受失去骨肉至亲之痛了，辛夷相信父亲您也无法承受吧？不如您就以棘刑处罚樾哥哥，再罚他闭门思过，让他以后和巧莲嫂嫂不再来往。辛夷相信他们经过此番教训,一定会痛改前非,不再犯错!"

辛夷的话音刚落,王禧还未表态,沉默良久的赵巧莲无力地依靠着墙壁,身子慢慢滑下抱住膝盖,把脸埋进阴影里,肩膀微微颤抖,缓缓开口:"大公子,你把我休了吧,我对不起你……把我休了,你重新再娶一位贤良淑德的夫人吧,我配不上你……"

"来人啊,笔墨伺候,我要写休书!"气头上的王键吩咐下人准备笔墨纸砚,寥寥几笔就写好了休书。

休书上面赫然写着:"立书人王键,系龙州宁武司人,凭媒娉定赵氏为妻,岂期过门之后,本妇口多言,正合七出之条,因念夫妻之情,不忍明言,情愿退回本宗,听凭改嫁,并无异言,休书是实。"

赵巧莲不识多少字,王键念给赵巧莲听后,赵巧莲吃惊地看着王键:"你为什么不按照事实来写?"

王键依旧冷若冰霜,话语里多了一分温情:"你我毕竟夫妻一场,休了你,你从哪里来就回哪里去,让你和你的奸夫此生不复相见。"

见王键松了口,二夫人曹鸾娘擦了擦滚下面颊的泪珠,对王禧继续哀求道:"老爷,您看!键儿都已经不想要樾儿和赵氏的性命了,也休了赵氏了。您是不是可以饶恕樾儿,放樾儿一条生路,让樾儿改过自新,重新做人了?"

"来人,拿棘条来!给我把王樾绑在长条凳上,重重打十棘!"王禧紧皱眉头,喉咙里的愤怒如同呛人的浓烟,"休书已经写好,立刻把赵氏驱逐出我王土司府,永世不得再踏进半步!这件事就到此为止,任何人不得外传,对外就宣称赵氏因口多言被休。若是谁在外面传出了什么风言风语,休怪我王禧不客气!把王樾调遣各营的令牌收了,收回他的治兵、监政之权!以后王樾就随其生母曹氏,天天长伴青灯古佛,潜心修佛赎罪,没有我的命令不得踏出王土司府半步!若是再作奸犯科,就褫夺其王氏土司庶次子身份,贬为庶人,死后不得入我王氏祖坟!"

王禧的话音刚落,王樾、二夫人瘫坐在地上,如同一只脚已经踏入鬼门关,一条命早已去了一半,另外半条命还在苟延残喘。

家丁们搬来一张宽大的木头条凳,剥掉王樾的外衣,只把中衣给王樾留在身上。家丁们将面如土色的王樾四肢牢牢捆绑在条凳的四条腿上。家丁吉喜抱来了十根棘条,双手交给王禧。对王樾太过失望的王禧不想亲自动手,

第三十二章　王键怒火烧写休书　王禧下决心立世子

命吉喜行刑便是。

一鞭鞭棘条重重地打在王樾身上，一股剧烈的疼痛油然而生，刺激着王樾的神经，像是被千万把灼热的利刀刺着，一股绞心的痛苦遍布全身。痛楚潮水一般朝他涌来，一波又一波，绵延不断。疼痛实在难忍，王樾凄惨的叫声在整个房间内回荡，听得人心里难受。王樾一脸惨白，豆大的汗珠滴落下来，落到地上，融入地砖缝里。

被打得快睁不开眼的王樾，恍惚之间觉得这一幕竟是那样熟悉，像曾经和现在同时交织倒映，只是改变了情境里的主角而已。

几日之后，龙州王氏土司衙门的后堂。

徐昌田支开所有衙役，向无精打采的王禧问道："王土司大人，您近来何故这般没精神，可是二公子的缘故？属下看二公子好几天都没来土司衙门了。"

"唉，逆子啊，逆子啊……原本家丑不可外扬，徐公你也不是什么外人，我就将此事告知你吧，正好也听听你的意见。还请徐公保密，毕竟此等丑事令我王家抬不起头啊！"王禧长叹一口气，将王樾和赵巧莲私通之事告知徐昌田。

"王土司大人，请息怒！"徐昌田花白的胡须抖动着，老迈的眼睛透露出锐利的目光，"王土司大人，虽说温柔乡是英雄冢，英雄难过美人关，但以二公子谨言慎行的性情和其远大的政治抱负，按理说是做不出这种事的。这件事恐怕另有玄机啊……"

王禧瞪大眼睛："此话怎讲？还请徐公明示。"

徐昌田摇了摇头，缓缓说道："恕属下直言，王土司大人您正当壮年，立谁为世子之事还为时尚早。但久不立世子，矛盾和斗争自然也就来了。这次的事和上次小桂圆落水之事，不就是有人暗中争夺世子的表现吗？您看，小桂圆落水后大公子被扳倒了，这次内乱之事二公子被扳倒了，那么下一次又轮到谁出事，又会是谁被扳倒呢？早日确立世子的目的，就是为了打消其他子女的妄想，从而安定人心，保证政权顺利交接。确立世子一事，您不能一拖再拖了，早点确立世子，安定人心，不能再让那些有争权夺位想法的人继续心存幻想。"

王禧欲言又止："可是……"

徐昌田知道王禧想说什么，接着说："属下知道您一直纠结该把世袭土司之位传给大公子，还是二公子。大公子是嫡长子，二公子贤明能干。自古立

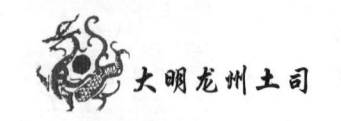

长不立贤。《春秋公羊传》里说过：'隐长又贤，何以不宜立？立嫡以长不以贤，立子以贵不以长。桓何以贵？母贵也。母贵则子何以贵？子以母贵，母以子贵。'贤明是主观可以改变的，嫡长子可以贤明，庶次子也可以贤明。但嫡长子的身份是客观已经定下的，无法更改。只有嫡长子当政，才能更有说服力，更好地维持政权长久统治。大公子生性善良，没有争权夺利之心，宽宏仁慈，面对二公子和赵氏的背叛，还能饶恕他们，在休书上只写赵氏'口多言'，以免坏了她的名声，将来无法再醮。大公子这样的胸怀和度量，才是真正的仁者心怀天下啊！对于伤害他的人尚且如此，更不要说对待百姓了，这正是一个土司该有的气度。若是将来大公子当上土司，必定能像王土司大人您这样爱民如子，全心全意为宁武司百姓谋福利、做实事，成为龙州宁武司百姓心目中的好土司。"

王禧听完，半开玩笑半认真地问徐昌田："说了这么多，原来徐公你是键儿的说客啊？"

徐昌田严肃起来："王土司大人，这怎么可能呢？属下既是大公子的私塾先生，也是二公子的私塾先生，手心手背都是肉啊。属下今日可能话有点儿多了，但并无他意，更不是谁派来的说客。属下只是希望王土司大人您能阖家平安康泰，龙州宁武司的百姓能安居乐业罢了，还请王土司大人不要有所芥蒂。"

王禧不再说话，转而陷入沉思。他沉默不语，颔首低额，目光凝视着远方，仿佛穿透了一座座大山。微微颤动的嘴唇似乎在自言自语地呢喃着，却安静得听不见任何声音。他站起来，在公廨内踱步，双手背在背上，来回徘徊，时而停顿，时而叹气。

阴极之至，阳气始生，日南至，日短之至，日影长之至，故曰"冬至"。自古人们认为自冬至起，天地阳气开始兴作渐强，冬至一阳生，天地阳气回升，人们将冬至视为吉日，是冬季祭祀大节。

龙州宁武司自然也不例外，除了家家户户祭祖把家谱、祖先像、牌位等供于家中上厅，安放供桌、摆好香炉、供品等，王禧亲自带着龙州王氏土司衙门的衙役们，来到箭楼山脚下举行一年一度的祭祀仪式。杀猪、杀牛、杀羊，摆放好花果，祭祀天神、土地神，叩拜神灵，以祈福来年龙州宁武司风调雨顺，宁武司百姓安居乐业。

在祭祀大典上，王禧当着广大龙州宁武司百姓，出乎意料地宣布了一件

第三十二章　王键怒火烧写休书　王禧下决心立世子

大事：即日起，正式确立其嫡长子王键为世袭龙州王氏土司的世子。

在场的百姓们深感意外，议论纷纷。

"什么情况啊，王土司大人不是正年富力强吗？怎么这么早就确立世子啊！该不会是王土司大人得了什么不治之症了吧？"

"胡说八道！像咱们王土司大人这么好的父母官，菩萨肯定会保佑他长命百岁，身体康健，怎么可能会得什么不治之症！"

"不是吧？之前我经常看到王土司大人家的王樾公子在巡防啊，我还以为土司之位要传给王樾公子呢！"

"王键公子才是嫡长子好吧？要传位的话，肯定是传给嫡长子呀。"

……

王禧早已料想到他的这一举动必然会招来非议，因而内心十分平静，静到名利不扰，尘世不扰，己心不扰。王禧相信，只有穿透外在的种种繁杂，放下执着，清除障碍，才能更有智慧地处理一切。

毕竟该来的总会来，该走的都会走。

第三十三章　　王键义佛山会巧莲
　　　　　　　计中计反夺世子位

　　寒冷的冬夜，天高霜浓，黯淡的月和若隐若现的繁星，像是被一双无形的大手遮住了。记忆呼啸而过，只留下那再也找不回的从前。月光冷冷清清，淡淡地洒在房间里对窗望月的王樾身上，留下可怜悲凉的温度。

　　二夫人曹鸢娘急急忙忙跑到王樾的房间，一进门便关上门窗，小声对王樾说："樾儿，你知道吗，今日祭祀大典上，你父亲当众宣布立王键为世子了！"

　　"什么？"王樾瞪大布满红血丝的眼睛，眼珠仿佛要从眼眶冲出，充斥着深深的绝望，"不！怎么会，怎么会这样……为什么绕了一个大圈子，还是回到了最初的起点？我不接受这样的命运，我要逆天改命！他不是世子，我才应该是世子！"

　　看着王樾近乎癫狂的样子，二夫人心疼地把王樾抱在怀里，哭了起来："樾儿，咱们不争了，咱们认命吧，好不好？为娘不想看你这样，你整天失了魂似的，不怎么吃不怎么喝，你要是有个三长两短，为娘可怎么办啊！千错万错都是为娘的错，都是我不争气，只是一个姬妾，不是正室，不能让樾儿你名正言顺地成为世子，可惜了你这一身的本事，唉……兜兜转转最后还是让王键这小子捡了大便宜。蔡秋娘是正室，王键是嫡长子，我们再怎么斗也斗不过他们的！这是命，我们都得认命。樾儿，为娘什么都不要，只要你和济儿健健康康、平平安安……"

　　王樾的牙齿咬得咯咯作响，好似一头暴走的野兽："我为什么要认命？我就是不认命！王键虽是嫡长子却资质平平，凭什么要他来做世子，以后接任下一任土司？凭什么？凭什么！我不服输，我不认命！只要他王键还没有正

第三十三章　王键义佛山会巧莲　计中计反夺世子位

式登上土司之位，我就还有机会！世子立了难道不可以废黜吗？对，我没有输，我还没有输……"

"樾儿……"二夫人不再说话，为她和王樾的身世哭了，为王樾的偏执哭了。胸腔里那一颗破碎的心，似一块被割裂的石头，跌落在万丈谷底。

王樾心里清楚，真正的绝望是内心的迷茫。路是自己选的，后悔的话只能往自己肚子里咽。自己选择的路，即使跪着走，也要走完。一旦开始，便不能终止，否则曾经的辛苦和努力都会化作一缕青烟，消散得无影无踪。

此时的义佛山，黑色的穹顶挤压着大地。已是冬至，穿过一片光秃秃的树林，脚踩着细碎的枯枝败叶。一个黑影在寒风中穿梭，走向一户低矮的农房。

赵老汉家门外忽然响起"笃笃笃"的敲门声。

"谁啊？"风湿病发作的赵老汉早早睡去，赵巧莲披上衣服来开门。

"巧莲，是我，你开门吧。"赵巧莲细细一听，是王键的声音。

从门缝里看去，竟然真的是王键！

赵巧莲揉了揉惺忪的睡眼，悄声开门，让王键赶紧进来。王键一身黑衣，头上包着黑布巾，脸上戴着黑色的面巾。若不是露出了那一对炯炯有神的眼睛，单是从身形来看，很难认出是王键。

"巧莲，你最近过得还好吗？"王键进门后掩上房门，摘下头巾和面巾，轻声问道。

赵巧莲知道王键这身打扮，必定是怕人认出他来。赵巧莲关好门窗，点了一盏小小的油灯，生火烧上一壶热水，方才低下头小声回答："回大公子，挺好的……"

看着赵巧莲消瘦的面庞和深陷的眼窝，王键知道赵巧莲过得并不好。用脚趾头想也知道，一个妇人被冠以内乱的罪名，虽然对外宣称是因口舌多而被休，但新婚不久就被休显然不光彩，回到娘家不知受了多少闲话、多少白眼。

王键心疼地捧起赵巧莲的脸，眼里起了一层雾，目光如阳光般倾泻下来："巧莲，你瘦了……我知道你过得不好，是我太自私了，为了从王樾手中把我应得的东西抢回来，让你受了这么大的委屈，对不起……巧莲，今日父亲当众宣布立我为世子了，等我正式继承了土司之位，我就重新八抬大轿接你回来，好不好？到时候你还是我的正房夫人，你一定要等我，等我……"

赵巧莲深埋在心底的苦涩喷涌而出，随着受尽委屈的泪悉数落下，一滴一滴打在王键手上，像是一种无声的倾诉。赵巧莲清楚，她和王键尊卑有别，

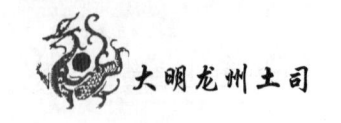

地位悬殊，她从来不敢奢望什么。

赵巧莲低着头，像一朵永远都朝着同一个方向低头的百合花，轻声说道："大公子，您不必自责，这没有什么谁对谁错的，都是巧莲自己心甘情愿的。我爹常年风湿病痛，欠下一大笔药费，我就算是卖一辈子柴，卖一辈子山货，都还不完。若不是大夫人和大公子相助，为我爹还清了诊金和药费，又拿了一大笔银子给我爹，让他能够好好养病，说不定我爹早已不在人世了。我们全家都感激大夫人和大公子的大恩大德，当初大夫人和许媒婆一起来找我，大夫人把我拉到一边，想让我嫁给你之后去勾引王樾，我立刻就答应了，就是想要报答你们的恩情。否则，我赵巧莲就是不懂报恩，猪狗不如。"

"巧莲，难为你了……"王键心里涌上一阵酸楚。

赵巧莲哽咽着继续说："至于大公子您说的再回王土司府一事，还是算了吧。巧莲只是一个村姑，说起来虽是计谋需要，但我已经和王樾有染，已是不洁之身。大公子您现在贵为世子，巧莲是万万配不上大公子您的。巧莲还请大公子重新娶一位贤妻，好为王家生娃添丁。巧莲为了让王樾中计，喝了不少麝香柿钱汤，这辈子怕是无法再生育了……"

王键眼里闪烁着琉璃般的光，从怀里取出一根金条和一张药单子，递给赵巧莲："巧莲，谢谢你为我做出的牺牲，真的很感激你……要不是你，我也不会这么快就把王樾扳倒，顺利成为世子。巧莲，你这么好的姑娘，我王键就是打着灯笼也找不出第二个啊！我想用余生好好补偿你，能不能给我一个机会，让我以后好好待你？巧莲，你放心，这是我悄悄找龙州最好的郎中章郎中为你开的一副调养身子的方子。你现在要做的就是坚持吃药，用这些钱多买点益气补血暖宫的饮食吃。不要觉得贵，不要怕浪费钱，你的身子最重要。章郎中说了，只要你坚持吃药，悉心调养，要不了一两年你的身子就能调理好，以后我还要和你儿孙满堂呢！这根金条你先拿着用，以后我还会常来偷偷看你，钱不够了你就给我说一声。平日里如果你有什么急事要找我的话，可以通过吉喜找我，他是我的心腹，信得过的。"

"大公子，谢谢你……"听完王键的话，赵巧莲清泉般的眼泪再次落下。不同的是，她此时的眼泪是甜的。

在昏暗的灯光下，赵巧莲穿着中衣，披着素面棉袄，白衣黑发，衣发飘逸，素净淡雅。

王键爱抚着赵巧莲略显凌乱的发丝，从怀里拿出一枚金仙宫夜游分心发饰，交到赵巧莲手上："巧莲，这枚金仙宫夜游分心是当年我父亲迎娶我母亲时，特意请京城的顶级金匠打制给母亲的。我长大成人后母亲送给我，让我把它交给我此生愿意与之白头偕老的女子。我曾经把它交给了檀儿，但现在我要把它交给你。希望以后我重新迎娶你回家时，你能在万众瞩目之下戴上它，再一次成为我最美丽的新娘。"

赵巧莲双手接过这枚光彩熠熠的金仙宫夜游分心，捧在手里，细细端详。这枚金仙宫夜游分心发饰造型精美，描绘了人们晚上出行的场景，上面一共刻画了40个人物。整个分心采用立雕和高浮雕的方式，玲珑剔透、层次鲜明。整体呈山峰形，中部有两株葡萄，抱成圆框，一人骑马穿行其间，马的前面有提灯开路者，有吹笙者、起舞者，马后有举扇侍奉者。圆框左右各有随从15人或持扇或击鼓或操琴或弹琵琶，背景则是宫殿楼阁，周围均环绕连珠纹。这金仙宫夜游分心雕工精美，设计巧妙，算得上是普天之下难得的精品发饰，即便是与皇家妃嫔的发饰相比，也不见得会逊色。

"愿得一人心，白首不相离。巧莲，来，我给你戴上，看看有多美！"王键温柔地将赵巧莲的头发挽成一个发髻，拿起金仙宫夜游分心，轻轻将金仙宫夜游分心插在发髻正中央，金光粼粼的分心，映衬着赵巧莲梨花带雨的面容，相映生辉。

王键和赵巧莲紧紧抱在一起，就像是一对久别重逢的恋人，流干了眼泪，终于换来一次相遇。

萧瑟的风潜入王土司府的夜，王土司府上下灯光几乎都已熄灭。人们在暖暖的被窝里安然进入梦乡。远处的夜莺，停止了悲鸣。四周一片寂静，一切是如此静谧，谁也不舍去打破这份安静美好。

辛夷房间的灯还亮着，辛夷在灯下把玩着手中的桔梗花荷包，想象着另一个桔梗花荷包的主人卢有心此时此刻正在做些什么。想着想着，辛夷的嘴角浮起一丝甘之如饴的笑，脑海里浮想联翩，随口胡乱念叨着她写给卢有心的诗："月朗星稀知几更，寒夜深沉数时轮。青裳洒洒曳流云，意萦心间不作声……"

忽然，辛夷的窗棂外飞过一只鸽子，披着一身银灰色的羽毛，颈上一圈羽毛呈金黄色，就像少女细颈上光彩耀眼的金项链。不同于一般的鸽子，这只鸽子的脚脖子上绑着一个小巧的脚环。

这不是普通的鸽子，这是信鸽！

辛夷早就知道，王禧为了通信方便命家丁吉瑞在府里饲养了许多信鸽。可是都这么晚了，怎么还会有信鸽飞回府上呢？

好奇的辛夷披上厚披风，顺着鸽子的踪迹找过去，发现吉瑞正在给一群信鸽喂食。

辛夷问吉瑞："吉瑞，这么晚了，是谁的信啊？"

看到辛夷来了，吉瑞赶忙解释："辛夷小姐，您怎么还没休息啊？这不是谁的信，是小的在训练这只新买的信鸽呢。这段时间府里大事小事不断，耽误了训练信鸽。小的生怕老爷责怪，碍于晚上才有空，只能趁这个时候训练。打扰了辛夷小姐休息，真是万不应该，还请辛夷小姐恕罪！"

"哈哈哈……是我自己睡不着，与你无关。"辛夷爽朗地笑了笑，话锋一转，心生一个主意，"吉瑞，你可要帮我一个忙。"

"辛夷小姐，您尽管吩咐就是了。"吉瑞毕恭毕敬地说道。

辛夷笑嘻嘻地对吉瑞说："你帮我养一只信鸽，用于我和卢画师之间通信吧。"

吉瑞瞬间懂了辛夷的心思，颇感为难："辛夷小姐，不是小的不执行您的吩咐，您这可是为难小的啊……王土司大人不是不喜欢您和卢画师来往吗？要是给王土司大人知道了，他肯定会斥责小的，小的到时候也不好交差啊……"

辛夷听罢，噘起嘴嘟囔道："吉瑞，我平时待你不薄吧？这点小忙你都不肯帮吗？"

"这……"吉瑞左右为难，不知如何作答。

辛夷只得给吉瑞吃下定心丸："你放心好了，要是出了什么事，我一力承担。"

吉瑞这才笑逐颜开："有辛夷小姐您这句话，小的就放心了。小的保证，小的一定为辛夷小姐您训练一只最棒的信鸽！"

辛夷拍了拍吉瑞的肩膀，笑着说："我就说嘛，吉瑞最好了。"

辛夷的脸上挂着僵住的笑，与之相反的是她内心的低落。不用吉瑞提醒辛夷也知道，王禧有多不满她和卢有心来往。辛夷想要吉瑞为她训练一只信鸽，若是"龙宫"建成之后，王禧干涉她与卢有心来往，勒令他们不能再见面，他们之间至少还能飞鸽传书，总好过从此彻底断了联系，彼此只能各自哀泣。

第三十四章　　历七载龙宫终建成
　　　　　　　卢有心失踪饯行宴

　　明正统十一年（1446年）腊月，龙州宁武司蟠龙坝，龙州王氏土司王禧的雄伟"龙宫"历时七年终于得以建成。

　　龙宫坐西向东，占地面积约42亩，建筑面积约5亩，所有建筑沿一条90丈长的中轴线对称排列，完全仿照紫禁城布局设计。所有木材清一色采用珍贵楠木建成，规模宏大，布局和谐，结构严谨，精美绝伦。"龙宫"气象森严，飞檐凌空，红墙绿瓦，宽阔华丽，雕梁画栋，金碧辉煌。宫殿柱额梁枋、天花藻井、脊饰瓦当，乃至香炉、匾额、钮钟等处，或刻或绘，或铸或塑，无处不突出龙的形象。"龙宫"内共计有九千九百九十九条千姿百态的龙，可谓"深山龙宫"。正红朱漆大门顶端悬着金丝楠木匾额，上面题着八个大字"龙州王氏土司衙署"。

　　阳光下，绿油油的琉璃瓦重檐殿顶，雄奇恢宏，耀眼醒目，光彩熠熠。华丽的楼阁被金水桥下流动的池水环绕，碧绿明净，宛如一条流动的翠玉。"龙宫"内精心雕琢的九千九百九十九条神龙，金鳞金甲，活灵活现，欲腾空飞去。

　　宁武司的百姓鲜有人去过京师，无人见识过紫禁城的金碧辉煌，远远看见这座雄伟壮阔的"土司衙门"，议论纷纷。

　　"王土司大人新建的土司衙门太奢华了，我怎么感觉档次高得有点儿过分了吧？"

　　"你懂什么呀，这是朝廷看重王土司大人。你没见上次钦差前来龙州宣读圣旨，特意选在了咱们蟠龙坝吗？"

　　"我二姐嫁到潼川州后，官府修个民心桥还让他们潼川州的老百姓捐资捐

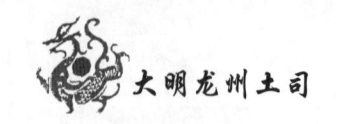

物，说什么民心桥就是集民心、筹民资、聚民力。我二姐夫家本来就穷得舀水不巴瓢了，还是被迫捐了银子。你看咱们王土司大人，哪一次宁武司修桥补路让我们老百姓出了钱的？就朝廷每年拨付的那点钱，肯定不够，都是王土司大人拿自己的钱补贴呢！王土司大人现在修个豪华点的土司衙门，算不了什么，我看这土司衙门还得再高一个档次，才配得上王土司对咱们宁武司百姓的恩情呢！"

"就是嘛，现在到处都是搜刮民脂民膏的贪官污吏，像咱们王土司大人这样爱民如子的父母官，少之又少啊！别人没问你要一分钱，修个好点的土司衙门有什么不对？那都是人家官府的事，再说修官衙必须向四川承宣布政使司和工部报批，朝廷都同意了，你一个平头小老百姓还能不同意？"

……

时光如白驹过隙，世事如白云苍狗。时间是最好的解药，一家人终归是一家人，再深的伤痛，再恨的撕扯，总会烟消云散，只余下轻微的惆怅。

七年时间里，王樾虽失去了治兵、监政之权，好在不用再被禁足。赵巧莲回到了义佛山上的村子里，王键常常偷偷去看望接济她，两人的感情一直都很好。辛夷和卢有心浓情蜜意，期盼着"龙宫"建成后王禧能够实现他当初的许诺，将辛夷许配给卢有心。如今"龙宫"既成，辛夷和卢有心更是满心期待。

王禧坐在土司府的花厅里，和三房夫人、子女一起吃着晚膳。

青梅酒、碧玉觞、金足樽、翡翠盘。王禧手握白瓷梅花酒杯，酒杯呈猪油白色，油润如玉，杯呈椭圆形，腹部白瓷梅花，枝条组成卷足底，弧腹侈口，盛满了甘甜的青梅酒。

王禧和几个儿子喝着酒，说道："这'龙宫'既成，键儿你尽快把余下的工钱结给匠人们，他们好几年没回乡了，可尽快启程回乡。对了，再给他们每人多追加二两银子作为回乡路费，他们回乡之路山高路远，也好多备点盘缠。"

王键放下手中的碗筷，一口答应："好的，父亲，孩儿尽快去办。"

王樾见状提议："'龙宫'的建成，这些远道而来的匠人们功不可没。不如在他们临走之前，隆重地宴请他们一次吧，当作是给他们钱行。"

"樾儿所言极是，这件事就交给你去办吧。"王禧对王樾吩咐道。

王焕看着身旁心事重重的辛夷，大概猜出了七八分缘由。想到辛夷一个

第三十四章　历七载龙宫终建成　卢有心失踪饯行宴

女儿家不便开口，王焕作为辛夷同父同母的哥哥，便主动替辛夷问道："父亲，您当初说过'龙宫'建成就将辛夷许配给卢画师，此言还当真吗？"

王焕话音未落，辛夷紧张起来，凝神聚气地盯着王禧，生怕王禧露出一丝不悦。

只见王禧笑容顿消，冷漠地挤出几个字："等忙完这一阵儿再议。"

王禧的态度让辛夷愁眉双锁，布满阴云。瞳仁折射出暗淡失落的色泽，嘴唇翕动讲不出一个字。

大家见状都明白了，王禧还在怪罪卢有心。卢有心当年执迷血墨，让辛夷失血过多昏倒一事，致使王禧认为卢有心并非辛夷可托付终身之人。王禧向来一言九鼎，不便直接否决当初为辛夷立下的婚约，此事能拖就拖。

原本热闹的家宴冷了场，谁也不敢再多说一句话，都默默地埋头吃饭。四周静得可怕，只听见汤勺碰撞青瓷荷叶盅的声音。

两日后的傍晚，王土司府里大摆筵席，张灯结彩，喜庆祥和。王禧亲自宴请修建"龙宫"的二十名匠人，共同庆贺"土司衙门"完工。匠人们如期而至，座无虚席。王土司府上下喜笑颜开，热闹非凡。爆竹声后，琳琅满目的各式菜品，扑鼻而来的菜香酒香，令人眼花缭乱，回味无穷。此起彼伏的欢声笑语流水般延绵不断，不绝于耳。

面对一桌子好酒好菜，一想到吃过这顿饭就能拿到余下的工钱，即将踏上返乡归途的匠人们满心欢喜。

酒桌上，程望山主动向卢有心敬酒，流露出艳羡的神情："卢兄，我真是羡慕你啊！土司衙门建好了，你就可以抱得美人归，成为王土司大人的乘龙快婿，以后在蟠龙坝落地生根了。蟠龙坝这地方物华天宝，气候宜人，比起我们北方真是好太多了。我们这些人就只能从哪里来回哪里去，几年没回去了，还不知道家里变成什么模样了呢……"

"程兄，你说笑了，我和辛夷的婚事八字还没一撇呢。只是自此一别，不知何时才能和程兄再见了，祝程兄一路平安，万事如意！"说完，卢有心看了一眼腰间系着的桔梗花荷包，一饮而尽，谁也没有看出他眼里的淡淡失落。

就在这时，王禧端着酒杯，带着王键和王樾来向匠人们敬酒。匠人们放下手中的碗筷，毕恭毕敬地端起酒杯，虔诚地注视着王禧。

王禧面带微笑，感激地说："各位师傅，七载春秋，有劳各位劳心尽力，才有了这一座雄伟庄重的"龙州王氏土司衙门"。千言万语也表达不尽我的感激之情，我王禧早已铭记在心，永生难忘。今日略备薄酒，还请各位师傅吃好喝好。除了每位师傅剩下还未结算的工钱，我还为你们每人多准备了二两银子作为回乡路费，请大家用完晚宴后到账房领取。"

"谢过王土司大人！"匠人们为王禧的慷慨欢呼起来。

高兴归高兴，王键向众人宣布："各位师傅，家父待大家如何，想必大家心知肚明，有目共睹。家父不喜张扬，还望各位师傅回乡之后，守口如瓶，务必不要对外透露来龙州宁武司蟠龙坝修建过"土司衙门"之事，切记，切记！"

"草民定当谨遵大公子吩咐，决不透露分毫！"匠人中除了卢瑀、卢有心知道内情心照不宣外，其他匠人虽感到疑惑，但也懂得闷声发大财的道理，当即表示绝对不会对外透露来龙州宁武司蟠龙坝修建土司衙门一事。

王禧满意地点点头，让匠人们继续享用晚宴，并安排了两名衙役去取库银，好给匠人们结工钱。

兴许是"龙宫"终于建成的欣喜，加之匠人们纷纷给王禧敬酒，王禧喝得酩酊大醉，在下人的搀扶下，先行回房睡下了。宴席上只留下王键和王樾继续陪匠人们饮酒用膳。

过了一会儿，屋外暮色四合，天彻底黑了。王键也大醉，被家丁搀回房睡下，王樾继续陪着匠人们。山珍野味，珍馐满桌，匠人们醉醺醺地吃着喝着。

卢有心喝着酒，轻轻闭上眼，让香醇的刺梨酒悠然滑过舌尖，润润过喉，滑滑入嗓，暖暖浮动在腹间，徐徐游离在鼻息，悄悄潜进血液。清甜的刺梨酒，让人无法忘怀，就像意中人辛夷一样，飘着幽香，散着甘甜，成为身体里不可或缺的一部分。

酒过三巡的卢有心，感觉可能是酒不醉人人自醉，平日里酒量还算不错，但今日竟有些不胜酒力。他神情恍惚，四肢无力，脚下不稳，忽东忽西。卢有心头痛得厉害，眯起眼在云里雾里，瞪大眼不知身在何处。

恍惚之间，卢有心看着其他匠人一个个喝得正在兴头上，父亲卢瑀早已趴在桌子上睡着了，旁人无论怎么摇都摇不醒。卢有心隐约感觉有些不太对劲。他冷峻的面容上爬上一抹滚烫的红晕，眼皮越来越沉，头痛欲裂，晕晕乎乎，喉咙里没有力气发出声音，像是坠入了无边的黑暗，卢有心忽然眼前一黑，昏了过去。

在这个寒凉萧瑟的冬夜，往日甜蜜的回忆和对明日美好的期盼不断交织，如一粒碎石击在辛夷湖水般的心底，轻轻散开，荡漾出一圈圈涟漪。

第三十四章　历七载龙宫终建成　卢有心失踪饯行宴

按照头一天的约定，辛夷在东皋阁卢有心的房间里等候卢有心和卢瑀参加完晚宴回来，同她一起商议婚事，挑一个近期的良辰吉日，由卢瑀父子带上聘礼到王土司府提亲。现在"龙宫"建成，王禧没有丝毫表示要实现当初将辛夷许配给卢有心的许诺。对于卢有心和辛夷的婚事，王禧既没有否认也没有承认，这种模棱两可的态度，让卢瑀父子颇感不安。卢瑀打心底希望辛夷能做卢家的儿媳妇，一来乖巧懂事的辛夷对卢有心是真心实意的好，二来如果能与王禧结成亲家，对他父子俩有百利而无一害。卢有心自然不必多说，对辛夷既感激又依恋，两人如胶似漆，相敬如宾，佳偶天成。辛夷也希望能和心上人卢有心喜结良缘，成就一段佳话。毕竟愿得一人心，白首不相离是每个女孩子最单纯的奢望。

有约不来过夜半，闲敲棋子落灯花。辛夷无聊地拨弄着油灯的灯芯，望了望窗外清冷如刃的月光，暗自揣测卢有心是不是喝醉了，怎么还未回来？转念一想，若是卢有心喝醉了，难道卢木匠也喝醉了吗？

住在东皋阁的其他匠人陆陆续续地回来了。

辛夷赶忙问程望山："程画师，卢木匠和有心怎么没和你们一起回来？"

程望山一脸疑惑："卢兄和卢木匠不是早就回来了吗？他们父子俩兴许是太高兴了，多喝了几杯，都喝醉了。二公子专门派了家丁将他们送回东皋阁，怎么辛夷小姐没见着他们？"

辛夷越想越不对劲，她明明一直在东皋阁等着，始终没见到过卢有心和卢瑀的身影啊！这到底是怎么回事？辛夷心里就像十五个吊桶打水——七上八下的，左思右想后决定先回王土司府看看。

夜已深了，寒气四起，辛夷告别程望山，跨上她的小白马，快马加鞭奔向王土司府。

到了王土司府，辛夷火急火燎地冲到平日里宴客的花厅，整个花厅空空如也，早已风吹云散。桌椅被下人收拾得干干净净，仿佛这里根本就没有举行过什么晚宴。

辛夷到庭院、花园、回廊等地方四处查看，除了家丁和婢女，并没有看到卢有心和卢瑀的身影。他们俩去哪儿了呢？

正当辛夷一头雾水的时候，一个熟悉的声音从辛夷身后传来。

"辛夷，你在找什么呢？外面这么冷，怎么还不回房？"说话的正是辛夷的二哥王樾。

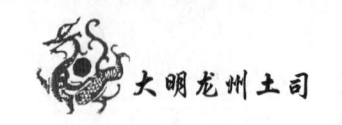

辛夷转头一看是王樾，向王樾一问究竟："樾哥哥，你有没有看到有心？"

"你是说卢画师啊？"王樾抠了抠脑袋，"我不是早就叫吉瑞和吉福把卢画师父子俩送回东皋阁了吗？"

辛夷斩钉截铁地说："可是我在东皋阁一直都没看见他们俩啊！"

王樾盯着辛夷，有些生气地质问："辛夷，大晚上的，你跑去东皋阁做什么？"

"樾哥哥，我现在真的很着急，必须马上找到有心！"辛夷显然不想回答王樾的问题，她目前最在乎的是卢有心的去向。

无奈之下，王樾只得叫来睡眼惺忪的吉瑞，向他询问卢瑀和卢有心的去向。

吉瑞揉着似乎没睡醒的眼睛，打着哈欠说："小的和吉福按照二公子的安排，护送看起来醉醺醺的卢木匠和卢画师回东皋阁。可谁知他们并没有醉，原来是装醉呢！他们二人神神秘秘地说有要事在身，得紧急赶回京师，今晚就不回东皋阁了，着急忙慌地走了。"

"这大晚上的，赶回京师？"辛夷瞪大眼睛，"怎么可能？有心和我约好晚宴后见面，他从来没说过他要回京师啊！"

"不会吧？小的劝说了好久，请他们再有急事也等白天再走，赶夜路不安全，可他们就是不听呢！好像真的有什么要紧的事似的。"吉瑞皱了皱眉头，对辛夷答道。

辛夷心急如焚，心里翻江倒海，又着急又难受："他怎么可能就这样不辞而别？"

王樾拍了拍辛夷的肩膀，劝解道："辛夷，你先别着急，是不是卢画师和卢木匠有什么要紧事得先回京师办？毕竟他们这么多年没回老家了。"

"说得也是，他们七年没回过京师了。"辛夷转念一想，还是觉得不太对劲，"如果有心他们要先回京师老家一趟，那有心肯定会第一时间告诉我，和我商议后再动身出发啊！"

王樾对卢有心怀恨在心已久，痛恨卢有心当年主动跳下荷花池救起小桂圆，破坏了他天衣无缝的计划，让他没能成功除掉王键。若不是卢有心的出现，他早就坐上了世子的位子，而不是落得今天这个下场。

王樾摸了摸辛夷的头，轻声说道："辛夷，这个世界并不是你想象的那么简单。大多数的选择都是不得不为之，每个人都有苦衷。卢画师的不辞而别，也许从一开始就是注定的，他既然不想让你找到他，就一定不会让你找到他。

第三十四章　历七载龙宫终建成　卢有心失踪饯行宴

顺其自然吧，辛夷。别想那么多了，这么晚了，早点回房休息吧。我今日甚是乏累，要先回屋休息了。"

"可是……"万分纠结的辛夷，本想再和王樾多说几句。

疲乏的王樾显然不想多说什么，与辛夷告别后回房了。

吉瑞见状打起哈欠："辛夷小姐，这么晚了，您也快回房歇息吧！今日为准备晚宴，小的累得快不行了，明日还得早起伺候几位公子，小的能否先行回屋继续睡了？还请辛夷小姐多多体谅。"

辛夷不好再缠着吉瑞，只得放吉瑞回屋，自己悻悻地走回房间。

回到房间后，辛夷望着窗外一层薄薄的白霜，越想越不对劲，总感觉这件事疑点重重，没那么简单。

辛夷披上一件羊毛内绒厚斗篷，提上一盏灯笼，悄悄从王土司府后门走出，沿着宁武司官道一路往东皋阁的方向走去。

辛夷心想，既然今日夜里有霜，说明这几天湿气重，若卢有心真是和卢瑀一起踏上回京师的路，漫漫长路，只能骑马，官道上必然会留下新鲜的马蹄印。然而官道上只有一些浅浅的马蹄印迹，一看就是陈旧的印子，显然不是今夜新留下的。倒是有两道车轮留下的车痕，印子很新。辛夷俯下身子，从车轮印里拾起一小撮泥土，放在鼻下嗅了嗅，有一股被碾压不久的新鲜泥土气息。辛夷打着灯笼，低下头，弯着腰，仔细沿着车轮的印迹往前走。

辛夷一个人在夜色中沿着车轮印走啊，走啊，居然上了箭楼山！辛夷感觉更奇怪了，如果卢有心和卢瑀真是要回京师，那么肯定会沿着官道一直顺涪江而下，怎么会转而上箭楼山呢，这不是南辕北辙吗？

更加诡异的是，车轮印在箭楼山赖子湾附近突然消失不见了！

第三十五章　　卢有心命悬鬼门关
　　　　　醉卢瑀惨死箭楼山

　　寒风凛冽地刮着枝头的枯叶，在箭楼山山麓上鬼魅似的游荡。有的枯叶耐不住寒风，一溜烟地被卷走了。剩下的枯叶，拼命抱住干瘪的树枝，死死抓住最后一抹生的眷恋。光秃秃的树枝在狂风的咆哮中战栗，摇曳不定，月怕冷似地躲进云层。

　　狂风肆无忌惮，树枝被刮得噼啪作响，在风中颤抖挥动，如群魔乱舞。冷风飕飕，直灌入辛夷衣襟。透骨奇寒，像针一样穿透辛夷的身体，她颤着身子，提着灯笼，把斗篷裹得更紧了。这个季节，这个时辰，箭楼山上的行人早已绝迹，飞鸟走兽一早就藏起来了，消失得无影无踪。

　　从小就听别人说过，箭楼山的赖子湾在前朝曾是残酷镇压抵抗民众的乱葬岗，想到此辛夷不禁毛骨悚然。时间仿佛凝固静止了，世间只有辛夷一个人似的。四周黑漆漆的，死一般的寂静。只听见"咔嚓"一声，辛夷踩断了一根地上的枯树枝，辛夷头皮发麻，感觉有无数双绿幽幽的眼睛正在暗处紧盯着她，她的心像快跳出来一样，在嗓子眼儿徘徊流浪着。

　　深更半夜，荒郊野岭，辛夷想赶快离开这个令人害怕的地方。可是她不能，她就算再畏惧也要咬紧牙关找到卢有心。辛夷提着灯笼的手颤抖不已，灯笼晃晃悠悠，灯笼里的火光也跟着忽明忽暗。

　　辛夷走呀，走呀，忽然间绣花鞋踩到一样东西，没有发出声响，只是有点儿硌脚。辛夷俯下身子，把灯笼提近一看，正是她与卢有心的定情信物桔梗花荷包！

　　辛夷的心异常慌乱，前所未有的担忧，宛如头顶黑乌乌的苍穹。这个意

第三十五章　卢有心命悬鬼门关　醉卢玛惨死箭楼山

义非凡的桔梗花荷包，和辛夷腰上系着的是一对，是见证他们感情的定情信物。卢有心怎么会把它随意丢弃在荒山野岭？

莫非卢有心遭遇到了什么不测？

难以平静的情绪让辛夷头昏脑涨，她全身紧张得像块石头，心沉得似灌满了铅不断往下坠。月亮探头探脑地从云层里出来，辛夷多么希望心里能痛痛快快地下一场雨，让雨水冲刷掉所有的担忧和惶恐。

辛夷提着灯笼继续走，跌跌撞撞地穿过一片松树林，地上滑溜溜的松针叶子让她摔了好几跤。辛夷咬咬牙，忍住疼痛，摸索着爬起来接着往前走。辛夷走着走着，来到一片开阔的荒草平坡。迎面而来的风有些异常，夹杂着一股浓烈的泥土混合草木的味道。

"不对啊！这个季节到处都是枯枝败叶，最近两天也没有下过雨，怎么会闻到泥土和草木的味道呢？"辛夷把灯笼高高举过头顶，不远处有一个枯草堆垛子，在这个漆黑冷清的夜里，特别像一座新建的坟墓。

辛夷靠近枯草堆，泥土和草木的气味越发浓重。辛夷走近后细细一看，枯草堆周围的泥土和附近的泥土相比，颜色截然不同，很明显是才翻新过的，泥土里的水分还很充足，土质还没干。翻土的最佳季节是亥月到子月，那时的土壤还没有霜冻，这样的土壤翻动后就可以越冬。土壤很湿很沉的时候不应该翻土，这样会破坏土壤的结构，导致土壤的通气和排水性很差，当地的农户是绝不可能在当前这样的腊月时节翻土的。那么究竟是谁翻出来这么多土，堆成这样一个枯草堆呢？

辛夷细思极恐，惴惴不安，如激荡的涪江水一样难以平静。蓦地，辛夷发现枯草堆边缘处的翻新泥土上，竟有几滴暗红色的液体。

"有心！有心……"辛夷提着灯笼的手霎时间变得软弱无力，如同涨满河槽的洪水，突然崩开了堤口。

辛夷挽起袖子，如同一个无畏的勇士，用那葱白细嫩的双手拼命刨开枯草堆，试图挖开枯枝败叶之下被掩盖的真相。

辛夷挖啊，挖啊。枯枝败叶中夹杂着泥土和碎石子，刀子般划过辛夷细如凝脂的肌肤，鲜血一点一滴浸染到泥土里。辛夷手上的伤口越来越多，血也越流越多，流过指尖，如一抹浓红入土，那是十指连心的痛。辛夷仿佛忘记了疼痛，脑海里只有一个念头，那就是找到卢有心！也许是爱让人勇敢，辛夷长这么大，从未有过如此这般的勇气。哪怕看见阿鼻地狱，只要能找到卢有心，她就不怕恶鬼。

辛夷用血淋淋的双手刨开了枯草堆，眼前的景象让她魂飞魄散。坑里横躺着的正是辛夷苦苦找寻的卢有心！

这个曾经温暖如春水的鲜活生命，如今成了冷冰冰的模样。在阴冷的月光下，伴着箭楼山的苍凉，仿佛在指着茫茫天空，诉说着天大的冤屈。辛夷头顶笼上一层厚重的愁云，涌出无限悲鸣，双瞳早已被眼泪淹没。

"有心！"辛夷声嘶力竭地大喊，袭过一阵揪心的疼痛。

卢有心一身鲜血洒青衣，面色苍白如霜花。

"有心，有心！你醒醒呀，我是辛夷啊！到底发生了什么，怎么会这样？有心……"辛夷的眼泪滑过被泥土弄得脏兮兮的面颊，滴落在卢有心的脸上。

辛夷用尽全身力气，将生命垂危的卢有心一步一步背出乱葬坑。辛夷赫然发现，卢有心的身下还躺着一个人，正是卢有心的父亲卢瑀！

辛夷赶紧试探卢瑀的鼻息，既无呼吸，也没有脉搏。卢瑀四肢僵硬，浑身刀眼，胸口有一个血窟窿，血液已经凝固，显然这是一处致命伤。

莫非是王禧想要杀人灭口，以防卢瑀和卢有心泄露修筑"龙宫"的秘密？

辛夷不相信素来信佛的王禧会造这么大的杀孽。如果不是王禧所为，那又会是谁呢？

难道这个对卢瑀和卢有心痛下杀手的人，是她的二哥王樾？辛夷想起王樾在得知卢瑀和卢有心突然要回京师后的反应，是那样不同常人，态度吊诡。吉瑞和吉福只是小小的家丁，他们必定不敢自作主张，定是王樾一手安排吉瑞和吉福去护送卢瑀和卢有心回东皋阁。莫非今晚吉瑞说了谎？他们并不是要护送卢瑀和卢有心回东皋阁，而是在王樾的授意下，要杀卢瑀和卢有心灭口！

辛夷忽然觉得背后一凉，她的亲人居然对她所爱之人痛下杀手！卢有心正命悬一线，情势不容辛夷多想，眼下，救活卢有心才是当务之急。原本辛夷想把卢瑀的尸体也背下山去，可背起卢有心就已使辛夷筋疲力尽了。由于害怕被人发现她已救出卢有心，辛夷将那些枯枝败叶重新铺在乱葬坑，恢复枯草堆的原样。做完这一切，辛夷才咬紧牙根背起卢有心，迈着沉重的步子，一步一步地往山下章郎中的医馆走去。

辛夷背着卢有心来到章郎中的医馆时，天还没亮。早已累到虚脱的辛夷用最后一丝力气敲门："章郎中，救命啊！您开开门啊……"

第三十五章　卢有心命悬鬼门关　醉卢瑀惨死箭楼山

章郎中在睡梦中被吵醒，恍恍惚惚听到是辛夷的声音，急忙披上衣服去开门。打开门一看，竟是辛夷背着奄奄一息的卢有心，大吃一惊："辛夷小姐，这是怎么了？"

"章郎中，快救救有心吧！"辛夷哭得眼睛红肿，满手沾着血迹和泥土，气喘吁吁。辛夷额前的碎发，被累出的汗水打湿，紧紧贴住额头。

章郎中赶紧叫醒徒弟，一起搭把手，把昏迷的卢有心抬到医馆的病榻上。

面对章郎中的询问，辛夷并没有把发现卢有心时的情形告诉章郎中，只是踟蹰地说卢有心可能受了伤，气息微弱，急需抢救。

"唉……"章郎中惊恐之余没敢多问，毕竟他只是一个平头小老百姓，不想牵扯进权贵的是非恩怨里。作为一个医者，他能做的只能是救死扶伤而已。

章郎中端详卢有心的面色，给卢有心把了脉，探了探卢有心的鼻息。章郎中眉头紧蹙，一边吩咐徒弟去煮一大碗坐拿草汤，一边将一只手置于卢有心的前额，用手掌推动，使他的头向后仰。同时章郎中将另一只手置于卢有心颏骨附近的下颌下方，提起他的下颌，使颏骨上抬。

看见卢有心在生死之间徘徊，辛夷的记忆一下子拉回到七年前。那时，卢有心跳入荷花池勇救小桂圆，身中龙鳞水蜈蚣之毒。不知道这一次，卢有心还能不能像上次一样幸运地捡回一条命。想到这里，辛夷赶紧闭上眼睛，默默地为卢有心虔诚祈祷。

待卢有心的呼吸逐渐正常之后，章郎中让辛夷用汤匙给卢有心喂下坐拿草汤。辛夷怕刚熬好的坐拿草汤烫着卢有心，不厌其烦地将汤匙中的汤药凉一凉，放在她唇边感受到温度合适后，再一勺一勺地喂给卢有心。

良久之后，只见一口乌红色的血从卢有心口中喷出来，血沫子飞溅得到处都是。

"有心！有心……"辛夷揪着一颗心。

"辛夷小姐，请您稍安毋躁。"章郎中用火苗给银针消毒后，扎在卢有心身上的几个穴位上。他闻了闻卢有心刚喷出的血污，有一股酒气，里面溢出一股熟悉的幽香味。

这熟悉的幽香味，乃是美丽却能迷醉人的曼陀罗花！

见章郎中面露难色，辛夷焦急地恳求道："章郎中，请您一定要救救有心！辛夷求您了！"

"辛夷小姐，您切莫着急，救死扶伤乃是医者天职，草民定当全力以赴

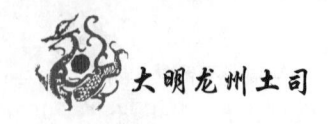

治好卢画师。从卢画师现在的情形看来，他中了曼陀罗花毒，而曼陀罗花多为蒙汗药的主要成分。他是被人下了蒙汗药！他应该是喝了含有曼陀罗花毒的毒酒后，导致气虚气滞，血虚血瘀，供血不足而昏迷。我给他归理了气脉，又让他服下了坐拿草汤，他现在吐纳顺畅了，只要把体内的曼陀罗花毒全逼出来，就能醒过来了。等卢画师醒了，我再开几服方子，同时配合补气养血解毒的食疗，让他好好调理一段时日，应该就能彻底痊愈了。"章郎中请辛夷先坐下，尽力让辛夷别过于担忧。

听完章郎中的话，辛夷心中的疑惑再一次放大。卢有心怎么会喝下含有曼陀罗花毒的毒酒呢？卢有心今日不是去了王土司府赴宴吗？难道是晚宴上的酒菜里，被人下了曼陀罗花毒？想到这里，辛夷脑海里回想起在箭楼山赖子湾的所见，乱葬坑里卢瑀的尸体，面色惨白，浑身是刀眼，胸口那瘆人的血窟窿，阴森森的寒风，仿佛是对人世不舍的深深眷恋，又像是死不瞑目的凄厉控诉……

这可怕的画面，令辛夷不禁打起寒战。更恐怖的是，辛夷隐约间似乎看到某个笑面夜叉，此时此刻正躲在阴暗的角落里，暗自欢笑。

第三十六章　卢有心泣血忆亡父
　　　　　　　遭误解辛夷伤透心

　　辛夷望着窗外的天空，从黎明前的黑暗到微凉的晨露，午后的阳光，落日的余晖。

　　看着昏迷的卢有心，守候在一旁的辛夷沉重得像被石化一般。百感涌上心头，个中滋味难以形容。辛夷甚至甘心替代卢有心，让她独自去承受这些苦难，只要卢有心能够平安无事。

　　辛夷默默凝望着尚未苏醒的卢有心，多少话语想诉与卢有心听，但现在都是空谈。辛夷感觉她的心，已经再也没有承受重负的能力了，她感到渺茫和无奈，就像迷失航道的船只，只能漫无目的地漂泊。

　　受尽一夜一天的漫长煎熬，当卢有心缓缓地睁开眼睛，看到守候在病榻旁的辛夷时，卢有心的举动让辛夷措手不及。

　　卢有心从一片混沌中苏醒过来，看见辛夷就像见了鬼一样，身子哆嗦，下意识地勉强支撑起上半身，拼命往后闪躲，眼睛里闪出的不是感激，反倒是惊恐，直愣愣地盯着辛夷，声嘶力竭地怒吼道："你……你……你给我滚！"

　　"有心……有心，你到底怎么了？我是辛夷啊……难道你不认识我了吗？"委屈的泪珠在辛夷眼眶里打转。

　　仇恨像怪兽一般吞噬着卢有心斑驳的心，又像烈火不断炙烤着他苟延残喘的灵魂。他瞪起铜铃般的眼睛，脸上暴起一道道青筋，对着辛夷咆哮道："你就是化成了灰，我也认识你！你们王家狼心狗肺，丧尽天良，恶事做尽。王辛夷，你马上给我滚，有多远滚多远，你我此生不复相见！若不是看在你昔日有恩于我，我现在就要取你性命，为我爹报仇雪恨！"

"有心，你在说些什么啊……到底发生了什么事？"辛夷的泪簌簌掉落，泪水打湿衣衫，更添了一分刺骨的寒。

闻声而来的章郎中和他的徒弟一头雾水。章郎中看得出来，这其中必然有什么误会，便对卢有心劝解道："卢画师，辛夷小姐待你如何，草民师徒二人都看在眼里。王土司大人在我们宁武司，也是尽人皆知的好官。你们之间怕是有什么误会吧？不如我和小徒先行回避，你和辛夷小姐平心静气地单独谈谈，把个中误会都说出来，免得辛夷小姐受了委屈。再说了，你这样急火攻心，于你现在的身体也是火上浇油啊！"

说罢，章郎中给了徒弟一个眼神示意，拉着徒弟快步来到后院的药房，边走边小声告诫徒弟："多一事不如少一事，这些名门望族的恩恩怨怨，还是不要牵扯进来的好，以免招来杀身之祸。"

徒弟年纪很轻，刚到志学之年，不懂得其中奥妙。本想看看到底是怎么一回事，但师父既然都这样说了，只好瘪着嘴，趁天还没黑，把晒在后院坝子里的药材收进药房。

章郎中师徒走后，卢有心的牙齿咬得咯咯作响，眼睛里闪着一股怒火，似乎要把辛夷灼烧殆尽。平日里温柔的脸庞，此时变得异常凶狠，扭曲得几乎变形："误会？我呸！你爹王禧就是一个食言而肥的小人，你们王家都是披着人皮的吃人恶鬼！当初我和我爹本在京师过着与世无争的生活，可你爹为了他想当土皇帝的一己私欲，便派你大哥王键和师爷徐昌田到我家，用计将我们骗来龙州宁武司蟠龙坝，想要利用我爹为他修建仿紫禁城形制的'龙宫'，以充当他的皇宫。而后事情败露，他又许诺我爹，待'龙宫'建成便将你许配于我，这才将我爹和我留在了蟠龙坝。现在'龙宫'既成，你爹却自食其言，非但不遵守诺言，反而为了封口保密，以防朝廷知道你们私建皇宫蓄意谋反，在庆贺'龙宫'建成的饯行酒中下了蒙汗药，想让我和我爹在蟠龙坝命丧黄泉！"

辛夷瞪大噙着泪的眼睛，拼命摇头，不愿也不敢相信。

卢有心的仇恨燃烧得噼啪作响，继续说道："说起来讽刺，那日我心心念念怎么主动向你爹提及你我的婚事，便无心喝酒，酒喝得不多。也正是如此，我迷迷糊糊醒过来，浑身酥软，动弹不得，竟然看见我躺在箭楼山赖子湾！我虚眯着眼睛，看到了只在地狱图里才有的景象。月光下，你家的家丁吉瑞站在不远处的木板车旁，上面停放着一具胸口有个血窟窿的尸体，另一个家

第三十六章　卢有心泣血忆亡父　遭误解辛夷伤透心

丁吉福正在用铁镐挖掘掩埋尸体的乱葬坑……过了一会儿，我眯着眼看到吉瑞和吉福一人抬着肩、一人抬着腿，将尸体扔进乱葬坑。我愣住了，那具尸体不是别人，正是我爹！那一刻我多么想爬起来和那两个家丁拼了，把我爹的遗体夺回来。可酒中蒙汗药的效力还没过去，我浑身上下使不出一丁点儿力气，就连喉咙也发不出一丝声音。我不敢也不能睁大眼睛，我怕万一你家的家丁一旦发现我还没死，就会马上将我乱刀捅死，那么这些血淋淋的真相，将会永远被掩埋在黄土之下！杀父之仇，不共戴天，不可不报！你们给我等着，总有一天我会用你们王家人的血，来祭奠我爹的冤魂！"

辛夷愣在那里，被冰封在了原地，试图向卢有心解释："怎么会，怎么会这样？有心，不，不是那样的，不是那样的……父亲不是那样的人……不是的，不是的……"

卢有心厌恶地盯着辛夷，目光尖锐得如同可以杀人的冰凌："王辛夷，请你收起那副伪善的嘴脸吧！我从未想过，你这样一双清澈如明镜的眼睛里，竟然隐藏了这么多秘密和心计。曾几何时，我以为你是一朵高洁无瑕的辛夷花，结果哪里知道你居然是一株可怕的食人花。可笑啊，我当初竟然被你这一双看似纯净善良的眼睛蒙蔽了，一直对你之前舍命为我研磨血墨而感到自责愧疚，我哪里知道这些都是你和你们王家合起伙来上演的苦肉计，就是为了让我和我爹死心塌地为你们王家卖命，牵制住其他匠人留在蟠龙坝修筑'龙宫'。前年乞巧节你告诉我，你拒绝了李氏土司世子的求亲，我当时真的很感谢你的坚决。一直以来，我都以为你是真心真意想要和我这个穷小子共度一生，为此我待你也是一片真心。直到那晚在箭楼山赖子湾，我听到你们王家两名家丁的谈话，我才知道自己是多么愚昧可笑……"

卢有心的记忆被拉回到箭楼山赖子湾那个不堪回首的晚上。寒风凛冽中，家丁吉瑞和吉福站在卢有心的不远处歇气，你一句我一句地闲聊起来。

月色中，吉福看到卢有心的脸，眉头一皱，瘪了瘪嘴："辛夷小姐要是知道卢画师死了，会不会伤心欲绝啊？你把我叫来做这种事，我真是倒了八辈子血霉了，这可是要折寿的啊！"

吉瑞十分镇定："你以为我想来啊？还不是二公子受老爷的安排，说我们两个对王家最忠心，这才派我们两个来的。你要搞清楚，不是我叫你来的，是二公子让我把你叫来的！人是老爷和二公子让杀的，我们只是他们手里的

刀子罢了。这是我们这些做下人的命，我们都得认命。至于辛夷小姐，她迟早都是要嫁给李氏土司世子李未岚的。其实我在想，为了封口而杀掉卢木匠和卢画师以防他们泄密这件事，辛夷小姐多半是知情且点头同意了的。你想啊，你细想，若是辛夷小姐不知情，老爷和二公子会让咱们这么干吗？以辛夷小姐的脾气，那不得把王土司府上下搅得鸡犬不宁，肯定会找二公子和老爷兴师问罪。"

吉福大吃一惊："辛夷小姐知情，还点头同意了？我的天哪，辛夷小姐怎么狠得下这个心，这可不像平日里的她啊！但你这么说，我忽然想起前年乞巧节，李土司那边派了一个媒人来府上求亲，那位媒人在府里住了好几天才走呢。我开始还以为是辛夷小姐不同意，媒人没说成亲这才回去的。这么说来，那次李家派来的媒人，应该就是在和老爷商议，等到'龙宫'建成后，就安排李未岚公子和辛夷小姐的婚事吧？"

吉瑞慢条斯理地给吉福解释："那可不！辛夷小姐是何等身份，怎么可能嫁给一个三教九流画画的平头小子？辛夷小姐人美心善，家世又好，你没看这几年上门提亲的人都没断过吗？除了李氏土司世子李未岚，还有成都府富商谢员外的公子谢颂言，这些有钱有势的公子哥儿都派人来提过亲。我听说就连薛氏土司世子薛照虔，也对辛夷小姐有意思呢，要不是薛土司一直反对，薛公子可能早就派人来府上提亲了。王土司大人和二公子商议了很久，为了不让知道内情的卢木匠和卢画师父子泄露'龙宫'的秘密，只有杀人灭口才能永远保守住这个秘密。加上之前卢画师让辛夷小姐为他做什么血墨，惹恼了王土司大人，王土司大人说过绝不可能把辛夷小姐嫁给卢画师。但是王土司大人之前当众对卢木匠许过愿，说等到'龙宫'建成后，就让卢画师和辛夷小姐成亲。只有杀了卢木匠和卢画师，王土司大人才不算违背婚约，辛夷小姐也就不用悔婚，便可直接嫁给李未岚公子。这不，王土司大人和二公子安排我们两个来这里杀了卢木匠和卢画师，要我们做得干净点。"

吉福觉得有点儿不可思议："真的假的啊？你怎么知道这么多啊！"

吉瑞白了一眼吉福，继续说道："骗你干嘛，这都是之前王土司大人和二公子商量的时候，我在门外偷偷听到的。像卢画师这样的癞蛤蟆，还是别想吃什么天鹅肉了，否则连命都得丢了！"

"唉，真是造孽啊……"吉福感叹一句。

吉瑞忽然想起一件要紧的事，话锋一转："对了，我去看看卢画师还有气

第三十六章　卢有心泣血忆亡父　遭误解辛夷伤透心

没有，如果还有气的话就再捅上几刀。二公子专门交代过，按照王土司大人的吩咐，绝对不能留下活口，还不能让任何人知道今晚的事，否则我们两个都别想活命了！"

听到这里，卢有心吓得急忙憋住一口气，极力屏住呼吸，佯装成一具没有鼻息的尸体。

吉瑞用手指试了试卢有心的鼻息后，对吉福说道："这位卢画师早没气了，不用再补刀了。看来晚宴开始前，二公子让我单独下在卢木匠和卢画师酒杯里的蒙汗药，药力太猛了，卢画师早被蒙汗药迷得落了气。说起来二公子还真是小心，卢木匠他们父子俩都已经喝了有蒙汗药的酒，再加上刀伤，哪怕还没死，被埋在乱葬坑里也几乎等于活埋了，怎么可能还会留得下活口呢？二公子真是太多虑了。"

吉福苦笑了笑："反正他是主，我们是仆，他说什么就是什么，我们这些下人也只能听命啊。"

说罢，吉瑞和吉福二人合力抬起卢有心，"砰"的一声将卢有心扔进了乱葬坑，用铁锹往里面胡乱地填了些土，掩盖上枯枝败叶。

……

说着说着，卢有心的泪顺着脸颊滑落下来，男儿有泪不轻弹，只是未到伤心处，这一次卢有心是真的伤到心深处了："王辛夷，其实你根本就没有拒绝李家的求亲，对吧？你应该是一早就计划好了，等'龙宫'修好后，我和我爹对你们王家来说没有利用价值了，你们就杀人灭口，你就能和配得上你的李氏土司世子成亲了，是吧？我知道我没有能和你门当户对的显赫家世，也没有戎马倥偬的一身本领，我有的只是对你而言最无用的一片真心……王辛夷，你可以骗我，可以利用我，甚至可以要我的命。可我爹他是无辜的，你们王家为什么非要取他的性命？难道就是怕我们他日回到京师后，有意或无意泄露你们王家私建皇宫的秘密？难道你们就这么不信任我们，认为只有死人才能永远守住秘密？恐怕从一开始，你爹王禧派你大哥王键和师爷徐昌田来京师诱骗我们到蟠龙坝的时候，就已经动了杀心。王辛夷，你们王家这一步棋下得可真是好啊，好得很啊！"

辛夷呜咽着，试图用满是伤痕的手掩盖无边无际的痛苦。她哭得红肿的眼睛大睁着，用牙咬着自己的拳头，想竭力制止持续不断的抽泣："不……不是这样的，不是这样的！有心，我完全不知道会发生这样的事，你听我说……"

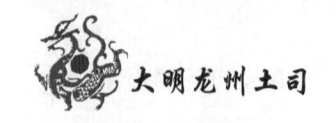

"别说了！我已经彻底看透你这副嘴脸了，真恶心。"卢有心说罢，快速穿上衣服，磕磕绊绊地往门外走去。

辛夷赶紧上去拉住卢有心："有心，你还没康愈，你要去哪儿啊？"

卢有心恶狠狠地一把将辛夷推倒在地："王辛夷，从今往后，你走你的阳关道，我过我的独木桥，你与我道不同不相为谋！"

所有孤独的星辰都能相遇，此刻辛夷坠落的心田，破灭却无法重生。辛夷多么渴望，这里所发生过的一切皆是虚妄，可以点燃一束火把，烧掉一场蜃楼。

天气阴沉，低矮厚重的浊云挤压着这片土地。天就要黑了。卢有心径直走向马厩。章郎中平日里用来驮运药材的一匹棕马被卢有心直接跨上，他猛地挥起马鞭，跑了出去。辛夷来不及和章郎中告别，急忙顺着卢有心的步子追出去。章郎中的马厩里只有一匹刚被卢有心骑走的棕马，辛夷只能靠双脚追在卢有心身后。可就算辛夷跑得再快也无济于事，她始终追不上骑马飞奔的卢有心。

卢有心骑马一溜烟儿地跑出去后，溅起一片飞扬的尘土，迷住了辛夷哭肿的双眼。待辛夷好不容易用手背将眼里的尘埃揉出来，卢有心早已消失在苍茫的夜色中。举目四望心茫然，辛夷在凛冽的北风里跌跌撞撞地行走着，脑海里一片空白。风萧萧，尘粒粒，透心凉，彻骨寒。寒风之中，往昔点点滴滴的思绪，一如这纷纷零落飞扬的尘埃，带着凄凉，带着惆怅，带着哀伤，堆砌成一堵心墙，隔绝了被活生生撕扯的记忆。

辛夷孤零零地走在这无边无际的黑夜中，像一个在人间飘荡着的孤魂野鬼。辛夷明白，就算是追上卢有心，也于事无补。卢瑀暴毙，卢有心在鬼门关走了一遭，遭到这么大变故的卢有心，现在已经不再相信她，卢有心恨透了王家，当然也包括她这个王家的女儿，她再解释什么也只是徒劳罢了。辛夷极其担心还未彻底康愈的卢有心会不会遇到什么危险，可是转念一想，卢有心这样走了，其实是最好的选择。既然这件事是王禧和王樾做的，若是他们知道卢有心尚存于世，断不会放过卢有心这个活口，定会派人不远万里追杀他，将真相永远尘封起来。

辛夷多么希望这一切只是一场噩梦，醒来后又是崭新的一天。在冷风中漫无目的行走的辛夷，又冷又累，心疼得整个胸腔都在颤抖。辛夷再也撑不住了，禁不住双腿一软，扑倒在硬邦邦的土路上，许久都爬不起来。广袤的

第三十六章　卢有心泣血忆亡父　遭误解辛夷伤透心

苍穹之下，辛夷瘦小孤独的身影瘫倒在地上，盈满哀怨的脸贴着冰冷的地面，斜着眼睛仰望天空，残月被乌云遮掩得严严实实。

辛夷深吸了一口贴着地面吹来的冷风，在冰封的心里打了个转，吐出来的是一口凄寒无比的霜。

第三十七章　　绝恩情辛夷欲断魂
　　　　　　　　卢有心逃奔渔溪司

　　在回王土司府之前，辛夷强打着精神，去了一趟章郎中的医馆，递给章郎中一锭银子，给章郎中跪下："章郎中，这是有心骑走的您那匹棕马的钱和您的诊金。至于有心被我送到这里医治一事，拜托您帮辛夷保密，不然有心将会有性命危险。还请章郎中务必答应辛夷，并收下这锭银子，否则辛夷将长跪不起。"

　　"辛夷小姐，万万使不得啊！您是何等尊贵的身份，怎么能跪拜草民这样的平头小老百姓呢？您既然吩咐了，草民定当守住秘密，决不外传！"章郎中赶忙扶起辛夷，但辛夷十分固执，章郎中不收下银子就决不起身。

　　吃人嘴软、拿人手短的道理，章郎中自然明白，章郎中知道辛夷这样做的目的，是为了让他更好地做到死守秘密。为了能让辛夷安心，章郎中收下银锭，辛夷心里吃下了一颗定心丸。

　　辛夷知道她再也追不回卢有心了，也许和他此生就要在此永别。无能为力的辛夷只能心灰意冷地回到王土司府。

　　见辛夷走后，躲在里屋的小徒弟这才探头探脑地走出来，看着章郎中手中的银子，眼睛都直了："师父，这个辛夷小姐怎么突然给您这么大一锭银子啊？"

　　"小孩子家家的，别多问，小心多嘴惹来杀身之祸！"章郎中对整个事情的来龙去脉并不完整明了，但他毕竟一把年纪了，经历过人世沧桑的他，见惯了卸磨杀驴之事，自然猜得出七八分来。

　　小徒弟挠挠脑袋，喃喃地说："师父，徒儿知错了，以后不敢再多问了……"

第三十七章　绝恩情辛夷欲断魂　卢有心逃奔渔溪司

章郎中望着辛夷在夜色中被黑暗吞没的背影，沉默不语。

辛夷拖着一身伤，跟跟跄跄地回到王土司府。在回廊撞见了心急如焚的王樾。

看见辛夷回来了，王樾语带责备："辛夷，你跑去哪儿了，怎么现在才回来？怎么还搞得一身脏兮兮的泥巴？你难道不知道家里人有多担心你吗？特别是父亲，急得坐立不安的，把所有衙役和家丁都派出去找你了……"

王樾的话还未说完，辛夷默默转过身去，一时看不见她的表情。从辛夷肩膀的起伏来看，王樾知道她现在的心情肯定很不平静，心中不由得暗暗担忧起来。辛夷的双手颤抖起来，侧身斜视着王樾，双眼通红。在辛夷复杂的眼神里，痛苦、愤怒和无奈不断反复交织着。辛夷深深吸了一口气，欲言又止，竖起眉毛，咬住薄唇。过了一会儿，她紧绷的面色稍稍缓和，嘴唇上空留一排齿痕。

辛夷带着哭腔，说话有气无力："樾哥哥，我以后不会乱跑了……有心……有心他不辞而别了……我去找他了，走了很远很远的山路，但还是没能找到他……他走了，他父亲卢木匠也走了……既然他选择不辞而别，可能我在他心中算不得什么，也许他这辈子都不会再来我们龙州宁武司了吧……"

"唉……辛夷，你与卢有心本就是道不同不相为谋，亦各从其志。自古狂放多才俊，卢有心他恃才傲物，随意洒脱，不以贬斥而沉沦，不以物喜而己悲，渺万里层云，千山暮雪，唯己而已。辛夷，你应该比我更了解卢有心，他有他的鸿鹄之志，志在四方，像我们龙州宁武司这样的偏远山区一隅，怎么可能留得住他？如他这样偏执倨傲的画师，决不会甘心跟你长久屈居在宁武司，他自有他想要追寻的广袤天地。你就算留住了他的人，也留不住他的心。那日在钱行宴上，他大概是觉得歉疚，不好意思当着你的面向你开口告别，便委托我转达给你。他说，很感谢辛夷你这么些年来对他的照顾，他无以为报，将会恒久地铭记于心。现在'龙宫'既成，他也要回到京师去，继续追逐他的梦想了。对了，他还说他出身卑微，配不上你，让我多留心张罗着，给你找一户门当户对的好人家……"王樾看到辛夷怒中有恨的样子，一字一句地缓缓说道。

王樾知道自己撒了谎，卢有心并未让他转达过这些话。王樾想让辛夷就此死心，从此彻底忘了卢有心这个人。他想着，也许这些善意的谎言，对辛夷反而是一种解脱，他不愿辛夷再执着于与卢有心的爱恨纠葛中。在他心里，令他厌恶的卢有心配不上辛夷，辛夷值得一个更好的人去爱她。

"然后有心就和卢木匠回京师了？"辛夷明明知道王樾在撒谎，却不能拆穿王樾的谎言，只能强忍着内心强烈的伤痛和愤慨，按照王樾给她的剧本演好这一出戏。

王樾拍了拍辛夷的肩膀，对她安慰道："那晚吉瑞的话你也亲耳听到了，他们用完晚宴就匆匆踏上回京的路了。还好父亲专门给每个匠人增发了路费。你放心吧，他们在路上是饿不着、冷不着的。辛夷，卢有心走了，你就别多想了，每个人来到你生命里都自有他的意义，人最难得的就是学会怎么平静地面对离别。但人活着不是为了怀念昨天，而是要期盼希望。你还有我们啊，我们才是这世上最爱你的人，让大家都看到你的坚强，离开他，你可以过得更好。你应该感谢他的离开，正是他的离开，才能把如此美好的你，留给更值得的人。"

辛夷没有再说话，她感觉她快要演不下去这出戏了。这出戏太过残忍，在夜幕的遮盖之下，强权为了自私自利的目的，利用阴谋手段戕害无辜的弱者，冤屈的亡魂无处昭雪。那个愤慨激昂的青衣少年卢有心，和他无辜的父亲卢瑀，一同在痛苦煎熬中备受折磨，为修筑"龙宫"呕心沥血，却落得个被下毒、被刀捅、被黄土掩埋的凄惨下场。

见辛夷没有说话，王樾抬头看了一眼漆黑孤独的穹顶，心里泛起一丝酸楚，唏嘘不已。王樾在心里自我安慰，今日他对辛夷所说的善意谎言，总有一天辛夷会明白他的良苦用心。

和王樾告别后，辛夷回到了房间。辛夷不断地用手绢猛擦桌子，尽管那桌子早被婢女们擦得光洁透亮，一尘不染。辛夷顾不得疲乏不已的身体，忙个不停，擦得手绢都磨破了。辛夷不敢停下来，只要一停下来，脑海里就满是卢有心。辛夷的眼泪早已流干殆尽，眼眶干涩红肿，布满血丝。原来最难过的不是流泪，而是眼泪流尽后的欲哭无泪。

辛夷想不明白，为什么事到如今王禧会主动扮演一个刽子手的角色，把她最爱的卢有心推上死刑台，让她无辜地背负上杀害卢有心全家的罪名，自此和卢有心结下无法解开的误会，埋下无法化解的仇恨，从此天涯相隔不复再见？辛夷多么想站在王禧面前问个明白，可是她不能。否则好不容易逃出生天的卢有心，就会彻底死无葬身之地。辛夷只能把打落的牙齿全往肚子里吞，再吐出一口牙齿划破脏器而溢出的鲜血。

看着那盏越来越暗的油灯，想起王樾七分假三分真的话，辛夷终于明白，

第三十七章　绝恩情辛夷欲断魂　卢有心逃奔渔溪司

每一个人来到你生命里自有他的意义，人最难得的就是学会怎么平静地面对离别，然而这世上最吊诡之处在于，当你试图学会平静地接受离别时，那个人早已经住在你的心里，再也不会离开了。

一路快马加鞭，卢有心不舍昼夜一路狂奔，跑到龙州渔溪司平驿堡，这里是龙州薛氏土司薛崇育的封地范围。

远离了王禧的势力范围，卢有心这才稍稍安下心来，来到一家简朴的客栈门前，准备在这儿住下休息休息，吃点东西，垫垫饿得空瘪的肚子。

"客官，您是打尖还是住店呢？"在跑堂热情的招呼引领下，卢有心将那匹从章郎中那里牵来的棕马拴在客栈后院的马厩里，随跑堂一同进了客栈大堂。

卢有心是直接从章郎中的医馆跑出来的，以后的路还不知道怎么走，心里想着能节约一点儿是一点儿。卢有心拖着疲惫的声音，对跑堂说："小哥，给我一间普通下房，再来一碗素汤面吧。"

跑堂看着卢有心，笑嘻嘻地极力推荐道："这位小兄弟您气宇轩昂，细皮嫩肉，下房肯定住不习惯。要不我还是带您去看看上房吧，保证令客官您满意！"

"不了，不了，住普通下房就可以了。你还是先给我弄一碗素汤面吧。"卢有心的肚子早就饿得咕咕叫了。

跑堂嫌弃地白了卢有心一眼，不一会儿从厨房端出来一碗素汤面。卢有心狼吞虎咽地把一碗素汤面吃得精光，连面汤也喝了个底朝天。吃完面后，跑堂让卢有心把住店的押金付了。

卢有心站在虎背熊腰的客栈掌柜面前愣住了，他在衣服里到处摸来摸去，摸了许久竟未从身上摸出一个子儿来！卢有心这才想起，那日他在箭楼山赖子湾装死保命时，王家的家丁吉瑞趁机将他身上的财物洗劫得一干二净。

捉襟见肘的卢有心面露尴尬之色，这该如何是好啊？

正当卢有心一筹莫展的时候，掌柜看出了他的难堪，不由得皱起眉毛，说话阴阳怪气："这位客官，您该不会是要告诉我，您出门忘记带银子了吧？您刚刚可是才吃了一碗面，这么点儿面钱，您再怎么也得结了吧？"

卢有心脸上露出窘态，说话结巴起来："那个……掌柜，是这样的……我出门比较匆忙，忘了带随身的银两……您看能不能……能不能让我给您画幅画，抵了这一碗面钱？"

"又是一个出门匆忙,忘记带银子的!想吃白食啊?"掌柜一脸横肉,对跑堂怪里怪气地说,"你说咱们客栈是流年不利还是咋的,怎么今年这么多吃白食的,都欺负到他爷爷头上来了!今天挺新鲜,画画抵饭钱,可咱这店又不是卖文玩字画的,要这些东西做啥?"

看着恶狠狠的掌柜,再看看把拳头捏得紧紧的跑堂,卢有心不由得往后退了一步,以他现在还未康愈的虚弱身子,怕是挨不了几拳,急忙解释道:"掌柜,我的字画还是能卖几个钱的。您相信我,我决不是要来吃白食的!"

掌柜斜睐着眼睛,对卢有心揶揄道:"你报个名号给我们听听,我看到底有多值钱!"

在当今宫廷绘画与浙派盛行的画坛,卢有心的绘画风格继承和发扬了南宋院体画风,工写结合,笔墨洗练奔放,造型传神生动。卢有心的笔下,花鸟精丽,水石粗健,妍丽典雅,灵动活泼,自成一派,在京师年轻一代的画师中颇有名望,名声在外。若是以前,卢有心大可骄傲地报上自己的名号,只要是懂行的,一般都多少听过他的大名。但现在卢有心正在亡命天涯,若是报上他的名号,不就等于是自投罗网,死路一条吗?

落地凤凰不如鸡,卢有心半晌说不出一句完整的话,只是不断重复着:"我……我……"

"你是谁呀你是?"掌柜鄙夷地盯着卢有心。

正当尴尬的卢有心万般无奈之际,不远处传来了一个雄浑有力的声音:"掌柜,这位小兄弟的饭钱和房钱,我给了!"

第三十八章　　患难遇侠客孙竟起
　　　　　　　饮痛誓不忘杀父仇

　　话音刚落，只见一个身材修长的男子走过来。男子约莫刚过而立之年，俊朗威武，潇洒不羁，头戴斗笠，腰挂短笛，身佩宝剑，看起来像是一名独来独往的神秘侠客。

　　侠客伸手将头上的斗笠缓缓摘下，露出一张冰冷肃穆的面庞，将一两银子放在柜台上，对掌柜说："掌柜，这是这位小兄弟的饭钱和房钱，你收好。"

　　"这位兄台，请问阁下高姓大名？承蒙您今日的大恩大德，鄙人此生必将铭记于心，他日必当涌泉相报！"卢有心看着眼前这位侠客，一股浓烈的感激之情溢于言表，千言万语凝结在喉头，用颤抖的声音倾诉他的谢意。

　　人穷莫交友，落难别寻亲。人在落难的时候，最见人心，往往也最让人寒心。虽说卢有心出生的时候，卢家已经家道中落，但好在卢瑀靠着一身木匠活儿的技艺，使得一家人在京师得以为继。如今，刚刚失去父亲这唯一亲人的卢有心，不共戴天的杀父之仇尚未有机会去报，他还得亡命天涯，在王家的势力范围之外苟且偷生，若是一旦被王家发现他还尚存于世，摆在他面前的就只有死路一条。现在只能隐姓埋名，韬光养晦，他才能为其父卢瑀报仇雪恨，如今算得上是卢有心人生中最艰难的时候了。今日在这举目无亲的异地他乡，曾经的京师才子卢有心竟会为一碗素汤面而落魄不堪，甚是心酸。这位陌生侠客的出现就像是一道生命之光，让卢有心尚能感到人世间还有一丝可怜的温暖，不至于冰冷到寸步难行。

　　侠客的嘴角浮起一丝淡淡的笑，凛冽的眼神流淌出一抹暖光，对卢有心说："在下姓孙名竟起，字洛岩，号夕客，剑州人士。小兄弟你何须多礼，举手之劳，

不成敬意。夕客今日见小兄弟气质不凡，谈吐文雅，想必你定是有风骨气节的文人雅士。能帮助小兄弟化解这一点儿小小的窘境，是夕客作为一名侠客的道义所在，实属夕客三生有幸。既然有缘千里来相会，夕客想与小兄弟这样的文人雅士交个朋友，请问小兄弟尊姓大名？"

"原来洛岩兄是一名乐善好施、救人急难的侠客啊，失敬，失敬！"卢有心暗自感激上苍，能让他在最窘迫潦倒的时候，遇上这样一位仁义的侠客，算是上苍对他的一丝垂怜了。面对孙竟起的提问，生怕在公众场合暴露身份的卢有心，结巴起来，"在下……在下……"

见卢有心不便报上名号，孙竟起猜想眼前这位落魄模样的小兄弟，怕是有什么难言之隐，便主动邀约："小兄弟可是遇上什么麻烦了？在下与小兄弟一见如故，若是小兄弟有什么麻烦，尽可提出来。夕客要是能帮上忙，也是行善积德一场，不辱没我剑州夕客之名。小兄弟若是不嫌弃在下，可否移步到在下的客房，咱们关上门来促膝长谈，把酒畅言，共话世事，互诉衷肠？"

看着孙竟起诚挚的眼神，想来自己也是无路可走，无地可去，面对这样一位豪爽仗义的侠客，卢有心迟疑了一下，点了点头："承蒙洛岩兄的一番好意，那在下就恭敬不如从命，先行谢过洛岩兄了。"

这位萍水相逢的侠客孙竟起，对于现在不知道何去何从的卢有心而言，不只是一根给予他希望的橄榄枝，恐怕还是这世上唯一的救命稻草。

孙竟起吩咐跑堂端来一大坛子酒，叫了一盘干肉，三个小菜，两碗米饭。关好门窗，两人沿着桌子对坐，孙竟起主动给卢有心斟上满满一碗酒，又给自己的酒碗倒满，亲切地对卢有心说："小兄弟，不知道怎么的，我一见你就仿佛看到了若干年前的自己，感觉在你身上看到了自己的影子……"

看着眼前这一碗明晃清透的酒，来不及回答孙竟起的话，卢有心突然举起酒碗，将这一碗二两的酒一饮而尽。卢有心痛苦地闭上眼，白酒的辛辣醇烈掠过舌尖，直接滑入腹中，像是许久未喝到过酒的酒鬼。卢有心并非觉得这酒好喝而一口喝干，而是最近发生的事如狂风骤雨，他想借酒消愁，一醉方休。也许只有醉了，才不会一闭上眼睛就想起箭楼山赖子湾的那一幕人间炼狱般的画面。

孙竟起看得出来眼前这位文弱的小兄弟必定心头万分苦痛，他劝说卢有心："抽刀断水水更流，举杯消愁愁更愁。小兄弟，你先吃点东西吧，那一碗素汤面量那么少，怕是没吃饱吧？多吃点，看你面黄体虚的，应该饿了一两

第三十八章　患难遇侠客孙竟起　饮痛誓不忘杀父仇

天了吧？"

卢有心咽了咽口水，喉结抽搐几下，这才从那一口酒的烈劲中挣脱出来："洛岩兄，今日多谢你解囊相助，让我能够吃上一顿饱饭，喝上一口酒，使我在这无情的人世间尚且还能感受到一丝温情。洛岩兄，你的大恩大德……"

卢有心还未把话说完，孙竟起用筷子夹起一大块干肉放进卢有心的碗里，强行打断卢有心的话："小兄弟，你我二人一见如故，这些客套话就别说了，先吃点东西！"

卢有心感激涕零地点点头，狼餐虎噬般吃了起来。

孙竟起微微一笑，自顾自地端起酒碗抿了一小口，眼神变得迷离，浮起一层抹不去的哀伤，翻开前尘往事，但相看已然成灰。孙竟起缓缓说道："小兄弟，说出来你可能不信，曾几何时我也和你一样，身上沾满了书卷气，在我家乡剑州那边，算是一个小有名气的文人墨客。那时的我过着舞文弄墨的日子，身边围绕的都是读书人，终日研究的都是诗词歌赋、文玩字画。我原以为此生都会过着那种与世无争的悠然日子，万万没想到，仗义每多屠狗辈，负心多是读书人。我昔日交情匪浅的一个旧友，我把他当作知己，而他竟然觊觎我'剑州第一笔'的头衔，想让我身败名裂，死无葬身之地。他模仿我的字迹，伪造我的私章，写了一首辱骂当朝皇帝和张太后的七言绝句，趁夜张贴在剑州知州衙门的外墙上。剑州知州看见后勃然大怒，不问青红皂白就把我抓起来，上报保宁府，说我罪恶滔天，犯下大不敬之罪。这么明显的栽赃嫁祸，保宁府知府尚未派人仔细调查取证，也不容我辩白，就严刑逼供，屈打成招。那种皮肉被滚烫烙铁烧焦的钻心之痛，我实在是受不了，只好签字画押，认下这不白之罪。保宁府将我收监后，等待秋后问斩。好在我儿时体弱，我爹让我从小就跟着曾做过剑州团练使的太公学了一身武艺，趁狱卒们在大牢聚餐喝得酩酊大醉的机会，我偷到牢房钥匙，将三名狱卒打翻，这才逃了出来。我知道这辈子只能以一个被官府通缉的逃犯身份浪迹江湖了，从此我便成了一名隐姓埋名的江湖侠客……"

说罢，孙竟起挽起袖子，露出胳膊上的斑斑伤疤。那些凌乱呈增生状的异色伤疤，正是孙竟起当年蒙冤入狱时受到的酷刑。

卢有心身上没有落下什么伤疤，可亲眼看见父亲惨死在他面前，尸骨未寒，现在还躺在冰冷荒凉的乱葬坑里，以他现在的能力，根本不是王家的对手，就连去把父亲的遗体挖出来好好安葬都是一种奢望。这种灵魂深处的伤疤，

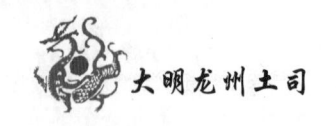

会变成永远都挥之不去的噩梦,在卢有心的心里落地生根,永生永世无法消除。

世界上最好的安慰,并不是告诉对方一切都会好起来的,而是苦着脸告诉对方,我比你过得还要惨。两个都有过痛苦经历的陌生人,在这样一个陌生的地方相遇,彼此毫无利益瓜葛,能够坦荡荡地相互吐露那些不堪回首的过往,将背负着的苦痛挣扎说出来。幸得知在这个残忍的尘世间,还有一个人倾听,也算是一种难能可贵的慰藉。

听了孙竟起对往事的追忆,卢有心愣住了,手里的筷子停在半空中,张大嘴巴,许久才回过神来:"同是天涯沦落人,相逢何必曾相识!洛岩兄,初听你的名字我就觉得奇怪,一个行走江湖的侠客怎么会取'情人怨遥夜,竟夕起相思'中的'竟起'二字,还号'夕客',想不到你居然就是当年因为'甘为命妇手中棋,斗鸡走狗经国事。饿殍寒骨积于道,试问大明能几世?'一诗,引起轩然大波的'剑州第一笔'!我当时虽身在千里之外的京师,但这件事轰动一时,也听别人谈论过。很多人都认为这肯定是构陷,明摆着的栽赃嫁祸。官府的官吏又不是傻子,若非那些狗官和那个陷害你的歹人相互勾结,这人命关天的大事,又涉及大不敬之罪,官府怎会不经调查取证就屈打成招呢?唉,普天之下莫不是如此啊,奸佞专权,恶贼当道,贼做官,官做贼,官法滥,刑法重,人吃人,呜呼哀哉!洛岩兄,不瞒你说,在下卢有心,原本是京师的一名画师,也是深受恶官奸吏所害,才落得今日这般家破人亡的田地……"

"天下无难事,只怕有心人。有心,好名字啊!见你比我小几岁,我姑且叫你一声'卢弟'吧。那卢弟你又是何故从京师沦落于此的啊?"孙竟起对卢有心的遭遇很好奇,他们都是惨遭不幸的可怜人,想要在冷漠的尘世间寻得一个同病相怜的依靠。

推杯换盏之际,不论是卢有心的书生意气,还是孙竟起的侠肝义胆,两人你一碗我一碗,把受尽的风霜苦楚都融进酒里,喝进肚里。

卢有心端起酒碗和孙竟起共饮,喝下了一大口酒,待几分醉意涌上心头,卢有心已经认定眼前这位名叫孙竟起的侠客,与他乃是共同经历过生死磨难的知己。士为知己者死,大家现在都是被官府捉拿的逃犯,也无所谓谁会去报官领赏。

酒后吐真言,孙竟起如此坦诚相待,卢有心索性将与孙竟起遇见之前的一番苦痛经历与孙竟起一一细说。卢有心说得声泪俱下,他流出来的不是泪,而是心尖上的血。

第三十八章　患难遇侠客孙竟起　饮痛誓不忘杀父仇

孙竟起听完卢有心的血泪史，紧锁眉头，一个"川"字刻在他的眉心，朝桌上猛地一拍，酒碗里盛满的酒洒了一桌子："卢弟，怪不得你我一见如故，原来你我都背负着如此沉重的血海深仇啊！卢弟你知道为什么我后来选择做一名锄强扶弱的侠客吗？我就是想替天行道，惩奸除恶，把那些恶人奸贼统统杀掉，还这世间本该有的真善美。侠客不怕死，怕死事不成。这几年我云游四海，去过西湖之心、北海之滨、泰山之巅，我在各地游历的过程中，杀了一些戕害良善的恶霸歹人。卢弟，今日你我有缘，反正我早已经是官府通缉的在逃死囚，也不怕再多背负一条人命。况且那龙州宁武司王禧，乃是一个草菅人命、背信弃义、兔死狗烹的无耻之徒！杀父之仇不共戴天，但卢弟你文文弱弱，又无武艺傍身，若是卢弟你要为你爹报仇雪恨，我孙竟起定当全力助你取那王禧狗命！"

孙竟起的慷慨仗义，让卢有心动容不已。卢有心暗暗思忖，若是孙竟起能够替他去刺杀王禧，那自然是最好的。但王禧平日要么是在土司衙门，要么就是在土司府里，很少去其他地方。许多需要外出的事宜，他都分别交办给他几个儿子。土司衙门里衙役众多，王土司府里家丁也不少。最令人头疼的是王禧的三子王济武艺高强，放眼整个龙州除了薛崇育的儿子薛照虔能和他一决高下之外，难逢能与之抗衡的对手。虽说孙竟起是一名行走江湖的侠客，但他毕竟是半路出家，和从小精研武艺的王济根本无法比拟。要让孙竟起去行刺王禧，无异于螳臂当车，以卵击石。若是孙竟起贸然去行刺王禧，不但杀不了王禧，而且等于让孙竟起去白白送死。杀父之仇不得不报，可要让孙竟起这样一个对他解囊相助的恩人，为了替他报仇而去送死，卢有心是无论如何都做不到的。

卢有心在微醺中百感交集，但还是保持了一分清醒的理智，他双手抱拳举过头顶，给孙竟起深深鞠了一躬，目光坚毅而动容，凝望着孙竟起的眼睛，说道："洛岩兄，谢谢你的一番好意，你的恩情有心没齿难忘……杀父之仇不共戴天，不得不报，但我不想让你单枪匹马地去无辜送死。王禧手下的衙役、家丁无数，其三子王济更是武艺高强，声名远扬。要杀王禧难于上青天，哪怕你趁夜潜进王土司府，也不一定能杀得了他。洛岩兄，我打心底不想看到你为了我的事去白白送死。洛岩兄，你是一个真正的侠客，除了有心之外，会有更多的人需要你行侠仗义，人世间需要你这样为国为民的侠之大者。你得活下去，好好活下去，继续锄强扶弱、匡扶正义，为更多受苦受难的人撑

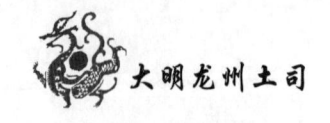

起一片天。有心恳请你，不要为有心去冒这个险。等到以后时机成熟，有心自会靠一己之力替父报仇！"

听了卢有心的话，孙竟起愤怒地捏紧拳头。看得出来，孙竟起是因为他无法替卢有心报仇而深深自责。他长叹一口气，咬牙切齿地说："难道就没有别的办法了吗？这王禧欺人太甚，作恶多端，还私建皇宫，妄自想割据称帝，他在这世上多活一天，就会有更多像卢弟你这样无辜的平头百姓遭到他的毒手……"

话还没讲完，孙竟起忽而恍然大悟，眼里闪出一道灵光，激动地对卢有心说："卢弟，我知道用什么办法替你报仇雪恨了！"

第三十九章　　孙竟起思痛揭身世
　　　　　　　卢有心上京告御状

卢有心赶紧问道："洛岩兄，你有何好办法？"

"上京告御状！"孙竟起一脸笃定，耐心地给卢有心分析，"卢弟，你说这恶贼王禧为何要将你和你爹杀人灭口？正因京师乃是天子脚下，耳目众多，他怕你们回到京师后，有意或无意间将他在龙州宁武司私建皇宫一事抖出来，一旦此事传到皇帝耳朵里，那就是罪恶滔天，是要掉脑袋的。私建皇宫，乃属十恶之首的谋反，这可是诛九族的大罪，一旦被告发，只要证据确凿，立杀无赦。既然王禧害怕你们泄密，不如我们就来个将计就计，到京师去告御状，将他的罪行一一揭露出来。这恶贼以为山高皇帝远，他一只山猴子就可以称王称霸了！你我没有能力收拾他，但我们可以借皇帝之手收拾他，为你爹报仇雪恨。他一个地方土司，粮草匮乏，兵马紧缺，如何跟大明王朝抗衡？到时候等待王禧一家的，只有死路一条！"

卢有心瞪大眼睛，愣住了。

孙竟起认真地继续说道："皇帝的面不好见，我们可以去都察院击鼓鸣冤，朝廷历来对谋反高度重视，这可是关乎江山社稷、皇室存亡的大事。都察院一定会受理的，到时候你尽可把你在龙州宁武司的经历，一五一十地告诉都察院的都御史，他们自会上奏禀明皇帝。皇帝定会严厉惩处王禧狗贼，诛他王氏九族。只是此去京师山高路远，若是王家人发现你还在人世，必定会想尽千方百计置你于死地。我陪你一同上京吧，我在路上保护你，助你一臂之力，帮你顺利告发王禧。卢弟，以我们现在的能力，只能选择借刀杀人，别无他法，这是你为你爹报仇的唯一办法。"

"谋反？杀无赦，诛九族……那么辛夷她……辛夷她是不是也会被杀？辛夷……"听完孙竟起的话，卢有心万分纠结，有种说不出的滋味，像是咽下不计其数的黄连，他想把这种无法承受的苦楚一口吐掉，刚到嘴边又硬生生地咽了回去，空留一口荡气回肠的苦涩。

看着卢有心一脸纠结的样子，根据那会儿卢有心讲述的经历，孙竟起知道卢有心是害怕连累那位叫辛夷的姑娘。那位辛夷姑娘负了他，辛夷的家人更是害得他家破人亡，但他心里还是念着辛夷，不想辛夷受到牵连而香消玉殒。孙竟起很失望，他刚给卢有心燃起的希望，就被卢有心的妇人之仁湮没了全部期待。孙竟起叹了口气，对卢有心说："卢弟，仁慈是一把双刃剑，对仇人的仁慈就是对自己的残忍。你心心念念的那位辛夷姑娘，她喜欢你，只是为了利用你。她对你好，只是为了对你更残忍。她对你的好，全都是演戏给你看。伪善是裹着蜜糖的倒刺暗箭，最是毒辣难防，也最是深入灵肉，难以自拔。青蛇口中信，黄蜂尾后针。两者皆不毒，最毒妇人心。难道你真的打算为了这个蛇蝎美人，放弃报仇的最好办法吗？"

说起来那座倾注了卢瑀、卢有心父子两人七年心血的"龙宫"，算得上是卢有心和辛夷的感情从无到有、从有到浓的见证。可就在"龙宫"落成之喜那一天，卢有心彻底失去了那个曾甘愿为他献出鲜血的爱人辛夷，更彻底失去了对他疼爱有加的父亲卢瑀，永永远远地失去了。绝望的卢有心掉进了深不见底的寒潭，万念俱灰。那些不断撕扯的记忆，狂潮一般涌上心头，使他感到浑身冰凉。孝与情，理智与情感，让他难以抉择。时间仿佛在这一刻静止了，沉默是卢有心最沉重的缄默。

孙竟起看着卢有心不断给自己灌酒。时间过去良久，漫长得仿佛历经了四季轮回。

卢有心缓缓开口，声音凛冽得如同雪山之巅亘古不化的冰晶，眸子里往日的温情一去不复返，取而代之的是刀刃般的锋利尖锐，一字一句地说："杀父之仇，不共戴天，我若不报，枉为人子！尽管我是多么不想伤害辛夷，但缘生水起，缘尽灯灭，情深是心，情浅是命。如今缘尽如灯灭，我和她的情分也只能止步于此。洛岩兄，你说得对，仁慈不过是尘垢秕糠，不仅百无一用，还会让你的仇人抓住你仁慈的弱点，榨干你的每一滴血，把你当作废物处理掉。废物就应该区分出来，废物不配为人！刚才，我脑海里一直不停地萦绕着两个声音，一个嘶吼着'憎恨吧'，一个咆哮着'算了吧'……我不想放任

第三十九章　孙竟起思痛揭身世　卢有心上京告御状

大仇不报，一生只能丑陋地苟且偷生。那样我会愧疚一辈子，一辈子都活在自责的噩梦里！百善孝为先，我娘去世得早，祖父过世后，家里就只剩我爹和我两个人，是他又当爹又当妈，把我拉扯长大。我爹的木匠友人都盼着自己的儿子能够金榜题名，他日为官一方，光耀门楣，抑或是子承父业，在木匠行业做出一番更大的成就。但我爹不一样，我娘去世之后，他见我从小就喜爱绘画，便送我四处拜师学画，让我能够有机会去追寻梦想。生为他的儿子，若我不能为他报仇雪恨，我还有何颜面苟活于世？"

听到卢有心这番话，孙竟起认同地点了点头。

卢有心的声音愈加冰冷，接着说道："正所谓无毒不丈夫，之前我和我爹就是太过仁慈善良，毫无防范之心，没想到王禧会如此心狠手辣，竟在'龙宫'建成后杀人灭口。王禧正是利用我们父子俩的仁慈善良，从一开始所谓的许诺，到事成之后却在酒里给我们下药，想要杀人灭口。这阴狠毒辣的老贼王禧，机关算尽让我爹无辜魂断龙州宁武司，我自己也差点儿命丧黄泉。这一次，辛夷她不能怪我选择上京告御状，怪只怪她和她父亲王禧不仁在先，就不能怪我不义在后。我没错，错的不是我，错的是这个世道！"

卢有心话毕，孙竟起欣慰地笑了笑，他对卢有心的一番劝说没有白费。孙竟起端起酒碗，主动与卢有心碰杯："有仇报仇，有怨报怨，这才是一个血性男儿该有的样子！哪有那么多儿女情长。一个人什么都可以丢，唯独气节不可丢。卢弟，你知道吗，当年我从监牢里越狱逃出来，做的第一件事不是即刻亡命天涯，而是去那个陷害我的奸人家中，将他活生生砍了二十多刀，把他砍死了……"

孙竟起的嘴角浮起一抹快意的微笑，如冬天烤上一盆红炉火的舒适，夏天吃上一盘冰镇鸭梨的惬意。

卢有心大吃一惊："洛岩兄，你逃狱出来后，官府不是应该满城通缉你吗，怎么你还能大仇得报？"

孙竟起的微笑逐渐蔓延开来，得意中夹杂着一丝狡黠："世上最危险的地方，也就是最安全的地方。官府的人发现我逃狱后，立刻布下天罗地网，要将我缉拿归案。他们料想我定会立即潜逃出城，便在每个出城的城门安排了衙役，想与守城门的守卫一道将我逮个正着。他们以为人天生都贪生怕死，但凡逃犯必定会落荒而逃，哪里还会想到什么报仇雪恨。然而在我心里，仇恨的种子早已生根发芽，哪怕是和那个陷害我的奸人同归于尽，我也必须把

这深仇大恨给报了！那日，我从狱中逃出来，一刻工夫也没耽搁就直奔那奸人家中。到了他家，我悄悄从后院翻墙潜进去，那奸人一个人在家中，桌子上还留了一张字条，说是中午他喝醉了，他妻儿叫不醒他，便跟着他岳丈外出省亲去了，怕他醒了不知道，就留下了这张字条。真是天赐良机！这是我生平第一次杀人。那一刻，一切爱恨情仇都消失了……"

卢有心听得目瞪口呆，似乎他当时就在现场，目睹了一场血腥的杀戮，喃喃地问："洛岩兄，那你后来又是怎么逃出剑州城的呢？不是每个城门都有衙役和守卫把守吗？"

"哈哈哈……"孙竟起笑出了声，"那些蠢笨如牛的痴愚，还当什么官？我看他们除了捞钱之外，其他的什么都不会！那天我杀了那奸人之后，大摇大摆地在他家烧水洗了个澡，把身上的血污洗净后，在他家找了一套干净衣服换上，还找了些糕点充饥。待天黑后，我这才乔装一番，打扮成一个伙夫的模样，轻松自如地从东城门走了出去。我走出东城门的时候，那里已经没有衙役了，只剩下值守的卫戍士卒。那些衙役以为我一逃出监牢便出了城，跑了一天后早已逃到剑州城外十几里的地方去了，他们把所有人马都安排到剑州城外十几里的村庄、山野四处搜捕，哪里会想到我不但去报仇杀了那奸人，还一直待在那奸人的家里，直到晚上才出城。就这样，我堂而皇之地在他们眼皮子底下，大步走出了剑州城。"

"还是洛岩兄神机妙算！"卢有心夸赞起来。

孙竟起语重心长地对卢有心说："卢弟，在这暗淡无光的世界里，想要简单平顺地活下去太难了，一再的容忍退步，得到的不是怜悯与救赎，而是强权下的肮脏和命运不公的嘲弄。卢弟，你现在幡然醒悟为时不晚，就让我这个做兄长的助你一臂之力，与你一道上京告御状，使那王禧老贼得到应有的惩罚！"

觥筹交错中，卢有心感激不已，频频与孙竟起举碗相碰。在卢有心的眼里，孙竟起就是一个专门从遥远的天界下凡，特意来解救他的神仙。卢有心除了对孙竟起感激涕零之外，别无其他。卢有心和孙竟起说好，等卢有心准备好告御状的状纸，孙竟起准备好上京需要的盘缠，他们就动身出发，一路向北，直达京师。

客栈外的河边上，芦苇丛生。偶有一两个垂钓之人，收拾好渔具和烘笼子，准备回家。汹涌壮阔的涪江，巨蟒似的绕过群山奔腾而下，不断冲击岸边的

第三十九章 孙竟起思痛揭身世 卢有心上京告御状

巨石，水声震耳欲聋。三面环水的客栈，在斜阳下昏昏欲睡，连同简陋衰败的马厩，跟着变得慵懒。太阳渐渐西斜，前来住宿的客人越来越多。气势磅礴的涪江伴着轰隆隆的水声滚滚而去，仿佛在诉说着撕心裂肺的过往。

那些遍体鳞伤的哀痛，如同等待复仇的荆棘，沿涪江而下，在那遥远的北方京师与希望之光相遇，告别过去，迎接新生。

第四十章　　正统帝大怒查龙宫
　　　　　　王樾黄龙寺求妙计

很长一段时间，每逢全家一起吃饭，王禧总是看到辛夷闷闷不乐，整个人放空，茶饭不思，消瘦了许多。主动与她说话，她也是心不在焉。每次王禧主动问起辛夷是不是有什么心事，辛夷总是强挤出一个微笑说没事。这反而让王禧更加担忧。

毕竟辛夷是王禧最心疼的小女儿，一日，在龙州王氏土司衙门后堂，王禧特意询问王键："键儿，为何辛夷近日精神涣散、忧思过度？"

对真实情况并不知情的王键，答道："回父亲，孩儿猜想多半是辛夷太过思念卢画师所致吧。我听二弟说，这些匠人修完'龙宫'后，全部一起回京师了，包括卢木匠和卢画师在内。"

一旁的徐昌田甚是奇怪："这卢瑀、卢有心父子也真是的，要回京师怎么不提前给王土司大人您知会一声？就这样不辞而别，真是不合礼数！不过按道理来说，王土司大人您当初不是说过要让卢有心做您的乘龙快婿吗？既然这样，他们应该会按照约定，留在咱们龙州宁武司才对啊！"

王禧向王樾打听详细情况，王樾笃定地告诉王禧："回禀父亲，是卢画师为了追寻他在绘画上的梦想，想在京师的画坛继续闯荡，便和卢木匠一道，跟随着其他匠人一路回京师了。"

王禧听后大怒："气煞我也！他们父子俩在我龙州宁武司时，衣食住行我样样待他们优渥，我不嫌他卢家家道中落，又是罪臣后人，还曾当众许诺待'龙宫'建成后就将辛夷许配给卢有心，没想到竟养了一个白眼狼！即便他们父子二人执意要返京，也应临走前与我道一声别，招呼都不打一个就走，真是

第四十章　正统帝大怒查龙宫　王樾黄龙寺求妙计

一点儿礼貌规矩都不懂！"

看到王禧在气头上，王樾开解道："父亲，其实卢瑀、卢有心他们父子二人走了挺好的，您何必动怒呢！辛夷才貌双全，乃人中龙凤，以我们王家的家世，再怎么也轮不到把辛夷许配给他卢有心一个三教九流的画师吧？况且那卢有心心高气傲，自私极端，行事吊诡，之前居然还利用辛夷做他的血墨供体，您也是看在眼里的，反正我是坚决不同意您把辛夷嫁给那个混账的！好在现在他们主动回京师了，也没再提和辛夷的婚约，这件事就权当没有发生过吧，也不用退婚什么的那么麻烦。说起来，这其实是好事一桩呢！"

"唉……"王禧长叹一口气，"那卢有心为了追求他所谓的梦想，跟个疯子一样，什么事都做得出来。辛夷若是真的嫁给他，是祸是福还真是很难说。之前卢有心那样伤害辛夷，要不是看在他是卢木匠的儿子，他和辛夷之间又有婚约，辛夷以死相逼让我饶恕他，我当时真想把他给杀了。我想到，做人要一诺千金，不能背弃自己的承诺，也就只有忍了。樾儿，你说得对，现在是他们自己主动走的，就等于是他们先毁了婚约，我也就不必再烦心了。只是辛夷年纪也不小了，这下不知道又该何去何从了。"

王樾的嘴角浮起一丝笑意："回禀父亲，在我们龙州，若论门当户对，一表人才，又和辛夷年纪相当的，确有两位青年才俊。一位是薛氏土司世子薛照虔，另一位则是李氏土司世子李未岚。"

王禧皱着眉毛，摇了摇头："我和薛崇育结怨已久，无论如何我都不会把辛夷嫁给薛崇育那个老贼的儿子！那李家公子倒是合适，但上次李振樊派媒人来给李未岚提亲，辛夷直接一口回绝了，我又怎么好意思再去开这个口呢。"

王樾主动请缨："父亲，请您放心，此事包在孩儿身上！孩儿自有办法去游说李家，必定促成一段佳话。"

王禧思忖了片刻，对王樾叮嘱道："樾儿，辛夷与李家公子的婚事，还是暂时先搁置下来吧。恰逢最近卢有心的离开让辛夷神伤不已，你先劝解劝解她，她最近消瘦了许多，我还是挺担心她的。"

王樾重重地点点头："一切听从父亲定夺。孩儿一定使出浑身解数，让辛夷尽快从阴霾里走出来，变回曾经那个活泼开朗的辛夷。"

一旁的徐昌田默不作声，他犀利的眼神里暗暗觉察到，这件事恐怕没有想象中那么简单。

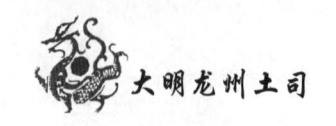

在孙竟起的帮助下，卢有心一路北上，到了京师就带着状纸直奔都察院击鼓鸣冤。

起初都察院并未受理，好在孙竟起作为一名行走江湖的侠客，朋友不少。有了朋友的鼎力相助，这才将写满王禧种种罪状的状纸，交到都察院右佥都御史手中。很快，四川承宣布政使司龙州王氏土司王禧凭借龙州地势险要，阴谋割据称王，重金招聘曾修建紫禁城的工匠，仿紫禁城形制大兴土木，建成了一座金碧辉煌的宫殿，里面雕有九千九百九十九条龙等私建皇宫、意欲谋反的罪状，通过一份奏疏，映入正统皇帝朱祁镇的眼帘里。朱祁镇勃然大怒，派出钦差袁正彻查此事，一旦造反事实存在，即杀无赦，诛灭九族。

徐昌田曾同朝为官的挚友，在紫禁城奉天殿朝堂上听到这个消息，退朝后立刻派人一路上换马不换人，跑死了三匹马，将此事快马加鞭传书告知远在龙州宁武司的徐昌田。徐昌田得到消息后，大惊失色。知道事态紧急的徐昌田，不由分说赶紧火速禀报王禧。

王禧听后大骇，如五雷轰顶，气得急火攻心，一个趔趄差点儿没站稳，半天才缓过气来。他叫来全家人和徐昌田，一起共商对策。

王禧气愤不已地把徐昌田挚友写的那封信扔到桌上，怒瞪着眼，额角的青筋随着粗气一鼓一张："没想到啊，我厚待这些匠人，他们当中居然有人回到京师后去告御状，说我王禧趁着山高皇帝远，私建皇宫，密谋造反！现在皇帝特派钦差前来彻查此事，一旦造反事实存在，杀无赦，诛九族！"

在场的每一个人无不目瞪口呆，惊慌失措，倒吸一口寒气。谁也不敢说话，花厅里鸦雀无声，静得仿佛落一根针到地上都能听得见。

当辛夷听到有人告密这个可怕的消息时，心一下就凉了。辛夷深深知道，这个告密者不可能是别人，只可能是卢有心！卢有心说过，他一定会报杀父之仇。只是辛夷没想到卢有心用来报仇的方式竟这么狠辣，居然借皇帝的手要诛王氏九族。辛夷突然感觉卢有心很陌生，陌生得让她害怕。辛夷好恨为什么命运要这么捉弄她，她用尽全力救出的卢有心，现在竟然要磨刀霍霍砍向她的家人！

辛夷完全不敢告诉家人她当日救出卢有心一事，她怕她一说出来，她将永远不被原谅，会彻底失去这个家。辛夷又心痛又自责，早已伤痕累累的心上顿生一道新的伤口。

第四十章　正统帝大怒查龙宫　王樾黄龙寺求妙计

王禧忧虑地对众人说："现在皇帝手里的奏疏，说我们私建皇宫、密谋造反，钦差马上要来巡视此事，这可如何是好啊？虽然我王禧从无造反的想法，但这座和紫禁城形制一致且雕有九千九百九十九条龙的'龙宫'，在钦差和皇帝眼里，势必会成为造反的铁证！唉……"

王济目光冷峻地对王禧说："父亲，您切莫忧虑，朝廷虽兵马众多，但多是乌合之众。自古成者为王，败者为寇，在这生死存亡之际，不如我们马上打出旗号，自立为王，揭竿起义，与朝廷正面抗争！"

"三哥，切莫冲动！倘若真的与朝廷硬碰硬正面对抗，我们龙州宁武司一个小小的弹丸之地，怎么抵得住大明朝的百万铁骑啊！那样只会以卵击石，自取灭亡。我看不如一把火将'龙宫'烧毁，我们一家人亡命天涯，天下之大，必定有我们的藏身之所。留得青山在，不怕没柴烧！"王焕并不赞同王济的说法，而是主张逃跑保命。

王键不同意王焕的观点："普天之下，莫非王土，逃得了一时，逃不了一世。此事还得从长计议，切莫冲动而为！"

"都火烧眉毛了，还怎么从长计议？"王樾认为既然是无妄法师提议修建"龙宫"的，冥冥之中自有深意，王樾提出他的想法，"我看我们还是赶紧向无妄法师求助该如何度过此劫吧。无妄法师佛法高深，必定有妙计化解此番劫难！"

王禧想听听徐昌田的想法，主动向徐昌田请教："徐公，说说你是怎么想的吧。"

徐昌田的眉头拧成了疙瘩，思索着说："王土司大人，属下有一事不明，为何您如此优待这些匠人，他们当中还会有人跑去告御状？这其中必有蹊跷！"

听到这里，王樾插了一句："蹊跷什么啊，还不是一碗米养个恩人，一斗米养个仇人！人上一百，形形色色，那些匠人里一定是有人太过贪婪，觉得我们龙州宁武司富饶多产，想要的更多，人心不足蛇吞象，贪得无厌，恩将仇报呗！"

徐昌田本想反驳王樾几句，想了想还是顺着王樾的意思说下去："二公子言之有理！王土司大人，依属下的愚见，还是先去求助无妄法师吧。既然他说您命中注定须得修建'龙宫'，现在皇帝追查起来，他必定有化险为夷的锦囊妙计。"

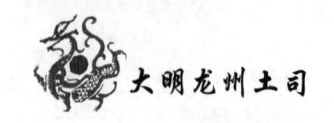

见徐昌田也这么说，王禧当即下令："樾儿，那你马上准备一份丰厚的香火钱，快马加鞭去一趟黄龙寺求助无妄法师，请他帮我们王家平安渡过此劫！"

王樾重重地点了点头："父亲，孩儿定当速去速回！"

整座王氏土司府邸都笼罩在一片阴云之下，厚重的阴云似乎马上要从高高的穹顶上砸下来，砸得王土司府每一个人皮开肉绽，脑浆迸裂。王土司府上下悲观地思考着，明天是否会天明，未来能不能到来。

第四十一章　　薛氏土司阴谋败露
　　　　　　　无妄法师心魔难除

　　一路上，王樾单枪匹马，跋山涉水，匆匆赶到黄龙寺附近。

　　离黄龙寺还有不到半炷香的路程，目光穿过层层叠叠的钙华池，王樾远远看到一队人马停靠在黄龙寺门口。在几名护卫的簇拥下，从马上下来一位锦衣华服之人，此人身材高大魁梧，威严霸气，面目熟稔。

　　细细一看，这个人正是薛崇育！

　　正所谓夜猫子进宅，无事不来。薛崇育来黄龙寺做什么呢？王樾借助路旁树丛的掩映，从树枝丫的缝隙中观察薛崇育一行人的举动。但见其中一名护卫与黄龙寺守门小和尚一番交涉，薛崇育步入黄龙寺，那名小和尚急忙紧闭寺庙，谢绝其他香客进入。

　　若是薛崇育专程远道而来黄龙寺上香拜佛，这光天化日的，何必要让黄龙寺闭门谢客呢？难道这里面有什么不可告人的秘密？王樾将马拴在树丛附近，小心地向黄龙寺走去，以避免马蹄声引起薛崇育等人的警觉。

　　王樾在武艺上虽远不及王济，但身手还算矫健。王樾悄悄绕到黄龙寺围墙外侧，借助墙外一棵红桦树，轻快地攀上树干，上了墙，轻手轻脚地爬上后堂的房顶。王樾格外谨慎，生怕一不小心踩响脚下的瓦砾，被寺里的和尚以及薛崇育的护卫发现。

　　王樾爬到后堂屋脊处，蹑手蹑脚地取开一块瓦片，朝下方屋内定睛一看。薛崇育和无妄法师正在后堂喝茶，相谈甚欢。

　　无妄法师笑得眼睛眯成一条缝，对薛崇育感激地说道："薛土司大人，这么大老远还劳烦您亲自跑一趟，小僧真是诚惶诚恐，过意不去啊。"

薛崇育一脸笑意，摆了摆手："无妄法师，无须多礼。若不是有无妄法师您指点相助，哪里会有今日事成之时，我们薛家一除恶气之机。无论如何，我都要挤出时间亲自来一趟黄龙寺，以谢无妄法师的大恩大德啊！"

说罢，薛崇育拍了拍手，门外的一名护卫顺势提进来一个沉甸甸的箱子，打开一看全是白花花的银子。薛崇育笑吟吟地说："无妄法师，这是八百两银子，权当是我们薛家为黄龙寺捐献的一点点香火钱。小小意思，不成敬意。若是以后无妄法师您有需要我薛某人的地方，您直言便是。就算赴汤蹈火，我薛某人一定尽力而为。"

"阿弥陀佛，善哉善哉！"无妄法师摆了摆手，"薛土司大人，之前黄龙寺扩建，您已经捐了不少香火钱了，今日又捐这么多，真是过意不去啊！小僧代黄龙寺上下先谢过您的善意了，您还是把这些银子都拿回去吧，黄龙寺真的用不上这么多银两。"

但薛崇育硬要把这些亮闪闪的银子全都送给无妄法师。两个人拉拉扯扯，你推我让，屋顶的王樾看在眼里，隐约感到不安。

这世上从来就没有什么无缘无故，为何薛崇育突然给无妄法师送这么多银子？正值正统皇帝朱祁镇派出钦差来彻查王禧私建皇宫、密谋谋反一事，难道无妄法师和薛崇育有所勾结？王樾蓦地有一种特别不好的预感，像是跌入了一个无法逃离的旋涡，站在接近旋涡的中心，避免不了被吞噬的命运。

薛崇育半虚着眼睛，眼神里隐藏着一丝冷漠和杀气："这些银子是无妄法师您应得的。幸得您足智多谋，料事如神，摸透了王家人的心思，步步为营，让王家一步一步在您的计划内走向灭亡。当然这也是他们自掘坟墓，谁叫王禧之前野心勃勃、一味扩张，不知死活地想要取而代之我在龙州的势力，多次得罪于我，还不知悔改。这次他惹怒了皇帝，皇帝派出钦差前来彻查，纵使他一把火把'龙宫'烧了，也不可能全然不留下痕迹，到时候等着他的就是满门抄斩，家破人亡，哈哈哈哈哈哈……"

对于薛崇育的夸赞，无妄法师谦逊起来："哪里，哪里，薛土司大人您谬赞了。不是小僧料事如神，只是每个人心里都住着一只恶鬼，妒、怒、恨、怨、贪、嗔、痴是那只恶鬼的武器，当人无法控制它们或反被它们控制时，这只恶鬼就会呼啸而出，害人害己。小僧做的不过是给他们每个人心中的恶鬼解开封印，将恶鬼释放出来罢了。"

"噢？"薛崇育呷了一口茶。

第四十一章　薛氏土司阴谋败露　无妄法师心魔难除

无妄法师拈花一笑："薛土司大人，自您上次从京城朝贡回来，您找到小僧说想好好收拾王土司，最好能永除后患。当时小僧就在思考，三十六计，攻心为上，每个人都有一只野兽封印在胸中，一个恶魔深锁在眼眸，只要能够利用人性的弱点，便能事半功倍。小僧分析，十恶之中，谋反为首，罪无可赦，罪诛九族。只要让王土司坐实谋反的罪名，朝廷自会出手替您收拾王土司。但王土司这个人谨小慎微，善于经营各种关系，要让这样的人主动参与谋反，绝无可能。唯一可能的就只有强行黄袍加身，逼他造反。"

"王禧历来小心谨慎，要逼他造反，实属不易。真是难为无妄法师了。"薛崇育附和道。

无妄法师继续道来："在去游说王土司之前，小僧从薛土司大人您安插在王土司府的细作吉瑞口中得知，王土司的庶次子王樾自命不凡，一心想要当上世子夺得土司之位，奈何他是庶次子，王土司更偏爱嫡长子王键，也有立王键为世子把土司之位传于王键之心。为此王樾愤愤不平，颇有不满。小僧利用王樾的嫉妒之心，先去游说他，再和他里应外合游说王土司。王土司听到小僧所说的天象和看到小僧所演示的天意，说他才是真龙天子时，王土司半信半疑，谨慎的他无动于衷。小僧便偷偷交与王樾母子有致幻作用的药物和致命的毒物，让他们王氏子孙自相残杀。王樾母子给王禧下药后，在颠茄和死藤水的双重迷幻作用下，再加上日有所思夜有所梦，当晚王土司做了一个梦中梦，梦到衔烛之龙告诉他，他是龙族后人，必须得修一座形制与紫禁城一致且有九千九百九十九条龙的'龙宫'，以正视听，兴旺龙族血脉，执掌天下，否则就会家破人亡。王樾原本设下毒计想毒杀王键，结果王土司的五子王坦意外被毒死，其四子王焕也中毒，王樾为摆脱嫌疑假装中毒，并把黑锅扣在了皇帝和张太后头上，刚好印证了这个梦中梦。王土司这才深信不疑，他认定张太后御赐给他的宫廷果脯有毒，朝廷想要谋害王家，只有修筑'龙宫'自保才是唯一活路。"

薛崇育哈哈大笑起来："说起来，我还真要感谢王禧他的'好'儿子王樾呢！"

无妄法师淡淡一笑，接着说道："待王土司的'龙宫'建成后，我飞鸽传书给吉瑞，让他假借王土司和王樾之命，以防止泄密、毁除婚约为由，在匠人们的饯行宴上，给从京城来修建'龙宫'的木匠卢瑀和画师卢有心的酒杯里下蒙汗药，杀了卢瑀，埋于箭楼山赖子湾。故意留下卢有心这个活口，并

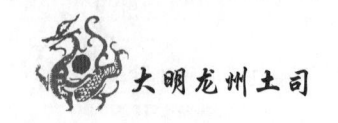

放话迷惑他，让他误以为是王土司和王樾想杀人灭口，同时有意留下线索，让王土司的女儿王辛夷能够发现卢有心的踪迹。那名叫卢有心的画师，此前与王辛夷相交甚好，欲喜结连理，王辛夷奋力救出卢有心，送到蟠龙坝章郎中的医馆秘密救治。而后，据吉瑞飞鸽传书密报，他一直暗中监视的卢有心果真中了计，卢有心被章郎中救活后，愤然决绝地离开了蟠龙坝。卢有心此人心高气傲，性格偏执，小僧利用卢有心性格上的缺陷，飞鸽传书给您，请您安排侠客孙竟起一路跟踪他，好与之在平驿堡'偶遇'，让孙竟起故意点燃卢有心的复仇之火，教唆并安排卢有心上京告御状。功夫不负有心人，费了这么多工夫，这才能一步一步实现整个计划。现在皇帝派出钦差彻查，那座'龙宫'是如山的铁证，等待王土司一家的将是诛灭九族的谋反大罪。如此一来，薛土司大人您终于可以高枕无忧了。"

听到这里，王樾如同被当头一棒，打得他满头是血，颅骨粉碎，全身上下的每一处骨节都断裂了。他的心像被拴了块石头似的直沉进冰河，一股刻骨铭心的寒凉，从后脊梁骨一直朝上游走，直冲后脑勺。王樾怒气冲天地趴在那里，却不能发作出来。他瞪着两只眼睛，直直地盯着眼皮底下的薛崇育和无妄法师，气愤到极点，差点儿从房顶上摔下来。

王樾做梦也没想到，他竟然只是一颗任人摆布的棋子，看似和他是同一个阵营的无妄法师，原来一直只是在利用他去扳倒王禧！王樾突然感到人性隐匿的恐怖，对人性之中的善意怀有最大侥幸，恰恰是悲剧的开始。

听完无妄法师的话，薛崇育忍不住鼓起掌来："不费一兵一卒就助我将宿敌打得一败涂地，我薛某人真是佩服得五体投地，无妄法师真不愧是一代高僧！"

"万法缘生，皆系缘分。这既是薛土司大人您与小僧的缘分，也是小僧的福分。"无妄法师微微一笑，背后饱含了无法对任何人诉说的苦楚。

桩桩往事层层积压，叠加成为千千心结。哪怕是无妄法师如今已成为名满天下的得道高僧，他最终还是一介凡人。在他的灵魂深处，始终有一个解不开的心结。无妄法师也曾年轻过，当初无妄法师在宝灵寺跟随净苦法师修行，无意中遇见跟其母前来礼佛的朱檀儿。一个是出尘超凡的俊朗僧侣，一个是碧玉娴雅的多情女子，年龄的差距并没有阻断两人渐生情愫，佛心未定的无妄法师甚至想要为此还俗。然而，朱檀儿的父亲是龙州有名的儒商朱员外，怎么能允准掌上明珠嫁给一个一无所有的和尚？在其父母的逼迫下，朱檀儿

第四十一章　薛氏土司阴谋败露　无妄法师心魔难除

最后只能挥泪斩断情缘，与无妄法师断了往来，嫁给了门当户对的王键。随着时间的推移，嫁到王土司府的朱檀儿渐渐接纳了王键，努力做好一个夫唱妇随的贤妻。但好景不长，年轻的朱檀儿在王家病故身亡，香消玉殒。得知消息的无妄法师伤心欲绝，无法接受这一噩耗。向来无病无疾的朱檀儿，怎么会年纪轻轻就撒手人寰？无妄法师认定是王家人害死了朱檀儿。

渡人容易，渡己难。朱檀儿的早早离世，如同一个心魔，从此永远住在无妄法师的心海。他痛恨王家，他要复仇，他要为他心中永远的白月光朱檀儿报仇雪恨！可他只是一个小小的僧侣，以他一人之力，毫无办法去抗衡在龙州势力庞大的王家。他不想再待在龙州这个伤心之地，遂辞别师父净苦法师，转而云游四海，苦心修佛。多年之后，他终于成为松潘卫黄龙寺的住持，成了一代高僧。世事无常，谁都无法预料。当薛崇育找到无妄法师，想请他帮忙设计陷害王家时，无妄法师怔住了。他没有想到当年自己的救命恩人，竟然和自己有着共同的仇人。尽管他多年所修的佛法不允许他这样做，但仇恨像一团永不熄灭的火焰，不断灼烧着他的心。无妄法师知道，这是他复仇的唯一机会。他明白他始终是一个人，而不是一尊佛。他最终选择了与薛崇育一起联手对付王家。

薛崇育和无妄法师你一句我一句地聊着，谁也没有察觉到屋脊上的王樾，正用一双似刀似剑又似戟的眼睛，极其愤怒地盯着他们。王樾内心的波涛，汹涌澎湃，如一场滔天巨浪，毫不留情地淹没了心田，但他的灵魂不想认输，他不愿承认他的失败。

有些事情，既然做了，就无法后悔，更没有机会道歉，从你做决定的那一刻起，所有的愧疚、后悔和自责都是你应得的。王樾生平第一次这么痛恨自己。如果当初不是他的嫉妒和野心，不是他对权位的迷恋和向往，就不会有这么多事情发生，也不会有这么多无辜的人枉死，更不会有王家现在的灭顶之灾。他为了一己之私，为了当上世子，为了成为下一任王氏土司，这才让薛崇育和无妄法师有机会联手设下圈套，让他成为把全家人推上刑场的刽子手。想着想着，王樾多么想以死谢罪，让这些不为人知的内疚和悔恨，永远埋葬在空荡荡的风里，翻动着刺骨的心痛。

王樾转念一想，他不能死！他若是死了，无异于拉着王家所有人一起陪葬！他要救人救己，他要救整个王家于生死存亡之际！

第四十二章　　钦差袁正赴宁武司
　　　　　　　深山龙宫变报恩寺

　　王樾马不停蹄地从黄龙寺赶回蟠龙坝，第一件事不是立刻找到王禧汇报紧急情况，而是临时编造了一个借口，让家丁吉瑞到他房间替他磨墨。

　　吉瑞一进门，王樾就紧闭门窗。这让吉瑞心里惴惴不安，忙问道："二公子，您找我怕不是为了磨墨吧？"

　　王樾不想和吉瑞啰唆，开门见山就问："吉瑞，明人不说暗话，我要你实话实说，你是不是薛崇育派来的细作？"

　　吉瑞眼里闪过一丝惊恐，脸涨得通红："二……二公子，您在说什么啊？我怎么可能是什么细作啊？"

　　王樾的嘴角带着一丝诡异的微笑，拍了拍吉瑞的肩膀："吉瑞啊，我真是没想到啊，日防夜防，家贼难防，你居然如此深不可测！伪装得越深，阴谋越大。隐藏得越好，所需代价就越大，必是预期效果极大，方才值得如此费尽心机。吉瑞，你真是厉害，我从头到尾竟毫无察觉你是细作，我王樾真是佩服得五体投地啊！"

　　吉瑞顿时明白王樾已经知道他的底细。吉瑞本想辩解几句，但王樾已经将一把明晃晃的刀子架在了他的脖子上。

　　吉瑞自知命不久矣，索性坦荡地把话说开："王樾，事到如今，我知道今日无论如何我都走不出这个房间了，我马上就会死在你手上，不如我们就坦诚相待吧。当年江油关清风渡一带涨洪水，薛土司大人派衙役救了我们全家人的性命，在我们上无片瓦、下无立锥之地时，薛土司掏钱给我们建了三间瓦房，还给我们送米送粮。要不是薛土司大人，我早已是个孤魂

第四十二章　钦差袁正赴宁武司　深山龙宫变报恩寺

野鬼了。

薛土司大人等于是我的再生父母，我自当知恩报恩。实不相瞒，给匠人们办饯行宴那晚，正是我假传你和王禧之命，和吉福一道杀了卢瑀。我故意留下卢有心这个活口，好让他去上京告御状。吉福这个傻子，至今还一直愧疚自责呢。不过，真正应该愧疚自责的是你王樾！"

"你……"一时间，吉瑞的话让王樾哑口无言。

吉瑞的命现在掌握在王樾手里，他眼中充满对王樾的不屑，继续说道："当初你为了当上世子，费尽心思拉拢无妄法师，不惜一切代价设下毒计，本想毒死王键，却毒死了王坦。你现在找到我，不就是想要杀人灭口吗？免得我当着你父亲王禧的面，把你做的这些丑事都抖出来。王樾，你不觉得你挺可怜的吗？机关算尽一场空，到最后得不到就是得不到，世子之位还是王键的。王樾，你白忙活了一场，还等于暗中帮了薛土司大人的大忙，让王禧坐实谋反死罪，等待你们的是朝廷的审判，是满门抄斩，是诛九族！你真是你父亲前世修来的'好'儿子啊，哈哈哈哈哈哈……"

"你住口！"吉瑞的话戳中王樾的痛点，彻底激怒了王樾，王樾的怒火熊熊燃烧着，想要燃尽这一切虚妄。

王樾用力一刀划过吉瑞的脖子。

此刻，血流是暖的，心却冷了。

王樾拖着吉瑞的尸体来到花厅，在场所有人都呆住了。在全家人和徐昌田惊异的眼神中，二夫人曹莺娘发出震耳欲聋的尖叫，差点儿昏厥过去。

王济朝王樾大吼："二哥，你在干什么？你何故要杀了吉瑞？"王禧瞪大眼睛怒斥道："樾儿，你疯了！你怎么把吉瑞给杀了？"徐昌田一脸疑惑，隐约感觉到整件事情越来越复杂。

王樾用血淋淋的手背擦了擦额头的汗珠，把是薛崇育做的或不是薛崇育做的全都扣在薛崇育的头上，把他自己撇得干干净净，反正现在吉瑞死了，死无对证。王樾道出了另一个版本的"真相"："父亲，这次孩儿去黄龙寺无意间发现，无妄法师闭门谢客只为会见薛崇育，他们在后堂详聊的内容全被孩儿偷听到了。原来无妄法师竟和薛崇育是一伙的，吉瑞则是薛崇育安插在我们府里的细作，这一切都是薛崇育的阴谋！什么真龙之说的天象祥瑞，全都是假的，是薛崇育和无妄法师联手设计的圈套。那几盒御赐宫廷果脯也是他们让吉瑞下的毒，目的就是逼父亲您私建'龙宫'，坐实私建皇宫、密谋造

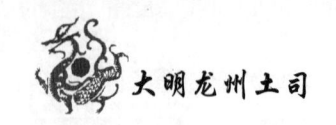

反的谋反大罪！而后他们秘密买通其中一个修建'龙宫'的匠人，让其返回京师后去告御状，好让皇帝下旨彻查，让我们王家成为朝廷口中的乱臣贼子，以便诛我们王氏九族，让我们整个王家永远消失在龙州！到时候薛崇育就能不费一兵一卒，将父亲您的宁武司收入囊中了！父亲，我们都被薛崇育和无妄法师骗了！"

"什么！"听到这个消息，王禧只觉得眼前一黑，整个身体好像不听使唤地往后倒，幸得王键一把扶住他。

王禧感到头上仿佛着了一个霹雳，四肢麻木。过度的惊愕使他脖颈发硬，两眼发直，只瞧见自己的鼻尖。王禧实在无法接受这个真相，打了一个寒噤，惊慌到心瓷片般破碎。王禧觉得自己是被海浪无情拨弄的一叶扁舟，被薛崇育玩弄于股掌之间，一直默默走向薛崇育早就给他设好的陷阱，却愚蠢得没有一丝觉察。

过了良久，王禧像在梦中被惊醒似的，目光刚从遥远的地方摸索回来，无限懊悔，声音哽咽："我真是糊涂啊！天作孽犹可活，自作孽不可活啊……想我王氏一族自大宋起就是一门忠烈，然而到了我这一代，我却误信谗言，竟对皇上、张太后和朝廷大有误会，心生记恨！虽然我从来都不想造反当皇帝，但我却为了所谓保王氏一族平安，居然滋生出对皇上、张太后的不敬之心，还在无妄法师的教唆下，如此僭越地做出对大明王朝的不忠不义之举，修筑了这样一座和紫禁城形制一样且雕有九千九百九十九条龙的'龙宫'。罪过啊，罪过！我真是悔不当初，我们王氏一族的百年清誉，就这样被毁于一旦！这老贼薛崇育，贼心不死，一直垂涎我宁武司物产丰富，一心想要夺得宁武司这块宝地。自打我登上土司之位，这么多年来我和薛崇育明里暗里也有过多次交锋，但这一次我败了，败得一塌涂地，还要拉上你们一起陪葬，我恨啊！恨我自己太轻信无妄法师了，我真没想到堂堂的无妄法师，竟然会和老贼薛崇育狼狈为奸，真是有辱他一代高僧的圣名！唉，这一次我们王家在劫难逃，不仅要落得个家破人亡的下场，还要永世背负上乱臣贼子的罪名，我王禧真是愧对列祖列宗啊！"

王键长长地叹了口气，像是看透了生死，再也看不到任何曙光，对众人淡漠地说："苟且偷生难，慷慨赴死易。与其到时候钦差来到宁武司，我们大家都沦为遭人唾弃的阶下囚，在刑场上被砍头，死无全尸，不如大家现在同饮一壶鸩酒，一起慷慨赴死，到了黄泉路上也好有个伴……"

第四十二章　钦差袁正赴宁武司　深山龙宫变报恩寺

整个花厅陷入一片死寂。

徐昌田开了口，打破了这死一样的安静。徐昌田对王禧认真地说："王土司大人，您还没有输，您还可以胜天半子！属下倒是有一计策。王家世代信佛，不如我们索性将'龙宫'改建成佛寺，以报皇恩，祝延圣寿，以表丹诚。我们现在须得赶紧四处招募匠人、徭役夜以继日地赶塑各式佛像，待钦差袁正从京城慢悠悠地一路游山玩水来到龙州宁武司蟠龙坝，佛寺必将初具规模。这个袁正我倒是有点儿印象，是个色欲熏心、贪得无厌之徒，到时候王土司大人您再用黄金和美女笼络他，买通他。等到袁正回京后，他若是向皇帝禀明您是被奸人诬告，王土司大人您历来忠君爱国，绝非私建皇宫，实则是在修建报答皇恩的佛寺。届时，哪怕是皇帝再有疑心，他也不可能对您痛下杀手。试问哪一个皇帝，会下旨诛杀一位散尽千金、只为修建一座佛寺以报答皇恩的忠臣呢？传出去的话，别人也会说皇帝忠奸不辨、昏庸暴戾，枉杀一位忠心耿耿的臣子，难逃悠悠众口。防民之口，甚于防川，皇帝必然只能睁一只眼闭一只眼，不会再深究此事。属下认为将'龙宫'改建成佛寺，不失为当下唯一的良策。王土司大人，不知道您意下如何？"

徐昌田的一番话如醍醐灌顶，一下子让原本混沌不堪的王禧，忽然间打开了一扇通往柳暗花明的生门。王禧的眼睛霎时明亮起来，连声说："好、好、好，徐公此计甚妙！事到如今，我们别无他路可走，只有死马当作活马医，将'龙宫'改建成佛寺，如此偷天换日之法，也许可以救我王家上下于水深火热之中。先父本就笃信佛法，他尚在人世时就常常以佛心教导我。佛法慈悲，其五戒十善，可以辅行王化，可以祝延圣寿。我王氏子孙一定要倾尽全力将这座佛寺修好，待佛寺修好后还要天天亲自烧香跪拜，为皇上诵经祈祷、祝延圣寿、报答皇恩，为龙州百姓祈福、祈愿龙州风调雨顺、感恩龙州百姓对王氏一族的支持拥戴。这样一来，一方面可忏悔我当初对皇上、张太后和朝廷的误解，另一方面也算是为我王氏一族积德行善，可保我王氏后人继续承蒙圣恩，承蒙龙州百姓的爱戴，千秋万代，生生不息。"

救了卢有心却害了整个王家，若是不救卢有心又实在做不到。内心一直苦痛挣扎的辛夷，作为王家的女儿，此时在王家上下生死存亡之际，极其想为王家做点什么，以缓解她深深的内疚和自责。对于徐昌田的提议，辛夷也认为这是唯一能解救王家的办法，但她还是有不少顾虑："徐公的办法倒是可行，可'龙宫'上下雕有九千九百九十九条飞龙，筑有金水桥，砌有八字墙，

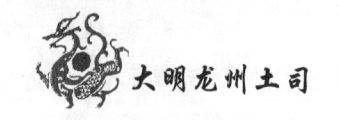

天花藻井的规格也极高，这和佛寺迥然不同，犯了皇室的僭越大忌，到时候如何说得通呢？"

对于辛夷的担心，徐昌田细细道来："王土司大人修的到底是皇宫还是佛寺，说不说得通，全仰仗钦差袁正的意思。只要袁正认为王土司大人修的是佛寺，那么再不像佛寺也是佛寺。当然了，我们还是得尽力修得像佛寺，作假也须假得认真才行，不然袁正到时候不好交差。辛夷小姐，你有所不知，这次皇帝派来彻查的钦差袁正，乃是都察院十三道监察御史之一。监察御史品级不高，就是一个正七品芝麻官，但出外巡视时权力却很大。都察院十三道监察御史有一百一十人之多，想要在这么多同级竞争者里出人头地，难于上青天。这么多年以来，都察院无形中形成了一条不成文的规矩，想往上爬就要舍得给上级官员送礼，用白花花的银子换沉甸甸的帽子。袁正这个人我听说过，他当年本是一名从七品中书舍人，就是靠给都察院右佥都御史刘正廉送了三百两雪花银，这才送出一个正七品的监察御史来。辛夷小姐，你试想一下，袁正既然已经花了三百两银子送礼，为尽快拿回这笔数目不小的礼钱，他会不会选择通过收受贿赂，来挽回这三百两的损失呢？"

辛夷若有所思地点点头。

徐昌田接着说道："人的欲望是无穷无尽的。像袁正这样的人，既然一开始就选择通过行贿从中书舍人这样地位低下的清水官职，跳到都察院这样的油水衙门来，必然不会甘心于一个正七品官职，必定会充分利用这次皇帝派他来当钦差查案的机会，好好大捞一笔，以便日后有机会再通过行贿的手段继续往上爬。一听到此次皇帝派来的钦差是袁正，我宽心不少，这表示王家这次或许还有救。"

"原来如此。"本该庆幸的王禧显得十分低落，喃喃地说，"堂堂正正做人，清清白白为官，这原本是我一生追求并恪守的信念。没想到这一次，我王禧竟要沦落到靠给这个无耻之徒行贿来挽救我一家人的性命，真是可悲可叹啊！"

每个人在面对强悍的宿命时，都是那么微不足道，再努力也只是蚍蜉撼大树，最终只能随着宿命浮浮沉沉，随波逐流。终于，面对那些你曾厌恶的人和事，你只能活成当初你厌恶的样子。

王焕思考着一个问题："父亲，如果真的要将'龙宫'改建成佛寺，那寺名叫什么好呢?"

　　王禧想了想,意味深长地对众人说:"我们王家世受皇恩,世袭其职,世领其土,世理其政。既然我要忏悔罪过,那么就应该时时不忘报答皇恩,尽心尽力辅行王化,世代朝夕祝延圣寿,不如就叫'报恩寺'。"

第四十三章　　黑脸袁正查报恩寺
　　　　　　　双冠佛祖险露马脚

　　好不容易逮到一个出京公干的机会，钦差袁正一路上游山玩水，好不快活。途经金牛道明月峡，恰逢夏日洪水侵袭，栈道损毁严重，耽误了不少时日。当袁正乘着四抬大轿来到龙州宁武司蟠龙坝时，不知不觉已过去八个多月。王禧一家正好充分利用这八个多月的间隙，王土司府上下齐心协力，从保宁府、潼川州等地招募能工巧匠，招来大量徭役，夜以继日地赶塑各式佛像，已把"龙宫"改建为报恩寺。报恩寺虽未全部完工，但已然是一派佛寺的模样。

　　袁正抵达蟠龙坝的这一天，王禧携王键、王樾、王济、王焕、徐昌田及全体衙役，在接官亭早早等候。快到响午时分，袁正一行人抵达接官亭，王禧等人毕恭毕敬地将袁正接到王土司府，设宴款待袁正一行，为他们接风洗尘。

　　辛夷偷偷躲在角落，终于见到了传说中的钦差袁正。

　　在辛夷的想象中，袁正是一副小人得志的猥琐模样。然而，与辛夷想象中不同的是，眼前的袁正三十来岁，威风凛凛，胸脯横阔，相貌堂堂。一双澄澈透亮的眼睛闪着一股正气，暗藏锐利如鹰的眼神落在棱角分明的英武面庞上，端正刚强，令人不禁联想到深山老林里扑向猎物的秃鹫，充满捉摸不透的危险。

　　王禧原本准备了一桌子山珍野味，想要隆重接待袁正一行，没想到袁正并不买账。袁正看了一眼桌上丰盛的好酒好菜，一脸严肃地盯着王禧，冷冷地说："王土司大人，您平日里也是如此豪奢吗？皇上时常以《尚书》教导文武百官，克勤于邦，克俭于家。历览前贤国与家，成由勤俭败由奢，难道王土司大人您忘了这个道理吗？"

第四十三章　黑脸袁正查报恩寺　双冠佛祖险露马脚

袁正的话令徐昌田深感意外，让王禧无所适从。王禧赶紧打圆场："袁大人，您误会了！您不远千里来到龙州宁武司，下官自然要尽地主之谊，生怕怠慢了您这样的贵客，这才吩咐东厨准备得奢侈了些，还请袁大人切莫见怪！下官平日都是粗茶淡饭，不曾如此豪奢。"

"王土司大人平日厉行节约，那再好不过了。这满桌山珍野味，恕我无福消受。还请王土司大人命下人重新炒一盘小菜，煮个素汤，送到我房间吧。吃过午膳后，烦请王土司大人带路，带我到您修建的宫殿去看看是否真如直诉人所说像皇宫一样。"说完，袁正带着随从走向王禧为他备好的客房，头也没回一下。

徐昌田疑惑不已，眼前的袁正俨然一副正气凛然的模样，和传说中那个奸诈贪婪之徒完全判若两人！

王禧暗暗捏了把汗，这个袁正看来没有想象中那么好对付。

袁正用过午餐后，顾不上休息，催促着王禧去昔日的"龙宫"、今日的报恩寺。

这个庞大的建筑群整体分为三进院落，采用传统的"伽蓝七堂"的形式，殿宇深峻，阶墀轩敞。袁正跟着王禧踏进围墙，映入眼帘的是一个开阔的广场，占地约为13333平方米。广场正中有一对石经幢，幢高约2.3米，经幢四周安装花岗石栏板，围以12根栏杆。幢由片石底座、须弥座幢底、六边菱形幢身和幢顶四部分组成。须弥座为六方形，花岗石制作，座上雕刻卷云图案。幢身高约2.3米，正面刻"唵大佛顶尊胜陀罗尼经幢"，另五面刻藏、汉两种文字的"陀罗尼经咒"，笔画圆润，字迹秀美。经幢的顶部作托盘，饰桃形珠宝，托盘周围镂空雕饰丝帛、云纹等。每面上都凿一龛，中间雕刻有坐佛各一尊。

王禧和袁正顺着报恩寺山门外的石阶往上走。山门依地势而建，逐步走高，错落有致。

山门高出广场平面约6米，广场至山门自下而上，共分五级。设踏步三道，均设黄岗石栏杆，整齐庄严。阶梯两侧立有一对圆雕石狻猊，高约3米，左右对峙蹲坐于花岗石须弥座上。左边为雄狻猊，项下铃铛上阴刻"狻猊"二字，右前爪抚弄一只绣球，绣球上系着翻飞的彩带。右边为雌狻猊，左前爪轻轻抚摸一只幼狻猊，颈前挂只圆铃铛，体型亦较为瘦小而显得苗条秀丽。这对石狻猊雕刻粗犷，威武生动，将山门衬托得更加森严雄伟。

停留片刻，袁正随王禧一道来到山门。山门是报恩寺的正门，带八字墙，

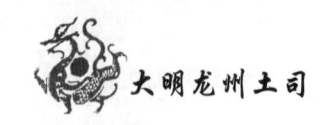

位于整个报恩寺建筑群中轴线前端，上悬横匾，上书"报恩寺"三个遒劲大字。山门面阔五间，进深两间，殿高约9米，为四架椽屋，后用乳栿，分心用三柱，彻上露明造，为单檐悬山式建筑。屋面举架平缓，绿色琉璃筒瓦盖面，檐下无斗拱，有侧脚和生起。山门以中柱为界，分隔成前后两部分，左右两侧用片石垒砌山墙封闭，屋内明间和次间各辟版门一槽。山门外梢间内彩塑两尊金刚神像，左边那尊怒颜张口，右边那尊愤颜闭口，两位力士头戴宝冠，上裸体，持宝杵，两脚张开，下踏夜叉小鬼。

　　山门左右两侧，连以八字墙各一堵。墙高约5米，长约12.6米。墙基用青石砌成，须弥座式，墙身用砖砌作。墙面装饰青狮、白象、云龙等灵兽。墙顶覆盖绿色琉璃筒瓦，脊上安装精致生动的吻兽和火焰宝珠，檐下安饰五彩琉璃斗拱。整个八字墙设计丰富自然，装饰华丽壮观。

　　踏入山门，只见山门内两梢间中彩塑"三头六臂""四头八臂"明王神像各一尊。这两尊护法神像头作焰发，手持法器，体型魁伟，相貌威严，人过其境，令人望而生畏。

　　穿过山门，进入报恩寺内第一进院落。三座单孔石拱桥并列其间，连接着山门与对面的天王殿。拱桥跨度约8米，中桥宽约2.6米，两侧桥略窄。桥面呈拱弧形，中间桥面铺砌团花图案的白色琉璃砖，两侧墙面嵌以小青砖，桥身两边均分别安装石栏杆。栏杆高出桥面约一米，望柱作火焰、云纹形。栏板浮雕人物山水、楼阁花卉等图案，栩栩如生。桥头抱鼓石雕精致细腻。每座桥下均为一拱形洞，大小宽度一致，互相贯通，桥四周嵌装雕花岸边石，与桥下缓缓的流水相映成趣。

　　瞧见八字墙和金水桥，袁正面露不悦，斜视着王禧，厉声说道："王土司大人，直诉人说王土司大人您所建的乃是一座皇宫，看来所言非虚啊！"

　　王禧赶紧道出早就准备好的一套说辞："皇恩浩荡，下官感激涕零还来不及，怎敢私建皇宫，行谋反大逆？这座佛寺名叫'报恩寺'，意在报答皇恩，辅行王化，祝延圣寿。修建报恩寺这个想法，下官很早之前就有了，只是最近几年才将费用筹齐，并捐献自家园地作为基地。修建这座报恩寺，一来是报答皇恩，感谢太祖赐封我王氏家族世袭龙州宁武司土司，感恩当今皇上继续恩泽下官和宁武司，且浩封为昭信校尉；二来是要利用这座报恩寺为皇上祝延圣寿；三来是想通过弘扬佛法来教化边民，巩固皇权，从而达到保国护民的目的；四来是龙州宁武司的观音院规制湫隘，无以容众，需要修建新的

第四十三章 黑脸袁正查报恩寺 双冠佛祖险露马脚

寺庙，以存放当年太祖皇帝所敕赐的一部《大藏经》。基于这四点原因，下官斗胆修建了这座报恩寺。还请袁大人察看完整座报恩寺，予以明鉴！"

袁正用凌厉的眼神瞪了王禧一眼，瞪得王禧心里发毛。袁正没有说什么，继续边走边看。

金水桥的北侧有一座钟楼，为十六柱重檐歇山顶建筑，面阔、进深各三间，平面呈正方形，总面积约为152平方米。楼高13米，绿色琉璃瓦屋顶，飞檐翘角，楼分上下两层。上层是平座，由厚楠木板铺成，四周复设木质栏杆。腰座四周用20根方柱子支撑层檐。台基上的四根金柱子采用通心柱，檐下斗拱为五踩双翘计心造。当心间用四朵，屋顶举架高峻，两侧山花采用木板制作，不作任何雕饰，简朴素雅。重檐下不设斗拱。正面重檐下悬挂"天音醒世"匾额一方，字体苍劲夺目。钟楼四檐柱的侧脚和生起较明显，柱、额、梁、枋满绘彩画。钟楼梁上悬挂铸铁大钟一口，约5000千克。钟面上注有工匠姓名及铸造年号的铭文。钟体铸有图案，钟上蒲牢龙钮造型别致。

迈过金水桥，王禧带着袁正来到天王殿。

天王殿建在约一米高的台基上，殿高13米，面宽五间约计25米，进深两间约计10米。天王殿里的圆柱作横六竖三排列。四角柱微向里倾，侧角的手法可起到稳定整个建筑的作用。檐下横匾一方，匾额制作精美，四周边缘透雕云龙纹饰。匾额两旁圆雕二托匾力士，造型极为生动，顶盔掼甲，龇牙咧嘴，怒目圆瞪，足踏彩云，双手紧拉悬匾铁链，大有负重之势。屋顶覆盖黑色琉璃瓦，两山花琉璃，随着早晚阳光的变化，呈现出不同的色彩，华光四射，令人称奇。屋内装饰华丽，顶部120块天花板，绘制成百花图案，各种花朵立体感很强。

殿内南北两梢间内置佛台，台上彩塑四大天王神像。像高4米，胸宽1米，体态匀称，造型威武。左边两尊为东方持国天王和南方增长天王。持国天王手持琵琶，增长天王按剑挺立。右边两尊为西方广目天王和北方多闻天王。广目天王一手缠一条龙，另一手上拿着宝珠，多闻天王左手握银鼠，右手持宝伞。

环顾四周，看着天王殿的柱、梁、椽、檩等所有木质材料皆为清一色的金丝楠木，袁正皱起眉头，忍不住发问："楠木乃木中极品，金丝楠木贵为贡品，只有皇室贵胄才能使用。报恩寺怎么用到了这么多的金丝楠木呢？"

王禧心里"咯噔"一声，努力挤出一个微笑："龙州宁武司本就是金丝楠

木的出产地，修报恩寺时为方便则就地取材。金丝楠木的木质坚硬，经久耐用，耐腐性能极好，带有特殊的香味，能避免虫蛀。龙州多发地震，报恩寺整个建筑群结构严格按照《营造法式》修建，多采用斗拱和榫卯的结构，配以金丝楠木这样坚硬耐用的木材，具有非常高的抗震性。既然要修建一座祝延圣寿的佛寺，下官自当竭尽所能、散尽家财修好这座佛寺，以祝祷圣上龙体安泰，寿与天齐，势必不能让报恩寺毁于天灾地孽之中。"

王禧给出的理由似乎有几分道理，袁正不再说什么，继续往报恩寺里走。穿出天王殿是报恩寺的第二重院落，正面是大雄宝殿，右边是大悲殿。王禧请袁正走进大悲殿。

大悲殿面阔三间约20.6米，通进深三间计18米，殿高约16.3米，总面积约369平方米。五檩木架，十六柱重檐歇山顶建筑。殿顶黑色琉璃瓦盖面，绿色琉璃瓦剪边。大殿由16根直柱支撑着梁架，柱下为古镜式柱础。大殿正面明间较宽，安装六抹隔扇门，两次间槛墙上安"步步锦"式隔扇窗各六扇。每扇隔扇窗总高约3米，宽近1米。大殿额枋与其他殿宇不同，明间不用小额枋，直接施大额枋和平板枋各一道。两次间则用小额枋，上覆额垫板，用大额枋及平板枋，平板枋上安装斗拱以承托屋檐及屋顶。左右两侧垒砌墙，后檐槛墙上安装直棂窗。

东西两侧山花分别以彩色琉璃砖拼成雄狮秀戏绣球图案，嬉戏的小狮子各作俯、仰、转、侧不同姿态，生动活泼，天真可爱。上下檐斗拱各异，每面安置不同，昂嘴有的平出，有的下斜，有的将耍头砍作昂形。如此繁复变换的斗拱形制，令人叹为观止。门窗装饰瑰丽典雅，天花藻井，制作考究，全部绘制龙凤花草图案，色泽艳雅，构图生动，整个大殿给人一种气势庄严的感觉。

殿内石质须弥座上，供奉着一尊高约9米的千手观音立像。千手观音像，全身贴金，头戴宝冠，身披菁纱，璎珞垂地，赤双足，立于仰覆莲花宝座上，体态柔媚，高大匀称。观音头顶重叠三个小头像，上面仰视看着天，中间平视人间，下面俯视地狱，随处有难随处现。肩上的两只大手高举无量光佛。正身以一根千年金丝楠木精雕而成。身后呈扇形密布1004只手。每只手分别雕刻着一圆睁的慧眼，分别拿着日、月、净瓶、宝镜、宝印、数珠、莲花、金刚杵等各式各样的佛门法器，以示解救一切苦难众生的威力。这些手前后参差，左右环绕，上下重叠，互不遮掩，悬空排成15层圆弧。抬头凝望，宛

如一朵巨大而怒放的金菊，千姿百态，美观壮观，气势如虹。观音左右两侧的佛坛上，有两尊高约3米的木雕立像。左侧男像为观音之父，右侧女像是观音之母，他们身着官服，面容慈祥。殿内四根立柱上，悬塑善财、龙女童子各一。他们神采奕奕，足踏彩云，面向观音，合掌微笑，犹如一对天真活泼的童男童女，栩栩如生，婉丽动人。

见着如此巨大壮观的千手观音塑像，袁正不免感慨："此尊千手观音塑像，真可谓集众家妙手之大成！"

王禧见状，指着大殿内壁上一组面积达90平方米的壁塑，对袁正说："袁大人，您可以看看这些壁塑，上面记叙了妙善公主出家为尼、火烧白雀寺、魂游地府、释迦点化、香山修行、施千眼救父、玉帝敕封的故事。"

袁正顺着王禧手指的方向看过去，只见殿内三面墙上都雕刻着栩栩如生人物的故事彩塑。漫步其间，人物雕琢精巧雅致，场景设置奇绝妙趣，神界、人间、地狱三界描绘得笔走龙蛇，精雕细琢地展开了观世音菩萨从人到佛的传奇故事。

袁正啧啧称赞，走出大悲殿，前往报恩寺的正殿——大雄宝殿。

大雄宝殿左右两侧设有斜坡通道，斜廊为四方柱支承大式卷棚顶建筑，四周没有任何依靠，只有四根立柱直接搁地面，建立在斜度为15度的地面之上。颇有宋代建筑形制之遗风，是南北回廊通往大雄宝殿的一组通道建筑。

看着这斜廊，袁正忍不住发问："《考工记》里讲过，三角形制的建筑具有稳定性。为什么这样一个形似四边形的建筑，没有任何依靠，依然能屹立不倒呢？"

王禧笑着给袁正解释："这是如意斜廊，俗称'四不挨'。自修建好后，经历了多次地震，仍安然独立，说起来都是报恩寺里神佛庇护的缘故呢！"

袁正似笑非笑地说了一句："看来报恩寺的菩萨还挺灵验的。"

王禧不敢多说，只怕多说多错，指引袁正继续察看。

穿过廊庑，来到大雄宝殿殿前，殿前有宽阔的月台和拜台，台面墁铺方石板，四周围绕青石雕花栏杆。

大雄宝殿是报恩寺的中心建筑。大雄宝殿面宽五间约计28.3米，进深四间加后披檐约计20米，总面积达571.2平方米。殿高约19.6米，为重檐歇山顶建筑，屋面覆盖绿色琉璃瓦。正脊、垂脊和戗脊都用绿琉璃装饰，吻兽形制与官式建筑相似。山花制作精美，以琉璃拼装成云水莲花图样。翼角层层

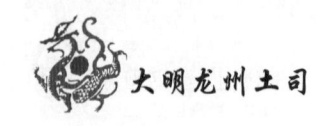

挑出，有展翅欲飞之势。大殿八个翼角，每个角均悬有铜铃。大殿上下二檐斗拱做法各异。下檐斗拱为七踩重拱计心造。斗口 0.2 米左右，柱头科斗口比平身科斗口略宽。外拽作三假昂，昂为琴面昂，其上出耍头，再上位挑见梁头。内拽与外拽昂相对，依次为翘头、麻叶头、六分头。

　　大殿梁架有井口天花遮掩，天花板上绘有绚丽的沥金蟠龙，小露明额枋满绘建筑彩画，柱额、枋之间设有隔架斗拱。梁架结构为分心柱，前后五小梁，下檐施挑头梁，五步梁上主柱，瓜柱与瓜柱间用穿枋相连，脊瓜柱立于前后五步梁交接处，其上承檩，其余瓜柱承金檩，挑檐檩直接放在五步梁头挑檐枋上。大殿装修繁芜，殿正面的明、次间辟隔扇门各六扇，两梢间施以槛墙，其上安格子窗棂，隔扇的隔心雕菱花。裙板部分镂空雕刻云水纹。两山檐柱间以砖砌山墙，披檐正中辟直棂门一道，其余皆以木板拼合。殿内地面全部墁以金砖。当心间的前槽地面，镶嵌着面积约 15 平方米的琉璃花砖，砖面为浮雕浅刻，画面以云纹灵兽为主，构图繁复精巧。

　　殿内后槽筑有面宽三间石造须弥座佛坛，上塑造"三世佛"。这三尊佛像连台通高 7 米许，全身著金，双目俯视，微笑欲言，各自结跏趺坐于仰覆莲花宝座上，肃穆而慈祥，粗看三佛情态相似，细观又各不相同。佛像的背后各塑莲瓣背屏，直径 8 米许，全部贴金，分布瑞云、灵兽、大鹏展翅、蛟龙飞舞图案，边缘饰火焰纹。

　　一边慢走一边细察，袁正的目光不知不觉落在大雄宝殿里的三尊佛祖佛像上。左边的一尊为过去世燃灯佛，右边的一尊是未来世弥勒佛，正中的一尊为现在世释迦牟尼佛。袁正也算见过些世面，戴金冠的佛祖他见过，眼前这尊戴着双层金冠的现世佛，他还是头一次见着。

　　袁正向王禧质疑道："中土的佛祖像较少戴冠，偶有在佛祖像头上加冠的，加的都是单冠。王土司大人，袁某有一事不明，王土司大人您修建的这座报恩寺，为何要塑一个戴双冠的佛祖像呢？"

　　王禧心头一紧，心跳猛然加速，如节奏越来越快的鼓点，唯恐被袁正看出破绽。

第四十四章　　丢韦驮王禧急生智
　　　　　　　打官腔袁正显真容

　　当时为了能抢在钦差来到龙州蟠龙坝之前塑好佛像，匠人们加班加点地赶工，慌里慌张做出来的塑像出了差错。这三尊佛像最中间的那一尊现世佛，原本应与左右两尊塑像等高齐平，慌忙中竟塑得比左右两尊佛像矮了三寸！眼看钦差抵达蟠龙坝的日子一天一天逼近，若是重新塑像，时间上必然来不及了，这可怎么办呢？徐昌田灵机一动，出了个主意，即在中间那尊塑矮了三寸的现世佛头上加一层金冠，这样可以从视觉上增加佛像的高度。然而加了一层金冠之后，看起来还是矮了些。徐公只好命匠人再加一层金冠。戴上双层金冠的现世佛终于能在视觉上和其他两尊佛像高度保持一致，这才有了罕见的戴双层金冠的佛祖塑像。

　　王禧镇定下来，对袁正答复道："回袁大人，是这样的，在塑这三尊佛祖像之前，有一位云游僧曾到过此地。那位云游僧得知下官正在修建一座报答皇恩、辅行王化、祝延圣寿的报恩寺后，掐指一算特意点拨下官，要想让当今圣上受到如来佛祖加倍的佛荫加持，就须得让现世佛戴上双层金冠。下官这才命匠人为现世佛塑了双层金冠，以求当今圣上能受到佛祖加倍的佛荫加持，福寿康泰，万岁万万岁。"

　　听了王禧的一番解释，袁正没有再问下去，将目光直直地落在三尊佛像前面的九龙牌位上。

　　只见大雄宝殿正中的佛像前，供有九龙牌位一道，高约2米。牌位是用最上等的龙胆纹金丝楠木精雕细琢而成，边缘透雕九条云龙。这牌位真是闻所未闻，见所未见。传统的庙宇一般都直接供奉着某一位先人，写清姓甚名谁，

而眼前的牌位赫然写着"当今皇帝万万岁"。

久居官场的袁正一见此九龙牌位，顿时明白王禧的深意。不管是哪朝哪位皇帝在位，只要是当今的皇帝就都受用。这忠心表得永不过时，恰到好处。

袁正上下打量着王禧，阴阳怪气地说："从这九龙牌位来看，王土司大人您心里还是记挂着当今圣上嘛，不像是想要造反自立为王的样子啊！"

王禧赶紧补充道："袁大人，您明鉴啊！下官心里时时刻刻牢记着当今圣上。不，是牢记着从太祖皇帝开始，大明每一位皇帝对我王氏一族的恩泽。所谓谋反一事，乃是刁民蓄意污蔑。下官一家一心效忠大明，赤胆忠心，绝无可能滋生出任何一丝一毫的谋反之心啊！"

袁正的眼神里衍生出一丝异样的光来，对王禧说道："没有谋反之心，那为何王土司大人您敢冒天下之大不韪，在这座报恩寺里到处雕琢着千姿百态的龙呢？"

王禧大惊失色，惶恐不安地答道："袁大人，那位云游僧点拨下官，当今圣上是真龙天子，报恩寺是用作祝延圣寿的佛寺，圣上贵为龙族，自当在这座报恩寺内供奉九千九百九十九条神龙，方能祈福祝祷圣上龙体康泰，千秋万世，否则无法起到祝延圣寿的效果。下官这才听从了那位云游僧的话，只要能祝祷圣上龙体安康，万寿无疆，哪怕冒天下之大不韪，下官也在所不惜！"

袁正想了想，云游僧云游四海，何处可寻？显然王禧是有意把黑锅扔给一个不具名的云游僧，兴许这个云游僧是王禧刻意编造的，根本不存在这样一个人。但王禧的这一番说辞，让袁正无法反驳。袁正只好在报恩寺里继续察看。

很快，袁正又发现不对劲的地方了。

袁正皱着眉头，向王禧发问："王土司大人，您说您建了这么宏大的一座佛寺，怎么不见韦驮菩萨呢？"

王禧心里顿时捏了一把汗。

韦驮在中土佛教中是必不可少的。韦驮是中土佛教徒造就的，是地道的中土武将打扮。韦驮像一般塑得金盔金甲，年轻英俊，威风凛凛，手执降魔杵，塑像颇像赵云、马超一类的勇将。按照规制，韦驮像历来塑立供奉的位置在山门殿背后，手持金刚降魔杵，瞪目注视着大雄宝殿，忠实守卫着佛祖释迦牟尼。

当初急着把"龙宫"改成佛寺，由于工期太紧，东忙西忙的匠人们竟然忘记塑韦驮像了！等有匠人发现的时候，钦差已经过了平驿堡，再过三日，

第四十四章　丢韦驮王禧急生智　打官腔袁正显真容

钦差就要到蟠龙坝了。可早已没有适合塑韦驮像的殿宇，要再建一座韦驮殿也来不及了，这可是一个致命的错误！若是被发现，那么这座所谓报答皇恩的报恩寺，一看便知是临时改建而成的，毫无诚心可言。这等于是在谋反之罪上再加一条欺君之罪，罪加一等。

正当王禧焦头烂额之际，徐昌田提议可在大雄宝殿后壁找一个位置塑上韦驮像。王禧急忙命匠人加班加点地赶塑韦驮像。大雄宝殿正面三世佛与背面屏壁上的观音三大士已塑好，文殊、普贤、南海观音共设三铺，韦驮像只好加塑在正中一铺，即南海观音的左上角。匠人们不舍昼夜地赶工，花了整整两日时间，韦驮像终于塑好了。可韦驮的宝器金刚降魔杵，怎么也搁不稳！刚塑好的泥像还是软的，金刚降魔杵根本放不上去，急得匠人们直跺脚。王禧眼看事已至此，钦差就要到了，只得命匠人将金刚降魔杵安放在南海观音的坐骑上。

王禧咽了咽口水，硬着头皮对袁正说："回禀袁大人，报恩寺供有韦驮菩萨，下官命人把韦驮菩萨塑在大雄宝殿的后壁上了。"

袁正命王禧赶紧带他前去察看。

从三世佛两旁绕行，王禧带领着袁正往大殿的背面走去。殿内墙壁上满绘壁画，内容为"十二圆觉"菩萨像，面积约达117.7平方米。画像高达2米许，身后画有圆形佛光。壁画采取金线描和沥粉贴金制作，笔势稳练，豪放飘逸，色彩明快，画诣极精。

三世佛背后的屏壁上，有一堂面积约达125.3平方米的壁塑，壁面上采用泥塑、悬塑、壁画三者结合的方法，塑造了"三大士"，共分三铺。

右边的一铺是普贤菩萨。这尊造像，头戴花冠，肘悬衣带，下乘六牙白象，体态丰满，容貌娇美。又因峨眉山是普贤东来第一处施"德""行"的道场，他的身后塑有峨眉崇山峻岭，那上边的佛光、舍身岩是峨眉山的缩影。左边的一铺是文殊菩萨，传说是释迦牟尼的左胁侍。据说他在诸多菩萨中，智慧、辩才第一。他头戴花冠，身披薄纱，面相文静秀丽，体态娇柔窈窕，乘坐青狮，怡然自得。因为大智文殊的说法在五台山清凉寺，故在他的背后塑有五台山风光。中间一铺是南海观世音菩萨。这尊观音像，头戴花冠，项饰璎珞，帔巾自肩垂下，绕两臂向外飘起，乳肩裸露，眉目传神，左手扶膝，右手屈指于胸前，下乘独角麒麟，闲适自若。南海观世音像的周围，有韦驮和善财童子侍奉，四周群山耸立，祥云缭绕，海浪滚滚，琼崖仙岛，星罗棋布。

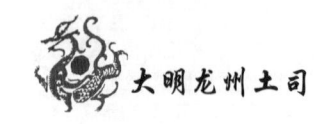

袁正来到大雄宝殿的后壁前仔细观察，只见南海观世音菩萨的左上方，果然有一尊侧身双手抱拳面向观音的韦驮像，造型奇特。

袁正抬头望着这尊韦驮像，不解地问王禧："所有佛教寺院的韦驮菩萨都塑在山门后，手持金刚降魔杵面对大雄宝殿，以示护法。王土司大人，您为何要私自变更呢？"

王禧故作冷静地答道："袁大人，您有所不知，下官所修建的乃是报答皇恩的报恩寺，大雄宝殿正中供有天子九龙牌位，下官及家眷每日都会来为圣上祝延圣寿，龙州宁武司的百姓逢节日也会到山门前的经幢广场周围顶礼朝拜，共祝'当今皇帝万万岁'。如果山门殿后中间塑一大屏以供奉韦驮菩萨，则会影响祝延圣寿的效果。将韦驮菩萨塑在大雄宝殿的后壁上，一来韦驮菩萨可以听从佛祖召唤，二来不会影响祝延圣寿的效果。之所以塑的是双手抱拳的韦驮菩萨像，把他的金刚降魔杵放在南海观音的坐骑上，是因佛家有云，韦驮菩萨护持完九千九百九十九尊佛后，将会是贤劫最后一尊佛——楼至佛。护持完毕后放下金刚降魔杵的韦驮，才是真正成了佛的韦驮菩萨。下官塑的是真正的韦驮菩萨，而不是未成佛的韦驮。"

四下突然变得极静，王禧唯唯诺诺地跟在袁正身后，感觉自己仿佛置身在一处荒芜凄凉的废墟里，不知道脚下的路究竟通往何方。

蓦地，袁正转过身来，冷冰冰地对王禧说："王土司大人，对于您修建的报恩寺，我已有了初步的了解。有些话，我想今晚和您单独谈谈。"

入夜，龙州宁武司蟠龙坝的王土司府。庭院中的丹桂被若有若无的月光模糊了，看不清楚它们本来的面目，不再像白日里那般真实可触，只有阵阵香气弥散开来。抑或阳光下的丹桂不过是虚幻的假象，黑暗中的它们才是去伪存真的。

王禧应约来到袁正的房间门前，小心翼翼地敲了敲门："袁大人，下官应邀一个人前来了。"

袁正打开门来，看到王禧的确是一个人来的，将王禧迎进门来，对他说："王土司大人，想不到蟠龙坝的秋夜这般寒凉。您府上有酒吗？要不咱们喝点酒提提热，免得待会儿谈话的时候着凉了。"

一听袁正要酒，王禧赶紧吩咐下人准备酒菜。袁正在一旁叮嘱："一碟花生米就够了，好酒我可不喝，要最普通的！"

袁正、王禧二人在屋里坐下，下人端上花生米和一壶天麻酒。袁正用眼

第四十四章 丢韦驮王禧急生智 打官腔袁正显真容

神示意，王禧吩咐下人离开了。

等到下人走远，袁正将门窗紧闭，威严地厉声说道："王土司大人，你我都是明白人，我就不拐弯抹角了。你所修建的这座报恩寺，原本一开始并不是佛寺吧？"

袁正的话犹如一记响雷，打在王禧身上，王禧呆住了，额头上暗暗滋生出细密的冷汗。

还未等王禧回过神来，袁正接着严肃地说："如果我没猜错的话，你最开始修建的应该是一座皇宫吧？紫禁城的形制、金水桥、八字墙、天花藻井，你这座报恩寺应有尽有，还有那不计其数的雕龙，哪里像是一座佛寺该有的样子？这明明就是为了应付巡视，紧急将皇宫改建成的佛寺。好你个王禧，你分明就是造反！"

袁正的话犹如支支利箭，直直地射在王禧的心脏上，王禧连连否认："袁大人，冤枉啊！下官一家对朝廷一直忠心耿耿，怎么会做出造反这等大逆不道之事啊！还请袁大人明鉴！"

袁正笑而不语，抿了一小口酒。

王禧毕竟是官场上摸爬滚打多年的老江湖了，猛地想起徐昌田之前说过的话，很快就明白了袁正的深意，赶紧调整了一下面部表情，刻意挤出笑脸，对袁正说："袁大人，圣上对下官的恩宠，下官就算粉身碎骨、做牛做马，也无以为报。下官生是大明的人，死是大明的鬼，怎么会忘恩负义地密谋造反呢？袁大人您年轻有为，圣上这次特派您来彻查刁民诬告下官谋反一案，必定是圣上对袁大人您分外器重，袁大人您必将平步青云，官运亨通。正所谓有缘千里来相会，袁大人您此次千里迢迢来到我龙州宁武司，下官有幸识得袁大人这样一位清如镜、明如水的监察御史，真是三生有幸，也是不请自来的缘分。下官虽久居龙州宁武司这样的偏远之地，但对于袁大人这样清廉正直、忠心为国的好官向来深感钦佩，下官从继任龙州王氏土司伊始，便立志要做一个誓死效忠大明、为国为民的好官。下官与袁大人的信念同出一脉，不谋而合。正所谓知音难觅，下官略备了一份见面礼，希望能和袁大人交个朋友，还请袁大人笑纳。"

袁正露出左右为难的姿态，脸上浮起纠结的神色，喃喃地说："王土司大人，您这样做叫袁某人如何是好啊？按照《大明律》，您是正在接受我巡视的对象，您的礼物袁某万不敢接受。可袁某也觉得王土司大人您这个人很耿直，又和袁某有过同样的境遇,在政见上也与袁某很有共识,袁某真心实意地想与王土司大人交个朋友。这可真是叫袁某为难啊……"

久经官场的王禧彻底明白了,对于袁正这样的人来说,他虽搞惯了官场的下流勾当,但他始终想要在外界树立一个清廉正直的形象,用最后一块遮羞布来掩盖那些肮脏的钱权交易,典型的又想吃鱼又要去腥臭的"两面人"作派,怪不得之前王禧认为袁正这个人捉摸不透。正是袁正努力建立维护的外在形象让他能够脱颖而出,通过都察院右佥都御史刘正廉的大力举荐,皇帝特派他来到龙州宁武司查案。王禧明白与其他人看破不说破相较,袁正直接对王禧说出他已看出报恩寺是皇宫改寺庙一事,无非是想要讹诈王禧,王禧谋反的罪证已经掌握在他的手里,想要全家平安过他这一关,就得抬高价码,不下点血本是不可能的。王禧这下全想通了,为何徐昌田之前告诉他袁正是个奸佞之徒了。现在这种性命攸关的时候,王禧要想救全家人性命,必须和袁正这样的伪君子攀上关系,破财免灾,花钱买平安。

"袁大人,有外人在场时,下官是您巡视的对象,这是'公'。现在没有外人在场,就是你我朋友二人,这是'私'。袁大人,您向来都公私分明,怎么这个时候拎不清了呢?"说罢,王禧对着袁正的耳朵悄悄说,"袁大人,下官不才,略备了八百两黄金作为见面薄礼,还望袁大人海涵。"

"王土司大人,您有心了!"袁正脸上涌现出一抹狡黠的笑,对王禧竖起大拇指,"王土司大人,您果真见识不俗啊!若是我此番回京,告诉皇上您私建皇宫、蓄意谋反,岂不是打了皇上的脸,无异于告诉世人皇上不会识人用人,让皇上颜面尽失?皇上是何等尊贵的九五之尊,与其告诉皇上王土司大人确系私建皇宫谋反,让皇上龙颜大怒,龙体大伤,不如袁某做个顺水人情,告诉皇上王土司大人乃被刁民诬告,实则是在修建祝延圣寿的报恩寺,让皇上龙颜大悦,让王土司大人转危为安,也算是袁某人作为朋友礼尚往来的回礼。一举三得,何乐不为呢?"

对于王禧来说,能破财免灾,便再好不过了。就怕这财送不出去,让袁正觉得他谋反属实且做贼心虚,还会再加上一条贿赂朝廷命官的罪状。那可真是罪上加罪,罪加一等了。

袁正的态度令王禧欣喜不已,王禧暗自庆幸王家上下有救了,牢牢握住袁正的手,感激不尽:"袁大人,您真是救苦救难的活菩萨啊!下官能结交袁大人您这样的朋友,真是上辈子修来的福分啊!来,袁大人,下官敬您一杯,

第四十四章　丢韦驮王禧急生智　打官腔袁正显真容

您的大恩大德，下官及家眷必将铭记于心，没齿难忘！一切尽在这杯酒中！"

袁正笑了笑，与王禧一道，将杯中的酒一饮而尽。

一阵觥筹交错之后，袁正醉了，那双如鹰隼般的眼睛变得迷离缥缈，似一潭深不可见的泉水，隐约看见里面深藏的欲望。袁正的脸颊染上红晕，原本整齐的发丝零零散散地飘落，褪去了原先的伪装，露出最真实的模样。

为了能把袁正陪好，王禧命人从望春楼招来两名烟花女子，让她们好好服侍袁正。

一个月后，在龙州宁武司悠哉乐哉够了的袁正，决定打道回京向皇帝复命。

临行前，王禧如当初迎接袁正时那样，依旧隆重地携四个儿子和徐昌田以及全体衙役一道，在接官亭为袁正送行。

袁正这次来到龙州宁武司收获颇丰，不仅拿到了八百两黄金，还有许多宁武司的名贵药材和水晶石摆件、龙州青丝、龙州梅钱、龙州套枣等贡品。用来驮运行李的马队快驮不动了，王禧又叫人送来两匹骏马，用以驮运行李，方便袁正一行返回京师。

袁正在上轿子之前，握紧王禧的手："王土司大人，经过袁某此番仔细调查取证，直诉人状告您私建皇宫、密谋造反一事，纯属子虚乌有，实乃造谣污蔑！您且放心，此次袁某回京，定当将袁某在这儿的所见所闻，如实禀告皇上。袁某一定会让皇上知道，龙州宁武司的王土司是一位忠君爱国的忠臣，时时刻刻惦念着皇上，散尽家财修建了一座为皇上祝延圣寿的报恩寺。什么私建皇宫、密谋造反，那都是刁民蓄意构陷，信口雌黄，枉把忠臣诬陷为奸贼。袁某相信皇上一定会明察秋毫，为王土司大人您正名，让您免受这莫须有的不白之冤！"

王樾趁势问道："烦扰袁大人，小人斗胆一问，那些诬陷家父的刁民会怎样啊？"

袁正板着脸答道："依照《大明律》，污蔑朝廷命官，罪行严重恶劣者，理应问斩！"

王禧感激不已地告别袁正："下官王禧携几位犬子，谢过袁大人！袁大人，送君千里终须一别，下官送到这里就不再送了。山路难行，您叫轿夫路上慢点，注意安全，以后有机会欢迎常来龙州宁武司做客啊！"

一番寒暄客套中，袁正踏上回京的归途。

看着袁正满载而归的背影，王禧等人在心里默念，但愿一切平安顺遂。

第四十五章　　正统帝纠结下圣旨
　　　　　　　宁武司敕修报恩寺

　　袁正回到京师，来不及在家多休整几日，带着上报皇帝的巡视案卷，直奔紫禁城奉天殿。

　　袁正一见到正统皇帝朱祁镇，先跪拜行礼："微臣参见皇上，吾皇万岁万岁万万岁！"

　　二十岁的朱祁镇年轻气盛，血气方刚，欲开创一个政治更加开明、边疆更加稳定、经济繁荣昌盛、百姓安居乐业的大明盛世。

　　见袁正来了，朱祁镇急切地想知道龙州王禧谋反一案的真相，赶紧问道："袁爱卿，快快平身，有劳你不远千里去往龙州查案。此案查得怎么样了？那龙州王禧当真私建皇宫、密谋造反？"

　　袁正将早已准备好的巡视案卷双手呈上，恭敬地答道："启禀皇上，经过微臣认真调查、仔细查证，龙州王氏土司王禧系被刁民诬陷，王土司一家忠心耿耿，修建的不是皇宫，而是一座用来报答皇恩、辅行王化、祝延圣寿的报恩寺！幸得皇上仁爱，没有将王土司立刻格杀勿论，而是派微臣先去巡视，这才免得枉杀忠良。大明有您这样的好皇帝，真乃苍生黎民之幸事啊！"

　　"什么？"袁正的一番话让朱祁镇感到震惊，赶紧接过那本巡视案卷，紧锁着眉头认真翻阅。

　　这本密密麻麻的案卷记录了袁正在龙州宁武司的所见所闻，清清楚楚地写明王禧修建报恩寺是意在报答皇恩、辅行王化、祝延圣寿。对于报恩寺的详细构建、陈设等内容，袁正自然没有写出报恩寺里那些不合规制的地方，而是避重就轻地写出了一个赤胆忠心的臣子是如何为报答皇恩而耗尽家财的

第四十五章　正统帝纠结下圣旨　宁武司敕修报恩寺

感人事迹。

朱祁镇不是三岁小孩，懂得无风不起浪的道理。倘若真如袁正呈上的案卷所说，王禧是修建佛寺而非皇宫，为何不见王禧层层上报？地方要修建大型佛寺，首先要报当地承宣布政使司批准，获准后则需要报批工部，待工部尚书在皇帝早朝时提呈，皇帝朱批或首肯后，方能够动工。在此之前，朱祁镇从未收到过工部任何关于龙州王禧提请修建报恩寺的奏请。王禧修建佛寺的这个理由，实在有些过于牵强，经不起仔细推敲，但袁正还是按照这个理由上报了。想必此次袁正定是收取了王禧不少好处，吃人嘴软，拿人手短，才会如此帮衬着王禧说话。

朱祁镇明知王禧最开始修的不是寺庙而是宫殿，但念在龙州宁武司地处西南边陲，自古以来便是兵家必争之地，他陷入了深深的思索。如果杀了王禧，必将造成龙州内乱，龙州的薛崇育便会一家独大。当初张太后有意提拔扶植王禧，就是不想让薛崇育在龙州的势力一枝独秀，希望靠着提携其他土司来限制薛崇育发展，避免薛崇育他日兵强马壮，滋生反叛之心。如果现在将王禧定罪，一来，袁正提交的巡视案卷相当于给王禧开了无罪证明，再派人去千里之外的龙州宁武司巡视，恐怕待派出的人走到龙州宁武司，王禧早就将迎接巡视的一切准备做得天衣无缝，找不到任何王禧谋反的证据；二来，张太后崩逝后，朱祁镇齐衰服丧刚过三年，若现在将张太后生前信任之人一棍子打死，等于是在打张太后的脸，向世人宣告张太后用人不善，实乃大不孝之举，对于向来提倡以孝治国的朱祁镇极为不利；三来，大明北方边防的蒙古瓦剌部落日益强盛，对大明多有挑衅，若是因此事引发龙州王禧兵变，那大明王朝将面临内忧外患，腹背受敌。

本想好好处置王禧的朱祁镇，心里的天平左右摇摆，忽上忽下，万分纠结。他内心的波动纠葛像一张被用力揉皱的纸，始终无法展平。左思右想的朱祁镇最终怀着矛盾的心情，写下了一道"既是土官不为例，准他这遭"的御笔圣旨。

司礼监掌印太监王振接过圣旨一看，看出朱祁镇的进退两难。王振灵机一动，在朱祁镇耳边一阵小声谏言。

王振原本是一个落第秀才，略通经书，在一家私塾里教书，后来做了教官，可中举人、考进士这条荣身之路，对他而言实在是太难了。他没有什么背景，十年寒窗也没考上功名，心灰意冷。永乐末年，王振迫于无奈，自阉入宫当

了太监。王振狡黠，善于伺察人意。入宫后，宣德皇帝很喜欢他，任命他为东宫局郎，服侍当时的皇太子，也就是如今的当朝皇帝朱祁镇。当时宫中有很多宦官，论奸佞、论狡黠，王振未必是超群的，但他很能保全自己。宣德皇帝宠爱太监金英等人，王振无法撼动金英在宣德皇帝心目中的地位。可王振一遇到朱祁镇，便如鱼得水，谁也离不开谁。作为少年皇帝朱祁镇的启蒙导师，王振身居司礼监主管，同时担任情报机构东厂的厂公，朱祁镇对他十分信任。

听到王振的谏言，朱祁镇频频点头，认为王振此言甚为有理，御笔朱批将原本圣旨上写到的"既是土官不为例，准他这遭"改为"既是圡官不为例，准他这遭"。只是在"土"字上面加了一"点"，变成"圡"字，便加了一层深意在里面。王禧姓王名禧，"王"字去掉最上头那一"横"，放在下面的"土"上，相当于人头落地，变成"圡"字。而"圡"字是"压制"的"压"字的下半部分。汉字自古以来博大精深，这样一来，这句"既是圡官不为例，准他这遭"的意思，就变成了皇帝朱祁镇严正警告王禧："你既然是地方土官，不懂礼法规矩就下不为例，这一次僭越朕姑且允准。但凡你还敢存有半点儿不轨之心，朕就让你王禧人头落地。你要明白你王禧永远都活在朕的压制之下。"

朱祁镇圣旨一下，袁正心里彻底踏实了。毕竟拿人钱财，替人消灾。

袁正一早就笃定，放王禧一马是最好的选择，也是唯一的选择。朱祁镇年方二十，张太后崩逝后，"三杨"去位，年少无助的朱祁镇对他的启蒙恩师王振极其依赖。由于从小是师徒关系，朱祁镇一直尊称王振为"先生"，从来不敢对他直呼其名。正因这份感情和信任，王振作为一个宦官，敢违明朝太祖皇帝朱元璋规定的"宦官不得干预政事，违犯者定斩不饶"铁律，大权独揽，把持朝政，勾结内外官僚，擅作威福，在京师造豪华府第，大兴土木，诛杀正直官员。仗着皇帝朱祁镇称他为"先生"，谄媚的公卿大臣呼他"翁父"，争相攀附。这种时候若是地方土司谋反，朝廷必将派人剿灭，但龙州宁武司地处西南边陲，兵家必争，一旦引发战事，对于在整个大明王朝权力中心尚未彻底立稳脚跟的朱祁镇和王振来说，百害而无一利。与此同时，蒙古瓦剌部落逐步强大起来，不时南下侵扰大明疆域，战事一触即发。若是龙州王禧兵变，朝廷面对内忧王禧和外患瓦剌，势必分身乏术。况且王禧就算原有私建皇宫之嫌，现已改为祝延圣寿的佛寺，并未酿成大患。袁正早就料定，皇帝和王振必定不会处置王禧，如此他才敢收取王禧的厚礼，替王禧背书。

第四十五章 正统帝纠结下圣旨 宁武司敕修报恩寺

一旁服侍朱祁镇的小太监将改好后的圣旨呈给王振。王振接过圣旨,大声宣读:"奉天承运皇帝诏曰:既是土官不为例,准他这遭。允准龙州王禧修理报恩寺一所,转轮藏一座,安备安放藏经。钦此。"

说完,王振对袁正说:"袁大人,皇上到时自会委派专人到龙州宣读圣旨,您此番巡视颇为辛劳,可先行回府休息了。"

袁正赶紧跪安退下:"叩谢皇上怜爱,微臣告退。"

袁正走后,朱祁镇遏制不住的怒气得以爆发,一挥衣袖将桌案上的奏疏全部掀翻在地。

见此情景,王振带领一帮小太监当即跪地,齐声喊道:"皇上息怒,龙体要紧啊!"

朱祁镇怒气不减,气愤不已:"这帮地方土官是在欺朕年少吗?私建皇宫,改成寺庙,犯上作乱,目无王法!总有一天,朕要把这些当年太祖放出去的权力全部收回来!"

正统皇帝朱祁镇的圣旨终于传到了龙州。

王禧感激涕零地接过圣旨,总算逃过这场生死之劫,全家人在一起抱头痛哭。王土司府上下化险为夷,死里逃生,相互安慰大难不死必有后福。

王禧命工匠在报恩寺内第三进院落的南北两侧,修建了两座造型别致的碑亭,以安放圣旨碑。两碑亭建成16柱重檐上八角下四角攒尖顶式建筑,南北对称,结构一体。两亭之间,种上两株柏树,亭树相应,点翠成趣。亭内各有石碑一通,分别矗立于巨大的霸下之上。碑身用云雾墨石制作,碑首浮雕云龙,雕工精美,巧夺天工。北亭碑正面刻"奉圣旨,既是土官不为例,准他这遭,钦此钦遵,修理报恩寺一所,转轮藏一座,安备安放藏经,祝延圣寿,具本谢恩外,大明正统十一年十一月土官王禧建立"的御笔圣旨,背面刻"敕修大报恩寺碑铭"。北亭的万乘皇恩碑正面上镌刻的圣旨排版方式不拘一格,排列并不整齐,每句开头一字横念为"圣恩圣恩"。落款处,王禧特意命人将王禧的"禧"字刻得极其小,以示对皇帝的尊崇。南亭碑正面刻大明正统皇帝准修报恩寺下属14处小寺院名称,背面刻"敕修大报恩寺记"。王禧请来名家手书"敕修报恩寺"五个遒劲严正的大字,命人做成周围镂空透雕云龙图案的横匾一方,高悬于报恩寺山门前。

如此一来,这座昔日的"龙宫"被临时改建成佛寺后,再次摇身一变,成了被皇帝御笔朱批敕修的佛寺。

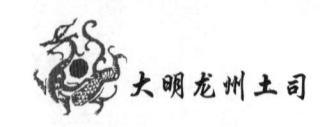

正统皇帝敕修报恩寺一事，在龙州宁武司的百姓中立即引发热议，成了老百姓茶余饭后的谈资，大家你一句我一嘴。

"之前王土司大人大兴土木，我还以为他是要修建新的土司衙门呢！没想到他竟然是为了给皇帝祝延圣寿，修建了一座这么宏大的报恩寺，还是自捐己资，没问咱们老百姓要一分钱，我现在可是越来越佩服咱们王土司大人了！"

"我听说啊，王土司大人本来确实打算修建新的土司衙门，四川承宣布政使司和工部都批准了。后来修着修着规模越修越大，没有按照报批的图纸修，工部来巡视时责令王土司大人整改，王土司大人怕上头兴师问罪，便改建成了为当今皇上祈福的佛寺。"

"原来这里面这么复杂啊？"

"官场上的事复杂得很，牵一发而动全身。咱们都是小老百姓，哪里能懂官场的门道。"

"挺好的，以后咱们蟠龙坝多了一个可以烧香拜佛的地方！"

"这个报恩寺是皇帝下了圣旨敕修的，肯定会请一些得道高僧过来讲佛。以后咱们宁武司的善男信女肯定更多了。"

……

王禧全家至此转危为安。大难不死的王禧心里始终存着一份深深的愧疚，皇帝朱祁镇不仅没有追究他的罪过，还亲自下旨敕修报恩寺，为报恩寺正名，放了他一马，给了他一个重生的机会。如此一来，王禧内心的忏悔愈加深沉。

忏悔是发自人内心最深处的一种情感，让人认识到最真实的自己，既是一种大彻大悟的悔过，更是一次灵魂的洗礼。对于皇帝的宽容仁爱，如同经历了一次重生的王禧诚心诚意地感恩戴德，他暗暗下定决心，哪怕散尽家财，耗尽心血，一定要把这座报恩寺修好修精，每日带领家眷为皇帝念经祈福，以报皇恩，祝延圣寿，以表丹诚。

正统皇帝的这道圣旨使得几家欢乐几家愁。

对于薛崇育来说，这道圣旨无疑是晴天霹雳，他向来运筹帷幄，怎么也没有料想到这场由他和无妄法师精心谋划的布局，完全没有按照计算好的剧情上演，而是南辕北辙地朝着一个意料之外的结局发展着。王禧非但没有因修建"龙宫"被冠以谋反之罪满门抄斩，反倒将"龙宫"改成报恩寺躲过一劫，甚至皇帝还亲自下圣旨敕修报恩寺，这让薛崇育煞费苦心的计谋彻底打了水漂儿。

第四十五章　正统帝纠结下圣旨　宁武司敕修报恩寺

薛崇育气得捶胸顿足，接连几天茶饭不思，胸中窒闷，心痛。薛照虔的生母大夫人陈丽娘看在眼里，急在心里，暗地里让人快马加鞭告知薛照虔，薛崇育心痹复发，将原本被调出去巡防的薛照虔偷偷叫了回来。

薛照虔一身戎装，一回到薛土司府，来不及更衣就匆匆去卧房见父亲。薛照虔站在卧房的门槛外，远远地望着父亲。流水般的岁月，无情地在薛崇育蜡黄的脸上刻下一道道皱纹。他绛紫色的嘴唇紧闭，一夜之间又徒增了许多白发，身躯愈加消瘦，眼角布满鱼尾纹，落寞惆怅的眼神缱绻着一道挥之不去的哀伤。眼前的薛崇育和那个曾在龙州震慑四方的薛氏土司薛崇育，简直判若两人。

薛照虔不知道薛崇育联合无妄法师设计王禧私建"龙宫"谋反一事，看到眼前的薛崇育一副病容，心疼地说："父亲，您要注意身体啊！看着您这么憔悴，孩儿甚为担忧……"

听到薛照虔的声音，薛崇育惊讶地缓缓转过头，不满地呵斥道："照虔，你不是在外巡防吗？没有我的命令，你怎么擅自回来了？"

薛照虔低下头，瘪了瘪嘴，将手背在身后，像一个犯了错的小孩子，低声说道："父亲，孩儿擅离职守，实属不该，还请父亲责罚！只是孩儿听母亲说您旧疾复发，日渐消瘦，孩儿担心不已，这才匆匆赶回家来探望您。父亲，您究竟所为何事如此神伤啊？您可千万要注意身体，您的病可恁不得气呀！"

"照虔，你担心为父的病情，算是至情至孝，回来一趟情有可原。但往后你必须以军令为重，不可再擅离职守！为父这是老毛病了，不碍事的。没什么，只是想到你还未婚配，心中惆怅罢了。"薛崇育自然不会让薛照虔知道整件事情的来龙去脉，他嘴上对薛照虔十分严厉，内心还是对薛照虔回来看望他心存感动。

"孩儿知错了，孩儿以后定当不会再擅离职守！"薛照虔以为是他辛夷坚持不婚配，这才让薛崇育哀愁神伤，旧疾复发，心里有些自责。

照料薛崇育两日后，薛崇育催促薛照虔返回巡防之地，薛照虔不得不服从命令。

第四十六章　　薛崇育怒骂薛照虔
　　　　　　　高坪堡屯兵欲引战

　　自打袁正从龙州宁武司回到京师后，正统皇帝朱祁镇表面上不动声色，下了一道圣旨，让王禧钦此钦遵，修理报恩寺一所，转轮藏一座。看起来已经饶恕了王禧的朱祁镇，实际上并没有完全放心，私下命王振派出东厂的探子，偷偷在龙州宁武司一带活动，暗中秘密监视王禧的一举一动。一旦王禧有任何风吹草动，朱祁镇就会接到东厂探子的八百里加急密报，若是王禧有谋反的迹象，朝廷即可第一时间掐死在萌芽状态。

　　根据探子回报，王禧自打接过圣旨后，安分守己，非但没有任何僭越的举动，反而招募大量工匠、徭役继续修筑完善报恩寺，邀请了许多高僧前往报恩寺讲经授佛。王禧每日早晚都会亲自带着家眷来到报恩寺，为皇帝祈祷顺遂安康，为大明祈祷风调雨顺，为百姓祈祷安居乐业。

　　时间一久，朱祁镇看出王禧并没有谋反之心，便叫王振撤回派往龙州宁武司的东厂探子。王振提议把探子留下，以防万一，毕竟路遥知马力，日久见人心。除了暗中监控王禧，还可秘密监控龙州渔溪司的薛崇育和马盘司的李振樊。朱祁镇认为王振言之有理，点头应允。

　　一个月后。

　　薛崇育功败垂成，又气又恼。他思来想去，始终咽不下这口恶气，决定在渔溪司和宁武司的边界高坪堡大量屯兵，似乎在蓄谋挑起一场战事。

　　薛崇育清楚，他只能用他兵强马壮的优势给王禧施加压力，万不可主动开战。毕竟名不正言不顺，谁先动手谁就师出无名，自会成为众矢之的，不仅不能服众，还会授朝廷以柄。调集大量士兵到渔溪司和宁武司的边界高坪堡，

第四十六章　薛崇育怒骂薛照虔　高坪堡屯兵欲引战

来个按兵不动，专打攻心战，即可达到震慑目的。王禧必然感到恐慌，只要略施手段挑起摩擦，引得王禧一方先行发难，就大功告成了。

如果王禧一方按捺不住，燃起战火，那么薛崇育就赢了。虽说王禧私建"龙宫"改成佛寺皇帝并未追究，但若王禧再犯事，皇帝必定不会再保他，每个人的忍耐都是有限度的，更何况一国之君。对比薛崇育和王禧二者的实力，纵使王禧得到漳腊金矿的巨额财富后经济实力大增，论综合实力王禧绝不是薛崇育的对手。若是真的打起仗来，薛崇育的胜算要大得多。

薛崇育暗下决心，哪怕杀敌三千自损八百，也要赶在撒手人寰之前，把王禧除之而后快。绝不能让心智还未成熟的薛照虔独自面对王禧这样一个强劲的对手，否则薛氏一族以后的路将会艰难无比，甚至会在龙州没有一隅安生之所。薛崇育把手里的士兵大规模调往渔溪司和宁武司的边界高坪堡，昼夜操练，同时派在外巡防的薛照虔前去督军。

接到军令的薛照虔，理所当然地认为这是薛崇育要与王禧开战的前奏，马不停蹄地赶回江油关薛土司府。

薛崇育早就料到薛照虔会来找他，端着一杯茶，在花厅气定神闲地看着跑得气喘吁吁的薛照虔，缓缓说道："我早就猜到你会来。"

满头是汗的薛照虔顾不上一路奔波的劳累，开门见山就说："父亲，您为何要兴兵去攻打宁武司啊？这样无端举兵等于是赤裸裸地侵犯王土司的封地，这可是要被朝廷兴师问罪的！"

"照虔，你以为为父真的不懂规矩吗？唉，你这孩子真是太不懂官场的个中玄机了，你什么时候才能真正长大啊！"薛崇育叹了口气，细细告诉薛照虔他的想法和打算。

薛照虔听后大骇："父亲，您这是在玩火自焚！若真打起仗来，战场上刀枪不长眼，孩儿可不想看到父亲您有任何闪失。万一到时候您和王土司两败俱伤，李土司大可坐收渔人之利。况且……况且孩儿也不愿把枪头指向辛夷……"

"混账！儿女情长，英雄气短！"薛崇育猛地一拍桌子，厉声数落薛照虔，"想我薛崇育一生戎马，驰骋龙州，怎会教出你这么个不爱江山只爱美人的窝囊废！李振樊那个病恹恹的样子，连同他那个文弱的儿子李未岚，还坐收渔人之利呢？我就算把渔溪司拱手让给他们父子俩，他们也管不下来！什么叫玩火自焚，这最多只能算火中取栗。一山不容二虎，我们薛家和他们王家在

龙州迟早要一决雌雄。胜者为王，败者为寇，赢了继续在龙州繁衍生息，输了就乖乖离开龙州。与其等我百年之后，看你被王禧那个老贼欺压得无力回天，倒不如我赌这一次。薛照虔，我警告你，你别再给我提那个王家妖女，你若是胆敢不听从我的军令，擅作主张私下与那个妖女联络，破坏我的大计，休怪我到时候军法处置，把你在帐前给斩了！"

薛照虔愣住了，他没有想到他对辛夷的感情已经演变成卡在薛崇育喉咙上的一根刺。从小习武的薛照虔岂非贪生怕死之辈，他只怕对辛夷一厢情愿的感情无疾而终。有些东西一旦开了头，便收不住尾。一味地付出，感动的是自己，却感动不了想感动的那个人，即使伤痕累累也不愿意收手。蓦地，薛照虔觉得他是一个穷途末路的赌徒，明明已经输得一败涂地，还不甘心，还不放手，非要搭上全部身家性命，去赌那一点点可能。世人都说"凡觉辛苦，皆是强求"。但薛照虔冥冥中总期待着，那些流过的泪会缠绕成一根宿命的红线，把辛夷拉扯到他的身边。

看到薛照虔没有表态说话，薛崇育的火气噌噌往上飙，索性将手里的青瓷堆白翠竹茶杯砸向薛照虔。

只听见"啪嗒"一声，薛照虔来不及躲闪，青瓷茶杯砸在他额头上，顿时冒起一个乌青的肿块。鲜血从薛照虔光洁的额头汨汨流出，像一条悠悠爬行的赤蛇，爬过他俊俏的额头和挺拔的眉弓，爬进他深邃的眼睛里，混合成血泪从眼眶滑落。

薛照虔咬咬牙，忍住疼痛，低着头没有说话，如同一尊没有知觉的塑像。

"痛吗？"薛崇育大声问道。

薛照虔紧闭着嘴唇，点了点头。

薛崇育冲薛照虔大吼道："你还知道痛，那就说明你还不是一具行尸走肉，你对这个家还是有感情的！王禧的所作所为已经把我们薛家逼到这个份上了，你居然没有一点儿危机意识。王禧屡屡进犯，我久病缠身，等什么时候我被王禧活活气死，那才叫痛！若是以后王禧在龙州把我的地位取而代之，我在九泉之下无颜面对薛家的列祖列宗，那才叫痛！若是我百年之后，王禧将你们赶出龙州，你到时候带着你母亲和你弟弟照芝四处流浪乞讨，那才叫痛！"

薛照虔低下头，沉默不语。

薛崇育说着说着，情绪上头，眼泪滑过他沟壑纵横的脸："照虔，为父一直对你寄予厚望，希望你能肩负起整个薛家的兴衰荣辱，不要让我们堂堂薛

第四十六章　薛崇育怒骂薛照虔　高坪堡屯兵欲引战

家以后在龙州销声匿迹，成为历史的笑柄。为父知道你的执念，你一直想娶王禧的女儿王辛夷为妻，对我给你安排的那些姻缘百般拒绝。照虔，你得学会取舍，你不能自私地把你的小爱凌驾于对整个薛家的大爱之上！佛曰，人生有八苦，生、老、病、死、爱别离、怨长久、求不得、放不下。苦过之后，总会苦尽甘来。你若是不放下心中的苦，又怎么能够去拥有真正的甜？照虔，为父和你母亲为了你的终身大事，不知道流过多少泪。那不是泪，那都是为人父母的心血啊！我和你母亲都希望你能幸福，去尽你该尽的义务和责任，做我们薛家顶天立地的好男儿，让我们薛家的荣光千秋万世，绵绵不绝。而不是在一个不值得的女子身上挥霍人生，沉浸在无穷无尽的痛苦当中……"

"父亲……"薛崇育掏心掏肺的话让薛照虔心如刀割。

薛照虔最终选择了让步，他注定必须成为薛崇育手中最英勇的刀戟，把锋利的刀刃砍向伤害薛崇育的宿敌王禧。这一次，薛照虔决定把他对辛夷的感情深藏在心海。深藏不代表背叛，而是给这段感情暂时贴上封印，让它沉睡在心底最柔软的地方。

在暗中秘密监视龙州三大土司动态的东厂探子，自然不会放过薛崇育在渔溪司和宁武司边境高坪堡大肆屯兵这个重大情报，八百里加急将这个消息通过王振上报给皇帝朱祁镇。

接到密报的朱祁镇并没有勃然大怒，而是与他的启蒙恩师王振相视一笑。

王振拱起双手，向朱祁镇祝贺道："恭喜皇上，贺喜皇上，事情已经按照咱们的计划顺利进行了！"

朱祁镇满意地扬起嘴角："还是先生有远见！接下来朕就坐山观虎斗，来一个螳螂捕蝉，黄雀在后。"

薛崇育大肆调动其麾下的士兵驻扎在渔溪司和宁武司的边界高坪堡。王禧觉察后，担忧不已，召集几个儿子和徐昌田在书房一起商议应对之法。

王禧愁眉不展："此番薛崇育大举调兵到高坪堡，定是他之前陷害我未果，又生一计，不知道他这次又打的什么如意算盘。"

王济心高气傲地主动请缨："父亲，这还不明显吗？必定是薛崇育一计不成，气急败坏地想要讨伐咱们宁武司，想出一口气。父亲，请您下令命孩儿前去迎战，孩儿定会取回薛崇育的首级，以报他毒杀五弟和设计陷害父亲之仇！"

王键认为此事没这么简单，劝住王济："三弟，切莫冲动！薛崇育在官场上混迹多年，薛家在龙州的势力也相当庞大，薛崇育断不可能为了一时冲动而意气用事，我看其中必定有诈。"

有了前车之鉴的王樾格外谨慎，生怕又是薛崇育设下的陷阱，他再也不想沦为薛崇育的棋子，劝诫王济："是啊，三弟，我看这件事并非那么简单。皇帝这次并没有惩处父亲，反而下旨敕修报恩寺，哪怕薛崇育再多不满，他也不敢贸然出兵讨伐宁武司。他一旦与父亲开战，就是直接藐视皇帝的圣旨，借他十个胆子他也不敢忤逆皇帝。"

"三十六计，攻心为上。"徐昌田捻着胡子，对王禧说，"薛崇育此番在边界上安营扎寨，屯兵众多，依属下看薛崇育应该是想与王土司大人您打一场攻心之战。就之前薛崇育和无妄法师联手设下毒计陷害王土司大人您来看，薛崇育想借皇帝之手铲除王家在龙州的势力。薛崇育现在大量屯兵安营在高坪堡，无非是做样子给您看，想逼您主动开战。报恩寺一事皇帝勉强不予追究了，若您再与薛崇育开战，皇帝还会再放您一马吗？薛崇育就是看准了这一点，才会想到这个歹毒的诡计。王土司大人，您要学会忍耐，忍一时风平浪静，退一步海阔天空。千万不可和薛崇育硬碰硬，不管这场仗打不打得起，一旦我们主动开战，哪怕打赢了，我们也还是输了。"

王禧头疼欲裂，像要炸开一样，枯坐着把头深深地扎下去，发出一声长长的叹息。

听完徐昌田的分析，王济还是固执己见，愤怒地说："即便如此，难道我们就要做缩头乌龟吗？男子汉大丈夫，顶天立地，人挡杀人，佛挡杀佛！父亲，孩儿从小苦练武艺，为的就是保家卫国，否则一身武艺又有何用呢？听说薛崇育这次派了薛照虔前去督军，孩儿愿与薛照虔一较高下，将他们彻底赶回江油关，以保我们宁武司安宁！"

王焕忙对王济劝道："要论武艺，薛照虔在龙州武艺超群，数一数二，恐怕也只有三哥你能克制他。可薛崇育把代月刀传给了薛照虔，有代月刀在手，薛照虔的武艺得以加成，三哥你还有把握吗？要不还是听从大哥和二哥的，先稳一稳，静观其变，不要贸然与薛家正面对抗。"

王济不屑地说："四弟，你的意思是怕我打不过薛照虔？笑话！代月刀确实是一把称心如意的好武器，不管薛照虔有没有代月刀，我都能赢下他，不信的话就等着瞧吧！"

王禧生怕王济冲动坏事，开口阻拦："济儿，休得鲁莽！此事事关重大，还得从长计议，万万不可莽撞而行。"

徐昌田踟蹰片刻，献上一计："王土司大人，属下认为，按照当前的形势，最好做两手准备。一方面，面对薛崇育的挑衅，一定要稳如泰山，以不变应万变，以静制动，千万不可主动出击；另一方面，要做好应战的准备，万一薛崇育当真要攻打宁武司，也不至于措手不及。王土司大人，属下建议，一则您可安排三公子操练兵马，以防万一；二则您可与李土司联姻，跟马盘司结成联盟，借用李土司的势力牵制薛崇育。双管齐下，方可保宁武司平安。"

"联姻？"王焕有些不满，毕竟辛夷是他同父同母的亲妹妹，"徐公的意思是要父亲把辛夷嫁给李土司的儿子李未岚？万一辛夷不愿意呢？这关系到辛夷一辈子的幸福，难道非要把辛夷的终身幸福当作联李抗薛的筹码吗？"

第四十七章　　王禧谋划联李抗薛
　　　　　　　辛夷甘作联姻筹码

　　徐昌田叹了口气,继续说道:"以李振樊的性格,不让他得到好处,他绝不可能愿意与我们结成联盟共同抵抗薛崇育。说起来,辛夷小姐是属下看着长大的,属下自然希望辛夷小姐能够幸福美满。男怕入错行,女怕嫁错郎,若是李振樊的儿子李未岚是一个纨绔子弟,属下必定不愿辛夷小姐嫁过去耽误一生。幸得那李未岚一表人才,孝感动天,高情远致,在马盘司百姓中口碑极佳,李振樊早已确立李未岚为世子,马盘司的下一任土司便是李未岚。听说李未岚对辛夷小姐一见钟情,过目难忘,至今尚未婚配。之前李家曾派来媒人牵线,辛夷小姐当时情定画师卢有心,一口回绝了。若是现在我们主动提出联姻,李家肯定会同意,那么王土司大人和李土司就是亲家了。我们不是薛崇育的对手,李土司也不是薛崇育的对手,但只要联手,便足以抗衡薛崇育。有了李土司相助,就算薛崇育到时候真的打过来了,我们也不必担忧。"

　　徐昌田的谏言与王樾的想法不谋而合,王樾补充道:"徐公的这个想法,我很早之前就有了。李未岚不论家世、人品、模样都是万里挑一,足以配得上辛夷,比那个卢有心不知道好上几千几万倍。李土司性情温和,李未岚仁孝有加,若是辛夷嫁过去,必定是享福的,绝不是遭罪的。那个卢有心走后,辛夷伤透了心,到了这种紧要关头,她应该会同意嫁给李未岚。如果她不同意,我再好好开导她,给她把道理讲清楚,她会明事理的。"

　　王键忍不住插了一句:"辛夷要是明事理的话,当初就不会真心错付那个卢有心了。辛夷她什么道理都懂,也知道对错,可她就是固执,固执地坚持着内心自以为最纯粹的东西……"

第四十七章　王禧谋划联李抗薛　辛夷甘作联姻筹码

"好了,都别说了!这件事还是我亲自找辛夷谈谈吧,我想尊重她的意愿。"面对眼前的纷扰,王禧眉宇间凝固着惆怅和感伤,平日炯炯有神的双眼顷刻间朦胧起来,鼻子里酸酸的,像是谁把龙州的梅饯汁倒了进去。

所谓父女一场,意味着父女之间的缘分是今生不断目送对方的背影渐行渐远。父亲站在路的这一端,看着女儿逐渐消失在人生之路的转角,女儿用背影默默告别父亲,这是人生的必经之路。反过来,追不上时光的残忍,父亲永远会比女儿先走一步,成为父女之间永远的遗憾。

作为王禧最小的孩子,辛夷是王禧眼里的一池深水,跟其他子女相比,王禧对小女儿辛夷的关怀不知不觉中多了几分。哪怕辛夷的年岁不断增长,辛夷始终是王禧眼里一个长不大的孩子。在秋风细雨摇曳的深处,王禧守护着辛夷,生怕那娇嫩的花朵遭遇狂风的摧残、细雨的拍打。

王禧不敢再想下去,仿佛顷刻之间他就要失去这个最心爱的女儿似的。有种生离死别的苦涩,在他胸腔里激荡,泪水流进他的心里,汇成一条涪江般宽广的河流。

春分刚过,春寒料峭渐行渐远,和煦的春风温柔轻扬,无拘无束,大地复苏,草木欣荣。王土司府的庭院里,青草、芦苇和那一串串含苞现蕾的紫藤,沐浴在轻柔的阳光下,空气里盈满甜醉的气息。

王禧远远瞧见辛夷独坐在紫藤树下,一动不动地盯着那些紫藤发呆,时而缓缓睁大眼睛,似乎不想让泪水流下来。

自从卢有心走后,辛夷就一直陷入这种状态,丢了魂魄似的,这让王禧十分担忧。王禧没有提过给辛夷另行婚配之事,就是怕刺激辛夷,令辛夷的状态每况愈下。面对失魂落魄的辛夷,王禧哪怕作为在家中拥有绝对主导权的一家之主,也有些不忍心开口去问她是否愿意嫁给李土司之子李未岚。王禧怕他现在的做法是在辛夷的伤口上撒盐,他舍不得让辛夷再遭受一点点伤害。

正当王禧犹豫不决时,辛夷忽然转过头来,发现了王禧的身影。辛夷赶紧擦干泪水,挤出一个勉强的微笑:"父亲,您来了。"

王禧慢慢走近辛夷,始终觉得开不了口,说话吞吞吐吐:"辛夷……你……你怎么一个人在这儿啊?"

辛夷努力扬起嘴角,答道:"等紫藤花开啊。"

王禧觉得奇怪:"紫藤三月现蕾,四五月盛花。现在才阳春三月,等花开

还得再等一两个月呢。"

辛夷陷入回忆的旋涡，目光呆滞，缓缓说道："那个夜晚，是我第一次见到有心，有心是在紫藤花下现身的，他注定是和紫藤有缘的。紫藤花需缠树而生，独自不能存活。紫藤注定为情而生，为爱而亡。有心是伴着紫藤而来的，他走了，我的心也死了。可我不会为爱而亡，因为我是王家的女儿，我还有我应尽的责任和义务，等到下个月紫藤花开的时候，我就嫁给李未岚，尽快促成联李抗薛事宜。"

"辛夷，你已经知道了吗？"王禧虽感到惊诧，但很快就反应过来，定是辛夷的几个哥哥中有人已经告诉了辛夷联姻之事，但王禧还是想尊重辛夷的想法，他郑重其事地对辛夷说："辛夷，婚嫁是女子一辈子最重要的事，为父不想逼迫你。你如果不愿意嫁给李未岚的话，为父绝对不会拿你去做与李振樊结盟的筹码！辛夷你不要有压力，你若是不愿意嫁过去，为父可以再想其他的办法对付薛崇育，这个你不用担心。我的乖女儿，你放心好了，为父最大的心愿就是希望几个子女都能幸福，只有你们都幸福了，我才能安心啊。"

辛夷悄然转变的眼神，不再夹杂着迷惘与忧伤，而是盛满坚决，认真地对王禧说："父亲，我是这个家的一分子，我不能置身事外，置若罔闻。我要为这个家尽我的一份力。父亲，我真的不勉强，我愿意嫁到李家去，这是我心甘情愿的选择。还请父亲主动给李土司去信，尽快达成这桩婚事吧。"

尽管辛夷口口声声说她愿意嫁到李家，但王禧隐约还是感觉得到辛夷想要牺牲她拯救整个王家的决心。

王禧轻轻牵起辛夷的手，热泪盈眶："辛夷，谢谢你……如果以后李家人对你不好，你就回家，王家的大门永远向你敞开……"

辛夷皱着眉笑了笑，笑中带泪，沉重地点点头："好的，父亲，辛夷知道……"

几日后，龙州马盘司青溪城的李土司府。李振樊收到了王禧的来信，深锁眉头，面色凝重。

一旁的李未岚看到李振樊的神情，问道："父亲，这封信是谁写来的啊？为何父亲您看完后面露纠结之色？"

李振樊思忖片刻，抬起头看着李未岚，眼神复杂："岚儿，你是否真心喜欢王禧的女儿王辛夷，想娶她为妻？"

李未岚觉得有些奇怪，李振樊怎么会突然问他这个问题，李未岚顾不上问为什么，笃定地点点头，坦荡地说出心里话："是的，孩儿一心想娶辛夷小姐为妻。"

　　李振樊接着又问："岚儿，如果王禧主动来信说王家想与我们李家结成亲家，王禧想把他的女儿王辛夷许配给你，你会作何感想？"

　　李振樊的话像是一剂逍遥散，让李未岚整个身体轻飘飘地飞起来，就要飞上九天云霄。李未岚心底激起一阵浪花，滋润了他原本干涸皲裂的心田。他眉角含笑，脸上泛上一层红光，喜悦飞上眉梢，两只眼睛眯得像一对月牙儿。李未岚兴高采烈地问李振樊："父亲，此话当真？"

　　李振樊点点头，将王禧的来信交与李未岚看。

　　李未岚快速看完信，生怕眼花看错了，又逐字逐句地细读一遍，心花怒放如置身极乐仙境，全身每一根汗毛快活地跳动起来。就像重获自由的小鸟，得到释放的囚犯，逃离猎人追捕的走兽，雾海中望见灯塔的渔人，欢畅至极。李未岚开心得像个小孩子，激动得手舞足蹈，连声叫道："太好了！太好了……"

　　李振樊深吐一口气，对李未岚说："岚儿，为父不想你在这个时候迎娶那个王辛夷。"

　　"为什么啊？父亲，您之前不是也说过，若是能与王禧结为亲家，到时候联王抗薛不失为一种策略吗？现在王家主动示好，想与我们结成亲家，您怎么又不肯了呢？"李未岚顿时眼眉耷拉了下来，眸子暗淡无光。

　　刚刚还在云端的李未岚，蓦地被泼了一瓢寒凉刺骨的冷水，一下子从天上重重跌落在地，这种强烈的反差让他失望得像掉进寒冰深渊，万念俱灰。

　　李未岚的失落李振樊看在眼里，李振樊并没有改变想法的意思，缓缓地说："岚儿，这件事没有你想象的那么简单，个中利害为父慢慢分析给你听。"

第四十八章　　保中立李番不结盟
　　　　　　　　拒联姻他处辟蹊径

春风年年如期而至，吹过丘陵山冈，染就花红柳绿。李未岚的目光穿过窗栏，望着远方依稀可见的原野，尘封已久的思绪像种子在春风的吹拂下开始萌动，在暖暖的阳光中发芽，却被李振樊的态度大泼冷水，顿时陷入万物冰封的寒冬，李未岚的心凋零冰冻，万劫不复。

李振樊呷了一口茶，问李未岚："岚儿，你可知道王禧为何要在这个时候提出联姻吗？"

李未岚摇了摇头："孩儿不知。"

李振樊一脸严肃，接着说道："薛崇育大肆调动麾下士兵，驻扎在渔溪司和宁武司的边界高坪堡，这让王禧万分惊恐，担忧不已。若论军事实力，王禧岂是薛崇育的对手？王禧现在急着想要拉我们加入他的阵营，一起对抗薛崇育，这才想把他的女儿嫁到咱们李家来，用他女儿这个筹码作为和咱们结盟的条件。要是我同意你和他女儿的婚事，就等于在向薛崇育公开声明，我李振樊已经和王禧结盟，要联王抗薛了，这无疑是要把我们李家搅进王禧和薛崇育之间的争斗。岚儿，你现在还以为王禧是真心实意想把他的女儿嫁给你吗？"

李未岚紧闭着双唇，眼神晦暗无光，低下头，沉默不语。

"唉……"看着李未岚失落的样子，李振樊长叹一口气，"岚儿，你的心思为父知道，你心里有那个王辛夷，你想娶她为妻。之前我按照你的意思，请了媒人去说媒。可你也是知道的，王家当时拒绝了，说是等几年再说，王辛夷还不想出嫁。王家偏偏选在这个时候嫁女，王禧这是把我们李家当作冤

第四十八章　保中立李番不结盟　拒联姻他处辟蹊径

大头啊！不需要我们的时候就将我们拒之门外，需要我们的时候又来主动示好。他在这个时候提出联姻，你觉得为父敢接招吗，能接招吗？若是为父同意了，就等于昭示薛崇育我李振樊要和王禧坐在同一条船上了，这就是面对面地和薛崇育树敌，把枪头指向薛崇育。我这么多年来和薛崇育的确有过一些摩擦，但起码表面上和和气气，还没到要兵戎相见的地步。王禧和薛崇育之间积怨已久，虽然我不知道这一次他们因何大动干戈，既然薛崇育大量屯兵在高坪堡，可见事态的严重性。岚儿，你是知道的，薛崇育的渔溪司、王禧的宁武司、我的马盘司，三司接壤。若是薛崇育和王禧打起仗来，那么他们两家必然会分别拉拢我们。在这种情况下，我们马盘司要自保，就万万不能与他们其中任何一家结盟，我们只能选择以不结盟策略来应对当前的局势。"

对政治向来不敏感的李未岚瞪大眼睛，疑惑不解："不结盟策略？"

李振樊语重心长地为李未岚解释道："不结盟策略是相对于薛崇育和王禧两大敌对阵营而言的，我们要强调独立自主，与薛、李两方都和平相处。王禧和薛崇育这两个人都不简单，一个是豺狼，一个是虎豹，都不好对付。现在他们狗咬狗，要打仗了，如果我们和王禧结盟，就得罪了薛崇育，到时候薛崇育的大军就会践踏马盘司的土地。如果我们和薛崇育结盟，就会让王禧不满，到时候王禧的士兵就会长驱直入马盘司。我们最好的应对之策就是做好一个观望者，既不阵前相助，也不背后捅刀子，当作这一切都与我们无关。只有这样，才能保全我们马盘司，避免战火烧到马盘司，让马盘司的百姓免遭流离失所的战乱之苦。"

"那就是拒绝王土司提议的联姻了？"李未岚无精打采地问道，余光里满是低落。

李振樊掰了掰手指，把骨节拉扯得作响："我打算给王禧回信，告诉他你已有婚配的女子了，下个月初八就亲迎。"

"什么？"李未岚吸了一口冷气，完全不敢相信自己的耳朵，像个泥塑木雕的人，愣在那里，茫然失措。

李振樊捋了捋胡子，继续说道："之前胡记当铺的胡掌柜有意将他的二女儿嫁给你。当时你的心都在王辛夷身上，不愿接纳其他女子，为父也只好以你还需几年时间磨炼再成家为由，婉拒了。胡家二女儿唤作'宛童'，生得端庄标致，秀外慧中，做事泼辣。虽是一介女流之辈，却善于经商谋略，胡家的生意很多都是她在帮着胡掌柜打理，生意做得井井有条，蒸蒸日上。

现在胡家的生意越做越大，在四川开了多家分号，日进斗金，富甲一方。岚儿，你若是娶了这胡家二小姐，对于你大有裨益，结合胡家在商界中熟识的富商权贵，可助你以后在政坛走得更稳。况且这位胡二小姐正值碧玉，比那个快到桃李的王辛夷小上许多，在生儿育女方面，年轻的女子好生养些。待你和这位胡二小姐喜结连理，也就标志着我们向世人宣告马盘司的不结盟策略，无论是薛崇育还是王禧，都会无话可说，不能责怪什么。特别是王禧，谁叫他一开始不答应我们的提亲，等到有难的时候又想到找我们联姻避难呢？怪只怪王禧他当初太自以为是了，以为凭他一己之力就能扭转整个龙州的乾坤。现在他发觉他自不量力，已经迟了。这世上从来没有后悔药！"

李未岚素日里眉宇间英气不再，换来的是震惊和恍惚，整个身体猛地抽搐了一下，一股清泪夺眶而出，流到嘴角，钻进口中，咸咸的。他抿了一下嘴，再也控制不住自己，任凭泪水疯狂奔涌，捂起脸痛哭起来，喉咙不断发出呜咽声。

李振樊已经很多年没见过李未岚这般痛哭了。看到李未岚如此伤心难过，李振樊心里也不好受，可是他不能因为李未岚伤心就改变他的打算，毕竟事关重大，牵扯的不仅是整个李家以后的命运走向，还关系着马盘司千千万万百姓的和平安宁。

李振樊伸出枯槁的手，抚摸着哭泣中的李未岚，轻声说道："岚儿，你别怪为父，试问天底下哪个做父母的不希望子女能够幸福快乐呢？可是在强大的命运面前，我们都只能认命。你从一出生起就是我们李家的希望，这是你不能改变的命运，你注定要承担起我们李家的荣辱兴衰。为父给你取名'未岚'，就是希望你这一生都能不沾染凡尘俗世的雾霭，过得逍遥自在。岚儿，这么多年，你确实人如其名，纯净得一尘不染。可你不犯事，事情还是会主动找上门来。你是为父确立的世子，等为父百年之后，你就是马盘司的世袭土司，整个马盘司都会交到你的手上。作为马盘司的统治者，你拥有至高无上的权力，但你也有应尽的责任和义务。你不再是一个可以随心所欲的孩子了，不能凭自己的喜好去做你想做的事。你不仅仅代表你这个个体，你还代表着我们整个李氏一族和整个马盘司。你要学会权衡利弊，做出利益最大化的选择，你肩负着无法逃避的责任和义务。权力、责任和义务相互依存、不可分离，你不仅要用好你的权力，也要尽好你应尽的责任和义务，这样才能不负马盘司百姓世代对咱们李家的信任，无愧于李家的列祖列宗。"

第四十八章　保中立李番不结盟　拒联姻他处辟蹊径

李未岚听着李振樊的话,双手掩面,耸动着肩膀低声抽泣。

看着李未岚哭得跟泪人似的,有些话李振樊不得不说:"岚儿,你内心单纯善良,这是一件好事,也是一件坏事。为父一再告诫你要尽快成长,可你始终不愿直面人世间的黑暗面。如果不能看见黑暗,就不能穿过黑暗,也就不能看见真正的光明。岚儿,为父的病你是知道的,能苟活到现在算是上天眷顾了。为父不能陪你一辈子,你必须自己长大,去习惯以后没有为父的日子。你现在要做的,就是尽快学会面对人世间的尔虞我诈,带领我们李家和马盘司永保太平。你要牢记,作为马盘司下一任土司,你的一生要做到三点:老者安之,百姓信之,晚者怀之。老者安之,意思是你要成长为一个有能力的土司,能独立自主地治理好马盘司,让我和你母亲安心。百姓信之,就是要做一个让百姓值得信赖的人,要有为民情怀,做到爱民如子,让百姓能够在马盘司这片土地上安居乐业,远离战争和高额赋税的痛苦,让百姓们感到踏实放心。晚者怀之,则是让晚辈和下级信服你的人品,敬仰之、崇拜之、效仿之、怀念之,不内乱,不反叛,保障马盘司的长治久安、安定团结。岚儿,你如果能做到这三点,你就可以自豪地说,你已经尽到了人生的责任,履行了人生的义务,成为一个合格的龙州马盘司土司了。"

李未岚泪流满面,缓缓抬起头看着李振樊日渐苍老的脸,日益佝偻的背,日益霜白的鬓发。向来以孝践行的李未岚感到自责,恨自己的不孝和自私,让李振樊如此揪心。尽管对辛夷的感情是那样难以割舍,此时的李未岚明白,他不能再让李振樊失望了,他必须尽快成长起来,去完成他作为李家后人的使命。成长是一个不断得到又不断失去的过程,直到最后所有最初拥有的东西已变得不再纯粹。这一次,李未岚只能牺牲自己,放弃对辛夷坚持多年的感情,去保全整个李家,去拯救整个马盘司。

李未岚努力噙住眼里如泉涌的泪花,"扑通"一声跪在李振樊面前,一字一句地说:"父亲,孩儿愚钝,这么久以来让您操心了,孩儿知错了……恳请父亲为孩儿向胡家提亲,孩儿愿意娶胡家二小姐为妻……"

这原本是一个繁花似锦的春天,但在李未岚看来,这却是一个停歇的春天。他只能一个人踽踽独行,静默着走向春天的末端。在这个过程中,他感觉他的身体不断被放空,空到像是一只孤魂野鬼,游荡在残忍冷酷的冥界。李未岚静静地想,也许当他到达春天的末端,便不会再懦弱。因为他已经抹杀掉了自己的全部个性和想法,一肩挑起他应尽的责任和义务,不再为了自己,

而是为了整个李氏一族和马盘司的百姓而活。就像一个濒临死亡的人，有了责任和义务的弹压，这才有了重新活下去的勇气和希望。

春天的温度，在李未岚纤长的指间默默流淌，绚丽到糜烂，让暗淡的光晕将原本赤红的心脏一点一点湮没。

两日后，李振樊主动抽出时间，欲与胡记当铺的胡掌柜当面谈谈。当李振樊亲自带着伴手礼来到胡掌柜府上时，胡掌柜诚惶诚恐地将李振樊迎进门来，请他到花厅上座，安排下人端出各种上乘的精致茶点。

胡掌柜对李振樊的到来热烈欢迎，双手奉茶，恭敬地说："李土司大人今日莅临，真是令寒舍蓬荜生辉啊。鄙人不知李土司大人光临，未能远迎，实属冒昧，还请李土司大人宽宥则个！"

李振樊微笑着摆了摆手："胡掌柜太客气了，是我打扰了。"

胡掌柜对李振樊的来意并不清楚，满脸堆笑："李土司大人，您能来到寒舍就是对胡某的赏光了，还带什么礼物嘛。您太多礼了，真是叫胡某为难啊！"

"哈哈哈……"看着胡掌柜的拘束，李振樊大笑起来，"胡掌柜不必为难，这只是一点儿粗陋的伴手礼而已。待这件事谈妥后，我自会奉上厚礼。"

胡掌柜一头雾水："什么事啊？鄙人不明，还请李土司大人明示。"

李振樊脸上荡漾开一圈和煦的光晕："胡掌柜，那我就开门见山，直奔主题了。今日我来到贵府是想问问胡掌柜，你之前说的想把令爱许配给犬子，可还算数？"

说到这件事，胡掌柜的眉头顿时皱在一起，质疑道："李土司大人，您之前不是说令郎不够成熟稳重，还需要几年时间磨炼，成家之事还不着急吗？"

李振樊尴尬地笑了笑："对啊，几年过去了，现在犬子终于成熟稳重了，成长为一个能够成家立业的大丈夫了，这才能够配得上令爱啊！今日我才特意来到贵府，坐在这里与胡掌柜共商两个孩子的婚姻大事啊。就是不知道令爱是否已有婚配的对象？"

听完李振樊的话，胡掌柜的心里盘算起来。当初对结亲婉拒的是李振樊，现在主动来提亲的也是李振樊，李振樊葫芦里到底是卖的什么药啊？有一点胡掌柜是清楚的，既然李振樊主动登门拜访，若是他拒绝了，岂不是正面打了李振樊的脸，以后关系僵了，对他在四川各个分号的生意都会有影响。但如果现在立刻答应李振樊，就会显得胡家很没骨气，像是召之即来挥之即去的附属品，在外人看来必定是一副攀附权贵的嘴脸。尽管胡家需要李振樊这

第四十八章　保中立李番不结盟　拒联姻他处辟蹊径

个臂膀做后盾，但颜面对于胡家也极其重要。究竟要怎样才能既不失面子，又能愉快地促成李胡两家的婚事呢？

正当胡掌柜一筹莫展时，一位妙龄少女端着一个青白瓷口碗走过来，双手递给李振樊，声如清脆的银铃："这是小女亲手熬制的桃花养心汤，请李土司大人慢用。"

胡掌柜定睛一看，有些惊诧："宛童，你怎么出来了？"

这位妙龄少女正是胡掌柜的二女儿胡宛童。只见胡宛童身穿藕荷色袄裙，隐约显出玲珑身段，长流而下的一袭黑发被典雅的纯金案头菊雕花发簪轻轻绾起，明亮的眼波流转着飞扬的神采，两颊一抹俏红点缀，光彩照人。

胡宛童的菱唇微微翘起，透着诱人的红晕，对李振樊说："小女见李土司大人贵客稀来，寒舍凋敝，没有什么可款待李土司大人的，小女索性亲自下厨，略表心意，还望李土司大人切莫见笑。"

"胡二小姐有心了！"李振樊笑眯眯地接过这碗汤，喝了一口，连连称赞，"挺不错的，胡二小姐好手艺啊！"

胡掌柜趁机夸起自己的女儿："这汤里的桃花花瓣，都是小女一大清早趁晨露未散之时亲手采摘的，鲜嫩极了。"

胡宛童轻轻一笑，清新优雅："除了桃花花瓣，小女还在这汤里加了黄芪、茯苓、半夏、当归、五味子、人参等药材。小女久闻李土司大人对药理颇有研究，特来请教李土司大人，小女自制的桃花养心汤，用药是否得当，会不会有什么相生相克的抵触？"

李振樊想了想，笑着对胡宛童说："胡二小姐的桃花养生汤，从药材配备上来看没什么大问题，长期服食可达到补益气血、养心安神的功效。不过说起对药理的研究，老夫恐怕还不及家中犬子，胡二小姐以后尽可与犬子切磋交流，他懂的可比老夫多得多。"

听了李振樊的话，胡宛童羞涩地说："谢过李土司大人的好意，可小女子乃一介女流之辈，怎能主动去找令公子切磋交流药理呢？"

李振樊自然明了胡宛童的意思，面对眼前这个温柔贤惠、精明懂事的胡宛童，李振樊对她的第一印象极佳，比起王辛夷来说，真是一个天上一个地下。李振樊对胡宛童颇为满意，若是胡宛童嫁到李家来，定会是一个贤妻良母。况且胡宛童的家族是商贾世家，不掺杂什么政治权力斗争，是能达成不结盟策略的最好选择。

李振樊对胡宛童爽快地说:"不如老夫让犬子主动登门拜访,与胡二小姐共同探讨药理吧。"

　　胡宛童的眉梢眼角皆是笑意,害羞地望着胡掌柜:"全凭父亲定夺。"

　　胡掌柜这下懂了为何胡宛童要端着一碗桃花养生汤出来面见李振樊了。胡宛童早就知道李振樊长期患病,久病成医,李振樊父子精通药理,她想通过这碗桃花养生汤营造好感,拴住李振樊对这门亲事的肯定,这样主动权就从李家那边转移到胡家这边来了。若是李家三番两次地前来胡府拜访,外人必定不会说是胡家觍着脸要攀上李家的高枝,反而会高看胡家一眼,认为是李家一心想要与胡家结亲,胡家再三考虑终被李家的诚意打动,这才与李家结成亲家。如此一来,胡家既达到了与李家联姻的目的,壮大了家族势力,又保住了颜面,传出去也会更有面子,不会被外人说三道四。

　　胡掌柜对于胡宛童的机智伶俐颇为满意,欣喜地对李振樊说:"寒舍自当静候李公子驾临,实乃荣幸之至。"

　　李振樊笑着点点头,胡掌柜笑如春风。胡宛童朱唇微翘,笑若嫣然。

　　春天,万物复苏,本是一个充满希望的季节。就在这个春天,有的人心里滋生出萌动的新芽,有的人却被无情的春雨淋了个透心凉。

第四十九章　　李未岚另娶胡宛童
　　　　　　　　土木堡之变换了天

　　几日后，思前想后的李未岚带着伴手礼，来到胡府。

　　见李未岚来了，胡掌柜看出了李家的诚意，确信李家与胡家的好事将近，心中自然欢喜。胡掌柜满脸是笑地将李未岚请到花厅，吩咐下人端上茶和糕点，让下人去闺房请胡宛童出来见贵客。

　　早就听闻李未岚是龙州有名的翩翩公子美少年，皎如玉树临风前。胡宛童得知李未岚到了后，对着镜子左看右看，在原本早已化好的精致妆容上又补上一点儿胭脂，这才放心地走出闺房。

　　胡宛童姿态优雅地来到花厅，见到李未岚的那一刻，当即就被这个身着黛蓝色袍子的玉面郎君吸引了。虽说是初次见到李未岚，但胡宛童总感觉这次初见是一场久别重逢的相遇。窗外一片阴云，胡宛童却觉得她的世界顷刻间被明媚的阳光包裹，呼吸中弥漫着杜鹃花的香气。时空似乎在刹那凝固，她的理智仿若脱离了身体，只余下灵魂愉悦地在云端漫步。莫非这就是情窦初开的感觉？

　　见胡宛童来了，李未岚主动行礼："在下李未岚，见过胡家二小姐。"

　　眼前的李未岚，冰冷孤傲的眼睛深不见底，乌黑的头发高高绾起，配以纯银錾刻浮雕花卉纹发冠，儒雅飘逸。微微上扬的眉毛浓密整齐，似一对长剑。睫毛纤长微翘，灵石般清澈澄明的眼睛。鼻梁英挺，棱角分明，形成恰到好处的弧度。纤细修长的手指偶尔抬起，好一张翩若惊鸿的脸，原来这就是传说中的"龙州第一美男子"。李未岚暗淡的眼底充满拒人于千里之外的冰凉，诉说着无尽的哀愁。那双眼中似乎存在某种东西，忽闪而逝，越是抓不住越

是让人想窥视。不知不觉间，胡宛童已被李未岚深深吸引，与形与灵，一同沉醉。

见胡宛童半天没有反应，李未岚低眉轻蹙，没有再说话。

一旁的胡掌柜见状，赶忙轻轻推了推胡宛童，小声催促道："宛童，你在发什么呆啊？李公子在叫你呢！"

"不好意思啊，李公子，宛童失礼了……"胡宛童这才回过神来，脸上浮上一抹红晕。胡宛童暗暗自责，平日里自己还算精明，今日怎么会如此失态？

胡宛童忘了，再聪明的女人，一旦坠入爱河，大脑就会变得迟钝，会顺理成章地变成一个笨女人。

与胡掌柜、胡宛童父女俩寒暄几句后，李未岚对胡掌柜说："胡掌柜，在下有几句话想单独和胡二小姐聊聊，可否借一步说话？"

"当然可以，那宛童你就好好招待李公子，我正好也要去铺子里忙了。"胡掌柜欣然同意，带着下人们离开花厅。

胡宛童心里浮起一丝甜蜜的涟漪，轻咬嘴唇，娇羞地低下头。

待胡掌柜和下人走后，李未岚对胡宛童说："胡二小姐，想必家父之前来贵府提到了你我的婚事，今日在下前来是有一件要事告知。"

"李公子，究竟所为何事呢？"胡宛童小心地发问，暗自盘算着是不是李未岚要亲口提亲，想着想着，脸上的胭脂更红了。

李未岚的声音冷冽低迷，带着满满的歉意："胡二小姐，我思来想去，你是无辜的，我不能隐瞒你。在下早已有心上人，但由于诸多因素，我无法和我的心上人在一起。为了整个马盘司，我父亲让我迎娶你，可我始终忘不了我的心上人，我不想欺骗你……"

"够了！你别再说了！"这些话对于胡宛童而言，如同一种变相的羞辱，心理落差极大的胡宛童愤怒地强行打断李未岚的话。

李未岚看见无数泪花在胡宛童的眼眶里打转。他咬紧嘴唇，愧疚地低下头："胡二小姐，对不起……"

胡宛童没有想到李未岚竟然会当着她的面，跟她说这些话。她强忍着心里的苦楚，努力睁大眼睛，不让眼泪落下来。

过了许久，胡宛童咬着牙，决绝地对李未岚说："李公子，谢谢你今日特意来告诉我事情的真相。但我还是决定要嫁给你……"

胡宛童的回答让李未岚感到诧异："胡二小姐，你这又是何苦啊？"

第四十九章　李未岚另娶胡宛童　土木堡之变换了天

胡宛童一双杏眼大而圆润，此刻再也承载不了眼睛里的悲伤，眼泪簌簌滑落，染湿了脸上的胭脂。胡宛童一字一句地说："我不会去怀疑，今日遇见你是我终生难忘的画面。我不愿把你当作一阵吹过就散的风，我不想时光流转等我人老珠黄之际，后悔今时今日的选择。我不想那个时候的我只能缅怀。纵使你心里装的是别人，明知我将会面对一场有名无实的婚姻，但我仍然愿意嫁给你。可能是我上辈子欠你的吧，只能用尽我这一生来偿还上辈子的业债……"

"胡二小姐……"面对胡宛童的固执，李未岚心里很纠心地疼了一下。李未岚伸出手想替胡宛童拭去脸上的泪珠，思忖了一下，还是把手收了回来。李未岚痛恨自己的无用，让善良无辜的胡宛童这般委屈难过。

"李公子，我们尽快完婚吧。"胡宛童用葱白纤长的手指抹去脸上的泪水，泪痕依稀还在。胡宛童自有她的打算，她坚信时间是这世上最好的解药，只要和李未岚成婚，日子一长，她定有办法让李未岚忘掉那个所谓的心上人，转而爱上自己。

漫长的等待后，李未岚沉重地点点头，当作是默认。李未岚原本想告诉胡宛童真相，让她知难而退，没想到胡宛童不同于常人，如此固执，坚持要达成这桩政治婚姻。李未岚再也没有别的办法推脱掉宿命的选择。

也许这就是上天刻意的安排，奈何命运太过强悍，谁也无法掰赢命运之神的手腕。

几天之后，王禧收到李振樊的回信。

令王禧万万没想到的是，李振樊在信里告诉王禧，其子李未岚已有婚配的女子，已经纳采、问名、纳吉、纳征、请期五礼，下个月初八就将举行亲迎之礼，并附上了精美的请柬。

王禧没料到李振樊来了这么一手，面色顿时变得铁青，一股热血直冲脑门，咬牙切齿地说："好你个李振樊，我家辛夷这样一个绝世好女，难道还配不上你儿子吗？你偏偏选在这个时候为你儿子大婚，就是摆明了不愿与我共同对抗薛崇育这个老贼，真会明哲保身啊！"

一旁的辛夷听到后，面无表情，默不作声。

自打卢有心走后，辛夷就变了一个人，变得不以物喜，唯以己悲。好像这个世上所有的欢喜从此都与自己无关,只有悲伤是永恒的。心如死灰的辛夷，早已不在乎要嫁给谁。辛夷深深地知道，要嫁人的只是她的躯壳，她的灵魂早死了，在卢有心骑马离去的那个冬夜，她的灵魂就已经被活活冻死了。

辛夷有所不知的是，自从正统皇帝朱祁镇不予追究王禧的罪过，反而下了一道关于敕修报恩寺的圣旨后，收取了王家大笔好处的袁正便以造谣污蔑朝廷命官为由，将直诉人卢有心抓进了都察院大牢，并偷偷在卢有心的饭菜里下了鹤顶红。可怜那毫不知情的卢有心，在暗无天日的大牢里一边吃着牢饭，一边唾骂官官相护的官场黑暗，从此永远地闭上了嘴巴。卢有心被当作畏罪自尽的囚徒，匆匆掩埋在了京师郊外的乱葬岗。

"辛夷……"王禧本想跟辛夷解释点什么，但是不知道为什么，话到嘴边就是说不出口。

辛夷乖巧地笑了笑："父亲，您不必多说，辛夷都懂的。您无须自责，这怪不得李土司他们，只能说明辛夷和李公子没有缘分罢了。"

辛夷的懂事，让王禧心里愈加难受。王禧慈爱地摸了摸辛夷的脑袋，就像是爱抚小时候的辛夷那样。

次月初八，吉时一到，龙州马盘司青溪城的李土司府热热闹闹地举行了一场盛大的婚礼，李土司家的公子李未岚与胡掌柜家的二小姐胡宛童，在此喜结良缘。

婚礼当天，李未岚在婚礼上尽力挤出笑容，薛崇育和王禧分别派人送来了贺礼。当看到王禧派人送来的贺礼时，李未岚勉强挤出的笑容僵住了。

李未岚和胡宛童的婚礼，等于向世人昭示了李振樊不与薛崇育、王禧任意一家土司结盟的态度，李家自然不必卷入薛、王两家相争的浑水。对于这个结果，薛崇育倒也满意，只要李振樊不与王禧联姻结盟，对他来说就是好事一桩。但对于王禧而言，没有李振樊这个唯一能与他共同对抗薛崇育的臂膀，接下来要走的路将无比艰难。

由于长期致力于修筑完善报恩寺的持续操劳过度，再加上薛崇育在边界大肆屯兵的压力，王禧愈加感到身体不适，常常低热、乏力，甚至出现咳嗽、咯血等症状。经章郎中诊治，王禧因长年累月地劳累过度，体虚空乏，导致外邪入侵，竟患上了痨瘵！

自知可能命不久矣的王禧，开始认真思考起他的身后事。

之前王家发生的一系列事件，让王禧深深明白，这世上最难直视的两样东西，一是太阳，二是人心。人心的深处往往暗藏着一些不堪入目的东西，自私、贪婪、嫉妒……一旦有了合适的土壤，这些东西就会无限制地蔓延滋长。

第四十九章　李未岚另娶胡宛童　土木堡之变换了天

在面对巨大的诱惑和利益时，有的人会丧失人性，就算是手足之情，也可以全然不顾。

这一次，王禧不敢再低估人性中的恶之花。为了防止他的五个子女相互内斗，王禧秘密让徐昌田将王家十代土司所积累的财宝和漳腊金矿的黄金，除去修筑完善报恩寺所需的费用之外，其余部分全部放进一个秘密藏宝之地，宝藏的位置必须保密，绝不能让任何一位夫人和任何一个子女知晓。待一切准备妥当，徐昌田把宝藏所在位置画在一张藏宝图上，并将藏宝图分为五份，分别装在凝脂白、孔雀青、玄武黑、赤焰红、月牙黄五本不同颜色装帧的《华严经》里。等到王禧弥留之际，王禧自会将这五本《华严经》分别交给他的五个子女王键、王樾、王济、王焕、王辛夷，只有他们兄弟姊妹五人齐心协力团结一致，才能找到宝藏所在。

人心齐，泰山移。王禧坚信只有这个方法，才能让他的几个子女不再相互嫉妒、猜忌、内斗，一致团结对外，齐心对付薛崇育这个心腹大患。

按照王禧的要求，徐昌田开始偷偷招募工匠秘密挖掘修建藏宝地，准备宝藏的事宜。

随着时间的推移，王禧病情逐渐加重。然而，令病中的王禧万万没有想到的是，他为正统皇帝朱祁镇祝延圣寿的报恩寺还未全面建好，朱祁镇就已经不再是皇帝了！

谁也没有料到，正处于全盛时期的大明王朝，此时经历着一场史无前例的屈辱。

明正统十四年二月，蒙古瓦剌部落太师也先遣使两千余人贡马，诈称三千人，向大明朝廷邀赏，由于皇帝朱祁镇宠信的王振不肯多给赏赐，只按实际人数给赏，并减去马价五分之四，没能满足瓦剌的要求，瓦剌便开始制造衅端。同年七月，瓦剌分四路大举南下骚扰。东路，由脱脱不花与兀良哈部攻辽东；西路，派别将进攻甘州；中路为进攻的重点，又分为两支，一支由阿剌知院所统率，直攻宣府围赤城，另一支由也先亲率进攻大同。也先进攻大同的一路，"兵锋甚锐，大同兵失利，塞外城堡，所至陷没"。大同参将吴浩战死于猫儿庄。朝廷遣驸马都尉井源等四将各率兵万人御敌。

大同前线的败报不断传到京师，皇帝朱祁镇在王振的煽惑与挟持下，准备御驾亲征。兵部尚书邝埜和侍郎于谦"力言六师不宜轻出"，吏部尚书王直率群臣上疏劝谏，但朱祁镇偏信王振，一意孤行，执意亲征。朱祁镇命其弟

郕王朱祁钰留守京师，然后和王振带领约二十五万大军从京师出发。英国公张辅、成国公朱勇、兵部尚书邝埜、户部尚书王佐、内阁学士曹鼐、张益等文武百官护驾从征。

由于组织不当，一切军政事务皆由王振专断。户部尚书王佐请朱祁镇回京，王振就命其跪在草丛里，直到天黑才能起来。随征的文武大臣不能参与军政事务，军内自相惊乱。明军刚到达大同，接到镇守太监郭敬的密报，也先为诱明军深入，主动北撤。王振看到瓦剌军北撤，仍坚持北进，后闻前方惨败，惊慌撤退。王振本欲使朱祁镇于退兵之时，经过其家乡蔚州"驾幸其第"，以显威风。又怕大军损坏他的田园庄稼，故行军路线总变，导致士兵疲惫不堪。瓦剌大队追兵追袭而来，明军三万骑兵被"杀掠殆尽"。余下部队移师于土木堡时被瓦剌袭击，明军战败投降，伤亡过半，皇帝朱祁镇被俘，兵部尚书邝埜、户部尚书王佐等大臣战死。

土木堡之变，皇帝朱祁镇被俘，瓦剌咄咄逼人。一时间，朝野震惊，全国哗然，特别是京师，到了人人自危的地步。

面对危机局面，大明朝堂之上围绕是"战"还是"迁"展开了纷争。八月十八日，由孙太后压阵，监国的郕王朱祁钰主持召开御前会议，商讨对策。翰林院侍讲徐珵根据天象的变化，首先提出迁都南京，以避刀兵。南迁之议，颇得一些大臣支持。于谦当即否定了这项提议，他认为皇陵、宗庙、社稷都在京师，不可轻易迁移，且要以宋朝为教训，指责南迁是亡国之论。

俘虏了朱祁镇，瓦剌太师也先又忧又喜，喜的是连大明的皇帝都抓住了，忧的是不知道该杀还是该留。倒是他的弟弟伯颜帖木儿提议，大明的皇帝奇货可居，不如留下他，好向明朝廷索要财物。也先觉得这个提议甚好，便留下朱祁镇一命。

也先想借被俘的皇帝朱祁镇敲诈勒索明朝廷，明朝廷中以于谦为首的大臣们建议孙太后，国不可一日无君，更何况在此危难之时。八月二十八日，王文上书朱祁钰，希望他以江山社稷为重，承继大统。当时的皇太子朱见深年仅两岁，为免主少国疑，于谦等大臣禀明孙太后，最终在同年九月拥立朱祁钰为帝，改元景泰，遥尊朱祁镇为太上皇。景泰皇帝朱祁钰下令边关将领，不得私自与瓦剌接触，即便是瓦剌用太上皇朱祁镇的名义，也不用搭理。同时展开大规模的清算行动，诸多的王振党羽纷纷落马。

也先恼羞成怒，挥师攻打京师。朱祁钰任用于谦等人组织京师保卫战，

第四十九章　李未岚另娶胡宛童　土木堡之变换了天

整肃内部，调集重兵，安定人心。最终在同年十一月击退瓦剌，取得京师保卫战的胜利。瓦剌无奈之下，退走大漠。

景泰元年八月，距离太上皇朱祁镇被俘，将近一年。瓦剌无法从他身上得到好处，又多次被明军打败，只好派人南下求和，表示愿意放朱祁镇回去。瓦剌倒是愿意放人，可是恋栈皇位的景泰皇帝朱祁钰却不乐意了。

朱祁钰派了杨善等人前往查探，谁知杨善乘机迎驾，将太上皇朱祁镇接了回来。羁留塞北一年之后，朱祁镇踏上了回乡之路。八月初二，朱祁镇从也先的驻地出发，十四日抵达居庸关。十五日，一轿两骑，悄然进入安定门。北狩一年的太上皇朱祁镇终于回来了。

然而，一回到京师的太上皇朱祁镇便被他的弟弟朱祁钰软禁在了南宫。

第五十章　　王禧临终前吐遗言
　　　　　　五色华严经藏宝藏

　　明景泰三年（1452年）八月初七，弥留之际的王禧自知无力回天，让徐昌田将几位夫人和子女召集到病榻前，交代后事遗言。

　　看着槁项黄馘的王禧，王禧的三位夫人、子女无一不是椎心的痛。

　　曾怨恨王禧偏爱王键的王樾哭得眼里布满红血丝，跪在王禧的病榻旁，不断责备自己："孩儿前些年犯下的种种不孝之举，还未来得及好好弥补，父亲您一定要好好的，给孩儿一个将功补过的机会啊……"

　　"菩萨保佑，求求您一定要保佑父亲好起来！"辛夷一对眼睛哭得肿泡如桃，向菩萨祷告后紧抓住王禧血管暴起的枯手，声音沙哑，"辛夷还没出嫁呢，父亲，您可一定要亲眼瞧见辛夷穿上凤冠霞帔啊……"

　　作为世子的王键泪如雨下，心疼地看着生命垂危的王禧，悲痛欲绝："父亲，请您千万要挺住啊！您还这么年轻，您要是走了，咱们宁武司千千万万的百姓可怎么办呢……"

　　……

　　躺在病榻上的王禧半眯着眼睛，无力地看着病榻前的众人，苍白的唇角极力勾勒出一抹柔软的笑。

　　王禧的目光轻轻放在王键身上，声音虚弱，语重心长地对他说："键儿，你是为父确立已久的世子，你各方面都做得很好，没有辜负为父的期望，现在为父正式将土司之位传给你……键儿，报恩寺还有许多未完之处，华严藏、万佛阁、罗汉殿等殿宇的后续工程建设需要你代替为父去做，你一定要倾尽全力将报恩寺修好修精……待报恩寺修好后，你要天天亲自带领家眷烧香跪

第五十章　王禧临终前吐遗言　五色华严经藏宝藏

拜、诵经祈祷、祝延圣寿、报答皇恩，为龙州百姓祈福，祈愿龙州风调雨顺，感恩龙州百姓对王氏一族的支持拥戴……键儿，以后的路为父不能再指点你了，凡事都要靠你自己了。面对薛崇育的边界屯兵，只有你这个当大哥的做好表率，团结好几个兄弟姊妹，一家人齐心协力，才能共御大敌……在你今后的土司生涯里，要记住六个字：知恩、感恩、报恩。等你把这六个字做到了，你才算得上是一个无愧于朝廷、无愧于百姓、无愧于先祖、无愧于自己的好土司……键儿，为父没有别的期盼，只希望你务必完成为父的遗愿……"

"孩儿一定不辜负父亲您的期望！"王键重重地点点头。王键知道，这不是普通的点头，这是一个承诺，一个需要用一生一世去践行的承诺。

王禧缓缓将目光挪到王樾身上。王禧脸上露出病态的苍白，内心浮起百感交集的滋味，意味深长地对王樾说："樾儿，你很优秀，很有能力，尽管你曾经犯过一些错，但好在你能改过自新，为父也不会再责怪你了……只是有些东西是命中注定的，命里有时终须有，命里无时莫强求。执念是痛苦的根源，也是一把双刃剑，害人害己，唯有放下执念才能得到解脱……樾儿，你是个聪明的孩子，在今后的日子里，为父希望你能彻底放下执念，好好辅佐键儿，一同把我们宁武司治理得繁荣昌盛、安泰富饶，让朝廷满意，让百姓称赞。只有你们兄弟齐心，才能其利断金啊！"

王禧话音刚落，泪流满面的王樾扑通一声跪下："谢谢父亲原谅孩儿曾经少年无知所犯下的罪过……父亲，请您放心，孩儿如今已经长大，再也不会去执着那些原本就不该属于孩儿的东西了……从今往后，孩儿一定会全力辅佐大哥，把我们宁武司建设得更加强大，决不让薛崇育那个老贼兴兵来犯！"

王禧强忍着躯体的疼痛，惨白的脸上露出一丝满意的微笑，无力地看着王济和王焕，对他们说："济儿，你为人正直，武艺高强，急公好义，广交武林豪杰，以后捍卫宁武司的重任就交给你了。你一定要改掉冲动自负的毛病，这是你的软肋。为父相信，只要你克服了这个缺点，就能真正成为一代大侠……至于焕儿，你素来谦逊，喜好读书，善于手作，为父希望你与济儿将来一起考取功名。焕儿考个文状元，济儿考个武状元，一起光耀我王氏门楣，如此甚好。为父在九泉之下，也会心生欢喜……"

王济和王焕眼里饱含着哀痛的眼泪，沉重地连声答应。

王禧忍不住咳了几声，全身力气似乎快要耗尽，眼角微微泛红。大夫人蔡秋娘赶紧递上蚕丝手绢，一团浓红的血立刻浸染了纯白无瑕的手绢。

王禧痛苦地皱了皱眉头，看着哭成泪人的辛夷，努力挤出慈爱的笑靥，对辛夷语重情深地说："辛夷，为父最放心不下的就是你了。你那么纯真善良，善解人意，可偏偏遇人不淑，唉……辛夷，你终究是个姑娘家，别太固执，你不能为了一个负心人而终身不嫁，耽误自己一生。这一切只在你的一念之间……辛夷，你值得被幸福温柔以待，而不是把自己禁锢在过去的痛苦中永远走不出来。虽然看不到你穿上凤冠霞帔的样子的确可惜，但为父希望你能尽快找到一个真心待你的如意郎君，这样为父在九泉之下才能瞑目啊。辛夷，你可千万别让为父失望啊……"

　　"父亲，辛夷不会让您失望的……"辛夷半跪在王禧的病榻前，晶莹剔透的眼泪是一颗颗白玉珠子，打落在王禧的手臂上。

　　王禧抿了抿没有血色的薄唇，双瞳里的光芒在一点一点地消散，眼睫虚微地扇了扇，对五个子女说："我们王家自先祖王行俭被敕封为龙州王氏土司世袭土司起，到我这儿已经是第十代了。但我不会把我们王家十代人积累的财富以及漳腊金矿的黄金，留给你们其中任何一个人……我已请人将秘密藏宝地点画在一张藏宝图上，并将藏宝图分为五份，分别装在凝脂白、孔雀青、玄武黑、赤焰红、月牙黄五本不同颜色装帧的《华严经》里。木槿和木棉已嫁为人妇，坦儿也已殇逝，就没有计划他们三个的了。你们谁也不会知道这张藏宝图的全貌是什么样子的，这张藏宝图又是谁画的。画藏宝图的那个人已经不在大明境内了，就连徐公也不知道那个人的去向……只有你们兄弟姊妹五人团结一致，才能通过五本不同颜色装帧的《华严经》找出完整的藏宝图，找到宝藏所在。当然，我这样做的初衷是希望你们能够齐心协力，把宁武司建设得富饶强大，把王家经营得有声有色。我不想看到你们靠着宝藏坐吃山空，宝藏只是你们面对大敌的危急时刻能够有所保障的最后退路，仅此而已……另外，在这里我要郑重其事地宣布，报恩寺不是我们王家的私有财产，它是国家的，是百姓的，是天下人的。你们在场的每一个人，也包括你们的后人，谁也不能打报恩寺的主意，绝不准我王家子孙任何人把报恩寺当作自己的家产。谁要是胆敢违背，就绝非我王家子孙，死后不得入我王氏宗祠！"

　　在场所有人都惊呆了，王樾忍不住问："父亲，报恩寺可是您十多年来的心血啊！花了这么多财力、物力、人力，您就真的忍心这么捐出去？"

　　王禧一动气，又咳起来："把报恩寺捐出去，绝不是一时兴起，我有这个想法已经很久了……过去，我中了薛崇育的奸计，差一点儿被永远钉在历史

第五十章 王禧临终前吐遗言 五色华严经藏宝藏

的耻辱柱上。当年若不是正统皇帝仁慈，恐怕我们王家早就被诛了九族，王氏一族自当感恩戴德。如今正统皇帝成了太上皇，当今的景泰皇帝对王家依然厚爱，让王家能够继续在龙州宁武司世袭龙州王氏土司一职……不管是正统皇帝还是景泰皇帝，对我们王家都是有恩的，我们自当知恩、感恩、报恩，为他们祝延圣寿，以报皇恩。从我决定将'龙宫'改造成'报恩寺'的那一刻，报恩寺就被赋予了不一样的意义……报恩寺意在报恩，如果我们王家据为己有，就改变了报恩的初衷，丢失了报恩的初心，龙州百姓也会看不起我们王家，认为王家修建报恩寺是挂羊头卖狗肉……土木堡之变后，我想明白了，天有不测风云，世代更迭没有定数，哪怕高高在上的皇帝都不一定能保住皇位，任何事物都会被时代的洪流抛弃遗忘。我只希望几十年、几百年，乃至几千年以后，哪怕我们王家不再世袭土司，每当人们说起报恩寺时，会想到我们王家，会念及王家的好，这也算名垂青史了。于公于私，只有把报恩寺捐出去，才是我们王家最好的选择……"

听完王禧的话，五个子女认同地点点头，谁也没有反对。

王禧朝着徐昌田使了一个眼色，徐昌田顺势将凝脂白、孔雀青、玄武黑、赤焰红、月牙黄五本不同颜色装帧的《华严经》，分别交到王禧的五个子女王键、王槭、王济、王焕、王辛夷手上。五个子女拿着各自手里的《华严经》，感到格外沉重，像是怀抱着一块沉甸甸的玄铁，让整个身子往下坠。

漫无边际的寒冷，紧紧将王禧包裹。那是一种拼命往身体里钻的冷，每一块骨头被冻得发脆，每动一下全身骨头碎掉般疼。王禧的手脚开始变得僵硬，不能动弹，彻骨的痛要把他碾断似的。王禧从来没有过这样的疼痛，他明白他注定命不久矣，现在的每一刻都是在与阴间的勾魂小鬼赛跑。

王禧苍白干裂的嘴唇微张，声音越来越微弱，对几位夫人说："秋娘、鸾娘、文娘，这些年来我忙于政务，对你们体恤得少，感谢你们这么多年来对这个家的付出……对不起，你们把最美好的年华给了我，如今我却不能陪着你们一起变老了……我走了以后，你们如果遇到合适的人就都改嫁吧。我不需要你们为我守寡，我需要的是有人替代我去好好照顾你们，代替我去尽一个丈夫应尽的责任……感激上天，能让我遇见你们。虽然时日短暂，但我已经……已经……知……知足了……"

话还没说完，王禧眼前渐渐发黑，余光里的世界眩晕而狂乱，呼吸变得异常急促。最后一丝血色在嘴唇上渐渐褪尽，眼前进入永恒的夜，王禧身着

白色里衣，如脆弱的纸鸢被风无情剪碎。他的生命抽丝剥茧般流逝着，消融着。

"父亲！父亲……"

"老爷！老爷，您坚持住啊……"

"王土司大人，您忍耐一下，章郎中马上就到了！"

……

众人七嘴八舌地用尽办法挽留王禧孱弱的生命。可一切都无济于事了。

恍惚之间，王禧煞白的脸松软无力地垂下去，死神毫不留情地把他眼中唯一残存的光芒带走了。那根命悬一线的丝线彻底断开，安静地离去，不带走一粒尘埃，从此在这世间再无任何牵挂。

王禧去世后，王土司府上下陷入无限的哀痛，为王禧举办了一场隆重的葬礼。在王禧的灵堂前，不少自发前来的宁武司百姓失声痛哭，沉痛悼念。出殡当天，数以千计的宁武司百姓翻山越岭，从各地闻讯赶来，他们自发涌上蟠龙坝街头，饱含深情地挥泪送别这位宁武司人民心中的好土司。

宁武司的百姓们哀痛地议论纷纷。

"唉，这老天真是不开眼……王土司大人这么好的人，为我们宁武司做了这么多实事和好事，怎么能这么年轻就突然没了啊！"

"咱们宁武司出产砂金，每年要向朝廷缴纳土产'麸金'。每年进贡'麸金'，全都出自咱们矿户。王土司大人体恤咱们矿户，他曾说只为了给皇上进贡，竟然就要损害老百姓的利益吗？王土司大人下令免除咱们宁武司矿户的岁贡'麸金'，改由宁武司官仓出钱购买，让咱们这些矿户能够免于上缴'麸金'。王土司大人对咱们矿户的大恩大德，咱们宁武司众多矿户铭记于心，只可惜，唉……"

"但凡宁武司的老百姓，谁人不说王土司大人是爱民如子的好土司呢？朝廷要求我们宁武司百姓每年必须戍守边地。苦于戍边运送粮饷，王土司大人专门为我们向制置使司和漕运司请求，免除了我们宁武司百姓的戍边运粮苦役。像王土司大人这样救苦救难的活菩萨，怎么这么早就走了啊……"

……

王禧病逝的消息很快传遍整个龙州。李振樊心底滋生出深深的歉疚，认为是他当初保持中立的不结盟策略让王禧加重病情，他亲手写了一副挽联，派人送到宁武司蟠龙坝。王禧病逝后，薛崇育内心大喜，为扫除多年的心腹大患而暗自庆幸，但礼节上还是差人送来谍辞。龙州周边几个州府的长官以

第五十章　王禧临终前吐遗言　五色华严经藏宝藏

及王禧生前的旧友同僚，纷纷发来哀辞、吊文和祭文，以寄托哀思。

不久后，王键正式继任龙州宁武司土司。自打机关算尽却仍没能阻止王键成为世子后，心如死灰的王樾随生母曹鸢娘长斋礼佛，心中的贪嗔痴渐渐消散。他很平静地接受了这一切，并对继任土司的王键送上了真诚的祝福。

王禧临死之前并没有交代墓地一事，成为第十一代龙州王氏土司的王键为表孝心，按照祖制为王禧在宁武司古城驿奉亲山修建了一座规模不算很大，但十分气派的陵墓，依山傍水，风水很好。

至于那个藏有十代王氏土司累积财富和漳腊金矿黄金的宝藏，徐昌田对每个秘密挖掘修建藏宝地点的工匠和参与秘密运送财宝的驮夫都给予重金，让他们誓死保守这个秘密，终生不得再踏入龙州，泄密者格杀勿论。王禧的家人谁也料想不到，那个宝藏会藏在一个他们永远都猜不到的地方。

作为整件事情的知情者，徐昌田答应过王禧，至死不会对任何一个人说出宝藏的秘密。为了遵守对王禧生前的承诺，徐昌田郑重其事地对天起誓，他会誓死保守这个秘密，因为这个秘密是他的恩人王禧生命的延续。

第五十一章　　李未岚如愿迎辛夷
　　　　　　　　薛照虔怒冲纳妾礼

　　王禧的丧事办完后，原本在渔溪司和宁武司边境高坪堡大量屯兵的薛崇育，一夜之间全部撤兵。

　　薛崇育一开始就不打算出兵进犯宁武司，他之所以在边界上屯兵众多、安营扎寨，只是为了和王禧打一场攻心之战。他不会真正出兵侵犯宁武司，毕竟一出兵就会招致朝廷以内乱的名义平叛。薛崇育从未想过与宁武司交战，他要的是借屯兵恐吓王家，他要的是让王家担心害怕，不得安生。

　　薛崇育的诡计多端让王键不由得心头发怵，暗自感叹怪不得王禧对老谋深算的薛崇育一生忌惮。眼见薛崇育撤兵，王键想起王禧临终前对辛夷说的话，不由得开始为以后做打算。刚坐上王氏土司之位的王键，正处于新旧土司接替的动荡时期，他希望能够平稳地度过这段过渡期，把宁武司各方面复杂的关系处理得井然有序，这个关键时期绝不能让薛家趁机发难。为防止薛家对王家再下毒手，同时解决辛夷的终身大事达成王禧的遗愿，联李抗薛已然成为王键当前唯一的选择。

　　王键与徐昌田商议后，决定先说通辛夷，再直接修书给李氏土司世子李未岚，表明王家愿意服丧满期年后把辛夷嫁给李未岚做妾。

　　面对辛夷，王键总感觉有些说不出口："辛夷……有一句话，当兄长的不知道当讲不当讲？"

　　"键哥哥，自古长兄如父，你讲便是。"辛夷已经十有八九猜到王键接下来准备讲些什么。

　　王键语重心长地对辛夷说："辛夷，不是大哥说你啊，你现在年纪也不小

第五十一章　李未岚如愿迎辛夷　薛照虔怒冲纳妾礼

了，不再是当初那个天真淘气的小姑娘了，不好再东挑西选了。大哥不想看你孤苦一生，没个人照顾。父亲的遗愿也是希望你能早日出嫁。其实我觉着吧，李未岚向来对你情深义重，他虽娶了胡记当铺的二小姐为妻，但那是形势所迫。当时李振樊一心想保持中立，他害怕他们李家会卷进我们和薛崇育之间的战争。现在情况不一样了，薛崇育撤兵了，若是李未岚愿意排除各方压力纳你为妾，你就吃点亏嫁过去吧。一来我看那个李未岚确实真心待你，二来父亲刚过世不久，宁武司很多错综复杂的关系还没理顺，此时若是没有李家的支持，万一薛崇育趁机发难，会让我们措手不及，毫无还手之力。辛夷，薛崇育这个奸贼的手段你又不是没见过，防不胜防，我们只能未雨绸缪！"

王键原以为辛夷会介怀以一个姬妾的身份嫁到李家，没想到辛夷毅然决然地点点头："键哥哥，你说的辛夷都懂。只要能够达成李家与我们王家交好的目的，不让薛家乘虚而入扰乱宁武司的长治久安，别说是到李家做妾，哪怕去做一个小小的婢女，辛夷也心甘情愿！"

"辛夷，谢谢你……"一股酸楚涌上王键的鼻腔，岁月在辛夷明丽动人的脸上徒添几分憔悴和沧桑。王键百感交集，有惭愧，有感激，个中滋味难以言说。

辛夷露出一抹微笑，如荒芜中伸展出一叶新芽："键哥哥，没什么谢不谢的。每个人固守着一扇只能从内向外开启的门，不管是用蛮力，还是用柔情，谁都无法打开他人的门。这扇门是辛夷自己打开的，这是辛夷自己的选择。嫁到马盘司挺好的，离娘家也近。你们以后方便的话，有空多来看看辛夷吧……"

王键的眼睛湿润了，重重地点了点头。

得到辛夷的首肯后，王键亲笔写了一封情真意切的信，命人快马加鞭送给马盘司青溪城的李未岚。信中除了说明辛夷愿意嫁到李家给李未岚做妾外，王键还向李未岚仔细分析了当前龙州的局势，痛斥薛崇育想对李家、王家各个击破的弥天阴谋，若是李家继续袖手旁观，他日薛崇育必定会像昔日对付王家一样，对付李家。

收到信的李未岚五味杂陈，一方面他心里仍装着辛夷，另一方面他又怕伤害他的发妻胡宛童。他像一个如履薄冰的人，不能左摇右摆。他必须做出选择，否则他将会带着辛夷和胡宛童一起跌下万丈寒潭，死无葬身之地。

万分纠结的李未岚没有将此事告知胡宛童。精明的胡宛童看出了李未岚的异样。趁李未岚不在家，胡宛童从一本李未岚时常翻阅的《唐本草》里翻出了这封信。胡宛童哭着读完了整封信，豆大的眼泪打在信笺纸上，晕开了

上面飘逸洒脱的字迹。

胡宛童思来想去后，决定拿着这封信找李未岚当面问清楚。

胡宛童把这封信扔到李未岚面前，李未岚惊慌不已："宛……宛童，你看过这封信了？"

"是的，相公，宛童已经看过了。"胡宛童面无表情，淡淡地回应。

李未岚看着胡宛童的眼睛，认真说道："宛童，我原本打算选个适当的时机和你好好谈谈，既然你已知晓，我也不必再隐瞒。宛童，你放心，只要你不愿意，我绝不会纳辛夷为妾！"

胡宛童的声音颤抖起来："相公，其实你的心思我都懂。不管你承不承认，你心里终究还是忘不了你的心上人。你的心上人就是宁武司王土司家的王辛夷，对吧？"

李未岚歉疚地低下头，不知该说些什么。也许在这个时候，沉默是他最好的回答。

"相公，你不用觉得对不起我，我不怪你。怪只怪命运弄人，我没有在你遇见她之前早一点儿遇见你。当年你到我娘家告诉我实情，我就知道要让你忘了她是一件谈何容易的事。可我还是固执地选择嫁给你，固执到一厢情愿地以为只要能和你在一起，慢慢感动你，就能让你渐渐忘了她。到头来，只是一场可笑的自作多情罢了。我感动不了你，我感动的只有我自己……相公，我想了很久，与其让你我都痛苦，还不如成全一对璧人，让你心满意足地将她接进李家的门，也算是圆了你多年的夙愿，我不想让你抱憾终生……"胡宛童的心在滴血，灵魂在黑暗深处发出一声痛苦而压抑的嘶吼，艰难地从身体抽离出来，化作廉价的眼泪。

李未岚的心像被击碎了似的，发出一阵阵抽痛，看着眼前的胡宛童，心疼不已："宛童，我……"

胡宛童将手指放在李未岚唇前，示意他不必多说："相公，我知道你想说什么。你放心，她进门后我不会离开你，我不想抛下我们的家，不想抛下我们的孩子。在往后的日子里，我会和你们一起生活。我想看到你真心实意的笑，而不是像现在这样，那么刻意，那么勉强，那么言不由衷……"

"宛童……"李未岚将泪流满面的胡宛童搂入怀中，像是经历着一场撕心裂肺的生离死别，两个人的心绞痛着。

在胡宛童的提议下，李未岚拿着王键写的信找到李振樊商量。李振樊担

第五十一章　李未岚如愿迎辛夷　薛照虔怒冲纳妾礼

心他日薛崇育会以比对王家更狠毒的手段来对付李家，正好现在薛崇育边境撤兵，不会直接威胁到马盘司，李振樊不愿薛崇育将李、王两家逐一击破，索性以纳辛夷为妾之由，趁机拉拢王家，避免薛家在龙州的势力不断扩大。怀着对王禧的愧疚，以及达成李未岚多年的夙愿，李振樊在征求胡宛童的意见后，最终同意李未岚纳辛夷为妾。

由于这是一场含有特殊意义的仪式，李未岚不想委屈辛夷，李、王两家商议决定，将在次年九月初六举行一场隆重的纳妾之礼。李振樊给龙州各级大小官吏都提前送去喜帖，当作一种政治昭示。

明景泰四年（1453年）九月初六，寒露，宜嫁娶，馀事勿取。

婚礼者，昏礼也，取其阴阳交替有渐之义。李未岚的纳妾之礼选在黄昏举行，在他内心深处这并不是一场简单的纳妾之礼，他将要迎娶他爱了多年、等了多年、盼了多年的心上人。对李未岚而言，这是一场迟到了太久太久的婚礼。

这一天，龙州马盘司青溪城，天边一抹彩云在夕阳的装点下绚烂成旖旎的晚霞，嵌进湛蓝的万里长空，诗化了缱绻的美好。青溪城万人空巷，大家摩肩接踵地挤在张灯结彩的李土司府前，踮着脚想一窥这位来自宁武司王土司家的新娘子长得什么模样。龙州的大小官吏、边地部落寨主送来贺礼，马盘司老百姓代表为大家爱戴的李土司父子送上祝福，李未岚感激地一一收下。

辛夷是以侧室的身份嫁过来，并非正妻，按照礼数不能穿凤冠霞帔的命妇冠服。今日的辛夷身着粉红缠枝莲织金膝襕吉服，下着官绿八宝奔兔织金裙襕马面裙，环佩七事，头上蒙着真丝盘金手绣囍字彩罗袱，喜庆高贵。

前来赴喜筵的客人们议论纷纷。

"这次咱们李土司大人，可真是长了脸了！王土司王禧的千金嫁过来只能当个妾。可见咱们李土司大人的地位，那可是越来越高了呢！"

"那可不，才世袭龙州王氏土司不久的小王土司王键，上任不到一年时间，年纪轻轻又经验不够，准是怕宁武司人心不稳，一心想抱住李土司大人的大腿，这才打起主意把自己的妹妹送过来给李未岚公子做妾呢。"

"我听说现在的小王土司王键自知不是薛土司的对手，想靠联姻拉拢李土司大人。你们还记得之前薛土司大量屯兵在高坪堡吗？王土司王禧为此忧心忡忡，加重了病情，早早离世。现在的小王土司想依附李土司大人的势力，这才积极策划了这样一场纳妾之礼。"

"原来如此！"

……

在大家的议论声和祝福声中，隆重的纳妾仪式开始了。

首先是入席。随着司仪一声"东边一朵祥云起，西边一朵紫云来。祥云起，紫云来——"李未岚和辛夷相互作揖，作完揖后李未岚搀扶着辛夷就座，李未岚坐在东边，辛夷坐在西边。一旁的婢女斟酒设馔。李未岚用精致的喜秤轻轻揭开彩罗袱的那一刻，看到妆容精致的辛夷，李未岚眼里含情脉脉，尽是温柔。就像走了很长的路，只为那一道遥远圣洁的月光。如今这月光真实地洒在身上，虚幻得像梦一场。

接着是沃盥礼。李未岚站在南边，端着盛净水的青花瓷匜。辛夷在婢女的搀扶下，把手伸进瓷匜里，把水从上浇下洗手，轻轻擦拭手指和手背。辛夷行完礼站在北边，换李未岚行礼。

然后是同牢礼。由从旁的婢女斟酒设馔。辛夷祭酒、举肴、斟酒，与李未岚同吃一份肉食，以表示两人共同生活的开始。

而后是合卺礼。李未岚和辛夷相互作揖后，两人一同举起镂金景泰蓝合卺杯进酒，预示着婚后两人会同甘共苦，患难与共。同时象征着李未岚和辛夷二人如同此卺一样，合而为一，从此紧紧地拴在一起。

最后是入洞房。辛夷并不是一个冷血之人，以王家现在的处境，李未岚能顶住压力为她举行如此隆重的纳妾之礼，她心怀感激。李未岚牵起辛夷的手向洞房走去，他与辛夷的目光相撞，两人相视一笑。

一旁的胡宛童看到李未岚和辛夷走向洞房的背影，心里翻江倒海，她强忍着内心的酸楚，脸上始终挂着一抹僵硬的微笑。胡宛童想笑得自然一点儿，以显得她这个正室宽宏大度。可是假的就是假的，装不出来。

然而，谁也没有料想到，就在李未岚牵着辛夷穿过一道道红珠帘，即将走进洞房时，只听得李土司府大门外传来一阵激烈的马鸣声和厮杀声。血腥味顿时弥散开来，消散的哀鸣和剑影在风中绽开。李土司府大门外刀光剑影，与喜庆的装饰大相径庭。

"有刺客！来人啊……"李土司府家丁喜来撕心裂肺地呼喊，紧接着是一声刀剑抹掉脖子的惨叫，恐怖凝重的气息让现场每一个人快要窒息了。

李振樊急忙高喊："来人啊！发生什么事了？"

曾管家身中数刀，拖着血迹，从大门一路连滚带爬强行支撑到正厅，支

第五十一章　李未岚如愿迎辛夷　薛照虔怒冲纳妾礼

支吾吾地对李振樊说："快……快跑……"

话还没说完，前来报信的曾管家一命呜呼，永远躺下了。

事情到了这个地步，李未岚和辛夷赶紧回到人心惶惶的正厅。

很快，大门外一队人马用武器和蛮力强行攻入李土司府内，像一团沉重的黑云，朝着正厅压了过来。众人吓得挤在正厅里，惊恐不已。

领头的高大男子身后，跟着十二个同样戎装打扮的手下，他们很快控制住正厅的所有人，将刀架在毫无防备的李振樊、李未岚、胡宛童等人的脖子上，让他们束手就擒。被控制住的李振樊本想偷偷放出信号，让附近青川守御千户所驻军前来救援。但刀架在脖子上，动弹不得，根本没有机会发出火药响箭作信号。只能人为刀俎，我为鱼肉。

只见领头的黑衣男子身着金漆山文甲，头戴祥云图案的兜鍪凤翅，甲胄之外罩着一件袒肩宽袍，身上一股高贵的麝香香味。男子面容冷峻，眼睛里充满杀气，令人望而生畏。他手里提着一把威武霸气的长刀，锋利的刀刃上滴着乌红色的鲜血，气势汹汹地向辛夷走来。

辛夷大吃一惊，此人正是薛照虔！

还未等辛夷反应过来，薛照虔先对辛夷开口，神情笃定："辛夷，我来带你走。"

辛夷怔住了："薛……薛公子，你这是做什么呢？"

薛照虔凝望着辛夷的脸颊，心疼地质问辛夷："辛夷，难道你想留在这里嫁给一个早有妻室的人，甘心去做一个小妾？"

辛夷闭上眼睛，点点头后睁开眼："是我自己心甘情愿要嫁给夫君的。哪怕他早已有妻室，我也会嫁给他！"

薛照虔用力摇了摇头，丝毫不相信辛夷的话，撕心裂肺地怒吼道："辛夷，你骗得了别人，骗不了我！辛夷，你知道吗，自从得知你要嫁给李未岚做妾之后，我心如刀绞！我知道，你绝对不是心甘情愿的，是你大哥王键一心想要笼络李振樊，逼你嫁给李未岚做妾的！辛夷，我不想看到你受委屈，不想看到你被当作换取政治资源的筹码，不想看到你做一个名不正言不顺的小妾……你应当被八抬大轿明媒正娶，你值得过更好的生活，而不是卑躬屈膝地做一个小妾！我今日特地来带你走，带你远离尘世的是非纷扰。我们去找一个没有人认识我们的地方，没有权力斗争，没有利益交换，没有尔虞我诈，只有我和你。我们一起去过无忧无虑的日子，好不好？"

看到薛照虔这般狂傲，明晃晃的刀刃还架在脖子上，李振樊忍不住对薛照虔责骂起来："敢情好，原来薛土司家的世子薛照虔公子，今日是专程来抢亲的！薛照虔，你少在这儿放肆！如果你真的那么喜欢辛夷，不愿意辛夷嫁到我们李家做妾，那你为何不早点向王家提亲？反倒是今日犬子大喜之日前来搅局，滥杀无辜，杀害我府上多名家丁，罪无可恕！莫非这又是你爹薛崇育的诡计？"

李振樊的话犹如一瓢冷冽的冰水，浇在薛照虔火热的心头，薛照虔降到冰点的心猛烈地颤抖了一下。

屋外的天渐渐暗淡下来，薛照虔陷入黑暗一样的沉默。他痛恨上天，为什么要让他和辛夷一个出生在薛氏土司之家，一个出生在王氏土司之家？他曾多次向薛崇育提出要明媒正娶辛夷。世仇之争让他和辛夷一个像寒冬的棉袄，一个如盛夏的蒲扇，注定永远不可能在一起。他痛恨自己，那些压在他身上必须要背负的责任，让他在薛崇育的期望下活得像一条只会扑咬厮杀的野狼，纵然凶猛无敌，却不能有一点儿可怜的自我。为了家族使命去奉献全部热血，到最后连迎娶最心爱的女人都变成了一种遥不可及的奢望。为了辛夷，薛照虔一直拒绝婚配，至今仍孑然一身。他经常一个人的时候，躲在渔溪司江油关，望着有辛夷的西北方，让东南风带去思念，默默坚持着他不打扰的温柔。

这一次，收到辛夷与李未岚的喜帖，得知辛夷要嫁给李未岚做妾，薛照虔忍无可忍。他不能眼睁睁地看着心爱的辛夷就这样放下身段，一步一步地走向不幸的深渊。忍无可忍，无须再忍！压抑了太久的薛照虔最终选择放下一切，趁薛崇育不在江油关，偷偷带上精锐勇猛的广武十二骑，杀到马盘司青溪城，想带辛夷一起私奔，永远离开龙州这片伤心地。

见薛照虔陷入沉思没有回答，李振樊不依不饶地继续说道："薛照虔，你还是回去吧。辛夷与岚儿已行完礼，辛夷今日注定不会跟你走！你自己也不想想，若不是你爹在高坪堡大量屯兵，王土司怎会忧心忡忡，病情加重，早早离世？你爹就是让王土司早早病逝的罪魁祸首！你爹是辛夷的仇人，你觉得辛夷会跟她仇人的儿子走吗？"

一提到王禧，辛夷的眼泪簌簌滑落，脸上的红妆被泪水一团团地晕染开。

薛照虔咬了咬牙，一双怒目盯着李振樊，对他回击道："王土司的死是我们薛家对不起辛夷。如果现在辛夷要我一命偿一命，我自会当着辛夷的面自

刎赔罪。倒是你李振樊，你以为王土司的死，你就脱得了干系吗？当年若不是你的不结盟策略，王土司的病情会加重吗？王土司会这么早就撒手人寰吗？你少在这儿惺惺作态！"

薛照虔的话像一颗石子，激起千层浪，整个正厅顿时响起窸窸窣窣地交头接耳声。

天色已晚，薛照虔命其中一个手下点燃烛台上的红烛。烛光瞬间照亮了气氛极其紧张的正厅，人们脸上的恐慌担忧在烛光下一览无余。此时屋外月黑风高，黑暗包裹着整座青溪城。夜色如浓稠的墨砚，深沉得化不开。

第五十二章　　照虔血洗李土司府
　　　　　　　辛夷心死削发为尼

屋外是被黑暗侵袭的死寂，厅堂内亮起灼灼烛火，晃动着惶惶人心。

红烛下，泪水涟涟的辛夷望向李振樊，李振樊气不打一处来，朝着薛照虔怒吼："薛照虔，你把话讲清楚，不要胡编乱造，信口雌黄！"

薛照虔朝李振樊不屑地笑了笑，笑声里充满蔑视："李振樊，当年我父亲与王土司结怨，在渔溪司和宁武司边境高坪堡屯兵，当时王土司找过你吧？我想他当时必定是想用联姻的手段与你李家结盟，好一起对抗我们薛家。你说巧不巧，你儿子李未岚偏偏选在这个时候娶了一名非官场中人的商贾之女。我不相信天底下会有这么巧合的事，你这是打好了如意算盘，以此断了王家想与你们李家联姻的念想，以便在薛家和王家之间保持中立。等我们两家鹬蚌相争，你这个坐山观虎斗的渔翁好从中得利！李振樊，你真是一个不折不扣的伪君子，你口口声声说是我们薛家害死了王土司，其实你才是背后给了王土司一刀的那个人，是你的冷漠自私把王土司送上了通往天国的路！"

听到这里，辛夷为王禧深感不甘。当年王禧正是因劳心报恩寺的修筑完善，加之薛崇育边境屯兵，李振樊不愿意联姻结盟，这才导致心力交瘁的王禧身虚体乏，罹患痨瘵，病情随着时间的推移急剧恶化，最终驾鹤西去。想着想着，辛夷藏在粉红花吉服宽袖里的手，握起愤恨的拳头，捏得骨头咯咯作响。

"够了，薛照虔，你别在这儿挑拨离间了！你以为你故意说这些，辛夷就会跟你走吗？究竟谁是好人，谁是坏人，辛夷自然会分辨，不容你在这里大放厥词！"向来温文尔雅的李未岚怒了，朝着薛照虔大吼道，脖子上的青筋赫然可见。

第五十二章　照虔血洗李土司府　辛夷心死削发为尼

看到自己的丈夫为别的女人这般动怒，胡宛童顿时明白，她与李未岚的婚姻是一场彻头彻尾的悲剧，哪怕她为李未岚开枝散叶、生儿育女，终究是一场空欢喜。在李未岚心里，从始至终只有王辛夷一个人，她这个明媒正娶的正室，被八抬大轿抬进李家的大门，却始终闯不进李未岚的心门。薛、李、王三家土司积怨由来已久，今日薛照虔杀入李土司府必定凶多吉少。如果说今日的灾祸注定不可避免，那么只有努力将损害降到最低，最起码不能让她的家人命丧在薛照虔刀下。胡宛童清楚，薛照虔是为了辛夷而来的，若是辛夷愿意放弃跟李未岚的婚约，选择和薛照虔远走天涯，达到目的的薛照虔自然不会伤害她的家人。

胡宛童用期盼的眼神看着辛夷，恳求辛夷能够挺身而出，化解这一场灾祸："辛夷，既然薛公子远道而来是来找你的，你还是跟他走吧……"

"不可以！"还未等辛夷回答，李未岚朝着辛夷大喊起来，"辛夷，你不可以跟薛照虔走！我等了你这么多年，今日终于可以得偿所愿。能与你喜结良缘是我一生的夙愿，我不能让你走！"

薛照虔的嘴角轻蔑地上扬："笑话！你早已有妻室，还谈什么等了辛夷这么多年？真正等了辛夷这么多年的人，是我薛照虔！李未岚，你口口声声说一直等着辛夷，却和别的女子结婚生子，事到如今还委屈辛夷以一个小妾的身份嫁给你，你和你参李振樊一样虚伪，你不配和辛夷在一起！"

"我……"辛夷的泪像断了线的珠子，不住地跌落。

今日若不跟薛照虔走，唯恐杀红了眼的薛照虔会血洗整个李土司府，弄得李家家破人亡；若是跟薛照虔走，那么李家必然会和王家结仇，一个薛家已经让王家难以喘息，倘若再加上一个李家，岂不是腹背受敌，雪上加霜？此时的辛夷站在天平两端，左右为难。

面对薛照虔的咄咄逼人，李未岚不甘示弱，厉声驳斥道："薛照虔，我李家的家事休得你胡言乱语！我对辛夷自始至终一片真心，辛夷过门后更会呵护备至，轮不到你一个外人来闲言碎语！"

薛照虔鄙薄一笑，不想与李未岚浪费唇舌，侧过身来，温柔地看着辛夷，眉眼似水："辛夷，我就想问你一句话，你今日愿不愿意跟我走？"

"我……"爱恨情仇两茫茫，辛夷难以抉择，万分纠结，痛苦不已。做一个选择并不难，难的是日后不后悔当初的选择。痛苦的本质就是对与错的挣扎，可不管对与错，她必须有所选择，这是今时今日要迈过的坎儿。

看到辛夷这般为难，李未岚很心疼，气愤地朝薛照虔呵斥道："薛照虔，你如果是个男子汉大丈夫，就别在这里逼迫辛夷！如果你真的爱辛夷，就别让辛夷陷入两难的境地！"

李振樊鼻子里哼了一声："薛照虔，你还没看明白吗？辛夷的沉默已经说明了一切，她不想跟你走！"

李振樊的话让薛照虔愤而大怒。面对辛夷的沉默，他感觉自己像一个跳梁小丑，燃尽生命只为博美人红颜一笑，美人却冷漠得一声不吭，毫无触动。怒火将薛照虔的眼睛烧得通红，他不愿相信李振樊的话，盯着辛夷婆娑的泪眼，不停地摇着头，一个劲儿地问："辛夷，辛夷！不是这样的，对不对？不是的，不是的，对不对……你回答我，回答我啊……"

辛夷的心如同一道破败的城墙，在薛照虔猛烈的追问下，徒留一地斑驳。辛夷思忖了许久，痛定思痛后，心意已决。她对薛照虔行了一个万福礼，一字一句地说："辛夷谢过薛公子错爱，可辛夷不想误了薛公子一生。薛公子乃是人中吕布、马中赤兔，自会遇上一个比辛夷好上百倍千倍的女子，辛夷配不上你……辛夷已是夫君的侧室，在你来之前就已经拜过天地、行过大礼，这是不争的事实。薛公子的这一份情义，辛夷将永远铭记于心，一生感恩戴德。往后的日子里，辛夷定会多替薛公子诵经祈福，祈愿薛公子能够早得佳人，一世平安……对不起，薛公子，辛夷已决意留在这里，请你早些回去吧……"

"不！我不相信，我不相信……你骗我，你骗我！"薛照虔太阳穴附近的青筋不断跳动，他感到血液在头颅里发疯似的悸动，快要破裂般难受。眼里喷涌而出的怒火，仿佛要把周围的一切烧得片甲不留，和那会儿那个温柔如水的薛照虔相比，简直判若两人。

听到这样的回答，李未岚欣慰地望向辛夷，两人相视一笑，宛若一朵盛开在蛇窝里的血兰花，一时竟忘了彼此现在的处境有多危险。

看到这里，愤怒如同潮水般在薛照虔胸腔里汹涌起伏。他浑身每一根微细的血管偾张着，蠢蠢欲动地想要寻找出口。薛照虔无法接受辛夷竟给了他这样的回答。薛照虔想不明白，论家世背景、武功才学，李未岚样样不如他，为什么辛夷宁愿嫁给已有妻室的李未岚，也不愿意嫁给痴心一片的他？

薛照虔的后槽牙咬得紧紧的，脸上的五官扭作一团，看起来分外凶狠。心中的怒火在胸腔里不断翻滚，喷射出噬人的烈焰。"啊——"薛照虔忽然仰天大吼一声，如同灵魂被撕扯成两半，在坠入无边黑暗之境时发出一声最后

第五十二章　照虔血洗李土司府　辛夷心死削发为尼

的呐喊。

薛照虔感觉他这一次疯了。薛崇育无论如何都不会让他迎娶辛夷，为了能够不让辛夷嫁给李未岚做妾，为了能够和辛夷在一起，薛照虔不惜放弃世袭龙州薛氏土司世子之位，不惜背弃对他满怀期望的父亲，不惜抛弃所有渔溪司百姓，不惜背叛整个大明王朝，顶着不忠、不义、不孝的罪名，背着父亲偷偷带上广武十二骑，发狂一样快马加鞭杀到马盘司青溪城李土司府，杀了那么多人，以期能和辛夷远走高飞，做一对与世无争的神仙眷侣。他做的这一切只是为了辛夷，仅此而已。他的代月刀能带走那么多人的生命，却带不走辛夷的人和辛夷的心。薛照虔不甘心！

空气中浮动着浓烈的紧张和不安。那些与辛夷曾一起经历过的点点滴滴，父亲的那些谆谆教诲，洪荒般向薛照虔无情地拍打而来，将他彻底吞没。薛照虔感到喘不过气，思绪凌乱，如困兽的狂暴，手里那把沾血的代月刀，此刻似乎正在召唤着他……

"杀——"

薛照虔一声痛彻心扉的喊叫响彻整个正厅。一阵刀光剑影呼啸而来，晃得辛夷睁不开眼睛，滚烫的鲜血溅到辛夷脸上。顷刻间，薛照虔带着广武十二骑，竟然将毫无还手能力的李未岚、李振樊、胡宛童、李未岚不满三岁的儿子、李未岚的姊妹以及其他直系亲属等李家十三口人全部杀光！

"夫君！夫君……"辛夷跪在地上，捧起李未岚的头颅，凝视着李未岚满是血污的脸，沉浸在悲伤的深渊里，内心绞痛，哭得撕心裂肺。过了良久，辛夷缓缓抬起头，望着薛照虔，哭得通红的眼里射出一道浓烈的怨气，积压的愤恨如火山一样爆发，朝薛照虔怒吼道："你疯了！你为什么要杀了他们？为什么！"

薛照虔轻轻用衣袖擦了擦脸上的血迹，对着辛夷邪魅一笑："辛夷，这下他们都死了，你不必再为难了，跟我走吧。"

辛夷眼里闪烁着一股无法熄灭的怒火，脸如蜡黄，嘴唇咬得发白，一对柳叶眉不停颤抖，狠狠地盯着薛照虔："薛照虔，你真的是疯了！我王辛夷断不会跟你这样的残暴恶徒走！你这个杀人狂魔，竟然这般残忍地将李家灭门！你还有没有一丝怜悯之心？你还有没有一点儿人性？"

"辛夷，我之所以这样做，全都是为了你啊！为了让你不再有所顾忌，坦然地跟我走！"薛照虔赶紧对辛夷解释，说罢伸出手想拉辛夷起来。

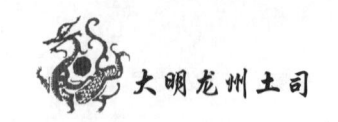

辛夷见状，连连后退，退到烛台，顺手抓起烛台上用来剪"囍"字的剪刀，将尖锐的剪刀头对准自己的脖子，朝着薛照虔大喊道："你别过来！你再往前走一步，我就一剪刀戳死我自己！"

薛照虔想不通，为什么他为辛夷做了那么多，但从开始到现在，辛夷始终在逃避他。薛照虔怕激动的辛夷不小心伤了自己，连连叫道："好、好、好……我不过去。辛夷，你赶紧把剪刀放下，别伤到你自己！"

话音一落，薛照虔如他所言，站在原地，眼睛里饱含着千言万语。

辛夷眼睛在流泪，心头在滴血，脑海里满是愧疚、自责、后悔、绝望等复杂的情绪，糅合在一起，把痛苦无限放大。辛夷暗自悔过，若不是她嫁到李家来，也许这一切不会发生，李未岚不会死，李振樊不会死，胡宛童不会死，那么多无辜的李家亲眷都不会死！辛夷深感她是一个不祥之人，给李家带来了如此惨痛的灭门之灾。辛夷感觉她已经被燃起的愧疚折磨得面目全非，她对不起李家，她必须为李家做些什么，才能弥补她给李家所带来的灾祸。想着想着，目光呆滞的辛夷握着手里的剪刀，飞快地抓起她如瀑的黑发，疯狂地剪了起来！随着一阵手起剪落，那些缠绕指尖的青丝徐徐落地，密密麻麻地铺在沾血的地砖上，如同一片长满海草的血海。

薛照虔见状大骇，本想一个箭步冲上去阻止辛夷，但剪刀在辛夷手里，他担心冲动的辛夷会采取更决绝的方式，只好对辛夷大喊："辛夷，你这是做什么？快住手啊！"

辛夷丝毫没有停下的意思，一边剪发一边淡淡地说，连看都没看薛照虔一眼："所有的一切终会停止，一切的一切终会完结。辛夷自知是不祥之人，为李家带来了灾祸。从今往后，辛夷会日夜为今日无辜的死难者诵经念佛，祈祷超度。红尘万丈，辛夷不愿再惹尘埃。辛夷只愿从此削发为尼，远离凡尘俗世，青灯相伴，一心向佛。薛照虔，从此以后你我再无瓜葛，我要潜心清修，请你好自为之，不要再来打扰我了。"

"辛夷！你……"辛夷的举动让薛照虔如晴天霹雳，承受不住，他扶了扶脑袋，差点儿没站稳，无法接受这个结局，不停地摇着头，"不，不是的……怎么会这样？不是的，不是的！"

哀莫大于心死，辛夷决意削发为尼，对于红尘俗世不愿再有丝毫眷恋。只有心死了，才能重新活过来。辛夷眼里的泪流干殆尽了，脸上的泪痕还历历在目，对薛照虔淡漠地说："薛照虔，你走吧。"

第五十二章　照虘血洗李土司府　辛夷心死削发为尼

"辛夷……"薛照虘强行抑制的泪，再也忍不住地决了堤。眼泪如洪水一般淹没了他的脸颊，混合着残留的血迹，把一切变得模糊起来。

薛照虘无法相信会是这样的结局，他不接受这个结局。他不明白辛夷为何这般厌弃他，宁愿削发为尼也不愿跟他走。在他心里，他为辛夷做了这么多事，理应会感动辛夷。殊不知，这一幕独角戏，从开始到结束，感动的只有他自己。

谁勇敢，谁就输得最惨。谁认真，谁就死无葬身之地。

辛夷不再理会薛照虘，默默握紧剪刀，一束一束地继续剪掉她的头发。

"少爷，要不咱们还是回去吧……"广武十二骑之一的陈岩实在看不下去，他不忍心平日里威风凛凛的少爷此时竟卑微得如同一只蝼蚁，着实叫人心疼。

薛照虘这才反应过来，在属下面前他竟如此丢脸，急忙用手背抹了抹泪痕，百感交集地望向辛夷："既然辛夷姑娘如此决绝，那在下就此告辞。希望往后的日子里，辛夷姑娘能够福泽延绵，顺遂安康……"

说罢，薛照虘在广武十二骑的不断催促下，无奈地跨上马，不舍地离开龙州马盘司青溪城。

薛照虘一行人走后，辛夷拖着空壳般的躯体，与喜宴上的宾客们一起匆忙到青溪城的百姓家里求助。马盘司的百姓们大多受过李振樊父子的恩惠，对李振樊父子遭此横祸悲愤不已，与辛夷一道安葬好李土司府十三口死难者后，自愿组成为李振樊父子申冤报仇的请愿团，连夜前往成都府，去四川承宣布政使司衙门揭露薛照虘的罪行。

由于辛夷已削发为尼，出家人不便前往，辛夷亲笔写了一封请愿书，让请愿团递交给现任的四川承宣布政使蔡思侃。辛夷还给王键写了一封信，将这一切如实告知。

第五十三章　　薛照虔气死薛崇育
　　　　　　　景泰帝下旨缉恶徒

薛照虔带着广武十二骑刚走到渔溪司江油关关隘，就被等候多时的薛崇育截住了。

已到古稀之年的薛崇育，身体早已不复当年那般健硕。银发之下，脸上的皱纹和老年斑历历可见，心痹也比以前更厉害了。

薛崇育这个时候出现在江油关关隘，大大出乎薛照虔的意料。看到一脸怒相的薛崇育，薛照虔赶忙下马，颤颤巍巍地向薛崇育行礼："父亲，这么晚了，您怎么还未回府歇息？"

"若不是我今日赴完于员外的乔迁宴提前回来，我还不知道你竟然趁我不在私自调动广武十二骑！照虔，你老实交代，你私调广武十二骑意欲何为？"薛崇育赴完宴回到薛氏土司衙门后，赫然发现薛照虔和广武十二骑不知去向，特来江油关关隘堵截薛照虔一问究竟。

薛照虔心惊了一下，为瞒住薛崇育，只好硬着头皮撒谎："回父亲，孩儿今日私自调动广武十二骑到渔溪司边地一带巡防，未提前向父亲报请，实乃孩儿的疏忽，还请父亲责罚！"

薛崇育的目光如鹰隼般锐利，看见薛照虔和广武十二骑身上的盔甲或多或少沾染着还未来得及洗净的血迹，厉声呵斥道："照虔，你休得撒谎！广武十二骑乃我渔溪司的奇袭精锐，快如风，烈如火。所到之处，寸草不留。强弩利刃，善骑善射。以一敌十，未尝一败。巡防这种日常的军事防务，从不需要广武十二骑参与。照虔，你最好给我老实交代，你到底带着广武十二骑去做了什么？怎么你们一个个身上都有血迹？"

第五十三章　薛照虔气死薛崇育　景泰帝下旨缉恶徒

"孩儿……孩儿……"薛照虔支支吾吾了半天不敢回答，薛照虔开始后怕，此事若是被薛崇育知道，后果将不堪设想。

薛照虔不依不饶地催问着，语气强硬："照虔，你不说是吧？莫非你杀人了？"

"我……"薛照虔脸色绯红，头昏脑涨，不敢作答。

薛照虔的态度彻底惹恼了薛崇育，他抽出腰间的佩剑，将剑刃放在陈岩脖子上："照虔，你还不说是吧？为父生平最痛恨撒谎之人，你若是再不老实交代，我就一剑杀了陈岩，再把广武十二骑余下的十一个人全都杀了，我看你还说不说！你别以为我只是吓唬你，为父历来说到做到！"

陈岩等人熟悉薛崇育的脾气，用眼神向薛照虔求救。

薛照虔暗自思忖，瞒得过一时，瞒不过一世，他私自带领广武十二骑杀了土司李振樊一家十三口人，这么严重的一件事迟早会传入薛崇育耳朵里，不如向薛崇育坦白一切，一人做事一人当，以免连累广武十二骑。拿定主意的薛照虔，"扑通"一声跪在地上，接连给薛崇育磕了好几个响头，眼角流下悔恨的泪水："父亲，孩儿不孝，自知今日闯下弥天大祸，甘愿接受父亲责罚！此事与广武十二骑无关，是孩儿私自下令，命他们跟随孩儿一起到马盘司青溪城杀了李振樊全家十三口人。一人做事一人当，请父亲放过广武十二骑，他们只是奉命行事而已……"

薛照虔话音未落，薛崇育震惊得头顶炸了个响雷，完全不敢相信自己的耳朵，好似晴天霹雳当头一击，又像被人从头到脚浇了一盆凉水，全身麻木，手里的佩剑应声掉在地上："什么？你……你再说一遍……"

"回薛土司大人，此事不能全怪少爷，是那李振樊父子一再言语刺激，少爷为保薛土司大人您的声誉，这才一时冲动，杀了李振樊全家……"陈岩试图为薛照虔辩驳几句，但显得苍白无力。

"逆子！"薛崇育恨得牙根发麻，脑袋"嗡嗡"直响，胸中的怒火烧得噼啪作响，气愤到极点，一记响亮的耳光狠狠地甩在薛照虔的脸上，"逆子啊，逆子！我薛崇育怎么生了你这么个不忠不义之子！如今你闯下滔天大祸，我们薛家世代英名被你毁于一旦！难道你要我亲眼看着你在刑场上被砍头，白发人送黑发人吗？我都是半截身子入黄土的人了，你要我怎么面对列祖列宗？今日正好是李振樊之子纳王禧之女为妾的纳妾之礼，莫非你又是为了那个妖女？混账东西，真是不知死活！"

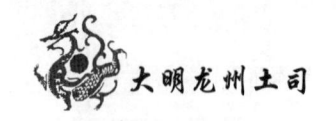

薛照虔自知不该一时冲动，可已经太迟了，来不及了，他拼命想要保全辛夷："父亲，孩儿知罪！这件事和辛夷无关，全是孩儿一人的主意，请父亲明鉴！"

薛崇育紧紧抿住发乌的嘴唇，无处安放的愤怒直冲脑门，心跳得疯狂加速，胸腔仿佛要炸裂开来："照虔，枉我费尽心思地栽培你，把你当作薛家唯一的希望，我们薛家上下只有你能够继承薛氏土司的衣钵。我早早确立你为世子，我百年之后自会把龙州薛氏土司之位传给你，把整个渔溪司交给你。这些年，为父苦口婆心地劝过你多少次，要你忘了那个妖女，早日婚配，你就是不听，一味地固执下去。如今你犯下滔天大罪，天子犯法尚与庶民同罪，更何况你只是一个土司世子，我们薛家的希望没了……没了……"

薛崇育话还没说完，就眼前一黑，重重地倒在地上！

"父亲！父亲……"

"薛土司大人，您醒醒，快醒醒啊！"

"来人啊，快去请郎中！"

……

一时间，大家七嘴八舌地乱作一团，想尽办法全力抢救被气得心瘵发作的薛崇育。薛照虔快马加鞭地请来渔溪司医术最高的段郎中。可就算是扁鹊再世，也救不回薛崇育了。

面对薛崇育愈渐冰凉的身体，薛照虔夺眶的泪淹没了他寒冰般冷漠的面孔。薛照虔跌落在崩溃的边缘，独自承受着这份痛不欲生的业果。薛崇育的离世，让薛照虔既难过又自责，懊悔不已。

世界上没有后悔药，已经发生的谁也改变不了。所有的眼泪和哀怨，在强悍的命运面前只是软弱的回应，薛照虔不想当一个弱者。

将薛崇育风光大葬后，薛照虔以世子的身份继承了龙州薛氏土司之位，并派兵进驻李振樊父子被杀后群龙无首的龙州马盘司，将马盘司据为己有。

薛照虔矛盾地站在人生的分岔路口踟蹰，不知道该选择哪一条路。如果去四川承宣布政使司衙门负荆请罪，投案自首，那么等待薛照虔的注定是身首异处。如果趁四川承宣布政使缉拿他之前抛下一切，远走高飞，那么他将面临的是一条亡命天涯之路。杀害李家十三口人是十恶不赦的重罪，哪怕薛照虔逃到天涯海角都会被官府全国通缉，总归是在劫难逃。

究竟该如何是好？哪一条路是薛照虔眼下最该走的路？

第五十三章　薛照虔气死薛崇育　景泰帝下旨缉恶徒

正当薛照虔还在纠结谋划之际，请愿团不舍昼夜地奔波，很快来到四川承宣布政使司衙门击鼓鸣冤。龙州李氏土司李振樊父子一家十三口被龙州薛氏土司薛照虔灭门的惨案，传到现任四川承宣布政使蔡思侃的耳朵里。

蔡思侃得知这个消息后，震惊不已。早就听闻龙州薛、李、王三家土司历来不睦，但他没想到刚继承龙州薛氏土司的薛照虔竟会犯下如此滔天血案。蔡思侃深知，薛照虔犯下不道之罪，理应问斩，但世袭薛氏土司乃大明太祖皇帝亲封，以他现在的权力不能直接拿薛照虔兴师问罪。不同于上一任四川承宣布政使吴苍介，现任四川承宣布政使蔡思侃刚正不阿，疾恶如仇，他知道只有将此事奏请当今皇帝朱祁钰，才能按照《大明律》依法惩治薛照虔，以慰李振樊父子全家十三口人在天之灵。

蔡思侃在悲愤之余，八百里加急上书景泰皇帝朱祁钰，请求皇帝严惩灭绝人道的薛照虔。

时年二十五岁的景泰皇帝朱祁钰得知此事后龙颜大怒，召集众大臣在朝堂上商议此事。

朱祁钰俯视着殿前的众多大臣，抛出问题："这龙州薛氏土司薛照虔如此胆大妄为，残忍杀害龙州李氏土司李振樊父子全家十三口性命，犯以不道大罪，众卿家认为朕该如何处置啊？"

朝堂上顿时弥漫窃窃私语声，刑部尚书俞士悦手持象牙朝笏，主动上前一步，向皇帝谏言："启禀皇上，微臣认为龙州薛氏乃穷凶极恶之徒，犯下十恶不赦之罪，若不严加惩戒，免去其世袭土司之圣恩，派重兵缉拿，诛其九族，以告天下，将来我大明子民又有何敬畏？皇上可趁此肃清地方边陲中的恶行势力，绞杀一部分胡作非为、欺上瞒下的狂妄之徒，以促进地方政治清明，长治久安。"

"还请皇上三思啊！"工部尚书江渊并不赞同俞士悦的看法，"皇上，太祖念在龙州薛氏曾英勇抗元，世代忠烈，又对大明初建有功，便在开国之际敕封其为世袭龙州薛氏土司，恩及后人。这薛氏确是犯下不道之罪，但微臣建议皇上就事论事地惩罚薛照虔一人即可，祸不及全家，给薛氏一族保留些人脉，以免其他边境土司甚觉唇亡齿寒，犯上作乱。"

内阁大臣商辂附和道："江大人所言极是，微臣也认为此事不宜过分扩大。正所谓人为财死，鸟为食亡，冰冻三尺非一日之寒，若不是薛、李两家土司在利益分配上长期存在矛盾隐患，也不至于会发生此等惨案。说到底，这只

是薛、李两家土司的个案，并不代表整个土司群体。土司地区本就属于自治地区，既已定期朝贡，朝廷就不该过分干涉。若是朝廷大面积绞杀，势必引发广大土司反叛，等于打开了祸乱的口子，会动摇我大明根基啊！"

兵部尚书于谦自有他的一番打算，他向朱祁钰谏言道："启禀皇上，微臣倒是认为俞大人所言极是。以微臣愚见，当年太祖初建大明时，在川、鄂、滇、藏和云贵边疆一带，将当地许多愿意追随大明的豪酋敕封为世袭土司，承认他们的首领世袭地位，给予其官职头衔，以进行间接统治，达到'土官治土民'的效果。龙州几位土司对大明初建有功，因而被敕封为世袭土司。如此一来，地方虽然看似归附朝廷，但实际上皇上的敕诏往往并没能够在边疆地区得到真正贯彻，土司才是当地的土皇帝。随着大明根深蒂固，蓬勃发展，边疆土司大多居功自傲，仗着历代大明君王对他们的恩泽，积极扩张自己的势力，颇有地方诸侯割据的气势，严重威胁朝廷的统治。微臣认为，皇上此次不如利用龙州薛氏犯下不道之罪大做文章，借机打压地方土司势力，将那些原本早就该归还给朝廷的权力，从这些土司手里一一收回来。"

朱祁钰对于谦的谏言颇感兴趣："于卿家，你倒是说说看，朕到底该怎么做才能把权力从这些土司手里收回来？"

于谦目光冷峻，脱口而出四个字："改土归流。"

"改土归流？"朱祁钰眉头紧蹙，神色凝重。

于谦冷静地娓娓道来："皇上可借龙州薛氏不道一案，下旨在西南边疆地区废除土司制，实行流官制，流官由朝廷委派。若是改土归流这一政策能够得以实施，必然有利于消除土司制度的落后性，同时可进一步加强中央集权，有利于对西南边疆地区的统治。"

俞士悦认为此法甚妙："微臣认为于少保提出的推行改土归流，此策功在千秋。改土归流可废除土司制度，减少边疆叛乱因素，加强朝廷对边疆的统治，有利于边疆地区社会经济发展，对大明全域的统一和经济文化的发展有着积极意义。"

江渊极力反对："此时推行改土归流，微臣惶恐将引发动乱。若是实行改土归流，势必会有土司不甘心将权力交还朝廷，进而图谋反叛。这样会使得那些土司有叛乱的口实，也给他们可乘之机。"

于谦铁了心要推行改土归流，极力说服朱祁钰和其他大臣："针对日久相沿的土司割据积弊，微臣认为推行改土归流可分步实施。第一步，抓住一切

第五十三章　薛照虔气死薛崇育　景泰帝下旨缉恶徒

有利时机进行，譬如有的土司之间互相仇杀，被平定后即派流官接任；或是有的土司绝嗣，后继无人，或宗族争袭，可派流官接任；抑或是有的土司犯案，或反叛朝廷被镇压，以罪革职，改由流官充任；再者有的地区百姓主动向朝廷上书改土归流时，朝廷可以所谓从民之意，革除当地土司世袭，改为流官。第二步，由朝廷颁布新政，从上而下，先改土府，后改土州。总之，请皇上势必抓住这个千载难逢的机会，立刻抓紧推行改土归流政策！"

朱祁钰很了解于谦，十分信任他，对于谦奏请的事几乎没有不听从的。这一次也不例外，思忖良久的朱祁钰采纳了于谦的谏言，对众大臣宣布："几位卿家的意思朕已全然了解。大明现有的土司制度是在唐宋时期羁縻州县制的基础上发展而成的，至今已有八百余年历史。我们不能抱残守旧，墨守成规，而是应当顺应时代潮流，审时度势，推陈出新。如今发生在龙州的薛、李两家土司内斗惨案，正是土司制度弊端的体现。土司割据积弊时日已久，朕不能再坐视不管，不能任由土司野蛮生长，等他们羽翼渐丰，就该是他们啄食大明根基之日。饭要一口一口吃，路要一步一步走，不能揠苗助长。此次龙州薛氏土司犯以不道一案，朕打算先惩戒薛氏，再以龙州试点，废除土司制，委派流官。之后逐步以点带面，扩散开来，在四川承宣布政使司乃至整个西南地区铺开，大力推行改土归流的新政，以强化对地方的实际控制，进一步加强朝廷的中央集权。至于薛氏，犯下如此滔天大罪，必须予以严惩。来人！传朕旨意，命四川承宣布政使司速速集结重兵缉拿龙州薛氏，诛其九族，以儆效尤。"

见朱祁钰已下定决心，对改土归流政策持反对意见的大臣们谁也不敢再反驳。

众大臣跪下齐声高喊："皇上圣明！吾皇万岁万岁万万岁！"

在朝臣们的高呼声中，朱祁钰深感压力与责任重大。每一次改革对于统治者而言，如同刮骨疗伤，会痛，会流血，会遇到诸多阻力。在改革中，要面对的不仅仅是既得利益者的种种阻挠和破坏，更是对统治者自身是否能坚持将改革进行到底的一种考验。在这种内忧外患下，必须有脱掉一层皮才有新希望的决心和勇气，否则一切都是空谈。

年轻的朱祁钰无比坚定，他铁了心想利用这次改土归流政策的推行，对整个大明的政治、经济、军事等方面进行整顿和改革。他要借此来巩固他对整个大明王朝的实际控制权，进一步树立他在朝廷的绝对权威。他想告诉世人，

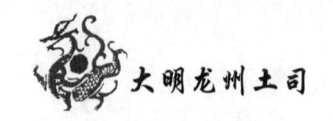

只有他朱祁钰才能使大明江山社稷转危为安,使大明社会由乱而治,渐开中兴。他希望世人明白,他并非名不正言不顺的临时皇帝,而是一个稳定江山、知人善用、励精图治的好皇帝,比那个被瓦剌囚禁一年后遣返回京软禁在南宫的朱祁镇,更适合做大明王朝的皇帝。

第五十四章　　薛照虔决心抗朝廷
　　　　　　　蟠龙坝上门访王键

　　接到景泰皇帝朱祁钰的圣旨，四川承宣布政使蔡思侃即刻派出四川抚按檄兵备佥事赵教，勘验薛照虔残忍杀害李振樊父子全家十三口一案。鉴于薛照虔武艺高强，又有代月刀傍身，加之神勇的广武十二骑以及渔溪司和马盘司的五万兵马，蔡思侃不得不下令整个四川戒严，让赵教带上八万精兵良将缉拿薛照虔归案。四川承宣布政使司下令在各府、各州、各县四处张贴重金悬赏通缉令，请百姓们积极配合参与追捕行动，势必让薛照虔插翅难逃。

　　朱祁钰亲自下令四川承宣布政使司缉拿薛照虔的消息，由薛崇育昔日在朝廷的旧友工部尚书江渊暗中派人八百里加急送来。皇帝要诛薛氏九族的消息很快传到薛土司府，薛土司府上下就此陷入一片被死亡笼罩的恐慌之中。死亡的脚步声愈渐逼近，等待整个薛家的将是一场满门抄斩的灭顶之灾。

　　薛照虔自知是死路一条，他没有想到朱祁钰要诛薛氏九族，让薛氏族人跟着他一起陪葬。想到这里，薛照虔愤怒地捏紧拳头，骨节作响："狗皇帝！我薛照虔一人做事一人当，我一人闯下的祸，就该由我一力承担，与我家人又有何干？为什么要把他们牵扯进来？"

　　说罢，薛照虔一拳头重重打在白刷刷的墙上，手指头顿时乌青起来。

　　一向对薛照虔疼爱有加的薛家大夫人陈丽娘，牵起薛照虔的手，心疼地吹了吹，哀戚地说："照虔，为娘不怪你，这并不全是你的错，你别再自己折磨自己了。江渊大人来的密函里说，于谦建议皇帝利用这件事情在西南边疆地区推行改土归流的新政，皇帝决意拿我们薛家开刀，这才要蔡思侃派人缉拿我们，诛薛家九族，以儆效尤。唉，薛家素来对朝廷忠心耿耿，终究还是

－319－

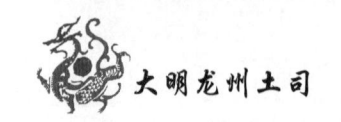

输给了皇帝的疑心啊！要我说，就是那狗皇帝和那该死的于谦担心薛家势力太大，这才想灭了薛家，把薛家的权力、财富、土地全部收归朝廷所有。照虔，不管别人怎么评价议论你，在为娘心中，你永远都是为娘的好儿子。若是这一次，薛家注定要在这个世上彻底消失，那么黄泉路上我们一家人至少能够团圆。正好你父亲刚走不久，他还在奈何桥上等着我们呢……"

陈丽娘的眼泪顺势滴落在薛照虔手上，眼泪是冰凉的，但薛照虔觉得这些眼泪分明就是一团团火焰，打在他手上，灼得生疼。

薛照虔的眼睛里燃起熊熊火焰，内心悄然萌生出一个想法。他咬紧牙，对陈丽娘说道："母亲，我们还没有输！事已至此，反正横竖都是一死，不如绝境求生，兴兵起义！狼烟烽火永不休，成王败寇尽东流。我从不相信历史有所谓的正义和邪恶，自古以来都是胜者为王为圣人，败者为寇为恶枭。我不想被天下人冠以凶恶不道的污名，我要创造属于我的宏图霸业！"

刚到弱冠之年的薛照芝听了他三哥薛照虔的这番话，吓得脸色煞白，连连摇头："三哥，你疯了？你这是造反啊！我们薛家自初唐先祖薛仁贵起，历朝历代对朝廷忠烈可嘉。宋度宗咸淳元年赐授先祖薛严为龙州世袭土知州，御赐代月刀以抗击蒙古兵，捍卫疆土。三哥，你腰间的代月刀，不正象征着我们薛家忠君爱国的气节吗？莫非你要置列祖列宗的颜面于不顾？你这样做，会让九泉之下的父亲寒心的！母亲，三哥，君要臣死，臣不得不死，况且是三哥主动带着广武十二骑杀了李振樊父子全家十三口人。母亲，您向来娇惯溺爱三哥，什么事都由着三哥的性子，这才任由三哥犯下滔天大罪，祸及整个薛家被诛九族。这种原则性的问题，您不能再纵容他了！既然我们薛家有错在先，有错就要认，要杀要剐我们都应悉听皇上尊便，这是我们作为臣子应尽的本分……"

"够了！照芝，你别说了！"陈丽娘大发雷霆，强行打断庶子薛照芝的话。

薛照芝并非薛家大夫人陈丽娘的亲生骨肉，而是薛崇育的二房夫人向玥娘所生。向玥娘病故后，两岁的薛照芝便跟着陈丽娘长大。陈丽娘一直不喜欢薛照芝，认为他呆板木讷，不及自己亲生儿子薛照虔的十分之一。陈丽娘共为薛崇育生育过三个儿子、一个女儿。女儿早已远嫁，三个儿子中前两个贪食五石散，纵情声色，萎靡颓废，几年前已相继离世。陈丽娘几个子女中唯有薛照虔武艺高强，英姿勃发，最成气候，因此她最为疼爱薛照虔。薛崇育生前十分看好薛照虔，将薛照虔早早立为世子，以便等他百年后让薛照虔

第五十四章　薛照虔决心抗朝廷　蟠龙坝上门访王键

继任薛氏土司。

现在出了这样的大事，陈丽娘左右为难。作为薛土司府的大夫人，陈丽娘自然知道造反会让薛家忠君爱国的百年清誉毁于一旦，薛家会变成朝廷口中的乱臣贼子，遭到世人的唾骂厌弃和口诛笔伐。陈丽娘并不怕死，可作为一个母亲，她不忍心眼睁睁地看着最心爱的儿子被斩首示众。她甚至想去恳求皇帝，她宁愿拿她的一条命去换取薛照虔的命。陈丽娘了解薛照虔的性子，薛照虔宁可自行了断，也决不会苟且偷生一世。

沉默良久，爱子心切的陈丽娘认真地对众人说："事到如今，该做决断了。狗皇帝命蔡思侃派人缉拿我们，要诛我们薛家九族，我们不能坐以待毙，否则我堂堂薛氏大族就要从世上永远消失了！照虔的话很有道理，成王败寇之理大家都懂。与其等着被杀头，还不如以渔溪司和马盘司的五万兵马自立为王，兴兵起义。照虔武艺高强，江油关地处要塞，易守难攻，说不定能让大家绝境逢生，杀出一条活路来，以后割据称王，得一隅安生！"

"好啊，死马当活马医，搏一搏说不定还有希望！"

"唉，能多活一天是一天。"

"照虔公子武艺超群，肯定能把明军打得落花流水，况且我们还有广武十二骑和五万将士呢！"

……

薛家上下议论纷纷，大多赞同薛照虔兴兵起义的提议，抱着最后一丝希望，想与命运之神博弈一把。

薛照芝自知再苦口婆心劝诫也是白费力气，心情沉重，不再言语。

陈丽娘拍了拍薛照虔的肩膀，语重心长地对他说："照虔，既然大家都同意兴兵起义，那这件事就全权交由你去办。为娘相信以你的能力，定会保我薛家上下平安。一根筷子易折断，十根筷子抱成团，这个道理你应该懂。我们薛家一家起义难成气候，得有人跟我们呼应，壮大我们的势力才行。现在我们龙州三家土司里，李家没了，就只剩我们薛家和王家。狗皇帝想借这一次的事情改土归流，那么也会彻底剥夺王家的利益，王家自然会有怨气。为娘想让你将江渊大人这封密函带上，找到现任王氏土司王键，把密函交与他看，劝说王家与咱们薛家放下过去的恩怨情仇，目标一致对外，一起出兵对抗朝廷，方能够继续在龙州做土司。那些早已吃进王家肚子里的既得利益，狗皇帝想让王家吐出来，王家肯定不愿意。我相信在利益面前，王家会选择和我们结盟的。"

"母亲，孩儿自当即刻去劝说王键。大家且放心，照虔在此发誓，定当誓死保卫我薛家上下平安，保我们薛氏一族渡过此劫！"薛照虔信心满怀地对众人说道，希望他们能够感到些许心安。

薛照虔蓦地感到肩上沉甸甸的，他当日为了一己之私，自以为杀了李振樊父子全家就可以带辛夷远走高飞。如今李振樊父子全家十三口惨死在他的手下，辛夷并没有跟他走，自断其发踏入空门，而他的家人却因他的冲动将付出生命的代价。正是他昔日的肆意妄为，酿成了如今的恶果。这一次，薛照虔要不惜一切代价去扭转乾坤，他要改写整个家族将被诛灭九族的命运悲歌。他不能死，他不能让薛氏一族永远消失在历史长河中。他不服输，他不认错，他的故事不能就此完结，他要逆天改命！

赴死并不是强者的行为，真正难的反而是活着。此时的薛照虔终于懂得，活着是一种责任，活着绝不仅仅是活着。

翌日，龙州宁武司蟠龙坝王土司府。阴霾的天空像模糊的眸子，充满对未知的迷惘。天色渐渐昏暗下来，风的味道是苦涩的，在草木之间来来回回，空气中多了一分彷徨。王键和三个弟弟坐在膳堂用晚餐。

家丁吉善匆匆跑来向王键禀报："老爷，府上来了一个身形高大的年轻男子，说是要拜访您。小的瞧见这男子的容貌，很像布告上通缉的恶贼薛照虔呢！"

"什么？薛照虔跑到我蟠龙坝来做什么？薛崇育之前一再设毒计陷害我们王家，使得劳累过度的父亲病情加重，早早离世。前不久薛照虔又害得辛夷新婚当日痛失夫家亲眷十三口人，含恨遁入空门，这薛照虔还嫌害得我们王家不够惨吗？"王焕气愤地将筷子重重摔在青花瓷碗上。

王济摸了摸腰间的洗云剑，目光冷峻："这薛家欺我王家太甚！薛崇育这个老贼被薛照虔气得心痹突发死了，真是便宜他了。我早就想取薛照虔的狗命，他今日反倒自己送上门来了，大家且看我用洗云剑砍下薛照虔的狗头，以慰五弟和父亲在天之灵！"

"三弟，你武艺高强，与薛照虔单挑自然不相上下。若是薛家的广武十二骑跟着来了，那你可就要小心了。"王樾警觉地问吉善，"吉善，你确定只有薛照虔一人前来？"

吉善肯定地点点头："回禀二老爷，大门外的确只有薛照虔一人。"

第五十四章　薛照虔决心抗朝廷　蟠龙坝上门访王键

王键想了想，对王济说："如此甚好！既然薛照虔主动上门送死，我们就成全他。待三弟你将薛照虔拿下，我们把他羁押到成都府，送去四川承宣布政使司衙门，也算是功德一件。为以防万一，我还是派人叫百夫长曾筹带点人过来增援，以免有所闪失。"

对于王键的谨慎，王济认为这是对他能力的质疑，有些不爽："大哥，你这是认为我技不如人吗？不就是薛照虔一个人，我还打不过他？"

王键忙解释道："三弟，你误会我的意思了。世人都知道龙州武功最高的就是你与薛照虔二人，三弟你日日勤习武艺，大哥相信你的武功更胜一筹。但薛照虔手里有宋度宗皇帝御赐的代月宝刀，听说其锋芒能代替月刃，杀人于无形，三弟你还是要多多当心啊！"

王济并没有听进去多少，傲气冲天地抽出腰间的洗云剑端详一番，元宝形剑柄，上雕腾空祥云纹案："哪怕薛照虔有代月宝刀在手，我就凭手里这把洗云剑也能砍下他的狗头！大哥，别啰唆了，快把薛照虔叫进来吧，我的洗云剑早已按捺不住了！"

拗不过王济的固执，王键只好叫吉善将薛照虔迎进来。

王键一家对薛照虔恨之入骨，但出于礼节，王键请薛照虔到花厅上座，奉上茶水。

"薛土司大人，您远道而来我宁武司蟠龙坝，请问有何贵干啊？"王键说话的时候尽力表现客气，以此掩盖内心仇恨的怒火。

薛照虔苦笑了笑："照虔如今已沦为被四川承宣布政使司通缉的犯人，王土司大人依然以礼相待，照虔不胜感激。照虔今日只身前来，是有一要事相告。"

说罢，薛照虔从怀里掏出那封工部尚书江渊的亲笔密函，交与王键。

王键接过密函仔细一看，眼皮痉挛，瞳孔放大，面色发白。

一旁的王焕问道："大哥，怎么了？为何如此不安？"

王键深吸一口气，将密函还给薛照虔，垂头丧气地对几个弟弟说："工部尚书江渊大人给薛土司大人去了密函，说是皇帝将以龙州李土司父子惨案为由头，派四川承宣布政使司通缉薛家，诛其九族，在西南边疆地区推行改土归流的新政，从龙州率先推行，这意味着龙州以后再无土司了……"

"什么？"

"我们王家世代忠良，未曾有愧过大明，怎么会这样？"

"太祖皇帝敕封的世袭土司，怎么能说没就没了！"

……

见王家几兄弟炸开了锅,薛照虔知道王家的怨气此时烧得正旺,只差他这一把火了。按照陈丽娘的计划,薛照虔故意刺激王键:"狗皇帝朱祁钰昏庸无能,听信兵部尚书于谦这个谗臣妄言,要废了我们这些对建立大明有功的土司,改由朝廷委派流官来取代我们,好把地方权力全都收归朝廷。这不是鸟尽弓藏吗?我们可都是太祖皇帝谕旨亲封的世袭土司,就这样说废就废了!王土司大人,您甘心吗?您咽得下这口气吗?"

王樾听到这番话,心里很尖锐地疼了一下。他在心里暗暗感慨,曾几何时他用尽手段想要当上世子,以便能够继承王氏土司之位。为了当上世子,不惜给王禧下迷幻药,还错杀了弟弟王坦,甚至差一点儿让整个王家被满门抄斩。然而机关算尽,兜兜转转,王键最终成为世子,袭位王氏土司,成了新一任龙州王氏土司。万万没想到,世道变化得如此之快,太祖皇帝谕旨敕封的世袭土司竟然要因改土归流而废除。就算当上世子、承袭土司之位的是他王樾,到头来仍摆脱不了竹篮打水一场空的结局,终究还是会被朝廷废除,沦为一介平民。这样一来,他多年来为当上土司而费的工夫全白费了,半生年华瞎折腾一场,还让他几乎迷失本性,变得心狠手辣,面目可憎。一想到这里,王樾无比揪心,他多么希望时光能够倒流,他一定不会再有争夺世子之心,更不会做出这么多毫无意义的傻事。

王键虽心有不甘,但他深深地知道,无论如何他都不能做一个不忠、不孝、不义之人。他捏紧拳头,万般无奈地摇了摇头:"甘心自是不甘心,但皇上既有改土归流之意,我们作为臣子的只能从命,难道还能忤逆圣意不成?"

薛照虔用锐利的目光盯着王键,反问道:"王土司大人,难道您真的愿意让皇帝把您变成不名一文的平头百姓?"

第五十五章　　代月刀激战洗云剑
　　　　　　　　薛照虔王济生死决

　　王键看着薛照虔，坚定地说道："土司也好，平民也罢，我王键从来都不贪图这些浮云般的名利。我只愿家人平安，宁武司稳定，百姓安泰。普天之下莫非王土，宁武司既是皇上的领土，皇上要把统治宁武司的权力收归到自己手里也无可厚非。我作为一个臣子，只能听命于皇上。若是违抗圣旨，岂不成了人人得而诛之的乱臣贼子？我王家自先祖王行俭起，世代忠烈，对朝廷忠心耿耿，我王键岂会为了不舍土司之位愧对列祖列宗？"

　　"王土司大人，此言差矣！"见王键并无反抗朝廷之心，薛照虔试图劝说王键，"王土司大人，您若是心甘情愿地被朝廷收回权力，放弃王家世代统治的宁武司，这才是真正地愧对列祖列宗！他们世代苦心经营，好不容易才把宁武司治理得今日这般富饶美丽。若是您在皇帝的淫威下，拱手将宁武司让出来，岂不是白费了王家列祖列宗建立的丰功伟业？我们的先祖成就了大明，现在大明却要弃我们于不顾。这样的皇帝，这样的朝廷，难道值得我们为之效忠吗？我们薛家是绝对咽不下这口恶气的，我已决心兴兵起义，目前手下有五万兵马。若是您愿意和我共同对付这个忘恩负义的皇帝和冷血无情的朝廷，自然再好不过。有了王土司大人您的一臂之力，我相信我们必将拒朝廷的兵马于龙州之外。到时候您还是宁武司的土司，我还是渔溪司的土司。这个昏君想要扫除大明所有的土司，不愿意被废除的土司肯定大有人在，势必会有更多的正义之士加入我们的队伍。等我们兵强马壮，推翻大明，平分天下，也不是不可能！"

　　王键目光笃定，不为所动："薛土司大人，不管您说皇帝昏庸也好，朝廷无道也罢，我王家誓死效忠大明，绝不反叛！"

薛照虔仍不死心："王土司大人，您这不是效忠，而是愚忠！大明都不要您当土司了，您怎么还这么固执啊？"

还未等王键回答，王济不耐烦地说："薛照虔，你以为我大哥和你一样啊？你现在是四川承宣布政使司通缉的逃犯，你们薛家就要被诛九族了。相信不久，从成都府过来缉拿你的明军就会兵临江油关。你之所以现在急着来找我大哥，无非是想教唆怂恿我大哥和你一起造反。你的目的不过是想借我们王家之力来保全你们薛家人的性命罢了。你没听到我大哥说吗，我们王家世代忠烈，绝不会因皇帝要改土归流就造反，你不必再浪费口舌了！"

"你……"王济心直口快的一番话，气得薛照虔青筋暴起。

王济顺势从腰间拔出洗云剑，剑尖指向薛照虔，盛气凌人地喊话道："薛照虔，今日我王济就要取你狗命，拿你的狗头报效朝廷！"

"好啊，那就看你有没有这个本事了。早就听闻你的名号，我今日倒要看看你我之间究竟谁才是真正的龙州第一！"被羞辱激怒的薛照虔抽出代月刀，欲与王济一较高下。

王键深知王济方才所说的一番话，是故意激怒薛照虔，好与薛照虔痛痛快快地打一场。早在若干年前，王济就常常提起薛照虔，说他武艺高强，凭借一把代月刀威震四方，要是有机会能与薛照虔比试一番，分个龙州一二，此生便也无憾了。

看这气势，两人之间必有一场恶战，王键不放心，赶紧提醒王济："要不你们都不用兵器比试吧！"

王樾附和道："就是啊，他手里的代月刀可好过你的洗云剑，跟他用兵器打，三弟你可是要吃亏的！"

王济轻蔑地笑了笑："两位哥哥多虑了，我就要和他明刀明枪地打。哪怕他有代月刀在手，我照样也能赢了他！"

"好大的口气，尽管放马过来吧！"薛照虔握紧代月刀刀鞘，眼神凌厉地盯着王济。

"三哥，小心啊！"王焕也担心起来。

花厅内的气氛顿时格外紧张，屋外已然全黑了。风声如惊涛骇浪，颇有排山倒海之势。夜风呼啸，凛冽凄厉，屋内的灯火忽明忽暗，让人不安的心跟着悸动起来。

第五十五章　代月刀激战洗云剑　薛照虔王济生死决

薛照虔冷峻地盯着王济，缓缓说道："今日与王济兄一战，要想打个痛快还是先立个规矩吧。"

"你我都是江湖中人，不如就依照江湖规矩签个生死状，以确保你我出手时能义无反顾，生死两不追究。"王济信心满满，主动提出签订生死状。

王键不放心，悄悄在王济耳边提点道："三弟，还是别签什么生死状，小心有诈！"

王济笑着摆了摆手，对王键说："我们江湖中人比试之前都要签生死状，我可不能坏了规矩啊。大哥，你就放心好了，等我杀了薛照虔，你就带着他的人头去四川承宣布政使司衙门领赏吧。"

王键只好作罢："既然如此，那三弟你多加当心啊。"

"大哥，你就别啰唆了，且看我如何把薛照虔打得落花流水。"看到王济一副胸有成竹的样子，王键心里始终隐隐担忧，但也无可奈何。

薛照虔一口答应："好，那就先签生死状，签完再战。"

王济叫下人拿来笔墨纸砚，与薛照虔签下生死状。

签完生死状，王济和薛照虔对峙而站，刀光剑影如风之怒号，从遥远的沙漠横扫而来。原本平静安谧的王土司府花厅，霎时充满无形的沸腾喧嚣。

只见薛照虔手持代月刀横劈而来，王济剑眉紧锁，顺势用洗云剑一挡，一个飞身，趁薛照虔不备，一脚踹向薛照虔的肚子。

"王济兄，好身手！"薛照虔捂住肚子，强忍疼痛，脸上跳动的筋肉出卖了他。

王济得意地笑了笑，朝着薛照虔不屑地说道："原来闻名龙州的代月刀主人不过如此啊。"

薛照虔咬了咬牙，简单平复一下心中的怒火，对着王济的右肩就是一刀。好在王济眼明手快，一个驴打滚避开了薛照虔的攻击。

还未等薛照虔反应过来，王济手握洗云剑，朝着薛照虔的眉心刺过去。薛照虔侧身一躲，已经晚了，鬓角的一缕头发被削了下来。

见到王济在与薛照虔的对打中占了上风，王键等人悬着的心算是落了地。

被削掉头发的薛照虔又气又恼，朝着王济连砍几刀，都被王济巧妙地闪避了。

见薛照虔心乱如麻，没了章法，王济知道机会来了，用尽全身力气，朝着薛照虔的心脏位置狠狠一剑刺过去。薛照虔来不及躲闪，只能硬生生地举

起代月刀挡住王济这一剑。王济的这一剑来得过于猛烈，用代月刀硬挡的薛照虔被王济的这一股蛮力逼得接连往后退了好几步。

只听见"哐啷"一声，洗云剑在与代月刀碰撞的过程中，迸发出刺目的电光石火，如同飞沙走石，茫无涯际。刹那，在王济和薛照虔的世界里仿佛没有天空，没有大地，只有刀锋和剑刃碰撞的火花，咬啮着两个被刀剑吞噬的生灵。

令王济没想到的是，他手中的洗云剑竟然在此刻轰然折断！

"什么！怎么会这样？"洗云剑突然断裂，王济惊讶的脸涨得通红，眼珠子瞪得溜圆，嘴巴张得拳头般大，眉头不由自主地抖动起来。

王键等一旁围观的人怔住了，短促而紧张地呼着气。

就在这时，薛照虔没有丝毫犹豫，争分夺秒地抓住机会，当即挥舞代月刀，用尽浑身力气朝着王济修长的脖子猛劈一刀。

"三弟！三弟！"

……

伴随着王键等人的呼喊，王济如一根被砍倒的高大楠木，轰然倒地。脖子上又长又深的刀口里不断涌出的血汹涌澎湃，彻底打湿了王济的衣衫，汇成一条流动的血河，缓缓流向另一个世界。

王键连忙冲过去，一把抱住躺在血泊里的王济，心如刀绞："三弟，你振作一下，我马上叫人去请章郎中！"

说罢，王键赶紧命下人去请章郎中速来王土司府救命。

王橄心痛得像被击碎的石块："三弟，你坚持住啊，忍一下，忍一下就好了……"

痛哭流涕的王焕对着薛照虔破口大骂："薛照虔，你这个奸贼，趁我三哥兵器断裂，就一刀砍向他！如此阴险狡诈，真是卑鄙下流！"

薛照虔冷冷地盯着血泊里的王济，慢慢收起代月刀，淡漠地说："欲使其灭亡，先让其狂妄。我只不过稍稍让了他几招，他便以为他拿把破剑就能赢得了我的代月刀吗？"

原来薛照虔在与王济对阵之前，通过与王济的对话，大致摸清了王济的脾性，抓住了王济狂妄自傲这一软肋。薛照虔很清楚，像洗云剑这种普通的剑，在硬度和韧度上远远不及代月刀。若是洗云剑与代月刀硬碰硬，加上使剑者的外力强行压在剑身上，洗云剑必断无疑。薛照虔便计上心头，这才有了一

第五十五章　代月刀激战洗云剑　薛照虔王济生死决

开始佯装打不过王济，而后折断洗云剑，轻松重创王济的戏码。

按道理来说，王济和薛照虔的武艺不分高低，双方交战的话，打上几十个回合也难分高下。但薛照虔接下来要对抗四川承宣布政使司派出的抚按檄兵备佥事赵教的大军，他不想在王济身上浪费体力和精力，要是受了伤，之后对阵赵教的恶战将会打得更加艰巨。这场比试薛照虔必须赢得毫无悬念，他不仅不能输，还不能受伤，以便接下来能够全力以赴对抗赵教的大军。以这样的方式赢了王济并不光彩，但薛照虔现在要的不是英名，而是保存实力与朝廷分庭抗礼。

"薛照虔，你……"王键怒视着薛照虔，王济无力地扯住王键的衣袖，仿佛在告诉王键不要责怪薛照虔，是他技不如人。

王济伤在脖子上，气管被锋利的代月刀砍开，发不出任何声音。王济瞪得大大的眼睛里不断涌出泪水，分不清是悔恨过于自大轻敌，还是对人世间的恋恋不舍。

再多的不舍，在脆弱的生命面前只是一场徒劳。

去请章郎中的下人还未走远，王济就悄然松开了扯住王键衣袖的手，歪着满是血污的头，永远闭上了双眼。

"三弟！三弟……"王键的衣裳被王济的鲜血染红沾湿，他拼命摇晃着躺在怀里的王济，可无论他再怎么摇晃王济的身体，王济也不会醒过来了。

王樾和王焕抱着王济的尸体失声痛哭，王土司府上下顿时陷入一片哀号。

薛照虔见事已至此，准备告辞："刀剑无眼，对于王济兄的离世，照虔深表遗憾。既然我早已与王济兄签过生死状，那在下先行一步。"

正在气头上的王焕，怎么能让杀死王济的凶手，这样轻而易举地走出王土司府的大门？王焕挺身而出，挡在薛照虔面前，指着薛照虔的鼻子，怒骂道："薛照虔，你这个狗贼！你杀了我三哥，竟毫无悔过之心，还急匆匆想走，你还是个人吗？你以为我们王土司府你想来就来，想走就走吗？"

"笑话！"薛照虔的脸上露出邪魅一笑，说话的口气依然冷若冰霜，"我和王济兄是当着你们的面签下的生死状，你们都看得清清楚楚。生死有命，成败在天，生死状上白纸黑字写着'生死两不追究'，难道你们王家人就是这样不守契约的吗？区区王土司府，我薛照虔自是想来就来，想走就走。你们若是想拦住我，那就要看你们有没有这个本事了。"

王键知道生死状一旦签下，不论谁生谁死都不得再追究，但眼睁睁地看

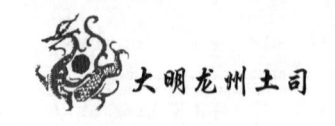

着王济惨死在怀里，想到昔日五弟王坦被毒害身亡，王禧因薛崇育在边境屯兵导致病情加重过早离世，辛夷嫁到李土司府当日夫家十三口全都惨死在薛照虔手里，各种新仇旧恨如滔滔江海滚滚而来，淹没了王键的心田。

　　王键恨得牙根发麻，用刀子一般的目光，死死盯着薛照虔不放，慢慢抬起的左手和右手，"啪啪啪"地用力鼓了三次掌，这强有力的掌声在宽敞的花厅显得格外清亮。

　　掌声刚落，只见王键麾下一名百夫长曾筹带着三十个壮硕的士兵齐刷刷地从外面冲进花厅。整齐的士兵个个手持大刀，长驱直入，如不可阻挡的汹涌洪水，怒吼着冲出堤坝，涌进花厅，把薛照虔团团围住。

　　"王键，原来你早就设下了埋伏……"薛照虔狠狠盯着王键，咬了咬下嘴唇。

　　王键擦干眼角的泪痕，对着薛照虔愤怒地呵斥道："薛照虔，纵使你本事再大，谅你也难以一敌三十。你今日注定插翅难逃，还是乖乖束手就擒吧。原本打算让三弟拿下你，哪知你竟可耻地趁三弟剑断不备之时，趁机要了三弟性命，真是无耻之极！"

　　王樾朝薛照虔怒不可遏地吼道："薛照虔，你今日跑不掉了！杀人偿命，欠债还钱，你还我三弟命来！"

　　薛照虔丝毫不畏惧似的，嘴角挂起一抹让人捉摸不透的坏笑："呵呵，王土司大人，你忘了我刚才说过的话了吗？我再重复最后一次，我说我薛照虔自是想来就来，想走就走。"

　　屋外的苍穹被厚重密布的阴云遮盖得严丝合缝，没有一丝星光和月明透出来。屋内空气里布满了令人透不过气的杀机。

第五十六章　　土司府遭遇大屠杀
　　　　　　　辛夷忽现身受重伤

　　萧萧的风从窗棂的缝隙挤了进来，吹得人心惊胆战。

　　薛照虔一对剑眉冷对王键，不紧不慢地把拇指和中指放进嘴里，吹响一声嘹亮的口哨。

　　"不好！薛照虔叫帮手了！"王樾听到这口哨声，顿感不妙。

　　只听得"蹭蹭蹭"的一阵声响，广武十二骑从王土司府的垣墙外蹬墙翻了进来，有的身背弓弩，有的手持短刀，一股脑地冲进花厅，将围住薛照虔的百夫长曾筹等诸多士兵包围起来。

　　花厅里每一个人都一动不动地站在原地，不敢有丝毫动弹，生怕一场恶战一触即发。

　　广武十二骑之一的陈岩将短刀死死抵住百夫长曾筹的脖子，命令道："赶紧放了我们薛土司大人！"

　　"你……"曾筹无奈地望向王键，内心颇有些不甘。

　　王键气不打一处来，没想到薛照虔还有这么一手："好你个薛照虔，你假装一个人前来我土司府，结果暗地里安排你的广武十二骑偷偷藏在垣墙外。薛氏土司历来奸诈，果然名不虚传啊！"

　　薛照虔冷笑了笑："我薛照虔从不打无准备之仗。况且这还是王土司大人您的地盘，我不多准备个后手怎么行呢。"

　　王键眼见现在这个情形，虽说他这边的人数要多些，但都被薛照虔的广武十二骑控制住了，情况不容乐观。王键只能放低姿态，提议道："大家现在这个样子也不好看。不如你叫你的人放下武器，我也叫我的人放下兵刃，大

家和和气气地坐下来喝杯茶。薛土司大人，您意下如何？"

薛照虔思忖了片刻，觉得双方这样僵持下去不是个办法，但他不能吃亏，便对王键说道："王土司大人所言极是，既然您提议，不如先叫您的人撤下吧。"

王键被薛照虔反将一军，心中不爽，为避免整个局面失控，王键只好下令："曾百夫长，你带你的人先撤了吧。"

曾筹并不想就此撤下，瘪着嘴巴，摇了摇头："王土司大人，小人死不足惜，但薛照虔乃是四川承宣布政使司缉拿的重犯，拿下他您就是朝廷的功臣，您可不能这么轻易放他走啊！"

比起什么功名利禄，王键更在乎的是曾筹和那三十个士兵的性命，他对曾筹严厉地说："曾筹，连我的话你都不听了吗？"

无奈之下，曾筹只好对士兵们下令："众人听令，统统撤下！"

三十个士兵陆陆续续收回手中的大刀。薛照虔见状，命广武十二骑取下架在曾筹等人脖子上的短刀，两方人马准备各自撤下。

本以为一场干戈能如此化为玉帛，令众人没有想到的是，众目睽睽之下，曾筹突然从靴子里摸出一把匕首，朝着薛照虔的胸口一刀刺过去。

"薛土司大人，小心啊！"广武十二骑之一的陈骆大叫起来。

就在这千钧一发之际，薛照虔一个下蹲试图躲过尖锐锋利的匕首，但已经来不及了。只见一股浓稠的血顿时从薛照虔右边脸颊汩汩涌出，像是一条逶迤而下的小河，在薛照虔脸上流淌出刺眼的痕迹。

薛照虔咬牙切齿地摸了摸血流如注的右脸，声音冰凉如雪："就凭你也想杀了我？"

曾筹没有一刀让薛照虔毙命，心有不甘，愤愤地说道："薛照虔，刚才算你运气好，被你躲了过去，接下来你可没这么好的运气了！王家对我恩重如山，你们薛家一再进犯挑衅，今日你还用卑劣的手段杀了王济老爷，我现在就替王济老爷报仇！"

说罢，曾筹立刻捡起地上的大刀，冲上去追砍薛照虔。薛照虔的嘴角抽搐了一下，当即抽出代月刀，和曾筹厮杀起来。眼看这架势，广武十二骑急忙拉好弓弩，举起短刀，对准曾筹。曾筹手下的三十名士兵也不甘示弱，纷纷拿起大刀与广武十二骑混战起来。

三十名士兵潮水般地冲过来，广武十二骑见此情形顺势迎风而上。广武十二骑有的手持短刀，瞬间放倒了迎面冲上来的士兵。有的一跃而起，朝着

第五十六章　土司府遭遇大屠杀　辛夷忽现身受重伤

士兵们狂风暴雨般接连放箭，箭支如暴雨梨花袭来，打得曾筹手下的士兵们叫苦不迭。

哪怕那些士兵再壮硕，终究不是广武十二骑的敌手。广武十二骑直打得那些士兵爬不起来，浑身是伤，血肉模糊。六个还在硬撑的士兵，强忍着伤痛扑了上来，广武十二骑站好队形，肩并肩围圈而站，舞动着手里的短刀，放出支支利箭，士兵们被砍得浑身是伤，身上插着密密麻麻的箭支。

经过一场激烈的混战，三十名士兵全部命丧广武十二骑手中。而广武十二骑仅有八人受伤，无一殒命。整个花厅血流成河，到处是死尸，被恐怖的红色铺满，士兵们临死前的哀号湮没了这个曾经安宁祥和的地方。

被鲜血模糊了面庞的薛照虔紧握住手中的代月刀，与曾筹拼杀起来。在一声声刀剑碰撞中，曾筹很快便败下阵来，被薛照虔一刀砍中脖子，还来不及呻吟便当场丧命。

曾筹的血溅了薛照虔一脸，他的面孔变得狰狞起来，咬牙切齿地对王键怒吼道："好啊，王土司大人，我薛照虔今日原本好意与你共商起义大计，无意血洗你王土司府，可你却找来这些货色想要取我性命，好向四川承宣布政使司邀功。你以为你拿了我的人头去四川承宣布政使司衙门，蔡思侃就会奏请皇帝保留你的土司之位吗？皇帝既然已经铁了心要改土归流，你所谓的挣扎都只是徒劳罢了。是你自己不愿与我们薛家共同兴兵起义，既然做不了同盟，那便是敌人。你王家今日的血光之灾，都是你自找的，你怪不得任何人！"

"薛照虔，你休得猖狂，我王键绝非贪恋土司之位……"王键正要解释，却被薛照虔强行打断了。

薛照虔不由王键分说，举起那把满是血污的代月刀，向毫无还手之力的王键和王槭走去。

王焕二话没说挺身挡在王键、王槭面前。但王焕从小就不喜欢舞刀弄枪，全无半点儿武艺，根本毫无招架之力，连薛照虔的三招都没接住，身中数刀，倒在血泊里，再也爬不起来。

在彻底闭上双眼之前，王焕趴在满是血污的地上，脸色苍白，紧咬嘴唇，向薛照虔苦苦求情："求求你……放过……放过我两位哥哥……"

薛照虔没有应允，在王键和王槭痛失王焕的悲怆痛哭之际，将代月刀对准了王键。

正当薛照虔的代月刀挥向王键时，王樾突然一把推开王键，只身挡在王键面前，大喊一声："大哥，小心！"

薛照虔的代月刀并没有因此停下，一刀砍在王樾的肚子上。伴着王樾一声撕心裂肺的惨叫，鲜血喷涌而出，如注如瀑，他的肚子被锋利无比的代月刀划开，肠子随鲜血流了出来。

王键见状，心里难过得一阵抽搐："二弟！你为什么这么傻？为什么要替我挡刀？"

王樾疼得浑身颤抖，额头冒汗，差点儿当场昏死过去。王樾自知命不久矣，他今日注定命丧薛照虔的代月刀下，可他还有很多事情需要交代，否则他会心有不安，留下终生遗憾。王樾强忍住伤口的剧烈疼痛，向薛照虔乞求道："薛……薛土司大人，我王樾贱命一条，今日能死在代月刀之下，也算是与有荣焉……但在我临死之前，还有些话想对我大哥王键说，否则我会死不瞑目，希望薛土司大人能够成全……"

"二弟……"看着王樾这个样子，王键极度揪心，像被千虫万蚁叮咬般难受。

薛照虔不差这一时半刻的时间，不屑地笑了笑："既是将死之人，我姑且就满足你这个愿望吧。"

王樾感激地看着薛照虔，说话有气无力："多谢薛土司大人成……成全……"

说罢，王樾转过头来，眼里满是泪光地望着王键，声音颤抖哽咽，对王键缓缓说道："大哥……这么多年来，我一直都欠你一句对不起……当年的我被权力和地位蒙蔽了双眼，一心想与你争夺世子之位，这才中了薛崇育和无妄法师联手设下的奸计陷阱，间接害死了五弟，又鼓动父亲修建'龙宫'，妄想'龙宫'建成后劝说父亲兴兵造反，我便能从中获利当上世子，甚至幻想当上今后的太子，差点儿造成谋反的既成事实……我犯下了那么多不可饶恕的罪恶，真是罪该万死。我纵然是死一千次、一万次也难以洗清我的罪孽！今日王家遭此劫难，我却束手无策。我这辈子除了机关算尽与你内斗，再也没有别的本事，想起来真是莫大的悲哀……尽管我曾经很恨你，但自打你登上世子之位后，我便慢慢学会了认命。既然上天让你做了王家的嫡长子，这就是命中注定。就像父亲临终前对我的忠告一样，命中有时终须有，命中无时莫强求。我和你明争暗斗了那么多年，不过是一场徒劳而已。大哥，我真的倦了，倦了……如果有来生，我仍希望做你的弟弟，我再也不会和你争了，

第五十六章 土司府遭遇大屠杀 辛夷忽现身受重伤

我想与你做一对相亲相爱的好兄弟……大哥,我要走了,我不敢奢求你能原谅我所犯下的罪孽,但我真心希望大哥你能够好好活下去,带着我们王家的希望活下去……"

话音刚落,王键还来不及答复,薛照虔就提起代月刀一刀刺穿了王樾的心脏。在王键的万分惊诧中,王樾脖子一歪,离开了这个世界。

"二弟!我原谅你了,全都原谅你了!你醒醒啊,你醒醒啊……"汹涌的泪水从王键的眼眶里一涌而出,王键一把抱住浑身是血的王樾,拼命地摇晃。

王樾再也醒不过来了。所有的爱恨情仇如前尘往事,在这一刻都烟消云散,恨也不过如此,怨也不过如此。于是恨不再恨,怨不再怨。可惜王樾再也听不到王键对他的谅解了。

薛照虔冷笑了一声,如冰霜般没有一丝温度,对王樾的尸体说道:"人之将死,其言也善,只是你的话有点儿多了。"

王键缓缓转过头来,恶狠狠地盯着薛照虔,眼里闪烁着一股无法遏制的怒火,如一只暴走的野兽朝薛照虔怒吼道:"薛照虔,你今日非要将我们王家赶尽杀绝才肯善罢甘休吗?来呀,来杀我呀!杀了我,整个龙州就尽归你们薛家所有了,你就更有造反的资本与朝廷抗衡了!但你今日的所作所为,终将受到正义的审判!"

听了王键的话,薛照虔怒火中烧,牙齿咬得咯咯作响,凶神恶煞地盯着王键,举起代月刀指向他:"正义?你把你的妹妹辛夷当作交换利益的政治资本,硬要她嫁给李未岚做妾,断送她一辈子的幸福,这就是你口中所谓的正义?你少在这里满口仁义道德,你根本就是一个自私自利的伪君子,一个不折不扣的真小人!"

"你……"王键一时词穷,羞愧难当,他甚至觉得薛照虔说得没错。王键心里愧疚自责,为了土司之位坐得更加安稳,为了王家的长久利益,为了宁武司的和平稳定,为了和李家联手对抗薛家,他自私地牺牲了辛夷一生的幸福,这是一个兄长应该对妹妹做的事吗?

王键来不及继续忏悔,薛照虔高高地举起代月刀,直指王键的脖子,像是对王键宣判一般,嘶吼道:"王键,你根本不配做辛夷的哥哥!今日我要你偿还对辛夷的亏欠!"

一提到辛夷,薛照虔心中涌起千万愁绪,如一个永生不灭的伤口,烙印在心头,成为一道挥之不去的疤痕。薛照虔将满腔仇恨和怒火全部倾注到代

月刀上，咬紧牙关，怒视前方，愤恨地朝王键猛然砍去。

王键自知躲不过这当头的致命一刀，带着对辛夷的满心歉疚，绝望地闭上双眼。

说时迟，那时快，一个熟悉的身影突然面朝王键，箭一样冲过来，正面一把抱住王键，以单薄的后背对着薛照虔，用自己的血肉之躯为王键挡住了这致命的一刀。

这个人竟然是辛夷！

当薛照虔发现来者是辛夷的时候，惊诧的薛照虔呆住了，一切已经来不及了。

"辛夷！"

"辛夷……"

王键和薛照虔几乎同时叫出了声，泪水从这两个铮铮男儿眼睛里夺眶而出。

辛夷虚弱的身体再也撑不起来，剧烈的疼痛使她直接栽倒在王键怀里，如纸般惨白的脸上，嘴唇干涩发乌，身体疼得不住地颤抖。

王键心疼地抚摸着辛夷带着戒疤的光头，泪珠子"啪嗒啪嗒"地打落在辛夷头上，声音哽咽："辛夷……大哥对不住你，你为何还要舍命相救？大哥心中惭愧啊！辛夷，你千万不能有事啊，否则大哥会愧疚一辈子……"

一旁的薛照虔像个木头桩子似的定在那里，手里的代月刀应声落地。他万万没想到辛夷会在这个时候出现在他的代月刀下，这是他无论如何都无法接受的！

辛夷疼得额头冒着豆大的汗珠，气若游丝，无力地对王键说："键哥哥，辛夷……辛夷看见薛照虔带着一队人马往宁武司的方向去，担心你们有危险，就快马加鞭地赶回来了，可还是来晚了……该说对不起的是辛夷，辛夷自知是个不祥之人，给李家带去了家破人亡的灾祸……辛夷想遁入空门赎罪，没想到我们王家还是无法幸免于难……这一切都是辛夷的错……"

"不，辛夷，不是你的错，是大哥的错！大哥不该把你嫁给李未岚做妾，否则你也不会了却红尘，削发为尼，我王家也不会有今日的劫难……千错万错，都是大哥的错，把你当作维护王氏土司利益的工具，保护宁武司安宁的屏障，拿你的终身幸福去当作和李家结盟的筹码，都是我太自私了，太绝情了！是大哥对不住你……辛夷，你可千万不能有事啊！辛夷，辛夷……"王键怀里

第五十六章　土司府遭遇大屠杀　辛夷忽现身受重伤

抱着浑身是血的辛夷，愧疚和自责不断交织，心里五味杂陈。他恨不得辛夷从来没有出现过，中刀的是他自己，这样他心里也不必如此自责。

薛照虔心里像是一片被烈火灼烧后的草地，遍地狼藉。他最爱的辛夷竟然活生生地倒在他的代月刀下，这是何等讽刺！眼前的画面如一场无法醒来的噩梦，恐惧不断张着血盆大口，将他啃噬得体无完肤。薛照虔不敢相信，更不愿相信这个事实，眼睛死死地盯着代月刀上的斑斑血迹，拼命摇头，目光呆滞，任凭眼泪在脸上划出一道道痕迹，嘴里不停嘟囔着："怎么会变成这样？怎么会这样！怎么会，怎么会……"

辛夷虚弱的声音，把薛照虔从混沌中拉了出来："薛……薛公子，辛夷一生不曾求过你……今日辛夷有一事相求，还请薛公子务必答应……"

薛照虔单膝跪在地上，用代月刀强撑着身体，泪珠打落在地上，和脚下那些黏腻的血液混合，融为一体。

"辛夷，你说……我答应你，我全都答应你……"薛照虔轻轻牵起辛夷的手，放在他满是血污的手心里，紧紧握住不放，小心翼翼地从嘴里呵出一口热气来，试着给辛夷冰冷的手增加一点儿温度。

辛夷躺在王键怀里摇摇欲坠，命悬一线般残喘着，用尽最后力气，对薛照虔请求道："薛公子，辛夷求求你……放过键哥哥，放王家最后的血脉一条生路吧……"

薛照虔不住地点头，眼泪冲淡了他手上的血痕，声音破碎而哽咽："我薛照虔并非丧心病狂之徒，既然辛夷你开口让我放了王键，那我便不会再动他分毫。辛夷，你要好好活下去，我不准你有事！"

听到薛照虔当着她的面如此承诺，辛夷心里如释重负，安心地合上了沉重的眼皮。

"辛夷！"

"辛夷！辛夷……"

王键和薛照虔再次同时叫出声，谁也不愿意辛夷就这样匆匆离开，从他们各自的生命里永远抽离。

什么恩怨情仇，在这一刻远远没有辛夷的性命来得重要。满脸血污混合着泪水的薛照虔犹记得那一年的点点滴滴。回忆在他脑海里不断倒映，当年他从药丛山一路护送辛夷回宁武司蟠龙坝，在章郎中的医馆门口与辛夷告别时的场景蓦然浮现。

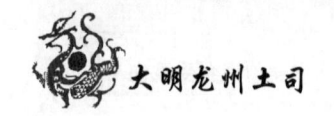

"章郎中！对，我要带辛夷去找那个章郎中，让他救回辛夷！"悲痛万分的薛照虔不顾一切地从王键怀里抢过辛夷，横抱在怀里，在广武十二骑的护送下，发疯似的狂奔出王土司府大门，跳上马，朝着章郎中的医馆策马而去。

薛照虔带着辛夷走得那样匆忙，徒留王键一个人面对一屋子血肉模糊的死尸。

第五十七章　　章郎中施针救辛夷
　　　　　　　孙竟起寻主宁武司

　　夜已深了，一阵急促的敲门声和焦急的叫喊声，让睡梦中的章郎中不得不披上衣服，起来开门。

　　一开门，只见布告上正被通缉的薛照虔满脸血污，怀里抱着一个光头着海青袍子的尼姑。那尼姑身负重伤，身上的袍子被染成了血红色。薛照虔突然出现在眼前，章郎中顿时吓得睡意全无。章郎中咽了咽口水，再定睛一看，这个尼姑看着有几分面熟，居然是王土司府的辛夷小姐！

　　章郎中吓得双腿直打哆嗦，说话结巴起来："辛……辛夷小姐怎会伤得如此严重？"

　　薛照虔低下头，一边痛哭一边诚恳地请求："章郎中，我知道您医术神通，辛夷她背部中了一刀，流了好多血，求求您一定要救救她！无论用多名贵的药，花再多钱，哪怕要用我的血肉来做药引子，都请您务必救回辛夷！"

　　"辛夷小姐素来与草民交好，历任王土司大人也对草民照顾有加，草民定当全力以赴救回辛夷小姐。"章郎中赶紧叫醒睡得正香的徒弟，让他来帮忙。

　　薛照虔抱着辛夷快步走进医馆，将辛夷轻轻地放在病榻上，真心诚意地感谢章郎中："辛苦您了，章郎中。若是您能救回辛夷小姐，在下定当重金相谢！"

　　假装没有认出薛照虔的章郎中摆了摆手："这位公子无须多言，还是让草民先救人吧。"

　　章郎中的徒弟请薛照虔在偏房等候，以免打扰他师傅施救。尽管薛照虔万分担忧辛夷的情况，可为了不妨碍章郎中施展医术，他只好乖乖听命。

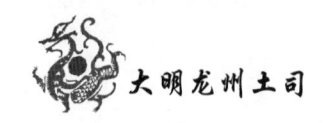

病榻上，章郎中将蒲黄粉混在金疮药里，轻轻敷在辛夷背上那一道又长又深的伤口上，他让徒弟打开辛夷的嘴，放入一颗珍贵的天香续命丸。待辛夷的伤口渐渐止住血，章郎中叫徒弟拿来极细的银针，在火上烤了烤，穿上桑皮线，小心翼翼地对辛夷的伤口进行缝合。

怀揣着一颗忐忑不安的心，薛照虔感觉不到时间的流动，可此时的他除了默默为辛夷祈祷，还能做什么呢？

两炷香的时间过去了，满头大汗的章郎中走出来，对薛照虔说："还好辛夷小姐是背部中刀，并未伤及脏器，否则就性命不保了。"

薛照虔瞧见辛夷还未苏醒，着急地追问："那辛夷怎么还没醒过来啊？"

章郎中指了指药炉前正在扇扇子的徒弟，对薛照虔说："辛夷小姐失血过多昏了过去，她的伤口我已经处理了，也给她外用内服了药物。我方才开了一副方子，已叫小徒熬上了，熬好后再给辛夷小姐服用。"

"好吧，有劳章郎中费心了。"辛夷一刻未醒，薛照虔一颗悬着的心始终放不下来。

章郎中的徒弟忍不住对薛照虔说："这位公子，您就耐心等一等吧！我师傅虽然医术高明，但万事万物都有一个过程。就算是扁鹊再世，也不可能一针下去就立刻把人救醒。"

"这位小哥说得是，我再等等。"薛照虔瘪着嘴，在屋子里反复踱步，焦急万分。

薛照虔想到广武十二骑中还有人受了伤，诚请章郎中为八名伤者治伤。广武十二骑果然名不虚传，八名伤者只是受了些打斗中的皮外伤，均无大碍。章郎中为他们一一敷上金疮药，又给他们服下止血生肌的积雪苷露，以促进伤口愈合。

此时，章郎中的医馆外，忽然传来一声悲怆苍劲的马鸣，仿佛要把黑夜撕碎。

在这个充满刀光剑影的深夜，会是谁突然来此造访呢？

章郎中一脸疑惑地前去开门，薛照虔和广武十二骑警惕地握紧了手中的武器。

随着木门"刺啦"一声打开，一个身材颀长的侠客从马上跳下来，拴好马，快步走来。此人正是孙竟起！

在这里见到孙竟起，薛照虔甚感奇怪："洛岩兄，你怎么来了？"

第五十七章　章郎中施针救辛夷　孙竟起寻主宁武司

孙竟起来不及休息片刻："薛土司大人，竟起耳闻薛土司大人您有难，从江湖上的朋友那里打听到一些可靠消息，日夜兼程从外地赶到江油关想向您禀报。大夫人说您到宁武司蟠龙坝找王土司来了，在下便快马加鞭赶到王土司府。王土司府的下人说您带着一个姑娘到这个医馆来了，在下这才又匆匆赶来。"

薛照虔瞪大眼睛："洛岩兄，你不远千辛万苦来找我，可是有要事相告？"

孙竟起看了看一旁的章郎中，没有说话。章郎中识趣地主动叫上小徒弟，一起去到里屋研磨药粉。

章郎中走后，孙竟起这才小声道来："薛土司大人，您出事后，在下听闻布政使蔡思侃委派四川抚按檄兵备佥事赵教前来对付您。虽说江油关易守难攻，短时间内难以攻破，但赵教此人谙熟兵法，善于用兵使计。在下担心薛土司大人您的安危，便求助于江湖上的朋友，其中一个朋友就在赵教帐中执教。从他那里在下得到一个确切消息，赵教得知您已将李振樊的马盘司收入囊中，他计划亲自挂帅率领八万大军兵分三路，分别从平驿堡、水观音、摩天岭三个不同的方向而来，三面夹击，欲围攻江油关。现在赵教的大军已从成都府出发，不日就要抵达龙州，兵临江油关。在下愿与薛土司大人一起火速赶回江油关，排兵布阵，共御大敌。"

孙竟起让薛照虔心里激荡起一股暖流，感动不已："洛岩兄，你如此仗义，费尽千辛万苦提供情报。你对薛家所做的一切，照虔感激不尽，定当铭记于心！"

孙竟起摆了摆手，微笑着说："薛土司大人，您见外了。当年在下被奸人以反诗诬陷，身陷囹圄，逃狱出来后流落龙州渔溪司，幸得令尊收留，这才得以苟活至今。令尊对在下的大恩大德，在下没齿难忘。如今薛家有难，在下自当鞠躬尽瘁，以报令尊的恩情。"

薛照虔与孙竟起相视一笑，多了一分信心："此番抵御赵教的大军，我薛家能得到洛岩兄的相助，定会旗开得胜，打得他从哪里来，回哪里去！"

孙竟起却不那么乐观："赵教的八万大军，在人数上远胜于我方，我方形势极为不利。以在下愚见，还请薛土司大人速回江油关，根据实际地形巧用诡道，步下疑兵之计。如此这般才能以少胜多，拒敌于江油关之外。"

薛照虔知道孙竟起言之有理，望着病榻上生死未卜的辛夷，薛照虔还是动了恻隐之心："可是……"

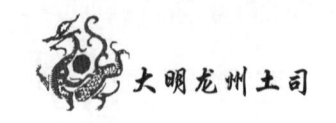

"薛土司大人，您还可是什么呀？赵教的大军马上就要兵临城下了，为了整个薛氏一族，您必须得火速赶回去啊！"见薛照虔还心存犹豫，孙竟起万分着急。

看到薛照虔踟蹰不定，陈岩指着病榻上躺着的辛夷，道出了薛照虔的心声："洛岩兄，薛土司大人正是担心那位姑娘的安危，放心不下，这才不愿现在马上回江油关。"

得知是这个原因后，孙竟起怒目圆睁，顾不得什么尊卑有别，指着薛照虔的鼻子怒斥起来："薛土司大人，这都什么时候了，您还在想着这些儿女情长之事！虽然在下不清楚您和这位姑娘有何瓜葛，但现在赵教的大军马上要抵达江油关了，都到火烧眉毛的时候了，您居然还为了一个姑娘抛下整个薛家不管不顾？薛氏先祖辛辛苦苦建立的基业，难道您忍心遗弃？令尊生前的夙愿，难道您忍心背叛？薛土司府里大夫人等至亲的性命，难道您忍心不顾？蔡思侃既然委派赵教率领八万大军前来渔溪司和马盘司，必然是想一举拿下江油关。这一仗万分重要，我们只能赢，不能输！我们输不起，一旦输了就是人头落地，满门抄斩，落得一个乱臣贼子的骂名。在下相信，这是您最不愿意看到的结果。在下恳请薛土司大人务必深明大义，暂时抛下儿女私情，跟在下速速回到江油关共商御敌大计，以保薛氏一族平安！"

说罢，孙竟起"扑通"一声当场跪在薛照虔面前，直直地盯着薛照虔。薛照虔吓了一跳，赶紧试图将孙竟起扶起来。

孙竟起挺直身板，跪在地上不愿起身："若是薛土司大人您不愿与在下速回江油关，哪怕您砍掉在下的脑袋，在下也绝不起来！"

"这……"薛照虔心里如同老树盘根，踌躇纠结。

正当薛照虔左右两难之际，广武十二骑聚在一起，交头接耳地商议片刻，在陈岩的带领下，齐刷刷地集体跪在薛照虔面前。

陈岩声泪俱下地向薛照虔请求道："薛土司大人，我知道我们广武十二骑只能听命，不能抗命。今日是我们第一次违背您的命令，实属无奈之举。您就听从洛岩兄的恳求，快带上我们马上回江油关吧！事已至此，有些话就算掉脑袋属下也不得不说了！薛土司大人，您一直以来都是大夫人的骄傲，属下真的不愿看着您再继续沉沦下去了！如果您还执迷不悟，不仅会赔上您的性命，还会拉上整个薛土司府，所有的薛氏族人，乃至整个渔溪司和马盘司一起陪葬。薛土司大人，请您清醒清醒，现在您的当务之急是带着我们和洛

第五十七章　章郎中施针救辛夷　孙竟起寻主宁武司

岩兄一起火速回到江油关，共同谋划部署如何抵御赵教的大军！若是您不愿回去，那我们广武十二骑也跟着洛岩兄在这里长跪不起！"

薛照虔不得不面对这样一个选择，是抛下辛夷马上回到江油关，还是守着辛夷放弃对赵教大军的抵御？显而易见的是孙竟起和广武十二骑的以跪相逼，让薛照虔别无其他选择，他只能抛下辛夷，回到江油关，回到那个即将爆发一场生死大战的地方，去改写整个薛氏一族的命运。

薛照虔噙着泪，对孙竟起和广武十二骑一字一句地说："大家都快快起来吧，我现在马上和大家一起回江油关，不再留恋这里的半分半厘……"

薛照虔弯下腰将孙竟起和广武十二骑一一迎起，回头远远望向病榻上睫羽紧闭的辛夷，泪水从眼角滑过脸颊，在下颌骨的边缘凝结成一颗颗宛如水晶的珠子，透着一丝悲凉和遗憾，久久不曾滴落。

薛照虔拿出两锭银子交与章郎中，再三对章郎中嘱咐，请他一定要好好照顾辛夷，务必要治好辛夷。

与章郎中告别后，薛照虔和孙竟起、广武十二骑一道，跳上马背，策马扬鞭，朝着江油关的方向狂奔而去。

薛照虔走后，王键拖着那具仿佛已经不再属于他的躯壳，满身血迹，跟跟跄跄地来到章郎中的医馆。

章郎中见状，连忙跑过来搀扶王键，关切地问起来："王土司大人，您哪里受伤了，怎么一身都是血？快告诉草民，让草民为您医治！"

王键摆了摆手，声音冷冽："章郎中，我没有受伤，我这条命是辛夷拿命换来的……辛夷呢，她还躺在医馆吗？"

章郎中听得有些糊涂，急忙向王键禀告："启禀王土司大人，您来之前那个正被官府通缉的薛照虔抱着受伤的辛夷小姐前来，让草民为辛夷小姐治伤。经过草民的诊治，辛夷小姐已无大碍。但辛夷小姐失血过多，需要继续用药调理身子，方能苏醒。"

听到辛夷保住了性命，王键松了口气："辛夷没事就好，那薛照虔呢？"

章郎中指着渔溪司的方向对王键说："薛照虔带着一个侠客打扮的人，还有十二个手下，一起骑马往涪江下游的渔溪司方向去了，好像有什么要紧的事似的。"

"该死的薛照虔！迟早有一天，我一定要手刃薛照虔，为二弟、三弟、四弟报仇雪恨！"王键咬牙切齿地捏紧拳头，指甲嵌进了肉里，挖出血来，他丝毫没有感到疼痛。

　　章郎中听得一头雾水，他并没有多问。这是他的为人处世之道，他不想卷入这些是是非非里，只有这样才能活得长久，活得安稳。在这个沧桑的世道里，他只想做一个普普通通的人，一个在夹缝中求生的人，一个远离斗争旋涡的人，仅此而已。

　　身心交瘁的王键来到辛夷的病榻前，寸步不离地静静守候着辛夷。望着辛夷苍白的面庞，王键早已欲哭无泪。他并没有死心，复仇的火焰在他心里熊熊燃烧着，像是一个生生不灭的精魂，从此住进了他的躯壳，成了他活下去的全部动力。

　　王键很清楚，在他对薛照虔的复仇没有实现之前，他必须背负着这份沉重的仇恨活下去，绝不能含恨自缢。为了复仇，他必须活下去！他要用薛照虔的血来浇灌那些烙印终生的伤口。他要用薛照虔的命来祭奠那些曾经鲜活的生命。他不能让那些为了救他而惨死在薛照虔刀下的至亲就这样白白死去，永不瞑目。

　　他要复仇，他要复仇！

第五十八章　　薛照虔排兵巧布阵
　　　　　　　灭门恨王键誓报仇

　　快马加鞭回到江油关后,薛照虔赶紧与孙竟起等人共同商议排兵布阵之事。

　　孙竟起主动问起:"照芝公子呢?不如把他叫来一起商量吧。他虽年轻,但他熟读兵书,应该自有他的见地。"

　　若是以往,薛照虔定会叫来薛照芝,毕竟兄弟齐心,其利断金。但薛照芝一直极力反对薛照虔谋反,被大夫人陈丽娘软禁在房间里,从外面反锁了房门,不得外出。

　　薛照虔顺口撒了个谎:"照芝这段时间人不舒服,在房里休养,不怎么见人。"

　　"希望照芝公子尽早康愈啊。"孙竟起想了想对薛照虔提议道,"根据在下那个朋友的确切消息,赵教欲亲率八万大军兵分三路,分别从平驿堡、水观音、摩天岭三个不同的方向而来,三面夹击,欲包围江油关。现在赵教的大军既已过了绵州,那么他的三路大军中,其中从水观音方向来的那路大军必定要从渔溪司的马鞍石路过,方可到达江油关。而从摩天岭方向来的那路大军,则必须越过马盘司的马鬃关,才能抵达江油关。另外一路大军,必然是沿涪江而上,途经平驿堡,直扑江油关。在下建议,不如我们也兵分三路,在马鞍石、马鬃关、平驿堡沿线要道设点,抓紧时间做好工事,设下埋伏,阻击赵教的军队。等赵教的大军一到,我们来个关门打狗,将他们一网打尽。在下虽行走江湖多年,但对于行军打仗并无经验,小小建议不知可行否?还请薛土司大人定夺。"

听罢，薛照虔思忖了片刻后，摇了摇头："洛岩兄的建言，似乎有些道理，但结合我们目前的实际，还是有点儿纸上谈兵了。一来，赵教八万大军，而我们渔溪司和马盘司的士兵加起来只有五万，若是我们兵分三路分别设障，那么我们的兵力只会更加分散，就怕到时候赵教会仗着兵力比我们多，对我们各个击破。二来，我刚拿下马盘司不久，马盘司的军民一时半会儿还忘不了李振樊，还有些不服我这个新土司管制，若是在马鬃关与赵教的军队发生激战，只怕到时候马盘司的军民会临阵倒戈，这对我们可是致命的打击。我不赞同分散兵力、到处设卡的战术。"

孙竟起恍然大悟："薛土司大人英明！在下确实没想到这么深，还是您有远见。那么薛土司大人，您意欲如何？"

薛照虔来回踱步，思索良久后，有了主意："既然赵教想对我们各个击破，不如我们就以其人之道，还治其人之身。正如你所说，赵教想要兵分三路夹击我，其中摩天岭、水观音方向的两路就会借道金牛道。摩天岭的那路意欲绕到我背后给我一击，而水观音的那路则想对我进行侧面包抄。从广元的金牛道过来，必然会绕一个大圈子，与另一路沿涪江而上途经平驿堡的大军相比，肯定会晚些日子抵达江油关。那么我们正好可以利用这个时间差，对赵教的大军来个逐个击破。"

"薛土司大人，那您的计划是……"孙竟起忙追问道。

薛照虔继续说："我的计划是这样的，不如我先派出两支小部队，分别到马鬃关和马鞍石挖好工事，设好埋伏。我预备把我们的大部队全部埋伏到平驿堡，修筑好工事，设置好陷阱。在赵教的那路沿涪江而上途经平驿堡的大军还没有准备之前，和他们展开正面激战，打他们一个措手不及。我估算了一下，赵教如果要兵分三路，那么他沿涪江而上途经平驿堡的军队人数应该是在三万人左右，我们则可以利用地形优势和赵教一决生死，拼死一战。这样一来，我们还是有一定胜算的。若是我们赢了，那么我们就可以马上调转枪头，趁水观音和摩天岭方向的明军还没有会合，先直奔马鞍石，再杀到马鬃关，分别攻打赵教的另外两路大军。有之前布置好的工事，加上马鞍石的险要地形和马鬃关的险峻地势，定能彻底歼灭来犯的明军。赵教肯定想不到，他想要瓮中捉鳖，我们却给他来了个声东击西。"

听了薛照虔的战术计划，孙竟起露出一丝担忧的神色："薛土司大人，您这个安排会不会有点儿过于激进冒险啊？若是我们以大部队和赵教大规模正

第五十八章　薛照虔排兵巧布阵　灭门恨王键誓报仇

面作战，万一有所闪失，我们不幸不敌赵教，那该如何是好？"

薛照虔的眼睛里流淌出无比坚定的光，神情肃穆："这一仗，我们只许成功，不许失败！我们只能倾其所有，赌上全部身家性命背水一战！若是输了，最起码我拼死战斗过，与命运抗争过，这一世没白来过！"

薛照虔的话让整个气氛瞬间伤感起来，孙竟起没有忘记宁武司这个隐患："薛土司大人，您可别忘了，宁武司的王土司王键若是与赵教一起夹击我们，又该如何是好？"

"王键现在忙着给他家人和手下们下葬呢，怕是没有时间与赵教一起夹击我们。况且以王键的脾性，多半会坐山观虎斗，等到我和赵教决出胜负后，他才会采取下一步行动。"说着说着，薛照虔眼睛里泛起一层氤氲，眼角下垂，轻咬嘴唇，"也不知道辛夷现在怎么样了，醒了没有……中了那么深的一刀，流了那么多血，要彻底恢复起来，也不容易……唉，只能希望那个章郎中能够妙手回春，早日让辛夷康复起来。可惜我不能守着辛夷苏醒过来……"

"薛土司大人，您不要多想了，那位辛夷姑娘定会平安无事的。您别考虑那么多，我们现在的首要任务是如何抵御赵教的大军，这才是我们的当务之急啊！"孙竟起对于薛照虔还在对那位辛夷姑娘念念不忘，气不打一处来。

孙竟起听薛家人说起过，若不是因为那位辛夷姑娘，薛照虔又怎会冲冠一怒为红颜，杀了李振樊全家十三口人，闯下弥天大祸，从此踏上一条无法回头的不归路。薛照虔毕竟是土司，他不能劈头盖脸地一顿臭骂，只能从旁提点，希望薛照虔能够分清轻重缓急，明白他作为薛氏土司应尽的责任。

薛照虔重重地点了点头，他明白他现在唯一能做的就是拼尽全力与赵教的大军在平驿堡一决生死。至于辛夷，他只能藏在心底，折叠成最深的记忆。

很快，按照薛照虔的计划，薛照虔派出了两支小部队分别前往马鞍石和马鬃关，布好防御工事。其他的大部队则全部埋伏在平驿堡，在薛照虔的亲自指挥下广筑工事，巧设陷阱，静候赵教大军的到来，与其展开一场生死之战。

春寒料峭，薛照虔和他手下却热血沸腾。这一战不是你死就是我亡，每一个鲜活的生命都极有可能在这一次战斗中消亡。保卫江油关，就是保卫自己的生命。

宁武司蟠龙坝章郎中的医馆，在章郎中的高超医术和王键的精心护理下，沉睡已久的辛夷终于缓缓睁开眼睛。

王键见状喜出望外："辛夷，你醒了！"

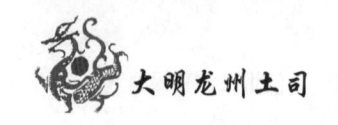

辛夷睁开疲惫的双眼，转了转眼珠，望着周围的环境，声音很虚弱："键哥哥，我……我怎么会在这里？"

王键紧紧握住辛夷冰冷的手，轻声说道："辛夷，那日你奋不顾身救了我一命，但你后背中刀失血过多，昏了过去，薛照虔把你送到了章郎中这里。"

辛夷这才努力回想起当日的一幕惨剧，眼眶里涌出两行酸楚的泪水，自责不已："唉，都怪辛夷，来得太晚了，不然说不定可以阻止这一切悲剧的发生，几位哥哥也就不会惨死在薛照虔的代月刀下……"

王键伸出手为辛夷拭去脸颊上的泪水，心疼地看着辛夷："辛夷，这一切都不是你的错，是我不愿与薛照虔一起勾结造反，他怪罪我当初要你嫁给李未岚做妾，这才令他恼羞成怒，痛下杀手。你尚未痊愈，身子还很虚，不要东想西想，听大哥的话，先把身子养好。"

"那薛照虔现在去哪儿了？"辛夷忙问道。

王键咬牙切齿地说："听章郎中说，一个侠客模样的人把他接走了，连同薛照虔的广武十二骑一起朝着江油关的方向去了。他杀了二弟、三弟、四弟，我决不会饶过他！"

辛夷深深地叹了口气："唉，其实薛照虔本性不坏，是我伤害了他，才把他逼成现在这个样子，疯魔得杀人不眨眼。假如当年我不曾在龙池坪遇见他，也许就不会有这么多的灾祸发生……"

王键却不这么认为："辛夷你说他本性不坏，但事已至此，我们不能给他沾满血污的手找理由，找借口。自古杀人偿命，欠债还钱，天经地义。他既已将我们王家残害到这种地步，我王键无论如何都不会放过他，我定要将他碎尸万段！"

对于薛照虔，辛夷是既充满怨恨，又饱含愧疚。辛夷痛恨薛照虔杀了她几位哥哥和李振樊父子全家，可她又觉得薛照虔之所以走到今天这个地步，跟她脱不了干系。正是因为她，薛照虔才会犯下如此深重的罪孽。

辛夷抿了抿干涸的嘴唇，问王键："键哥哥，那你准备怎么对付薛照虔呢？"

王键神色冷峻："辛夷，这个你先别管，你现在的任务是把身体养好，不然我也放心不下。"

辛夷不知道王键接下来有什么打算，但她知道薛照虔现在已被朝廷通缉，山穷水尽、四面楚歌是迟早的事。

辛夷哽咽地向王键恳求道："键哥哥，你要对付薛照虔，这无可厚非。

第五十八章　薛照虔排兵巧布阵　灭门恨王键誓报仇

他犯下累累血案，也确实罪该万死。但毕竟是辛夷亏欠了他，若是键哥哥你有幸亲手杀了薛照虔，为冤死的几位哥哥和李土司父子全家报仇雪恨，还是给薛照虔保留一个全尸吧……"

王键想到辛夷还未康复的虚弱身子，应允了辛夷的请求："好吧……辛夷，你放心，若是我有幸手刃薛照虔，一定给他留个全尸。"

"辛夷谢过键哥哥。"辛夷点点头。

痛失至亲的辛夷沉浸在无限的悲痛之中，心里被冻结成一方冰封的天地，天寒地冻，冰袭雪侵，霜刀劈砍，冷冽刺骨。

与辛夷有所不同的是，始终有一个复仇的声音在王键的脑海里不断咆哮，成为令他坚强起来的意志："活下去，哪怕像行尸走肉一样活下去。只有活着，才有机会报仇雪恨！"

第五十九章　反间计明军破平驿
　　　　　　　薛照虔退守江油关

　　五日后，赵教的大军蜂拥般兵临平驿堡。

　　出乎薛照虔和孙竟起意料的是，赵教的八万大军并没有兵分三路，而是全部集结在一起，浩浩荡荡地鱼贯而入。庞大的八万兵马如长龙贯虹，向江油关方向挺进。

　　接到前方紧急战报的薛照虔气得五脏六腑都要炸了，瞪着孙竟起，暴跳如雷："洛岩兄，你不是说你之前得到的消息是确切的吗？怎么赵教带了八万大军直奔江油关，分明就没有兵分三路，完全没有要绕道金牛道从摩天岭和水观音方向过来打击我们后方和侧翼的意图！洛岩兄，这到底是怎么一回事？"

　　孙竟起听到这个消息，吓得后脊梁骨直冒冷汗："薛……薛土司大人，赵教排兵布阵的消息确为在下的旧友所提供的。在下与他相识于江湖，之后他退隐江湖，在赵教军中执教，教授士兵们武艺。赵教对他一直礼待有加，他的消息应该是不会错的啊！怎么会，怎么会……"

　　"洛岩兄，你糊涂啊！你中了你那位旧友的反间计了！"薛照虔气得眼冒凶光，怒眉上挑，"虽然你与你那位旧友曾经一起行走江湖，但如今他早已远离江湖，在赵教军中执教。他是赵教的人，效忠赵教也是理所当然。你向他求助拿到赵教的行军图，他定是早就上报赵教，使用反间计故意给你放出假消息，好来误导我们，让我们错误地判断形势，弄得我们现在如此被动。我已派出两支小部队分别去了马鬃关和马鞍石设埋伏做工事，这下我们只有不到四万兵马，要应对赵教八万大军，注定凶多吉少，只能是背水一战了！"

第五十九章　反间计明军破平驿　薛照虔退守江油关

孙竟起瞪着空洞无神的眼睛，像是魂魄抽离了躯体一样，摇着头不愿意接受这个事实："怎么会这样？怎么会！我们曾经过着在刀尖上舔血的生活，是义结金兰的生死之交，在这么紧要的关头，他居然选择赵教，背叛了我，甚至还算计我！亏我把他当作最信任的兄弟，我孙竟起怎么会和这样的人交换金兰谱……都怪我，都怪我太轻信他了，我把他当兄弟，怎会料到他竟把我当可利用的工具！薛土司大人，您一刀杀了我吧，若不是我的错误情报，江油关又怎会陷入现在的境地？竟起有罪，还请薛土司大人您以军法处置！"

孙竟起自感于心有愧，长跪在地，不愿起身。

薛照虔深深地叹了一口气，他知道为时已晚，只能拼死一战，寄希望于微乎其微的那一点点能以少胜多的奇迹。若是以军法军纪而论，提供错误情报延误战局，导致错误判断，影响整个战事走向，必当对孙竟起杀无赦，以正军法。但现在兵临城下，决战决胜之际正是用人之时，若是没有孙竟起，就少了一员猛将，要对付赵教的大军难上加难。况且孙竟起也是被人算计了，情有可原，当真要将亲如兄弟的孙竟起在帐前斩杀，他真做不到。

薛照虔努力克制住快要喷射出的火苗，对跪在地上的孙竟起语重心长地说："他们好一招反间计，真是让我们猝不及防啊！洛岩兄，我们不能全然心死，我们毕竟还有近四万兵马，还有广武十二骑，还有你，还有我，我们不能放弃！我们要利用江油关易守难攻的优势，和他们拼个你死我活，杀出一条活路出来！你先别忙着自责，我纵使杀了你也无法重新排兵布阵，我们现在只能和赵教的大军硬碰硬，打一场生死大战。我需要你能够打起精神来，冲到战场去奋勇杀敌，砍下赵教的首级将功补过。洛岩兄，你明白吗？"

看着薛照虔的眼睛，孙竟起知道，他只能不顾一切地战斗，杀掉最多的明军，取回赵教的首级，以此来减轻他的罪过。孙竟起挺起上半身，双腿仍跪在地上，坚定无比地对薛照虔说："薛土司大人，这一战事关整个薛氏家族的命运。在下受到您与令尊两代薛氏土司的福荫照拂，此战定当全力以赴，鞠躬尽瘁，死而后已，不负您的期望！"

赵教的明军很快就在平驿堡与薛照虔的士兵正面开战了。

赵教是四川抚按檄兵备金事，其军备自然更为优良先进，一开始便使用弓箭手和火器对薛照虔这方进行远程长射。趁薛照虔这方的兵卒防无可防，死伤惨重之际，赵教下令对薛照虔的士兵进行近距离肉搏战。明军使用长矛为主战兵力推进，刀牌手则作为掩护兵种配合作战，攻势凶猛。厮杀声在这

片土地上沸腾嘶吼，战鼓似雷声，刀光如闪电，划破布满乌云的天幕。双方不管是将领还是兵卒，都卖命般奋力搏杀，长矛与大刀不断发出金属之间的碰撞声，刀锋与盾牌在击打中发出沉闷的声音，像是谁的骨头被打碎了，又像是谁的血肉被撕裂了。

孙竟起一身戎装，手持一根长枪，背上背着一把长剑，勇猛无比地骑马带领一队士兵冲锋陷阵，横冲入明军侧翼，杀得明军措手不及。

明军这边很快就稳住了阵脚，赵教军中的将领魏长余起紧派出几名手持流星锤的骑兵，将孙竟起团团围住，扔出流星锤向孙竟起砸来。孙竟起举起长枪一挡，整个身子向后仰，流星锤上的铁锁链将孙竟起的长枪卷起来，锁得死死的，任凭孙竟起再用力也无法抽离出来。

就在这时，手持燕子镗的魏长余正要朝着孙竟起胸口狠狠地刺过去，只见孙竟起果断松开手中的长枪，一个侧身从马背上跳下来，从身后抽出长剑，朝着那几个包围他的骑兵，如同画圈一般，向他们所骑战马的马腿一剑划去。随着一声声刺耳的马鸣，那些腿部受到剑伤流血不止的战马顿时前蹄不支，纷纷疼得前腿着地，趴在地上，马背上的魏长余和兵卒们应声坠马落地。眼明手快的陈岩抓住时机，趁明军不备驾马冲过来，一把拉起地上的孙竟起，将他赶紧拉到马背上，飞快折回薛照虔军中。

战斗仍在持续着，血液的腥甜味道弥散在这片死寂而喧闹的废墟上，久久不散。

双拳终究难敌四腿，在兵力人数上占绝对优势的赵教一方将薛照虔这边打得节节后退。无奈之下，薛照虔只能逐次抵抗，利用沿途险要的地形，以空间换时间，向江油关方向且战且退，消耗明军的有生力量，直至退守到江油关关隘。

为了重创明军，薛照虔留下一队人马在江油关关隘不远的猪儿咀设下埋伏。明军一到，他们便在猪儿咀两侧的山崖上合力推下滚滚巨石和圆木，给明军造成了重大伤亡。

在江油关关隘，薛照虔遂以剩余兵力和战术配置为基础，派人速速填装那八门口径庞大的土炮，向搭起云梯准备攻克江油关关隘的明军疯狂发射。为确保万无一失，薛照虔安排大量弓箭手站在关隘和阙台上，不给明军任何攻破江油关的机会。

如暴雨银针般的箭支"嗖嗖嗖"地向明军射来，乌云盖顶般的石块"砰砰砰"

第五十九章　反间计明军破平驿　薛照虔退守江油关

地向明军飞来，明军死伤无数，仍然未放弃进攻。赵教下令把江油关层层包围起来，防止薛照虔的将士逃走或突围，并控制附近的农田和村庄，收集所有关于薛照虔这方的军事情报，以防有援军增援。赵教还命多名兵卒形成攻城锥，在攻城锥外部配备防箭披盖，以阻挡薛照虔的箭雨。

在明军进攻期间，嘶吼声和哀鸣声在风中不断飘荡，刀光剑影，暗箭无情。明军久攻不下，一时间薛照虔和赵教双方僵持不下，江油关之战进入相持阶段。面对易守难攻的江油关，死伤惨重的明军再也无力发动大规模的进攻，只能采取围而不攻的策略。薛照虔这边的士兵死伤无数，只能据关固守，无力出关反击明军。双方将士都已陨半，两边阵前对峙着的将领疲惫不堪。战火中堆积如山的残肢断臂狰狞而恐怖，浓重的死亡气息让人窒息。这一场血流成河的惨烈和劫难，不知何时才能结束。

自打与明军开战，薛照虔的眉头就没展平过。焦灼的战事让薛照虔心力交瘁，消瘦衰老了许多，仿佛短短几个月的时日，便经历了漫长的一生似的。

看着薛照虔憔悴的模样，大夫人陈丽娘心疼地抚摸着薛照虔的额头："照虔，你受苦了。"

薛照虔苦笑了笑："如果不曾贪恋，不曾奢求，不曾执着，也就不会有今日这番光景。说到底，还是怪我自己咎由自取……"

"人生如棋，落子无悔。过去的就过去了，照虔你不要再自责了。现在，你要做的不是在这里感怀哀伤，而是要想尽一切办法打败明军！"陈丽娘努力让薛照虔看清现在究竟该做什么。

说到战事，薛照虔更加烦闷失落："母亲，我们可能撑不了多久了……"

陈丽娘不想看到薛照虔槁木死灰的样子，怒斥道："照虔，什么叫撑不了多久？你不能还未被彻底打败就一脸败相！是，我们现在是退守江油关，但江油关易守难攻，明军一时半会儿也攻不进来。我们还没有输，我们还有机会赢。照虔，你作为一军之首，若是你都自暴自弃，我们的将士们还会有斗志吗？"

陈丽娘的话如醍醐灌顶，薛照虔瞬间清醒许多。薛照虔惭愧地对陈丽娘说："母亲，孩儿知罪。孩儿不该如此萎靡不振，有损我军士气。孩儿定当带头打起精神来，重振我军士气，不赢下这场战事誓不罢休！"

薛照虔的眼神笃定，陈丽娘知道薛照虔听进去了她的话，欣慰地点点头："照虔，你可要说话算话，为娘时时刻刻都盯着你呢。"

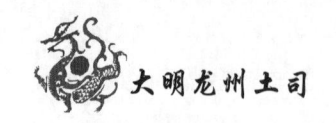

"孩儿定会说话算话！"薛照虔忽然想起一个重要的情报，主动向陈丽娘禀告，"说到战事，母亲，我方与明军接连作战，双方的将士都已陨半，但赵教的明军还有五千余兵士，那可是五千多张张口吃饭的嘴啊！孩儿昨日接到密报，我方已打探到赵教大军的粮草都是走成都府的石泉饷道运送至江油关外的。孩儿有个想法，若是我们求助于紧邻石泉饷道的上下十八寨边地寨主，分据石泉饷道各关隘，截了赵教大军的粮草，来一招釜底抽薪，那可就要了他们的命门了！"

"好主意！不愧是为娘的好儿子，果然机智过人。"陈丽娘脸上浮起一抹满意的笑，似有一种仿佛已经看到胜利的喜悦，"那我即刻派人带上重金，快马加鞭去上下十八寨游说，以尽快求得他们相助。"

薛照虔点了点头，将目光投向那些被战火摧残的残骸。堆砌尸骨的废墟，混合着残垣断壁，把一切都搅得支离破碎。倒下的人眼里映出妻孩浅笑的模样，顷刻破灭为灰烬。还在挥舞着武器砍杀的残兵们，只有绝望的呼喊在耳畔响起。刀剑幻化成闪烁的光影，湮没了遥远的彼方，只剩下模糊的地平线。

第六十章　　土司军死守江油关
　　　　　　　孙竟起对战魏长余

　　在这个世上没有永恒的朋友，也没有永恒的敌人，只有永恒的利益。

　　这一次，薛照虔算是身体力行地体味到了这句话。陈丽娘派人带上重金去游说上下十八寨边地寨主，但他们都以各种理由和借口搪塞婉拒，竟无一人响应！

　　薛照虔愤懑地想到，昔日作为龙州薛氏土司无限风光之际，上下十八寨边地寨主无一不对薛家俯首称臣，唯薛家马首是瞻。然而，如今薛家有难相求之，上下十八寨边地寨主却找了各种理由和借口拒绝，人心真是现实得可怕。薛照虔无法责备谁，毕竟他师出无名，上下十八寨自是不愿与大明王朝为敌。薛照虔感到他赤脚走在雪地里，快被冻死了，好不容易看见一个火堆想要过去取暖，围在火堆旁的上下十八寨边地寨主非但不让他取暖，还一瓢冷水泼在他身上，这种心寒是冷到骨髓里的，寒彻每一个毛孔。

　　在战事的胶着与煎熬中，不知不觉已是阳春三月。

　　薛照虔答应过陈丽娘要带头打起精神来，重振薛军士气，但接到最新密报之后，他忍不住深深长叹一口气。

　　密报上赫然写道："报！报！报！四川承宣布政使司派出五万援兵紧急支援赵教军，已于成都府出发，不日即将抵达江油关！"

　　薛照虔四目茫然，全然不知手里的密报掉落在地，只是呆呆地看着满目破碎的山河，心灰意冷。他知道过不了多久，赵教的援军一到，江油关就会被攻破，明军便会长驱直入，踏平他的薛土司府，将他和他的家人一网打尽。薛照虔明白接下来的这一仗必败无疑，留给他的日子已经不多了。箭已离弦，

他再也没有回头之路。人生无法翻篇，更无法重新开始，既然已经无法回头，就只能一步一步接着走下去。哪怕他会像残垣断壁一样碎落，死无葬身之地，他也只能狠下心来敬往事一杯酒，不回头地继续走下去。

早已视死如归的孙竟起得知这个噩耗后，主动找到薛照虔，向他表明心意："薛土司大人，若是赵教的援军到了，一旦他们攻破江油关关隘，您就带着大夫人她们先走。让竟起来断后，竟起誓死与江油关共存亡！"

"洛岩兄……"薛照虔心里针扎般难受，"可是洛岩兄，你还年轻，还有大好天地任你闯荡，你何必留在江油关枉送性命？"

孙竟起很坚持，他早就下定了决心："薛土司大人，您与令尊对在下的恩情，竟起没齿难忘。当年如若不是承蒙令尊收留，竟起早已命丧黄泉，能多活这么多年是薛家赐予的恩泽。如今薛家有难，我孙竟起怎么能坐视不管，为了自顾自地苟活，而弃您与整个薛家于不顾？一个人活在世上，若是连最起码的知恩报恩都做不到，那和禽兽有何区别呢？如果竟起此番不死守江油关，以后传到江湖上也难以立足。薛土司大人，您无须再劝，竟起心意已决，绝无反悔！"

对于孙竟起的固执，薛照虔是知道的，他没有再劝下去，只是心疼地拍了拍孙竟起的肩膀，百感交集："洛岩兄，谢谢你，我的好兄弟！希望这一次劫难之后，我们还能在一起把酒言欢，切磋武艺……"

周围的空气霎时变得异常凝重，孙竟起努力挤出一个微笑，点了点头，当作是一个约定。

薛土司府上下被一片死亡的阴影笼罩着，和之前有所不同的是，这一次的阴影更加浓烈，压得人难以喘息。

薛照虔的家眷中，有的早早收拾好细软亡命天涯，有的知道命不久矣，拿出珍藏的美酒和山珍野味，穿上最奢靡的衣裳，骄奢淫逸地挥霍着为时不多的生命，仿佛每一天都是末日前的最后狂欢。土司府里的下人们几乎全跑光了，薛照虔并没有加以阻拦，树倒猢狲散再正常不过。

明知这是一场打不赢的仗，薛照虔却不能投降，现在的每一个时辰都在焦灼纠结地等死。等待赵教的援军到来，就像是等待地狱的使者前来索命，这种感觉令人茶饭不思，夜寐难眠。那种临界于生与死之间的徘徊，生不得生，死不得死，濒临死亡的挣扎，连呼吸都是痛的。照镜子梳头的时候，薛照虔赫然发现他比之前更加苍老，才过而立没几年的他早生华发，像极了薛崇育

第六十章 土司军死守江油关 孙竟起对战魏长余

生前沧桑的模样。

薛照虔知道，正是他当初的莽撞，造成了如今的恶果。可现在后悔有什么用呢？一步踏错，步步皆错，再也无法回头，直至万劫不复，粉身碎骨。不论如何后悔自责，终究还是无济于事，这就是人生最真实的面目。

七日后，赵教的援军如期抵达江油关。

赵教的援军带来的不仅仅是五万精兵，更带来了火铳、木幔、撞车、望楼车、三弓床弩、临冲吕公车等大量攻城利器。决战江油关的生死之战，就此打响。

一时间，箭羽冲天，炮火耀眼，密密麻麻的兵卒如群蚁般涌出，填满视线。阴霾的天空下，各种冷兵器碰撞的声音和拼杀的嘶吼声，纷纷扰扰，哄乱喧嚣。薛照虔命炮手加快装填速度，许许多多巨大的铅铁弹和石弹从江油关关隘的土炮里崩出，如流星般跌落，砸向正在拼命攻破关隘的明军头上，砸得那些兵卒脑浆迸裂，血肉模糊。阴沉沉的天幕之下，薛照虔的士兵向明军投射出一片生赭色的箭雨，仿若暴雨袭来。

明军死伤无数，赵教命魏长余强攻江油关关隘，尽量缩短双方对峙时间，一鼓作气，迅速攻破关隘城防。魏长余冲锋在前，高举他的燕子镋，指挥士兵们以迅速登城为决胜前提，兵分四路。有的用三弓床弩作为进攻的掩护，有的使用木幔配合攻城部队，有的使用撞车靠冲撞的力量破坏关隘的防御设施，有的合力使用配有机弩毒矢、枪戟刀矛等兵器的临冲吕公车破坏垛墙。明军众将士将临冲吕公车推到江油关关隘脚下，最外层的士兵一齐高举盾牌，如撑起一把巨大的盾伞。待临冲吕公车车顶与城墙齐高时，车顶的明军通过天桥冲到江油关城门上，与薛照虔的士兵激烈拼杀，车下层的明军则用撞车奋力破坏城门。为了迅速乘虚入城，明军攻城士兵用火铳仰射，击退了关隘上的守兵，架上云梯，缘梯登城，持弩弓，操长戟，上关隘，与死守在关隘的士兵杀得昏天暗地。

战斗一直持续到五更，猩红的夜幕倒映着战场，大地已是残体，余下的兵卒早已忘却生的眷恋，远方的亲人还在等待他们平安归来。烟尘四起间，他们眼中闪烁着血的光影，咆哮着，誓与敌人同归于尽。

尽管薛照虔的士兵万般抵抗，江油关关隘最终还是被强大的明军攻破了。

在孙竟起的不断催促下，薛照虔只好趁天黑带着陈丽娘，在广武十二骑的护送下，带上些金银细软，顺着涪江沿江而上，开启了亡命之旅。薛照芝因宁死不愿和薛照虔一起逃亡，被滞留在薛土司府。江油关关内，只剩孙竟起带着残兵损将与赵教的明军负隅顽抗。

  夜色中的嘶吼如同最后的困兽之斗，飘扬在江油关关隘上空。孙竟起手持长剑杀入明军重围奋力砍杀，敌人的鲜血喷射在他的盔甲上，满地的血污浸透进泥土里，染红一整片大地。魏长余并没有与孙竟起正面单挑，而是暗中命令弩手放箭。苍穹之下，万箭齐发，如密密麻麻的鸟群，向孙竟起猛烈袭来。孙竟起在火光的映照下，看到不计其数的箭支向他飞来，顿时瞪大眼睛，自知情况不妙，飞快地挥舞长剑一边抵挡箭支，一边往后退。

  面对铺天盖地的箭雨，就算孙竟起武功盖世也难以抵挡。身中数箭的孙竟起半跪着，剧烈的疼痛使他不得不咬紧牙关，用尽最后一丝力气把长剑插进土里，当作拐杖一样，强行支撑起自己的上半身。孙竟起战盔里包裹着的是一颗永不认输的头颅，是江油关最后的希望，如一面旗帜，绝不能倒下！

  不远处的魏长余挥舞着燕子铛，荡起一抹别有深意的笑，仿佛在用孙竟起的鲜血作画，漫不经心地画出一幅苍凉凄美的画卷。

  孙竟起身负重伤，脸色发白，嘴唇发紫，满头大汗，勉强用衣袖抹去脸上混着血的汗水。他抬头看着照耀这片红色土地的残月，似乎这月也是血红的，清冷的月光此时竟耀得睁不开眼。孙竟起知道他的生命正在一丝一缕地流逝，他的意志快要撑不住他的躯体了。

  魏长余已经没有那么好的耐心了，径直挥舞起手中的燕子铛，朝着孙竟起的眉心猛地一刺。寒光一闪，孙竟起已全无力气躲闪，正中孙竟起的眉心！

  孙竟起那双凝望着残月的眼睛，再也没能闭上。

  孙竟起一死，魏长余朝着还在硬撑顽抗的士兵高声喊道："你们的统帅已死，想活命的缴械投降，放下武器者不杀！"

  残余下来的士兵你看看我，我看看你，谁都知道若是继续与明军对抗，只有死路一条，不如缴械投降，捡回一条命。薛照虔这方剩下的士兵纷纷放下手中的武器，甘愿被俘。

  明军趁着士气正高，一鼓作气势如虎，冲进薛土司府里。

  薛土司府里凌乱不堪，一副凄凉衰败的模样，除了薛照芝和几名风烛残年的老者，其他人早跑光了。

  魏长余把燕子铛架在薛照芝的脖子上，质问道："快说，薛照虔去哪儿了？"

  薛照芝面不改色心不跳地答道："他是他，我是我，我与他向来不和，又怎会知道他的去向？"

第六十章　土司军死守江油关　孙竟起对战魏长余

一旁的老者摇摇头，不愿多说一句话。

魏长余又气又恼，正想给薛照芝一点儿苦头吃吃，却被赵教拦下了。

高大威猛的赵教生得金刚怒目、燕颔虎须，却心细如尘。赵教对魏长余说："不必为难他们，他们既然被薛照虔放心地留在这里，薛照虔自然不会让他们知道他的去向。你现在马上派人去追踪马蹄印，若是有马队留下的连续新鲜马蹄印，又促又急又深的那种，多半就是薛照虔等人逃命时所留下的。跟着这些马蹄印，我们自会找到薛照虔。"

"还是将军英明神武，属下这就派人去办！"魏长余片刻不敢耽误，当即派人追查薛照虔的踪迹。

三月的龙州，本该是满山野花潋滟的季节，却在逃亡的马蹄声中破碎了一地大好光景。刀光剑影，鼓角争鸣，流血漂橹，那些曾经鲜活的生命，在薛照虔身边呼啸而过，似乎有一滴孙竟起的血，顺着春风飘落在他眼中，氤氲成一片壮烈的红。

薛照虔一早就知道，这一仗他和孙竟起注定永别。薛照虔痛恨自己本该像孙竟起那样做一个勇士，迎着月色留下倔强的背影，可是他没有。在孙竟起的一再请求下，他选择了带着陈丽娘仓皇出逃，把誓死保卫江油关的重任交给孙竟起，他痛恨他的懦弱与自私。

恍惚间，薛照虔仿佛回到了过去，回到了那一年他与孙竟起一起比武练剑的涪江河畔，嗅到了淡淡芦苇清香。回忆越是美好，现实也就越是血淋淋。

薛照虔骑上高头大马，在愧疚与自责中带着陈丽娘和广武十二骑，狂奔在山间小路上，奋力逃离明军的有效追踪范围。薛照虔试图用极快的骑马速度来放空自己，他只想在记忆中留下一抹空山孤烟。

第六十一章　　薛照虔逃往朵甘思
　　　　　　　碓窝梁泪别陈丽娘

　　从薛土司府逃出来，薛照虔带着逃亡队伍途经关帝坪、梅子头、磨房沟等地，一路沿涪江而上。

　　对于薛照虔而言，他并没有一个明确的逃亡目的。薛照虔感觉他是一只无头苍蝇，到处乱撞。自以为是的光明其实都是假象，那只是一种虚无缥缈的愿景，从来不曾存在过。薛照虔蓦然发现，天地之大，竟无一处容身之所。

　　陈丽娘有她的想法，她认为现在他们最好的去处是朵甘思。

　　众人一合计，薛照虔和广武十二骑都认为陈丽娘此计甚妙，一路朝着朵甘思的方向狂奔。

　　令薛照虔等人没想到的是，一直关注着江油关战事的王键，在得知江油关关隘已被明军攻破、薛照虔仓皇外逃的消息后，火速集结了两万士兵，积极响应明军，从宁武司沿涪江一路而下，配合明军呈围追堵截的态势，合力追捕薛照虔。

　　天已渐渐亮了起来，薛照虔等人马不停蹄地踏过莺鸽坪。刚刚进入石头坝，就远远望见清晨空山凝云深处有一株株辛夷树，上面缀满含苞待放的辛夷花，在薄雾里披上一袭轻纱，微光轻抹，粉中点红，好似头戴粉红珠钗的广寒仙子下凡，在雾霭流岚中茕茕孑立。

　　"辛夷……"睹物思人的薛照虔不由得把缰绳一收，停下了行进的队伍，呆呆地望着远处的辛夷花，心中泛起万千波澜。

　　陈丽娘见状，对薛照虔呵斥道："照虔，你在发什么神？赵教的大军就要追上来了，你还在这儿耽误什么时间？还不快走！"

第六十一章　薛照虔逃往朵甘思　碓窝梁泪别陈丽娘

薛照虔知道不应该在这样危急的时候还想着辛夷，拉起缰绳，对陈丽娘表示歉意："母亲，孩儿知错，这就马上走！"

薛照虔心里知道，有些东西不是他能够控制的。物极必反，你越强迫自己不去想，往往会想得越多。

正当薛照虔准备重新上路时，陈岩隐约感到一丝异样。他急忙跳下马，俯下身子，趴在路上，右耳贴地，仔细聆听从远处传来的声音。

陈岩认真地屏息谛听，眉头紧锁，等确认无误后，神色凝重地起身向薛照虔禀报："薛土司大人，大事不好！属下方才听到正前方不远处有细密整齐的马蹄声，顺涪江而下，马蹄声快而沉、大而急，能发出这种声音的马蹄铁一般平头百姓不得打制使用，依属下多年经验判断，这绝非运送货物的商队，而是大队兵马！"

"大队兵马？赵教的人马根本就没追上我们啊？"陈丽娘觉得赵教的大军刚刚攻破江油关，不可能这么快就兵分两路，前后夹击。

薛照虔一听就明白了怎么回事，愤愤地说道："一定是王键！他本就恨我杀了他几个弟弟，加之现在赵教攻破了江油关，他觉得大局已定，便主动出兵，想抓住我们向朝廷邀功，借此希望朝廷破例免除对宁武司进行改土归流，好让他的王氏土司得以保全！"

说到王键，陈丽娘气得捶胸顿足，朝薛照虔怒吼道："照虔，早知今日，何必当初？那个时候若是你一刀杀了王键，灭了他王家所有人，做到斩草除根，就不会有今日的祸端了！你这是放虎归山啊，搞得王键现在趁机出来咬人。此去朵甘思还那么远，一路上要躲开赵教和王键联手围攻，谈何容易？王键的兵马就在前面不远处，就快要到了！"

"母亲，孩儿知错，孩儿……"薛照虔说不下去了，他知道再怎么说也扭转不了现在的局面。若是上苍再给他一次机会选择，他还是无法举起代月刀，狠下心来砍杀辛夷不惜用生命去保护的王键。毕竟那个人不是别人，而是辛夷。

薛照虔答应过辛夷，他会放过王键。可到了今日这番情形，薛照虔知道王键无论如何都不会放过他。

情况紧急，时间紧迫，陈岩明白现在不是追究责任的时候，当务之急是如何逃命，他主动谏言："薛土司大人，大夫人，现在不应评判是非过错，我们须得赶快掉转马头，换个方向从石头坝里碓窝梁的山路绕道往朵甘思走。虽然要多绕一段路，但为了安全着想，我们不能再沿涪江走了，否则马上就

要遇上王键的兵马了！"

薛照虔和陈丽娘接受了陈岩的建议，掉转马头，朝着石头坝那片开满辛夷花的碓窝梁，驾马狂奔而去。

王键带着两万士兵，浩浩荡荡地从蟠龙坝绕过沙曲子，来到石头坝。

徐昌田突然抬起手来，示意众人停下。

"怎么了，徐公有什么发现吗？"王键知道徐昌田叫大家停下来肯定有原因。

徐昌田从马背上跳下，走到队伍最前面，指着地上一排排马蹄印，对王键说："王土司大人，您请看这里。这些马蹄印的方向是从江油关方向来的，马蹄铁的规制也是标准规制，但马蹄印到这里就断了，十分凌乱。这些都说明马蹄印是薛照虔的人马留下的，他们想逃脱赵教大军的追捕，必定是沿江而上逃跑，但走到石头坝时，可能听到我们也在追捕他的风声，于是他掉转马头，朝其他方向去了。王土司大人，您看，马蹄印又朝着石头坝里碓窝梁的方向去了！"

王键望了望远处的碓窝梁，愁眉紧锁："这恶贼薛照虔要是真进了山里，可不好找啊！"

徐昌田吩咐一个士兵把驮在马背上的木头笼子打开，从里面钻出一只活蹦乱跳的黑狗，垂耳小头，细腰大鼻腔，身形较细瘦，细长腿，细尾巴。

王键感到又惊又喜："徐公，这是？"

徐昌田微微一笑："让王土司大人您见笑了。此狗唤作小黑，是属下的看门犬。此犬生性灵敏，本是一只撵山狗，在山里能嗅到薛照虔等人的气味，用它来追寻薛照虔等人的踪迹再合适不过了。"

"还是徐公有先见之明！那就让小黑大显身手吧。"王键满意地点点头。

徐昌田指挥小黑到薛照虔等人的马蹄印周围去闻气味。小黑趴在地上，呼哧呼哧地耸动着黑鼻子，对着这些新鲜的马蹄印闻了许久后，朝着石头坝里碓窝梁的方向撒丫子跑了出去。王键和徐昌田等人跨上马背，跟在小黑的后面。

踏入碓窝梁，山路崎岖，根本无法骑马，薛照虔等人只能牵着马步行。春意盎然的三月，娇花媚草、青山涧水、熏风鸟鸣，无须太多的渲染和点缀，蕴藏着款款深情。对于薛照虔一行人来说，谁都无心留意眼前的美景。

走着走着，身后的野草丛里忽然蹿出一只黑狗，此狗正是小黑。只见小

第六十一章　薛照虔逃往朵甘思　碓窝梁泪别陈丽娘

黑以迅雷不及掩耳之势，一口咬在陈丽娘的脚踝上。

"这是哪里来的野狗？"疼得吱哇乱叫的陈丽娘，正要命广武十二骑射杀小黑，但见它一溜烟儿的工夫就消失不见了。

陈岩赶紧给陈丽娘上药止血："大夫人，依属下之见，刚才咬伤您的这只畜生不是什么野狗。此狗毛光水滑，应该是家养的看门狗。"

薛照虔觉得奇怪："这一带附近没看到什么农户呀，这条狗是哪来的呢，怎么一上来就胡乱咬人啊？母亲也和这狗无冤无仇啊！"

大家心生疑惑，继续赶路逃命。疼得鼻尖冒汗的陈丽娘根本走不了路，薛照虔亲自背着她，一步一步往前走。走了不久，只听见山下传来一阵阵兵马肆动的声响，如同山雨欲来风满楼之势。原本有着淡淡山花香气的风里，依稀闻得到一丝杀机。

薛照虔顿时恍然大悟："刚才那条狗一定是王键放出来找我们的，他们追上来了！"

原来小黑从马蹄印里嗅出薛照虔等人的气味后，寻着这股气味一路追踪，终于找到了薛照虔一行人。聪明的小黑故意咬了一口陈丽娘，飞快地跑回徐昌田身边。徐昌田看到小黑嘴边的血迹，自然得知小黑已找到薛照虔等人。王键的士兵士气大振，让小黑在前面带路，誓要把薛照虔一干人等剿灭在石头坝的碓窝梁上。

此时的石头坝碓窝梁山色空蒙，极目远眺前方的辛夷花林，那些含苞待放的花骨朵如微醺的绝世美人，醉眼迷离，口吐芬芳。

满目春色，薛照虔却忧心忡忡，他不知道这一次他该何去何从。

陈丽娘的伤口处理好了，涂上紫珠药粉后，基本止住了血。薛照虔背着陈丽娘加快了步伐，广武十二骑一部分在前面探路，一部分断后，全力保护薛照虔母子。

对于王键而言，薛照虔等人的做法注定徒劳无益，只是无谓地拖延时间罢了。凭借小黑这只嗅觉灵敏的撵山狗，王键率领其部下顺利找到了薛照虔等人逃亡的方位，越来越逼近薛照虔。

为了进一步击溃薛照虔的心理防线，徐昌田向王键提议，让士兵们听从预令和动令，一边行进，一边用丹田气胸腔音千口齐声高喊"追——追——追——"以造成千军万马的磅礴之势，形成穿透山川河流的威慑力和震撼力。如此一来，则可让不明情况的薛照虔等人以为中了埋伏，在被大军包围中孤立窘迫，陷入四面楚歌的境地，心理防线逐渐崩塌，最后不攻自破。

王键认为徐昌田此计甚妙，命人吩咐下去。王键的两千兵马齐声高呼，那一声声整齐雄壮的"迫迫迫"，形如万马奔腾，如雷声似鼓点，穿云裂石，入耳入心，响彻整片碓窝梁，像是一把无形的剑，穿刺过重峦叠嶂，狠狠刺入薛照虔的胸腔。

薛照虔等人顿时陷入无尽的恐慌之中，仿佛跌进一片黑暗里，没有任何抓手，只能一直不停地往下沉，始终沉不到底。

自知大势已去的薛照虔，停下脚步，将背上的陈丽娘轻轻放下来，小心搀扶到陈岩身边，对众人吩咐道："现在王键的军队已经追了上来，我们想要一起逃到朵甘思恐怕是不能了。陈岩，我现在将母亲托付给你，你和陈通带母亲先走，我和广武十二骑剩下的十位兄弟留下来断后，拖住敌人，好给你们争取时间。等你们逃到安全范围内，我们杀退王键的追兵，自会追上来，大家在朵甘思会合。"

陈丽娘拼命摇头："不！照虔，你这样做无异于去白白送死，你听这些声响，王键必定带了大量兵马前来围追堵截，你们就区区十一个人，怎么抵得过王键的千军万马啊？照虔，你是为娘在这个世上唯一的亲人了，若是你有个三长两短，你叫为娘怎么能苟且偷生？为娘决不允准你这样做！"

薛照虔握紧手中的代月刀，目光里盈满离愁，闪烁着一丝坚定的光芒："母亲，您且放心，孩儿多年习武可不是白练的。当然，孩儿万不会蠢笨到和王键的追兵以死相拼的，孩儿只是想尽力拖住他们，好给母亲您争取时间。您现在腿受伤了，势必会走得慢些，若是一起走，大家谁都逃不出去。唯一的万全之策，只有孩儿先去拖住他们，等母亲您逃出他们的有效追击范围，孩儿和其他十位兄弟再快马加鞭追上来，与您在朵甘思会合。母亲，请您放心，孩儿定会万般小心的！"

见陈丽娘踌躇不定，陈岩急得嗓子都快冒烟了，对陈丽娘催促道："大夫人，您就依了薛土司大人吧！您腿上有伤，要是王键的兵马追上来与我们交战，薛土司大人既要冲出重围杀敌，又得分心来保护您，试问谁能在激战中做到一心二用呢？最怕就是混战中王键抓住您作为人质，以此要挟薛土司大人，那就大大不妙了。薛土司大人的心性您是了解的，必定会以自己的性命来换取您的平安。现在唯一的办法就是让属下带您先走，只有您安全了，薛土司大人才能放心。大夫人，您不用担心，等属下将您送到朵甘思确保安全之后，

第六十一章　薛照虔逃往朵甘思　碓窝梁泪别陈丽娘

会立刻折返回来助薛土司大人一臂之力,与他并肩作战,把他平安地送到朵甘思与您会合。现在时间越来越紧迫,王键的兵马马上就追上来了,我们没时间在这儿磨蹭了。大夫人,请您跟属下先走!"

听了陈岩的一番分析后,陈丽娘不愿意成为薛照虔的累赘,为了薛照虔不被拖累,只好含泪挥别他:"照虔,为娘不想成为你的负担,只能依了你的决定……你一定要好好保重啊,千万不可以命相搏,你必须好好活下来,平平安安地和为娘在朵甘思会合,这是你与为娘的约定,你明白吗?照虔,你知道吗,你是为娘唯一能活下去的支柱……"

薛照虔的鼻子酸酸的,他一再克制,强忍着不让眼泪落下来。薛照虔知道,他若是掉了泪,必定让陈丽娘更加担心不安,不愿先走一步。

陈丽娘在难舍难分中挥别了薛照虔,由陈岩背着,在陈通的护送下,先行逃往朵甘思。薛照虔则和广武十二骑剩下的十个人一起留下来断后。

面对生离死别,人们总是想力挽狂澜,却仍然阻挡不住离别的脚步。

第六十二章　　薛照虔王键狭路逢
　　　　　　　代月刀长埋尘土中

　　陈丽娘走后,薛照虔和广武十二骑余下十人静候多时,与带着两万士兵的王键在碓窝梁狭路相逢。

　　一见到薛照虔,王键立刻吩咐手下对着天空放出一枚火药响箭,以给从江油关方向而来的赵教大军传递信号,示意他们已在此地找到了薛照虔。

　　仇人相见分外眼红,站在士兵最前面的王键,怒视着薛照虔,呵斥道:"薛照虔,可算找到你了,你还不乖乖束手就擒!"

　　"我是故意留下来等你的,不然你以为你会找得到我?有本事就放马过来!"一见到王键,薛照虔脑海里浮现起辛夷的面容,急切地询问道,"在开打之前,我只想知道辛夷怎么样了,她醒了吗?"

　　王键不想让薛照虔知道辛夷的真实情况,为了刺激薛照虔,他故意撒了一个谎:"薛照虔,你还好意思提辛夷,当日若不是你一刀砍向辛夷,她怎么会伤势过重而香消玉殒?你这个杀人狂魔,我王键今日就要拿你的血,来祭我几位兄弟姊妹的在天之灵!"

　　"什么……"薛照虔不知是计,听到辛夷亡故的消息,霎时大脑一片空白。

　　薛照虔只觉得四周空荡荡的,所有的记忆在这一瞬间被挤压折叠,变成一把把尖锐的刀子,不断凌迟着他虚弱的灵魂。绝望像是一张巨大的白布,捂住薛照虔的口鼻,让他不得呼吸,在生与死的边缘苟延残喘。原来绝望这种东西,不用眼睁睁目睹生离死别的场面,它只是轻描淡写地抽走朝夕相处的心跳和脉搏,剩下一具行尸走肉般的躯壳,连恐慌与无助都不会再有了。薛照虔以为他会哭,可奇怪的是他却没有一滴眼泪流出来。他此时排山倒海

第六十二章　薛照虔王键狭路逢　代月刀长埋尘土中

的眼泪全部倒流进心里，凝聚成苦海，如海啸般肆意翻波。也许当一个人痛苦悲伤到绝望的时候，欲哭无泪才是身体最真实的反应。

看着薛照虔的样子，王键知道他的目的达到了，他想要薛照虔尝一尝失手杀死最心爱的人是什么滋味。

王键手下的士兵们为保护王键，挡在王键前面一字排开，形成两行，第一行蹲下，第二行站立，拉起弓对准薛照虔等人。薛照虔手下十人呈圆圈围住薛照虔，将他保护起来，把装填好的弩搭在肩上，对准王键等人。

王键的人使弓，薛照虔的人使弩，虽说弩的装填时间比弓长很多，但弩比弓的射程更远，杀伤力更强，命中率更高。广武十二骑绝非浪得虚名，善骑善射，名震江湖。虽然王键的兵马远超于薛照虔，但王键也不得不有所忌惮。

徐昌田发现广武十二骑少了两个人，只有十个人，又不见薛照虔的母亲，小声提醒王键："王土司大人，广武十二骑一直都是十二人，今日所见少了两人。属下记得薛崇育病逝后，薛照虔的生母还尚在人世，薛照虔逃命不可能不带上其母。依属下之见，定是薛照虔命广武十二骑中两人先送其母逃走，其余十人与他留下来拖延时间，以免薛家被我们一网打尽。"

王键想起薛照虔还有一弟薛照芝，也不在眼前："薛照虔，你娘和你兄弟薛照芝逃去哪儿了？别以为他们先跑了，我们就追不上。你最好老实交代，不然有你的苦头吃！"

薛照虔不屑地笑了笑，挥舞着代月刀，冷若冰霜地说："你想知道他们的下落，那就先问问我手里的代月刀！"

说罢，薛照虔挥舞起代月刀，像是在对王键无声的示威。一道银光平地起，代月刀如白蛇吐信，嘶嘶破风，又似游龙穿梭，行走四身。

此时的薛照虔心里再无气吞山河之势。从薛照虔主动提出要留在这里断后开始，他就不打算活着回去了，他宁愿在刀光剑影中流尽最后一滴血，也不愿毫发无损地苟延残喘。经历了这一系列的变故后，薛照虔快要撑不下去了，他觉得他再也无法自欺欺人，不能继续每天悲伤地假装不悲伤。他不能指责任何人，这一切的一切，都是他咎由自取。他无法原谅自己错手杀了辛夷，他痛恨他这样一个罪人还有什么资格苟活于世？活着，对于薛照虔来说，不是痛苦的结束，而是痛苦的蔓延。最痛苦的永远是活着的那个人。那漫漫无期的无望等待，那日日夜夜的寝不安眠，那望穿秋水的满腔思念，那无处安放的苦楚悔恨，无一不让他对活着感到畏惧不安。生，对于薛照虔而言，是"痛不欲生"的生,"生无可恋"的生,"生不如死"的生。

人生如斯,浮生半世。薛照虔觉得他是老树上的一片枯叶,在春风中枯萎,很快便会有新芽将他替代。四周一片大好春光,但已不是他能够拥有的季节。他知道他的生命,不会再有春天。

正当薛照虔陷入沉思之际,徐昌田担心广武十二骑的强弩会伤到王键,低声向王键建议:"王土司大人,依属下之见,我们最好暂时先不要轻举妄动,没必要做无谓的伤亡,要是伤到王土司人人您就不好了。明军的武器装备优良,可抵挡广武十二骑的强弩,等赵教率领的明军一到,再拿下薛照虔等人也不迟。我们早已发出响箭信号,他们应该很快就会赶过来支援了。"

王键点点头,半捂着嘴回应道:"那我们现在就与薛照虔拖延时间,等赵教的明军一到,就一举拿下薛照虔他们!"

王键和薛照虔双方陷入漫长的无声对峙中,塑像般定在原地,谁也没有说一句话,彼此都把千言万语化为如刀似剑的眼神,展开着一场没有硝烟的激烈战斗。周围的空气令人窒息,鸟儿甚至不敢在这片土地上空飞过,生怕被一触即发的战火灼伤了羽毛。

忽然,远处的雾霭里传来一段令薛照虔再也熟悉不过的声音:"放下屠刀,立地成佛……三哥,错了就是错了,你别再做无谓的挣扎了,我们回家吧……"

说话的人不是别人,正是薛照虔的弟弟薛照芝!

赵教攻破江油关后,在薛土司府里发现了薛照芝,薛照芝并不知晓薛照虔等人的逃亡方向,魏长余提议把薛照芝押解在身边当作人质,毕竟是一起长大的兄弟手足,薛照虔多少会顾及薛照芝的安危,他们好以此威胁薛照虔,以不费更多的兵力拿下他。赵教、魏长余带着薛照芝,率领大军从江油关沿着薛照虔等人留下的马蹄印一路狂追。明军在追捕的途中远远看见王键放出的响箭,得知王键已寻获薛照虔,便立刻快马加鞭赶来,与王键的士兵形成前后围攻,包围了薛照虔等一干人。

见到薛照芝的一瞬间,薛照虔内心里那一块最柔软的东西,顷刻间被击碎了。薛照虔深深地知道,弟弟薛照芝可能是他生前能见到的最后的亲人了。

薛照芝双手被反绑在身后,狼狈不堪地被两个兵卒从明军队伍里押解出来,凌乱的发丝垂在眉眼前,眼眶里布满红血丝,面对手里握紧代月刀的薛照虔,满是哭腔:"三哥,我们回家吧……"

薛照虔的心脏猛烈地颤抖了一下,连带着整个身躯都在抖动,咬着牙说:

第六十二章　薛照虔王键狭路逢　代月刀长埋尘土中

"照芝，对不起！事已至此，我已无法回头。这一次，我恐怕回不去了……"

薛照芝的泪水淹没了他瘦削的面颊，他试图让薛照虔悬崖勒马："三哥，你不是无法回头，你现在及时醒悟还来得及！你不要一错再错了，放下代月刀，勇敢地认错吧，菩萨会宽宥你的过错的……"

"哈哈哈……"薛照虔仰天长笑一声，笑里饱含苦涩，让人听了难受。笑罢，他怒视着在场的每一个人，眼睛里要喷出火似的，"这一切究竟是谁的过错？如果当初不是你爹王禧在张太后面前刻意邀功，独得张太后重赏，以图一统龙州，父亲会那么痛恨你们王家吗？如果不是你们王家的所作所为，招致父亲的记恨，父亲定会同意我风光地迎娶辛夷过门！怪只怪你们王家都是跟风的墙头草，想要依附李振樊的势力，把辛夷当作交换利益的筹码，逼她嫁给李振樊无用的儿子李未岚做妾。若非如此，我怎会被逼得杀了李振樊全家？辛夷又怎会削发为尼？若不是朱祁钰想要加强皇权，搞什么改土归流，当日我怎会血洗王土司府，辛夷怎会被误伤而香消玉殒？事情又怎会演变成今日这番模样？你们这些人，口口声声指责是我薛照虔的错。你们有没有想过，若不是你们为了一己私利，步步紧逼，我怎么会走投无路，被逼走上这条绝路？时至今日，你们却站在上天的视角来审判我，把我当作十恶不赦的千古罪人，要定我的罪，判我的刑，要我的命，真是可笑至极！"

薛照虔的一番话，一时间说得在场的所有人哑口无言，难辨对错。只有薛照芝在低声抽泣，他知道他的哥哥薛照虔已经不可能再回头了，等待他的只会是大明王朝对他最严酷的惩罚。

薛照虔咬了咬牙，轻轻抚摸着那把与他朝夕相处的代月刀，强忍着不让眼里汹涌的泪水滑落下来。他知道这个时候他不能哭，孤胆英雄不能流眼泪。

薛照虔冷漠地对众人淡然一笑，邪魅而决绝："王键，那日在蟠龙坝你王土司府里，我当着辛夷的面放了你一条生路，但我知道今日你不可能会放过我。你们今日想抓我回去，无非就是想把我千刀万剐，凌迟处死，昭告天下，以泄心头之恨，向朝廷邀功领赏。与其死在你们这些杂碎手里，不如我薛照虔自行了断！要知道，在这个世上，没人能要得了我薛照虔的命，除了我自己！"

说罢，薛照虔眼神里闪烁着视死如归的坚定，高高举起手里的代月刀，在身前划过一道绝望凄美的弧线，悲壮地架在自己的脖子上，欲挥刀自刎。

"三哥，你住手啊！"

"不要啊，薛土司大人！"

"快给我留下活口，别让薛照虔死了，他的同党还没一网打尽！""不能这么便宜了薛照虔这个恶贼！"

……

现场顿时乱作一团，有的绝望地嘶吼着，有的惊恐地呼喊着，各抱各的目的，都不愿让薛照虔就这么自刎。

千钧一发之际，由于有一定距离，陈骆急忙对准薛照虔手中的代月刀刀柄，想要发射出弩里的方镞箭，以此打落代月刀，让薛照虔断了自刎的机会。他手里的弩还没来得及发射，魏长余担心陈骆此举是声东击西，其真实的袭击目标是赵教。魏长余急忙对身后的众多明军兵卒下令道："放！"顷刻间，明军数以千计的箭矢朝着孤立无援的薛照虔等人不断狂飞，拖着长声的箭雨如蝗虫过境般划破晴空。广武十二骑手里的短刀乃近战之用，哪里能够抵挡明军天女散花般的箭雨，纷纷中箭倒地。

广武十二骑中尚未失去意识的三人，用尽最后的力气拉动手里的弩，将方镞箭对准赵教和魏长余放了出去。赵教所率领的明军早有盾牌阵防御，方镞箭"咻"的一声射到盾牌上，入盾三分，不停震动，如他们心中的不甘，久久不散。

薛照虔挥舞着手中的代月刀挡箭，动作极快，如同一条银光闪烁的白绫。双手难敌千万支利箭，箭雨过后，薛照虔左腿连中三箭，疼得半跪下去。他的脸色霎时苍白如纸，浑身不停冒冷汗，身体蜷缩起来，颤抖得厉害。

"三哥！三哥……"薛照芝担心得大叫起来，想要挣脱束缚冲到薛照虔身边，奈何却被明军捆绑得死死的。

薛照虔眉头紧皱，头疼得要炸开一样，额头上的汗珠不断在面颊滑过，咬紧牙关，虚弱地说道："箭上有毒！你们真够卑鄙的……"

赵教半眯着眼睛盯着薛照虔，面无表情，没有说话。

反倒是一旁的魏长余，大笑起来："笑话！对付你这样的乱臣贼子，还用得着谈什么光明磊落？"

薛照虔感到眼前一片模糊，如同快天黑了一般，嘴唇渐渐发紫，嘴角不断抽搐，右手用代月刀努力撑住身体，左手则紧紧地抓住胸前的衣服，强忍着无边的痛苦。薛照虔强行挤出一抹嘲讽般的笑，挂在嘴角，对众人说道："我说过，在这个世上，没人能要得了我薛照虔的命，除了我自己……"

众人还未反应过来，薛照虔用尽最后一丝力气，把代月刀架在自己的脖

第六十二章　薛照虔王键狭路逢　代月刀长埋尘土中

子上，用力一抹，顿时血涌如瀑，一片浓红入土，如同薛照虔的生命一样，永远地消融在石头坝碓窝梁的尘土里。

薛照芝见状大声疾呼："三哥，不要啊！不要啊……"

一切已经来不及了。薛照虔倒在血泊里，代月刀丢弃在一旁，上面弥漫着他的血迹。薛照虔整个身躯像是一座大山坍塌在地，眼睛直直地望向远处的辛夷树，努力向前伸长手臂，像是想要用尽全力去触碰那些辛夷花似的。

令人奇怪的是，薛照虔的脸上没有一丝遗憾，他走的时候面容十分安详。

薛照芝亲眼看到薛照虔在他面前自刎而亡，却无能为力，他受不了这沉重的打击，哭得撕心裂肺，几乎昏厥。

大仇已报的王键神色凝重，不言一语。

赵教看着躺在血泊里的薛照虔和代月刀，不禁泛起万千感慨："宋度宗曾赐授薛照虔的先祖薛严为龙州世袭土知州，并御赐代月刀以抗击蒙古兵。万万没想到，这把代月刀经过世代更替，现在的主人薛照虔却是个乱臣贼子，最后竟自刎于代月刀之下，真是莫大的讽刺啊……"

魏长余赶紧向赵教请示："将军，现在薛照虔这个乱贼已死，我们是不是应该砍掉他的首级派人送回成都府复命，然后继续追剿薛照虔的其他同党？"

想到昔日自己的三位兄弟王樾、王济、王焕惨死在薛照虔刀下，王键无数次想要把薛照虔五马分尸，挫骨扬灰，但他答应过辛夷，要给薛照虔保留一个全尸。

王键主动向赵教谏言："赵大人，虽然我与恶贼薛照虔有着不共戴天之仇，但他现在已死，不如给他留一个全尸，就地掩埋吧。也算是给曾经为大明效忠过的薛家，保留一点儿最后的尊严吧！"

王键的提议让赵教颇感意外。赵教考虑片刻后，对众人说道："王土司大人生性良善，实乃龙州百姓之福。为防止薛照虔的尸身腐臭，先暂行就地掩埋吧。我们继续追捕薛照虔潜逃的同党，务必要一网打尽。我单独派人快马加鞭速回成都府奏请布政使蔡大人，请蔡大人将这一捷报上奏皇上。"

达成了辛夷请求的王键，百感交集地谢过赵教："多谢赵大人仁慈。"

草草掩埋薛照虔的尸身后，魏长余拿起代月刀递给赵教："将军，代月刀这样的绝世好刀，不如您收下当作佩刀吧。"

赵教坚决地摆了摆手："代月刀的英名已被薛照虔这个乱臣贼子玷污，早就变成了一把枉杀无辜的妖刀，我是万万不能使的！这把代月刀现在戾气太

重,不如同薛照虔的尸身一起埋了,以免那些心怀不轨之人利用代月刀再起祸乱。"

尽管对这把代月刀有些不舍,魏长余也只得照办,将代月刀埋进薛照虔的尸骨坑里。

木末芙蓉花,山中发红萼。涧户寂无人,纷纷开且落。远处的辛夷花在春风的撩拨下,云蒸霞蔚,灿若繁花。如期盼着一场盛大的新生似的,辛夷花并不在意是谁在这春暖花开之时,以生离死别的方式悄然谢幕。

第六十三章　　景泰帝朝堂颁新政
　　　　　　　中和殿于谦揣圣意

　　靠着小黑灵敏的嗅觉追踪，以及山间小道留下的马蹄印，陈丽娘等人逃奔至干水磨一带时被赵教所率领的明军擒获。他们最终没能逃到朵甘思，用另一种方式去开启新的人生。

　　赵教命人快马加鞭地将消息传回四川承宣布政使司，布政使蔡思侃大喜过望，亲笔上书，派人八百里加急奏请当今皇帝朱祁钰。

　　朱祁钰收到蔡思侃的奏疏，特意在早朝对众大臣提出："朕昨日收到四川承宣布政使蔡思侃的奏疏，得知龙州薛照虔伏诛，其母及其家眷、同党共计二十二人被擒获，龙州薛氏叛乱得以平定，朕深感欣慰。对于薛照虔其母及其家眷、同党，众卿家认为朕该如何处置，才能昭告天下臣民，以儆效尤呢？"

　　兵部尚书于谦上前一步，向朱祁钰谏言："恭喜皇上，贺喜皇上，龙州平叛，实乃皇上的福泽恩赐。龙州薛氏犯上作乱，薛照虔虽已伏诛，但其率家眷、同党犯下十恶不赦的谋反大罪，理应籍没家产，其母及其同党二十二人皆以同谋论斩。"

　　俞士悦作为刑部尚书，从刑罚的角度出发，接着说："启禀皇上，若是为了警示后人，惩一儆百，进而推动改土归流政策顺利推行的话，微臣认为须当严厉惩处。叛臣贼子薛照虔虽已伏诛，但就地掩埋其尸身未免太便宜他了，依照《大明律》，谋反之主谋应当用铁汁在其葬身之处铸成铁丘坟，取永世不得翻身之意，以示天下。同时，还需将其直系家眷除去皆以同谋论斩之外，余者全部贬为庶民百姓，流放贫困边远的深山之中。待此案完结之后，再请皇上下旨昭告天下，匡正纲纪，让大明臣子们吸取教训，心生敬畏，不敢以

身试法，从此一心一意效忠皇上，效忠大明。"

工部尚书江渊有不同意见："皇上，龙州薛氏谋反一案，理应诛九族。但微臣斗胆请皇上仁爱，不要赶尽杀绝。薛照虔毕竟是河东堂忠勇之后，还请皇上念在薛氏先祖曾力助太祖打下大明江山有功，请皇上恩泽薛氏一丝血脉存世，以免薛氏旁支他日恶意中伤皇上残暴不仁。"

内阁大臣商辂附议道："回皇上，此番龙州薛照虔谋反一案中，薛照芝作为薛照虔同父异母之弟，并未参与谋反，主动积极配合四川承宣布政使司追捕薛照虔。可见薛照芝心系朝廷，不愿与其兄薛照虔同流合污。还请皇上明察秋毫，独留薛照芝一条性命，保薛氏血脉得以延后，以示天下皇上深仁厚泽，赏罚分明。"

江渊和商辂此话一出，谁都听得出来他们多半与龙州薛氏土司有一定往来，但谁也没有站出来反驳。于谦不傻，皇帝朱祁钰也不傻，大家都懂有些事情只能见好就收，若是不断扩大，极有可能收不了口子，到时候不再只是地方土司的问题，而是整个大明政坛的重新洗牌。

朱祁钰一脸严肃地说："几位卿家都言之有理。刑一而正百，杀一而慎万，只有对大明不忠的罪人加以重处，才可使众臣子从中吸取教训，由此遵纪守法，行事慎重，大明社稷方可长治久安。至于龙州薛氏保留血脉一事，四川承宣布政使蔡思侃的奏疏朕已看过，确也提及薛照芝主动积极配合追捕薛照虔。姑且就先留薛照芝一命吧，给龙州薛氏留一丝血脉。若是日后薛氏再有谋反之心，休怪朕没有给过机会。"

见朱祁钰愿意给龙州薛氏保留一丝血脉，江渊感激地说："皇上仁爱，实乃大明之幸啊！"

朱祁钰端坐在龙椅上，威严地俯视着朝堂上的众大臣，抛出他想说的重点："龙州薛氏土司薛氏谋反一案，相信众爱卿已经看到土司制度对大明江山社稷的危害，这是在倒逼朕推行改土归流的新政啊！朕若是再不推行改土归流政策，及时废除积弊已久的土司制度，祖宗传下来的基业岂不是要被这些乱臣贼子毁于一旦？"

说罢，朱祁钰愤慨地一甩龙袍衣袖，吓得朝堂上的大臣们纷纷跪下，齐声呼喊："皇上英明！吾皇万岁万岁万万岁！大明江山，万古基业，千秋万代！"

经过一番试探，见众臣并无异议，朱祁钰对心腹大臣于谦下令："推行改土归流事关大明根基，容不得半点儿差池。上次朝会朕说过，对于改土归流，

第六十三章　景泰帝朝堂颁新政　中和殿于谦揣圣意

朕打算先惩戒薛氏，以龙州试点，废除土司制，委派流官。逐步以点带面，扩散开来，在四川承宣布政使司乃至整个西南地区铺开，大力推行改土归流，强化对地方的实际控制，进一步加强朝廷的中央集权。此次改土归流的推行，就交由于少保牵头，按照朕的意思去办。"

"臣遵旨！"于谦接朱祁钰口谕。

作为改土归流政策的提出者，于谦早就有一整套方案，但涉及区划和人事等事由，还须得在朝会上听取皇上和众大臣的意见："启禀皇上，既然皇上要在龙州试点，实行改土归流政策，微臣建议不如以此番龙州薛氏土司谋反为由，割成都之石泉、保宁之江油及青川千户所隶，创建府治，改设流官，置知府、同知、推官及照磨、司狱等官吏，改龙州为龙安府。龙安府的得名，取'薛氏土司叛乱已经平定，龙州从此安宁'之意。至于龙安府知府的首任人选，臣举荐大理寺司直湖广监利人刘良宾，此人刚正不阿，不磷不缁，执法严明，实乃不二人选。至于原龙州几位土司，若是把他们废为庶人，必定会引发躁动。方才皇上已决定饶过薛照芝，不如就由薛照芝袭位薛氏土司，降为土知事。李氏直系血亲先前均被薛照虡斩杀，就由旁支血亲李振樊的亲侄李营袭位，李氏、王氏土司俱袭土通判列衔。待龙州改土归流完成，由皇上下诏颁布新政，使得整个大明王朝从上而下，在整个西南地区先改土府，后改土州，逐步把那些下放到地方的权力收归朝廷。如此一来，那些曾经称雄一方的地方土司制度就能彻底解体，改土归流的新政使诸土司既能效忠大明，又不会因势力坐大而再步龙州薛照虡的后尘。"

于谦的这一套方案并没有反对者提出异议，朱祁钰十分赞同："如此甚好！那就有劳于少保全权负责改土归流一事。"

"臣遵旨，臣定当全力以赴，不负皇上所望！"于谦当即表态，领下这份差事。

早朝之后，从奉天殿出来，皇帝朱祁钰在中和殿单独召见兵部尚书于谦。

朱祁钰给于谦赐座后，开口问道："于爱卿，你可知朕在中和殿召见你所为何事吗？"

于谦莞尔一笑："微臣斗胆揣测圣意，皇上应该是为南宫那位太上皇一事，才单独召见微臣的吧。"

"知朕者，于爱卿也！"朱祁钰嘴角挂着一抹笑意，眼角不自觉地流露出一抹惆怅，"当年土木堡之变后，皇兄被瓦剌俘虏，时局所迫只能由朕来做皇帝。

本来朕不想当皇帝，但国不能一日无君，社稷为重君为轻，朕一再勉为其难，还是被于爱卿等众位大臣拥立为皇帝，遥尊被俘的皇兄为太上皇。自皇兄回京之后，朕基于兄弟手足之情，不愿要了皇兄性命，只是将他软禁在南宫。时间一久，宫中难免流言四起，说朕忌惮皇兄这个正宗皇帝的身份，不顾兄弟情义，将南宫大门上锁灌铅，加派探子严密看管，食物只能通过小洞递入。由于吃穿不足，太上皇的钱皇后不得不自己做些女红，托人带出去变卖，以补家用。有的还说朕为避免有人联络被软禁的太上皇，把南宫附近的树木砍伐殆尽，让人无法藏匿，让南宫入夏酷热难耐无树乘凉，更让太上皇整日活在惊恐不安之中。说到惊恐不安，朕何尝有过一日安生？"

于谦紧闭双唇，认真倾听着，不言一语。

朱祁钰停顿了片刻，瞳仁里涌上一团浓得化不开的苦楚，接着说："几年来，朕励精图治，任用贤才，铲除奸佞，挽救大明命运于危难之中，使得国家政局为之一新，一改皇兄在位重用王振等宦官时的乌烟瘴气，让整个大明重新走回正轨。朕如此劳苦费心地想要做一个明君，为了什么？还不是为了天下人能够认可朕这个真龙天子的身份，认为朕比皇兄更适合做大明的皇帝，而不是觉得朕的皇位来得名不正、言不顺，更不是觉得如今皇兄早已回京，朕应该主动把皇位归还给皇兄！于爱卿，你明白朕的苦衷吗？"

于谦心疼地看着眼里噙着泪花的朱祁钰，他知道这些都是朱祁钰发自肺腑的心里话，他更加明白为何朱祁钰要坚持推行改土归流，并且要他全权负责："皇上，您励精图治，挽救大明于危难之中，大明臣民都看在眼里，记在心里。您何须为了宫中的流言蜚语自伤龙体？微臣知道，您此番如此坚定地推行改土归流，正是因为当年太上皇在位时，张太后作为太皇太后把持朝政，自松潘、叠溪等地暴民作乱引发的'平松之乱'开始，朝廷就动了改土归流之心。改土归流有利于消除土司制度的落后性与弊端，加强朝廷对边远地区的统治。为了解决日久相沿的土司割据积弊，把地方权力收归朝廷，张太后开始着手酝酿解决这个问题。在薛、李、王三家土司的治理下，龙州民生富庶、百姓安居乐业，三家土司在龙州百姓中口碑极好，威望极高，这是张太后最不想看到的。土司把当地治理得越好，威望越高，越会威胁朝廷对地方的统治。"

朱祁钰认同地点了点头。

于谦接着说："土司世代统治一地，势力盘根错节，一旦地方势力坐大，滋生不臣之心，勾结据险聚众，在边地造反暴乱，会直接威胁朝廷统治。人

第六十三章　景泰帝朝堂颁新政　中和殿于谦揣圣意

的欲望是无穷无尽的，这些土司有自己的士兵，如若起了谋逆之心，后果不堪设想。只有师出有名，以充足的理由进行改土归流，才能真正瓦解土司对当地的控制。为了挑起龙州薛、王两家土司的纷争，防止龙州土司中势力最大的薛氏土司一家独大，张太后特意在朝贡时单独赏赐王家，以引起薛氏不满。而后，龙州王氏土司私建皇宫，被告发后仓促改成报恩寺，太上皇明知其违反规制，仍下了一道'既是土官不为例，准他这遭'的圣旨，免于对王氏的惩处，还为报恩寺正名，使薛氏与王氏之间的矛盾激化。薛氏在边界大肆屯兵，太上皇明知薛、王大战一触即发，仍睁一只眼闭一只眼，期待薛、王开战。张太后与太上皇这样做的目的只有一个，就是为了挑起薛氏与王氏两家土司之间互相仇杀，待两家土司开战，朝廷即可以此为由派兵平定叛乱，借此大力整饬地方土司，推行改土归流政策，废除土司制度，改派流官接任，从而瓦解地方土司势力，把地方权力收归朝廷，最终达到中央集权的目的。如今，龙州薛氏谋反一案爆发，您正好可以此为契机，将张太后和太上皇费尽心机都没有能够实现的改土归流变为现实，让世人对您的治国才能刮目相看。"

像是伯牙遇子期一样，朱祁钰点点头，露出一抹欣慰的笑。

于谦感到肩上的压力沉沉的，有压力才有动力，作为大明的臣子，向来忠君爱国的他自然不能让皇帝失望，于谦向朱祁钰表态："请皇上放心，微臣此番定当鞠躬尽瘁做好改土归流这一改革重任，定会让朝野上下、大明千千万万臣民知道，您的能力和功绩远比太上皇强太多太多，大明有您这样一位贤明的君主，才是真正的民之所向，国之所幸！"

朱祁钰满意地看着于谦："于爱卿深得朕意！朕有于爱卿这样一位左膀右臂，实乃朕之所幸，大明之所幸也。"

此次薛照虑谋反一案，对朝廷震撼很大，如一根无形的导火索，大明王朝轰轰烈烈的改土归流运动就此拉开帷幕。等待大明王朝西南地区诸多土司的，将是一场前所未有的改革风暴。

第六十四章　旧龙州嬗变龙安府
　　　　　　武清侯争功搞政变

　　自贞观元年改西龙门郡为龙州起，在世代更迭和时代变革中，龙州历经八百多年的沧海桑田，世事变迁。然而就在一夜之间，龙州轰然永远成为历史，被朝廷改为龙安府。

　　昔日在龙州大地上世代承袭土司之位的薛、李、王三家土司，如今薛照芝成了土知事，李营、王键成了土通判，虽然还是能世袭官职，权力却大大缩减，龙州的实际控制权牢牢掌握在龙安府知府手中。

　　面对突如其来的变故，毫不知情的龙州百姓们惊呼，龙州变天了！

　　"到底怎么回事啊，怎么好端端的龙州变成龙安府了？也不是咱们的几位土司管辖了！"

　　"是不是和薛照虔造反有关啊？"

　　"造反不是被剿灭了吗，还在石头坝修了座铁丘坟呢！"

　　"也许是皇帝怕再有土司造反，一朝被蛇咬，十年怕井绳，这才派了他自认为信得过的人来当知府吧。"

　　"你们懂个啥，听说是皇帝要推行什么改土归流的新政，拿咱们龙州开刀呢！"

　　"哎哟，你们操这些闲心干吗呢？不管是龙州还是龙安府，是土司还是流官，哪个对咱们老百姓好，我就认哪个！"

　　……

　　龙州已经彻底成为历史，不管龙州的老百姓是否心甘情愿地接受这位龙安府的首任知府，但薛照芝、李营、王键心知肚明，他们别无选择，接受现

第六十四章　旧龙州嬗变龙安府　武清侯争功搞政变

实是他们唯一的选择，否则就是与皇帝为敌，与朝廷为敌，与整个大明王朝为敌。

半个月后。

王键在四川承宣布政使司录完口供笔录，拖着伤痕累累的灵魂和身体，从成都府回到曾经的龙州宁武司蟠龙坝，如今的龙安府蟠龙坝。

当他来到章郎中的医馆时，早已没有了辛夷的身影。

正当王键准备回府去找寻辛夷时，刚从后院出来的章郎中叫住他："王土司大人，您回来了啊？"

王键尴尬一笑："章郎中，你说笑了，这世上再也没有什么王土司可言了，我现在只是一名小小的土通判。"

章郎中一脸严肃地摇了摇头："此言差矣，王氏土司世代保卫咱们宁武司，恪尽职守，劝民开垦，开道兴学，免除苦役，修桥补路，造福一方，我们老百姓感恩怀德，铭记在心。不管朝廷怎么安排，在我们这些老百姓眼里，您永远都是我们敬爱的王土司大人！"

王键心里激起一阵暖流："章郎中，这么多年来，我们王家经常麻烦你，谢谢你……"

章郎中忽然想起一件重要的事，转过身去从柜子里拿出一封信，双手递给王键："对了，王土司大人，辛夷小姐前天刚走，她留下一封信，要草民交与您。"

王键接过信，上面写着"键哥哥亲启"。王键认得这字迹，正是辛夷亲笔所写。打开信封，一行行隽秀的字迹映入眼帘。

键哥哥：

当你看到这封信时，辛夷已不在蟠龙坝了。你无须担心，也无须知晓辛夷的去向，辛夷自会好好照顾自己。辛夷自知是个不祥之人，早已看透前尘俗事，决心皈依佛门，为之前所造成的罪孽赎罪，从此晨钟暮鼓，焚香诵经，长伴青灯古佛，了却残生。

父亲弥留之际曾说过，报恩寺的工程建设还有很多未完之处，需要键哥哥代替他倾尽全力将报恩寺修好修精，尽善尽美。

待报恩寺彻底完工之日，就是你我兄妹再见之时。

愚妹辛夷　敬上

信很短，王键很快读完了。读信的过程漫长而煎熬，每一个字都让人心

里五味杂陈。

王键长叹一口气，向章郎中打听道："章郎中，辛夷的伤都好了吗？"

章郎中瘪瘪嘴，摇摇头："俗话说，伤筋动骨一百天，辛夷小姐的伤口才刚刚愈合，她便急匆匆地要走，草民拦都拦不住。"

王键担心地追问："那她走的时候，还说过什么没有？"

章郎中紧蹙眉头，回忆起来："那天辛夷小姐嘴里一直念叨什么她是罪人，是她带来了灾祸，她没有颜面留在这里之类的话，草民没怎么听懂……"

"唉，这一切不是辛夷的错，是命运一直把我们玩弄于股掌之中……"王键一声叹息，在说辛夷，也在说他自己。

告别章郎中后，王键踏着沉重的步子，走到家门口。

昔日的王土司府经过简单改造，变成了土通判司署。大堂用作处理日常事务和差役的驻地，二堂变为王家的客厅和生活用房，三堂则作为王家用于供奉皇帝诏书谕旨和祖宗牌位以及朝廷赏赐物品的地方。原来的龙州王氏土司衙门被征用了，正在被工匠和徭役紧锣密鼓地改造着，亟待改造成气派的龙安府知府衙门，以供新任龙安府知府刘良寀处理日常政务。

望着那块新挂上不久的"土通判司署"匾额，王键感慨万千，不由得担心地自言自语道："要是以后辛夷回来，认不出这是我们一起长大的家该怎么办……"

走进大门的王键，步子迈得缓慢，曾经府里人丁兴旺，门庭若市。如今一派萧条，门可罗雀，大相径庭。王键伸手触碰着府里那些斑驳的红墙、青瓦、圆柱、方砖，画出一条条无形的线条。那些儿时与兄弟姊妹在府里嬉戏打闹的记忆，不断撕扯着他孤零零的灵魂。记忆里的人如今都已远去，回忆无情地不断告诉他，你现在有多孤苦，有多伶仃。

曾经越是欢喜，如今就越是悲悯。

失魂落魄的王键忽然想起他已经许久没和木槿、木棉两位姐姐联系了。特别是木槿，自打那年小桂圆被人谋害落水引起误会后，木槿就从此与他再无往来。就连父亲王禧病故，木槿也只是匆匆奔完丧就返回京师了，并未和他多言一语。

兴许是刚刚失去几位兄弟手足，辛夷出家修佛远去，王键从未如此强烈地感觉到，不管是生离还是死别，他再也不想与木槿如此隔阂。尽管彼此都好好地活在世上，却陌生遥远得像是阴阳两隔一般。

第六十四章 旧龙州嬗变龙安府 武清侯争功搞政变

王键回到房中,痛饮一壶酒后,即刻修书一封,在信里一一告诉木槿,那年小桂圆被人谋害落水的真相,王家这些年经历的沧桑巨变,朝廷实行改土归流后王家的状况等。写好厚厚一沓信后,王键小心翼翼地封了起来。这看似寻常的动作,王键做了很久,他不敢妄自揣测木槿收到这封信后会是怎样的心情。

但有一件事,王键内心无比坚定,那就是继承王禧的遗愿,倾尽全力将报恩寺修好修精,尽善尽美。

随着帝位渐渐巩固,当朝皇帝朱祁钰开始为自己的子孙后代打算,他不仅自己要做皇帝,并且希望他的儿子朱见济,能够取代朱祁镇的儿子、当朝太子朱见深,成为皇位的合法继承人。

但大明信奉正统,整个朝堂大多认为皇位应该属于朱祁镇一系。当初土木堡之变,孙太后先立朱祁镇之子朱见深为太子,后立朱祁钰为帝。孙太后的用意很明显,大明江山依然是朱祁镇的,朱祁钰只不过是代理执政而已。由于太子是皇太后立的,朱祁钰不得不慎重,稍有行差踏错便有忤逆之嫌。

朱祁钰先试探了颇有资历的太监金英,有意说起:"七月初二是东宫太子的生日。"金英却立刻回答:"东宫生日是十一月初二。"前者是朱见济的生日,后者是太子朱见深的生日。初步试探没有达到理想的效果,气急败坏的朱祁钰只能隐忍一段时间。

朱祁钰想不明白,他危难之时受命,削平祸乱,使得国泰民安,国富民强,处处都比朱祁镇强,为什么他的儿子不能做太子?自私是人的一种本性,在利益相争时,人会本能地选择保全自己的利益而牺牲他人。所谓高尚的品格,不过是超脱了本能,牺牲自己去成全他人。但朱祁钰在皇位继承问题上不想做一个伟大的人,他只是一个父亲,一个为了自己的儿子可以不惜一切代价的父亲,仅此而已。朱祁钰不甘心,也不死心,他暗自发誓一定要让他的儿子朱见济坐上太子之位,成为下一任大明皇帝。

然而,要想让儿子取代侄子坐上太子之位,还有一段漫长而艰难的路要走。朱祁钰一方面不停地试探,一方面极力贿赂朝臣,希望他们在重立储君的问题上能站在他这边。朱祁钰的努力没有白费,终于换来了朝臣和宦官的默认,他们在易储问题上,选择了睁一只眼闭一只眼。

朱见济并不是朱祁钰的原配汪皇后的儿子,汪皇后坚决反对朱祁钰废黜朱见深的太子之位,转而立杭妃之子朱见济为太子。汪皇后育有两个皇女,

膝下无皇子。在废原太子朱见深一事上，汪皇后性格正直刚烈，竭力反对，与朱祁钰悍然争辩，后被废黜，打入冷宫，坎坷凄苦。杭妃则被朱祁钰册立为皇后。

在扫清一切障碍之后，景泰三年，朱祁钰终于成功废掉侄子朱见深的太子之位，立他的儿子朱见济为太子。

人生到处知何似，应似飞鸿踏雪泥。世事难料，朱祁钰好不容易让他的独生子朱见济坐上太子之位，但就在景泰四年冬，朱见济却不幸夭折，谥号"怀献太子"。朱祁钰悲愤交加，起先怀疑朱见济是被嫉恨他的朱祁镇党羽合谋所害，命东厂和锦衣卫暗中调查，但始终查不出证据。贵州道监察御史钟同曾言"太子薨逝，足知天命有在"，同时兼陈一切弊政。朱祁钰闻讯大怒，钟同被下狱杖死。痛失爱子的朱祁钰，在精神上受到沉重的打击，身心皆损，身体大不如前。

景泰七年，在对抗瓦剌时立下大功的石亨为了自身利益，有意复朱祁镇登基。石亨拉拢身边人密谋商讨后，策划了一场惊天大案，只待时机一到，便可行事。

景泰八年（1457年）正月，痛失爱子朱见济而身体不适的朱祁钰，病情越发严重，出巡郊外时，住在斋宫，由于疾病发作，不能行祭祀仪式。病榻上的朱祁钰将武清侯石亨召到病榻前，亲自殷殷嘱咐，命石亨代为祭祀。

石亨此人长相奇异，四方脸面，身躯高大，胡须及膝，武将出身。由于石亨在对抗瓦剌时立下赫赫战功，朱祁钰对他颇为信任。石亨守护在朱祁钰病榻前，亲眼看到朱祁钰的病况，内心悄悄打起主意，笃定时机已到，即可行事。

石亨从宫里出来后，立即派人找到前府右都督张軏和宦官曹吉祥，告诉二人朱祁钰已经快不行了，商议要为大家共谋后路。

由于朱祁钰膝下再无皇子，皇储的问题再次摆上桌面。众臣议论纷纷，一时之间，定不下来。吏部尚书王文力劝朱祁钰立襄王朱瞻墡的长子为皇储。如果是这样，王文将是定鼎之臣，立有首功。即便是重新立沂王朱见深为太子，谋议是文臣之事，功劳也轮不到石亨、张軏等武将身上。

思前想后的武清侯石亨提议道："皇上病已沉重，如有不测，又无太子，不如乘势请太上皇复位，倒是不世之功。"

向来精明的前府右都督张軏十分赞同："武清侯此计甚妙矣！原本这天下

第六十四章 旧龙州嬗变龙安府 武清侯争功搞政变

就是太上皇的,当年土木堡之变,当今皇上只是代理监国,如今太上皇已归朝七年有余,早就该还政于太上皇。但当今皇上贪恋皇位,将皇位正宗的太上皇软禁于南宫,实在是不孝、不悌、不仁、不义!"

宦官曹吉祥咬牙切齿地说:"当今皇上下令将南宫大门上锁灌铅,甚至加派东厂探子严密看管,连食物都只能通过小洞递入,太上皇处境凄惨,真是秽德彰闻,神人共愤!"

三个野心勃勃的投机分子,决定将赌注押在太上皇朱祁镇身上,表面上打着还皇位正宗于朝的旗号,拥立朱祁镇复位。一旦成事,三人则是大功臣,飞黄腾达指日可待。

三人当场做了分工。宦官曹吉祥进宫去面见孙太后,秘密启奏复辟一事,借机取得孙太后的支持。石亨和张𫐄则一起去找太常寺正卿许彬商议。

许彬听说二人的来意后,以手加额,兴奋地说:"这是不世之功!不过我老了,不中用了。左副都御史徐有贞足智多谋,你们大可找他商议。"

石亨和张𫐄连夜去找徐有贞。徐有贞正是当年提议南迁的徐珵,后为改变窘境,更名为徐有贞。徐有贞大喜过望,当夜观天象,见紫微星有变,忙道:"帝星已见移位,咱们要干这件事,须得尽快下手。"

几个人经过详细谋划,决定在正月十六晚上动手。

正月十六日白天,兵部尚书于谦、吏部尚书王文、礼部尚书胡濙会同群臣商议,决定一起上奏请复立沂王朱见深为太子。众人推举商辂主草奏疏,疏成后已日暮西山,来不及上奏。群臣决定在次日清晨皇帝朱祁钰临朝时,再将奏疏递上去。

所有人都没有料到,政变就在这个看上去再也普通不过的晚上爆发了。随之而来的是许多人的杀身之祸。倘若这道复立沂王的奏疏早一天递上,或许接下来的一切都不会发生。短短几个时辰,改变了大明的历史,也改变了许多人的一生。

第六十五章　　南宫复辟天顺登基
　　　　　　　改土归流初见成效

正月十六日晚，石亨、曹吉祥等人齐聚徐有贞家中，决定当夜发动政变。徐有贞换上朝服，怀着紧张而忐忑的心情离开了家。

临行前，徐有贞对妻女交代："我要去办一件大事，办成了乃是大明之福，办不成我徐家就是灭顶之灾，你们自己心里要有个准备。"

徐有贞的发妻泪眼婆娑地凝望徐有贞，声音哽咽："相公，你要好好的，我们等着你回来……"

徐有贞纵然心里有千万个不舍，但箭在弦上，不得不发。出门后，徐有贞顺路邀请了都察院左都御史杨善和解职养老的王骥作为同党。杨善和王骥都曾受过朱祁镇恩惠，二人表示要以死报答太上皇。王骥已到古稀之年，不但亲自披甲上马，还将儿子和孙子带上一同举事。

三方人马会齐石亨叔侄、曹吉祥叔侄后，等到了张軏率领的大队京营兵，一起向紫禁城进发。当时恰有瓦剌扰边的战报传来，张軏借机以保护京城安全为由，调集京营官兵入城。石亨负责皇城卫戍，掌管城门钥匙，能够通行无阻。进入紫禁城后，徐有贞重新将大门锁上，防止外面有援兵进来，并将钥匙投入水窦中。皇城内的守军见这伙人十分奇怪，不明所以，但也不敢过问。

原本清朗的苍穹忽而乌云蔽月。众人害怕有逆天意，会遭到天谴，惶恐不已。精通天象的徐有贞赶紧站出来，劝大家不要退缩，大事必济。

众人继续前进，顺利到达南宫。然而南宫宫门坚固异常，怎么也打不开。

"这门锁怎么弄不开啊？"

"听说皇帝命人在门锁里灌了铅，根本就不可能打开！"

第六十五章　南宫复辟天顺登基　改土归流初见成效

"这可怎么办啊？我们现在已经回不了头了！"

……

众人心急如焚，毕竟时间紧迫，多耽误一刻钟就多一分危险。

"大家先别着急，都听我的，咱们合力用木桩把门撞开！"石亨派人用巨木悬于绳上，数十人一齐举木撞门。

"砰砰砰"，随着一阵阵剧烈的撞击，门虽没有撞开，门右边的垣墙反倒被震坍了一个大洞。众人从垣墙的破洞中一拥而入。

朱祁镇这时候还没睡觉，正在秉烛读书，突然看见一大堆人闯进来，以为是弟弟朱祁钰派人来杀自己，惊慌失措："当今皇上终于要痛下杀手了吗？"

"吾皇万岁万岁万万岁！"众人一起叩拜，石亨跪在最前面，后面的人依次下跪。

见众人一齐俯伏称万岁，诚惶诚恐的朱祁镇这才问道："莫非你们要请我复位？"

"陛下英明！"

"皇上请速速进宫，恐事迟有变！"

……

"可此事须得审慎而行……"晕晕乎乎的朱祁镇话还未说完，就被石亨等人着急裹挟着上马，众人士气空前高涨，簇拥着朱祁镇直奔大内。

正在这时，乌云蓦然散尽，月明星稀。

冷风一吹，朱祁镇清醒了许多，露出一抹意味深长的笑意，挨个儿问清诸人姓名："卿等都把姓名告诉于朕，朕日后必不负尔等功臣。"

待众人一一告知姓名，朱祁镇心里暗暗盘算着，若是复位成功，我就给你们论功行赏。若是朱祁钰早有准备，政变失败，要把我们一网打尽，那我就说是你们持刀胁迫我，如果我不从尔等贼子，就要把南宫上下杀光，我也是被逼无奈。

一行人来到东华门，守门的士兵上前阻拦。朱祁镇站出来，怒吼道："我乃太上皇是也，谁敢阻拦？"

守门的士兵不明情况，顿时傻了眼，不敢阻拦。众人兵不血刃地进入皇宫，朝皇帝举行朝会的奉天门而去，将朱祁镇扶上奉天殿的龙椅。殿上的武士们挥起金瓜要打徐有贞等人，被朱祁镇喝止，见是太上皇，丈二和尚摸不着头脑的武士们不敢动手。

朱祁镇坐在久违的奉天殿龙椅上,面对这种熟悉而又陌生的感觉,长长地吸了一口气,饱含热泪,感慨万千,像是一个已经死过一次的人,含恨隐忍地过了八年的软禁生活后,在这一刻灵魂归位,在曾经的躯壳上重获新生。

徐有贞等人对着朱祁镇叩拜,异口同声地高呼着:"恭迎皇上复位,吾皇万岁万岁万万岁!"

石亨用力敲响钟鼓,召集群臣到来。这时天色微亮,众臣因朱祁钰事先说明今日要临朝,早已等候在午门外,准备朝见。

听到钟鼓齐鸣后,众臣按顺序走入奉天门。眼前的一切使他们目瞪口呆,龙椅上的皇帝不是景泰皇帝朱祁钰,而是八年前的正统皇帝朱祁镇!群臣面面相觑,一时不明白这到底是怎么一回事。

正在众人犹豫之际,徐有贞站出来对朝臣大喊道:"皇上病重,太上皇复辟还朝!"

说罢,徐有贞催促群臣进殿朝贺。

朱祁镇高声对百官宣布道:"景泰皇帝病重,群臣迎朕复位,卿等各尽其责,不必惊忧。"

众朝臣见此,愕然片刻,继而只好入内跪倒参拜。朱祁镇就这样重新取得了皇位。

朱祁镇重新坐上皇位时,病恹恹的朱祁钰正在乾清宫西暖阁梳洗,准备临朝,突然听到撞钟擂鼓声,立即问左右侍奉的宦官:"莫非是于谦不成?"

朱祁钰担心是不是功高盖主的于谦谋反篡位,未曾料到是石亨等人发动了政变,迎太上皇朱祁镇复位。

左右侍奉的宦官个个不明情况,惊愕万分,不知道该如何作答。

宦官兴安打探消息后,惊恐地回奏道:"启禀皇上,太上皇复位了!"

兴安把打探到的石亨、张軏、曹吉祥、徐有贞、杨善等人都参与政变的消息告诉朱祁钰。听到这个消息,朱祁钰一惊,瞳孔放大,身体止不住地发颤。

惊讶很快消散开来,短暂的茫然后,朱祁钰苦笑了笑,只是接连说了三个字:"好、好、好……"

朱祁钰深深地知道,徐有贞只是一个正三品左副都御史,而曹吉祥连太监首领都算不上,他们一群乌合之众再加上毫无实权的太上皇,竟然能够搞定这么多人,让手握大权的重臣不敢出声,这一切实在是太不合理。那么究竟是什么人搞定了这么多部门,让宫廷守卫不敢插手,让群臣不敢反对呢?

第六十五章　南宫复辟天顺登基　改土归流初见成效

这个人不是别人，正是朱祁镇的生母孙太后，她才是这次政变背后的核心人物！

当年土木堡之变，朱祁镇作为皇帝被瓦剌大军擒获。孙太后无奈之下，只得听从大臣建议，立了不是她亲生儿子的朱祁钰为皇帝，代理监国。后来朱祁镇回到宫中被朱祁钰软禁在南宫，亲孙子朱见深的太子之位也被朱祁钰废掉，自然是惹得孙太后十分不满。现在朱祁钰病重且后继无人，让孙太后看到了机会。在石亨等人发动政变前，必定去找过孙太后，并获得孙太后的首肯。因此石亨等人带兵进入皇城时无人阻拦，情报部门装聋作哑，朱祁镇表明太上皇身份，宫门就为他大开。这一切注定都是孙太后在幕后安排好的。正是由于孙太后的肯定和支持，百官群臣才不敢反对，也无法反对，只好乖乖承认朱祁镇重新成为皇帝。

皇帝不急太监急，兴安不接受这样的结果，心急火燎地催促朱祁钰："皇上，此事事关重大，还请皇上速速请兵部尚书于谦、吏部尚书王文前来救驾，不可任由这群乱臣贼子胡来啊！"

朱祁钰比谁都清楚，就算于谦和王文来了，面对孙太后庞大的势力，也无济于事，只能落得个尸骨无存的下场。他的身体已经不行了，又无子嗣可继承皇位，况且这江山本来就是朱祁镇的，如今朱祁镇得到孙太后的支持复辟重登皇位，不如就此把皇位还给朱祁镇。他已是日薄西山，希望朱祁镇看在手足之情，留他一命，让病重的他得以善终。

命运的强悍压得朱祁钰胸闷气短，朱祁钰捂住胸口喘了好几口气，重新回到床上，面朝墙壁睡下了。

然而朱祁钰注定是睡不着的。回想他的一生，当初明王朝面临危难之际，他临危受命被簇拥上皇位，重用于谦等大臣，反对南迁，高举抗敌的旗帜，取得京师保卫战的胜利，抗击并打败了瓦剌，有效遏制了瓦剌南下的野心，巩固了大明江山，使得黎民百姓免遭战祸。他启用朱祁镇在位时被迫害的忠臣贤将，在一定程度上恢复了朝野清明，维护了大明的政治稳定。他已经当了八年皇帝，身份得到了全天下的承认。结果现在病笃之时，小人趁势而发，仓促间被朱祁镇兵不血刃地把皇位夺了回去，而他一副病躯又膝下无子，无力还击，实在可悲可叹。

朱祁钰只能自己安慰自己，命里有时终须有，命里无时莫强求。大抵他从一开始就不是当皇帝的命，被命运安排当了八年的皇帝算是足够幸运了。

现在命运已经不再给他多留时间，让他再继续恋栈皇位了。

望着朱祁钰羸弱的后背，兴安心如绞痛。为了不打扰朱祁钰，兴安不敢言一语，只是默默流泪。

朱祁镇复位当日，为防止于谦、王文等人支持朱祁钰再生政变，朱祁镇在徐有贞等人的授意下，传旨迅速逮捕兵部尚书于谦、吏部尚书王文。

都御史萧惟祯在审判定罪时向朱祁镇建议道："于谦、王文等乱臣贼子意欲迎立外藩襄王子，实该以谋逆之罪处死二人。"

朱祁镇有些犹豫，不忍杀了于谦："当年抵御瓦剌，于谦是有功劳的……"

徐有贞坚定地告诉朱祁镇："皇上，您切不可妇人之仁，不杀于谦，复辟之事师出无名。"

尽管心有不舍，为了向世人表明"夺门之变"是一场正义的政变，朱祁镇思来想去最终同意处死于谦、王文。

天顺元年（1457年）正月二十一日，复位皇帝朱祁镇改年号为天顺。二十二日以谋逆罪处死于谦、王文，籍没其家。随之，于谦所推荐的文武官员都受到波及。

行刑当日，在位于闹市的刑场之上，含冤的王文忍受不了谋逆之罪的诬陷，急于争辩，对行刑官大声喊冤："老臣对大明向来赤胆忠心，要以谋逆之罪处死老臣，老臣不服！"

于谦苦笑了笑，对王文说："欲加之罪，何患无辞。这是石亨他们的意思罢了，分辩又有何用？"

说罢，于谦自顾自地高声念着那首他曾在十二岁时写下的《石灰吟》："千锤万凿出深山，烈火焚烧若等闲。粉骨碎身浑不怕，要留清白在人间……"

得知一代忠臣于谦要被以谋逆之罪处决，不少闻讯赶来的百姓都认为于谦是被冤枉的，自愿前来刑场请愿，可依然撼动不了石亨等人要处死于谦的决心。

于谦德才兼备，但因其个性刚直，招致众人忌恨，石亨等人对于谦记恨已久。石亨本因违犯军法被削职，于谦请求皇帝宽恕了他，让他总理十营兵。于谦治军森严，令石亨心有不满。德胜门一仗的胜利，石亨的功劳并不比于谦大，却得到了世袭侯爵之位，石亨认为于谦对他有大恩，想方设法报答于谦。他奏请皇帝加赏于谦的儿子，于谦却对此严词拒绝，并指责他营私舞弊。石亨大骂于谦不识好歹，从此结下仇怨。宦官曹吉祥掌管大内禁军和内廷侍卫，

第六十五章　南宫复辟天顺登基　改土归流初见成效

惯于溜须拍马,见风使舵。他手下的太监寻衅滋事,屡受于谦压制。曹吉祥认为,于谦的存在对他是一种威胁,决意除掉于谦。徐有贞原名徐珵,就是当年那个翰林院侍讲,因提出迁都南京,受到于谦斥责。徐珵被迫把名字改为徐有贞,在得到提升进用后,仍旧对于谦恨之入骨,总想着一雪前耻。前府右都督张軏因征苗时不守律令,被于谦弹劾,对于谦恨得咬牙切齿。

于谦被处死的时候,阴云密布,似乎老天都在为他动容。石亨等人将于谦的尸骨弃尸街头,同时下令抄了于谦的家,其家人全被充军边疆。到于府抄家时,于谦家里并没有多余的钱财,只有正屋锁得严严实实。打开一看,里面竟然只有朱祁钰赐给于谦的蟒袍、剑器,别无余物。

都督同知陈逵被于谦的忠义感动,不忍于谦暴尸街头,收殓了他的尸身。有一个叫朵儿的指挥使怜悯于谦,把酒泼在于谦被斩首的地方,号啕痛哭。朵儿是曹吉祥的部下,曹吉祥发现后大发雷霆,怒而鞭打他。到了第二天,朵儿还是照样泼酒在地对于谦表示祭奠。孙太后一开始不知道于谦的死讯,听说后叹息哀悼了好几天。

遂溪的教谕吾豫说于谦的罪应当灭族,于谦推荐的各文武大臣都应处死。刑部怕事态扩大化,坚持原判这才停止了杀戮。千户白琦请求写上于谦的罪行,刻版印刷后在全国公布。一时间,想讨好朱祁镇争取宠幸的人,全都以于谦作为话柄。

朱祁镇复辟后,于谦以谋逆的罪名被处死,而所有曾助朱祁镇夺回帝位的功臣,如石亨、徐有贞、张軏、曹吉祥、许彬、杨善等人都被加官进爵。

仓促之间,复辟的天顺皇帝朱祁镇竟来不及罢黜景泰皇帝朱祁钰,直到二月初一,这才想起将朱祁钰废为郕王,软禁在西苑。二月十九日,朱祁钰去世,时年三十,以亲王礼葬于西山,毁其所建寿陵,其妃嫔全被赐死殉葬。

朱祁镇还不解气,下诏指斥朱祁钰"不孝、不悌、不仁、不义,秽德彰闻,神人共愤",并废其帝号,赐谥号为"戾",称"郕戾王"。这是一个恶谥,表示朱祁钰终身为恶。朱祁钰成为明朝迁都北平之后,仅有的一个没有被葬入明十三陵的明朝皇帝。

再度做回皇帝的朱祁镇,从少年不识愁滋味,一腔热血肆意北征,到从皇位坠落的彷徨与毫无自由的恐慌,最终皇位失而复得。历经磨难之后的朱祁镇,决心一雪土木堡之耻,做一个贤明之君。他在政治上勤政处事,重用李贤,听信纳谏,仁俭爱民,美善很多。

天顺初年，都察院右都御史耿九畴亲自写了一封关于改土归流成效的奏疏，上奏天顺皇帝朱祁镇。奏疏里详细写明西南边疆地区废除土司制、实行流官制的情况，以及朝廷现在对西南边疆地区的实际控制情况。改土归流的政策初见成效，西南边疆地区趋于稳定，偶有发生暴乱的地区都被一一镇压，新任的知府、知州全部就位任职履责，土司们的安置安抚也已基本落实。昔日各土司对西南边疆地区的地方治理权渐渐归还朝廷，全国范围内的中央集权已初步形成。

朱祁镇批阅奏疏之后，眉头紧蹙，心里感慨万千，五味杂陈。

宦官曹吉祥因策划参与"南宫复辟"有功，获赐大量庄田，官至司设监太监，并协理京营军务。一旁的曹吉祥见皇帝朱祁镇一脸异样，主动问起："皇上，您为何面露难色呀？当心龙体啊！"

朱祁镇愁云满面地说："曹吉祥，你有所不知，在朕年幼之时，张太后就有了设计挑起地方土司内乱，从而改土归流的意图。张太后崩逝，朕亲政之后，先生王振也多次教导朕该如何巧用圈套与地方土司斗智斗勇，如何一步一步实现改土归流。改土归流一直都是大明亟待完成的一项改革重任，如今终于小有所成了。"

曹吉祥一脸迷惑："既然改土归流如今已小有所成，为何皇上您还是愁眉不展啊？"

朱祁镇哀叹道："改土归流能有今天的成效，于谦功不可没啊……如若不是他给郕戾王建言献策，制定出一系列改土归流的新政，并强有力地执行下去，又怎会有今日这番成效？于谦忧国忘身，口不言功，平素俭约，居所仅能遮蔽风雨，在治国理政方面，更是才能过人，于朝廷大有裨益。这么一个难能可贵的人才，朕却亲自下旨杀了他……朕真是悔之晚矣，追悔莫及啊！"

对于谦怀恨在心的曹吉祥，看着朱祁镇追忆于谦的哀痛模样，愤懑不已，提醒朱祁镇："皇上，您何必为一个谋逆罪臣而哀伤。您难道忘了当年您被困瓦剌时，是谁拥立郕戾王为帝，改元景泰，遥尊您为太上皇，害得您被俘瓦剌一年，回京后又被郕戾王软禁在南宫七年？皇上，您所遭受的这些苦难都是拜于谦所赐，您何必为这样的乱臣贼子感怀？"

曹吉祥的话字字如针，狠狠扎在朱祁镇的心窝里。想到那些在瓦剌和南宫的日子，吃不饱，穿不暖，没有尊严，没有自由，没有希望，什么都没有。生命的尽头仿佛就在咫尺，不知道什么时候就会有人奉旨索命，毫无安全感

第六十五章　南宫复辟天顺登基　改土归流初见成效

可言。在那一个个令人恐惧的夜里，只能哭泣和哀号，用眼泪织成衣裳披在身上取暖。黑夜缠绕着绝望，叫人窒息。时间如同被尘封一般，无法流动。一直保持着一种外人无法想象的姿态，每个黑夜都在流泪，每个天明都在反省。在绝望中挣扎，在挣扎中绝望，如同跌落进了六道轮回，反反复复，被痛苦折磨得无法涅槃重生。

见朱祁镇没有说话，曹吉祥安慰道："皇上，您别多想了，自您复位以来，政治清明，社会稳定，国泰民安，百姓安居乐业。咱们大明的臣民都称赞您是一位真正的贤明之君呢！"

心酸纵有千百种，沉默不语最难过。朱祁镇听了曹吉祥的话，苦笑了笑，沉默不语。

第六十六章　　渡尽劫波笑泯恩仇
　　　　　　　报恩精神千古流传

　　为了达成王禧的遗愿,也为了能与辛夷重逢,王键持之以恒地在原有规模上继续修建完善报恩寺。

　　前些年与薛家恶斗花费了不少钱财,改土归流后又降为土通判,俸禄有限。王键看着家里为数不多的存银,深感继续修建报恩寺已经越发艰难。

　　新建的华严藏和罗汉殿,只是主体工程完工,华严藏里面的转轮藏、镏金壁画、天花藻井等急需资金到位,才能继续完成。罗汉殿里的塑像和壁画也都还未完成。至于万佛阁,由于资金紧张,至今只打了地基。

　　家里的存银已经远远无法支撑继续修建报恩寺的高额费用,但王键不愿违背王禧的遗愿,他不想做一个不孝之子。焦头烂额之际的王键忽然想起,之前王禧在弥留之际告诉过他们,他已把王家十代土司积累的宝藏,藏在了一个秘密地点。同时把藏宝地点画在了一张藏宝图上,将藏宝图分为五份,分别装在凝脂白、孔雀青、玄武黑、赤焰红、月牙黄五本不同颜色装帧的《华严经》里,并将这五本不同颜色装帧的《华严经》分别交给他们兄弟姊妹五人。只有他们兄弟姊妹五人团结一致,才能通过五本不同颜色装帧的《华严经》找出完整的藏宝图,找到宝藏所在。

　　然而这世上唯一知道藏宝地点的徐昌田已于天顺二年病逝,死前并没有留下任何关于宝藏的遗言。作为王家最忠心的家臣,徐昌田把他的一生献给了王家,甚至到死还在恪尽对王禧的承诺,永远地保守住了宝藏的秘密。

　　单凭王键自己手里这本凝脂白的《华严经》,不论他怎么研究也看不出里面的门道。王键知道金主西,即白色;木主东,即青色;水主北,即黑色;

第六十六章　渡尽劫波笑泯恩仇　报恩精神千古流传

火主南，即红色；土主中，即黄色。而王键、王樾、王济、王焕、王坦兄弟五人的名字，正是按照金、木、水、火、土五行来取的。早些时候，王坦被王樾间接下毒害死后，王禧弥留之际把原本留给王坦的那本月牙黄的《华严经》给了当时还未出嫁的辛夷。现在除了他手里这本凝脂白的《华严经》，王樾手里孔雀青的《华严经》、王济手里玄武黑的《华严经》、王焕手里赤焰红的《华严经》都随着他们三人命丧薛照虔的代月刀下而下落不明。辛夷手里那本月牙黄的《华严经》，也随着辛夷出家云游修行，不知去向。

至此，关于《华严经》和宝藏的秘密，似乎变成了一个永久的谜。或许只有等到后世之人才能慢慢解开这个谜团。

没钱寸步难行，正当王键一筹莫展之时，龙安府土知事薛照芝带着一班下人，抬着五个沉甸甸的木头箱子，主动来到土通判司署。

王键惊讶地看着薛照芝，不由得问起来："不知薛知事大人此番前来，所为何事啊？"

薛照芝命人逐一打开箱子，只见密密麻麻的银锭闪闪发光，薛照芝诚恳地对王键说："王通判大人，我为过去薛家对王家造成的伤害深表歉意。今日愚弟贸然打扰，是为两件事而来。一来，愚弟愿与王通判大人一起放下前尘恩怨，共同协助龙安府知府刘大人管理好龙安府事务。二来，当年家兄谋反，朝廷明察秋毫不杀愚弟，还让愚弟世袭土知事一职，令愚弟心存感激，时刻不敢忘记隆恩浩荡。愚弟听闻王通判大人目前正在修筑完善报恩寺，但资金方面有些难处。愚弟愿捐资白银五千两，助您将报恩寺修好修精，为当今皇上诵经祈祷、祝延圣寿、报答皇恩，为天下百姓祈福，祈愿大明风调雨顺，国泰民安。还请王通判大人能够不计前嫌，遂了愚弟一番心意。"

薛照芝的话用意很明显，朝廷既已严惩薛家，现在李营也已代表李家原谅了薛家，若是王家还执着于过去的仇恨，会让龙安府知府刘良宷怎么想，又会让朝廷怎么想？加之现在修建完善报恩寺急需用钱，这五千两白银不是小数目，若是收下了这笔钱，拿人家手软，就等同于愿与薛家和解。若是不收下这笔钱，又上哪儿去找钱继续修建完善报恩寺？王键不由得暗暗佩服薛照芝此招甚是高明，让他无可选择，只能默默接受。

面对现实的王键笑着对薛照芝说："逝者安息，生者如斯。都过去了，我们彼此只有放下仇恨，才能更好地活着。薛知事大人，您愿意自捐己资，拿出五千两白银帮助愚兄修建完善报恩寺，共为当今皇上祝延圣寿，祈祷大明

国泰民安，实乃令愚兄感动。多谢薛知事大人雪中送炭，愚兄必定将报恩寺修好修精，他日全部完工之际，将薛知事大人的功德刻于碑记之上，令后世传颂。"

见王键接受了，薛照芝顿时眉开眼笑："多谢王通判大人理解愚弟的一番心意。这座报恩寺建好之后，必定为朝廷认同，世人称赞，于当今皇上圣寿、大明国运都大有裨益。"

王键苦笑了笑，曾经的他与工樾、薛照虔斗了小半辈子，如今王樾、薛照虔相继离世，他因改土归流从龙州的土司变为龙安府的土通判，那些曾经执着的东西，都已永远消散在世代无情的更替之间，湮没在世事无常的变迁之中。

王键多么想所有的恩恩怨怨能就此打住，他已经不再年轻，只想等报恩寺彻底完工之后，能与辛夷早日重逢。

送走薛照芝，几日后土通判李营也自捐己资，拿出三千两白银帮助王键修建报恩寺，共祝当今皇上圣寿，同祈大明太平盛世。王键对雪中送炭的李营十分感激，再三致谢后收下了这笔钱。龙安府本地的正知、普恩、海祥等僧侣，以及其他士绅商贾纷纷捐资捐物、出资出力，共同帮助王键继续修建完善报恩寺，令王键着实感动。资金一到位，华严藏、罗汉殿、万佛阁的工程建设得以继续。

王键毕恭毕敬地将报恩寺已落成并愿意无偿捐献出的消息，报告给龙安府知府刘良寀。刘良寀欣喜地将这个好消息层层上报，当今皇帝朱祁镇看到奏疏，得知了这个情况。朱祁镇清楚王禧、王键父子最开始修建的并非寺庙，而是形势所迫才改建成的寺庙，并没有做任何御笔朱批。朱祁镇自有他的一番考量，若是他大肆朱批嘉奖王键，便是告知天下僭越无罪、谋逆有理，于朝廷的中央集权统治极为不利。现在改土归流的目的已然达到，他不想再引起其他曾经的地方土司不满，从而再生祸乱，他选择了将此事置于不闻不问之列。

尽管朝廷置若罔闻，但龙安府的百姓都看在眼里，记在心里。王禧、王键父子没有为自己置田买地，没有为自己修建奢华豪宅，而是散尽田产家资并多方募集资金，倾其所有修建了这样一座宏伟壮观的报恩寺，还无偿地捐献出，捐给百姓，捐给天下人。王键坚持每日亲自带领家眷烧香跪拜，日复一日，年复一年，诵经祈祷、祝延圣寿、报答皇恩，为大明盛世祝祷，为天

第六十六章　渡尽劫波笑泯恩仇　报恩精神千古流传

下百姓祈福，祈愿大明风调雨顺，百姓安居乐业。王禧、王键父子为官两袖清风，传承着知恩、感恩、报恩的美德，潜心修佛，以佛教思想教化边民，稳定边陲，为曾经的龙州、现在的龙安府带来了繁荣和发展，真正做到了为官一任，造福一方。

金杯银杯，不如百姓的口碑。王键没有得到朝廷的嘉奖和表扬，但龙安府的百姓们对他们父子俩的称赞，让他感觉比朝廷任何嘉奖和表扬都来得更加实在，更加暖心。

王键终于完成了王禧的遗愿，心有所安。但王键的心里还是空落落的，他还没有等到辛夷回来。

岁月磨人，让思念越发深沉。那些对辛夷的思念，并没有随着时间的推移而逐渐淡漠，而是幻化成绵延的墨迹，晕染开来，烙成心尖上的泪痕。

就在辛夷云游四方的途中，她无意中偶遇了一位同样云游四方的故人——无妄法师。无妄法师深知，当初正是他为了报王家害死朱檀儿之仇，与薛崇育联手设计陷害王禧一家，造成了一系列恶果，枉送了那么多条无辜的性命。无妄法师自感罪孽深重，主动辞去黄龙寺住持，从此四海云游，虔心忏悔，渡人渡己。

天顺四年（1460年）辜月，寒冬料峭，一个身着三宝领海青的尼姑整肃庄严地来到报恩寺的经幢前。

报恩寺里刚来不久的年轻小和尚正在附近清扫落叶，知道蟠龙坝附近并没有尼姑庵，见到眼前的尼姑自是有些奇怪，以为她是从外地远道而来的，忙问道："请问这位师太，前来鄙寺有何贵干呢？"

辛夷礼貌地对小和尚说道："贫尼法号'绝心'，云游四海路过此地，见到这座宏伟的报恩寺，难免驻足欣赏一番，打扰了。"

小和尚并不知道辛夷的真实身份，挠挠头，咧嘴一笑："绝心师太，您客气了！"

辛夷微微一笑，望着夕阳余晖下这座金碧辉煌的报恩寺，想到那些因这座报恩寺而生而灭的爱恨情仇，已如过往云烟，永远地消散在历史长河之中。

辛夷虔诚地双手合十，法界于一心，轻轻地念了一句："阿弥陀佛……"